国家社会科学基金重点项目"解放区前后期文学的关联性研究"（批准号：18AZW019）

国家社科基金丛书
GUOJIA SHEKE JIJIN CONGSHU

解放区文学前后期关联性研究

Study of the Correlation in the Earlier
and Later Stages of Literature in the Liberated Areas

秦林芳　著

人民出版社

目　录

绪　　论

　　"解放区文学"是中国现代文学史上一种重要的区域性文学,自1937年7月抗战全面爆发至1949年7月中华全国文学艺术工作者代表大会(即第一次文代会)召开共持续了12年;又以1942年5月延安文艺座谈会的召开为界,分为前后两期。关于前后期解放区文学的关系,在后期解放区文学开始直至当下的八十余年里,中国现代文学评论界和研究界所持主流观点为凸显二者差异性的"断裂论"。其中,出现较早、对学界后续相关研究影响较大的是周扬在第一次文代会上所作报告《新的人民的文艺》。这是一个"关于解放区文艺运动的报告",但是,它从"文艺座谈会以后,在解放区,文艺的面貌、文艺工作者的面貌,有了根本的改变。这是真正新的人民的文艺"这一基本判断出发,所概括论述的只是"最近七八年间解放区文艺"①(即后期解放区文学)的过程、成就和经验,而未将前期解放区文学纳入考察范围。这种对论述对象的单一化选择,反映出来的是对二者差异性的认知。

　　周扬报告显现出来的忽视二者关联性的"断裂论"思路,在后来的解放区文学研究中得到了延展。在1949年以后的近三十年里,关于前后期解放区文学的关系,学界主要从政治层面予以阐释,其表现出来的整体性学术思路仍然

---

　　① 周扬:《新的人民的文艺》,中华全国文学艺术工作者代表大会宣传处编:《中华全国文学艺术工作者代表大会纪念文集》,新华书店1950年版,第69页。

是强调二者的差异性。如王瑶的《中国新文学史稿(下册)》和丁易的《中国现代文学史略》以延安文艺座谈会为界来划分文学阶段,并分别以"文学的工农兵方向(一九四二——一九四九)"和"中国文学的工农兵方向""向社会主义现实主义迈进中的解放区的文学创作"为标题,对后期解放区文学的特质、意义等进行了集中论述①,以显示其与前期文学的不同。这代表了该时期学界在前后期解放区文学关系上的主流观点。

新时期以来,学界对解放区文学展开了进一步的研究,并取得了相当显著的成绩。其中,代表性的著述主要有:刘增杰等的《中国解放区文学史》(河南大学出版社 1988 年版)、李书磊的《1942:走向民间》(山东教育出版社 1998 年版)、苏春生的《中国解放区文学思潮流派论》(中国社会科学出版社 2000 年版)、袁盛勇的《历史的召唤——延安文学的复杂化形成》(中国戏剧出版社 2007 年版)、黄科安的《延安文学研究》(文化艺术出版社 2009 年版)、李洁非等的《解读延安——文学、知识分子和文化》(当代中国出版社 2010 年版)、周维东的《中国共产党的文化战略与延安时期的文学生产》(花山出版社 2014 年版)、杨琳的《回归历史的现场——延安文学传播研究》(中国社会科学出版社 2016 年版)、胡玉伟的《传统的建构与延拓——解放区文学研究及其他》(中国社会科学出版社 2017 年版)、李西建的《延安文艺与 20 世纪马克思主义文艺理论中国化》(陕西师范大学出版总社 2020 年版)、惠雁冰的《延安时期的戏剧活动研究》(人民出版社 2022 年版)等。它们一方面以扎实的努力,潜心勾画了解放区文学的历史和风貌;另一方面,则以理性的学术精神,细致解析了解放区文学的肌理和特质。但是,在对前后期解放区文学关系的认知上,过于看重二者差异性的问题在学界仍然存在着,甚至更加凸显了。这主要表现在:一、在某些注重解放区相关报刊研读和相关史料辩证的著述中,研究者们在求异思维的惯性作用下,通过对原始材料的有意取舍,放大了二者的相

---

① 详见王瑶:《中国新文学史稿(下册)》,新文艺出版社 1953 年版,第 205—445 页;丁易:《中国现代文学史略》,作家出版社 1955 年版,第 139—165、397—444 页。

异之处,对二者的关联性则作出了屏蔽;二、在某些致力于宏观把握的著述中,以袁盛勇教授为代表的一些新锐学者深刻揭示了 1942 年以后解放区文学由"民族的文学"演变为"党的文学"的过程,对后期文学性质作出了新的阐释,但是,因为此后学界尚未就这两种"文学"之间的影响与承传问题作出应有的探讨,致使新观点的提出倒反而强化和放大了二者的差异性。所有这些,均表明周扬报告中的"断裂论"思路在新时期仍然得到了延续。对于二者关联性的忽视,既不利于对整个解放区文学一体性和有机性的把握,又遮蔽了后期文学对前期文学在文学上的承传、使之几乎成了无本之木。

当然,在前后期解放区文学关系方面,1949 年以来也曾出现过个别具有启发性的见解。如王瑶在《中国新文学史稿(下册)》中指出,前期解放区文学在某些方面"已经准备好了迎接毛主席文艺方向的条件"①;刘绶松的《中国新文学史初稿(下卷)》在以抗日战争和解放战争来划分文学阶段时,也以抗战初期"文学与工农兵结合"一节为解放战争时期的"工农兵群众文艺活动"一节作出了事实上的铺垫②。这些表述在一定程度上涉及二者之间的关联性。但是,总的说来,这样的观点较为鲜见,且言之不详,相关研究远没有得到展开。这说明学界在对二者关联性的认知上还缺少自觉性和系统性。

通过上述学术史的梳理,可以看出,解放区文学前后期的关联性是在以往研究中被忽视的、因此亟须正视并须予以深入探讨的一个重要问题。开展这一问题的研究,对于理解解放区文学的一体性及其整体走向的发生、对于从文学自身发展视域去理解毛泽东《在延安文艺座谈会上的讲话》(以下简称"《讲话》")的重要意义等,均具有独到的学术价值。这主要体现在以下两个方面:

首先,研究二者的关联性,可以对二者关系作出更加客观也更加全面的呈现。虽然二者具有不尽相同的风貌,但是,不管是前者还是后者,它们只是解

---

① 王瑶:《中国新文学史稿(下册)》,新文艺出版社 1953 年版,第 16 页。
② 刘绶松:《中国新文学史初稿(下卷)》,作家出版社 1957 年版,第 16—28、213—220 页。

放区文学的不同阶段,二者当中仍然存在着作为解放区文学所具有的共同特质。前期解放区文学,从文学观念、文学创作方式到文学形态,都是多元化的。在这种多元化的构成中,涵括了后期文学中的许多要素。这些贯穿于整个解放区文学的要素是前后期文学的"最大公约数",是使前后期文学形成关联而未造成"断裂"的主要结点。它们显现出了整个解放区文学一体化的本质特征。这一以革命功利性为核心的"最大公约数",是战争环境的要求、主流意识形态的召唤、作家的主体选择等多种因素合力作用的结果。在前期解放区文学的多元构成中,这些要素只是其中的一部分;它们与其他要素相互并置,形成了一个富有张力的文学场域。而到后期解放区文学阶段,这些要素从原先多元并存的结构中被抽取出来,它们与解放区后期新增的规范性要求一起,成为统驭解放区文坛的支配性力量,引领了解放区文学发展的方向。虽然它们在角色、地位上发生了转换,但是,它们本身作为解放区文学两个阶段中的一种客观存在却是一以贯之的。主流意识形态对后期解放区文学的介入和引导,虽然有其现实的政治考量,但它并不是一种纯然非文学化的强力楔入;其中,它所强化的一些要素正是前期文学中业已存在的。因此,充分认识二者的关联性,可以使相关结论更加合乎实际;同时,在学界比较普遍地强调二者差异性的背景下,客观呈现和深入揭示二者的关联性,有助于矫正某些研究者过于看重后期文学特殊性的理论偏差,从而使对二者关系的认知更加趋于辩证和全面。

其次,研究二者的关联性,可以更加全面、更加深入地认识解放区文学转型的内在根因。解放区文学的转型是在外因(各种社会因素,特别是主流意识形态的现实需要)与内因(包括前期解放区文学的某些要素)的共同作用下催生的。1942年,以《讲话》的发表为标志,主流意识形态对后期解放区文学的建构进行了介入和引导。但是,前期解放区文学中的许多要素对后期文学也产生了影响,从文学内部为文学后期的生成提供了资源和关联域。主流意识形态审时度势、因势利导,从多元化的前期解放区文学中择取某些要素予以固化与强调,同时,对其中一些被认为是不合时宜的要素则进行了规避与抑制。主流意识形态的现实需要类似于法国丹纳所言的"精神气候",它"在各种才干中作着'选择',只允许某几类才干发展而多多少少排斥别的"①。例如,在前期解放区文学阶段,戏剧活动相当活跃,所演出的既有改编的秧歌和旧剧,也有话剧(包括"大戏")。到后期阶段,主流意识形态从中作出选择,其结果是后者中的"大戏"被终止,而前者则在新秧歌运动和旧剧改革热潮中得到长足发展。这导致了后期戏剧文学结构的改变,但其选择出来并予以固化与强调的这些要素却并非凭空而至,而是前期业已存在的。正是这些要素的作用,构成了解放区文学转型最重要的内部原因。

有鉴于解放区文学前后期关联性问题所具有的这些重要的学术价值,本著以已有研究成果为基础对这一问题展开研究。解放区文学前后期的关联性主要表现在以下五个方面,而对这些方面的研究同时也构成了本著各章的基本内容:

一、追求革命功利的文学观念。第一章、第二章分别研究前后期解放区文学的价值观。前后期解放区文学继承中国文学感时忧世的传统,均看重文艺的革命功用。概言之,其所重之"用"在前期主要是服务于抗战,在后期则主要是服务于"最广大的人民大众"。前期解放区文学于抗战烽火中诞生,因此,其价值观是以民族救亡为中心、通过民族的倾向性表现出来的,其核心是鼓吹文学要合乎民族利益、要为抗战服务。后期文学的价值观在功利的内涵上发生了由重在"为民族"到重在"为阶级"的重大转变,其功利性主要是以阶级利益为中心、通过阶级—政治倾向性表现出来的。尽管如此,前后期解放区文学价值观之间仍然存在着很大的关联性:一方面,前后期解放区文学均具有"为民族"的和"为阶级"的元素,另一方面,它们均是以追求"功利性"为目的的。正是对文学之"功利性"本身的这种共同认知,使前后期解放区文学在诸

---

① [法]丹纳:《艺术哲学》,傅雷译,三联书店 2016 年版,第 45 页。

多方面显现出了相同或相似的特征,并形成了相同或相似的文学风貌。第三章考察解放区"演大戏"现象评价的演变。除在讨论阶段显现出了前后期解放区文学批评在观念上和方式上的关联外,更在结论阶段明令禁止演出与战争完全无关的"大戏"中突出地呈现了后期解放区戏剧"为战争、生产及教育服务"的革命功利性。第四章解析新编历史剧《三打祝家庄》的编创过程,意在说明为更好地发挥文学对于革命事业的功利作用,后期解放区文学创作承继了前期重视"组织"工作的做法,并且提高了组织化程度。它所显现出来的组织机制,在其后的创作中也有或隐或显的表现。第五章探讨后期解放区文学对"鲁迅形象"的政治化建构问题。为了使鲁迅更好地服务于现实政治斗争,后期解放区文学中以阶级政治视角建构起了一个具有强烈的阶级政治倾向性的"阶级鲁迅"的形象。这从一个方面显现出了后期文学对阶级功利性的积极追求。

二、深入群众生活的实践路径。为了发挥文学的"为民族"和"为阶级"的功利作用,解放区作家密切了与现实生活的联系。在前期阶段,为了"在抗战的实践中把文艺和现实拉得更靠紧"①,许多作家以"真实而深刻地反映现实"②为追求,已然从亭子间走出,深入到战地、敌后和农村。第六章、第七章讨论前后期解放区文学中的"深入生活"思潮和"深入群众"观念。它们在前期解放区文学中业已形成,是解放区各级领导大力倡导和解放区文化界自觉追求的结果。在认识层面,解放区各界以"深入生活"的必要性为中心建构出了相关理论,为"深入生活"从口号发展成为一种文学思潮奠定了较为坚实的理论基础。在实践层面,解放区许多文艺工作者以个体性实践和群体性实践两种方式,深入到了前线、敌后和农村。"深入群众"作为一种观念,是一种思想意识,包含了了解实际情况、发挥社会作用和"向群众学习"等意蕴;但对于解放区文艺工作者来说,他们又没有停留在一般的思想意识层面,而同时落实

---

① 周扬:《一个伟大的民主主义现实主义者的路》,《解放》第 56 期,1938 年 11 月。
② 荒煤:《鲁艺文艺工作团在前方》,《大众文艺》第 1 卷第 4 期,1940 年 6 月。

到实践之中、并指导了实践。1942 年 5 月,毛泽东在《讲话》中对"深入生活""深入群众"问题作出了深刻的论述和积极的倡导,更加突出了它们对于作家改造思想感情和获取创作源泉的意义。随后,相关部门以体制化的运作对于解放区文艺工作者的"深入生活""深入群众"作出了"下乡"这样的整体性的制度安排,使之几乎均全身心地投身到长期的"深入生活""深入群众"的群体实践中去,对后期解放区文学产生了重大影响。尽管如此,解放区文学"深入生活""深入群众"的源头是在前期。因此,在"深入生活""深入群众"方面,前后期解放区文学也表现出了很强的关联性。

三、追求现实性品格的题材取向。为了实现文学的革命功利性,前后期解放区文学均具有强烈的现实指向,均重视对现实生活的直接反映;二者在题材取向上具有一致之处。在前期阶段,在"深入生活""深入群众"过程中,许多作家以有意获取和实践获取的方式摄取题材,创作出了大量的反映现实生活、服务现实斗争因而具有现实性品格的作品。如艾青、田间等以诗歌发出了抗战的呐喊,周立波、碧野等对前方生活作出了具体描写。第八章、第九章以 20 世纪 40 年代初期解放区文学的边区纪事和"反顽"主题为研究对象,指出:前者通过对陕甘宁边区政治生活、经济生活与先进人物的书写,后者通过对国民党顽固派制造军事摩擦、实行政治独裁和文化专制的揭露,均凸显了此期文学的现实性品格。这对于当时存在的"脱离现实(实际)"的倾向,起到了明显的纠偏作用。在后期阶段,作家们在《讲话》精神的指引下,在力度更大的"深入民众""深入生活"的过程中获取现实题材,创作出了反映"民族的、阶级的斗争与劳动生产"的作品①;这些作品更加充分地呈现出现实性品格,也更加充分地发挥了革命功利作用。第十章、第十一章所探讨的后期文学中的英模书写和难民叙事,在追求文学的阶级功利性时,均采用了现实题材。第十二章考察新编历史剧《三打祝家庄》的现实意蕴。该剧以历史题材服务于现实,从一

---

① 　周扬:《新的人民的文艺》,中华全国文学艺术工作者代表大会宣传处编:《中华全国文学艺术工作者代表大会纪念文集》,新华书店 1950 年版,第 71 页。

个方面反映了后期解放区文学对现实性品格的追求。第十三章、第十四章讨论后期解放区文学中对于国民性和"变天思想"的批判。相关作家从现实生活中取材,表现出了帮助农民克服精神弱点的努力。同时,这类现实题材的表现具有"启蒙"的指向,这说明它们与前期文学一样承担起了具有"启蒙"性质的"教育群众"的任务。因此,在"启蒙"问题上,亦可见出解放区文学前后期的关联性。

四、群众与知识分子的对比观照。在前期阶段,在"深入生活""深入群众"的过程中,不少作家发现真正对抗战有"用"的不是知识分子而是群众。为此,他们从追求革命功利的实用理性出发,主要以"群众"为对比展开了尖锐的自我批判,大体涉及知识分子群体的性格、心理及其思想根源等,较早提出了"知识分子改造"的重要命题。第十五章对前期解放区文学中知识分子的自我批判作出分析,指出:这种批判在一定程度上客观地呈现出知识分子的弱点和不足,也表现出了建构知识分子理想品格的主观努力,但由于其在自我批判展开的过程中单一地以可见之"用"为标准进行取舍,所以,在结果上,又导致了知识分子价值立场的偏移。这种倾向是与当时解放区政治界、思想文化界的主流认知相抵牾的,但稍后却又为后期解放区文学中知识分子改造问题的表现提供了历史的关联和线索。后期文学开始后,"按照工农大众的面貌来改造自己"①成了作家的重要使命,群众与知识分子的对比观照不但成为在艺术世界中建构人物序列的基本原则之一,由此派生出了讴歌工农兵群众与鼓吹知识分子思想改造两大主题范型,而且成为现实世界中重要的评价框架和尺度之一。第十六章以《穷人乐》的创生为例,对此作出分析。长期以来,对于"外来的同志"(即具有知识分子身份的作家)在该剧创生中的作用以及相关艺术实践与主张的评价,均是在"群众与知识分子"的对比中展开的。在编创、排演的过程中,"外来的同志"发挥了主导作用,但是,事实上,这些作

---

① 穆文(林默涵):《略论文艺大众化》,《大众文艺丛刊》第 2 辑《人民与文艺》,1948 年 5 月。

用只被视作是一种辅助性作用而被低估了。不但如此,他们在编创过程中作出的、本具有其艺术合理性的对于"喇嘛逼租"的简化等,则被视为表现出了与"群众的意见"相对立的艺术思想而遭到批评与纠正。对此,"外来的同志"也予以了诚挚的接受。这一现象是在知识分子作家"下乡"向群众学习、改造思想感情这一特定的思想文化背景中发生的,它显现出了解放区后期知识分子思想改造的深入。

五、民族民间形式的运用与改造。早在抗战初期,为了动员大众,重视"普及"、重视利用大众所喜闻乐见的民间形式,已然成了作家的一种主流化的选择。稍后,毛泽东对民族形式的倡导和解放区文艺界对民族形式的讨论,都推进了对民族民间形式的运用和改造。在具体的艺术实践上,前期小说对于民族叙事传统的借鉴,前期戏剧戏曲界所开展的改造旧艺人以及改革平剧、改编秧歌等,都为后期相关工作的开展积累了经验、提供了启示。第十七章围绕前期解放区文学中的"普及和提高"问题,具体分析了在"小形式""旧形式""民族形式"的讨论中所表现出来的重视普及以及"普及和提高"相统一的倾向。第十八章所论前期解放区小说中的"新英雄传奇"倾向,是在前期解放区文学整体性的价值追求和形式自觉中形成的。在艺术形式上,它们回归民族叙事传统,表现出口语化、故事化的特点,为解放区后期"新英雄传奇"开了先河。第十九章所论前期解放区文学中的"艺人改造",源自"利用和改造旧形式"的需要。遵循着要改造"旧形式"就必须改造"旧艺人"的逻辑思路,前期解放区各界开展了"艺人改造"的工作,在观念上、路径上和方式上为后期提供了有益的启示,是后期的前奏和先导。第二十章和第二十一章分别探讨前期解放区文学中的平剧改革和秧歌活动。平剧和秧歌是重要的民族民间形式。在解放区前期,文艺工作者一直以自觉的意识从事着平剧改革的实践,对后期平剧改革产生了直接的影响。而前期解放区秧歌也通过植入"新的内容"和改造传统秧歌"俗流低级"的旧形式,为以"新秧歌运动"为代表的后期秧歌开了先河。后期文学开始后,为了使文学更好地发挥革命功用、更好地为工农兵所接受,文艺工作者在前期相关工作的基础上,对民族民间形式进行了进一步的运用与改造,并且在民族新形式的创造上表现出了更大的自觉。第二十二章论述后期解放区文学中"小形式"的评价问题。由于"小形式"在对于现实的功利作用方面既有优势又有不足,解放区理论界和创作界对之既有肯定又有批评,这一评价反映出了对文学工具性与艺术性辩证关系的认知及创造民族"大形式"的诉求。第二十三章具体分析歌剧《王秀鸾》中的民间元素。该剧以民间形式传达民间伦理,不但在内容与形式上达成了统一,而且增强了其对于广大群众的吸引力。该剧在解放区后期出现,说明解放区作家在前期民族化探索的基础上,继续弘扬民族文化传统,并在民族化的道路上作出了新的开拓。

此外,"工农兵群众的文艺活动"向来被视为是作为"真正新的人民的文艺"的解放区后期文学的一个重要的"方面"①。第二十四章以前期解放区文学中的工人业余创作为例,旨在说明解放区前期对群众创作相当重视,群众创作也取得了比较显著的成绩。因此,在群众创作方面,前期解放区文学为后期提供了经验,后期则对前期作出了继承和发展。解放区文学前后期的关联性在群众创作上同样也有突出的显现。

在研究思路和方法上,本著着意突出以下两个意识:一是历史意识。即以历史唯物主义为指导,强化文学史研究的历史意识,通过对各类史料的广泛占有和深入研读,以实证的手段真实还原解放区文学的历史现场,深刻把握解放区文学的历史文化语境,在此基础上,准确理解和把握解放区文学前后期的关联性。在行文时,做到论从史出、言必有据,而不作悬想和蹈空之论。二是问题意识。在结构上,本著为求研究的相对完整,兼顾到了前后期解放区文学在文学观念、实践途径、题材取向、形象设置(以及主题范型)、形式特征等多个方面的关联性。但是,在每一方面具体论题的设置中,却以鲜明的问题意识,

① 周扬:《新的人民的文艺》,中华全国文学艺术工作者代表大会宣传处编:《中华全国文学艺术工作者代表大会纪念文集》,新华书店 1950 年版,第 70、79 页。

将在研读史料和学术史时发现而学界未曾关注或关注不够的学术问题作为研究对象,展开集中和深入的专题式研究。这种研究所取的对象常常可能只是前期或后期的,但研究视野却是统摄前后期的,它们无一例外地从某个独特的角度显现出了前后期的关联性。显然,这样的论题设置为学术创新创造了条件。

第一章　前期解放区文学的价值观

　　众所周知,文学价值观是文学的灵魂。一个时期文学整体风貌的形成,受制于该时期占主导地位、起支配作用的文学价值观。所谓"文学价值观",是"文学活动主体在认识文学的特性规律的基础上,对于文学起什么样的作用,在哪些方面起作用,以及如何评判文学的意义价值的观念系统"①。文学价值观的核心是对"文学之用"的认知,因为它同时联系着文学的本质及其评价标准。具体来说,文学的"效用"反映了文学的"性质",质言之,"它能做什么,它就是什么;它是什么,它就应能做什么";而"在判断某一东西具有价值时",人们也"必须是以它是什么和能做什么为依据……"②。因此,要深入开展对前期解放区文学的研究,就必须探讨作为其灵魂的文学价值观。虽然学界在宏观把握解放区文学时对此曾有所涉及③,但迄今尚无专题性的研究成果;同时,学界已经作出的相关认知,也因不尽确当,仍有进一步讨论之必要。有鉴

---

　　①　赖大仁:《当代文学批评的价值观》,社会科学文献出版社2013年版,第31页。
　　②　[美]韦勒克等:《文学理论》,刘象愚等译,江苏教育出版社2005年版,第284页。
　　③　如有学者曾指出:"强调文艺的功利性"、具有"强烈的战斗性"几乎是"抗战开始后各抗日民主根据地文学的共同特征"。见刘增杰等:《中国解放区文学史》,河南大学出版社1988年版,第25页。近年来,有学者提出:"阶级—民族主义"是延安文学的重要观念;也就是说,延安文学是为"阶级—民族"服务的。见袁盛勇:《历史的召唤——延安文学的复杂化形成》,中国戏剧出版社2007年版,第66页。

于此,为了准确地把握前期解放区文学的特质与风貌,并在此基础上进一步深刻理解解放区文学前后期的关联性,本章通过系统考察解放区前期有关"文学之用"的理性认知及其艺术实践,对前期解放区文学的价值观作出探讨,同时对有关观点作出辨析。

第一节　时代的召唤:"为抗战服务"

前期解放区文学的价值观是以民族利益为中心,倡导文学要服务于民族解放、抗战救亡之大业。这一价值观的生成,是特定时代召唤的结果。1935年华北事变后,随着日本帝国主义侵略的加深,中华民族处在巨大的危机之中,救亡图存成了最迫切的时代要求。在解放区,审时度势及时向文学提出这一时代要求的首先是以毛泽东为代表的中共领导人。早在 1936 年 11 月中国文艺协会成立之时,他就在演讲中强调:为了实现结成抗日民族统一战线、把日本帝国主义赶出去的目的,就必须"从文的方面去说服那些不愿停止内战者,从文的方面去宣传教育全国民众团结抗日"[①]。在这里,毛泽东对"文"本身的重视和对"文"之"说服"与"宣传教育"功能的期许,都反映了中共领导人对"文"的现实效用的尊崇。不但如此,他在讲演中所表现出来的以民族利益为重以及为了民族利益而要与"不愿停止内战者"作斗争("阶级斗争")的思路,实也引领或曰代表了即将出现的前期解放区文学对"文学之用"内涵之认知。1937 年 5 月,抗战全面爆发前夕,毛泽东对当时的国内外矛盾作出了客观科学的分析,认为"中日矛盾成为主要的矛盾、国内矛盾降到次要和服从的地位"[②]。以此判断为前提,他高高举起"民族"大旗,强调必须为争取千百万群众进入抗日民族统一战线而斗争。

---

① 《毛主席讲演略词》,《红色中华·红中副刊》1936 年 11 月 30 日。

② 毛泽东:《中国共产党在抗日时期的任务》,《毛泽东选集》第 1 卷,人民出版社 1991 年版,第 252 页。

抗战全面爆发以后(亦即前期解放区文学开始以后),毛泽东延续了其重视"文"的现实效用的思路。在阐明服从于"坚决抗战方针"之"一整套的办法"时,他特别强调:"新闻纸、出版事业、电影、戏剧、文艺,一切使合于国防的利益。"①这是他第一次具体而明确地提出抗战时期"电影、戏剧、文艺"要"合于国防的利益",亦即文艺要服从于抗战的观点。稍后,他代表中共中央提出了"十大救国纲领",其三即为"全国人民的总动员",要求"全中国人民动员起来,武装起来,参加抗战,实行有力出力,有钱出钱,有枪出枪,有知识出知识"②。不难领会,在所要动员的"一切力量"中,自然包括了文艺界的"力量";在"有知识出知识"者中,自然也包括了文艺工作者在内。另一位中共领导人洛甫(张闻天)在1937年11月召开的陕甘宁边区文化界救亡协会成立大会上,作了题为《十年来文化运动的检讨及目前文化运动的任务》的报告,也明确提出了"适应抗战"是文化界的首要任务。

中共领导人对文化(文学)要为抗战服务的观点作出更为系统、深入之论述的,是在1940年1月召开的陕甘宁边区文化界救亡协会第一次代表大会上。洛甫认为,"抗战建国"是中国对日的总的政治目的,文化则与政治、军事、经济等一样,是达此政治目的的斗争武器之一③。毛泽东在所作报告《新民主主义论》中不但对文化之于革命的"效用"再次作了强调,而且还提出所要建设的新民主主义文化是"民族的科学的大众的文化"。在这个重要的概念中,他将"民族的"置于首位,强调这种文化"带有我们民族的特性",首先"是反对帝国主义压迫,主张中华民族的尊严和独立的"。所有这些,都可以看出在中日矛盾成为时代主要矛盾时中共领导人对民族利益的标举和对文化(文学)服务于民族利益的伸张。

---

① 毛泽东:《反对日本进攻的方针、办法和前途》,《毛泽东选集》第2卷,人民出版社1991年版,第348页。
② 毛泽东:《为动员一切力量争取抗战胜利而斗争》,《毛泽东选集》第2卷,人民出版社1991年版,第355页。
③ 洛甫:《抗战以来中华民族的新文化运动与今后任务》,《解放》第103期,1940年4月。

　　以毛泽东、洛甫等中共领导人的相关论述为指导,中共相关主管部门一再强调包括文学在内的"文化"的现实效用,同时,对其所负载的服务于民族利益之使命也提出了明确的要求。1939 年 5 月 17 日,中央书记处就"宣传教育工作"作出指示,要求"各级宣传部必须经常注意对于文化运动的领导,积极参加各方面的文化运动"①。两年多后,中共中央宣传部就党的宣传鼓动工作又颁发了一份重要文件。文件根据毛泽东在《新民主主义论》中关于文化之效用的论述,指出:为了达到"反对民族敌人——日本帝国主义,反对民族投降主义"之目标,党应当从各方面领导和组织文化运动,使文化运动实际上成为"党对外宣传工作的一个有力武器"②。

　　对于中共领导人和相关主管部门关于文化(文学)为抗战服务的号召,延安和陕甘宁边区之外的其他各解放区的军政负责人予以了积极的回应和阐发。在晋察冀,军区司令员聂荣臻于 1939 年 4 月在边区文艺座谈会上发表讲话,要求文学反映群众的抗日热情,"启发其民主运动的发展,帮助战争动员"③。同月,在山东,八路军山东纵队政委黎玉在山东鲁迅艺术学校开学典礼上的讲话中,要求"我们的艺术活动"必须为抗战服务,要"用艺术的力量,推动一切不愿做亡国奴的同胞到抗战中来"④。在晋绥,一二○师政委关向应于 1940 年 1 月在晋西北首次戏剧座谈会上发表讲话,强调"文化运动要为大众服务,为抗战服务"⑤;次年,晋西区党委书记林枫在《西北文艺》创刊之际,

---

　　①　《中央关于宣传教育工作的指示》(1939 年 5 月 17 日),中共中央宣传部办公厅等编:《中国共产党宣传工作文献选编:1937—1949》,学习出版社 1996 年版,第 47 页。

　　②　《中共中央宣传部关于党的宣传鼓动工作提纲》(1941 年 6 月 20 日),中共中央文献研究室等编:《建党以来重要文献选编(一九二一——一九四九)》第 18 册,中央文献出版社 2011 年,第 429 页。

　　③　聂荣臻:《关于三民主义的现实主义》,《边区文化》创刊号,1939 年 4 月。

　　④　黎玉:《山东"鲁艺"诞生的三个历史环境与它的三个任务》,《大众日报》1939 年 4 月17 日。

　　⑤　刘西林整理:《关向应甘泗淇在晋西北首次戏剧座谈会上的讲话》,中国人民解放军文艺史料编辑部编:《中国人民解放军文艺史料选编　抗日战争时期　第一册》,解放军出版社1988 年版,第 227 页。

也重申"我们的文艺必须是为革命为民族解放服务"①。在华中,新四军苏北指挥部指挥陈毅于 1940 年 10 月在海安文化座谈会上指出:苏北文化工作任务就是要服从建立苏北抗日民主根据地的总任务,"以抗战教育教育青年,以抗战教育教育几百万人民"②;1941 年 4 月,新四军政委刘少奇在苏北文化协会成立会上也要求苏北的新文化运动必须与苏北及华中广大人民群众的抗日民主运动的实践取得密切联系③。一个月后,在晋冀鲁豫,一二九师政委邓小平在全师模范宣传队初赛会上所作报告中,指出文化工作的"具体内容"之一便是:"加强民族的爱国的宣传教育",以"激励民族气节""提高其民族自信心与自尊心"④。从上述所列材料中可见,各地军政负责人以中共领导人和相关主管部门有关"文化与抗战"关系的论述为依据,结合各地实际,细化了文化(文艺)服务抗战的目标、任务和路径。这积极推动了文化(文艺)服务抗战活动的具体开展,使中共领导人和相关部门的指示和要求在各解放区得以真正贯彻执行。

因为解放区是由中国共产党领导、并建立了人民政权的地区,所以,在解放区政治、经济、军事、社会、文化等各项事业的建设和发展中,中国共产党必然会发挥核心作用。在新的时代到来之时,解放区应该发展一种什么性质的文学,这样的文学应该发挥什么样的现实效用,总之,前期解放区文学价值观应该怎样建构,中国共产党必然会进行导引。从以上对中共领导人、相关主管部门和各解放区军政负责人相关观点的引述、分析中,可以清楚地看出他们对时代要求的及时准确的把握,以及在此基础上对前期解放区文学价值观建构的期待。而他们的期待,说到底,就代表着时代对于解放区文学的要求。

---

① 林枫:《给〈西北文艺〉》,《西北文艺》创刊号,1941 年 7 月。
② 陈毅:《关于文化运动的意见——在海安文化座谈会上的发言》,《江淮》第 5 期,1941 年 2 月。
③ 刘少奇:《苏北文化协会的任务》,《江淮文化》1941 年第 2 期。
④ 邓小平:《一二九师文化工作的方针任务及其努力方向》,《抗日战场》第 26 期,1941 年 6 月。

第二节　价值观的建构：以民族救亡为中心

中共领导人等对民族大义的伸张、对文学（文化）为抗战服务使命的强调，及时而强烈地反映了时代对文学的要求，并为前期解放区文学价值观的形成奠定了基调。在他们的引导和影响下，解放区文艺工作者作为解放区文学的创作主体，对于这一时代要求作出了积极的响应；并经过不懈的努力，建构了以民族救亡为中心的文学价值观。这一价值观主要表现在他们对以下问题的思考和回答中：一、文学要不要为抗战服务？二、文学为何要为抗战服务？三、文学如何为抗战服务？

对于文学要不要为抗战服务这一问题，解放区文艺工作者的回答自然是肯定的，其态度是极其鲜明的。在他们看来，在民族生死存亡的关头，文学必须以民族救亡为中心、必须为抗战服务。抗战全面爆发之初，西北战地服务团（以下简称"西战团"）即已成立。在"成立宣言"中，他们明确表示："我们愿意以我们的一切贡献于抗日前线，与前线战士共甘苦，同生死，来提高前线战士的民族自信心和民族牺牲性"。他们从中显示出来的这一全力为抗战服务的态度，既揭橥了同时又代表了解放区文艺组织、文学刊物和文艺工作者所共有的强烈的民族情结和民族倾向性。例如，1939 年 11 月成立的中华全国文艺界抗敌协会晋东南分会"立下志愿，要使敌后文艺形成一支巨大的力量，给敌人以致命的打击"[①]；1942 年初创刊的《晋察冀文艺》则以"作为边区文艺工作者保卫边区，保卫祖国，打倒敌人的共同阵地"[②]自期；作家康濯、孔厥在谈及晋西北前方深入生活的体会时也认为："抗战时期，既然一切都要服务于抗

---

① 《中华全国文艺界抗敌协会晋东南分会成立宣言》,《新华日报》(华北版)1939 年 12 月7 日。

② 《〈晋察冀文艺〉编辑小记》,《晋察冀文艺》第 1 期,1942 年 1 月。

战,文艺工作者自也不能例外"①。

关于文学为何要为抗战服务,在解放区文艺工作者看来,主要原因有二:首先,"民族"的生存是新文学生存的前提;而民族要生存,就"必须依赖于全民族坚决到底的抗战",因此,新文学界"现在就首先要用一切的力量为抗战而服务"②。这样的认知,是解放区文艺工作者形成文学服从于民族救亡之价值观最重要的根因,也是其接受各级领导之影响、响应时代之召唤的最重要的思想基础。正是从这样的认知出发,文学与民族革命的关系甚至成了厘定文学价值的重要尺度。具体说来,"文学和民族革命的实践的关系愈密切,文学在大众教育的事业和民族解放的事业上就愈有用,它的价值也就愈高"③。其次,文学为抗战服务也是文学自身发展的需要。抗战极大地改变了中国新文学的生态和结构,也极大地改变了许多作家的命运和际遇。"抗战生活"成为显现在解放区作家面前的、不得不正视且不得不反映的最重要的生活。因此,作家只有"和抗战的实际紧密地联系着""参加抗战,服务于抗战",才能"不落后地跟生活合着步调一同前进",才能在创作中获得"叙述生活的真实"④;也只有这样,才能推动中国新文学在抗战时期的进步和发展。

至于文学如何为抗战服务,这更是迫切需要解放区文艺工作者作出回答的。他们以自己的实践和思索,从下述两个方面给出了答案:首先,文学要为抗战充分发挥其宣传作用。1940 年 1 月 20 日在《新中华报》刊出的《中华全国戏剧界抗敌协会晋察冀边区分会成立宣言》对"戏剧"的宣传作用作了这样的说明:"我们拿它可以鼓励前线的战士,我们拿它可以粉碎敌人的欺骗,我们拿它可以反映一切血的故事,我们拿它可以动员一切新的力量"。这段说

---

① 康濯、孔厥:《我们在前方从事文艺工作的经验与教训》,《文艺战线》第 1 卷第 4 号,1939 年 9 月。
② 《陕甘宁边区文化界救亡协会成立宣言》,《新华日报》1938 年 1 月 15 日。
③ 周扬:《抗战时期的文学》,《自由中国》创刊号,1938 年 4 月。
④ 周扬:《新的现实与文学上的新的任务》,《解放》第 42 期,1938 年 6 月。

明,从对象上、内容上对文学宣传作用作出了相当全面的概括。其次,文学在进行抗战宣传时还应体现出文学自身的特性。文学是以形象反映生活的,有自己的特点与功能。1939年4月,艾思奇在肯定文艺"事实上已经成为全面抗战中的一个要素,一个部门"时,特别指出文艺是"反映现实的一种形式",它为其他形式所不具备的特点就在于"它能把活的事实具体地摆了出来"①。次月,《文艺突击》新1卷第1期发表了一篇署名为"振"的《政治号召与文艺》。文中,作者希望文艺工作者在以文艺"实切,机敏而具体地随时为政治服务"时,把握住并发挥好文艺的"特殊艺术功能"。此后,李泰也要求文艺以"它自己的特殊功能"来"把握住抗战形势的转变与发展"②。当然,解放区文艺工作者此时提出在宣传时要注意文学自身的特性,其目的并不是要躲进象牙之塔;恰恰相反,而是为了更好地发挥文学为其他形式所不能替代的现实效用。

　　总之,在解放区前期,解放区文艺工作者着重通过对文学为何要为抗战服务以及如何为抗战服务等问题的解答,积极响应时代的召唤,建构出了这一以民族救亡为中心的文学价值观。中共领导人、相关主管部门和各解放区军政负责人以其对民族利益的关切、对文学为抗战服务的吁请,对他们作出了有效的引导;同时,又以他们为主体、最终也通过他们完成了对这一价值观的建构。

　　解放区文艺工作者对文学价值观问题的理性认知,在他们的创作和文艺活动中得到了表现,他们的文学价值观也最终在实践层面得到了落实。这从当时发表的、对解放区文学活动进行总结的系列文章中可以管窥一斑。前期解放区文学发展到1941年年中及稍后,有多名作者发表了综合性或专题性的总结文章。他们在对四年来解放区整体文学活动或其中某类创作的系统梳理和精要概括中,共同揭示并高度肯定了其中所蕴含的文学为抗战服务的价值观。由于此后到1942年5月,前期解放区文学在最后近一年的时间里仍然延

---

① 艾思奇:《旧形式运用的基本原则》,《文艺战线》第1卷第3期,1939年4月。
② 李泰:《当前的文艺运动与文艺工作者的紧急任务》,《大众》第31、32期合刊,1940年8月。

续了前四年的总体倾向,在价值观上未曾发生过任何实质性的变化,所以,他们对前期解放区文学前四年的概括也可视作是对持续近五年的整个前期解放区文学的概括。

1941 年 7 月,何洛撰文表彰华北文艺工作者"来回穿行在敌人的火网以内,广播着文艺的种子,配合前线的战士作战"之"功绩",而且指出其作品均具有"直接配合政治军事作战"之特点①。这也就是说,华北文艺工作者之"其人其作"都与抗战发生密切关联,都是为抗战服务的。次月,李伯钊的《敌后文艺运动概况》和欧阳山的《抗战以来的中国小说》在《中国文化》第 3 卷第 2、3 期合刊上发表。前者是一篇综论。它将敌后抗日根据地的新文化运动的任务和使命,概括为既要"同日本帝国主义的独占文化做斗争",又要"动员一切可能动员的力量来直接加入抗战";并通过对戏剧、报告文学、诗歌、小说等不同文体创作的分析,充分肯定了它们所具有的"迅速的反映抗战的现实""暴露敌寇暴行鼓励斗争"等特点。后者是一篇有关抗战以来解放区小说创作的专论。它盛赞"中国人民大众的觉醒"这一主题在小说创作中"从来不曾被表现得像今天这么热烈、真实,像今天这样达到了空前未有的广度和深度"。此后又一月,徐懋庸也发表了一篇文章,与李伯钊一文事实上形成了呼应。文中,虽然他没有像李伯钊那样对敌后文学展开具体的分析,但是,他对四年来华北敌后文艺界的整体成绩却作出了比李伯钊更有概括性的提领和说明。他指出:华北敌后文艺界涌现出来的"文艺人才",以他们的"为抗战服务,为政治服务"的创作"都直接的在群众当中,在军队里发生了宣传与教育的作用,振奋了民族的抗战情绪"②。从以上四名作者对抗战以来解放区文学活动的如此总结中,可以发现前期解放区文学与抗战之密切关联,也可以看出前期解放区文学是真正为抗战服务的。

---

① 何洛:《四年来华北抗日根据地底文艺运动概观》,《文化纵队》第 2 卷第 1 期,1941 年 7 月。

② 徐懋庸:《我对于华北敌后文艺工作的意见》,《华北文艺》第 5 期,1941 年 9 月。

　　何洛等四名作者对前期解放区文学活动及其价值观的概括,是对当时尚在进行中的文学活动的概括,因而具有鲜活的现场感。与之相比更具有厚重历史感的,是在前期文学作为一个阶段结束以后人们在回望时对它及其所蕴含的价值观的评价。这里以有关山东地区文学活动的评价为例。1943年10月,中共中央山东分局宣传部部长陈沂对"过去我们做了些什么"作了总结,肯定山东的前期文艺活动"对群众进行了无数次宣传教育,鼓动了群众的抗战情绪,有的进而组织了群众,使之成为抗战的力量"①。抗战结束后,胶东文协在述及1937—1941年间该地区的文化工作时指出:那时,"在蓬、黄、掖的城市和乡村,到处可以见到抗日的刊物和报纸,到处可以看到抗日的戏剧,听到抗日的歌声"②。1949年7月山东文协会长张凌青在第一次文代会上的发言中对1938—1942年间的山东"抗战文艺"也作出了这样的说明和评价:"这时期的文艺活动,在荒僻山区、农村、小城市和兵营中,展开广泛热烈的宣传活动",它们"对部队和人民动员抗日……起了巨大的作用"③。不难看出,上述对前期山东抗战文艺活动的回顾总结,都突出了那一时期文学与抗战的关系、呈现出了那一时期文学为抗战服务的价值观。前期山东地区文学活动是前期解放区文学活动的一个缩影。从人们对它的如此评价中,可以管窥整个前期解放区文学在价值观建构方面的一般情况。

第三节　价值观的重心:"为民族"
抑或"为阶级"?

　　从上述论析中可以看到,从理性认知到实践层面,前期解放区文学均高张

---

　　①　陈沂:《怎样实现文艺政策——在文艺座谈会上的总结》,《胶东大众》第18期,1943年10月。
　　②　胶东文协:《胶东八年来文化运动的回顾》,《胶东大众》复刊第1期,1946年1月。
　　③　张凌青:《山东文艺工作概况》,中华全国文学艺术工作者代表大会宣传处编:《中华全国文学艺术工作者代表大会纪念文集》,凝华书店1950年版,第363页。

民族大旗、强调"为抗战服务",表现出了以民族根本利益为重的文学价值观。这一价值观是在时代与历史双重因素的影响中形成的。中国文学本就有"文以载道"的传统。当中国步入现代以后,文学何为、文学何用的问题再次摆在了人们面前。虽然中国现代文学是在破除"文以载道"传统的过程中发生的,但是,在文学价值观的现代性建构中,随后却又形成了尊崇现实效用的文学新传统。"五四"时期,文学被用来启蒙民众、改造国民性,表现出了现代作家对新的"文学之用"的认知;到 20 世纪 30 年代,左翼文学则更表现出为革命服务的质素。1937 年抗战全面爆发后,救亡图存的需要使尊崇现实效用的文学价值观开始独占鳌头并大行其道。这在国统区是这样,在解放区亦是如此。如前所述,前期解放区文学价值观的形成,首先是因为救亡图存的时代要求的召唤;而这又进一步促进了前期解放区文学对古代"文以载道"传统和业已出现的现代尊崇现实效用之新传统的继承和发扬。这是一个合乎逻辑的过程。

总之,因为时代的召唤,前期解放区文学接受了古今双重文学传统的影响,形成了尊崇现实效用的价值观。那么,在这一价值观的构成中,除了上述诉诸民族利益的"为民族"的方面之外,是否还存在着以阶级—政治的倾向性表现出来的"为阶级"的方面? 如果二者兼具的话,那么,这一价值观的重心到底是"为民族"还是"为阶级"? 应该看到,在这一价值观的构成中确有阶级性的因素,但它们并不是一种自足的存在,而是服从于民族利益的。近些年来,在解放区文学观念的研究中,有论者提出了一个较为重要的观点,认为:"民族主义"虽然是"延安文学观念赖以成形的逻辑起点",但是,由于"具有普遍意义的阶级斗争理论或阶级论观念被植入民族主义语境中,民族主义形态也就因之转变为阶级—民族主义"。从其所列取的论证材料来看,这一"转变"最迟在 1938 年 4 月 28 日毛泽东在鲁迅艺术学院(以下简称"鲁艺")的讲话中就开始了;1940 年初,毛泽东《新民主主义论》发表,则进一步推动了这一"转变",其中所详细阐述过的"只能由无产阶级的文化思想即共产主义思想去领导"的新民主主义文化,"在本质上实际就是共产党的文化,简言之,党的文化"。在论者概括出的"阶级—民族主义"这一概念中,"阶级论观念"是一种"改写了民族主义的本质内涵"的"主宰性的意识形态力量";而"民族主义"则受制于它,"退居到次要地位"①。这也就是说,在前期解放区文学价值观中,不但在"为民族"之外还单独存在着"为阶级"的方面,而且逐渐成为这一价值观之重心的不是前者而是后者。

应该说,论者提出前期解放区文学中的"阶级论观念"是有依据的。在前期解放区文学阶段,以毛泽东为代表的中共领导人确实仍然承认"阶级和阶级斗争的存在"②。以此为前提,在《对陕北公学毕业同学的临别赠言》(1938年3月3日)、《在鲁迅艺术学院的讲话》(1938年4月28日)、《中国共产党在民族战争中的地位》(1938年10月)、《统一战线中的独立自主问题》(1938年11月5日)等一系列文章中,毛泽东一再论述了统一战线中的独立自主问题。但是,必须看到的是,毛泽东承认阶级和阶级斗争的存在、强调"独立性",都是以"统一战线的根本原则"作为大前提的。这个"根本原则"就是:"使阶级斗争服从于今天抗日的民族斗争"③。具体到艺术领域,他也明确指出:"今天第一条是一切爱国者的抗日民族统一战线,第二条才是我们自己艺术上的政治立场。"④周扬在阐释"反日的文学"的特质时,也强调阶级立场与民族立场是一致的;二者之所以具有一致性,是因为先进的阶级"把自己阶级的立场统一在民族的立场下面"⑤。这就是说,在他们看来,"民族斗争"(以及"一切爱国者的抗日民族统一战线""民族的立场"等)是第一位的,是"方

---

① 参见袁盛勇:《历史的召唤:延安文学的复杂化形成》,中国戏剧出版社2007年版,第21—92页。

② 毛泽东:《中国共产党在民族战争中的地位》,《毛泽东选集》第2卷,人民出版社1991年版,第525页。

③ 毛泽东:《统一战线中的独立自主问题》,《毛泽东选集》第2卷,人民出版社1991年版,第538页。

④ 毛泽东:《在鲁迅艺术学院的讲话》,《毛泽东文集》第2卷,人民出版社1993年版,第122页。

⑤ 周扬:《从民族解放运动中来看新文学的发展》,《文艺战线》第1卷第2号,1939年3月。

向";而"阶级斗争"(以及"政治立场""阶级的立场"等)则是第二位的(处于"服从"的地位),而不是像论者所说的那样成了一种"主宰性的意识形态力量"。

既然"民族斗争"是第一位的,那么,为什么在统一战线中还要坚持自己的"独立性"和"政治立场"呢?说到底,这也还是为了"以斗争求团结"、最终还是为了利于民族斗争的开展。对于民族斗争和阶级斗争的一致性,毛泽东是这样论述的:"一方面,阶级的政治经济要求在一定的历史时期内以不破裂合作为条件;又一方面,一切阶级斗争的要求都应以民族斗争的需要(为着抗日)为出发点"[1]。这也就是说,在民族矛盾成为主要矛盾时,阶级斗争是有限度的、其自身不能成为目的;它应该维护"合作"的关系、应该服从民族斗争的目的。在阶级关系的处理上,为了达到各阶级团结抗日之目的,他所提倡的也是调节各阶级相互关系的"互助互让政策"[2],而不是阶级之间的对立与分裂。即使在顽固派发动第一次反共高潮之时,他仍然冷静地指出:"在抗日统一战线时期中,斗争是团结的手段,团结是斗争的目的";而那种"认为斗争可以无限制地使用"的"认识","是必须纠正的"[3]。总之,伸张自己的"独立性"和"政治立场"、进行有限制的斗争,其目的还是在于"团结"、在于开展民族斗争。这充分体现了中国共产党人高超的斗争策略和在国难当头之时以民族利益为重的民族大义。因为他们深深知道要实现无产阶级的最终目标,"必须首先求得中国民族的解放"[4];没有这个前提,则无产阶级的最终目标也无以实现。

---

① 毛泽东:《统一战线中的独立自主问题》,《毛泽东选集》第2卷,人民出版社1991年版,第539页。

② 毛泽东:《中国共产党在民族战争中的地位》,《毛泽东选集》第2卷,人民出版社1991年版,第525页。

③ 毛泽东:《目前抗日统一战线中的策略问题》,《毛泽东选集》第2卷,人民出版社1991年版,第745页。

④ 王稼祥:《关于三民主义与共产主义》,《解放》第86期,1939年10月。

　　关于"无产阶级的政治领导"问题,是由坚持"独立性"和"政治立场"延展出来的一个重要命题。倡言"无产阶级的政治领导",曾被论者视为是"党的文化(文学)"建构的决定性因素。其实,与坚持"独立性"和"政治立场"一样,倡言"无产阶级的政治领导"之初衷也在建立与推进抗日民族统一战线。在中共领导人中,较早提出"我们的领导责任"的也是毛泽东。在 1937 年 5 月 3 日召开的中国共产党全国代表会议上所作报告中,他把共产党比作"抗日救国的总参谋部",明确指出:实现无产阶级及其政党的政治领导,就是为了建立抗日民族统一战线、实现"和平民主抗战的目的"。接着,他具体指出了实现领导的四个方面的条件。其中,最重要的是第一条,即:根据历史发展行程提出基本的政治口号以及为了实现这种口号而提出具体的动员口号。在这一条中,他列举到的基本口号有:"抗日民族统一战线""统一的民主共和国";"动员口号"则有:"停止内战""争取民主""实现抗战"。不难看出,这些带有引领时代方向性质的口号都是围绕抗日救国这一中心提出来的。最后,他还特别强调"共产党对于全国人民的政治领导,就是由执行上述这些条件去实现的"①。这也就是说,无产阶级及其政党的政治领导在当时的情况下就是要引领全国人民投入到抗日救国的神圣事业中去;换句话说,只有全国人民投入到抗日救国的神圣事业中去,共产党才真正尽到了自己的政治领导之责。

　　总之,毛泽东最初提出无产阶级的政治领导,是为了建立抗日民族统一战线、为了反帝、为了抗日救国。1940 年 1 月,他在《新民主主义论》中延续之前的思路,将"新民主主义的文化"界定为"在今日,就是抗日统一战线的文化",并且也提出了"这种文化,只能由无产阶级的文化思想即共产主义思想去领导"的问题。在这里,他虽没有像在《中国共产党在抗日时期的任务》一文中那样具体指出实现领导的途径,但是,其面向仍然是清晰的。他特别强调:

---

　　①　毛泽东:《中国共产党在抗日时期的任务》,《毛泽东选集》第 1 卷,人民出版社 1991 年版,第 262—263 页。

"这种领导,在现阶段是领导人民大众去作反帝反封建的政治革命和文化革命",也因此,"现在整个新的国民文化的内容还是新民主主义的,不是社会主义的"。因为"在现阶段革命的基本任务"主要地是反对外国的帝国主义和本国的封建主义,所以,无产阶级的文化思想是用来领导人民大众去作反帝反封建的政治革命和文化革命的,是用来领导"人民驱逐日本帝国主义,并实施民主政治"的,而不是用来领导"以推翻资本主义为目标的社会主义的革命"的①。由此观之,由"无产阶级的文化思想即共产主义思想去领导"的命题,直接推断出"新民主主义的文化"在本质上就是"党的文化"是缺乏依据和说服力的。

从以上对毛泽东提出的与"阶级论观念"相关的"独立性""政治立场""无产阶级的政治领导"等概念的分析中可以看出,这些概念并没有"改写民族主义的本质内涵","民族主义"也没有"退居到次要地位";恰恰相反,毛泽东倡言它们的目的却都在建立抗日民族统一战线,都在维护民族的利益。他对这些概念的运用,真正体现出了"使阶级斗争服从于今天抗日的民族斗争"这一统一战线的根本原则。也因此,我们在理解这些概念时不能割裂历史联系,不能简单地从这些概念的字面出发对前期解放区文学价值观的重心以及其中阶级性因素的地位作出不合实际的判断与评价。

诞生于抗战硝烟之中的前期解放区文学,其价值观是以民族利益为核心、以服务抗战为主旨的。这一价值观的形成,是文学响应时代召唤的结果。在民族矛盾成为主要矛盾的时代,以毛泽东为代表的中共领导人准确把握着时代的脉搏、高举起民族的大旗,明确地向文学艺术提出了要"合于国防的利益"这一时代要求,从而对于前期解放区文学价值观的建构进行了积极的引导。作为解放区文学的创作主体、也作为解放区文学价值观的建构主体,解放

---

① 毛泽东:《新民主主义论》,《毛泽东选集》第 2 卷,人民出版社 1991 年版,第 698、705—706、674、705 页。

区文艺工作者接受了中共领导人的引导,以自己的理性探讨和艺术实践,具体建构出了这一"为民族"的文学价值观;其中虽然也有阶级性的因素,但它们并不是一种自足的存在,而是服从于民族利益的。前期解放区文学所建构的这一以民族救亡为中心的价值观,是现代尊崇现实效用的文学新传统在特定历史时期的反映。其中所显现出来的"引导"—"接受"机制,在文学观建构过程中有效地发挥了作用。这一机制在此后文学的发展过程中一再被运用,其作用也一再显示了出来。

第二章 后期解放区文学的价值观

　　前期解放区文学的价值观,是一种以民族救亡为中心的功利性价值观。其功利性是以民族利益为中心、通过民族的倾向性表现出来的。与前期文学一样,后期解放区文学的价值观仍然是以追求功利性为目的的,但是,其功利性却主要是以阶级利益为中心、通过阶级—政治倾向性表现出来的。这也就是说,与前期文学相比,后期文学在功利的内涵上发生了由重在"为民族"到重在"为阶级"的重大转变。1945 年 8 月抗战胜利之后,国内阶级矛盾转为主要矛盾、民族矛盾转为次要矛盾。与主要矛盾的转移相适应,从那时起,解放区文学在服务现实的过程中表现出了强烈的、占据了主导地位的阶级功利性。如解放战争爆发后,中共晋察冀中央局以鲜明的阶级立场要求边区文艺创作"应该为爱国主义的自卫战争服务","应该反映中国历史上空前未有的土地改革运动";而乡村文艺运动的开展,也必须"密切配合爱国自卫战争,土地改革和大生产运动"①。这些决定,显然都寓托着鲜明的"阶级的功利主义"目的。由于抗战胜利后主要矛盾的转移,同期的解放区文学表现出重在"为阶级"之功利性,是自然的,也是无须作过多论证的。因此,本章对后期解放区文学"为阶级"这一主要价值取向的探讨,主要集中在从后期解放区文学开始

---

　　① 　分别见《中共晋察冀中央局关于开展边区文艺创作的决定》《中共晋察冀中央局关于开展乡村文艺运动的决定》,《晋察冀日报》增刊第 7 期,1947 年 5 月 10 日。

到抗战胜利之前的三年多时间里。那时,中日民族矛盾仍然是主要矛盾。在这种背景下,此期文学的功利性价值观在内涵上的这一重大转变是怎样表现出来的? 它又是缘何发生的? 要探究这些问题,可从大型秦腔现代戏《血泪仇》的创演及反响说起。

第一节 《血泪仇》的创演及反响

1943 年秋,马健翎在延安创作了《血泪仇》,全剧共三十场。① 剧本设定的时间是抗战当下的 1943 年,地点是"从河南经关中到陕甘宁边区",主要情节是河南农民王仁厚一家始于国统区河南终于陕甘宁边区的经历。在河南老家,王仁厚一家六口在国民党军队和基层政权的压迫和盘剥下艰难度日,在失地和儿子被抓壮丁后只得外出逃荒。途中,儿媳被国民党军官砍杀,妻子也因气愤而一头碰死。他携女儿桂花和小孙子狗娃逃到解放区后,在民主政府的帮助下重建家园,过上了幸福生活。儿子王东才被抓壮丁后,曾被派到解放区搞破坏活动。在父子相会、明白真相后,他回去完成报仇任务,并最终投向了解放区。马健翎以对比的手段,通过王仁厚一家在国统区和解放区的两种不同境遇的书写,深刻揭露了国统区的黑暗,热切歌颂了解放区的光明,并形象地说明了两个区域两重天的道理。这正如主人公在第十一场"互助"中所唱:"怪不得人人都说边区好,/到边区另是一重天。"

对于《血泪仇》的主题,周扬曾经作出过相当精准的概括。这就是:与歌

---

① 关于《血泪仇》具体的创演时间,有两种说法:一种认为是 1943 年秋,另一种则认为于 1943 年 4 月创作、5 月上演。剧作中提到国民党"把河防上挡日本的军队,调来打边区,又要搞内战"一事,发生于这一年的 6—7 月间。该剧作的创演应该迟于这一时间,故取第一种说法。有关剧作的引文均见马健翎:《血泪仇》,胡可主编:《中国解放区文学书系·戏剧编》第 1 卷,重庆出版社 1992 年版,第 3—96 页。

剧《白毛女》一样,它"在抗日民族战争时期尖锐地提出了阶级斗争的主题"①。它的创演比《白毛女》早了一年半左右,因而它提出这一"阶级斗争"的主题自然也早于《白毛女》。剧本中所写的"阶级斗争",不再像前期解放区文学中所写的那样是服从于"民族斗争"的;而是涨破了"民族斗争"的外壳,具有了其自足的意义。尽管其中也写到了"打日本鬼子",但这里的"民族斗争"实际上却成了表现"阶级斗争"的背景。剧中这一具有自足性的"阶级斗争"主题,主要表现在将国统区和解放区作对比的整体构思上。在这整体构思中,更能见出其锐利的阶级斗争锋芒的,是它对"国统区""国民党"和"蒋委员长"的揭露和抨击。本来,在抗日统一战线时期,"拥护蒋委员长""坚持国共合作"是中共为了中华民族的共同利益而采取的政策。1938 年 11 月 5 日,中共扩大的六届六中全会致电蒋介石及中国国民党中央执行委员会,同意和拥护蒋介石宣布的坚持抗战的方针,表示:"中共中央一本过去主张,愿以至诚拥护我民族领袖,拥护三民主义";并"以关怀民族命运之热忱,敬祝先生健康,并向国民党中央各同志致民族解放之敬礼"②。直到 1944 年 6 月,毛泽东在会见中外记者西北参观团时还再次申述:"拥护蒋委员长,坚持国共合作与全国人民的合作,为着打倒日本帝国主义,建立独立民主的中国而奋斗。中国共产党此种政策始终不变,抗战前期是如此,抗战中期是如此,今天还是如此,因为这是全中国人民所希望的。"③如果《血泪仇》所要表现的是"民族斗争"的主题,则势必应该循此政策对相关地域、组织和人物作出相应的认识和评价。但是,剧本所取立场与这一政策却并不一致。

客观来说,在抗战时期,由于历史与现实多种因素的作用,国统区不可避

---

① 周扬:《新的人民的文艺》,中华全国文学艺术工作者代表大会宣传处编:《中华全国文学艺术工作者代表大会纪念文集》,新华书店 1950 年版,第 77 页。

② 《中共扩大的六届六中全会致蒋介石电》,中共中央文献研究室、中央档案馆编:《建党以来重要文献选编(一九二一——一九四九)》第 15 册,中央文献出版社 2011 年版,第 730 页。

③ 毛泽东:《会见中外记者西北参观团的讲话》,《毛泽东文集》第 3 卷,人民出版社 1996 年版,第 168 页。

免地还存在很多负面现象,国统区进步文学当时也对之进行了针砭。从中华民族的根本利益出发,为了实现民族自强,解放区文学对于国统区这些负面现象进行描写、揭露不但是应该的,而且是必须的。而《血泪仇》的立意却不在这种"民族利益"、而在"阶级利益"上。从阶级论的思路出发,作者首先以表现王仁厚一家的痛苦生活为基础,把他家所有的不幸乃至"多少百姓受可怜"的惨况都归因于"国民党",认为它们是"国民党到处把人害"的结果(见第二十二场"全家哭"中王仁厚唱词)。在这种立意的作用下,作者对于国民党军队和基层政权中的人物从一开始就作出了简单化、脸谱化的处理。在第一场"议丁"中,作者设计了一个场面,让国民党军队的代表——师部政训员"孙副官"和国民党基层政权代表——联保主任"郭主任"在对白中分别说出了这样的台词:"消灭不了共产党,做什么都不方便"和"老百姓里边要是谁敢反抗,就按共产党办"。作者以这种极端漫画化的手法,揭露了其反共反人民的本质。接着,作者又把"国民党反动派狗军队和政府"的一切罪孽归结到其最高领袖"老蒋"身上,借剧中人物之口直斥他是"无道的昏君"。在第九场"龙王庙"中,横祸连连、走投无路的王仁厚以激愤苍凉的唱腔作出了这样的血泪控诉:"庙堂上空坐龙王像,/背地里咬牙骂老蒋。/你是中国委员长,/为什么你的文武官员联保军队是豺狼?/河南陕西都一样,/到处百姓苦遭殃。/看起来你就不是好皇上,/无道的昏君把民伤!"这段唱词,极其强烈地传达出了主人公对"委员长"的切齿痛恨之情。剧本就是这样,以表现"群众痛苦生活"为基础,以鲜明的阶级情感和强烈的阶级—政治倾向性,对国民党从基层小吏到最高领袖作出了全面的质疑、否定,揭露了"国民党的黑暗统治"①。

这部在主题上与当时时代的主要矛盾不甚协调的《血泪仇》,演出以后效果又如何呢?1949年7月,在第一次文代会的报告中,周扬总结道,它和《白

---

① 马健翎语,见林间:《民众剧团下乡八年》,《解放日报》1946年9月26日。

毛女》一样流行之广、影响之深，都突破了"从来新剧的纪录"；它们"产生了最大的动员作用与教育作用"，农民和战士看了以后"激起了阶级敌忾，燃起了复仇火焰"①。事实确乎如此。该剧在延安演出多场，收到了很好的演出效果。当时有一篇报道延安戏剧演出活动的文章如此评述道：《血泪仇》"在群众中起了很大作用"，它"使大多数的观众为之痛心落泪，使观众随着剧情而发出同情和义愤的呼声"②。后来，它在其他解放区还被移植为其他地方剧种（如秧歌剧、蒲州梆子、河北梆子等）演出，在当时及后来的解放战争中均产生了很大影响。1946 年 7—8 月间，东北文艺工作团将《血泪仇》改编为秧歌剧，在新解放区大连为市民群众演出，"演出效果特别强烈，台上哭，台下比台上哭的声音更大"。观众表示："我们要坚决地拥护民主政府……不叫国民党反动派打进来！"③1948 年 11 月 13 日，戎马倥偬的王震将军致信马健翎，信中，他也高度评价了《血泪仇》和《穷人恨》在部队里的演出效果——"观众都为剧情激动着"，他们由此进一步激发了"对于人民的敌人高度的仇恨，对于身受重重压迫的人民高度的同情"④。

与《血泪仇》演出的热烈的社会反响相应，解放区各界对它也作出了很高的评价，一致认为它是延安文艺座谈会之后出现的解放区文艺的代表性作品。在评论界，较早关注这个作品的是周扬。1944 年 3 月，他在评述当年春节新秧歌演出时特地提到："《血泪仇》是一个杰出的秦腔剧本，表现了作者不凡的艺术魄力"；同时，他还敏锐地发现了其在文学史上的价值："和一年来的秧歌"一起，《血泪仇》等作品"都是实践了毛主席文艺方针的初步成果"⑤。两年多以后，时任中共中央宣传部部长的陆定一也是从这个角度来肯定其意义的。

---

① 周扬：《新的人民的文艺》，中华全国文学艺术工作者代表大会宣传处编：《中华全国文学艺术工作者代表大会纪念文集》，凝华书店 1950 年版，第 77、78 页。

② 蓬飞：《半年来延安演出的戏剧杂谈》，《解放日报》1944 年 6 月 7 日。

③ 颜一烟：《〈血泪仇〉改编的前前后后》，《新文化史料》1995 年第 6 期。

④ 《王震将军给马健翎同志的一封信》，《群众文艺》第 6 期，1949 年 1 月。

⑤ 周扬：《表现新的群众的时代——看了春节秧歌以后》，《解放日报》1944 年 3 月 21 日。

他认为,自从延安文艺座谈会以来,戏剧是"首先表现成绩来的",其中,秦腔戏的代表就是《血泪仇》。① 1949 年 7 月,第一次文代会召开。会上,除周扬对之作出很高评价外,张庚也将《血泪仇》作为"解放区戏剧"之代表,肯定它和其他一些剧本"较一般作品反映现实为深刻,典型性较多,教育意义较多"②。此外,这个剧本与作者也受到了嘉奖和激励。该剧本于 1944 年 5 月获西北文委授予的剧本一等奖,后来,又作为反映解放区文艺创作成果的剧本入选《中国人民文艺丛书》,于 1949 年 5 月由新华书店出版。1944 年 11 月,剧本的作者马健翎本人也获得陕甘宁边区政府授予的"人民群众的艺术家"奖状。

由上述所列材料可见,在接受层面,《血泪仇》从它诞生起到解放区文学结束之时均产生了强烈的社会反响,均得到了很高的评价。这里,我们还需要进一步对《血泪仇》的相关反应在时间上作出一个切分。在后来的解放战争时期,《血泪仇》以其对"阶级斗争"主题的表现而焕发出异彩,是可以理解的。但是,在抗战胜利之前近两年的时间里,在民族矛盾仍为主要矛盾时,这样一个如此"尖锐地提出了阶级斗争的主题"、似乎与时代主要矛盾关联性不强的剧本,为什么在解放区从上到下非但没有遭到任何质疑,反倒如此流行、获得如此之多的赞誉和如此之高的评价呢? 原因就在于:这一时期,不管是在创作者还是在接受者与评论者那里,其功利性价值观在内涵上均已发生了从重在"为民族"到重在"为阶级"的转变,所以,他们才会对之高度认同。《血泪仇》成了一面镜子,真实反映了后期解放区文学价值观内涵的变化。至于这一转变是如何发生的,其原因我们首先还必须从引发解放区文学转型的毛泽东的《讲话》中去进一步探寻。

---

① 陆定一:《读了一首诗》,《解放日报》1946 年 9 月 28 日。
② 张庚:《解放区的戏剧》,中华全国文学艺术工作者代表大会宣传处编:《中华全国文学艺术工作者代表大会纪念文集》,凝华书店 1950 年版,第 189 页。

第二节 《讲话》的阶级立场

1942 年 5 月,《讲话》发表①。在 5 月 2 日的"引言"中,毛泽东开宗明义,交代了召开座谈会的两个目的,其中,特殊意义上的目的就是:"借以打倒我们民族的敌人,完成民族解放的任务"。在 5 月 23 日的"结论"中,他在陈述"讨论文艺工作"的基础时,将"中国的已经进行了五年的抗日战争"列为"客观存在的事实"之第一条;在论述"文艺界统一战线问题"时,将"抗日"视为"今天中国政治的第一个根本问题";在谈及文艺批评时,也将是否"利于抗日和团结"作为政治标准。所有这些,都显示了他对文艺"为民族"功利的认知。显然,这一认知是以他的民族立场为基础的,同时也是其民族立场的反映。

但是,应该看到,与民族立场相比,毛泽东的阶级立场在《讲话》中是表现得更为突出的。这主要表现在以下三个方面:一是以阶级分析的方法对社会群体作了划分。他遵循马列主义"必须牢牢把握住社会阶级划分的事实"②之原理,将社会上的人分为两种基本类型:一种是"受饿、受冻、受压迫"的人,另一种是"剥削人""压迫人"的人。而在当时社会,属于前者的是"最广大的人民",即占全人口百分之九十以上的"工人、农民、兵士和城市小资产阶级";属于后者的则有"地主阶级资产阶级"等。二是以阶级观点对阶级关系进行研究。他要求文艺工作者学习社会,其主要内容就是"要研究社会上的各个阶级",即:既要研究它们的各自的状况、面貌、心理,又要研究它们之间的互相关系。在他看来,这种分析阶级关系的正确立场,是"我们的文艺"具有"正确的方向"的保证。三是否定"抽象的人性"和"人类之爱",积极鼓吹阶级政治和阶级斗争。他认为:在阶级社会里,"人性"都是"带着阶级性的";"人类之

---

① 本章所引《讲话》,均见《毛泽东选集》第 3 卷,人民出版社 1991 年版,第 847—877 页。

② [苏]列宁:《论国家》,《列宁选集》第 4 卷,人民出版社 1995 年版,第 30 页。

爱",在阶级社会里也是不可能实行的。(一年多后,他在阐释"社会性"这一人的本质属性时,更是直接地提出了在"一定历史时期""人是阶级斗争的动物"的观点①。)与他这种对"人"的本质的认知相应,他将"文艺服从于政治"命题中的"政治"看作是"阶级的政治、群众的政治",将"政治"的本质视为"阶级对阶级的斗争",要求革命的思想斗争和艺术斗争服从于政治的斗争(即阶级斗争)。这同样表达了他对阶级斗争作为"社会发展的原动力"和"我们办事"的"出发点"②之地位和意义的认识。

从这样的阶级立场出发,毛泽东必然会确认和强化文学艺术的阶级属性;同时,根据唯物史观,他也必然强调作为意识形态上层建筑的文学艺术要服务于经济基础和政治上层建筑。这就导致其在文学价值观上对"阶级的功利主义"的伸张。他宣称:"我们是无产阶级的革命的功利主义者",明确表达了他所推崇的功利主义是"阶级的功利主义",而不是"民族的功利主义"。那么,无产阶级的文学艺术怎样才能在"服从党在一定革命时期内所规定的革命任务"方面发挥"齿轮和螺丝钉"的功利作用呢?若将《讲话》相关观点概括起来,那就是:文艺工作者在"文艺服务对象"上必须确立"我们的文学艺术都是为人民大众的,首先是为工农兵的"方向;为实现这一方向,文艺工作者一定要站稳无产阶级的阶级立场,采取"我们需要的"正确"态度"。所有这些,都是"我们的文学艺术"正确地发挥其"阶级的功利主义"作用的最重要的内容和途径。

需要指出的是,毛泽东对如何实现"阶级的功利主义"的论述同样凸显了其阶级论思想。具体来说,首先,"文艺工农兵方向"的提出本身即具有鲜明的阶级色彩。他提出的作为文艺服务对象的"四种人"——"工人、农民、兵士和城市小资产阶级",分别是"领导革命的阶级""革命中最广大最坚决的同盟军""武装起来了的工人农民"和"革命的同盟者"。不难看出,其考量的标准

---

① 毛泽东:《关于人的基本特性及其他》,《毛泽东文集》第3卷,人民出版社1991年版,第81页。
② 毛泽东:《关于农村调查》,《毛泽东文集》第2卷,人民出版社1991年版,第379、380页。

和尺度都是"阶级"与"革命"。因而,这一文艺"方向"是以阶级为基础建构起来的,其阶级色彩是异常鲜明的。抗战初期,毛泽东曾经指出:抗日民族统一战线"是包括全民族所有不同党派,不同阶级,不同军队,不同国内民族之一个最广大团体"①。因此,如果文艺是"为民族"的话,那么,只要拥护抗日,不管是什么党派、阶级,都应该成为文艺服务的对象;而不应该像"文艺工农兵方向"那样以是否"革命"作为条件、只凸显几个"革命"的领导者和同盟者。而一旦只凸显几个"革命"的领导者和同盟者,那就表明在这一"方向"的倡导者那里"阶级"功利性已经优先于"民族"功利性了。

其次,在对文艺工作者"立场问题"以及"态度问题"的要求上,更突出地反映了毛泽东的阶级观点。在"引言"部分,他就把"立场问题"作为第一个"应该解决"的问题提了出来,要求文艺工作者"站在无产阶级的和人民大众的立场。对于共产党员来说,也就是要站在党的立场,站在党性和党的政策的立场";到"结论"部分,他又再次要求他们"一定要把立足点移过来……移到工农兵这方面来,移到无产阶级这方面来"。他之所以对文艺工作者的立场问题如此重视,是因为他们的立场反映了他们的阶级归属,决定了其创作的性质与方向。这正如有学者所指出的那样:在毛泽东看来,只有"具备正确的党性立场的党员作家或准党员作家"才能创作出"真正的革命文学"②。

那么,在明确"文艺工农兵方向"以后,在站稳阶级立场以后,又如何为工农兵服务呢?《讲话》指出:"为什么人服务的问题解决了,接着的问题就是如何去服务。用同志们的话来说,就是:努力于提高呢,还是努力于普及呢?"以往我们常常根据这一"提示"而把这一问题归结到如何解决"提高和普及的关系问题"方面。全面地来看,单是注意这一问题是远远不够的。因为这一问题,主要的还只是革命文艺在方法和形式上如何发展的一个策略问题。虽然

---

① 《毛泽东军事文集》第 2 卷,军事科学出版社、中央文献出版社 1993 年 12 月版,第 406 页。

② 袁盛勇:《历史的召唤——延安文学的复杂化形成》,中国戏剧出版社 2007 年版,第 88 页。

它与"如何服务"也有一定关联,但尚不是最核心的问题。真正核心的问题在于:应该以什么样的态度去服务。之所以在"如何为工农兵服务"上"态度问题"会成为核心问题,是因为"态度"是由"立场"决定的,同时,又是"立场"的直接反映。缘此,"引言"部分在"立场问题"之后紧接着提出来的另一个问题——"态度问题……比如说,歌颂呢,还是暴露呢?"在"结论"部分,毛泽东在罗列延安发生的"各种糊涂观念"时,对这一问题又作出了进一步的阐释。他明确厘定了"暴露""歌颂"的对象范围:"对于革命的文艺家,暴露的对象,只能是侵略者、剥削者、压迫者及其在人民中所遗留的恶劣影响";而"应该歌颂"的对象则是"人民,这个人类世界历史的创造者"。

对于包括国民党在内的"统一战线中的同盟者"应该采取什么态度呢?在"结论"部分,毛泽东对革命根据地和国民党统治区作出了这样的区别:前者是"无产阶级领导的革命的新民主主义的社会",而后者则是"大地主大资产阶级统治的半封建半殖民地的社会"。他希望"同志们在整风中间,首先要认识"的一个根本问题是:"领导中国前进的是革命的根据地,不是任何落后倒退的地方"。不难看出,在这样的区别中,他对"国民党统治区"以及国民党婉转地表达了这样的认知:"国民党统治区"是"落后倒退的地方"、是"半封建半殖民地的社会";国民党的统治则是"大地主大资产阶级统治"。对照上述他对"暴露的对象"的有关说明,国民党作为"剥削者、压迫者"自然可以而且应该列入其中的。在讨论"还是杂文时代,还要鲁迅笔法"这一观念时,他还说过:"我们也需要尖锐地嘲笑法西斯主义、中国的反动派和一切危害人民的事物"。这里所说的"反动派"就是"引言"中提到的"要反共反人民,要一天一天走上反动的道路"的人。在他看来,"我们"对之也是可以"尖锐地嘲笑"(也就是"暴露")的。总之,提出"文艺工农兵方向",要求文艺工作者在"为革命的工农兵群众服务"时采取正确的"立场""态度",所有这些,都表现出了毛泽东对文学艺术之阶级属性的强调。当然,强调文学艺术之阶级属性,其目的自然也是为了使文学艺术作为意识形态上层建筑更好地发挥其"阶级的功利主义"作用,是为了保证其能够以正确的方向"反转来给予伟大的影响于政治"。

　　总之,在引发解放区文学转型的《讲话》里,民族立场和阶级立场是并存的,后者则更显突出;而且,它也没有把阶级立场统一在民族立场下面,这使阶级立场具有了其独立的价值。1943 年 10 月 19 日,《讲话》在《解放日报》发表,中共中央总学委随即发出学习通知,在阐明其意义时,也特别指出《讲话》是"每个共产党员对待任何事物应具有的阶级立场"之"典型示范"①。在《讲话》精神的指引和要求下,解放区功利主义价值观在内涵上必然会发生由重在"为民族"到重在"为阶级"的重大转变。在创作实践中,用《讲话》中所贯穿的阶级论思想(特别是按照其所强调的"方向""立场"和"态度")来摄取材料、分析人物、提炼主题,就一定会出现《血泪仇》这样的表现"阶级的功利主义"的作品。1950 年 9 月,在西北文学艺术工作者代表大会上,马健翎说过,《血泪仇》等作品就是要"表现现代的工农兵生活,结合政治任务与群众运动,宣传、教育广大的人民"②。这非常清晰地说明了其创作目的就是为了追求"革命"功利性。具体到《血泪仇》的创作,他自陈,其中的材料来自于生活,是他"在生活中看到的听到的",他"看到听到谁个被压迫受痛苦,一定同时就看到听到有人在压迫人残害人"。在情感上,他"对于劳苦的人民大众"表示"热爱"和"同情",而"切齿痛恨迫害他们的人"③。在这里,不管是他对"人"的划分,还是他对这两类不同的人的态度,都显示出《讲话》精神与阶级论思想对他的影响。至于对解放区的"歌颂"、对国统区的"暴露",亦即"怪不得人人都说边区好,/到边区另是一重天"这一主题的表现,其中所显现出来的也正是

① 《中央总学委关于学习毛泽东同志〈在延安文艺座谈会上的讲话〉的通知》,《解放日报》1943 年 10 月 22 日。
② 马健翎:《对于戏曲改进工作应有的认识》,西北文学艺术工作者代表大会秘书处编:《西北文学艺术工作者代表大会纪念文集》(内部资料),西北军区第一印刷厂印,1951 年版,第35—36 页。
③ 马健翎:《〈血泪仇〉的创作经验》,《解放日报》1944 年 6 月 21 日。

《讲话》中所肯定的"我们需要的""态度"。

第三节　《讲话》的导引与价值观的形成

自然,在探讨后期解放区文学价值观时,马健翎的《血泪仇》只是个案,而且是一个相当特殊的个案。其特殊性主要来自于作者的特殊经历。1942 年 5 月,马健翎参加了延安文艺座谈会、亲耳聆听了毛泽东在会上发表的《讲话》。1943 年秋,正在创作《血泪仇》的马健翎又与柯仲平、杨醉乡一起在延安枣园受到了毛泽东的接见,毛泽东以《讲话》的精神和话语当面表扬他能够"坚持文艺和群众相结合,走大众化的道路"①。这一经历使他得以更直接、也更深入地了解毛泽东的文艺思想。马健翎的经历固然是特殊的、不是一般作家都能具有的,但是,在这样一个特殊的个案中,也能见出其一般的意义。它说明:只要严格遵循《讲话》指明的"方向"、深刻领会《讲话》的精神和要求,就可以而且一定能够创作出表现"阶级的功利主义"的作品。显然,在后期解放区文学追求阶级功利性价值观的形成上,《讲话》的导引作用是极其重要的。

《讲话》的发表,是解放区文艺运动中的重大事件。《讲话》发表不久,其在引领解放区文学发展方面的权威性就得到了中共意识形态主管部门与领导人的确认和强化。1943 年 3 月 10 日,中宣部代部长凯丰在由中央文委与中央组织部召集的党的文艺工作者会议上的讲话中,把"毛主席上次座谈会的结论"称作是"党的文艺运动的新方针"和"新文艺运动发展的方针"②;3 月 22 日,中央文委在开会讨论戏剧运动方针问题时,认为毛泽东在文艺座谈会上指示了"方向"③;11 月 7 日,中共中央宣传部更是颁布"决定",明确指出:

---

① 杨醉乡:《金子般的记忆》,中共陕西省委宣传部文艺处编:《五月的杨家岭》,陕西人民出版社 1983 年版,第 106、107 页。

② 凯丰:《关于文艺工作者下乡的问题》,《解放日报》1943 年 3 月 28 日。

③ 《中央文委确定剧运方针为战争生产教育服务》,《解放日报》1943 年 3 月 27 日。

《讲话》"规定了党对于现阶段中国文艺运动的基本方针"①。中共意识形态主管部门与领导人有关《讲话》的这些论断得到了解放区作家的认同与呼应。例如,在延安,周立波称《讲话》"指示"了"新的文艺运动的方针"②。在山东,几十名青年文化工作者经过学习、讨论,也认识到《讲话》指出的"面向工农兵的方向"既是"延安作家诗人们的方向",也是"敌后、山东文艺工作者的方向"③。

作为必须执行的"党的文艺政策"和解放区文艺的"方向",《讲话》在广泛传播的过程中,对各解放区文学运动发生了重大影响。在价值导向上,各解放区接受了《讲话》阐扬的"阶级的功利主义",建构起了以阶级利益为核心、以阶级—政治为主要倾向性的文学价值观。形成这一价值观的标志与途径,是各解放区明确了"文艺工农兵方向"、确立了文艺工作者的"阶级立场"。而各解放区以《讲话》精神对抗战以来的文学活动进行检讨,则是这一价值观形成的前提。在晋绥,晋西北文联主任亚马检讨过去几年在执行"为根据地广大群众(工、农、兵)服务的方针"时,曾经发生过"不能适应根据地的群众要求""与群众运动相隔着一定距离"的偏差④。在晋察冀,军区政治部主任朱良才指出过去的文艺工作"还存在很多缺点,甚至是严重的错误",其中,"文艺工作与工农兵的实际斗争,实际生活结合的不够"则是主要表现之一⑤。在晋冀鲁豫,"太行文联"与"太行山剧团"于1943年6月下旬联合举行了一次关于"文艺工作及文艺工作者的改造问题"的讨论会,会上对太行区文艺界的"歪风"作了检讨,指出过去"在文艺为工农兵服务的问题上,很多人,是根本没有这个观念的"⑥……

---

① 《关于执行党的文艺政策的决定》,《解放日报》1943年11月8日。
② 立波:《后悔与前瞻》,《解放日报》1943年4月3日。
③ 《山东文艺界深入研究面向工农兵的新方向问题》,《群众日报》1943年7月14日。
④ 亚马:《文化工作与群众运动》,《抗战日报》1943年1月9日。
⑤ 《朱良才同志对边区文艺工作检讨上的意见》,《晋察冀日报》1943年5月21日。
⑥ 徐懋庸:《太行区文艺界歪风一斑》,《华北文化》革新号第4期,1943年7月。

　　各解放区对抗战以来文学活动中相关问题的检讨和清算,是以《讲话》精
神为指针展开的,同时,也是落实《讲话》精神的重要前提。在此基础上,各解
放区对《讲话》提出的"文艺工农兵方向"更作出了正面响应。在山东,中共山
东分局书记朱瑞1943年3月就开展山东文化运动发表意见,要求文艺工作者
突破过去那种上层的与"小众"的狭小圈子,"深入到广大群众中去"、去"反映
群众的伟大斗争与生活"①。在晋冀鲁豫,1943年7月出版的《华北文化》革
新号第4期,设"改造文艺、文艺工作者讨论特辑"。其中所刊发的张香山的
《从根本的改造着手》一文,也称文艺"为工农兵服务,面向工农兵与工农兵结
合"是解放区"文艺运动真实的明确的方向"。在华中,中共华中局对"毛泽东
同志文艺应当为群众服务,目前首先从事普及的方针,及中宣部文艺政策具体
的指示"组织了学习讨论,并积极落实,于1943年12月选派干部到基层开展
"群众文艺实验工作"②……

　　除在观念层面对"文艺工农兵方向"表示高度认同外,在创作、奖励、批评
等实践层面,各解放区也积极践行这一"方向",并以一系列重要实践成果使
这一"方向"真正落到了实处。例如,在延安,据周扬统计,1944年春节出现的
56篇秧歌剧中,反映"自卫防奸""敌后斗争"等可能与"民族"功利有关的只
有12篇,而其余44篇都是表现"生产劳动""军民关系"和"减租减息"的,也
就是说,表现"阶级"功利的几乎占了秧歌剧总数的80%。由此,他得出了这
样的结论:"我们的秧歌写了老百姓,写了他们的生活和斗争,老百姓取得了
艺术作品中的主人公的地位"③。在山东,关于1944年的话剧创作,山东文协
会长姚尔觉在总结中特别提到了文协下属的山东实验剧团公演的两个话剧
《丰收》和《过关》。其中,前者反映山东抗日民主根据地"生产互助,运输互
助"等"新生气象",后者"叙述山东滨海区莒南县某村今春参军的故事"。在

---

① 朱瑞:《我对于开展山东文化运动的几点意见》,《山东文化》创刊号,1943年3月。
② 参见范长江:《对于华中文艺工作的几点意见》,《真理》第18期,1944年5月。
③ 周扬:《表现新的群众的时代——看了春节秧歌以后》,《解放日报》1944年3月21日。

他看来,这两个"表现新的群众时代"话剧的出现,正是《讲话》"深入工农兵,为工农兵服务,和工农兵结合以及向工农兵看齐"这一基本思想"初步改造了我们的工作"的表现,是践行"毛泽东的方向""实践中央的文艺政策"的结果①。在华中,自 1943 年 11 月《讲话》传来,"戏剧运动的方向得到了明确的指示,这样,盐阜区的戏剧运动就为实现文艺为工农兵的方针而开始努力了"。该区在"文艺切实地为工农兵服务"方面作出了辛勤的探索,使"几年来的农村戏剧运动"取得了"很大的收获"②。

在解放区,"文艺工农兵方向"不但是文学创作的"方向",也是进行文学奖励和文学批评的基本依循。1944 年 3 月,晋绥边区发起"七七七"文艺奖金评奖活动。设立这一文学奖励的目的,是为了"热烈响应毛主席的号召",为了贯彻《讲话》"已经正确的为我们指出"的"文艺创作的方针",因而,该活动要求"必须以工农兵为主要对象",以"赞扬广大工农兵群众英勇史迹"为主题③。这样,《讲话》的"方针"自然也就成了奖励的评选标准。在这次评奖活动中,华纯等集体创作、表现"军民一家人"主题的三幕秧歌剧《大家好》获戏剧类甲等奖金。这个剧本曾经被评论界视为"在晋绥边区的文艺发展过程中""最早出现的一个出色的作品"④。那么,这个作品为何"出色"呢? 晋西北文联主任卢梦指出,毛主席在《讲话》中"告诉我们要为工农兵,并且讲了如何为法";《大家好》这个剧本之所以能够成为"一个优秀的艺术作品",是因为它的"作者们跟着毛主席的路子做了"⑤。不难看出,卢梦评价作品是否"优秀"的标准同样也是《讲话》指出的"路子"。

需要进一步指出的是,当后期解放区的文学批评像卢梦那样以"文艺工农兵方向"作为臧否作品的基本依循和重要标准时,必然会鼓励和奖掖反映

---

① 姚尔觉:《话剧创作的新阶段》,《山东文化》第 2 卷第 2 期,1944 年 8 月。
② 凡一:《盐阜区农村戏剧运动概况》,《江淮文化》创刊号,1946 年 7 月。
③ 《"七七七"文艺奖金缘起及办法》,《抗战日报》1944 年 3 月 2 日。
④ 马贻艾:《谈〈大家好〉》,《抗战日报》1944 年 11 月 19 日。
⑤ 卢梦:《对于〈大家好〉的评论》,《抗战日报》1944 年 12 月 7 日。

工农兵生活和斗争、表现"阶级的功利主义"的作品,而单纯主张"民族"功利的创作则会在一定程度上受到抑制。这里不妨以两类参评作品所得到的不同评价为例,对此作一比照说明。在晋绥边区"七七七"文艺奖金评奖活动中,李欣的小说《新与旧》在散文类甲等奖金空缺的情况下,获得了乙等奖金第一名,所获实为散文类最高奖。为了形象地说明"只有比较过去,你才更懂得咱党的伟大""在根据地里,什么都在进步着"(作品中叙述者之语)之类的道理,小说以阶级论的视角和今昔对比的结构,将机枪班长张志仁的经历置于两个不同社会中去书写,从而把主题引向了新旧两个社会的对比、引向了对"党""八路军"和"根据地"的歌颂。它得到远在延安的冯牧的推崇,最重要的也就是它"鲜明的表现"了一个"崭新主题",用冯牧的话来说,就是:"旧社会如何使人流血、流泪,而新的社会又如何使一个'被踩在脚底下的庄稼汉'变成一个'打得,说得,做得,写得'的革命干部"①。冯牧说小说的主题是"崭新"的,其实并不准确。因为在它之前出现的《血泪仇》,所表现的就是此类阶级斗争的主题(而且视角与结构也完全类似)。而冯牧着重从这一所谓"崭新主题"角度去推崇这篇作品,其目的就是为了助推解放区文学创作去反映工农兵生活和斗争,去表现"阶级的功利主义"。冯牧的这篇评论写于 1945 年初。此后不久的 4 月下旬,歌剧《白毛女》公演。不难看出,《白毛女》所表现的"旧社会把人逼成鬼,新社会把鬼变成人"这一阶级斗争主题与《新与旧》的主题是基本相同的。我们自然不能说《白毛女》是在冯牧评论的影响下创作出来的,但是,却可以说,在写作这篇评论时,冯牧是热烈期待《白毛女》这样的表现"阶级的功利主义"的作品出现的。

　　与《新与旧》这样的书写工农兵、表现阶级功利的作品得到鼓励和奖掖形成鲜明对照的是,另一类单纯表现"民族"功利的创作在解放区后期却在一定程度上遭到了抑制。从 1942 年 9 月起,中共山东分局宣传部等联合开展剧本

---

　　①　冯牧:《敌后文艺运动的新收获——读晋绥边区"七七七"文艺奖金获奖作品》,《解放日报》1945 年 5 月 6 日。

歌曲评奖活动。对于其中的参评剧本,山东文协副会长凌青根据"文艺新方向"的精神以是否"写工农兵"作出了这样的分类:其一是"写敌伪的题材"的,其二是写"根据地内工农兵的实际生活与斗争的题材"的。他又从"要面向工农兵,为工农兵服务"就"必须多写工农兵的生活,工农兵的斗争"这一基本认知出发,指出:第一类作品"占百分之八十以上"是太多了,而第二类作品"在相对的比例数上是太少了,在绝对数上也是太少"①。这明显地表现出了抑前者、扬后者的倾向。两个月后,中共山东分局宣传部部长陈沂更把"敌伪剧本特别多"看作是"一个相当严重的问题"②。客观来说,凌青、陈沂所批评的这类写敌伪题材的作品因为揭露了敌伪矛盾、鼓舞了军民胜利的信心,所以,在抗战期间是合于民族利益的,因而也是有价值的。但是,如果对此以"文艺工农兵方向"这一价值标准来衡量,那么,这种单纯主张"民族"功利的创作自然会显得不合时宜;而一旦将它们与写工农兵题材的作品建构出一种对比关系时,它们受到一定程度的抑制也就是必然的了。从后期解放区文学后期批评所显示的如此倾向与结果中,我们是能够更加切实地感受到后期解放区文学价值观重心的偏移的。

从理论到实践都明确了"文艺工农兵方向"之后,为了确保这一"方向"能够得到正确的执行,各解放区沿着《讲话》的思路进一步强调了文艺工作者的"阶级立场"问题。在晋察冀,在延安召开党的文艺工作者会议一个多月后,北岳区也于1943年4月下旬召开了北岳区党的文艺工作者会议。学委会副主任胡锡奎在代表区党委作结论时,将"应有明确的阶级立场"作为"今后党的文艺工作者应注意的几个问题"中的第一个问题,作了特别的强调。在他看来,一切艺术作品,不管用什么题材和材料,都要表达一定的思想感情意志,因此都要表现出一定的阶级立场。他要求"党的文艺工作者"必须具有鲜明

---

① 凌青:《戏剧工作检讨》,《山东文化》第5、6期合刊,1943年8月。

② 陈沂:《怎样实现文艺政策——在文艺座谈会上的总结》,《胶东大众》第18期,1943年10月。

的"无产阶级立场"①。在山东,胶东区党委书记林浩于1944年3月在胶东文化座谈会上指出:"党的文化工作者"必须以党的立场为自己的立场、"服从党",而"非党的文化工作同志"也必须坚定革命的阶级的立场,提高自己的革命品质②。"立场"问题既然这么重要,那么,对于尚未确立正确"立场"的文艺工作者来说怎样才能获得这样的"立场"呢?概括起来,就是要到实际工作中去"改造自己"。晋冀鲁豫的徐懋庸提出,文艺工作者要按照凯丰、陈云在党的文艺工作者会议上的讲话所指示的原则(也就是《讲话》的精神)去改造;山东的陈放具体论述了"改造自己,改进工作"的途径是"履行文艺工作者的'下乡'运动,深入群众,向群众学习";晋绥的亚马1946年回忆,《讲话》从延安传来之后,文艺工作者"改造自己"的主要方法也是"下乡去,从工作上,组织生活上,全心全意的到群众中去"③……

　　从以上的论述中可以看出,在《讲话》阐扬的"阶级的功利主义"的影响下,各解放区以检讨和清算抗战以来文学活动中的相关问题为基础,一方面,明确了"文艺工农兵方向",另一方面,确立了文艺工作者的"阶级立场"。后期解放区文学以此为主要内容和主要路径,建构起了以阶级利益为核心、以阶级—政治为主要倾向性的价值观,使后期文学在功利的内涵上发生了由重在"为民族"到重在"为阶级"的重大转变。从《血泪仇》到《新与旧》再到《白毛女》等,它们在《讲话》之后接连出现,一再演示了这一功利性价值观内涵的变化。它们的出现,是《讲话》倡导的"方向"和"立场"作用的结果。也就是说,只要践行了这样的"方向"、确立了这样的"立场",就可以而且必然会创作出反映"阶级斗争"主题的作品。二者之间的这样一种充要关系说明:《讲话》是

①　《加强文艺工作整风运动为克服艺术至上主义的倾向而斗争》,《晋察冀日报》1943年5月21日。

②　《林浩同志在胶东文化座谈会上的讲话》,《大众报》1944年4月17日。

③　分别见徐懋庸:《太行区文艺界歪风一斑》,《华北文化》革新号第4期,1943年7月;陈放:《掌握文艺斗争武器——对"五四"文化座谈会的总结》,《群众报》1944年5月24日;亚马:《论发育成长中的大众文艺运动》,《抗战日报》1946年5月6日。

导引后期解放区文学价值观向"阶级的功利主义"转变的最重要的根因。

综上,后期解放区文学的价值观是以追求功利性为目的的,其功利性主要是以阶级利益为中心,通过阶级—政治倾向性表现出来的。《血泪仇》自1943年秋问世一直到解放区文学结束(包括在抗战胜利之前近两年时间里),在解放区流行广泛、影响巨大。这一剧作的创演及反响说明,后期解放区文学功利性价值观在内涵上已发生了从重在"为民族"到重在"为阶级"的转变。这一转变是在《讲话》影响和导引之下发生的。它提出的"文艺工农兵方向"和文艺工作者"立场问题"以及"态度问题",反映了"阶级的功利主义"的本质特征和内在要求。作为必须执行的"党的文艺政策"和解放区文艺的"方向",它在广泛传播的过程中,对解放区文学发生了重大影响,使之在观念层面和实践层面形成了以"阶级的功利主义"为主的价值取向。

最后需要补充的是,与前期解放区文学相比,后期解放区文学功利性价值观虽然在内涵上发生了从重在"为民族"到重在"为阶级"的转变,但是,前后期解放区文学价值观之间仍然存在着很大的关联性。它们在文学"为民族""为阶级"方面尽管重点不同,但是,前后期解放区文学中仍然都具有"为民族"的和"为阶级"的元素,二者只是比重不同,而无有无之别。更重要的是,它们均是以追求"功利性"为目的的。这是二者在价值观上最重要的关联。正是对文学之"功利性"本身的这种共同认知,使前后期解放区文学在多个方面显现出了相同或相似的特征,并形成了相同或相似的文学风貌。

第三章　解放区"演大戏"现象
评价的演变与意义

　　解放区"演大戏"现象的评价问题,是解放区文学发展过程中具有重要意义的事件之一。"所谓'大戏',乃是外国的名剧和一部分并非反映当时当地具体情况和政治任务的戏,而这些戏,又都是在技术上有定评,水准相当高的东西。"①依照张庚的这一界定,根据现有资料,在各解放区中,最早演大戏的是在华中新四军军部。早在1938年10月,那里就演出了田汉编剧的五幕剧《阿Q正传》中的两幕。这是"皖南新四军军部演出外来的多幕大戏的第一次"②,可能也是整个解放区最早演出的"大戏"。虽说"演大戏"并非由延安肇其端,但"大戏热"却是以延安为中心形成的。延安最早演出的"大戏",是工余剧人协会于1940年元旦公演的曹禺的《日出》。从那开始直至1942年初,延安青年艺术剧院、鲁艺实验剧团、延安戏剧工作者协会等相关团体共演出了20余部"大戏"③。在延安"大戏热"的影响和带动下,晋察冀、晋冀鲁豫、晋西北、山东等其他解放区也演出了一些洋戏和"与抗战无关"的国内

---

　　① 　张庚:《论边区剧运和戏剧的技术教育》,《解放日报》1942年9月11、12日。

　　② 　吴强:《新四军文艺活动回忆》,《新文学史料》1980年第4期。

　　③ 　参见王地之整理:《延安演出剧目(一九三八———一九四五)》,《中国话剧运动五十年史料集》第3辑,中国戏剧出版社1963年版,第214—216页。

名剧。

解放区"演大戏"现象,在当时受到了广泛的关注。解放区对于"演大戏"现象的评价,经历了讨论和结论两个阶段。其中,讨论阶段基本以 1942年 5 月为界,分为前后两个时期。在结论阶段,有关部门对"演大戏"现象作出定性,并以组织化、行政化的手段予以了终止。解放区对于"演大戏"现象的评价及其演变过程,既反映了当时对文学艺术"普及与提高"关系的不同认识,也从一个方面显现出了解放区文学引导机制的形成及其功能。

第一节　前期讨论:总体性肯定

在前期讨论中,解放区对于"演大戏"现象的评价是比较复杂的。它既有积极的肯定,也有批评与建议。其中,占主导地位的是前者。概括起来,其主要观点为:"演大戏"是解放区"舞台技术的一种大进步"①。1941 年 1 月,孙犁在概要地报告晋察冀边区上一年度的文艺工作时,也将"《母亲》的演出,《日出》《雷雨》《婚事》的上演等"视为晋察冀边区戏剧的"重大的成绩"予以了说明。②

在前期对"演大戏"现象的肯定性评价中,首先值得关注的是各地军政领导的鼓励和权威媒体的推介。在延安,《日出》的演出是遵循毛泽东"《日出》就可以演"指示的结果。③ 1940 年元旦该剧公演时,毛泽东与洛甫等中央领导还亲往观看并"备极赞扬"。在晋察冀,1940 年 11 月 7 日,在军区成立三周年纪念日,演出了由高尔基小说改编的《母亲》。三天后,军区司令员聂荣臻在与艺术工作者们谈话时,将"大戏"的演出视为"文化上的提高"的表现,并

---

① 张庚:《关于〈竞选〉等三个时事剧的演出》,《新中华报》1941 年 4 月 15 日。

② 孙犁:《一九四〇年边区文艺活动琐记》,张学新等编:《晋察冀文学史料》,天津社会科学院出版社 1989 年版,第 33 页。

③ 艾克恩:《延安文艺运动纪盛》,文化艺术出版社 1987 年版,第 202 页。

赞扬了这个"大戏"及演出者们。① 与此同时或稍后,各解放区权威媒体对"大戏"也作出了积极的推介。在延安,单是中共中央机关报《新中华报》和由《新中华报》为基础整合改版而成的《解放日报》,就先后发表过十多篇报道和介绍性文章。

军政领导的鼓励、权威媒体的推介,显示出了其对于"演大戏"的肯定态度,促进了解放区舞台上"大戏"的出现和"大戏热"的形成。对于这种态度,解放区评论界作出了具体的理论阐释。因为"演大戏"其直接目的是"提高戏剧艺术性",所以,解放区评论界也首先从技术层面着眼,充分肯定了"大戏"的艺术价值和"演大戏"对于培养艺术干部、提高解放区戏剧艺术水准所具有的重要意义。抗战全面爆发后最初几年间,解放区戏剧在动员民众、宣传民众方面发挥了积极的作用,但是,由于直接的功利目的,加之创作时间急迫、创演人员总体素养欠缺,在艺术上,解放区戏剧还比较普遍地存在着质量不高的情况。1939 年 6 月,《抗敌报》指出:晋察冀边区的戏剧运动还存在着"不正规、不平衡、游击主义、狭隘的功利主义的色彩"②等缺点。于是,"发扬戏剧的创造性,提高技术水准"③,便成了解放区戏剧界许多有识之士的共同追求。为了提高戏剧艺术水准,除在理论上普及戏剧知识外,最重要的便是开展"向伟大作家和优秀作家的学习工作"④。"大戏"的演出,就是在这种背景下应运而生的。"大戏"给戏剧工作者提供了"借鉴",他们通过"向戏剧大师们学习",提高了自己的艺术水平⑤。

---

① 一田:《聂司令员和艺术工作者们的谈话》,《晋察冀日报》1941 年 2 月 6 日。

② 《开展边区的戏剧运动(专论)——为边区戏剧座谈会而作》,《抗敌报》1939 年 6 月 13 日。

③ 中华全国戏剧界抗敌协会晋察冀边区分会:《新年戏剧工作大纲》,《晋察冀日报》1940 年 12 月 24 日。

④ 晋察冀边区第二届艺术节筹委会:《晋察冀边区第二届艺术节宣传大纲》,《晋察冀日报》1941 年 6 月 25 日。

⑤ 韩塞:《回忆抗敌剧社与晋察冀边区戏剧运动》,中国人民解放军文艺史料编辑部编:《中国人民解放军文艺史料选编　抗日战争时期　第二册》,解放军出版社 1988 年版,第 89—90 页。

其次,解放区评论界还从价值层面阐发并肯定了"大戏"的认识价值和教育意义。崇基(艾思奇)看到《日出》"包含着极多的真实的内容":它暴露了中国某些中上层社会的腐烂生活,揭露了资产阶级社会的互相吞并、互相残杀的罪恶的本质;其"所暴露的同类的事实,就在抗战以后,也还在中国许多地方残留着"①,因而有其重要的认识意义。对于果戈理的《婚事》和曹禺的《雷雨》,默涵指出,前者"忠实地暴露了现实,揭发了现实中的真正可笑的东西"②;而后者虽然是一部产生在抗战以前因而无法反映抗战的作品,但是,它所表现的中国社会的一角与所刻画的某些典型人物,对于帮助观众了解中国社会的现实情况,仍然具有很大的益处。对于在抗战的时候演《雷雨》这样的剧作"是否有意义"的质疑,他旗帜鲜明地作出了肯定性的回答,其借以立论的依据便是:"了解具体的社会情况和认识各种阶层的人物,这在我们从事抗战的实际工作中,是第一个重要的条件。"③至于"洋戏"《新木马计》,陈思也认为,它"给我们以丰富的斗争经验和多种多样的斗争方法,以及变化无穷的秘密工作方式",因而它能够"给人以现实的教育"④。

总之,"演大戏"现象虽然是在解放区提高戏剧艺术性的背景中出现的,但是,从解放区评论界当时的认识来看,其对"大戏"的推崇和肯定却是从技术层面和价值层面两个方面展开的。这是此期解放区评论界的主导性评价。在解放区评论界对"大戏"作出总体性肯定的同时,也有一些评论者围绕"演大戏"过程中出现的一些具体问题提出了批评与建议。这些问题大体包括:

一、关于"演大戏"与"编演自己的戏"之关系问题。评论者认为,虽然"大戏"均为彼时彼地的国内外名剧,可以间接地给观众以启示和教育,但是,其作用与反映解放区现实的戏剧是有差异的。其原因在于:戏剧只有接近现实,

① 崇基:《〈日出〉在延安上演》,《中国文化》第1卷第2期,1940年4月。
② 默涵:《关于果戈里的〈婚事〉》,《大众文艺》第1卷第3期,1940年6月。
③ 默涵:《〈雷雨〉的演出》,《大众文艺》第1卷第6期,1940年9月。
④ 成思:《介绍〈新木马计〉》,《解放日报》1941年10月23日。

才能更好地发挥其战斗性。所以,必须把注意力放在"更能反映现实生活、刺激现实生活、推动现实生活的东西"①上;"应以更大力量给戏剧深入群众的工作,给产生大量反映边区斗争与生活的大众化的剧本"②。总之,在"演大戏"的同时,必须尽力"从自己的观点来反映抗战中的生活和形象",要编好自己的戏,演好自己的戏③。

二、关于内容与形式之关系问题。要明确"演大戏"的目的是为了戏剧"质的提高",是为了借鉴"大戏"的形式和技巧更好地表现内容,因此,必须克服"'为演大戏而演大戏'的形式主义"倾向④。1941 年 9 月,对于"最近开始"出现的形式主义倾向,徐懋庸从内容与形式辩证关系出发,提出了比较深刻的批评。他指出:"演大戏"是为吸收它的经验和技术,最终还是为内容服务的,因此,"不能只注意它的形式,不求内容的深刻"⑤。

三、关于"大戏"由谁来演问题。在"大戏热"中,确实一度出现过以竞演大戏为荣的现象。在延安,有些剧团"修养极差",其领导和演员对于剧本缺乏"相当之认识与把握",却也"争演大戏"⑥;在太行山区,演出大戏的太行山剧团演员"绝大多数是乡村城镇青年,从不了解城市生活,一下仓惶上阵,得来的是'不堪回首'"⑦。对此种现象,评论者提出了批评,认为"演大戏"不能一哄而上,而应该由具有"一定演剧水准的剧团"担此任务⑧。只有这样,才能保证"大戏"的演出质量,才能避免有限资源的耗费。

---

① 程中:《所望于延安剧坛的》,《新中华报》1941 年 4 月 22 日。
② 沙可夫:《回顾一九四一年展望一九四二年边区文艺》,《晋察冀日报》1942 年 1 月 7 日。
③ 张庚:《关于〈竞选〉等三个时事剧的演出》,《新中华报》1941 年 4 月 15 日。
④ 分别见《〈母亲〉〈婚事〉〈日出〉三大名剧公演以后》,《晋察冀日报》1941 年 2 月 6 日;许光:《新的时期与新的方向——对本区剧运的几点意见》,《新华日报》(华北版)1941 年 10 月 23 日。
⑤ 徐懋庸:《我对于华北敌后文艺工作的意见——在文协晋东南分会第二届会员大会上的讲演》,《华北文艺》第 5 期,1941 年 9 月。
⑥ 江布:《剧运二三问题》,《谷雨》第 4 期,1942 年 4 月。
⑦ 阮章竞:《风雨太行山——太行山剧团团史》,《新文学史料》1998 年第 2 期。
⑧ 《〈母亲〉〈婚事〉〈日出〉三大名剧公演以后》,《晋察冀日报》1941 年 2 月 6 日。

四、关于"大戏"为谁而演问题。评论者认为,"演大戏"必须顾及观众的身份与接受能力。这实际上涉及不同戏剧品种与不同观众群体的适配性问题。聂荣臻曾经正确地指出:"大众化"剧作的接受者是"群众",而"外国戏只有艺术水准较高的人来看,特别是艺术工作者"①。在聂荣臻的指导下,晋察冀较好地处理了二者的关系。他们根据不同的观众群体,"既演短小通俗的宣传剧,也演中外著名的'艺术剧'"②。在其他地区,虽然不少"大戏"的演出,也有其特定的观众群体,但是,有时却"忽略了时间空间观众的限制,甚至使观众来迁就自己,或漠视观众的迫切需要"③。

综上,解放区不少评论者从不同角度对"演大戏"中出现的一些问题提出了自己的意见。这些意见就总体而言是客观公正、深中肯綮的。它们对于"演大戏"在解放区的健康开展具有建设性意义。需要指出的是,上面述及的那些评论者们在提出批评和建议时都有一个共同的前提,就是:"演大戏和大戏本身都不是坏事"(江布),"我们不反对演大后方的戏,演外国的戏"(徐懋庸)。即使是较早提出要"注意防止'演大戏'的倾向"的沙可夫也特别说明:"这里所谓要克服'演大戏'的倾向,不是说根本不要再演大戏。"④这也就是说,他们是在肯定"大戏"和"演大戏"的前提下对"演大戏"过程中的一些具体问题展开批评的。

第二节　后期讨论:总体性否定

1942 年 5 月以后,解放区评论界对"演大戏"现象作出了新的审视和新的

① 赵冠琪记录:《聂司令员在第二届艺术节大会上的演讲》,《晋察冀日报》1941 年 7 月 16 日。
② 何洛:《四年来华北抗日根据地底文艺运动概观》,《文化纵队》第 2 卷第 1 期,1941 年 7 月。
③ 许光:《新的时期与新的方向——对本区剧运的几点意见》,《新华日报》(华北版)1941 年 10 月 23 日。
④ 沙可夫:《回顾一九四一年展望一九四二年边区文艺》,《晋察冀日报》1942 年 1 月 7 日。

评价。在前期讨论中,占主导地位的是肯定性评价;而到后期讨论阶段,占主导地位的评价则是否定性的。这样,对"演大戏"这同一种现象的基本认识,就由原先的"进步"急转成了"偏向"。较早作出这一判断的,是在两个座谈会上。其一是由陕甘宁边区政府文化工作委员会戏剧工作委员会于5月13日召开的戏剧座谈会,有四十多位剧作家、导演、演员评论家与会。会议持续了十多个小时,围绕剧运方向问题展开了长时间的讨论。"讨论一开始,就比较尖锐的批评了从上演《日出》以后,近一两年来延安'大戏热'的偏向。"①其二是陕甘宁边区政府文委临时工作委员会于6月27日召开的延安剧作者座谈会,有三十多人与会。会上,塞克、王震之等指出:"延安过去只演大剧只演外国戏,看不起自己写的小戏,是一种应纠正的偏向"②。

在这两个座谈会以后,解放区评论界代表人物在《解放日报》上发表了多篇文章,对"演大戏"中的"偏向"作出了具体分析。比较重要的有:周扬的《艺术教育的改造问题——鲁艺学风总结报告之理论部分:对鲁艺教育的一个检讨与自我批评》(1942年9月9日)、张庚的《论边区剧运和戏剧的技术教育》(1942年9月11—12日)、萧三的《可喜的转变》(1943年4月11日)等。综合上述文章以及相关座谈会的内容,其主要观点是:"大戏热""在剧运上形成了一种严重的偏向"(张庚)。其指陈的"演大戏"中的"严重的偏向"大体包括以下几个方面:

一、"演大戏"现象的发生,是"专门讲究技术"(张庚),"为了学习技术而学习技术"(周扬)的结果。周扬是在检讨鲁艺"专门化"与"正规化"的方针时涉及"演大戏"问题的,认为"演大戏"现象是"专门化"与"正规化"导致的结果之一。近年来,有论者对此作出了辨析,认为在时间上"演大戏"在前,鲁

---

① 唯木:《当前的剧运方向和戏剧界的团结》,《解放日报》1942年5月19日。以下引用时简称"'唯木'文"。

② 《延安剧作者座谈会商讨今后剧运方向》,《解放日报》1942年6月28日。

艺提倡"专门化"与"正规化"在后,因此,"不是'专门化'导致了大戏、洋戏的演出"①。不过,若从解放区文学思潮演进的角度看,1940年初开始兴起的"大戏热"其实也表现出了对宽泛意义上的"专门化"的追求。从这个角度说,周扬的立论也并非全然没有根据。自然,"大戏热"中确也在某些方面发生过形式主义的问题。但是,此时,周扬和张庚却均将之说成是整体性的问题。

二、"演大戏"现象的发生,是"离开了实际生活"(周扬)的表现和结果。如前所述,对许多创演者来说,"演大戏"的重要目的之一是为了增强戏剧"把握观众的力量"、使戏剧更好地为抗战服务。而周扬和萧三却从"大戏"内容本身就事论事,指陈其"离开反映当前生活和斗争,离开应用","以致在我们的舞台上看不见今天、本地的斗争生活,只看见死人和洋人"。张庚的观点与周扬、萧三基本相同,也认为,"演大戏"是"脱离现实内容,脱离实际政治任务","对于活泼生动的边区现实生活不发生表现的兴趣"。不过,与周扬、萧三相比,张庚把这种"倾向"更上升到了政治的高度来考量,认为这是"失去了政治上的责任感"的表现。半年多前,许光虽然也尖锐批评了"演大戏"中出现的一些具体问题,但是,他却认为,"我们不应该把'演大戏'认为是剧作者们对于政治问题的冷淡,这种看法是不正确的……"②二者相比,批评的口径、力度和立场已经发生很大的变化。

三、"演大戏"表现出了"忽视了更广大的民众士兵观众的偏向"("唯木"文)。由于所演"大戏"表现的主要是都市的生活或是外国的生活,对于这些生活,普通的农民、士兵或者看不懂,或者因它们和其日常生活中间所遇到的实际问题缺乏关联而"看着不关痛痒,不能打动他们的感性"。因此,在张庚看来,"演大戏"就脱离了老百姓的实际,忽视了老百姓的需要。在戏剧座谈会上,虽然与会人员正确地指出了戏剧工作者在实践中有着偏重于普及或偏

---

① 王克明:《〈讲话〉前后的延安文艺》,《中国现代文学研究丛刊》2013年第5期。
② 许光:《新的时期与新的方向——对本区剧运的几点意见》,《新华日报》(华北版)1941年10月23日。

重于提高工作的分工、普及与提高有着不同的对象,但是,他们却由普通民众看不懂"大戏"进而推导出了"演大戏"表现出了"忽视(或不够重视)广大民众和士兵观众的错误倾向"("唯木"文)。由于"当前政治形势所要求于戏剧运动(一般的文艺运动也一样)的,是如何启发、团结广大民众士兵,在克服困难、迎接光明的这一主题下动员起来",所以,"今后剧作者应以工农兵为主要对象,要在普及中提高"①,为那个"狭小圈子"而演的"大戏"自然应该停歇。

四、"演大戏"导致"老百姓能看懂的剧本来源稀少"(张庚)。本来,"演大戏"是在克服"创作恐慌"的背景中发生的。李伯钊曾经"强调的提出"了在克服"创作恐慌"中几个重要的急需解决的问题,其中之一便是剧作者要"学习研究名著"②,而"学习研究名著"的重要方式之一便是"演大戏"。对这一观点,戏剧座谈会与会人员曾也认可,指出:"过去的所谓'大戏热',所谓'只演洋人和死人',就不能不承认剧作的贫乏是其主要原因之一。"("唯木"文)但是,张庚却认为创作恐慌的重要原因倒是因为"大戏热"的兴起。他指出:"'大戏'风行以后,虽然有少数人在从事戏剧普及的工作,但因客观需要是大量的,所以仍旧形成供不应求的现象"。

从以上的引述、分析中可以看出,从1942年5月开始,解放区评论界通过召开会议、发表文章对作为一种"偏向"的"演大戏"现象作出了总体性的否定,并显示出了"纠偏"的决心。尽管如此,在"演大戏"问题上,此期仍然有不同的声音出现。1942年8月初,在晋察冀,抗敌剧社演出了俄国奥斯特罗夫斯基的名剧《大雷雨》。在同时召开的军区文艺工作会议上,聂荣臻就有关"演大戏"问题发表了重要意见。一方面,他肯定了"戏剧的大众化,群众化,深入普及的工作",另一方面,他也明确表示:"演大戏问题,我们不是无条件的反对"。在他看来,"一年演一次大的外国剧,从艺术上提高自己,如过去演

---

① 《延安剧作者座谈会商讨今后剧运方向》,《解放日报》1942年6月28日。
② 李伯钊:《敌后文艺运动概况》,《中国文化》第3卷第2、3期合刊,1941年8月。

过的《母亲》、《带枪的人》等,那也没有什么坏处。"①他从普及与提高的关系出发,在肯定普及工作的同时也从正面肯定了"从艺术上提高自己"的必要性以及名作对于特定观众群体("干部")所具有的审美价值。在延安和其他各解放区纷纷否定"演大戏"之时,聂荣臻提出这些意见,其意义就显得非同一般。

稍后,在延安,石隐也于1942年10月1—2日在《解放日报》发表《读〈论边区剧运和戏剧的技术教育〉》一文,对张庚指责"演大戏"的许多观点进行了商榷。首先,他指出:在延安上演的"大戏",并非全都"脱离现实内容"的,如沃尔夫的剧本《新木马计》就表现了反法西斯的时代主题。可以补充的是,毛泽东在发表《讲话》七天后,在鲁艺作报告时还肯定了另一部外国"大戏"《带枪的人》②。其次,他认为,"演大戏"的着眼点也并不是"专门讲究技术",如延安上演的洛契诃夫斯基的《生命在召唤》就配合了"业务教育口号",因此,"说他们主要着眼点不是内容而是技术恐不恰当"。

以上是1942年5月以后解放区对"演大戏"现象的两种评价。与前期讨论不同,后期讨论中占主导地位的是否定性评价。虽然有个别领导人和评论者对"大戏"和"演大戏"现象仍然持理解和肯定态度,但是,这毕竟是少数。从整体上看,此期有关"演大戏"的总体评价是否定的,认为这是一种严重的、应予纠正的"偏向"。尽管如此,后期讨论中肯定与否定两种不同评价的并存,是与前期讨论相同的。就其方式来说,后期讨论大多也还是一种个体化、学理化的探讨(尽管已有较为浓厚的政治化色彩)。解放区评论界的重要人物发表文章时用的是个人署名,以此表明其阐述的只是个人的观点和意见。陕甘宁边区政府文化工作委员会,作为边区政府的直属机构,虽然有其边区政府的背景,它在那个时期接连召集两个座谈会可能也有其目的,但是,从公开的报道看,召集者却没有表现出明显的导向。与会者在会上自由发言、各抒

---

① 聂荣臻:《关于部队文艺工作诸问题——在晋察冀军区文艺工作会议上的讲话》,《晋察冀日报》1942年8月13日。

② 艾克恩:《延安文艺运动纪盛》,文化艺术出版社1987年版,第368页。

已见,"单只为着当前的剧运方向问题"就"争辩了足足八个钟点"("唯木"文)。这种"争辩"的发生,说明各人所言也只是其个人的见解和看法,且各人的见解和看法也不尽一致。所有这些,也都显现出了解放区前后期的文学批评在观念上和方式上的关联。

第三节 结论:"一种应纠正的偏向"

在后期讨论阶段,虽然评论界的主导意见是"演大戏"的"偏向"应该纠正,但这至多也只是一种建议而已。真正将这一建议化作政策和行动的是相关主管部门。1943 年 3 月 22 日,中央文委专门就"戏剧运动方针问题"召开会议,会上"确定了边区和各抗日根据地的剧运总方针,就是为战争,生产及教育服务"。会议还根据凯丰"内容是抗战所需要的,形式是群众所了解的"这一指示,明确指出:"提倡合于这个要求的戏剧,反对违背这个要求的戏剧,这就是现在一切戏剧运动的出发点。"以此为前提,会议从"戏剧工作者"和"主管机关"两个层面剖示了"演大戏"现象发生的根因,从"方向"的高度对"演大戏"现象提出了严厉的批评,并明确提出了"继续克服"这一现象的任务和要求:

> 这一时期戏剧工作中也发展了某种程度的脱离实际的偏向,这一方面是一部分戏剧工作者片面地强调艺术独立性、片面地强调提高技巧所致,他方面也是一部分主管机关忽视戏剧的重要性,简单看作娱乐工具,没有给以必要的政治领导和具体的革命任务所致。脱离实际的偏向,在话剧方面是乱搬中外"名剧",不顾环境对象,风气所及,只在工农干部和士兵群众中演看不懂的外国戏,在直接战争环境中演对当前斗争毫不关痛痒的历史戏,这个偏向经去年文艺座谈会后虽已在开始转变,但还有继续克服的必要。[1]

---

[1] 《中央文委确定剧运方针为战争生产教育服务》,《解放日报》1943 年 3 月 27 日。

一个月以后,中共中央机关报《解放日报》又以"社论"形式,对这种"偏向"作出了比中央文委更为严厉的批评:一方面,在性质上升级,将中央文委所指陈的"脱离实际的偏向"明确定性为是政治性的,是一种"脱离实际政治斗争的偏向";另一方面,在范围上延展,将中央文委有明确限定的"某种程度"的"偏向"扩充为在"许多文艺工作者中发生"的"偏向"。其中,"演大戏"现象成了这种"偏向"的重要代表。社论指出:许多文艺工作者用主要的精力去学习外国作品的技巧,在戏剧舞台上原封不动地搬上外国戏,忽视了"根据现实的政治任务来创造新的文艺作品",忽视了抗战、生产、教育的具体运动的反映。社论没有像中央文委那样对"主管部门"的疏漏进行检讨,而单是从那些"文艺工作者"的"出身"("很多是小资产阶级知识分子")、"思想"(自由主义)、"成见"(强调文艺特殊性)以及"错误主张"(片面地提高技术)等方面分析了"演大戏"现象发生的主观原因①。在基本观点上,社论与中央文委召开"戏剧运动方针问题"会议精神一脉相承,但在批评的力度上则更加峻急,在批评的指向上也显得更加集中。

从3月22日中央文委会议的召开到4月25日《解放日报》社论的发表,显现出了对"演大戏"现象的批评向纵深处发展的趋向。延安对"演大戏"现象的批评,辐射到了其他解放区。其他解放区对延安的批评也作出了积极的回应。如山东文艺界在研究如何面向工农兵这一"新方向"时,就批评了某些同志"至今还对'当年晚会阶段'和'演大剧时代'怀着留恋""对深入群众的艰苦工作表示了厌倦"②。

11月8日,中共中央宣传部颁发《关于执行党的文艺政策的决定》。《决定》强调指出:与新闻通讯工作一样,戏剧工作在特定战争环境与农村环境中"最有发展的必要与可能",其中,"内容反映人民感情意志,形式易演易懂的话剧与歌剧",应该在各地方与部队中普遍发展;而各根据地"演出与战争完

---

① 参见《从春节宣传看文艺的新方向》,《解放日报》1943年4月25日。
② 《山东文艺界深入研究面向工农兵的新方向问题》,《群众日报》1943年7月14日。

全无关的大型话剧",则"是一种错误,除确为专门研究工作的需要者外,应该停止"①。《决定》以不容置喙的口吻对"演大戏"的"错误"性质作出了判定,明令禁止"大戏"在各根据地与部队中的演出。

总之,从1943年3月到11月,由最初中央文委确定基调,到中间由《解放日报》呼应升温、各地方积极响应,再到最后由中共中央宣传部颁发有关文艺政策的决定,"演大戏"作为一种"偏向""错误",其性质已被判定,其作为被"克服""停止"的命运也已属必然。自此,在延安和陕甘宁边区,"演大戏"现象彻底消失。为了指导各根据地首先是陕甘宁边区具体执行意识形态主管部门的决定,中央文委与西北局文委合组一个戏剧工作委员会来加强对戏剧工作的领导,并于是年5月召开边区戏剧工作会议,检查过去工作,纠正"演大戏"现象,"使今后全边区的剧运走上统一的道路"。

关于"演大戏"现象的评价,是伴随着"演大戏"而发生的,并一直延续到"演大戏"结束以后。这一前后持续约五年之久的评价,经历了讨论和结论两个阶段。在讨论阶段,前期评价持总体性肯定态度,后期评价则持总体性否定态度。虽然总体评价不同,但前后期讨论中均出现了肯定与否定的评价,在形式上也大多是一种个体化、学理化的探讨。这在某种程度上也显现出了前后期解放区的文学批评在观念上和方式上的关联。之后,意识形态主管部门代表组织,以一种"决定"的方式得出结论,并以组织化、行政化的手段予以了落实。结论的形成尽管是以后期占主导地位的否定评价为依托的,但同时在形式上又终止了一直延续到后期的个体化、学理化的讨论。

总的来看,在前期解放区文坛上,文学取向还是相对多元的。尽管解放区领导人和相关主管部门也有其导向,但是,这种导向却也没有成为必须遵循的律令,也没有因此而产生排他性。如在倡导"中国作风和中国气派""民族形式"之时,"大戏"(特别是其中的"洋戏")仍然能够在解放区舞台上演,便是

---

① 《关于执行党的文艺政策的决定》,《解放日报》1943年11月8日。

显例。1942 年 5 月以后,解放区各界对"演大戏"现象再次作出审视。作为之前文艺界"忽视民众士兵观众""脱离现实生活"的典型现象,"演大戏"遭到了严厉批评,被指为"一种应纠正的偏向"。之后,有关主管部门反思和纠正了以往"忽视戏剧的重要性"的失误,对戏剧工作加强了"必要的政治领导"。它们明确规定了"党的文艺政策",并以这一政策为依据,对"演大戏"作出了彻底的否定,并终止了"大戏"的演出。这样"一种严重的偏向",终于借助于组织化、行政化的手段得到了"纠正"。有关"演大戏"现象的评价,在经历了从讨论到结论的嬗变后,最终以此画上了句号。从中,可以管窥解放区文学后期引导机制的确立及其巨大效能。

在抗日战争这样一个特殊时期和特殊环境中,解放区要求文艺为现实服务,演出通俗易懂的话剧来鼓励民众和士兵积极抗敌有其合理性。特定的战时需要、鼓励民众的功利目的和当时观众的文化基础,决定了戏剧比之于其他文学样式有着更大的意义寄托和责任担当。由于这种特殊的地位和功能,戏剧成了整个解放区文学的代表和风向标。对"演大戏"的评价和不同意见,其实显现了解放区文艺界在特定时期对文艺"普及和提高"关系的不同理解。解放区文学引导机制,其功能和作用主要在引领解放区文学方向方面。德国学者比格尔曾指出:"文学体制在一个完整的社会系统中具有一些特殊的目标;它发展形成了一种审美的符号,起到反对其他文学实践的边界功能。"①围绕"特殊的目标",通过对某种审美符号的形塑和倡导来引领一个时代的文艺方向,这是文学体制发挥作用的一般方式。而解放区文学引导机制,在当时采用了双重手段:一方面,相关部门通过倡导"该做什么"(如在戏剧方面,西北局设奖鼓励"内容与当前政策任务结合"②的秧歌剧,晋察冀提出"《穷人乐》

---

① [德]彼得·比格尔:《文学体制与现代化》,周宪译,《国外社会科学》1998 年第 4 期。
② 《西北局文委召集会议总结剧团下乡经验奖励优秀剧作》,《解放日报》1944 年 5 月 15 日。

的方向"①等)进行了正面建构;另一方面,它还明确告诫"不该做什么"。有关部门批评"演大戏"现象、并停止"大戏"的演出,便是这样的一种方式。也正因乎此,在有关"演大戏"评价上从讨论到结论的嬗变,其结果不仅有效地引领了解放区"剧运"的方向,而且形成了一种在推动整个解放区文学演变中具有普遍意义的文学引导机制。这种机制对此后解放区文学的发展与当代文学的建构产生了持久而深远的影响。

---

① 《中共中央晋察冀分局关于阜平高街村剧团创作的〈穷人乐〉的决定》,《晋察冀日报》1945 年 2 月 25 日。

第四章　新编历史剧《三打祝家庄》的编创过程

从一般的意义上来说,文学创作是作家建立在对整体性社会生活体验基础之上的个人化书写,是一种极富创造性的精神劳动;因而,在本质上,它既无须甚至还排斥那些外在力量的干预。但是,抗战全面爆发以后,为了救亡的需要,周扬却提出:"创作只能是个人的,不能是集团的,这种陈腐的传统观念是应当抛弃了"。他正面主张:"在战时文艺家的一切活动中,集体创作的活动应当占一个地位";只有这样,才能"迅速地反映当前发生的许多事变"①。在这种认识指导下,在前期解放区文学阶段,出现了一些用集体创作方式创作的作品,如1938年编演的三幕歌剧《农村曲》和三幕话剧《流寇队长》即是。"集体创作"是以"组织"为条件的,没有"组织"便没有所谓"集体创作"。前期解放区文学中"集体创作"的出现,说明了此期文学创作业已得到有效的"组织"。1942年5月,毛泽东强调"要使文艺很好地成为整个革命机器的一个组成部分,作为团结人民、教育人民、打击敌人、消灭敌人的有力的武器,帮助人民同心同德地和敌人作斗争"②。从那时开始,为了更加充分地发挥文学对于革命事业的功利作用,后期解放区文学创作不但赓续了前期重视"组织"工作

---

① 周扬:《抗战时期的文学》,《自由中国》创刊号,1938年4月。

② 毛泽东:《在延安文艺座谈会上的讲话》,《毛泽东选集》第3卷,人民出版社1991年版,第848页。

的做法,而且在组织化程度上比前期有了更大的提高。新编历史剧《三打祝家庄》是在后期解放区文学创作加强组织性的背景中产生的,转过来,它也成了后期解放区文学创作组织化程度提高的重要标识之一。因此,通过对该剧编创过程的解读、分析,可以进而透视后期解放区文学一种重要的组织机制。

第一节　领袖与主题的确立

"旧剧改革"是解放区文学的一项重要内容,平剧《三打祝家庄》则是标示"旧剧改革"成绩的代表作之一。关于创作者和创作时间,一般以为,剧本由延安平剧研究院集体创作,执笔人为任桂林、魏晨旭、李纶;剧本的编写开笔于1944 年 7 月,至1945 年 1 月封笔。这是根据可见的具体写作情况所做的描述。事实上,该剧集体创作人员并不仅仅局限于延安平剧研究院内,且创作时间也早于实际开笔时间。集体创作人员中理应包括院外的倡议者与建言献策者,他们对于该剧的创作起着非常重要的作用。如果没有他们的参与,作品不但不能以现在这样一个面貌出现,甚至连有没有这个作品也都成了一个问题。

在延安,倡议将《水浒传》中三打祝家庄的故事编成平剧上演的是毛泽东。他酷爱这部描写农民起义的古典小说,并且常引用其中的故事、人物来阐明事理。关于这一故事,早在抗战全面爆发初期,他在《矛盾论》中就作了引用和分析,以此论述了要以唯物的辩证的观点看问题的观点。他指出:"《水浒传》上宋江三打祝家庄,两次都因情况不明,方法不对,打了败仗。后来改变方法,从调查情形入手,于是熟悉了盘陀路,拆散了李家庄、扈家庄和祝家庄的联盟,并且布置了藏在敌人营盘里的伏兵,用了和外国故事中所说木马计相像的方法,第三次就打了胜仗。《水浒传》上有很多唯物辩证法的事例,这个三打祝家庄,算是最好的一个。"①1942 年 10 月,延安平剧研究院成立之初,毛

---

① 毛泽东:《矛盾论》,《毛泽东选集》第 1 卷,人民出版社 1991 年版,第 313 页。

泽东就指示该院"根据他在《矛盾论》中对《水浒传》上三打祝家庄故事的分析,创作《三打祝家庄》剧本"①。1944 年 4 月,延安平剧研究院由"鲁艺"划归中央党校领导,当时兼任中央党校校长的毛泽东再次就该剧创作问题作出了指示。

毛泽东既是编创平剧《三打祝家庄》的倡议者,更是该剧主题的确立者。他之所以有此倡议,固然与他本人既爱好《水浒传》、又喜好平剧有关,但作为政治家,其根本目的还在使之发挥政治宣传作用。其所要达到的政治宣传,除要以此来宣传在《矛盾论》中业已揭示的"三打"故事中所蕴含的唯物辩证法的观点外,还有如下两项带有鲜明时代特点的重要内容:首先,是在思想层面呼应延安整风精神。延安整风的中心内容是毛泽东 1942 年 2 月在《整顿党的作风》的演说中提出来的"反对主观主义以整顿学风"。而要克服主观主义,就必须注重调查研究。毛泽东两次指示编创平剧《三打祝家庄》,均在延安整风时期。在他看来,《水浒传》"三打"故事中本来就有的"探庄"情节及其内含的"从调查情形入手"的思想,自然能够成为诠释延安整风精神的历史注脚。该剧的执笔者均经历了整风运动的洗礼,他们承认"反对主观主义,提倡调查研究"思想"对我们创作很有影响"②。它既已深入其灵魂、又给了其慧眼,使之能够体悟出这一历史题材当中所蕴含的为领袖所重视、为时代所需要的思想元素,并将之融入剧作的创作之中。(详见第十二章)其次,是在行动层面为解放敌占城市进行策略教育。据执笔者回忆,"1944 年 4 月,毛主席向刚改归中央党校领导的平剧研究院作出创作《三打祝家庄》的指示,目的是对广大干部、战士进行解放敌占城市的策略教育"③。当时,持续七年的全面抗战已到战略大反攻的前夕,武器装备处于劣势的人民军队怎样去克复敌占城市,已日益成为当务之急。而以各个击破、里应外合等策略取胜的"三打祝家

---

① 魏晨旭:《"巩固了平剧革命的道路"——〈三打祝家庄〉的创作是在毛主席指示下进行的》,《人民戏剧》1978 年第 12 期。

② 任桂林:《〈三打祝家庄〉创作回忆》,《戏剧报》1962 年第 5 期。

③ 魏晨旭:《〈三打祝家庄〉巨大的历史成就及其严重缺陷》,《中国京剧》2002 年第 6 期。

庄"的事例,正可以为之提供可供参考的经验。这正是毛泽东在近两年后再次提议创作平剧《三打祝家庄》的重要原因。当时,执笔者也是按照毛泽东的这一思路去理解的,他们将"三打"故事也看作"是少有的战争策略上的胜利"①。

在编创之前,毛泽东为全剧确定了上述这样的政治宣传性很强、内容也比较丰富的主题内容。后来,在编创过程中,毛泽东针对如何写好"里应外合"问题又再度作出指示:"编写《三打祝家庄》剧本,第一要写好梁山主力军,第二要写好梁山地下军,第三要写好祝家庄的群众力量"②。这一指示既在策略层面解决了打下祝家庄的有关力量与路径方面的问题,同时,又在思想层面导向了如何宣传人民创造历史的问题。《水浒传》所强调的本是梁山"好汉集团"的性质,所秉持的是英雄创造历史的唯心史观。毛泽东指示中对"群众力量"的高度重视,以鲜明的唯物史观对它作出了强有力的反拨。这样,充分揭示群众的力量和作用,也成了该剧的主题内容之一。

总之,毛泽东对于平剧《三打祝家庄》的问世起了巨大作用。该剧的编创工作是在他的倡议下启动的,该剧的主题是他设定的。在思想层面宣传阶级斗争理论和唯物史观、呼应调查研究的整风精神,在行动层面为解放敌占城市提供经验——这些他于编创之前与编创之中提出来的观点,都成了剧作的主题内容。通常说来,在一部作品的创作过程中,形成创作动机、确立创作主题是最为重要的环节。据此,我们可以说,在编创该剧时,毛泽东在决策和指导方面发挥了任何人都无法替代的重要作用。

第二节　群众与材料的充实

《三打祝家庄》的编创工作是根据毛泽东确定的主题展开的。由于主题

---

① 任桂林:《从"三打祝家庄"的创作谈到平剧改造问题》,《解放日报》1945 年 9 月 8 日。
② 任桂林、魏晨旭、李纶:《忆刘芝明同志领导编演〈三打祝家庄〉》,《中国戏剧》1979 年第 8 期。

明晰,也由于《水浒传》原有内容与既定主题叠合程度较高,所以,在前两幕的编创中,只要执笔者对原作内容作出必要的调整和改造,便能够使设定的主题内容得到表现。比如,原作中本就有宋江分遣石秀和杨林去刺探祝家庄军情的情节,但受遣两人之间并无冲突。为了突出调查研究这一主题内容,剧作第一幕对原有情节作出调整,增设了两人之间的冲突,以此对两种不同的"探庄"方式作出了对比。编创中真正有较大难度的是其中写"里应外合"的第三幕。由于原著对于"第三打取胜的根本原因之一"(即孙立等地下军的活动)"表现的不够充实有力",所以,"如照固有的材料写下来,现实的教育意义是不会太大的,而且会显得枯燥,生活与戏剧的气氛都要暗淡无光"[1]。虽然毛泽东对如何写好这一幕也有过指示,但它也只是一种原则性的意见,并没有涉及具体的情节内容。因此,执笔者必须对它作出较大的生发,必须充分展开对孙立等人具体活动的描写。执笔者在情节安排上的最初设想,是写孙立等人在混入祝家庄后从以下两个方面开展其地下工作:一方面,他们想方设法使祝家庄在战略上由固守待援改为四路出击;另一方面,暗中做好庄内贫苦农民的组织工作,等祝家庄四路出击、庄内空虚之时揭竿而起,最后,在里应外合中取得胜利[2]。他们据此写成了提纲和前三次剧稿。

为了集思广益,有关部门围绕着提纲和前三次剧稿共组织召开了十多次大型座谈会和几十次小型座谈会,与会者主要是党校学员中来自多个解放区的各级干部,其中有负责城市地下工作的刘宁一、刘慎之,有著名军事家陈赓、军事理论家郭化若等。在讨论时,他们作为具有丰富经验的特殊"群众"不但介绍了土地革命时期红军打土豪攻寨子的经验教训,以丰富执笔者对于攻打封建堡垒的感性认知,而且还从他们自己丰富的斗争经验和专门知识出发,对执笔者上述两点设想作出了具体分析,同时,提出了自己建设性的意见:

首先,在他们看来,通过地下活动去改变祝家庄的战略,"让地下工作者

---

① 金灿然:《论〈三打祝家庄〉》,《解放日报》1945 年 3 月 30 日。
② 参见李纶:《谈历史剧的创作》,《解放日报》1945 年 10 月 2 日。

控制敌军统帅部,既不可能,也不必要"①。他们根据地下工作的经验和规律,指出:"内应活动"若要"变更敌军作战计划",那"是很难做到的,在绝大多数场合下是注定要失败的";而"主要是适应敌人固有做法,利用敌人的空隙,突破一点,能让城外主力军进来就可以了"②。其次,关于里应外合的胜利主要是依靠梁山主力军还是主要依靠庄内起义农民的问题,陈赓和郭化若分析了梁山主力军和祝家庄两方面的情况,又以土地革命时期红军的战斗实践为参照,认为不派梁山主力军去攻打、而仅仅想靠农民起义解放祝家庄这一城市,也是不可能的。这样,他们便否定了提纲和前三次剧稿中"把里应外合的胜利主要依靠于农民起义"这一"不合于历史生活"的观点③以及由这一观点铺衍出来的情节内容。

在解决这两大基本问题、框定第三幕的基本思路和主要内容以后,他们还在具体情节和细节的设置上为执笔者们提出了具体建议,帮助解决了创作中的一系列重要问题。在这方面,刘宁一、郭化若贡献尤多。他们提出的建议包括:孙立等在进庄之后,关键是掌握寨楼,想尽办法要接近寨楼上的人,争取一些人,除掉最坏的人(祝小三);要联系群众,启发群众的觉悟,但只能适当地说一些双关的话,不露马脚,不留把柄;上层掩护下层,下层多活动,相互联系④。李纶后来也回忆道,"孙立进庄后以开城门放吊桥引主力军进去的情节,就是军事理论家郭化若等同志启发的;上层下层互相配合除掉祝小三,是具有丰富地下工作经验的刘宁一等同志启发的"⑤。

在该剧第三幕以想象生发情节、扩充材料的过程中,上述富有经验和见识

---

① 任桂林、魏晨旭、李纶:《忆刘芝明同志领导编演〈三打祝家庄〉》,《中国戏剧》1979 年第 8 期。

② 魏晨旭:《"巩固了平剧革命的道路"——〈三打祝家庄〉的创作是在毛主席指示下进行的》,《人民戏剧》1978 年第 12 期。

③ 李纶:《谈历史剧的创作》,《解放日报》1945 年 10 月 2 日。

④ 参见任桂林:《〈三打祝家庄〉创作回忆》,《戏剧报》1962 年第 5 期。

⑤ 流耕:《李纶与京剧〈三打祝家庄〉》,《党史博采》1997 第 12 期。

的各级干部发挥了很大的作用。正是在他们的指导下,执笔者对第三次剧稿作出了重要修改。对照剧作定稿,可以看出,他们有关第三幕的基本思路和具体情节、细节方面的这些建议均被执笔者采纳了。与相关干部一样,在积极建言献策方面,延安平剧研究院的工作人员也作出了他们的贡献。第三幕第十一、十二场有这样一个比较精彩的情节:乐和化名"张和",乔扮为孙立的马夫混进了祝家庄;因为"他的手儿又细又软还又光"、不像"马夫的手儿拉拉权权树皮样",引起祝小三和二混子的怀疑。他们心生一计,欲趁乐和出来压马之时,借机给乐和相面看手。机警的乐和识破了他们的计谋,称自己原本是个牢头,因为不务正业被老爷革了官儿,以此对他们作出了有效的应对、打消了他们的怀疑。这场戏是执笔者在相关工作人员的启发和指导下萌生创意、抓住特点并进而找到合理的解决办法的。唱花脸的演员吴俊峰曾是一个地下工作者,他有一个体会:在地下活动中,尽管准备得十分周密,也会有想不到的意外发生。这给执笔者以启示,使他们意识到应该从乐和的马夫身份中去设计破绽。关于马夫的特点,老炊事员邸奎元又给了他们指导。他告诉李纶:马夫的手是拉拉碴碴的①。最后,剧中宋江的扮演者张一然又贡献出了乐和"弥补破绽并打破敌人的诡计的办法"②。显然,如果没有吴俊峰的启发、邸奎元和张一然的指导,这场戏的出现将是不可思议的。从这个角度看,这些工作人员也参与了剧作的创作。

在一部作品的创作过程中,在"立主脑"后还必须"充血肉",必须以丰满的材料对之加以表现。在该剧创编过程中,如果说毛泽东在为之"立主脑"方面厥功至伟的话,那么,在为该剧(特别是其中第三幕)"充血肉"方面,延安平剧研究院外的相关干部和院内的工作人员作为群众则群策群力、通力合作,共同发挥了重要的作用。他们在宏观的情节安排和微观的细节设计等方面,提

---

① 流耕:《李纶与京剧〈三打祝家庄〉》,《党史博采》1997第12期。

② 任桂林、魏晨旭、李纶:《忆刘芝明同志领导编演〈三打祝家庄〉》,《中国戏剧》1979年第8期。

出了一系列重要的思路和意见,并最终为执笔者所吸取和采纳。可以这样说,该剧所写内容,除沿用或化用《水浒传》中的相关材料外,其余大多来自于这些群众。他们因此也应该是这个"创作集体"中的重要组成部分。

第三节 组织者的作用与组织机制的形成

剧本《三打祝家庄》的编创是一个系统性的工程,从事这一工程的是一个庞大的"创作集体"。毛泽东由于为其确立了"主脑",相关干部和工作人员由于为其充实了"血肉",自然都应该属于这一"集体"。当然,执笔者在技术上也进行了辛勤劳作。如果没有他们这方面的辛勤劳作,那么,将"血肉"与"主脑"作出有机勾连并使之成为一个和谐整体的任务便无法完成,物化的产品(剧本)最终也无法产生。任桂林在《三打祝家庄》公演后所作创作谈中说过:当时平剧改革改造的"唯一的方法",就是"把领导思想的同志,掌握技术的同志,知识丰富的同志,聚到一起,协力合作,各取所长"[1]。这一方法的提出,是以该剧编创经验为基础的。那么,在该剧编创过程中,如何使"领导思想的同志,掌握技术的同志,知识丰富的同志"这三种对象"聚到一起,协力合作"的呢? 其中所显现出来的组织机制又是怎样的呢?

该剧编创经验显示:要使上述三种对象"聚到一起,协力合作",必须进行有效的组织;而要进行有效的组织,则必须依靠能够承上启下、协调左右的组织者。在剧本编创过程中,中央党校教务处负责人兼延安平剧研究院院长刘芝明很好地发挥了组织者的作用,剧本的整个编创工作就是在他的组织调度下有序展开的;其组织作用的充分发挥,说明创作上一种卓有成效的组织机制已经形成。因为剧本"领导思想的同志"是毛泽东,所以,作为组织者的刘芝明其组织作用就主要体现在把"掌握技术的同志,知识丰富的同志"组织起

---

[1] 任桂林:《从"三打祝家庄"的创作谈到平剧改造问题》,《解放日报》1945 年 9 月 8 日。

来,一起来贯彻执行"领导思想的同志"的指示。为了完成毛泽东交代的任务,他组建了剧本创作小组、指定了执笔者。为了使执笔者增加对社会生活、阶级斗争和革命战争等方面的了解,他指导他们进行过数十次的社会调查和个别访问。在编创过程中,"除进行个别调查访问和动笔写、改剧本外,他参加了创作过程的全部活动";他和执笔者"共同考虑和讨论问题,共同寻求解决问题的妥善方法"。尤其重要的是,他利用自己的特殊身份"尽量争取了党校许多同志的帮助",先后召集那些"知识丰富的同志"来"帮助解决疑难问题"。剧本公演之后,《解放日报》曾经有过报道,称"剧本曾做过四五次大的修改或重写,各种座谈会、讨论会后的小修改也各有十余次"①。所有这些"修改或重写""小修改"都是在征求意见之后作出的。而能够向那些干部和工作人员(即"知识丰富的同志")征求到有关情节、细节等"知识"方面许多重要的修改意见,主要就依仗了刘芝明的组织之功。缘此之故,执笔者敬称他是"我党杰出的文艺工作组织家"②。

　　总之,以组织者为联结点,通过其行之有效的组织工作,使主题("思想")、材料("知识")与文字("技术")三者结合起来,这是《三打祝家庄》的创作所显现出来的组织机制。该剧的这一行之有效的组织机制,稍后在其他集体创作的作品(特别是戏剧作品)中也有直接的显示。歌剧《白毛女》就是其中的代表。该剧由延安鲁艺工作团集体创作,贺敬之、丁毅执笔,较《三打祝家庄》晚出数月。它也是在"不断的、群众性的、集体创作的基础上产生的",所采用的是与《三打祝家庄》相同的组织机制。就像毛泽东之于《三打祝家庄》一样,鲁艺负责人周扬不但首倡了《白毛女》的创作,而且为之确立了主脑。"白毛仙姑"的故事本是在晋察冀边区流传的一个民间新传奇,周扬在接触到这个故事后敏锐地发现了其中蕴含的价值,"明确提出要以'白毛仙姑'

---

① 《〈三打祝家庄〉开始公演很有政策教育意义》,《解放日报》1945年3月1日。
② 任桂林、魏晨旭、李纶:《忆刘芝明同志领导编演〈三打祝家庄〉》,《中国戏剧》1979年第8期。

这个传奇故事为题材搞一个表现人民斗争生活的,有创新意义的,民族化、群众化的新歌剧"①。对于这个故事,到底从哪个角度开掘其主题,最初讨论时曾经有过争论,"有人觉得这是一个没有意义的'神怪'故事,另外有人说倒可以作为一个'破除迷信'的题材来写"②。但最后作品的主题却落实到了新旧两个不同社会的对照上,这就是:"旧社会把人变成鬼,新社会把鬼变成人"。这一具有深度的"主脑"还是经由周扬提炼而确定下来的。

在主题确定以后,与《三打祝家庄》一样,也是"大家"给《白毛女》剧本提供了"血肉";而贺敬之像《三打祝家庄》的执笔者一样,在执笔时也"集中了大家的智慧"。据《白毛女》作曲者瞿维、张鲁回忆,剧本在写作过程中经过了包括导演、演员在内的"很多人的研究和补充",其中,"所有人物关系、戏剧情节直到人物的名字都是集体设计的",例如"杨白劳"的名字和吃饺子的情节就是由导演王滨提出的;对于这些"集体的意见",贺敬之"非常尊重",最后写进了剧本③。《白毛女》演出后,边区领导、鲁艺师生和当地群众提出了许多意见(贺敬之曾经收集整理出十多万字),它们又成了他执笔修改时的重要参考。与《三打祝家庄》中的刘芝明一样,在确定创作任务后,鲁艺戏剧系主任张庚奉周扬之命,也担负起了具体负责《白毛女》创作的组织工作。他组建了创作组(包括执笔者、作曲、导演、演员等),整个创作工作都是在他的领导下展开的。他采取"流水作业"的方式,即执笔者写完一场后,作曲者随即谱曲,由他与导演审定后印出,再由导演和演员试排,每幕完后总排。他以这种组织方式,有效地推进了创作的进程。

当然,在《三打祝家庄》之后出现的以集体创作方式创作出来的作品中,除像《白毛女》那样直接使用相同的组织机制外,还有一些剧作对之作出了简

---

① 贺敬之:《纪念〈讲话〉发表 60 周年答河北电视台记者问》,《贺敬之文集》第 3 卷,作家出版社 2004 年版,第 488 页。

② 贺敬之:《〈白毛女〉的创作与演出》,延安鲁迅文艺学院集体创作:《白毛女》,新华书店1950 年版,第 204 页。

③ 瞿维、张鲁:《歌剧〈白毛女〉的音乐创作》,《新文化史料》1995 年第 2 期。

化和变通,即其中的"组织者"同时是由"领导思想的同志"兼任的。这主要集中在一些农村剧团的创作中。朱穆之曾经指出:在解放区蓬勃发展的群众剧运中出现的众多农村剧团,一般"都是采用集体创作的方法"①。而在农村剧团开展的集体创作中,出"思想"的人则往往同时成了整个创作的"组织者"。1946 年,胡正对晋绥边区兴县杨家坡群众剧团"在领导与活动上"的"创造"作出了这样的介绍:在编演戏上,"是由村干部、劳动英雄、剧团的同志们根据村中的实际情况,确定了要宣传什么,于是大家凑材料,大家出主意,由几个人搭起架子来,结构成一个轮廓,众人往里添肉(凑情节、人物性格、台词、动作),或者是先确定了大概故事,就分配演员,由演员根据剧情自己创造台词动作。一面编,一面排,一面修改,小学教员就记成了剧本"②。这里,所谓"确定了要宣传什么",就是确立了"主脑"。而立主脑的这些人同时又充任了把"往里添肉"的"众人"、"创造台词动作"的演员和"记成了剧本"的"小学教员"聚在一起并使之协力合作的组织者。

第四节　组织机制的影响

《三打祝家庄》所显现出来的组织机制,除了在其后集体创作的作品中有清晰的显示外,在其他更多非集体创作的"写政策"的作品中也有隐性的流露,因此,其影响是比较深远的。在主流意识形态强有力的引导下,文学反映政策、宣传政策渐渐发展为后期解放区文学为政治服务的重要途径。在 1944 年 5 月开展的秧歌剧本的评奖活动中,西北局文委就将"秧歌剧本内容与当前政策任务结合的程度"作为评奖的"政治标准"③。到 1948 年,新创刊的

---

① 朱穆之:《"群众翻身,自唱自乐"——在晋冀鲁豫边区文化工作者座谈会上关于农村剧团的发言》,《北方杂志》创刊号,1946 年 6 月。

② 胡正:《谈边区群众剧运》,《人民时代》第 10 期,1946 年 11 月。

③ 《西北局文委召集会议总结剧团下乡经验奖励优秀剧作》,《解放日报》1944 年 5 月 15 日。

《华北文艺》更是明确提出："文艺必须把坚持地宣传党和政府的政策与多方面地深入地反映群众情况很好地结合起来"①。于是，响应主流意识形态的这一吁求，使文学创作与"当前各种革命实际政策"相结合、来具体地"反映各种政策在人民中实行的过程和结果"，就成了解放区"艺术创作活动上的一个显著特点"；在周扬看来，这一特点甚至还成了"文艺新方向的重要标志之一"②。

根据这一"文艺新方向"的要求，许多服膺"文艺反映政治，服务政治"文艺观的作家就以"把群众在斗争中及执行政策中的丰富经验加以吸收、消化，生动地描写出来"③为自己的使命，积极地走上了"写政策"的创作之路。在这时候，即使名义上是作家个人创作的作品，实际上也带有集体写作的性质了。张庚在总结解放区戏剧创作的情况时有过这样的判断："解放区的成功剧作和演出，可以说都是在各种方式上，各种程度上的集体创作"，"即使是个人的创作，在解放区，也还多少带着集体创作的性质"；这是因为"首先是各有关方面的关心，提意见，在政治上，政策思想上帮助作者进行了解、学习。写出原稿后，又有许多有组织的或个人的意见，演出后，还有许多观众的意见"④。张庚对个中原因的分析，是就戏剧创作过程中剧作家所受可见的外在影响而言的。而事实上，在后期解放区文学包括戏剧在内的所有文体的创作中，不管有没有这样的具体的外在影响存在，只要其主题是"写政策"的，那么，名义上即使是作家个人创作的作品其性质就是一种集体写作，作家个人也就只是个"执笔者"。

那么，为什么说名义上是作家个人创作的"写政策"作品具有集体写作的性质呢？《三打祝家庄》那样的组织机制在它们那里又有怎样的隐性流露呢？

---

① 《我们的希望（代发刊词）》，《华北文艺》创刊号，1948 年 12 月。

② 周扬：《关于政策与艺术——〈同志，你走错了路〉序言》，《解放日报》1945 年 6 月 2 日。

③ 周扬：《谈文艺问题》，《晋察冀日报》增刊第 7 期，1947 年 5 月 10 日。

④ 张庚：《解放区的戏剧》，中华全国文学艺术工作者代表大会宣传处编：《中华全国文学艺术工作者代表大会纪念文集》，新华书店 1950 年版，第 193 页。

这里重点以周立波长篇小说《暴风骤雨》的创作为例略作说明。这是一部"写政策"的作品。作者所凭依的主要是《五四指示》《中国土地法大纲》等中央关于土地问题的指示;除此之外,松江省委负责人"在党的领导问题上和思想政策问题上"也给了作者很多指导和"启发"①。所有这些指示、指导等政策性因素构成了这部作品的主题,就像毛泽东的相关指示成为《三打祝家庄》的主题一样。这一主题的确立,决定了其材料摄取的基本方向和方式。在许多情况下,解放区作家在确立"政策性"主题后也去"深入生活",但是,他们在"深入生活"的过程中却是带着"政策"的滤镜的,因此,以这种方法得来的生活材料自然也就成了先行"政策性"主题的证明。周立波的情况与这些作家有所区别。他是先经历过土改生活,然后才有意于创作的。这本来为之在创作中忠实地传达出属于他自己的体验和感悟提供了条件。但是,在确立"写政策"的主题后,他对原先积累的可能具有一定个性化色彩的素材进行了两次改造,其结果便是彻底祛除了题材内容上的个人成分、使其皈依"集体"的共性色彩得到了极大的强化。

　　周立波所作的第一次改造是以"政策"来检验原始素材的合规性,并据此对之作出调整。小说下卷积累材料的时间比较长,在此基础上,他也作出了自己的初步构思。后来他研究了中央和东北局的文件,追忆了各级会议的精神,并"借着这些文件和会议的指示和帮助,重新检验了材料和构思,不当的删削,不够的添加"。这种"删削"和"添加"显然是以"合政策性"作为标准的,因而,其结果自然只能是削足适履、使材料就范于"政策"之规定。周立波所作的第二次改造是以"一般"来改造"特殊"。"文学工作者应该反对个人英雄主义……应该经常虚心认真的向群众学习,并且善于集中同志们的智慧"②,是他创作这部小说的重要经验和体会。在材料和构思方面,其"集中同志们的智慧"的最重要的举动,是他通读了《东北日报》半年多在二版上登载的所

———————————

① 周立波:《〈暴风骤雨〉是怎样写的》,《东北日报》1948 年 5 月 29 日。
② 周立波:《〈暴风骤雨〉是怎样写的》,《东北日报》1948 年 5 月 29 日。

有土改消息，并以此为参照，"把构思中的人物和故事，又加了一回修正，稀奇的删削，典型的留存"①。他以此完成了以土改运动中之"一般"来改造原先构思中的人物和故事之"特殊"的任务。他对素材的二次改造，是他自觉地以"集体"的眼光对素材进行打量、以"集体"的尺度对素材进行修正的过程。虽然在这过程中没有如《三打祝家庄》中那些可见的"集体"人员的参与，却始终晃动着"集体"的身影。因此，最后为小说所摄取的题材与《三打祝家庄》中"知识丰富的同志"所提供的材料，在性质上是相通的，二者之间并没有任何实质性的区别。

当然，要将上述"写政策"的主题、具有"集体性"的材料变成作品，还需要依靠"掌握技术的同志"的执笔。在《暴风骤雨》物化的过程中，周立波自己就是这样一个执笔者。自然，他的作用还不限于此。从这部作品的整个创作过程来看，他还充当了一个组织者的角色。与集体创作的作品相比，从"政策化"主题的确定到材料的"集体化"处理再到文字的"技术化"表达，《暴风骤雨》创作的所有"工序"与《三打祝家庄》是一样的。既然有了多道"工序"，也就必然需要组织者的组织。只是其创作时的组织者是执笔者周立波自己，而不是像《三打祝家庄》集体创作时那样存在着一个独立的组织者罢了。在将"思想"（"主脑"）、"知识"（"血肉"）与"技术"三者结合方面，他进行了卓有成效的"自组织"工作。《三打祝家庄》的组织机制由此在《暴风骤雨》这类署名为个人创作的、"写政策"的作品的创作中有了隐性的流露。

《三打祝家庄》的执笔者魏晨旭曾经将《逼上梁山》与该剧作过比较，认为二者都是"京剧革命的标志"，但前者"是事后毛主席用伟大战略家的锐利目光加以选择后认定的"，后者"乃是有组织的领导下自觉创造出来的"②。也因此，其相对完备的组织机制在"旧剧改革"中具有着较之《逼上梁山》更大的

①　周立波：《现在想到的几点——〈暴风骤雨〉下卷的创作情形》，《生活报》1949 年 6 月21 日。

②　魏晨旭：《〈三打祝家庄〉巨大的历史成就及其严重缺陷》，《中国京剧》2002 年第 6 期。

范式意义。不但如此,这一组织机制的范式意义还超越了戏剧领域而扩大到了整个后期解放区文学创作中;其身影在它之后出现的集体创作的作品和其他更多的"写政策"的作品中都或显或隐地晃动着。尽管我们没有依据说所有运用这一范式的作品都直接受到了该剧的影响,但是,至少可以这样说,作为一部在领袖倡议和"有组织的领导下"编创出来的作品,该剧所显现出来的、旨在强化文学功利作用的组织机制在后期解放区文学创作中是具有其代表性意义的。

第五章　后期解放区文学中"鲁迅形象"的政治化建构

在后期解放区文学阶段中,为了使鲁迅更好地服务于现实政治斗争,解放区开展了对于"鲁迅形象"的政治化建构。美国政治学家罗伯特·A.达尔曾指出:"政治是人类生存的一个无可避免的事实。每个人都在某一时期以某种方式卷入某种政治体系"①。政治作为经济的集中的表现,在阶级社会中,"所要处理的主要是国家生活中的各种关系,包括阶级内部的关系,阶级、阶层、各类群体之间的关系,民族关系以及国际关系等"②。本章所说的"政治化建构",指的是以处理阶级之间的关系为基本内容、从阶级政治层面进行的建构。在解放区主流意识形态的主导下,建构者通过对于"鲁迅方向"重心的转变、对于鲁迅思想的政治化阐释和对于鲁迅作品的政治化引用,建构出了一个具有鲜明阶级政治色彩的"鲁迅形象",从而使鲁迅在身后还卷入了"某种政治体系",并发挥了重要的政治作用。这一"鲁迅形象"较之解放区文学前期发生了很大的改变,显现出了强烈的阶级政治的倾向性。

---

① [美]罗伯特·A.达尔:《现代政治分析》,王沪宁等译,上海译文出版社 1987 年版,第 5 页。

② 夏征农等主编:《辞海》第六版缩印本,上海辞书出版社 2010 年版,第 2435 页。

第一节 "鲁迅方向"重心的转变

在前期解放区文学阶段里,面对着空前的民族危机,主流意识形态在处理中日民族关系时,根据民族救亡的现实需要提出了"鲁迅方向"。1937 年 10 月,在鲁迅逝世周年之时,毛泽东称"我们纪念他",主要在于他是"一个民族解放的急先锋"。虽然他把"政治的远见"视为鲁迅的"第一个特点",但从下文他所列举的鲁迅"在一九三六年就大胆地指出托派匪徒的危险倾向"①上看,他在这里所说的"政治"也主要关乎民族关系而非阶级关系。次年 4 月,在鲁艺的讲话中,毛泽东首次明确提出"鲁迅方向",指出:"在统一战线中,我们不能丧失自己的立场,这就是鲁迅先生的方向"。这里的"自己的立场"所指确乎是阶级政治的立场;但是,在其与民族政治的关系上,则是:"今天第一条是一切爱国者的抗日民族统一战线,第二条才是我们自己艺术上的政治立场"②;这也就是说,阶级立场是服从于民族利益的。1940 年 1 月,在陕甘宁边区文化协会第一次代表大会上,毛泽东称鲁迅是"中国文化革命的主将",提出"鲁迅的方向,就是中华民族新文化的方向"。他对由鲁迅引领其方向的"中华民族新文化"(即"新民主主义的文化")作出界定,指出:它"就是人民大众反帝反封建的文化;在今日,就是抗日统一战线的文化";它作为一种"民族的科学的大众的文化",其首要特性是其"民族的"特性(即"反对帝国主义压迫,主张中华民族的尊严和独立")③。由此观之,在解放区前期,以毛泽东为代表的主流意识形态提出的"鲁迅方向"虽然具有"为民族"和"为阶级"的双重蕴含,但是,它的重心显然在于"为民族"。这是毛泽东所提出的"使阶级

---

① 毛泽东:《论鲁迅》,《毛泽东文集》第 2 卷,人民出版社 1993 年版,第 43 页。
② 毛泽东:《在鲁迅艺术学院的讲话》,《毛泽东文集》第 2 卷,人民出版社 1993 年版,第 122 页。
③ 毛泽东:《新民主主义论》,《毛泽东选集》第 2 卷,人民出版社 1991 年版,第 698、706 页。

斗争服从于今天抗日的民族斗争"这一"统一战线的根本原则"①的体现。也因此,在这一时期,在主流意识形态提出的"鲁迅方向"中所寓托的"鲁迅形象"主要是一个关乎民族政治的"民族英雄"的形象。

但是,后期解放区文学阶段开始后,前期即已提出的"鲁迅方向"其重心却发生了显著的变化。虽然它与前期一样还具有"为民族"和"为阶级"的双重蕴含,但是,其重心却由之前的"为民族"转变为"为阶级"了。在此时期,主流意识形态有时也涉及"鲁迅方向"中的"为民族"的含义。例如,在纪念鲁迅逝世六周年时,《解放日报》刊载文章,称鲁迅是"我们民族解放斗争在文化思想战线上最优秀的代表"②,其"一生巨大的事业,所闪发着的无限的光辉,照澈在我们光荣的民族解放事业的每一个角落"③。但是,在更多时候、更多情况下,主流意识形态所重点关注并一再提倡的却是"鲁迅方向"中的"为阶级"的含义,这表现出了置重于国内阶级关系的政治眼光。它对"鲁迅方向"中"为阶级"含义的强化表现,使之获得了超越"民族"层面的独立的政治意义。随着"鲁迅方向"重心由"为民族"向"为阶级"转变的发生,"鲁迅方向"中所寓托的"鲁迅形象"主要成了一个"阶级战士"的形象。

对于"鲁迅方向"重心的转变,我们可以从后期解放区文学创作的主题取向来展开考察和探究。一个非常显明的事实是:此期被视为实现了"鲁迅方向"的文学创作,其所表现的主题主要是关乎阶级关系的、是"为阶级"的。这非常具象地显示出了"鲁迅方向"内涵重心的变化。众所周知,后期解放区文学是在毛泽东《讲话》的影响下发生的,是《讲话》指示了后期解放区文学发展的方向。如前所述,在《讲话》中,毛泽东的民族立场和阶级立场是兼具的,但阶级立场表现得则更为突出。在《讲话》指引下生成的后期解放区文学因而

---

① 毛泽东:《统一战线中的独立自主问题》,《毛泽东选集》第 2 卷,人民出版社 1991 年版,第 538 页。

② 社论《纪念鲁迅先生》,《解放日报》1942 年 10 月 19 日。

③ 《鲁迅先生逝世六周年祭》,《解放日报》1942 年 10 月 19 日。

也形成了以追求功利性为目的的价值观,而这种功利性主要是以阶级利益为中心,通过阶级—政治倾向性表现出来的。(详见第二章)如果将作为后期解放区文学主体的这类表现阶级政治主题的文学创作也视为"鲁迅方向"实现的话,那就说明"鲁迅方向"中原本"为民族"的重心已经被"为阶级"所置换,"鲁迅方向"中的"鲁迅形象"也因此已经被阶级政治化。

在后期解放区文学展开的过程中,有很多作品在当时就被主流意识形态明确视为实现"鲁迅方向"的成果。例如,在晋察冀边区,邓拓在1945年10月张家口市纪念鲁迅逝世九周年大会的讲话中,就把1944年阜平高街村剧团集体创作的剧作《穷人乐》视作"鲁迅先生的方向的实现",称1945年由傅铎编剧、冀中军区政治部火线剧社排演的歌剧《王秀鸾》也是"循着鲁迅先生指示的方向创作出来"的①。而事实上,这两部作品所表现的主题主要是关乎阶级政治的。《穷人乐》第一场以1924年大水灾为背景,写喇嘛爷"加租增佃"导致了佃户"卖儿卖女"的悲剧;之后重点写抗战期间抗日民主政权"贷粮救灾"、将农民组织起来开展大生产运动,终于获得了丰收,从而实现了"穷人乐"。剧作不但在整体上以"穷人苦"和"穷人乐"的纵向对比(亦即新旧社会的对比)来立意,而且在第二场"中央军南退,八路军北上"中对这两支军队也作出了横向对比:前者"一个劲的往后退",途中还劫掠百姓、强拉民夫;而后者为了解救老百姓,则是"一个劲往前开"②。通过这样的对比,剧作突出了抨击国民党、旧社会与歌颂共产党、新社会的阶级政治主题。(详见第十六章)与《穷人乐》的取材不同,《王秀鸾》所表现的是冀中一个普通农村妇女王秀鸾成长为劳动英雄的故事,但是,其主题取向却是与《穷人乐》完全一致的。在最后一场"欢送"中,面对着欢送她去县里开会的人群,主人公不胜感慨地说道:"还是那一句话,共产党八路军来咧,庄稼人们都翻身咧,万年穷也有了饭吃咧,成年百辈子不时兴的丫头媳妇,也当了英雄咧……这些好处都是共产党

---

① 邓拓:《沿着鲁迅的方向前进!》,《邓拓文集》第1卷,北京出版社1986年版,第393页。
② 晋察冀阜平高街村剧团集体创作:《穷人乐》,韬奋书店1945年版,第15页。

给咱们的,咱们一辈子也不能忘了共产党。"①剧作以此曲终奏雅,点明了与
《穷人乐》相同的有关阶级政治的主题。(详见第二十三章)

　　《穷人乐》《王秀鸾》这两部被邓拓视为实现了"鲁迅方向"的作品,它们
所表现出来的有关阶级政治的主题取向在整个后期解放区文学创作中是占据
主流地位的,这类作品事实上也构成了后期解放区文学创作的主体。这可从
陈涌当时对《讲话》全文发表三年来解放区文艺运动的总结中窥其一斑。文
中,他列举了那三年里产生的 15 篇"优秀的代表作",其中,具体表现民族斗
争的只有《李勇大摆地雷阵》《洋铁桶》《吕梁英雄传》等 3 篇,其他像《白毛
女》《血泪仇》《王贵与李香香》等 12 篇作品全都是表现阶级政治主题的。因
为此文作于鲁迅逝世十周年之际,又因为《讲话》是在鲁迅逝世七周年时全文
发表的,所以,陈涌在总结时还着意考察了"鲁迅方向"与《讲话》的关联,提出
了"毛泽东方向——鲁迅方向"这一重要概念。在他看来,"文艺积极服务于
现实政治的方向"是"鲁迅先生留下的基本方向"之最重要的特征,而《讲话》
则是对"鲁迅先生文艺思想的大发展"。这主要体现在毛泽东"更具体地提出
了文艺为工农兵的思想方向",解决了文艺和群众相结合的问题,大大提高了
文艺对于现实的作用。他盛赞"这是文艺战线上毛泽东方向——鲁迅方向的
伟大胜利"②。如前所述,在作为构成文艺上"毛泽东方向"之理论范本的《讲
话》中,其阶级立场较之民族立场是得到了更为突出的表现的。因此,"鲁迅
方向"此时发展成为"毛泽东方向",那也就意味着它的重心由之前的"为民
族"转为"为阶级"了;而鲁迅所主张的"文艺积极服务于现实政治",自然也就
变成以服务现实阶级政治为主了。这样,主流意识形态通过凸显阶级政治完
成了对"鲁迅方向"内涵结构的调整,并以此展开了对作为"阶级战士"的"鲁
迅形象"的政治性建构。

---

　　①　傅铎:《王秀鸾》,胡可主编:《中国解放区文学书系·戏剧编》第 2 卷,重庆出版社 1992
年版,第 719—720 页。
　　②　陈涌:《三年来文艺运动的新收获》,《解放日报》1946 年 10 月 19 日。

第二节 鲁迅思想的政治化阐释

在后期解放区文学阶段,将"鲁迅方向"中的重心由"为民族"转变为"为阶级",表现出了主流意识形态从阶级政治层面建构"鲁迅形象"的强烈意图。主流意识形态之所以要建构出作为"阶级战士"的"鲁迅形象",是为了使鲁迅更好地发挥为现实阶级政治服务的作用。但是,将"鲁迅方向"中的重心作出这样的置换,更多体现出来的还是主流意识形态的一种愿望和期待。要使它们变为现实,还必须到鲁迅那里去寻找依据和支撑。于是,顺应着主流意识形态的这一要求,建构者从自己的阶级政治立场出发,从思想层面展开了对"鲁迅形象"的政治化建构。

众所周知,鲁迅的思想是极其复杂的。从总的趋势来看,虽然可以说他经历了"从进化论到阶级论,从绅士阶级的逆子贰臣进到无产阶级和劳动群众的真正的友人,以至于战士"[1]这样一个变化的过程,但是,在其思想发展的每一个时期,他的思想色调也绝不是简单划一的。即使是在 1927 年大革命失败后他"一向是相信进化论"的"思路因此轰毁"[2]而开始相信阶级论时,他对自己前期的启蒙主义、个人主义、人道主义等思想也仍然有所保留。而此时,为了现实阶级政治的需要,建构者重点抉取鲁迅思想中与此相关的部分并从阶级政治的角度予以了阐释。其抉取和阐释的重点便是鲁迅的阶级属性和阶级立场。1942 年 10 月 18 日,延安举行纪念鲁迅逝世六周年大会,中央大礼堂外面贴着鲁迅遗言:"由于事实的教训,明白了唯有新兴的无产阶级,才有将来"。举办者以此方式对鲁迅的阶级属性和信仰作出了说明。在大会的发言中,萧三也刻意强调了鲁迅的阶级属性,指出:"一个革命文学家一定要无产

---

① 瞿秋白:《〈鲁迅杂感选集〉序言》,《瞿秋白文集》第 3 卷,人民文学出版社 1989 年版,第115 页。

② 鲁迅:《三闲集·序言》,《鲁迅全集》第 4 卷,人民文学出版社 1981 年版,第 6 页。

阶级化,在这一点上鲁迅先生是做到的。"①同日,张仃在《解放日报》发表文章,分析了鲁迅作品中的绘画色彩。他以"色彩是有阶级性的"为理论前提,认为在鲁迅"自己的独特底色调"中"浸透了劳苦大众的感觉与情绪",做到了"与人民大众生活气息相通"②。由此,他引出了与萧三相似的结论,即:在色彩的感觉和表现上,鲁迅也做到"劳苦大众化"了。次日,中央印刷厂文艺小组在纪念文章中,用朴素的言语述说了鲁迅和群众的血肉关系:"他是真正爱着群众,时时刻刻为群众工作和着想的",而"我们都是深深地爱着他的"③。这自然也意味着鲁迅是"群众"中的一员。

在对鲁迅的"无产阶级"(及"劳苦大众""人民大众""群众"等)的阶级属性作出描述和揭示后,建构者重点凸显了鲁迅的坚定的阶级立场。起初,他们对鲁迅"立场"的阐扬是结合对王实味的批判和杂文问题的讨论而展开的。延安文艺座谈会结束不久,主流意识形态组织了对王实味的批判。王实味的杂文与鲁迅杂文有着密切的关系,甚至其杂文《野百合花》在形式上也借鉴了鲁迅的《无花的蔷薇》。当时,王实味已被打成"托派分子",而鲁迅生前又在《答托洛斯基派的信》中对托派作出过猛烈的抨击。正因为王实味与鲁迅之间有如此之多的相关之处,所以,出于批判王实味的现实需要,鲁迅的阶级立场作为王实味"错误"立场之对照便得到了批判者的关注。较早对二者的立场作出对比的是陈道,他认为王实味立场偏颇以至损害了革命利益,而鲁迅则有"布尔什维克的立场"④。稍后,周文也指出,王实味说要"首先针对我们自己和我们底阵营进行工作",他的"这种立场,和鲁迅先生的立场,毫无相似之点",因为鲁迅用"他的笔尖,把光明和黑暗……划分得清清楚楚,给人们指出

---

① 艾克恩:《延安文艺运动纪盛》,文化艺术出版社 1987 年版,第 400、401 页。

② 张仃:《鲁迅先生作品中的绘画色彩》,《解放日报》1942 年 10 月 18 日。

③ 中央印刷厂文艺小组:《我们的话——为了纪念鲁迅先生逝世六周年》,《解放日报》1942 年 10 月 19 日。

④ 陈道:《艺术家的〈野百合花〉》,《解放日报》1942 年 6 月 9 日。

谁是光明,谁是黑暗,并如何保护光明,击破黑暗",表现出了一种"严格的阶级立场"①。数天之后,他又撰文将鲁迅的这种"严格的阶级立场"上升到了"党的立场"的高度,指出:鲁迅在《答托洛斯基派的信》中"坚定不移地站在无产阶级的立场——他虽然不是共产党员,却是更加明确地站在党的立场",保卫了党、保卫了无产阶级;因而,鲁迅的这种立场与王实味的"理论"形成了鲜明的对照②。

王实味批判是与杂文问题有一定关联的,但是,杂文问题却在批判王实味之前就成了主流意识形态关注的焦点之一。从 1941 年 10 月起,以丁玲、萧军、罗烽等为代表的一批来自国统区的作家在延安倡导"鲁迅式"杂文,延安文坛出现了一批尖锐揭露解放区缺点和阴暗面的杂文(包括王实味的杂文在内)。由于这些倡导者和写作者是以鲁迅精神和鲁迅杂文为标榜的,因此,如何纠正他们的"还是杂文时代,还要鲁迅笔法"的观念、同时又要维护鲁迅具有坚定阶级立场的"阶级战士"形象,就成了主流意识形态必须解决的问题。在《讲话》中,毛泽东对此作出了积极的应对。他把他们的这一概念视作"有些同志缺乏基本的政治常识"而发生的"各种糊涂观念"之一,并指出:"'杂文时代'的鲁迅,也不曾嘲笑和攻击革命人民和革命政党,杂文的写法也和对于敌人的完全两样",意谓鲁迅是"真正站在人民的立场上"的③。以《讲话》的这一精神为指引,建构者在《讲话》发表以后不久对鲁迅杂文的阶级立场即作出了进一步的伸张。例如,上文引述过的陈道的那篇文章就指出,鲁迅杂文"从没有咒骂革命或歪曲夸大革命阵营弱点",这显现出了鲁迅的革命立场。金灿然将"立场"看作杂文的"神髓"和"灵魂",认为鲁迅和高尔基的杂文之所以"写得那样辛辣,那样洋溢着战斗的力与热爱",是因为其"阶级立

---

① 周文:《从鲁迅的杂文谈到实味》,《解放日报》1942 年 6 月 16 日。
② 周文:《鲁迅先生的党性》,《解放日报》1942 年 6 月 22 日。
③ 毛泽东:《在延安文艺座谈会上的讲话》,《毛泽东选集》第 3 卷,人民出版社 1991 年版,第 870、872 页。

场的明确与坚定"①。此后多年,陈道、金灿然们从"立场"角度评价鲁迅杂文的观点还为周立波所沿用。他也认为,鲁迅杂文的"内容决不含糊,立场从不变动",他的讽刺、嘲骂以及"字句之间也许有时有些吞吞吐吐,弯弯曲曲的地方"(即"鲁迅笔法")是"用着对付人民的敌人的",而从来没有用来对付人民和中国共产党②。

稍后,建构者对鲁迅阶级立场的阐发从批判王实味和讨论杂文问题的特定语境中超拔了出来,所以,这样的阐发就更显出了一种普泛性的阶级政治的意义。1942 年 10 月 19 日,《解放日报》为纪念鲁迅逝世六周年发表社论。它指出:鲁迅"有着最明确的政治立场",主要表现在"他坚持革命的大旗,明分友敌之区别":一方面,对于黑暗势力,他毫不留情地进行英雄的搏斗和"韧性的战斗";另一方面,他对革命的队伍和政党则愿意奉命前驱,"以最高的热忱和忠诚服务于新兴阶级——无产阶级"③。中共中央党报对鲁迅"政治立场"的如此评价,是极具意识形态方面的代表性、权威性和引导性的。在此前后,也有不少建构者对于鲁迅的"立场"作出过类似的评价。此前一日,在延安各界纪念鲁迅逝世六周年大会上,徐特立就说过:"鲁迅先生始终是站在革命政党的立场上,他从来没有背离它。"④之后,在抗战胜利前夕,萧三在撰文纪念鲁迅六十五岁诞辰时开宗明义,高度肯定"鲁迅有明确的阶级立场,无产阶级和人民大众的立场"。他还特别强调,在组织反帝反封建统一战线之时,有些人因"一时炫惑于新形势"而失却自己的阶级立场;"在这种关头,鲁迅特别看得清、站得稳,他的无产阶级的立场特别坚定、明确,毫不动摇"⑤。而在抗战胜利后不久,在批判王实味时多次以鲁迅的立场为其对照的周文又在一般的

---

① 金灿然:《论杂文》,《解放日报》1942 年 7 月 25 日。
② 周立波:《谈谈鲁迅的杂文》,《东北日报》1948 年 10 月 19 日。
③ 社论《纪念鲁迅先生》,《解放日报》1942 年 10 月 19 日。
④ 艾克恩:《延安文艺运动纪盛》,文化艺术出版社 1987 年版,第 401 页。
⑤ 萧三:《学习七大路线——祭鲁迅六十五岁冥寿》,《解放日报》1945 年 8 月 6 日。

意义上肯定鲁迅的政治立场,称鲁迅"'敌''我'观念"异常明确、"革命立场"异常坚定①。此后又三年,在解放战争进入高潮之时,殷白提出要向鲁迅先生学习,其中包括"学习他'有所为'的人生态度,也就是明白的阶级立场"②。尤其值得注意的是,在超越某种特定的政治语境以后,为了凸显鲁迅阶级立场的执着与坚定,建构者还常常以一种相当夸张的方式强调了鲁迅阶级立场的一贯性。如上引萧三和周文的两篇文章就是这样。其中,前者称鲁迅的阶级立场"见之于他的每篇文章里";后者则说鲁迅"异常坚定"的革命立场是"一直的"。这非常鲜明地表现出了建构者将鲁迅思想彻底阶级政治化的强烈意图。

当然,也有一些建构者客观地看到鲁迅思想有一个从进化论到阶级论的转变过程,意识到鲁迅坚定的阶级立场便非"一直"都有。但是,他们也都无一例外地将鲁迅的这一转变看作是一个"进步",是"他的思想能跟着时代前进"的表现,是"以思想革命来建设新思想"③的结果。借此,鲁迅本人也由"一个革命民主主义的启蒙大师"成为一名"与共产主义相结合"的"献身前列的最坚强的舵手和战士"④。他们一般也没有否定鲁迅早期思想中的启蒙主义、"立人"观念、进化论等因素在历史上的作用,但是,却也同时指出持有如此思想的鲁迅"与当时的广大的群众有所脱离",并表现出了"唯心论"的倾向。何其芳曾经用"由寻路而得路"来概括鲁迅"从进化论走到了阶级论""从资产阶级的个性主义走了出来,成为共产主义者"的思想发展道路⑤。在他看来,在"走到阶级论"之前,鲁迅还都处在摸索、"寻路"的过程中;只有"走到阶

---

① 周文:《向中国文化新军最伟大与最英勇的旗手学习——纪念鲁迅先生逝世九周年》,《抗战日报》1945 年 10 月 19 日。

② 殷白:《知识分子进步的道路》,《临汾人民报》1948 年 10 月 19 日。

③ 吴玉章:《纪念鲁迅先生逝世六周年》,《解放日报》1942 年 10 月 26 日。

④ 陈毅:《纪念邹韬奋先生》,《解放日报》1944 年 11 月 22 日。

⑤ 何其芳:《两种不同的道路——略谈鲁迅和周作人的思想发展上的分歧点》,《解放日报》1942 年 11 月 2 日。

级论",鲁迅才真正"得路"、才真正得其所哉。从这些建构者对鲁迅身份转化的如此评价中,我们也不难看出他们鲜明的阶级政治取向。也正是从这一取向出发,他们在鲁迅整个后期思想系统中作出了有明确目的性的抉取,并对其所抉取出来的鲁迅思想中与阶级政治相关的方面作出了高度评价。这就从思想上完成了鲁迅作为一个"阶级战士"的政治化建构。

第三节　鲁迅与"文艺为工农兵的方向"

在后期解放区文学阶段,建构者将"鲁迅方向"中的重心由"为民族"转变为"为阶级",并通过对于鲁迅阶级属性和阶级立场的政治化阐释,从思想层面展开了对"鲁迅形象"的政治化建构,其最终目的还在于发挥鲁迅对于现实政治的作用。1944 年 10 月,八路军总政治部宣传部编印了作为"文艺读物选丛之一"的鲁迅小说选集《一件小事》。在《编辑缘起》中,编印者指出,编印这本小说选集的目的之一是要"帮助我们了解中国社会各阶层的面貌、感情、思想和行动,使一些抽象的社会阶级概念形象化"①。编印者将鲁迅小说视作进行阶级政治教育的形象教材,寄托了他们对鲁迅作品从阶级政治层面发挥作用的热切希冀。

为了引用鲁迅,以发挥鲁迅对于现实政治的作用,建构者对于鲁迅作品作出了政治化解读。在这一方面,作出较大努力、并具有较大代表性的是徐懋庸。1943 年 7 月,他在华北书店出版了《释鲁迅小说〈阿 Q 正传〉》。在"注释者的声明"中,他如此说明了自己对鲁迅思想的理解以及注释的动机和特点:"鲁迅的思想体系,与马列主义是完全一致的(早年的个别论点例外);因此,在我的注释中,有时就直接引用马列主义的原理";又因为意识到"鲁迅在作品中所描写的许多社会现象,现在也还是存在的;因此,我的注释中,有时常常

---

① 　转引自葛涛:《抗战期间解放区纪念鲁迅的活动》,《中共党史资料》2007 年第 1 期。

联系到目前的现实,甚至想借鲁迅以整风"。他的注释忠实贯彻了这样的意旨。例如,在解释鲁迅所写阿 Q 革命时,他引用了马列主义关于农民"革命的可能性"的分析,认为鲁迅的描写"完全是合乎事实,而且合乎马列主义理论的"。他还由此伸张开去,联系到了"今天"农民参加革命问题,认为只要"先进的革命者加紧对他们的教育……他们就会很快地进步的"。由于写作本文时尚在整风运动时期,所以,为了与现实取得联系并显现鲁迅作品的现实价值,他还运用了当时流行的整风话语对原作进行了阐释。例如,对于原作第二章"优胜记略"所写阿 Q 的精神胜利法,他认为鲁迅是以此暴露了"主观主义思想方法"①。

在《释鲁迅小说〈阿 Q 正传〉》出版两个月后,徐懋庸又在华北书店出版《释鲁迅小说〈理水〉》,进一步强化了在前者中业已表现出来的从阶级政治角度阐释鲁迅作品的特点。作者运用"主观主义""实事求是""调查""倾听群众意见"等整风话语,将小说中的人物主要分成两类作出了政治化的解读:其一是"主观主义"型的反面人物,即那些在"生活方式,治学方法和工作态度"方面"处处表现着祸国殃民的主观主义"的"学者"和官吏们。其二是"实事求是"型的正面人物,即禹这样的能够"倾听群众意见"的"正确的'实事求是'的作风的典范"。他将鲁迅所写两位专员考察时表现出来的"钦差大臣"作风与"毛泽东同志所说的调查方法"相对照,认为那更分明显出了"主观主义和实事求是的态度的区别"。他还认为,小说中写那个嘲讽过鸟头先生的"乡下人""不但有'实事求是'的聪明,而且有斗争的勇气",这就证明"鲁迅不但自视为群众的一份子,而且认为群众的精神是与自己一致的",因而也表明鲁迅是"完全成熟的马克思主义者"②。

---

① 徐懋庸:《释鲁迅小说〈阿 Q 正传〉》,中国社会科学院文学研究所鲁迅研究室编:《1913—1983 鲁迅研究学术论著资料汇编》第 3 卷,中国文联出版公司 1987 年版,第 1296—1308 页。

② 徐懋庸:《释鲁迅小说〈理水〉》,中国社会科学院文学研究所鲁迅研究室编:《1913—1983 鲁迅研究学术论著资料汇编》第 3 卷,中国文联出版公司 1987 年版,第 1348—1355 页。

　　总之,徐懋庸对于鲁迅《阿Q正传》《理水》的解读完全是一种政治化的解读。为了使鲁迅小说发挥为现实政治服务的作用,他不但将它们与当时的现实政治相联系,而且将对鲁迅小说含义的阐释纳入了当时的政治话语系统,力图以鲁迅小说为当时的政治话语和政治理念提供佐证,因此,其所表达出来的主要不是小说的本意,而是他自己由现实政治生发出来的感想式的引申。由于他对小说文本系统不够尊重,也没有顾及小说的特定语境和鲁迅真实的思想背景,所以,不管是他对小说本身的解读还是对鲁迅思想的揭示,都难免有牵强附会之处。他在《释鲁迅小说〈阿Q正传〉》的"注释者的声明"中曾担心这样的解读会不会"弄成教条主义的乱套"和"风马牛的胡扯",应该说,他的这种担心并非完全多余。虽然在解放区后期像徐懋庸这样对鲁迅作品作出如此生硬解读的建构者并不多见,但是,采用像徐懋庸这样从阶级政治层面理解鲁迅作品的视点的,却是相当普遍的。因此,在这一意义上,徐懋庸的这两篇文章也就成了解放区后期政治化解读鲁迅作品的代表。

　　以对鲁迅作品的政治化解读为前提和基础,建构者在后期解放区文学阶段开始了对鲁迅作品的政治化引用。他们通过对鲁迅作品的政治化引用发挥了鲁迅在现实政治中的作用,又以鲁迅的政治作用显示了"鲁迅形象"中的政治化特质。因此,由鲁迅的政治之"用"显现出鲁迅的政治之"质",是建构者表现出来的建构"鲁迅形象"的重要策略。由于鲁迅首先是一个文学家,所以,解放区后期在政治化引用鲁迅时,突出了鲁迅在文艺范畴内证明《讲话》、助推"文艺为工农兵的方向"的作用。对于毛泽东在《讲话》中提出的这一"方向",主流意识形态作出高度评价,认为它"不仅是针对一时一地的状况,而且也是'五四'以来历史经验的总结",因而"基本上是适合于全中国的整个民主革命的历史时期的"①。在营构和践行这一重要"方向"的过程中,鲁迅作为一种重要的资源得到了广泛的引用。1943年10月19日,《解放日报》全文发

──────────

①　社论《中国新文艺运动中一个有历史意义的文献》,《解放日报》1946年6月6日。

表《讲话》。文前所加"按语"称:"今天是鲁迅先生逝世七周年纪念。我们特发表毛泽东同志一九四二年五月在延安文艺座谈会上的讲话,以纪念这位中国文化革命的最伟大的最英勇的旗手。"《讲话》在鲁迅逝世纪念日发表并非无意的巧合,而是一种精心的设计,其中隐含了鲁迅与《讲话》的关联。对于此举中隐含的这一关系,许多建构者以对鲁迅作品的引用为基本方法作出了明确的阐释。

在引用鲁迅证明《讲话》、助推"文艺为工农兵的方向"方面,较具代表性的是周扬 1944 年 4 月发表的《马克思主义与文艺——〈马克思主义与文艺〉序言》。他在阐释中涉及的主要问题包括文艺大众化、作家思想改造和普及与提高关系等。他指出,《讲话》解决了"大众化"问题,而过去只有鲁迅对它作出了这样正确的解释:"'无产阶级化'是要使革命作家'和革命共同着生命,或深切地感受着革命的脉搏'";《讲话》提出了文艺工作者思想意识改造的问题,而之前鲁迅"也懂得小资产阶级作家最容易翻筋斗的",并且还"暴露了某些小资产阶级作者的可耻的卑劣的心理",这就是说,鲁迅也意识到了作家改造思想感情的重要性;《讲话》重视普及、正确地解决了普及与提高的关系,而鲁迅也是"极端重视民间文学"的,认为"民间形式在文学历史上是有决定作用的"[1]。周扬从以上这些方面通过引用鲁迅来阐释《讲话》精神,在显现《讲话》对鲁迅文艺思想资源的承继的同时,也使鲁迅发挥了佐证《讲话》、助推文学新方向的作用。

关于鲁迅与《讲话》的关联,除了周扬作出较有代表性的论述外,其他建构者还从其他一些角度作出了论述,因而,事实上与周扬的论述构成了一种相互呼应、相互补充的关系。借此,鲁迅与《讲话》的关系得到了更为全面的揭示。在周扬所论问题之外,他们主要还涉及以下四个方面的问题:

首先,是关于"文艺为工农兵的方向"本身。在阐释《讲话》提出的这一方

---

[1] 周扬:《马克思主义与文艺——〈马克思主义与文艺〉序言》,《解放日报》1944 年 4 月 8 日。

向的历史渊源、主要内涵时,不少论者都对鲁迅进行了引用。罗竹风指出:鲁迅"关心民族和大众","提出并且竭力支援"了"中国文艺上有名的大众化的论战";而今天的"文艺运动的新方向——文艺为工农兵服务"正是鲁迅所倡导的文艺大众化的延续和发展,是"文艺大众化在现阶段的具体化"①。萧征将文艺新方向的主要内涵理解为"无条件的为大众服务",而他作出这一理解的依据是鲁迅所言的"革命的爱在大众"②;夏征农也通过引用鲁迅《中国无产阶级革命文学和前驱的血》《连环图画琐谈》,指出鲁迅肯定革命文艺"是属于革命的劳苦群众的""大众是有文艺要文艺的"③。

其次,是关于文学与政治("革命")的关系。《解放日报》社论引用鲁迅《上海文艺之一瞥》中有关"应该知道革命的实际"的论述,认为它"充分地表现了尊重历史和尊重现实的精神",然后加以引申,说它"同时要求着作家去亲身深入地参加革命建设和斗争,不脱离当前每一历史时期的革命政策和路线,具体地为它服务、工作"④。通过这种主观性很强的引申,鲁迅有关"应该知道革命的实际"的论述也就进一步证明了《讲话》所伸张的文艺"服从党在一定革命时期内所规定的革命任务"⑤观点的正确性。

其三,是关于文学与生活的关系。《讲话》从人民生活是"一切文学艺术的取之不尽、用之不竭的唯一的源泉"的前提出发,要求文艺工作者"必须到群众中去……到火热斗争中去"⑥。对于《讲话》的这一精神,建构者通过对鲁迅的多角度的引用予以了阐发。林火引用鲁迅对"五四时代的文学"只是

---

① 罗竹风:《论中国文学的鲁迅方向——鲁迅的方向,就是中华民族新文化的方向》,《胶东大众》第 17 期,1943 年 9 月。

② 萧征:《我们需要实践》,《华北文化》第 9 期,1943 年 3 月。

③ 夏征农:《新文艺理论的建设者——鲁迅》,《山东文化》第 2 期,1946 年 4 月。

④ 社论《纪念鲁迅先生》,《解放日报》1942 年 10 月 19 日。

⑤ 毛泽东:《在延安文艺座谈会上的讲话》,《毛泽东选集》第 3 卷,人民出版社 1991 年版,第 866 页。

⑥ 毛泽东:《在延安文艺座谈会上的讲话》,《毛泽东选集》第 3 卷,人民出版社 1991 年版,第 860、861 页。

"蹓来蹓去,始终冲不出马路上少数人的圈子外面去"的"皮鞋文学"的批评,指出要克服这一缺点,文艺工作者就"需要下乡,需要入伍,需要和工人、农民、士兵紧紧地结合在一起"①。夏征农则是从正面引用了鲁迅的《答国际文学社问》《上海文艺之一瞥》等,认为鲁迅始终主张文艺必须反映现实,而要做到正确地反映和描写现实,则"必须到革命斗争中去,到工农大众中去'经验''体察'"②。

其四,是关于文学的宣传功能。《讲话》要求文艺成为"团结人民、教育人民、打击敌人、消灭敌人的有力的武器"③,这就势必要求文学发挥其宣传功能。鲁迅在 1928 年 4 月作的《文艺与革命》中,曾论述过文艺与宣传的关系④。胡锡奎在文艺整风中批评"艺术家不做一般的宣传写作"的观点时,对此作了引述,说"鲁迅早已指出:一切艺术作品都是在宣传"⑤。后来,当年聆听过鲁迅讲演的任白戈也记起鲁迅开头即说:"文学就是宣传,不管哪种文学都是宣传;那些说文学不是宣传的,他这种说法本身就是一种宣传"⑥。他们对于鲁迅的如此引用,其意在于要借鲁迅之权威在新的历史语境下确证并伸张文学的宣传功能,使文学发挥为政治服务的作用。

总之,建构者以对鲁迅作品的政治化解读为前提,通过对鲁迅的政治化引用从以上多个方面相当全面地梳理了鲁迅与《讲话》的关联,使鲁迅发挥了证明《讲话》,助推"文艺为工农兵的方向"的作用。如前所述,《讲话》具有极其鲜明的阶级政治的色彩。因此,建构者在引用鲁迅证明《讲话》的同时,使"鲁迅形象"本身也具有了很鲜明的阶级政治色彩。

① 林火:《深入实际了解群众配合现实斗争》,《华北文化》第 9 期,1943 年 3 月。

② 夏征农:《新文艺理论的建设者——鲁迅》,《山东文化》第 2 期,1946 年 4 月。

③ 毛泽东:《在延安文艺座谈会上的讲话》,《毛泽东选集》第 3 卷,人民出版社 1991 年版,第 848 页。

④ 鲁迅:《文艺与革命》,《鲁迅全集》第 4 卷,人民文学出版社 1981 年版,第 84 页。

⑤ 《加强文艺工作整风运动为克服艺术至上主义的倾向而斗争》,《晋察冀日报》1943 年 5 月 21 日。

⑥ 任白戈:《追念鲁迅先生》,《北方杂志》第 1 卷第 5 期,1946 年 10 月。

第四节　现实政治旋涡中的鲁迅

对于"鲁迅形象"的建构,建构者在采用由"用"显"质"策略时除了突出鲁迅证明《讲话》,助推"文艺为工农兵的方向"的作用外,还引用鲁迅指导了文艺范畴之外的其他领域的现实政治斗争。后期解放区文学阶段开始以后,国内阶级政治方面的斗争处在不断深化和激化的过程之中。在解放区内,以延安为中心,在全党范围内开展的严肃的思想政治斗争和马克思主义思想教育运动(即整风运动)还在继续进行之中。同时,由于国民党顽固派不断制造摩擦、掀起反共高潮,国内阶级矛盾也不断激化;到抗战结束以后,这一阶级矛盾更是上升为主要矛盾。在此背景下,鲁迅因为被引用而卷入了现实政治斗争的旋涡,发挥了助力整风运动、反抗国民党专制统治的重要作用。这使作为"阶级战士"的"鲁迅形象"得到了进一步的塑造和凸显。

鲁迅在整风运动中所发挥的作用是多方面的。萧三当时曾作过这样的描述:"我们整风学习中反教条主义,反主观主义,重研究调查,加强党性,反宗派主义,反党八股这许多问题,在鲁迅的著作里每一项都尖锐地提出来过",因此,鲁迅的著作就是"我们的良药",人们应该"引他的言论,来自己反省,自己警惕"①。而在鲁迅诸多方面的作用中,最重要的是"引他的言论"来推动思想改造。1942 年 10 月 18 日,在整风运动的高潮中,延安举行了纪念鲁迅逝世六周年大会,鲁迅的遗言"我解剖自己并不比解剖别人留情面"张贴在非常醒目的位置上。这自然寓示了在整风运动中人们应该以鲁迅为榜样积极开展自我批评与自我改造。八路军总政治部宣传部在编印鲁迅小说选集《一件小事》时也表现出了这样一种动机和愿望。编印者在《编后记》中以鲁迅小说为例,希望"大家在社会改造的事业中,要有决心和勇气反省自己的缺点,以

---

① 萧三:《整风学习中读鲁迅》,《解放日报》1942 年 10 月 18 日。

便改造自己";在《阿Q正传》的"导语"中,又要求读者"把阿Q当作一面镜子,去好好反省,好好改造"①。

　　由于整风运动是一场普遍的马克思主义思想教育运动,所以,引用鲁迅作品来推动思想改造,是具有其广泛的面向的(甚至还包括了部队官兵)。但是,其重点也是明确的,这就是知识分子的思想改造。1942年5月20日,还在延安文艺座谈会召开期间,《解放日报》《马克思主义与文艺》专栏发表鲁迅的《对于左翼作家联盟的意见》;7月31日,《晋察冀日报》也发表了这篇文章。两报所配发的编者按指出:"其中对于左翼作家与知识分子的针砭,对于文艺战线的任务,都是说得很正确的,至今完全有用。"这非常清楚地说明了引用鲁迅这篇作品的主要目的是要针砭鲁迅在文中指出的知识分子"不和实际的社会斗争接触""对于革命抱着浪漫谛克的幻想",并自以为"高于一切人"的缺点,来推动知识分子的思想改造。

　　其实,引用鲁迅来推动知识分子的思想改造,不仅是主流意识形态对于知识分子的要求,也是知识分子群体的自我要求。1942年6月16日和9月2日,延安鲁艺和晋察冀边区文化界整顿文风委员会这两个文艺单位和部门分别印出《对于左翼作家联盟的意见》,作为整风参考资料。次年3月,徐懋庸在太行文联扩大执委会的闭会词里也提出:"要真正展开文化界整风运动",文化工作者就都要"认真地学习鲁迅,研究鲁迅的著作,以提高自己的修养"②。所有这些,都表现出引用鲁迅作品、学习鲁迅精神来开展知识分子自我改造的动机。在这种动机的作用下,不少知识分子出身的建构者以鲁迅作品为借鉴和对照,展开了对知识分子自身思想缺点的批判。张秀中在评述小说《朗读诗句的人》中主人公葛特的性格时,认为"在整风浪潮中他的思想意识的转变"之前,作为一个小资产阶级知识分子,他不但具有浓厚的个人自由

---

　　① 转引自丁景唐:《关于延安出版的〈一件小事〉》,《鲁迅研究月刊》1997年第1期。
　　② 秉圭:《文联扩大执委会发言纪要》,《华北文化》第9期,1943年3月。

主义的色彩,而且"充满着阿 Q 的精神"①。他引用鲁迅笔下的阿 Q 形象来比附知识分子的思想特点,显现出了小资产阶级知识分子思想改造的必要性。徐懋庸在谈及如何克服"太行文艺界歪风"时,以"认真奉行"鲁迅"宝贵的指示"的态度,对鲁迅《革命文学》《上海文艺之一瞥》等作品中的相关论述作出了大段引用,并以此为参照,重点说明:"要改造文艺工作,首先要改造文艺工作者的为人,就是改造他的思想意识,就是改造他的立场、观点与方法";而且,文艺工作者要"与实际结合",不能"特殊化"②。整风运动结束后,这种以鲁迅为参照开展知识分子改造的思路在解放区仍然还在延续着。例如,1946年 10 月晋绥边区文化界集会纪念鲁迅逝世十周年时,郝德青就提出"要学习鲁迅,就要彻底澄清小资产阶级的个人主义,经常检查洗涤自己的思想"③。

在解放区内部开展整风运动之时,国共两党的斗争也在不断升级。因此,解放区对于鲁迅作品的引用在助力整风运动的同时,也指向了对国民党专制统治的批判和反抗。抗战胜利之后,引用鲁迅反抗国民党专制统治甚至成了其服务于现实政治斗争的重中之重,成了在现实政治语境中对"鲁迅形象"进行政治化建构的最重要的途径。抗战胜利前夕,新四军军部 1944 年 10 月 22日在华中地区举行座谈会纪念鲁迅逝世八周年,于毅夫、范长江等讲话,赞扬鲁迅反对法西斯、反对国民党一党专政的精神④。会议的这一内容与当时的国内政治形势和斗争密切相关。此前不久,蒋介石发表双十节演说,坚决反对改组国民党政府和统帅部。次日,毛泽东为新华社撰写评论,抨击了"国民党的寡头专政",严正指出:"他已宣布'缩短训政时期',就不应该拒绝人们改组

---

① 张秀中:《目前文艺创作上的新趋向》,《华北文化》第 5 期,1942 年 10 月。

② 徐懋庸:《太行文艺界歪风一斑》,《华北文化》革新第 4 期,1943 年 7 月。

③ 董大中等:《鲁迅与山西》,北岳文艺出版社 1998 年版,第 411 页。

④ 燕婴:《延安〈解放日报〉上的鲁迅》,《鲁迅研究文丛》第 1 辑,湖南人民出版社 1980 年版,第 198 页。

政府和改组统帅部的要求"①。正是在这一重大的现实政治斗争中,华中各界引用了鲁迅,并使鲁迅参与到了这一斗争中来。抗战胜利之后不久、全面内战爆发之前,迎来了鲁迅逝世九周年纪念。在这山雨欲来风满楼之时,陈涌重温"鲁迅所给我们的思想上的教训",其中最重要的就是鲁迅所倡导的"韧性战斗"精神。他指出:"远在大革命以前,鲁迅先生便提出我们战斗要有'韧'性……这使我们想到中国人民长久奋斗所得到的任何成就,都不应该使我们把斗争松弛下来,而沉湎在盲目乐观的幻想里。"②关于"斗争"的具体对象,他虽然没有明确指出,但是,在这样特定的时空中,人们却也不难想象和领会。

1946 年 6 月,解放战争全面爆发。从那以后直至后期解放区文学结束,建构者为了反抗国民党专制统治而强化了对鲁迅的引用。在引用鲁迅的过程中,他们主要凸显了其两个方面的特质:一是鲁迅正确的政治方向。1946 年 10 月 19 日,晋绥边区文化界集会纪念鲁迅逝世十周年。会上,力群指出,鲁迅"善于揭露和教育群众谁是当前国家民族最危险的敌人"。这显现出了鲁迅以阶级分析方法所确立的正确的政治方向以及明确的斗争目标。他号召学习鲁迅的这一精神,并用之于当下,"指出今天蒋介石卖国和汪精卫一样,美国反动派比日本帝国主义更凶猛、狡猾"③。同日,金人也发表纪念文章。文章在简要梳理鲁迅"和中国的旧势力斗争"过程后,强调指出:鲁迅到后来"就只剩下了一个信念:只有摧毁反动的蒋介石,中国人民才能解放";在这种正确的政治方向的指引下,他在行动上和旧势力的斗争在去世前几年达到了白热化的程度④。两年以后,在哈尔滨文化界纪念鲁迅逝世十二周年大会上,丁玲在发言中也表达了与金人文章相同的观点,认为"鲁迅先生生平的历史,是

---

① 毛泽东:《评蒋介石在双十节的演说》,《毛泽东选集》第 3 卷,人民出版社 1991 年版,第 1008、1010 页。
② 陈涌:《革命要有韧性——纪念鲁迅逝世九周年》,《解放日报》1945 年 10 月 19 日。
③ 董大中等:《鲁迅与山西》,北岳文艺出版社 1998 年版,第 410—411 页。
④ 金人:《鲁迅精神不朽!》,《东北日报》1946 年 10 月 19 日。

一部伟大的战斗历史",在他去世前身体不健康的情况下,"仍然坚持斗争的武器,继续与统治者做各种斗争"①。二是鲁迅的硬骨头精神。解放战争开始之初,国共两党在军事力量上对比悬殊,因此,要打败优势明显的国民党军队,就必须具有战胜强敌的坚定意志和顽强精神。正是在这一背景下,作为"我们这不愿做奴隶行列里面最英勇最伟大的旗手"②,鲁迅的硬骨头精神就成了建构者可以汲取和运用的重要精神资源。在周文看来,鲁迅这一精神的核心就是他在与反动派作斗争时表现出的"坚决顽强的斗争意志、决心"③;胡蛮也看到,鲁迅的这一"坚强不屈的精神"在当时具有重要价值,能够"感染和教育"广大人民去与国民党反动派斗争④。正因如此,范文澜提出了要学习鲁迅的这种精神,号召人们"要拿出硬骨头来,像打垮日本帝国主义和汪精卫一样打垮美帝国主义和蒋介石"⑤。当然,鲁迅的硬骨头精神既表现在斗争的这种坚定性上,同时也表现在要与敌人坚韧地战斗到底的彻底性上。平木从鲁迅的诗句"横眉冷对千夫指"读出了"他与敌人坚韧战斗"的思想⑥。罗烽在主持哈尔滨文化界纪念鲁迅逝世十周年大会上,则结合解放战争的形势号召人们"要学习鲁迅先生的韧性战斗精神,要持久不懈"⑦,以彻底消灭反动派。荒煤也感到"鲁迅先生主张'韧'性作战的教训之可贵",表示要尊奉他的"血债要同物来偿还"的指示,坚决讨还"二十年来蒋介石法西斯的血腥统治下的这笔血债"⑧。总之,在阶级斗争异常激烈的解放战争时期,建构者通过对鲁迅

---

① 葛涛:《"寒凝大地发春华"(下)——40年代末关于鲁迅文化反响(1946年—1949年10月1日)》,陈勤等主编:《绍兴鲁迅研究2009》,上海文艺出版社2009年版,第100页。

② 萧军:《为纪念而战斗,为战斗而纪念!》,《东北日报》1946年10月19日。

③ 周文:《纪念鲁迅先生逝世第十周年》,《晋绥日报》1946年10月19日。

④ 胡蛮:《纪念鲁迅》,《解放日报》1946年10月19日。

⑤ 《纪念鲁迅逝世十周年文联北大联合座谈——范文澜校长指出要学习鲁迅硬骨头》,《人民日报》(晋冀鲁豫版)1946年10月27日。

⑥ 平木:《甘为孺子牛》,《解放日报》1946年10月19日。

⑦ 葛涛:《"寒凝大地发春华"(下)——40年代末关于鲁迅文化反响(1946年—1949年10月1日)》,陈勤等主编:《绍兴鲁迅研究2009》,上海文艺出版社2009年版,第98页。

⑧ 荒煤:《要以行动来纪念鲁迅先生》,《北方杂志》第1卷第5期,1946年10月。

正确的政治方向和硬骨头精神的重点阐发,既使鲁迅在现实政治斗争中发挥了重要作用,又使"鲁迅形象"作为"阶级战士"的政治化特质得到了进一步的凸显。

综上所述,在后期解放区文学阶段,为了充分发挥鲁迅在现实政治斗争中的作用,解放区开展了对于"鲁迅形象"的政治化建构。在主流意识形态的主导下,建构者将"鲁迅方向"中的重心由前期的"为民族"转变为"为阶级",使其中所寓托的"鲁迅形象"也主要由前期的一个"为民族"的"民族英雄"变为一个"为阶级"的"阶级战士"。为了彰显鲁迅作为"阶级战士"的思想基因,建构者重点抉取并聚焦于鲁迅思想中与阶级政治相关的部分,揭示了鲁迅的"无产阶级"的阶级属性,凸显了鲁迅的坚定的阶级立场,并对之予以了高度的评价,从而从思想上完成了鲁迅作为一个"阶级战士"的政治化建构。与此同时,建构者以对鲁迅作品的政治化解读为前提和基础,对鲁迅作品进行了政治化引用。他们借此既发挥了鲁迅在现实政治中的作用,又以鲁迅的政治作用显示了"鲁迅形象"中的政治化特质,从而表现出了由鲁迅的政治之"用"来显现鲁迅的政治之"质"的建构策略。建构者对鲁迅的政治化引用,一方面,是为了证明《讲话》、助推"文艺为工农兵的方向",以此来突出鲁迅在文艺范畴内的政治作用;另一方面,主要是为了助力整风运动、反抗国民党专制统治,以此来突出鲁迅在文艺范畴之外其他领域中的政治指导作用。由"用"显"质"策略的运用,使作为"阶级战士"的"鲁迅形象"得到了进一步的建构。

后期解放区文学以阶级政治视角建构起来的"鲁迅形象"是"阶级鲁迅"的形象。这是整个后期解放区文学建构起来的最重要的"鲁迅形象"。在这建构过程中,建构者从阶级政治角度大力发掘了鲁迅与此相关的思想和作品的内涵,并在现实政治斗争中予以了广泛的运用。这不管是对于深化鲁迅研究来说还是对于扩大鲁迅影响来说,都是有价值的。但是,由于在这一形象建构的过程中,一些建构者为现实政治服务之心过于急切,在阐释鲁迅时常常以意为之、而未能做到知人论世,这就难免郢书燕说、牵强附会。从这一时期鲁迅接受的生态来看,"启蒙鲁迅"形象已然为人淡忘、"民族鲁迅"形象也较前期不断弱化,而"阶级鲁迅"形象则在主流意识形态的主导下得到了大力的建构,几乎呈现出一枝独放的局面。也因此,在当时的接受者心中,一个作为巨大能指的鲁迅似乎也就只有"阶级战士"的单一面向。显然,这也无助于对鲁迅作出全面的把握。当然,一个时代有一个时代的文学,一个时代也有一个时代需要的鲁迅。从总体上看,后期解放区文学中的"阶级鲁迅"形象的政治化建构,既为时代所需,又较好地适应了时代的需要,从而显现出了对以阶级利益为中心的功利性的积极追求。

最后需要说明的是,后期解放区文学以阶级政治视角建构出的这一"鲁迅形象"虽然较之前期发生了很大的改变,但从中显现出来的对于文学功利性的追求却是与前期一脉相承的。前期对"民族鲁迅"形象的建构,其重点虽然与后期不同,它是以民族利益为中心的、重点表现的是其"为民族"的一面,但也同样是以追求功利性为目的的。毫无疑义,在注重文学之"用"、追求文学功利性方面,二者是完全一致的。解放区文学前后期的关联,从"鲁迅形象"的建构中,亦可窥其一斑。

第六章　前期解放区文学中的
"深入生活"思潮

　　1942年5月,毛泽东发表《讲话》,要求中国的革命的文学家艺术家"必须到群众中去,必须长期地无条件地全心全意地到工农兵群众中去,到火热的斗争中去,到唯一的最广大最丰富的源泉中去"。这被视作是有关"深入生活"的经典论述。由此,还进而得出了两个相互关联的判断:"'深入生活'成为我国文艺战线上一个带有指导性的口号"始自《讲话》[1];"最明确提出这个思想或口号的是毛泽东同志"[2]。应该承认,毛泽东在延安文艺座谈会上发出"深入生活"的号召,其影响确实是巨大而深远的。在积极响应这一号召的过程中,解放区文艺工作者的思想和生活道路发生了显著变化,后期解放区文学也随之出现了新的风貌。但是,这并不意味着解放区倡导"深入生活"真的始于《讲话》。事实上,前期解放区文学中始终涌动着一股"深入生活"思潮。本章拟从观念和实践两个层面对这一思潮作出描述和分析。这不但关乎对史实的尊重,还关乎对解放区文学前后期关系的认知。

---

　　[1]　李准、丁振海:《马克思主义认识论在文艺领域的创造性应用——试论毛泽东文艺思想中关于文艺和生活关系的论述》,《光明日报》1981年9月22日。
　　[2]　李基凯:《根深才能叶茂》,《新港》1981年第6期。

第一节　"深入生活"文学思潮的发生

在解放区文学语境中,所谓"深入生活"中的"生活"有其特定含义。有学者曾对《讲话》中"生活"这一概念作出辨正,认为它"不是生活的一般概念,而是有着特定的历史主体观照和思想内涵的",实际所指为"以工农兵为主体的'社会生活'",或曰"人民生活"①。在内涵上,前期解放区文学中的"生活"与此同义,所指亦为"民众"(或曰"大众""群众")的"生活"。抗战全面爆发,极大地改变了中国新文学的生态。原来生存在都市空间中的作家纷纷来到广大农村与无数小市镇。长远来看,这样的环境给他们"和广大民众,特别是农民进一步地接触"②提供了可能,但是,在当时,他们却不可避免地突然陷入了一种手足无措、进退失据的状态,其原因就在于:他们所面对的且将成为其表现对象的不再是自己所熟悉的市民和知识分子等,而是相当陌生的、以工农兵为主体的解放区民众。解放区民众是"战争伟力之最深厚的根源"、是绝对不可忽视的抗日救亡的主力军,所以,他们必须尽力解决自己与之不熟悉的问题。而要熟悉作为自己表现对象的民众,最重要的方法便是深入其生活。这样,具有特定含义的"深入生活"的口号便合乎逻辑地出现了,并形成了一种持续时间较长、影响较为广泛的文学思潮。

解放区"深入生活"文学思潮的发生,与解放区各级领导的大力倡导密切相关。1940 年 1 月,陕甘宁边区文化协会第一次代表大会召开。在讲话中,毛泽东强调"革命的文化人"要"接近民众",如果"不接近民众,就是'无兵司令',他的火力就打不倒敌人"③;洛甫也要求所有文化人与青年知识分子打破

---

① 金河:《"人民生活"与作家的生活者化——学习毛泽东同志关于深入生活的思想》,《当代作家评论》1991 年第 4 期。

② 周扬:《对旧形式利用在文学上的一个看法》,《中国文化》创刊号,1940 年 2 月。

③ 毛泽东:《新民主主义论》,《毛泽东选集》第 2 卷,人民出版社 1991 年版,第 708 页。

"象牙之塔","到大众中去,到实际斗争中去"①。两位中共领导人的论述虽然是从文化人如何在大众中发挥作用的角度着眼的,但是,对文化人而言,其"接近民众""到大众中去"发挥作用的过程实际上同时也是深入民众生活、熟悉民众生活的过程。半年后,朱德在鲁艺的演讲中将他们这一隐含的观点作出了明晰的表达,明确提出了"深入生活"的口号。他指出:艺术家"应当站在群众之中","只有这样,才能深入生活,创作出好的作品,为广大群众所喜爱"②。他在这里提出的"深入生活"口号,与后来《讲话》的相关精神一脉相通,实开了《讲话》"到群众中去""到火热的斗争中去"等相关论述的先河。

对于延安和陕甘宁边区"深入生活"的倡议,其他各解放区军政负责人予以了积极的响应。在晋绥,八路军一二〇师政委关向应于1940年3月在晋西北首次戏剧座谈会上发表讲话,强调"反映现实就得深入现实,不这样很难产生好东西",因此,作家们要"多参加实际斗争"③。在苏北,新四军苏北指挥部指挥陈毅于1940年10月初在海安文化座谈会上指出,作家们在创作时要把抗战中的"伟大复杂的场面"反映出来,就必须"与现实接触",必须到"战场上,农村中,兵营中,广大群众中"去考察并加入到斗争中去④。在晋冀鲁豫,八路军一二九师政委邓小平于1941年5月在全师模范宣传队初赛会上作报告时,也要求部队文化工作者"深入到群众中去,真正做到大众化",要"与人民打成一片,同人民建立血肉不可分离的关系"⑤。由上述材料可以看出,作

---

① 洛甫:《抗战以来中华民族的新文化运动与今后任务》,《解放》第103期,1940年4月。

② 朱德:《三年来华北宣传战中的艺术工作》,《延安文艺丛书》编委会编:《延安文艺丛书》第1卷《文艺理论卷》,湖南人民出版社1984年版,第106页。

③ 刘西林整理:《关向应甘泗淇在晋西北首次戏剧座谈会上的讲话》,中国人民解放军文艺史料编辑部编:《中国人民解放军文艺史料选编 抗日战争时期 第一册》,解放军出版社1988年版,第227页。

④ 陈毅:《关于文化运动的意见——在海安文化座谈会上的发言》,《江淮》第5期,1941年2月。

⑤ 邓小平:《一二九师文化工作的方针任务及其努力方向》,《抗日战场》第26期,1941年6月。

家(或曰"文化人""文艺工作者"等)深入生活、深入群众问题当时在各解放区均引起了重视,"深入生活"已经成了各地军政负责人对于他们的一种要求。当然,作家在战时去"深入生活",还须得到有关方面的帮助。艾思奇曾经对某些地区的领导提出批评,指出他们在如何帮助其"取得深入民众的便利条件"①方面还做得不够。艾思奇作出如此批评,是以作家应该"深入生活"为前提的。这也从一个特定的角度表明:作家"深入生活",在解放区已成一种共识。

　　"深入生活"文学思潮是解放区各级领导大力倡导之下发生的,同时,它也是解放区文化界自觉追求的结果。当抗战成了时代的中心任务时,对于有责任感的作家来说,反映抗战也便成了自己的重要使命。因此,在柯仲平看来,作家们为了在创作内容方面"打下一个坚实的基础",也会萌生出"要深入到抗战的实际斗争中"的"愿望"②。这也就是说,作家之"深入生活",其实无须号召,实乃出于自然。应该说,柯仲平的这一判断是有依据的、是合乎情理的。但是,为了强化作家对于时代的责任担当,解放区文化界许多有识之士对于作家"深入生活"问题还是一再予以了强调。这里不妨以当时解放区文坛两大相互对峙的派别——以周扬为首的"鲁艺派"和以丁玲为首的"文抗派"的相关见解为例作一具体说明。尽管在对待现实的倾向等方面,两派多有歧见,主要表现为前者主张"歌颂光明"、后者则强调"暴露黑暗",但是,在"深入生活"问题上,二者的态度却显得相当一致。"鲁艺派"要求作家"改变旧的生活方式,真正地深入到现实中,到群众中去,实地去接触那赤血淋漓的生活现实",明确提出作家要做到"两深入"——即"深入到生活中,深入到大众中去"③。"文抗派"也主张作家要重视"到大众中去"的工作,并希望那些已经到军队、农村中去工作的作家"更深入生活些,深入生活更长久些,忘记自己

――――――――――

①　艾思奇:《当前文化运动的任务》,《中国文化》第 1 卷第 6 期,1940 年 8 月。
②　柯仲平:《持久战的文艺工作》,《文艺突击》创刊号,1938 年 10 月。
③　周扬:《新的现实与文学上的新的任务》,《解放》第 42 期,1938 年 6 月。

是特殊的人(作家),与大家生活打成一片……"①。虽然两派后来发生论争时也曾涉及"深入生活"问题,但"文抗派"对周扬的"创作家多体验实际生活……不论是去前线,或去农村都好"的"主张"②本身倒也没有什么疑义,只是稍带揶揄地要求像周扬这样的"文艺理论家,批评家"也应"这样做"而已③。从两派的如此论争中,是更能看出解放区文化界对作家"深入生活"的普遍认可和普遍重视。

由于处于战时,战地生活较之其他生活具有了特别重要的意义。因而,解放区文化界对于"深入生活"的倡议,更集中地表现在对"作家到前线去"问题的讨论中。战争爆发后,不少作家以抗日救亡为己任,携笔从戎,活跃于前线,但尚有一部分作家的生活还没有和战争结合。为了推进新文学与战争的结合,周扬热切"期盼更多的作家到前线去",并要求"必须在各方面来发动和组织作家到前线去的运动"④。在此之后,有关这一问题的讨论得到了进一步的展开,并形成了大体一致的意见。主要包括:一、要鼓励作家上前线。吴伯箫和卞之琳到过晋东南前方。他们的切身体会是:即使只是"在前方随便走一走的","只要开着眼睛的,只要用心的,总可以见识许多,明白许多"⑤;周扬稍后也说,作家到前线"就是去看一看,我以为也是有益的"⑥。二、要鼓励作家"较长期地留在前方"。这是比"看一看"更有成效的。他们不但应该在前线"作为一个普通的工作人员实际参加工作"⑦,而且还要在前线"万分深入的去生活",这是因为如果"不深入的去生活……写出来的东西,自然就不真,

---

①　丁玲:《作家与大众》,《大众文艺》第 1 卷第 2 期,1940 年 5 月。

②　周扬:《文学与生活漫谈》,《解放日报》1941 年 7 月 17—19 日。

③　白朗、艾青、舒群、罗烽、萧军:《〈文学与生活漫谈〉读后漫谈录并商榷于周扬同志》,《文艺月报》第 8 期,1941 年 8 月。

④　周扬:《我们的态度》,《文艺战线》创刊号,1939 年 2 月。

⑤　吴伯箫、卞之琳:《从我们在前方从事文艺工作的经验谈起》,《文艺战线》第 1 卷第 4 号,1939 年 9 月。

⑥　老舍、周扬:《关于文协的工作》,《文艺战线》第 1 卷第 6 号,1940 年 2 月。

⑦　复:《略谈作家到前方去》,《文艺突击》新 1 卷第 1 期,1939 年 5 月。

不用说深,广,伟大和惊人了"①。解放区文化界在"作家到前线去"问题讨论中形成这些意见,集中显现了解放区文化界自觉倡议作家"深入生活"的强度和力度。

第二节　"深入生活"的理论蕴含与意义

"深入生活"文学思潮的发生,是解放区各级领导和文化界共同倡导的结果。在倡导"深入生活"的过程中,他们同时提出了一系列相关的理论问题并予以了诠释。这丰富了"深入生活"这一口号的理论蕴含。为什么要"深入生活"?"深入生活"到底有何意义?这是倡导者们在鼓吹"深入生活"时重点提出并着意阐释的一个核心话题。对此,他们主要从以下四个方面展开了论述:

首先,"深入生活"为作家创作提供了丰富的材料。"深入生活"的倡导者们均是反映论者。在他们看来,文艺创作与生活具有"不可分割性",也就是说,生活是创作的源泉,创作是生活的反映,因此,"只有作者与生活结合,才能真实而深刻地反映现实"②;如果忽视了生活而想获得创作成功,那结果只能是水中捞月。如前所述,这里所说的"生活"所指为解放区民众的生活,这是为原本生存在都市里的作家所不熟悉的。因此,要获得与之相关的创作材料,就必须首先深入到他们的生活中去。循此逻辑,鲁藜希望文艺工作者要投身"革命的实践",积极地置身于广大人民斗争的行列,"亲身的去参加每一个斗争,去呼吸每一个斗争中的'人'的声息"③;殷潜之认为,作家要"把握现实,反映现实",其前提则是"'深入'到真正生活里去了解现实"④;徐懋庸也强调,"现在的作家要获得灵感",就必须"深入群众,与群众的生活和思想经

---

① 田民:《从作家上前线谈起》,《大众文艺》第 1 卷第 2 期,1940 年 5 月。
② 荒煤:《鲁艺文艺工作团在前方》,《大众文艺》第 1 卷第 4 期,1940 年 6 月。
③ 鲁藜:《目前的文艺工作者》,《文艺突击》第 1 卷第 4 期,1939 年 2 月。
④ 殷潜之:《关于生活》,《大众文艺》第 1 卷第 3 期,1940 年 6 月。

常地深刻地联系"①。在主张作家和民众生活结合方面,与上述诸位观点一致而思考更为深入、态度也更为急切的是周扬。对于来到延安的作家如何处理与现实生活的关系,他在《文学与生活漫谈》一文中提出要求,希望他们能够"走出窑洞,到老百姓中间去跑一趟,去生活一下",这对于他们了解民众生活"是一定会有益处的"。

其次,"深入生活"为作家熟悉新的人物提供了条件。文学是人学,是以"人"为表现和书写的中心的。要在文学创作中对以工农兵为主体的解放区民众作出准确生动的书写,显然必须以认识、了解他们为前提。对于解放区民众,刚从都市来到解放区的知识分子作家是相当陌生的。尽管他们已经意识到民众之于救亡的意义并决意对之作出书写,但是,由于自身特定经历及相关生活积累方面的限制,他们却不能不面临巨大的困难。要改变这一创作上的困境,唯一有效的办法就是在深入民众生活的过程中去达到对民众的深刻认识,舍此并无其他捷径可走。对于如何书写好民众,解放区文化界依据人物塑造的一般规律,指出其前提条件是要了解他们的"一切活动"②、欲求与情感("他们在想些甚么,迫切的要求着甚么";"他们爱的是甚么,恨的是甚么"③)乃至"生活习惯,趣味愿望"④,等等。而要获得这样的前提条件,则必须深入到民众的生活中去。对于这种认知,1939 年 5 月《文艺突击》刊出的一篇短论明确地作出了表达。它指出:"应该更进一步号召与组织作家去参加实际生活,深刻的去认识,了解大众"⑤。在这里,作家"参加实际生活"是其"深刻的去认识,了解大众"的重要的方法和手段,而作家"深刻的去认识,了解大众"则是其"参加实际生活"的目的。

---

① 徐懋庸:《论灵感》,《华北文化》创刊号,1942 年 1 月。
② 章欣潮:《怎样走鲁迅先生的路》,《大众日报》1941 年 10 月 19 日。
③ 周文:《文化大众化实践当中的意见》,《中国文化》第 2 卷第 3 期,1940 年 11 月。
④ 康濯、孔厥:《我们在前方从事文艺工作的经验与教训》,《文艺战线》第 1 卷第 4 号,1939 年 9 月。
⑤ 山:《从大众中培养新作者》,《文艺突击》新 1 卷第 1 期,1939 年 5 月。

　　其三,"深入生活"为作家"向群众学习"提供了契机。在"深入生活"的过程中,随着与民众交流的加深,作家自然更容易发现民众的优势和长处,并将之引为学习仿效的对象。这样,"向群众学习"的口号便顺理成章地出现了。历时来看,这个口号的内涵经历了一个扩展演变的过程。最初,它是在文学创作层面提出来的。抗战开始后,各种民族民间形式在解放区得到了广泛的利用,文艺大众化得到了切实的推进。在这一背景下,与各种民间形式保持了最密切关系的民众,不但得到作家的高度关注,而且成了作家学习的对象。1938 年 11 月,鲁萍在谈到如何创作包括"秧歌,高跷,抬杠和社火"等在内的街头剧时,强调作家"应该虚心地向群众学习"①。次年 5 月,沙可夫在总结鲁艺一年的工作时说,鲁艺两次发动全体教职学员下乡工作,其目的是要检验鲁艺的创作是否能够为大众接受,并"听取他们的意见""向群众学习"②。同月,《文艺突击》发表革新号创刊词,也号召作家在创作"大众化作品"时"向老百姓学习,到民间学习"③。这种观点以后还得到了呼应。如 1940 年 5 月田民又再次提出作家要"向群众学习,向民间文学学习"的命题④。

　　但是,"向群众学习"这一口号在解放区稍后还延展出了超越文学创作领域的其他意义。1940 年 7 月在鲁艺演讲时,朱德希望艺术工作者"虚心向群众学习,倾听群众的意见",并指出这是其取得"进步"的重要前提⑤。一年以后,周扬、林枫又不约而同地重申了"向群众学习"这一命题。前者在《文学与生活漫谈》一文中提出,作家要"和周围的人们打成一片,向他们学习,请教他们";后者在论述作家与群众的关系时指出:"要教育群众提高群众的质量,也

---

　　①　鲁萍:《谈谈街头剧》,《抗敌报·海燕》副刊 1938 年 11 月 11、15、23、30 日。
　　②　沙可夫:《鲁迅艺术学院创立一周年》,《新中华报》1939 年 5 月 10 日。
　　③　《文艺界的精神总动员——代革新号创刊词》,《文艺突击》新 1 卷第 1 期,1939 年 5 月。
　　④　田民:《从作家上前线谈起》,《大众文艺》第 1 卷第 2 期,1940 年 5 月。
　　⑤　朱德:《三年来华北宣传战中的艺术工作》,《延安文艺丛书》编委会编:《延安文艺丛书》第 1 卷《文艺理论卷》,湖南人民出版社 1984 年版,第 106 页。

要向群众学习,倾听群众的呼声"①。根据他们的论说语境,这里的"学习"显然不再仅仅局限在文学创作领域。这也就是说,作家所要学习的不仅仅是群众在民族民间形式方面的积累,还包括了群众的思想、品格、精神等诸多方面。

其四,"深入生活"还可以帮助作家提高艺术技巧。1938 年 4 月,毛泽东在鲁艺发表讲话,指出:"到群众中去,不但可以丰富自己的生活经验,而且可以提高自己的艺术技巧"。他推举那些在夏夜乘凉时善讲故事的农夫,说他们"是好的散文家,而且常是诗人"②,意在说明作家深入生活、深入群众以后能够从群众那里学习到在都市亭子间里所学不到的表现技巧。对于毛泽东的这一观点,解放区文化界积极呼应,并围绕其中的"语言"问题作出了更加具体、深入的阐发。在讨论新文学如何解决"不够大众化"的问题时,何其芳提出作家要"深入生活"、要"和大众生活在一起",借此之机,才能"学习着使用他们的口头上活着的语言"③。丁玲指出,作家要使自己的作品取得大众的理解和爱好,需要"运用大众的语言";而要"运用大众的语言",则需要在深入生活时向大众学习他们的语言④。荒煤也认为,如果一个作家要创作出"真正'适当其时'的作品",就必须"更加深进到大众中去",去"熟悉他们的语言"⑤。这就是说:作家要使自己的作品为大众接受,必须运用大众的语言;要能够运用大众的语言,必须向大众学习他们的语言;要向大众学习他们的语言,则必须以深入大众的生活为前提。可见,作家语言技巧的提高,离不开作家"深入生活"的实践;作家"深入生活"的实践,也有助于作家语言技巧的提高。

综上,解放区各界对于"深入生活"的必要性及意义从多个层面进行了阐

---

① 林枫:《给〈西北文艺〉》,《西北文艺》创刊号,1941 年 7 月。
② 毛泽东:《在鲁迅艺术学院的讲话》,《毛泽东文集》第 2 卷,人民出版社 1993 年版,第124—125 页。
③ 何其芳:《论文学上的民族形式》,《文艺战线》第 1 卷第 5 号,1939 年 11 月。
④ 丁玲:《作家与大众》,《大众文艺》第 1 卷第 2 期,1940 年 5 月。
⑤ 荒煤:《做一个"适当其时"的作家》,《大众文艺》第 1 卷第 3 期,1940 年 6 月。

释,相当充分地揭示了"深入生活"的理论蕴含,从而建构出了"深入生活"理论,从观念上为"深入生活"从口号发展成为一种文学思潮奠定了较为坚实的理论基础。

第三节　解放区作家"深入生活"的实践

在解放区各界的大力倡导下,在"深入生活"观念的引导下,解放区文艺工作者积极开展了"深入生活"的实践。鲁艺提出的"到前线去,到敌人后方去,到农村中去"①的口号,成了鲁艺校内外许多作家的积极行动。也正因为如此,洛甫高兴地看到了"在亭子间里空喊口号,而不接触现实"的"一部分文化人"如今"已经分别走进工人、农民、军队中去",并盛赞"这是好现象"②;艾思奇也发现文化人在深入生活过程中与"群众"和"抗战"发生了密切关联——他们"已经和一般抗战的群众打成一片",成了"抗战工作中的知识分子",而不再是"以都市的学生群众为主的过去的知识层了"③。晋察冀边区文救会机关刊物《边区文化》的"创刊词"为洛甫、艾思奇的上述观点提供了佐证。它对当时边区作家深入生活的实践作出了这样的描述:"文学艺术复归于大众",作家在深入大众生活时已与之融为一体、成为一起"工作""生活"的"大家";他们既"消费着大众的供给"、从大众生活中汲取了创作的源泉,又以自己作品的传播影响了大众、实现了自己的价值④。总之,在当时很多人看来,解放区作家之"深入生活",事实上早已不再是一种空洞的观念,而成了一种业已付诸实施的、并达到与群众深度融合的实践活动。

解放区作家的"深入生活",按形式及数量来区分,有个体性实践与群体

---

① 徐一新:《鲁艺的一年》,《文艺突击》新1卷第1期,1939年5月。
② 舒湮:《积雪开始融化》,原载《洛甫的会见》,上海译报出版社1939年版;见《延安文艺丛书》编委会编:《报告文学卷》,湖南人民出版社1984年版,第460页。
③ 艾思奇:《抗战文艺的动向》,《文艺战线》创刊号,1939年2月。
④ 《我们的文化——〈边区文化〉创刊词》,《边区文化》创刊号,1939年4月。

性实践两种。所谓个体性实践,是指单个作家"深入生活"的行为。抗战全面爆发后以此种方式"深入生活"的,在 30 年代即已知名的作家中,有周立波、碧野等人。1938 年,二人分别出版了报告文学集《晋察冀边区印象记》和《太行山边》等。它们的出版,记录了其"深入生活"的足迹和成果。从 1937 年 12 月开始,周立波与美国军事观察员伊凡斯一道,从晋中出发,经晋北、冀北、晋西再返晋中,历时 50 余日,其间采访了八路军将领、士兵以及普通百姓。对于前线和敌后生活,作者脑子里因此"充满了印象和事实"(《晋察冀边区印象记・序言》)。碧野于抗战爆发后随流亡学生到华北参加游击队,转战于滹沱河畔和太行山麓,较为全面地了解了华北地区八路军、游击队和群众的抗日斗争。所有这些,都为二人的相关写作提供了基本材料。如果没有他们各自"深入生活"的个体性实践,这些集子的写作将是不可思议的。

从现有的材料来看,在从事个体性实践的普通作者中,有夏阳、杨明等人。1940 年 10、11 月,《大众文艺》第 2 卷第 1、2 期分别刊出了夏阳的《"白脸狼"的故事》和杨明的《罗海发——边区农民访问记》。前者以"说书"形式讲述了冀东一个姓吉的工人领袖——"白脸狼"抗日的故事。夏阳在正文前撰有小序,在感叹华北三年抗战中"无数的人民,都在用自己的血和肉创造故事"后,交代这个故事中的材料是自己从事个体性实践("在他们中间生活了一年多")所得,其中既有"听来的"、也有"亲身参加的"。后者状写主人公罗海发在红军到达陕北前后的不同生活,传达出了一个普通农民对红军的感激之情以及矢志抗日、保卫家园的爱国热情。杨明是一个学生,与主人公本不熟悉。秋收时节,他对之进行了五天的深入访问,相当全面地了解了主人公的身世和心绪。这篇访问记的写就,就是以这种个体性实践为基础的。

从总体上来看,解放区作家的"深入生活",除上述这种个体性实践外,影响更大的是有组织的群体性实践。对这些群体性实践的安排,其方式又有以下两种:一是整体性安排,即组织某个范围内的全体成员参与"深入生活"的实践。这里,首先有配合具体生产任务或政治任务作出的随机性、临时性安排。如 1938 年秋天,在延安,以鲁艺文学系学员为主体组成的文学社团——"路社"为了帮助抗属秋收,曾组织全体成员"走出课堂,投入农民的队伍,帮助割小米稻,割小麦"①。又如一年后晋冀豫区党委在辽县搞实验县时,太行山剧团全体团员也被组织起来、分散到辽县的多个乡村,"直接与农民同吃同住同劳动同抗日,直接参加社会各方面的斗争生活"②。除这种随机性、临时性安排外,还有一种落实到制度层面的、更具有计划性的安排。如鲁艺拟定的学制就是其中较具代表性的一种。为了使学员能够整体性地"深入生活",鲁艺规定:各系学员在校学习时间为六个月,分前、后两个阶段进行,每阶段三个月;在两个阶段之间,则由学校统一安排去前方或部队实习三个月③。在培养计划中,明确将"实习"(即到前方或部队深入生活)列入其中、使"实习"与"学习"相互结合,是鲁艺一项重要的制度设计,贯彻了其理论联系实际的办学宗旨。在成立的最初一年间,鲁艺"分发了两期约二百多个戏剧、音乐、美术、文学的干部到前线部队里与后方各机关团体中去实习工作";通过实习,他们获益甚多,"带回来了不少工作经验与教训"④。如文学系第一期学员康濯等人在教师沙汀、何其芳的带领下,于 1938 年 11 月奔赴前方,到贺龙率领的一二〇师进行战地实习,历时四月有余。其间,康濯做过随军记者,还参加过一个游击支队的战斗生活。通过深入部队生活,他和孔厥感同身受地体会到了和群众"打成一片"的必要性以及"参加部队生活的实践"之于"创作生活"的重要意义⑤。

　　在解放区作家群体性实践活动的组织中,除这种整体性安排外,还有一种

---

① 雷烨:《谈延安文化工作的发展和现状》,《抗敌报》1939 年 1 月 16 日。

② 阮章竞:《风雨太行山——太行山剧团团史》,《新文学史料》1998 年第 2 期。

③ 参见钟敬之:《延安鲁艺——我党创办的一所艺术学院》,文物出版社 1981 年版,第 9 页。

④ 沙可夫:《鲁迅艺术学院创立一周年》,《新中华报》1939 年 5 月 10 日。

⑤ 康濯、孔厥:《我们在前方从事文艺工作的经验与教训》,《文艺战线》第 1 卷第 4 号,1939 年 9 月。

选择性安排,即有关机构遴选部分作家组成文艺团体到前线或敌后去"深入生活"。解放区最早的综合性文艺团体是 1937 年 8 月成立的以丁玲为主任的西战团。该团由中央军委委托中宣部组建,其 30 名左右团员主要从抗日军政大学二期学员中遴选产生。它组织团员"到前线去,到前线服务去",其最重要的工作和成绩固然是进行战地宣传,但是,对于团员自己而言,他们"与前线战士共甘苦,同生死"①的经历和与战地百姓的接触,却同时也深入了生活、加深了对民众生活的了解。在丁玲率团出发之前,毛泽东也希望团员们在宣传过程中去"接近部队,接近群众"②。事实证明,团员们深入生活、"接近群众"的效果是明显的。这可从邵子南 1939 年所作《割麦》一文中见其一端。这篇纪实散文记述了作者自己和其他团员到西安城外帮助农民割麦的经过及体会。通过与农民的深入接触,他发现农民的心态是"阴郁,拘谨"的,性格中也具有"保守,畏缩"的一面;由此,他意识到,要建立起坚固的"抗日的基础",就必须将"我们"的"豪放,外乡来的军人式的大胆,冒险"与之相"融洽"③。显然,如果没有深入农民的生活,他对农民的精神状态是无法达成如此深刻的理解的。

在组织作家"到火线中去,到民间去"的运动中,发挥了更大作用的是1937 年 11 月成立的陕甘宁边区文化界救亡协会。1938 年 5 月,在西战团尚在西安活动时,这个"边区文化运动的总的领导机关"④就将"大量地组织抗战文化工作团"作为自己"急于进行"的首要工作⑤,并于当月派出了抗战文艺工作团第一组。从那开始到 1940 年,它有计划地向晋西北、晋察冀、晋冀鲁

① 《西北战地服务团成立宣言》,《新中华报》1937 年 8 月 19 日。
② 陈明:《西北战地服务团第一年纪实》,《新文学史料》1982 年第 2 期。
③ 邵子南:《割麦》,西北战地服务团集体创作:《西线生活》,三联书店 2014 年版,第 75 页。
④ 艾思奇:《抗战中的陕甘宁边区文化运动》,《中国文化》第 1 卷第 2 期,1940 年 4 月。
⑤ 陕甘宁边区文化界救亡协会:《我们关于目前文化运动的意见》,《解放》第 39 期,1938年 5 月。

豫等解放区派出抗战文艺工作团,先后共有六组;每组团员人数不等,在相关文艺机构、学校中遴选产生。该会组建、派出抗战文艺工作团去深入前线生活和敌后生活,是解放区文艺界的重要事件。1940年,中华全国文艺界抗敌协会延安分会向总会报告工作时,对此作了重点汇报①。次年,叶澜在向国统区介绍延安文艺运动时,对该团六组成员"不避艰辛的通过敌人封锁线,冒着猛烈的炮火到前线去,到广大的华北敌后各抗日根据地去"②的壮举也作出了重点描写。该会此举的目的,据先后担任过第一组和第四组组长的刘白羽介绍,是"为了团结文艺工作者到前线去,到敌人后方去"③;而文艺工作者"到前线去,到敌人后方去"的主要任务则是:搜集战地材料,反映前线生活,推动文艺运动,建立文艺组织。但是,在完成这一任务的过程中,文艺工作者却也同时获得了"到各战地及民众中去体验与实践"④的宝贵机会。他们深入华北、深入敌人后方的实践,不但"在全国的文艺战线上"有其"模范意义",而且由于他们"参加着各游击区的一切斗争"⑤,自然也大大强化了他们自己对战地生活、民众生活的认识和了解。如第一组在多个解放区开展了三个多月的工作,对"敌人后方的游击战争情形及人民抗敌情绪及艰苦奋斗等"加深了了解,并将相关情景"摄入照片"带回延安⑥。

与陕甘宁边区文化界救亡协会一样,鲁艺也于1939年3月派出过两个有影响的文艺团体——鲁艺实验剧团前方工作团和鲁艺文艺工作团。前者共有团员20余人,他们在团长王震之率领下到山西前线开展了九个多月的活动。除以演出进行抗日宣传外,他们还在动员组织群众方面做了许多具体工作。

①　中华全国文艺界抗敌协会延安分会:《向总会报告会务近况》,《大众文艺》第1卷第1期,1940年4月。
②　叶澜:《文艺活动在延安》,《新华日报》1941年9月12日。
③　刘白羽:《抗战文艺工作的一个实践》,《抗战文艺》第4卷第3、4期合刊,1939年8月。
④　艾思奇:《两年来延安的文艺运动》,《群众》第3卷第8、9期合刊,1939年7月。
⑤　鲁藜:《目前的文艺工作者》,《文艺突击》第1卷第4期,1939年2月。
⑥　《短讯》,《新中华报》1938年8月25日。

他们"一方面帮助八路军开展反'扫荡'斗争,如空室清野、拆桥破路、组织游击小组、锄奸、给八路军带路等,另一方面是从事民主选举、减租减息、保卫秋收、慰劳抗属、反对贪污和逃跑等工作"①。他们以这种参与具体工作的方式,扎扎实实地深入了群众的生活。后者以鲁艺文学系代理主任荒煤为团长,规模较小,团员只有鲁艺第二期学员黄钢等五人。他们在晋东南前线工作了11个月,一方面在部队中积极开展文艺活动,一方面也较为深切地体验了部队生活。尽管如此,他们事后对自己此次实践中"深入生活不够"的问题还是作出了检讨,认为自己虽参加了部队生活,但仅仅生活在斗争的表面,没有能够用高度的热忱对生活进行分析和体验,并由此导致了"不能真正了解斗争者的生活、感情和思想"②。这一检讨,显示了他们理解"深入生活"的深度以及践行"深入生活"的热情。

总之,解放区作家以个体性实践和群体性实践两种方式,积极开展了"到前线去,到敌人后方去,到农村中去"的活动。这一"深入生活"的实践,使他们对前线、敌后和农村有了近距离的接触和较深入的认识,并为他们的创作打开了一片新的天地。凭着自己在"深入生活"实践中的所得,此时活跃在解放区的成名作家如丁玲、沙汀、周立波、何其芳、卞之琳、刘白羽、荒煤等,调整自己的创作路向,开始重点反映前线生活、敌后生活和农村生活。如刘白羽根据自己参加抗战文艺工作团在敌后深入生活的经历,创作了短篇小说集《五台山下》。这部集子的出版表明:"这时,他写的小说与过去有所不同——开始写共产党领导下的农民生活,反映人民战争,并以此作为自己的写作方向。"③在文体的选择上,为了迅疾反映这些新题材、取得表现上的时效性,其中不少人甚至还采用了他们原先不太擅长的报告文学。如诗人卞之琳写下了《第七

---

① 王培元:《抗战时期的延安鲁艺》,广西师范大学出版社1999年版,第82页。

② "鲁艺"文艺工作团集体写作(执笔者:荒煤等):《关于敌后文艺工作的意见》,《抗战文艺》第6卷第2期,1940年5月。

③ 牛远清:《刘白羽评传》,重庆出版社1995年版,第67页。

七二团在太行山一带》,小说家沙汀和荒煤分别创作了《我所见之 H 将军》和
《刘伯承将军会见记》《陈赓将军印象记》等。在师长们的示范下,在自己"深
入生活"的实践中,解放区的一批新进作家也形成了自己最初的、侧重反映前
线生活和解放区生活的创作面向。如黄钢就以参加鲁艺文艺工作团的经历为
基础,创作了报告文学《我看见了八路军》《树林里》《雨》等,对八路军的部队
生活作出了描写、对八路军高级将领形象进行了刻画。解放区成名作家和新
进作家对前线生活、敌后生活和农村生活等新题材的重点表现,是以他们对此
类生活的深入和熟悉作为前提的。如果没有对此类生活的深入了解和深刻把
握,他们是无法表现这些题材的。从这个意义上说,他们这种创作倾向的出
现,既是他们"深入生活"的结果,也是足以说明解放区文艺工作者"深入生
活"的广度和深度的。

　　综上,在前期解放区文学中,"深入生活"的思潮业已形成。这一文学思
潮的发生是解放区各级领导大力倡导和解放区文化界自觉追求的结果。在观
念层面,解放区各界以"深入生活"的必要性为中心建构出了相关理论,为"深
入生活"从口号发展成为一种文学思潮奠定了较为坚实的理论基础。在实践
层面,许多作家以个体性实践和群体性实践两种方式,深入前线、敌后和农村,
积极开展实践活动。这加深了他们对原本陌生的生活和表现对象的认识,并
进而为他们的创作积累了材料、提供了源泉。当然,由于各种原因的作用,在
前期解放区文学阶段,在"深入生活"方面,在"量"和"质"上还不可避免地存
在着一些问题。这些问题,在当时就被意识到并被指了出来。关于前者,周扬
曾经指出:"已经开始深入到生活中,深入到大众中去"的,还只是"部分的作
家"①;关于后者,袁勃也批评有些文艺工作者曾以"到敌后跑跑、看看、遛一个
圈儿为满足",在"有意识地具体了解生活"方面努力不够②,导致了形式主义
风气和浮浅化现象的出现。这种"量"不足、"质"不高的问题,是在"深入生

---

① 周扬:《新的现实与文学上的新的任务》,《解放》第 42 期,1938 年 6 月。
② 袁勃:《对文艺上主观主义的二三零感》,《华北文化》创刊号,1942 年 1 月。

活"的过程中出现的,也是此期要尽力克服的。因此,不能据此来否定前期解放区文学中"深入生活"文学思潮的存在。甚至可以说,如果没有这一思潮作为背景,周扬和袁勃他们的批评也就无从谈起。

1942 年 5 月,毛泽东在《讲话》中对"深入生活"问题作出了进一步的论述和倡导。如前所述,前期阶段在讨论"深入生活"的意义时,曾经指出它为作家"向群众学习"提供了契机。毛泽东顺承这一思路,并进而把"深入生活"与作家改造思想感情联系了起来。这对后期解放区文学产生了重大影响。但是,历史地来看,解放区"深入生活"文学思潮却并非始于《讲话》,而是从全面抗战开始就在解放区涌动漫延、并贯穿于整个前期解放区文学阶段的。在后期解放区文学阶段,尽管高度组织化的整体性安排几乎使所有作家都心无旁骛地投身到"深入生活"的群体性实践中去,因而使后期"深入生活"的实践较前期在"量"上有了极大的增加、在"质"上也有了很大的提高,但是,其源头在前期却是一个不容置疑的事实。后期文学中,主流意识形态对作家"深入生活"的规约与作家思想感情改造问题相联结,从而使之具有了某些新特点,但是,前期文学中"深入生活"的观念与实践事实上也为之提供了历史的关联和线索。

第七章　前期解放区文学中的"深入群众"观念

　　1942 年 5 月,毛泽东在《讲话》中向文艺工作者发出"深入工农兵群众、深入实际斗争"的号召,要求他们"必须到群众中去,必须长期地无条件地全心全意地到工农兵群众中去,到火热的斗争中去"①。次年 3 月 13 日,《解放日报》在头版头条发表长篇消息《实现文艺运动的新方向,中央文委召开党的文艺工作者会议》。消息在以一千余字的篇幅对《讲话》主要内容作出简要介绍后指出:"这样毛泽东就向延安的文艺界同志提出了一个刻不容缓的要求:深入群众,改造自己。"稍后,其他解放区或转发了这则消息、或传达了其相关内容②,这样,"深入群众,改造自己"也就成了对于《讲话》精神的精要概括而在各解放区被广泛传播和接受。对照《讲话》的这一精神,解放区许多文艺工作者对前期解放区的文艺思想和实践纷纷展开了批评与自我批评。例如,刘白

---

　　①　毛泽东:《在延安文艺座谈会上的讲话》,《毛泽东选集》第 3 卷,人民出版社 1991 年版,第 857、860—861 页。

　　②　例如,在晋察冀,《晋察冀日报》1943 年 3 月 31 日以《中共中央文委与中央组织部召开延安党的文艺工作者会议详情》为题转了这则消息。在山东,1943 年 7 月,中共山东分局宣传部部长陈沂组织召开讨论会、"传达党的文艺政策"、深入研究山东文艺界面向工农兵的新方向问题;在讲话中,他要求"文艺工作同志"解决思想、行动上的各种问题,做到"深入群众,改造自己"。见陈沂:《怎样实现党的文艺政策》,《文艺杂谈》,上海文艺出版社 1984 年版,第 100 页。

羽认为,那时,"文艺家不先深入到群众中去'化'了自己,只停留在把大众看成'落后'或'空想人物'的观点上,脱离群众,脱离实际"①;而何其芳则检讨自己在前期所倡导的"写熟悉的题材"观点实际上成了"一种拒绝深入群众,改造自己的护身符"②。刘白羽、何其芳等人在批评与自我批评中所表现出的认知及"觉今是而昨非"的精神姿态在当时是很有代表性的。它们似乎意味着文艺工作者在前期解放区文学阶段就均是"脱离群众"的,但情况却并非如此。事实上,在前期解放区文学中,"深入群众"作为一种重要的观念即广受关注,并为许多文艺工作者所接受与践行。本章对前期解放区文学中"深入群众"观念的生成、内涵与意义等作出描述和探讨,这不但有助于还原历史本真,而且从中亦可见出解放区文学前后期的关联。

第一节 "深入群众"观念的生成

所谓"深入群众",是一个具有普泛意义、而非仅仅局限于文学领域的观念。它大体是指:到群众火热的斗争生活中去,和群众打成一片;了解群众,熟悉群众;倾听群众的呼声,反映群众的诉求,帮助群众解决实际困难、问题等。在解放区前期,这一观念不但为许多文艺工作者所接受,而且外化成了他们的实际行动。这一情况的发生,与中共领导人对他们的要求密切相关。对于他们而言,中共领导人的这一要求是在两个层面上同时提出的。首先,"深入群众"是中共领导人对于包括文艺工作者在内的解放区所有实际工作者的一般要求。抗战时期,是中共许多重要理论成熟的时期。与"群众"相关的,则有"群众路线"和党的三大作风中的"密切联系群众"等。关于"群众路线",毛泽东于1943年6月作出了这样的概括:"在我党的一切实际工作中,凡属正确

---

① 刘白羽:《新的艺术,新的群众》,《群众》第9卷第18期,1944年9月。
② 何其芳:《〈星火集〉后记一》(作于1945年1月),《何其芳文集》第2卷,人民文学出版社1983年版,第269页。

的领导,必须是从群众中来,到群众中去。"①1945 年 4 月,在七大政治报告中,他又进一步阐述了党的群众路线的核心内容,指出:"我们共产党人区别于其他任何政党的又一个显著的标志,就是和最广大的人民群众取得最密切的联系。全心全意地为人民服务,一刻也不脱离群众;一切从人民的利益出发";同时,他还第一次明确概括提出了党的三大作风:"这主要的就是理论和实践相结合的作风,和人民群众紧密地联系在一起的作风以及自我批评的作风"②。毛泽东对党的群众路线的核心内容作出明确阐述、对党的三大作风作出明确概括,虽然已到后期解放区文学阶段,但是,这些思想早在解放区前期就比较充分地表现出来了。1939 年 11 月,中共中央就"深入群众工作"作出决定,强调"共产党必须进一步依靠群众,必须深入群众工作",要"认真的研究群众生活,群众情绪,群众要求……一步一步的组织他们,教育他们,领导他们改良生活,发动他们的积极性"③。1941 年 3 月,毛泽东指出:"群众是真正的英雄,而我们自己则往往是幼稚可笑的,不了解一点,就不能得到起码的知识",要求以"满腔的热忱""眼睛向下的决心""求知的渴望"和"放下臭架子、甘当小学生的精神",到群众中去做好工作④。次年 3 月 8 日,他又为延安《解放日报》纪念"三八"国际妇女节特刊题词:"深入群众,不尚空谈"。由上述材料可以看出,"深入群众"是中共领导人对解放区工作的一种普遍性的要求。毫无疑义,文艺工作者要做好作为解放区的一项重要工作——文艺工作,自然也应该贯彻这样的要求。

其次,"深入群众"也是中共领导人对于文艺工作者的特殊要求。此期,

---

① 毛泽东:《关于领导方法的若干问题》,《毛泽东选集》第 3 卷,人民出版社 1991 年版,第899 页。

② 毛泽东:《论联合政府》,《毛泽东选集》第 3 卷,人民出版社 1991 年版,第 1094 页。

③ 《中央关于深入群众工作的决定》,中央档案馆编:《中共中央文件选集第十二册(一九三九——一九四〇)》,中共中央党校出版社 1991 年版,第 189、192 页。

④ 毛泽东:《〈农村调查〉的序言和跋》,《毛泽东选集》第 3 卷,人民出版社 1991 年版,第790 页。

中共领导人就"深入群众"问题,向知识分子提出过明确要求;由于文艺工作者是知识分子中的一个重要群体,因此,这自然也是对于文艺工作者的要求。抗战全面爆发以后,中共领导人高度关注"知识分子"("文化人")与群众的关系问题,要求知识分子到群众中去、和群众相结合。1939 年 5 月 1 日,在纪念五四运动二十周年所写的一篇文章中,毛泽东要求全国的青年和文化界"把自己的工作和工农民众结合起来",强调"知识分子如果不和工农民众相结合,则将一事无成"①。三天之后,他又发表讲演,号召他们"一定要到工农群众中去",并且提出"看一个青年是不是革命的"唯一的标准"就是看他愿意不愿意、并且实行不实行和广大的工农群众结合在一块"②。次年 1 月,陕甘宁边区文化协会第一次代表大会召开。会上,毛泽东和洛甫发表重要讲话,都强调了文化工作者"深入群众"的问题。毛泽东指出:"一切进步的文化工作者,在抗日战争中,应有自己的文化军队,这个军队就是人民大众。革命的文化人而不接近民众,就是'无兵司令',他的火力就打不倒敌人"③。洛甫也向"一切新文化运动者,尤其是广大青年知识分子"发出了"到大众中去,到实际斗争中去"的"战斗号召",要求他们"到农村中、工厂中、军队中、大众中去工作",去"接触实际的斗争,了解当前的政治问题,接近与深入大众,向大众学习"④。

中共领导人在两个层面上对文艺工作者提出"深入群众"的要求,在各解放区军政领导中得到了普遍而热烈的响应。他们结合各地实际,或撰写文章或发表讲话,对"深入群众"问题作出了进一步的阐述,对知识分子"深入群众"提出了更为具体的要求。在晋察冀,聂荣臻希望作家"深入到群众之间"、与他们的战斗生活紧密结合在一起,去了解他们的战斗生活与他们的心理、去

① 毛泽东:《五四运动》,《毛泽东选集》第 2 卷,人民出版社 1991 年版,第 560、559 页。
② 毛泽东:《青年运动的方向》,《毛泽东选集》第 2 卷,人民出版社 1991 年版,第 565、566 页。
③ 毛泽东:《新民主主义论》,《毛泽东选集》第 2 卷,人民出版社 1991 年版,第 708 页。
④ 洛甫:《抗战以来中华民族的新文化运动与今后任务》,《解放》第 103 期,1940 年 4 月。

反映他们的抗日热情①。在晋冀鲁豫,邓小平一方面要求部队的文化工作者"与人民打成一片,同人民建立血肉不可分离的关系"②;另一方面,又希望本区文化工作者要为广大群众服务,并提出了"每个文化工作者,要作一个村的调查工作"的具体要求③。在晋西北,贺龙要求部队戏剧工作者"深入到连队里去"④;林枫也希望文化工作者"密切联系群众,了解群众的生活和心理"⑤。在华中,陈毅强调要"吸引文化人文化团体"去接触现实,让他们"在战场上,农村中,兵营中,广大群众中"去"考察加入斗争",从而在"依靠群众深入群众"中成为大众的文学家艺术家⑥。在山东,中共山东分局也发布指示,要求"多让文化工作者接近群众,使其有学习与锻炼的机会"⑦。

综上,中共领导人及各解放区军政领导对广大文艺工作者明确提出了"深入群众"的要求,对他们"深入群众"寄予了殷切的期望。这对他们产生了重大而深刻的影响,有力地促进了其"深入群众"观念的生成。其重要的表现之一就是:"深入群众"不但成了他们热议的话题,而且成了其中许多人的共识。周扬曾以文化人的身份和口吻发表了有关文学与生活、文学与群众问题的感想。他深信:"走出窑洞,到老百姓中间去跑一趟,去生活一下,是一定会有益处的";他向同道发出倡议,学习毛泽东在《农村调查》中所显示的"对于民众的伟大的爱"和"科学精神","我们深入到生活中去,民众中去罢"⑧。这

---

　　①　聂荣臻:《关于三民主义的现实主义》,《边区文化》创刊号,1939 年 4 月。

　　②　邓小平:《一二九师文化工作的方针任务及其努力方向》,《抗日战场》第 26 期,1941 年 6 月。

　　③　《文化人座谈会热烈举行,四百文化战士大聚会》,《新华日报》(华北版)1942 年 1 月 18 日。

　　④　更狄:《部队戏剧座谈会纪事》,《战斗文艺》第 2 卷第 2 期,1941 年 10 月。

　　⑤　林枫:《论晋西北的文化运动》,《抗战日报》1941 年 10 月 27 日。

　　⑥　陈毅:《关于文化运动的意见——在海安文化座谈会上的发言》,《江淮》第 5 期,1941 年 2 月;《为广泛地开展苏北新文化事业而斗争——在苏北文协代表大会上的训词》,《江淮日报》1941 年 4 月 18 日。

　　⑦　《中共中央山东分局关于宣教工作的指示》(1940 年 12 月 7 日),常连霆主编:《山东党的革命历史文献选编 1920—1949》第 4 卷,山东人民出版社 2015 年版,第 126 页。

　　⑧　周扬:《文学与生活漫谈》,《解放日报》1941 年 7 月 17—19 日。

应该代表了许多文艺工作者的心声。当然,最能显示文艺工作者共识的是:作为文化人和文艺工作者的团体组织,多个文化界、文艺界协会一再代表他们明确宣示了"深入群众"的群体性诉求。例如,1938 年 5 月,在延安,陕甘宁边区文化界救亡协会在述及开展文化运动的意见时,强调文化界要和人民大众实行更广大的结合,要更广大地、更有组织地深入民间①。1940 年 12 月,在晋察冀,中华全国戏剧界抗敌协会晋察冀边区分会在部署新的一年戏剧工作时,要求脱离生产的大剧团"更进一步深入到群众里去!(乡村里去!连队里去!学校里去!)"②。次年 9 月,在晋冀鲁豫,中华全国文艺界抗敌协会晋东南分会第二届委员大会在宣言中也明确表达了"要进一步的深入开展全区文艺运动,真正深入到兵营中、乡村中、工厂中"的决心③。

正是从这种"深入群众"的共识出发,各地文艺工作者展开了对于现实中尚存在着的"脱离群众"现象的批评。1942 年 1 月,《华北文化》在晋冀鲁豫创刊。创刊号同时刊出了赵守攻的《眼睛向下》和袁勃的《对文艺上主观主义的二三零感》。前者以"谁能真正深入群众,与群众密切联系起来,谁才能创造出伟大的作品"为理论预设,批评有些作者眼睛没有向下、没有真正深入到广大群众的日常生活与斗争中去,导致了"脱离群众"现象的发生。后者批评有些作者在创作时"没有具体了解各阶级、阶层人物的新的变化",表现出了"脱离现实生活,忽视深入生活"的主观主义的偏向。三个月以后,《华北文化》第 2 期又刊出了杨献珍的《数一数我们的家当》。文章对于晋冀鲁豫文化工作中"脱离现实,脱离群众"提出了更为峻急的批评,指出:是文艺工作者"不愿意接近群众"导致了文艺作品"不能深刻反映现实"。同月,卢梦也发

① 陕甘宁边区文化界救亡协会:《我们关于目前文化运动的意见》,《解放》第 39 期,1938 年 5 月。
② 中华全国戏剧界抗敌协会晋察冀边区分会:《新年戏剧工作大纲》,《晋察冀日报》1940 年 12 月 24 日。
③ 《中华全国文艺界抗敌协会晋东南分会第二届委员会大会宣言》,《华北文艺》第 5 期,1941 年 9 月。

现,在晋西北这样"一个农民占全人口总数百分之九十六的农业地区"发表的文艺作品中,"反映农村,表现农民生活"却非常之少。在他看来,这一现象的出现与作者深入和熟悉农村、农民不够密切相关①。上述诸人对于"脱离群众"现象的批评固然反映了解放区前期文艺工作者在"深入群众"方面还存在着的问题,但是,他们据以展开批评的前提却是其"深入群众"的观念,他们批评的目的也是为了将某些人的"脱离群众"改变为"深入群众"。因此,从他们的批评中,人们倒是更能深刻地体会到,在前期解放区文学中,"深入群众"业已成为许多文艺工作者的观念。

第二节 了解实际情况:内涵与意义之一

前期解放区文学中"深入群众"观念的生成,是许多文艺工作者接受中共各级领导要求的结果。而他们之所以乐于接受这一要求、生成"深入群众"观念,也源于他们自己对群众作用的认知。在他们看来,在神圣的抗战中,群众是一支能够发挥巨大作用的力量。何其芳的散文《老百姓和军队》共由五封信组成,其中"第三封信"写主力团英勇作战、打破敌人的围攻,之后,老百姓去慰劳,自己因为手臂有伤未能前去。他由此生出联想、并发出感慨:与战士们比,自己身上带着的不是枪或手榴弹,而是一支自来水笔,他为此感到"很可羞耻";与老百姓比,即使自己能去慰问只能"用一些空话",而他们则用大车载着猪羊和毛巾去慰劳,因而"对战士们更有用一些"②。从何其芳所作的这样的比较中可以看出,在他这样的知识分子的心目中,在抗战中能够发挥主力军作用的就是这些"更有用"的士兵和农民("群众")。因此,知识分子要为抗战作出自己的贡献,就必须"和广大民众,特别是农民进一步地接触"、并

① 卢梦:《了解农村! 了解农民!》,《抗战日报》1942 年 4 月 23 日。
② 何其芳:《老百姓和军队》(作于 1939 年 9 月),《何其芳文集》第 2 卷,人民出版社 1983 年版,第 208 页。

承担起宣传动员群众和"向大众方面改造"①的责任。显然,他们的这一认识构成了他们乐于接受中共各级领导要求的主观条件,而中共各级领导的要求则无疑又进而强化了他们的这一认知。外因和内因的相互结合、相互作用,使许多文艺工作者生成了"深入群众"观念。

在前期解放区文学中,文艺工作者生成的"深入群众"观念有着较为丰富的内涵和意义。"深入群众"作为一种行为,其目的首先是为了了解实际情况。在抗日救亡运动中,文艺工作者是一个特殊的群体,也是一个普通的群体(即毛泽东所说的"实际工作者"②)。与其他群体一样,为了做到为抗战服务,他们不但必须了解社会各方面的现状,而且还必须了解处在不断变化中的情况。而要做到这些,就必须"深入群众"。了解实际情况本身即是"深入群众"的重要内涵,而"深入群众"则是他们了解和把握实际情况的重要方法和重要路径。他们在"深入群众"时首先所要了解的是实际情况,用周扬的话说,就是要"真正的深入到现实中,到群众中去,实地去接触那赤血淋漓的生活现实"③。

对于了解和把握社会一般情况的重要性,许多文艺工作者是有相当自觉的意识的。他们认识到,文化工作者要揭穿敌人的阴谋欺骗活动、提高群众的觉悟程度和民族意识,首先必须通过深入地参加群众斗争,"做到对现实生活有具体深刻的了解,对敌人以及对周围的工作环境,要极清晰明白"④。他们还意识到,对于相关社会生活的了解还必须尽量做到全面深入。比如在了解中国农村时,文艺工作者所要去认识和把握的对象就包括了以下这些内容:"中国的农村,在新的社会制度下面,怎样苏醒过来? 人民的生活、意识又有

---

① 周扬:《对旧形式利用在文学上的一个看法》,《中国文化》创刊号,1940 年 2 月。

② 毛泽东:《〈农村调查〉的序言和跋》,《毛泽东选集》第 3 卷,人民出版社 1991 年版,第 791 页。

③ 周扬:《新的现实与文学上的新的任务》,《解放》第 42 期,1938 年 6 月。

④ 陈默君:《纪念"五四"对文化工作的点滴感想与意见》,《华北文化》第 2 期,1942 年 4 月。

如何的歧异？那些有害的制度、风教、信仰……是怎样溃灭的？新人类的精神和道德又是如何产生的？……等等"①。当然，由于群众是社会生活的主体，所以，在对社会一般情况作全面深入的了解时，还必须重点去关注和了解群众。这正如当时的论者所言，知识分子作家应该"去参加实际生活，深刻的去认识，了解大众"②。至于应该从哪些方面去了解群众，许多文艺工作者认为，要"熟悉大众的生活，明了广大民众的一切活动，情感意志"③，要"了解群众生活，人物性格，风俗习惯，语言等等"④。

那么，文艺工作者应该以怎样的方式去了解群众呢？这大体有两种意见：一是主张"和大众生活在一起"⑤（或曰"生活在大众中"⑥）。这是一种多数人所持的意见。对此，丁玲曾经作过很有说服力的论述。她指出：文艺工作者只有积极参加大众的现实生活、与大众同悲共喜、一起奔赴民族解放的战场，才能看清生活的变化；因此之故，她热切地吁请那些已经到军队和农村中去工作的作家"更深入生活些，深入生活更长久些，忘记自己是特殊的人（作家），与大家生活打成一片"⑦。二是进而主张要成为大众中的一员。孙犁从"生活是创作的源泉"和"写作和生活统一"的理念出发，"要求着一个作家同时就是一个工人，一个农夫或一个战士"；这样，作家的工具除了笔之外，还应该有步枪、锄头或斧头⑧。在他看来，作家只有以大众中一员的身份去不断地积极参加社会活动，才能把握现实的变化性、复杂性；同时，作家由于感同身受，也就更能理解大众。

---

① 中华全国文艺界抗敌协会晋西分会：《全晋西文艺工作者到村选运动里去！》，《抗战日报》1941 年 8 月 24 日。
② 山：《从大众中培养新作者》，《文艺突击》新 1 卷第 1 期，1939 年 5 月。
③ 章欣潮：《怎样走鲁迅先生的路》，《大众日报》1941 年 10 月 19 日。
④ 周文：《文化大众化实践当中的意见》，《中国文化》第 2 卷第 4 期，1940 年 12 月。
⑤ 何其芳：《论文学上的民族形式》，《文艺战线》第 1 卷第 5 号，1939 年 11 月。
⑥ 李泰：《当前的文艺运动与文艺工作者的紧急任务》，《大众》第 31、32 期合刊，1940 年 3 月。
⑦ 丁玲：《作家与大众》，《大众文艺》第 1 卷第 2 期，1940 年 5 月。
⑧ 孙犁：《现实主义文学论》，《红星》半月刊创刊号，1938 年 3 月。

文艺工作者是一群普通的"实际工作者",他们与其他群体一样,必须在"深入群众"中去了解实际情况。但是,从其工作方式来看,他们又是一群要以创作来为抗战服务的特殊的"实际工作者"。缘此之故,他们还进而从文艺工作者获取创作材料角度阐释了"深入群众"的内涵和意义。在他们看来,文艺创作与生活具有密切关系。而所谓"生活",则是原本在都市里生存的作家所不熟悉的群众的生活;要熟悉这样的生活,就必须首先深入到群众去,因为"那里有吸取不尽的丰富材料正待艺术专门家的发掘"①。而一旦文艺工作者深入了群众、并能"和一般抗战的群众打成一片",那他们就"能把握着实际的题材"②。对于文艺与群众、文艺与生活的密切关系,他们是这样认识的,也是这样实践的。如前所述,从1938年5月起至1940年4月,陕甘宁边区文化界救亡协会先后向各解放区派出了六组抗战文艺工作团。参加工作团的成员在"深入群众"的过程中了解了群众、获取了创作材料。例如,吴伯箫、卞之琳参加第三组到了晋东南前方,"对于前方民众,对于前方部队"有了"若干程度的认识",同时,也搜集了一些"写作材料"③。据此,吴伯箫写就了九篇散文,约两万七千字;卞之琳则写了一篇三万五千字的作品,名曰《日本马和鹦鹉》④。又如,鲁艺在成立最初一年里,提出了"到前线去,到敌人后方去,到农村中去"的口号,将前三届同学中的大部分派到了前线和敌后,使其中许多人在前线收集到了"宝贵的材料"⑤。如前所述,文学系学员黄钢参加了鲁艺文艺工作团在前方工作了近一年,积累了大量鲜活的文学素材。以此为基础,他后来陆续写出了反映八路军战斗生活的著名报告文学作品。

---

① 周扬:《我们的态度》,《文艺战线》创刊号,1939年2月。

② 艾思奇:《抗战文艺的动向》,《文艺战线》创刊号,1939年2月。

③ 吴伯箫、卞之琳:《从我们在前方从事文艺工作的经验谈起》,《文艺战线》第1卷第4号,1939年9月。

④ 任一鸣主编:《延安文艺大系》第27卷《文艺史料卷(上)》,湖南文艺出版社2015年版,第436页。

⑤ 徐一新:《鲁艺的一年》,《文艺突击》新1卷第1期,1939年5月。

第三节 发挥社会作用：内涵与意义之二

了解实际情况是"深入群众"最基本的内涵和意义。而了解实际情况的重要目的之一，则是为了发挥社会作用。抗战全面爆发以后，作为普通的"实际工作者"，文艺工作者在"深入群众"的过程中自然必须参加到实际工作中去。其中，他们"有的作农村工作，有的作妇女工作，有的作部队工作，有的作政权工作"①。在他们所参加的所有这些工作中，最为重要也最为突出的是部队工作和农村工作。1941 年 2 月，八路军总政治部与中央文委在关于部队文艺工作的指示中总结说：抗战以来，"大批知识分子参加到部队中，文艺工作方面，也有许多新的知识分子干部参加进去"，另外，还有许多文艺工作团体到部队去实习、考察②。像到晋东南前方"走了五个月"的吴伯箫、卞之琳和到晋西北前方"加入八路军的队伍里"四个多月的康濯、孔厥，就是他们当中的重要代表。在《文艺战线》组织的"关于战地文艺工作"栏目中，他们交流了在前方从事文艺工作的体会。前者认为，文艺工作者到前方去应取的最好方式是"参加实际工作，因为这样可以避免'走马观花''浮光掠影'的毛病"。后者更是具体地述及怎样"参加部队生活的实践"的问题，主张"加入部队，除担任文艺通讯之类的工作以外，还要尽量帮助部队中其他各项工作"③。荒煤也曾率鲁艺文艺工作团赴晋东南前方工作，其工作中心之一就是"参加部队实际生活"，其体会也是"最好是亲自参加生活"④。尽管他们"参加了部队生活，参加了战斗"，他们还检讨自己"不能发掘生活的底层，没有成为斗争的一

---

① 徐懋庸：《我对于华北敌后文艺工作的意见》，《华北文艺》第 5 期，1941 年 9 月。

② 《总政治部　中央文委关于部队文艺工作的指示》，《八路军军政杂志》第 3 卷第 2 期，1941 年 2 月。

③ 吴伯箫、卞之琳：《从我们在前方从事文艺工作的经验谈起》，康濯、孔厥：《我们在前方从事文艺工作的经验与教训》，《文艺战线》第 1 卷第 4 号，1939 年 9 月。

④ 荒煤：《鲁艺文艺工作团在前方》，《大众文艺》第 1 卷第 4 期，1940 年 6 月。

员,而参加到斗争中间去,仅仅生活在斗争的表面"①。从这一检讨中,我们是可以看出他们深度参与部队生活的强烈愿望的。

　　文艺工作者在参加部队实际工作的同时,还广泛参加了农村的各项实际工作。在晋察冀,由作家、诗人、音乐家、木刻家、画家等组成了一支艺术家队,"以轻骑戏剧工作者的姿态,出现在山沟小道和广阔的农村中"②。在晋冀鲁豫,据担任过太行山剧团政治指导员、团长的阮章竞回忆,在那个年代,太行山剧团做到了"无条件地深入农村,深入最底层,与群众同甘共苦,打成一片"。1939 年秋,晋冀豫区党委在辽县搞实验县,抽调干部到辽县的区、村开展工作。该剧团奉命分散到辽县六区的乡村,"直接与农民同吃同住同劳动同抗日,直接参加社会各方面的斗争生活,如减租减息、除汉奸、反恶霸、组织民兵自卫队,扫除文盲,开展识字运动,教唱歌曲,教识谱……"③。在晋西北,文艺工作者也响应中华全国文艺界抗敌协会晋西分会的号召,积极投身到"晋西北的'村选'热潮"之中,"以全幅(副)的热情,去参加这新生活的建设"④。

　　总之,文艺工作者以一般"实际工作者"的身份,通过参加上述实际工作的行动,发挥了自己的社会作用。这在当时不但引起过关注,甚至还遭致了批评。1941 年 1 月,常芝青在评述晋西北新文化运动一年来工作中的缺点时,指出:对于文化工作存在着实利主义的倾向,"把文化团体同其他群众团体一样看待,要求它担任一般的群众工作";而文化工作者本身也受到影响,忽视了自己作为文化人的"经常的一般的工作"⑤。从他的这一批评中,我们可以从另一个侧面管窥当时晋西北乃至整个解放区的文艺工作者在"深入群众"

---

①　"鲁艺"文艺工作团集体写作(执笔者:荒煤等):《关于敌后文艺工作的意见》,《抗战文艺》第 6 卷第 2 期,1940 年 5 月。

②　《三年来边区的文化教育事业》,《抗敌周报》第 2 卷第 17 期,1940 年 5 月 30 日。

③　阮章竞口述:《异乡岁月——阮章竞回忆录》,文化艺术出版社 2014 年版,第 194 页。

④　中华全国文艺界抗敌协会晋西分会:《全晋西文艺工作者到村选运动里去!》,《抗战日报》1941 年 8 月 24 日。

⑤　常芝青:《一年来的晋西北新文化运动》,《抗战日报》1941 年 1 月 4 日。

时相当普遍地担任群众工作的一般情况。

当然,文艺工作者既是普通的"实际工作者",又是特殊的"实际工作者"。鲁藜说过,文艺工作者"不同于一个普通的战斗员",其"特点"就是"文艺武器的运用"①。因此,作为特殊的"实际工作者",他们在"深入群众"的过程中还运用文艺这一特殊的武器、发挥了自己特殊的作用。其情景正如中华全国文艺界抗敌协会晋东南分会成立宣言中所描述的:文艺工作者们"在敌后方参加了艰苦的斗争",但"他们没有忘掉了他们的武器,而且他们还带着笔到群众中去,到战壕里去"②。如前所述,诞生于抗战硝烟之中的前期解放区文学,其价值观是以民族利益为核心、以服务抗战为主旨的。这样,文学对于民族革命的作用也就成了衡量文学价值的重要尺度。具体说来,"文学和民族革命的实践的关系愈密切,文学在大众教育的事业和民族解放的事业上就愈有用,它的价值也就愈高"③。因此,在这种价值观的作用下,文艺工作者以民族利益为立足点,必然会以文艺为武器来发挥文艺的功利作用,并以此来发挥自己的社会作用。

那么,文艺工作者在"深入群众"时应该如何以文艺武器为抗战服务、并以此来发挥自己的社会作用呢? 首先,应该反映群众的活动、传达群众的心声。1939 年 6 月,在晋察冀,《抗敌报》对边区戏剧运动提出希望,希望戏剧创作"利用当时当地现实的背景迅速反映与报导当时当地群众斗争、武装斗争的新的事件、新的胜利"④。近两年之后,在晋冀鲁豫,野蓟以饱含情感的笔触赞赏在华北敌后的千千万万群众在实际斗争中"用他们的血和肉,心和手,写下不可计数的珍贵作品";他指出:对于文艺工作者来说,重要的任务和使命

---

① 鲁藜:《目前的文艺工作者》,《文艺突击》第 1 卷第 4 期,1939 年 2 月。

② 《中华全国文艺界抗敌协会晋东南分会成立宣言》,《新华日报》(华北版)1939 年 12 月 7 日。

③ 周扬:《抗战时期的文学》,《自由中国》创刊号,1938 年 4 月。

④ 《开展边区的戏剧运动(专论)——为边区戏剧座谈会而作》,《抗敌报》1939 年 6 月 13 日。

是要"把我们的'心灵'融会在群众的生命中",从而"将群众的创造变成我们的创造"①。当然,文艺工作者在创作时除了要真实地反映群众的一切活动、伟大创造和重大贡献外,还"要为群众说话,真实地表现群众的一切"②。这里所说的"一切"自然应该包含了群众的生活、要求、希望、情绪、心理、困难、疾苦,等等。这样,文艺工作者因为忠实传达了群众的心声,在某种程度上也就成了群众的代言人。

其次,应该承担起宣传群众、教育群众的重任。毛泽东在《五四运动》一文中要求"全国的青年和文化界"和工农民众相结合,"到工农民众中去,变为工农民众的宣传者和组织者"。为了能够承担起这样的责任,文艺工作者首先意识到了必须以自己科学文化方面的教养,到民间去展开新启蒙运动、开发民智③。在何畏看来,为了能够有效地到民间去动员民众,急需向群众做好文化普及工作,使他们"能够懂得今天中国人应有的最低限度的常识和三百个左右抗战必需的文字以及游击战争的知识"。④ 后来,晋察冀边区文化界抗日救国联合会在其所颁布的工作纲领中也明确提出了这种普及文化的任务,要求"到广大群众中去,深入到乡村、连队、学校、工厂,开展识字运动,及乡村文化娱乐工作",提高大众的文化水平⑤。半年后,该会又再次强调:"一定要把文化普及到广大群众中去……我们要使文化更加深入到乡村,连队,工厂里去。"⑥

当然,对于文艺工作者来说,向群众普及文化只是一个前提,更重要的是要以此为基础来发挥文艺的社会功能。对于文艺的这一功能,文艺工作者从

---

① 野蓟:《群众是我们的导师》,《华北文艺》创刊号,1941 年 5 月。
② 周文:《文化大众化实践当中的意见》,《中国文化》第 2 卷第 4 期,1940 年 12 月。
③ 陕甘宁边区文化界救亡协会:《我们关于目前文化运动的意见》,《解放》第 39 期,1938 年 5 月。
④ 何畏:《我们要奋力渡过抗战的难关》,《文艺战线》第 1 卷第 2 号,1939 年 3 月。
⑤ 《晋察冀边区文化界抗日救国联合会工作纲领》,《晋察冀日报》1941 年 6 月 27 日。
⑥ 《边区文联关于一九四二年文化工作方针与任务告边区文化界书》,《晋察冀日报》1942 年 2 月 11 日。

不同的角度予以了阐发。邓拓主要关注文艺宣传群众的作用,认为文艺应该使"人民得到丰富的精神的滋养,理智的觉醒,情绪的鼓励,更迅速正确地充任抗战建国的中坚"①。梅行主要突出文艺组织群众的效用,要求"把文艺作为组织大众走向坚决的抗日斗争的武器"②。新绿提出,在编演街头剧时要"随时和群众打成一片",并"在活的故事中给他们的指示来"③;晋西北召开的部队戏剧座谈会也得出结论,要"教育大众,提高大众文化政治水平和欣赏力"④。不难看出,他们所着意的主要是文艺教育群众的功用。虽然这些文艺工作者关注的重点有所不同,但是,他们重视文艺社会功能的发挥则是一致的。由于他们有着这样自觉的意识和强烈的责任担当,所以,他们在解放区前期的文艺创作确实在宣传群众、组织群众、教育群众方面发挥了作用。例如,在晋察冀,边区的文化运动"在宣传、教育与组织群众的工作上起了很大的作用",提高了千百万原先与文化几乎绝缘的群众的民族意识⑤;在晋冀鲁豫,"文化走入乡村,真正启发了民众(工农兵士),提高了他们政治文化的水平",使他们"较之战前进步了百倍"⑥。从当年这些总结性文字中,我们是可以看出文艺工作者运用文艺武器、发挥自己特殊作用之一般情况及其效果的。

第四节 "向群众学习":内涵与意义之三

在"深入群众"了解实际情况、发挥社会作用的过程中,文艺工作者对群

---

① 邓拓:《三民主义的现实主义与文艺创作诸问题——在边区文艺作者创作问题座谈会的报告》,《边区文化》创刊号,1939 年 4 月。

② 梅行:《论部队文艺工作》,《大众文艺》第 1 卷第 4 期,1940 年 6 月。

③ 新绿:《关于街头剧》,《抗敌报》1938 年 10 月 30 日。

④ 更狄:《部队戏剧座谈会纪事》,《战斗文艺》第 2 卷第 2 期,1941 年 10 月。

⑤ 社论《深入边区的文化运动》,《抗敌报》1939 年 10 月 11 日。

⑥ 《抗战三年来的晋东南文化运动——文协晋东南分会第二届会员大会上的报告提纲》,山西文学艺术工作者联合会编:《山西文艺史料》第 1 辑"晋东南抗日根据地部分",山西人民出版社 1959 年版,第 28 页。

众本身也有了比较充分的认识。他们固然发现群众有需要"提高"之处，但同时也发现了群众有着为他们自己所不及的优势和特长。如前文所述，他们意识到在战争年代士兵和农民比自己"更有用"，这便是群众的优势和特长的表现之一。因此，对他们来说，群众既是他们宣传、组织和教育的对象，又是他们学习、效仿的对象。这样，"向群众学习"的命题也就自然内蕴在"深入群众"观念之中了，并成了这一观念又一重要内容。具体说来，解放区前期提出的"向群众学习"这一命题具有以下两个层面的蕴含：

一是文学层面。从内容上看，文艺工作者为了真实反映现实生活、对人物作出真实的表现，必须"向群众学习"。在解放区，现实生活主要是群众的生活，文学所要表现的对象主体也主要是群众。因此，为了写好现实生活和群众这一对象主体，文艺工作者就不能在都市里闭门造车，而需要"向老百姓学习，到民间学习"，需要他们"到前线，到民众中去看现实的战斗生活"①。与文艺突击社的这一观点相呼应，周扬后来也指出：作家为了储蓄创作"资本"，就必须"努力去理解各种样式的人"，要"同他们打通了心，了解他们的一切生活习惯，他们极细微的心理"；而要做到这一点，就必须"和周围的人们打成一片，向他们学习，请教他们"②。因此，在这一意义上，所谓"向老百姓（群众）学习"就成了"向生活学习"的一部分；"学习"的目的，主要是为了把握现实生活和作为文学表现对象主体的"群众"的相关一切，以获取创作材料。许多文艺工作者以实际行动践行了这一观念。例如，吕梁抗战剧团秉持"工作、学习、生活三位一体"的准则，"到那里工作，也就等于到那里学习"；他们"虚心地向民众学习"，不管观众是农民、商人，都是其学习的对象③。这是说，他们将农民、商人作为观察、学习的对象，意在加深对他们及其生活的了解和把握。

从形式上看，为了发挥文艺的社会功能，文艺工作者在创作时不管是采用

---

① 《文艺界的精神总动员——代革新号创刊词》，《文艺突击》新 1 卷第 1 期，1939 年 5 月。
② 周扬：《文学与生活漫谈》，《解放日报》1941 年 7 月 17—19 日。
③ 殷参：《吕梁山的孩子们——介绍吕梁抗战剧团》，《文化前锋》第 4 期，1940 年 1 月。

"旧形式"还是新形式,也都必须向群众学习、并接受群众的评判。在文艺大众化背景下,"旧形式"得到了相当普遍的运用。这种形式"一般地说,正是民众的形式",是"中国民众用来反映自己的生活的一种文艺形式"①,是为群众所熟稔的和喜闻乐见的。因此,要运用好"旧形式"这一"民众的形式",就必须"向群众学习"。而即便是采用新出现的文艺形式,也需要接受群众的检验。鲁艺在成立后的最初一年中,曾经两次组织全体教职学员下乡"去向群众学习",请"广大的边区农村群众"来全面检验他们运用各种形式(包括"旧形式"和新形式)的创作,"听取他们的意见"②。一般以为,街头剧是在当时战争环境中出现的,但是,鲁萍却看到,它早已在现实生活中存在着了,"像农村中所流行的一些秧歌、高跷、抬杠和社火"等皆是。因为群众对于这一"旧形式"有着丰富的表演经验,所以,鲁萍"号召广大农村群众参加这一活动",要求作家"虚心地向群众学习",并通过广大群众的批评来充实剧本③。诗歌朗诵运动是抗战后在延安盛行起来的。为了写好朗诵诗这一新兴的诗体,萧三提出,诗人"写出来的东西要拿到群众中去读,以便接受他们的批评,然后大家乃能前进,然后能使诗歌的声音更大,更宏亮,达到的更远"④。综上,在文学层面,因为群众是文学创作的对象主体和接受主体,所以,不但文学创作的材料需要从群众那里采集,而且不管采用何种形式也都要由群众来指导和评价。正是在这双重的意义上,野蕻明确提出:"把千千万万的群众当作我们的导师,向他们学习,去请他们检查我们的作品吧!"⑤

二是精神层面。在这一层面上,"向群众学习"的范围超越了具体的文学创作领域,而抵达更宏阔的精神世界,其目的在于求得关乎精神层面的思想、意志、品格、作风等方面的"进步"和"提高"。1940 年 7 月,朱德在鲁艺演讲

① 艾思奇:《旧形式运用的基本原则》,《文艺战线》第 1 卷第 3 期,1939 年 4 月。
② 沙可夫:《鲁迅艺术学院创立一周年》,《新中华报》1939 年 5 月 10 日。
③ 鲁萍:《谈谈街头剧》,《抗敌报·海燕》副刊 1938 年 11 月 11、15、23、30 日。
④ 萧三:《出版〈新诗歌〉的几句话》,《新诗歌》(延安版)创刊号,1940 年 9 月。
⑤ 野蕻:《群众是我们的导师》,《华北文艺》创刊号,1941 年 5 月。

时对文艺工作者寄予殷切期望,希望他们"不要老想着'文章自己的好'",而要"虚心向群众学习,倾听群众的意见"。他提出这一希望,其着眼点就在于文艺工作者的"进步"①。一年后,《西北文艺》在晋西北创刊。林枫也指出:刊物(也包括作者)"是群众的先生,也是群众的学生。要教育群众提高群众的质量,也要向群众学习,倾听群众的呼声"②。根据林枫的言说语境,可以这样理解:当"群众的先生",是要"提高群众的质量";而当"群众的学生"("向群众学习,倾听群众的呼声"),则是为了"提高"自己的"质量"。

军政领导强调文艺工作者要"向群众学习"以获得精神方面的"进步"和"提高",在文艺工作者那里激起了反响。如晋西北举行的部队戏剧座谈会最后就"今后戏剧路线的问题"得出结论,其中之一便是"向大众学习,吸收营养提高自己"③。那么,为什么说要"向群众学习",才能取得"进步""提高"自己呢?对于这一问题,文艺工作者从以下两个方面展开了论述。首先,从积极的方面看,群众是抗日救亡的主力、是创造历史的主体,因此,只有"向群众学习"——"切实的去学习,时时的去学习",文艺工作者才可以明确前进的方向、获取前进的力量,才能"跟着时代一起前进,跟着人民一起前进"④。其次,从消极的方面看,只有"向群众学习",才能克服缺点、提高自己。知识分子有自己的优长,也有自己的缺点。这在当时曾为许多知识分子所认识。毛迅看到,知识分子具有"动摇性""理论与实践的分离"以及"极浓厚的个人主义的习惯"等"缺点",因此,明确提出了改造知识分子的命题⑤。欧阳山在评述抗战以来的中国小说时,也将"小资产阶级的知识分子"和"资产阶级的知识分

---

① 朱德:《三年来华北宣传战中的艺术工作》,《延安文艺丛书》编委会编:《延安文艺丛书》第 1 卷《文艺理论卷》,湖南人民出版社 1984 年版,第 106 页。
② 林枫:《给〈西北文艺〉》,《西北文艺》创刊号,1941 年 7 月。
③ 更狄:《部队戏剧座谈会纪事》,《战斗文艺》第 2 卷第 2 期,1941 年 10 月。
④ 田民:《从作家上前线谈起》,《大众文艺》第 1 卷第 2 期,1940 年 5 月。
⑤ 毛迅:《论知识分子的改造》,《共产党人》第 7 期,1940 年 6 月。

子"绑缚在一起,从历史与现实两个层面展开了对其"负面作用"的剖示①。那么,知识分子如何克服自己的缺点呢？其重要的途径之一便是"向群众学习"。1940年5月,在《中国文化》第1卷第3期上,丁玲发表小说《入伍》,通过塑造徐清这样一个"不可爱"的知识分子形象,讽刺了某些知识分子的精神弱点;并通过将他与红小鬼杨明才作比较,表现了向民众(士兵)学习的主题。稍后,与丁玲一样,荒煤在总结鲁艺文艺工作团在前方工作的经验教训时,也认为文艺工作者中确实存在着"个人主义,自由主义,艺术至上主义及散漫现象等",指出:他们只有"与部队生活打成一片,向士兵学习,了解他们的要求和接受批评",才能克服这些"不良倾向"②。由此观之,对于有缺点的知识分子来说,"群众"就成了一种重要的、能够起到纠偏作用的对照性力量;他们要克服缺点,自然就应该"向群众学习"。

　　总之,在前期解放区文学中,许多文艺工作者业已形成"深入群众"观念。这是他们接受中共各级领导要求的结果,也源于他们自己对群众巨大作用的认知。他们在外因和内因的结合中生成的这一观念,具有其丰富的内涵和意义。主要包括:了解实际情况、发挥社会作用和"向群众学习"。尤其值得注意的是,这一观念还具有很强的实践性。从上文的分析中可以看出,在对这一观念的这三个方面内涵的揭示中,其方法是既有认识的、又有实践的。作为一种观念,它是一种思想意识;但它又没有停留在一般的思想意识层面,而同时落实到实践之中、并指导了实践。因此,在某种程度上,可以说,它是已然付诸实践、并通过实践反映出来的观念,而非脱离实际的幻想和思维推演。

　　1942年5月,毛泽东在《讲话》中高度关注"深入群众"问题,并对此作出了进一步的伸张。他从文艺工作者的特殊性出发,更加突出了"深入群众"对于他们改造"思想感情"和获取创作源泉的重要意义。毛泽东所重点强调的

---

　　①　欧阳山:《抗战以来的中国小说(一九三七——一九四一)》,《中国文化》第3卷第2、3期合刊,1941年8月。

　　②　荒煤:《鲁艺文艺工作团在前方》,《大众文艺》第1卷第4期,1940年6月。

"深入群众"这两个方面意义与上文所揭示的前期解放区文学中"深入群众"观念之内涵是有联系的,但是又从整体上改变了它的结构和重心。会后,相关部门以体制化的运作对于解放区文艺工作者的"深入群众"作出了"下乡"这样的整体性安排,极大地改变了前期由于缺乏强有力的统摄所导致的只有部分文艺工作者"深入群众"或在"深入群众"时走马观花、短期作客的现象,使之几乎全身心地投身到长期的"深入群众"的群体实践中去。这对解放区后期文艺工作者的生活和创作产生了重大影响,使后期解放区文学也呈现出了新的面貌。尽管如此,解放区文学"深入群众"观念的源头是在前期,它并不是到后期才发生的。这是一个不能忽视的事实。因此,在"深入群众"观念方面,解放区文学前后期也表现出了很强的关联性。

第八章 20世纪40年代初期解放区文学的边区纪事

从1940年初开始到1942年5月延安文艺座谈会召开之前,在20世纪40年代初期这两年多的时间里,由于国民党加紧了对中国共产党领导下的陕甘宁边区和其他各解放区的封锁包围,包括作家在内的解放区文化人大多被迫驻留于一地。如在陕甘宁边区,由于"当时大后方形势逆转,去前方困难,于是在延安集中了一大批文化人"。主流评论认为,这一状况引发了延安文化人"脱离工作脱离实际"倾向的发生,并与其他因素叠加,从而"暴露出许多严重问题"①。这一观点的提出产生了深远的影响。在半个多世纪后的1990年代,胡乔木还对之作出回应,认为"脱离实际、脱离群众的倾向"是"1940年以后延安文艺界暴露出的问题"之一②。这一由思想理论界提出的观点同时也得到了延安文化人自己的认同。如著名秧歌剧《夫妻识字》的作者马可就回忆说,在1940—1941年间,"有些同志孤立地强调提高和'正规化',常常忘记群众,脱离政治,疏远现实"③。值得注意的是,在延安和陕甘宁边区之外的其

---

① 《关于延安对文化人的工作的经验介绍》(1943年4月22日),中央档案馆编:《陕甘宁边区抗日民主根据地·文献卷》(下),中共党史资料出版社1990年版,第449页。

② 胡乔木:《胡乔木回忆毛泽东》,人民出版社1994年版,第254—255页。

③ 马可:《延安鲁艺生活杂忆》,《红旗飘飘》第15集,中国青年出版社1961年版,第146页。

他解放区,对于文化人"脱离工作脱离实际"的批评也时有发生。例如,在1942 年 1 月晋冀鲁豫召开的有四百余人参加的太行文化人座谈会上,杨献珍在发言时指出:"检讨过去文化工作,率皆脱离现实,脱离群众"①。会后,他还撰文对这一观点作出了进一步的发挥。文中罗列了 1941 年"我们文化工作中"表现出来的诸种现象,称它们"反映了我们文化工作是脱离现实,脱离群众的"②。这一批评不但与陕甘宁边区的相关批评在内容上高度一致,而且在时间上出现更早。解放区文学是解放区文化的重要组成部分。那些对于文化人和文化工作"脱离现实(实际)"的批评,自然是包括了解放区作家及其创作在内的。必须承认,这一时期解放区文学确实在一定范围内存在着"脱离现实(实际)"的现象。但是,也应看到,此期解放区文学与现实的关系是比较复杂的。其中,有许多作品仍然表现出了关注现实、反映现实并进而作用于现实的现实性品格。本章所要讨论的以陕甘宁边区生活为记述对象、作边区纪事的作品便是这类作品中的代表。

第一节　反映边区政治生活

所谓"现实",从一般意义上说,指的是当前存在着的客观事物或事实。但是,在当时的语境中,主流评论所倡导积极去反映的"现实"却有着某些特定的含义。1942 年 7 月,由鲁艺文学系师生组成的草叶社在检讨已出四期《草叶》"某种程度地脱离了实际"之缺点、并对未来作出展望时,概括出了两种不同性质的"现实":一种是"狭小的局部的现实",另一种是"最主要的现实"(即"边区和八路军的生活");并表示以后要多发表反映和歌颂这种"最主要的现实"的作品。该社对"现实"的如此界说及两种不同态度,是接受主

---

①　杨献珍:《从太行文化人座谈会到赵树理的〈小二黑结婚〉出版》,《新文学史料》1982 年第 3 期。

②　杨献珍:《数一数我们的家当》,《华北文化》第 2 期,1942 年 4 月。

流评论批评的结果,同时也是主流评论意见的反映。这说明,其所倡导要去积极反映的"现实"既应是"最主要的现实",又应是被正面看取的现实(即"反对对革命采取消极的态度"、具有"新的健康的气息")①。本章以解放区文学对陕甘宁边区生活的正面纪事为中心展开论述分析,意在说明:即便根据主流评论对于"现实"的如此界定,20 世纪 40 年代初期解放区文学中的许多作品仍然具有强烈的现实关怀精神。

对于延安和陕甘宁边区,解放区作家充满感情,并盛赞其是自由、幸福和欢乐之地。祁细俄从人们在延河里畅游的情景中,体会到了"这儿有更多的自由,/除了风、水和太阳";在安塞看来,延安人则是脸上"罩着幸福的红光",彼此之间"都像是朋友/是兄弟"②。由于有着这样的自由、幸福,向来以忧郁著称的诗人艾青抵达延安不久便发出了这样欢乐的歌声:"被初升的阳光刺戟着/我的心充塞着青春的欢乐啊! /……我一边唱一边从山上飞奔而下/歌声像风一样愉快地飘扬"③;在荒煤笔下,一个饱受六年牢狱之灾而刚出狱的革命者到延安后也满怀欢乐地唱出了一支"无声的歌"④。延安作家对延安和陕甘宁边区饱含了深切赞美之情,在这种情感的作用下,他们切实展开了边区纪事。

从政治层面展开对陕甘宁边区生活的书写,是解放区作家作边区纪事的着意之处。在他们看来,边区政治生活具有巨大优势。对此,他们在创作中采用多种对比方式予以了凸显。叶克的散文《桥儿沟》⑤对桥儿沟的今昔作出了纵向对比,从一个方面反映了边区的沧桑巨变。从前,这里只有五六户人家,"苦痛和饥饿在这儿流行着";但是,如今的桥儿沟却充满了勃勃生机,成了边

---

① 《给读者们》,《草叶》第 5 期,1942 年 7 月。
② 祁细俄:《河浴》、安塞:《熟悉的脸——延安印象之一》,《大众文艺》第 1 卷第 6 期,1940 年 9 月。
③ 纳雍(艾青):《河边诗草·歌》,《谷雨》第 2、3 期合刊,1942 年 1 月。
④ 荒煤:《无声的歌》,《草叶》创刊号,1941 年 11 月。
⑤ 叶克:《桥儿沟》,《大众文艺》第 2 卷第 1 期,1940 年 10 月。

区"最美丽的地方"。柯蓝的《盘查》①则通过描写主人公的遭遇和感受,将边区与其他地区作出了横向对比。一个从山西来到延安的、"没有路条"的女人之所以先后离开沦陷区和国统区,是因为她感到"那里的人不好"而"边区好"。延安作家不但以多种对比方式凸显了边区作为"抗日民主的模范区"的巨大政治优势,并且以翔实的描写揭示了这种政治优势的内蕴。它们具体表现在以下三个方面:

首先,边区政府与人民保持了亲密关系。叶克在《桥儿沟》中描写到军民联欢晚会上的一个动人场面:政府负责人真诚感谢老乡们对政府的帮助,并希望老乡们"更多的帮助我们";老乡们的代表则积极回应:"我们老百姓呢,那是要帮助政府的"。作品以此表现出政府与人民的亲密关系。周立波的短篇小说《牛》②也通过一些富有情致的场景描写表现了二者关系的融洽。在春雪后一个微寒的晚上,男的和女的、老人和小孩纷纷来到乡政府的窑洞,使里面挤满了人。他们"围在烧着通红的木炭火的炉子边谈天",显得"温暖和安宁"。作者通过对这种温暖和恬静氛围的渲染,表现出了农民与边区基层政权(乡政府)关系之亲密和融洽。结尾处,"我"于不眠之中又发抒感想,称"共产党所领导的新政权"给人民带来了"生活的圆满和快乐"、"亲切"与"温暖"。

对于叶克散文和周立波小说涉及的政府与人民的亲密联系,许多作品从不同的角度作出了进一步的发挥和描写。天蓝的诗歌写了一个老人这样的独白:"我是个贫农,/我原先没地,/这块地是公家给我的";"我也出力保卫过这政府。/这政府是我们自己的啦,/给老百姓办事的"③。诗歌以此从正面凸显了人民与政府血肉相连的关系。除了从正面直接地表现人民与政府的如此关

---

① 柯蓝:《盘查》,《大众文艺》第2卷第1期,1940年10月。
② 周立波:《牛》,《解放日报》1941年6月6—7日。
③ 天蓝:《我,延安市桥儿沟区的公民》,《谷雨》第2、3期合刊,1942年1月。

系外,还有一些作品从侧面作出了间接的呈现。如洪流的小说《一个老人》①
写主人公朱金富从以前的雇农变为富农,全是靠了革命。但是,当革命政府依
据占有财产数量来征收爱国公粮时,他竟"忘记革命"、而产生了强烈的抵触
情绪。他的所作所为,不但遭到了村民们的批评,也引起了儿子的不满。作品
通过对他众叛亲离的描写,从一个侧面表现出了广大人民与政府关系的亲密
融洽。

其次,边区实行了民主政治。广大人民普遍参加选举活动、真正行使自己
神圣的民主权利,是边区实行民主政治的一个重要标志。对此,有多部作品作
出了叙写。1940 年 9 月,殷参发表小说《一颗也不要了》②,其中写到绥德薛
家茆的穷人们选出了年轻的联保主任。次年 2 月,姚时晓发表独幕话剧《竞
选》③,具体反映了绥德分区某乡 1940 年秋民主选举时的斗争。从前在国民
党统治时,富农武二叔当了保长,穷人们受尽了他的欺侮:"三天逼一次债,五
天催一会(回)粮"。此时,就要开选民大会来选举保长和村农会主任等,武二
叔到处活动,欲操纵选举、以便自己卷土重来。村农会主任马德贵与民运干事
林登云等与之展开了针锋相对的斗争。剧作发表两个月后,鲁艺实验剧团为
反映当前时事排出了这一"有政治意义"的剧作,在中央大礼堂演出,产生了
较大影响。④

边区实行民主政治,不但直接作用于民众政治生活、成为其政治生活的重
要组成部分,而且对民众议事方式产生了深刻影响。袁烙的《"有话你说
呀!"》⑤是一篇"边区农村生活报告"。村里接受任务、要派牲口送粮去绥德,
夜里,人们聚集在代表主任的家里,讨论由谁去。本应轮到张凤梧去,他却借

---

① 洪流:《一个老人》,《解放日报》1941 年 12 月 4 日。
② 殷参:《一颗也不要了》,《大众文艺》第 1 卷第 6 期,1940 年 9 月。
③ 姚时晓:《竞选》,《中国文艺》创刊号,1941 年 2 月。
④ 艾克恩:《延安文艺运动纪盛》,文化艺术出版社 1987 年版,第 244 页。
⑤ 袁烙:《"有话你说呀!"》,《大众文艺》第 1 卷第 4 期,1940 年 7 月。

故推辞。行政村主任以"边区实行了民主"为由,启发他说出实情。张凤梧称真正原因是自己没有"盘川",后来,大家给他解决了这一问题,他也愉快地接受了任务。这种民主讨论、协商的议事方式反映了代表主任所说的"边区的作风",而这种议事方式的出现同时也是边区的民主制度和民主作风深刻影响的结果。

其三,边区进行了民主改革。在表现边区民主政治的同时,解放区文学还反映了边区所进行的民主改革。上述殷参的小说《一颗也不要了》通过描写主人公陈老婆子境遇的改变,涉及边区民主改革的多个侧面,包括禁止买卖婚姻、优待抗属、免除陈租、减轻赋税等。陈老婆子是抗属,儿子上前方打仗、三年没有回家。她被迫将儿媳妇卖给李老财,同时还欠下韩娃大的地租五斗小米,生活极其困窘。由"穷人推出来"的联保主任坚决执行政府相关法令,对她予以帮助和救济。最后,在政府的支持下,她追回了媳妇,韩娃大也表示五斗小米"我一颗也不要了"。

在边区当时实行的多项民主改革中,解放区作家更为关注、并作出更多描写的是妇女解放问题。在相关题材的表现中,解放区作家涉及妇女解放的多个面向。如赵锋的诗歌《红枣的故事》[①]表现的是妇女受教育权利的实现。作品中的张大嫂在"前村立了女学堂"后,"头一个报了名,/从此不做瞎婆娘"。当然,在当时的历史条件下,妇女的人身自由、婚姻自由更为延安作家所关注。梁彦的小说《自由——新野风景之一》[②]叙写的是烈属金兰嫂与"那边过来的"刘福相恋的故事。金兰嫂的勇敢不但表现在敢于再恋再婚、而没有重蹈千百年来寡妇人生悲剧之覆辙,而且以两人每周一次的聚首代替了传统的婚姻家庭模式,表现出她自己对"自由"的理解和追求。

当然,在更多情况下,解放区作家(包括梁彦在内)对妇女解放的艰难过程有着较为深入的认识,意识到了妇女解放必须经过斗争才能实现。为此,他

---

① 赵锋:《红枣的故事》,《大众文艺》第 2 卷第 1 期,1940 年 10 月。
② 梁彦:《自由——新野风景之一》,《解放日报》1941 年 11 月 13 日。

们在创作中常常围绕女主人公设定了新旧两大阵营:新阵营为代表民主进步力量的政府或八路军官兵,旧阵营则为代表旧传统的保守势力。其基本表现模式是:女主人公深受旧阵营之害,在新阵营的启发下开始觉醒、并在其支持下经过斗争最终获得自由。在这类作品中,较有代表性的是梁彦作于1940年9月,曾获1941年延安"五四"青年文艺征文小说首奖的《磨麦女》,温馨的《凤仙花》和周民英的《婚事》①。《磨麦女》中的新旧阵营是由政府和公婆构成的。主人公桂英是地主戴老头子的儿媳妇,在家饱受公婆等人的压迫。她听到妇女训练班上"同志们"的"讲书",接受妇女干部章同志等人的教育后,意识到了自己的个人权利,喊出了"我……我也要自由"的心声,勇敢地走出了家庭;最后,又在县政府的支持下离了婚,参加了革命工作。与《磨麦女》稍有不同,《凤仙花》和《婚事》的新旧阵营则是由八路军官兵和专横父亲(继父)组成。前者中的凤儿是为八路军女同志"我"带孩子的小女娃。"我"和指导员以妇女解放和人人平等的思想启发了她,因此,当继父把她打伤拖回家、让她"不做'公家儿'"时,她发出了激越的控诉:"你!你压迫我!我不由你!我不愿在家里!"最后,在"我"的帮助下,她"回来了",并在当天参加了八路军。后者中的牡丹子不满专制父亲黑大的包办婚姻,坚持要嫁给自己喜欢的张排长,就是惨遭父亲吊打也不改初衷。部队首长亲自处理此事,在了解事情原委后表扬她"真坚决,真伟大",并支持她和张排长喜结了连理。

第二节　表现边区经济生活

解放区作家在边区纪事中,除反映边区政治生活外,对边区的经济生活也

---

① 温馨(孔厥):《凤仙花》,《解放日报》1941年9月16—18日;周民英:《婚事》,《解放日报》1941年10月28—31日。

作出了表现。如萧平的《驴的故事》、夏葵的《驮盐的故事》①这两篇"故事"重点写吝啬、自私的农民王守福、刘海海的转变和进步,但它们也分别以政府动员农民以牲口驮粮食去救济绥德、米脂等地灾民和组织农民去三边驮盐为背景,对边区一般经济生活作出了描写。当然,在此期延安作家对边区经济生活的书写中,最为重要也最为突出的是对大生产运动的表现。边区的大生产运动于 1938 年兴起、一直持续到 1945 年,是为了达到"不饿死也不解散"②之目的而开展的一场持续时间长、覆盖面广的运动。它先后经历了三个阶段。本章所特指的"20 世纪 40 年代初期",正处在大生产运动第一阶段(1938—1940年)和第二阶段(1941—1942 年)之交。对于这场极其重要的大生产运动,解放区作家主要从以下三个方面展开了书写:

首先,明确揭示了大生产运动的意义。此期,解放区作家创作了大量的诗歌(包括歌曲),以凝练而晓畅的语言宣传了大生产运动对于持久抗战和建设新中国的必要性及其重要价值。在他们看来,大生产运动首先是为了做到丰衣足食。人们"努力加油多开荒",是为了"要比去年多收粮"③;"我们开垦在大风沙中",为的是"艰苦地建筑自己的粮仓"④。而丰衣足食、"吃饱肚子",则为持久抗战、"打胜仗"⑤提供了支撑。不但如此,大生产运动对于建设新中国也具有重大意义。纪坚搏在诗中写道:千万劳动者的汗水是"哺育新中国的琼浆";在高原上回荡的千万劳动者快乐的歌声是"献给新中国的摇

---

① 萧平:《驴的故事》,《大众文艺》第 2 卷第 1 期,1940 年 10 月;夏葵《驮盐的故事》,《解放日报》1941 年 9 月 19—20 日。

② 毛泽东语,《毛泽东年谱(1893—1949)》中卷,中央文献出版社 1993 年版,第 100 页。

③ 金戈词、李鹰航曲:《生产歌》(作于 1940 年 3 月),王巨才主编《延安音乐作品·歌曲(一)》,太白文艺出版社 2015 年版,第 226 页。

④ 张沛:《我们开垦在大风沙中》(作于 1940 年春),朱子奇等主编《延安晨歌 1940—1942年》,陕西人民出版社 1984 年版,第 156 页。

⑤ 麦新词曲:《春耕小曲》(作于 1941 年),《麦新歌曲选》,人民音乐出版社 1978 年版,第16 页。

篮曲"①。

大生产运动不但为抗战建国提供了物质条件,而且还推动了人的改造。白晓散文《秋收的一天》②中的生产干事说过:"劳动不仅改造了自然,而且改造了你们自己"。这说明了"劳动"(大生产运动)对于人的精神价值。文中的主人公"平"到延安不久,本是一个"文绉绉的学生"。在生产运动的热潮中,他像变了个人似的。他积极参加开荒、打土、锄草、抬粪、收割等体力劳动,显现出了"一定要坚持到底"的坚定意志。与白晓这篇散文同时刊出的公木的歌曲《秋收小调》则写到秋收时节人们"乐洋洋秋收忙,满山遍野齐欢唱";左齐的诗歌《秋收的一天》③也写出了延安马列学院学员走上山岗挖洋芋时"劳动热情"的"洋溢"。这些作品所描写的人们在生产劳动中形成的乐观、积极的精神状态是人们在大生产运动中形成的,是大生产运动改造人、塑造人的结果。

其次,生动描绘了大生产运动的情景。此期,边区大生产运动涵盖了生产活动的各个方面,解放区作家对此作出了相当全面的反映。如井岩盾的《伐木歌》④写了伐木;孙剑冰的《担柴》⑤写了担柴;逄美的《秋天的道路》⑥写了纺线;启明的《劳山一日》⑦写了割芦草等。自然,因为大生产运动最重要的内容是开荒(大生产运动的第一阶段明确提出了边区开荒六十万亩的计划),所以,有关开荒情景的书写就成了大生产运动书写中最重要、也最有代表性的方面。

① 纪坚搏:《春天,劳动在西北高原》(作于1940年3月),《延安文艺丛书》编委会:《延安文艺丛书》第5卷《诗歌卷》,湖南人民出版社1984年版,第170—171页。
② 白晓:《秋收的一天》,《大众文艺》第2卷第2期,1940年11月。
③ 左齐:《秋收的一天》(作于1940年10月),《延安文艺丛书》编委会:《延安文艺丛书》第5卷《诗歌卷》,湖南人民出版社1984年版,第80—82页。
④ 井岩盾:《伐木歌》,《歌曲旬刊》第6期,1941年8月。
⑤ 孙剑冰:《担柴》,《大众文艺》第2卷第2期,1940年11月。
⑥ 逄美:《秋天的道路》,《新诗歌》(延安版)第6期,1941年5月。
⑦ 启明:《劳山一日》,《新诗歌》(绥德版)第6期,1942年1月。

此期出现了很多描写开荒的作品：诗歌有曹葆华的《西北一天》、李雷的《高原之歌》①等；散文有周文的《生产日记》、李清泉的《两个伊凡的吵架》②等。在对开荒具体场景的描写中，它们大多能将景与情有机统一起来，从而形成了情景交融的境界。在这方面，骆方的《开荒素描》和俞波的《垦荒》③是较有代表性的。前者是一首叙事长诗。全诗共十个部分、近500行，书写八路军某部在春天的一天里参加开荒劳动的经过。长诗在描写"'开荒六十万亩'这一壮大的行动"时，"不嫌琐屑地述说了在'生产运动'这一号召下的各个场面"④。例如，在第五部分"自觉的纪律！"中，作者对"开荒"情景作出了这样的描写：在圆圆的满是枯干蒿子的山头上，"我们"斗志昂扬，排成"一字横排的散兵线……/几十把锄头在黄土飞扬中跳动"；黄土飞溅，使"额头上底皱纹填满了黄土"，最后，"我们"超额百分之二十完成了开荒任务。诗人将"我们要克服困难，渡过难关"之乐观精神灌注到具体场景的描绘中，从而使繁重的劳动焕发出了浓郁的诗意。与前者相比，在对开荒情景的描绘中，后者具有更强的抒情意味。虽然太阳灼热、"我们"（垦荒者）的脸"被太阳灼痛得像土地"，但是，"我们"却感到了劳动的欢愉，甚至前额不时闪灼出的汗浆竟然都是"愉快"的。这是因为"在炽热的太阳底下/掺杂着自己的血汗耕种到土地里去的/是无比灿烂的愿望"。

再次，充分呈现了大生产运动的成效。解放区作家对每一个生产领域的成绩都作出了反映。例如，作为一名来自机器厂的工人作者，刘亚洛忠实记录了该厂工人在大生产运动中取得的成绩。为了迎接产业总工会的成立，工人

① 曹葆华：《西北一天》，《大众文艺》创刊号，1940年4月；李雷：《高原之歌》，《新诗歌》（绥德版）第6期，1942年1月。

② 周文：《生产日记》（作于1940年3月），《文学创作》第1卷第2期，1942年10月；李清泉：《两个伊凡的吵架》，《大众文艺》第1卷第3期，1940年6月。

③ 骆方：《开荒素描》，《文艺战线》第1卷第6号，1940年2月；俞波：《垦荒》，《新诗歌》（绥德版）第3期，1941年8月。

④ 艾青：《抗战以来的中国新诗》，《中苏文化》第9卷第1期，1941年7月。

们发扬"集体的突击精神",展开了两个月的"革命竞赛",最终把"动力修好,大炮修好"①。又如黑丁的《炭窑》②"真实记录了1941年夏秋之际,位于蓝家坪的中华全国文艺界抗敌协会延安分会('文抗')抽调四人随中央财政经济处组织的烧炭大队,深入安塞山区伐木烧炭的情景"③。小说结尾处是这样描写彭云华等烧炭者辛勤劳动的成果的:在山沟底下宽敞的土坪上,人们在扒动着、整理着发亮的黑黑的木炭堆;在"一包一包的木炭堆起来"等着运输时,人们又继续"向丰富的炭窑,去扒取那更多更多的黑色的木炭"。

　　解放区作家对于大生产运动成绩的反映是全面的,但重点也是突出的。这一重点就是对农业大丰收的表现。此期出现了大量的描写秋收的作品。1940年11月,《大众文艺》第2卷第2期刊出了共有10篇散文、诗歌组成的"秋收特辑",比较集中地反映了延安和边区的秋收。同期《编排之后》中说:"延安——边区的生活是诗的生活,秋收之在这里也是很富有诗意的"。解放区作家在描写秋收时确实有意凸显了这种诗意。他们看到"在收获的秋天,/满山满谷的金黄的颗粒/在茫茫的山峦上摇荡"④;而秋收之后,在早晨太阳照耀下本应显得相当静美的"那收割的田野,/那草坡,/那河岸",也由于诗人主体情感的投射,变成"都像是着了火了,着了火了……"⑤。在解放区作家笔下,秋收是富有诗意的;而它之所以富有诗意,在他们看来,又恰恰是它具有丰衣足食的实用性。正因为如此,不少作家在创作中对所收获的农作物作出了不厌其烦的铺叙和描写。贾芝在一首诗歌中借生产委员会主任之口写道:除了小米之外,"我们"收获的"还有西葫芦,/黄瓜,茄子,/还有豆角,辣椒,莴

---

① 刘亚洛:《一支工人分队的出发》,《文艺战线》第1卷第6号,1940年2月。

② 黑丁:《炭窑》,《谷雨》第4期,1942年4月。

③ 朱鸿召:《延安曾经是天堂》,陕西人民出版社2012年版,第322页。

④ 逄美:《延安》(作于1940年4月),《延安文艺丛书》编委会:《延安文艺丛书》第5卷《诗歌卷》,湖南人民出版社1984年版,第85—86页。

⑤ 郭小川:《晨歌》,《新诗歌》(绥德版)第5期,1941年11月。

苣,/还有夏白菜,秋白菜,/水萝葡,菠菜,洋芋,/偌大偌大的南瓜"①;当贺敬之在"收获的季节"走在早晨的大路上时,所听到的也是"这西红柿的歌,/这小米的歌,/这玉蜀黍和高粱的歌"②。他们以这种方式表达了自己的快乐喜悦之情,也生动地、具象地呈现了大生产运动在农业生产方面取得的突出成效。

第三节　描写边区先进人物

在陕甘宁边区火热的政治生活和经济生活中,涌现出了许多先进人物。周扬在第一次文代会的报告中指出:1942 年 5 月开始的后期解放区文学的重要特征之一是"新的主题、新的人物像潮水一般地涌进了各种各样的文艺创作中",解放区作家"以全副的热情"对于"在反对民族压迫与封建压迫的各式各样的斗争中"产生的、"凭着自己的血和汗英勇地勤恳地创造着历史的奇迹"的"各种英雄模范人物"作出了"歌颂""表扬";他还进而认为,"这种情况正表现了新的人民时代的特点"③。其实,在此前的 20 世纪 40 年代初期,解放区作家就展开了对边区先进人物的描写与歌颂。边区新的政治、经济生活造就了边区先进人物,而边区先进人物也有力地助推了边区新的政治、经济生活的进一步开展。解放区作家对于边区先进人物的描写与歌颂,与对边区政治生活和经济生活书写相融合,构成了边区纪事的又一重要内容。

解放区作家所书写的边区先进人物,依据其身份来划分,有普通民众和基层干部两类。从总体上来看,解放区作家所书写的这些产生于普通民众之中的先进人物虽然平凡,但是,他们既在认知层面以其不俗的见解显现出了较高

---

① 贾芝:《我们笑了》,《中国文化》第 1 卷第 2 期,1940 年 4 月。
② 贺敬之:《我走在早晨的大路上》,《新诗歌》(绥德版)第 5 期,1941 年 11 月。
③ 周扬:《新的人民的文艺》,中华全国文学艺术工作者代表大会宣传处编:《中华全国文学艺术工作者代表大会纪念文集》,新华书店 1950 年版,第 73、74 页。

的思想觉悟,又在行动层面以其强烈的实干精神作出了不平凡的成绩。《大众文艺》先后刊出的萧平的《上队——边区农村报告》①和杨明的《罗海发——边区农民访问记》②所刻画的是农民中的先进分子。前者写赵拴儿等四人为了"保卫边区"、扛起"民族的和大众的解放的命运"而积极"上队"(即参军当新战士)的故事。当赵拴儿被问及为何"上队"时,他说"为打日本——不打日本活不成"。后者是把罗海发这个67岁的老农作为"边区农民"中的先进代表来刻画的。他也具有很高的政治觉悟和抗日热情,表示要不是自己年老无力、"打日本准是一条好枪手呢!"在行动上,在交救国公粮和救国捐方面,他都走在别人前面;自己种地剩下的粮食,也表示要"送到前方去"。

在解放区作家讴歌的工人先进分子中,有劳动的英雄,也有学习的模范。刘亚洛的《小伙伴》③写延安机器厂的青工田愉获得了边区工业展览会授予他的"劳动英雄"荣誉奖章和一幅毛泽东同志签名的纪念巾,原因就在于"工厂缺人的时节,他一个人管两部床子",而且"较两个人管的时节还要进步"。雷弓《"越老越进步"》④中的主人公贝明福是延安印刷所铜模班班长。他原是一个不识字的老工人,初来边区时也曾厌倦学习。但后来在印刷所整体氛围的影响下,他开始听课,并参加讨论会。短时间里,他在徒弟胡汉的帮助下学会了许多生字,懂得了许多政治常识。在年底的工作大会上,他被表扬为"模范的学习老将",并获得了一面有"越老越进步"五个大字的红旗。

解放区作家写到的普通民众中的先进分子除农民、工人外,还有医务人员和机关人员。曼硕的小说《我们的朱医生》⑤是一篇正面讴歌延安医务系统先进人物的作品。作品中的主人公朱医生是宝塔医院外科一名20岁左右的女医生。她以其"无厌的细心的工作"关心病号彩号。后来,她自己"为着养病"

---

① 萧平:《上队——边区农村报告》,《大众文艺》第1卷第5期,1940年8月。
② 杨明:《罗海发——边区农民访问记》,《大众文艺》第2卷第2期,1940年11月。
③ 刘亚洛:《小伙伴》,《大众文艺》创刊号,1940年4月。
④ 雷弓:《"越老越进步"》,《大众文艺》第1卷第3期,1940年6月。
⑤ 曼硕:《我们的朱医生》,《大众文艺》第1卷第4期,1940年7月。

离开宝塔医院。作品以第一人称写成,其中的"我们"是一群在战争中"被野兽咬伤了"的"土包子"。它以"我们"对她的思恋和"关怀"作结,是较有其感染力的。与朱医生一样,黄既《老实人》①中的机关人员谢宝山同样具有很强的实干精神,对待工作同样也是兢兢业业,一丝不苟。他行伍出身,原本做过宣传科长,但因"文化程度低,领导工作缺少办法",成了一个做"一些零碎的事情"的管理员。他服从分配、安心在管理员岗位上工作,并积极承担起了"每个人都蹙眉头"的烧炭运炭的任务。天气寒冷,为了动员老百姓的牲口去运炭,他在外跑了一天,以至于跌了跤、"病了回来"。

从上述分析中可以看出,解放区文学对于来自普通民众中的先进人物的书写,主要是从其认知和行动两个层面展开的,重点表现了他们的思想觉悟与实干精神。而在对具有基层干部身份的先进分子的书写中,解放区文学则着意揭示了他们强烈的责任意识和公而忘私的品质。在解放区作家的笔下,这群先进分子对于自己作为基层干部的身份有着很强的自觉。丁玲小说《夜》②中的主人公乡指导员何华明拒绝对他有好感的妇联会委员侯桂英,其理由是"咱们都是干部,要受批评的"。孔厥小说《病了的郝二虎——记×乡的优抗主任》③中的主人公郝二虎因病躺在床上,也还记挂着自己是"优抗总司令"。他们对于自己干部身份有着如此的自觉,其意根本不在显示自己的地位,而在于要提醒自己牢记使命、履行好这样的身份所赋予的责任。

在解放区作家笔下,这群先进分子确实以强烈的责任意识很好地履行了自己的职责。作为乡干部,何华明要不断地开会,有时连家也不能回。近"二十天来,为着这乡下的什么选举,回家的次数就更少";即使这次意外地被准许回家,但他第二天还要赶回去"报告开会意义"。原本强壮得被人们称为"活金刚"的郝二虎在代耕工作最紧忙的时候,因工作劳累而倒下,但还牢记

---

① 黄既:《老实人》,《解放日报》1941 年 7 月 28 日。
② 丁玲:《夜》,《解放日报》1941 年 6 月 10—11 日。
③ 孔厥:《病了的郝二虎——记×乡的优抗主任》,《解放日报》1941 年 7 月 9—10 日。

着自己作为优抗主任的责任。为了不让抗工属的粮食糟蹋在地里,他意识到自己必须"赶快督促检查,调动人马",于是,准备连夜召集优抗委员会到他家开会,以便"明后天命令下去"。与何华明、郝二虎稍有不同,洪流小说《乡长夫妇》①的主人公乡长冯春生经历了一个转变的过程。他最初在媳妇的影响下,曾"上劲地作务庄稼",而"对乡政府的工作就怠惰下来了"。经过乡支部书记葛溪的批评,他认识到自己是被女人"引到一条错路上"。他于是突然想到要和那个女人离婚。同时,"另一种力量——革命"又对他产生了吸引力,使他又萌发了作为乡长的责任意识,于是,他"天天会,夜夜会"地投入到工作中。

在履行自己作为基层干部的职责时,这群先进分子还都表现出了公而忘私的品质。何华明因为忙着选举工作,许多天都"没有上过一次山"、下过自己的地,所以,他"已让土地荒芜"了。郝二虎也因为一心为公,以至于自家庄稼地里"大一半是草";这正如一个抗属所说:"我们的优待主任,优待了我们,亏待了自身啦!"这群先进分子是为"公家"(国家、民族、政府、党、革命等)工作的,所以,他们必然会看重并维护"公家"利益。而在他们家庭成员中,却有不少落后分子受传统私有观念的影响,把个人利益置于首位。这样,在他们与这些家庭成员之间就必然会在"公"与"私"关系问题上发生激烈的冲突。因此,为了凸显他们的这种公而忘私的品格,解放区作家对其家庭矛盾还展开了进一步的描写。

从所描写的家庭矛盾的类型看,这里首先有母子之间的冲突。这方面比较有代表性的作品是《病了的郝二虎——记×乡的优抗主任》和欧阳山的小说《马革同志》②。前者写到母亲对于郝二虎的大公无私常常埋怨,说他眼里只有抗工属,而把"自己的庄稼撂在山里";当郝二虎拒绝乡里派人来替他收庄稼时,母亲还大发脾气、把猪食钵子砸烂在磨石上面。与前者相比,后者所描

---

① 洪流:《乡长夫妇》,《解放日报》1941年10月3日。
② 欧阳山:《马革同志》,《解放日报》1941年11月3、4、6日。

写的母子冲突是更其激烈的。马革是一个木匠出身的、忠诚严肃的八路军下级军官、共产党员,母亲是一个读过古书的、精明自私的落后妇女。出于孝道,马革将母亲从老家接来边区。母亲居住下来之后,为了牟利,开始放高利贷、并以边币套换法币。起初,马革曾迁就母亲、违心地给母亲提供了帮助,后来,对于革命和政党的崇高信仰终于战胜了个人的亲情,他果断拒绝了母亲的无理要求,母亲因此出走并寻短见。在留下的遗诗中,她指责马革是"知党不知母,虽生亦枉然"的"不肖子"。

　　除展现母子之间的冲突外,解放区作家还较多地写到了夫妻之间的矛盾。其中有落后的妻子与先进的丈夫的矛盾,也有落后的丈夫与先进的妻子的矛盾。丁玲的《夜》所表现的是前者。作品中前脑开始露顶的老婆对于一心扑在工作上的何华明总是不断地"抱怨和唠叨","骂他不挣钱,不顾家"。灼石的小说《二不浪夫妇》①和马加的小说《距离》②所表现的是后者。两篇作品中的女主人公"二不浪"女人和王老五的老婆,都在抗战中觉醒、并积极投身抗日活动,分别担任了妇救会的小组长和主任。她们一个热心组织妇女做军鞋,遭到了落后丈夫的猜疑;一个主动认购七石救国公粮,遭致"顽固分子"丈夫的殴打。解放区作家描写家庭内部母子、夫妻之间的这些矛盾冲突,其意就是要以落后分子的落后来反衬先进分子的先进。本有着亲情维系的双方之间的矛盾冲突越是激烈,便越能显示边区基层干部中的先进分子对于革命事业的忠诚担当和公而忘私的高贵品质。

第四节　边区纪事的现实性品格及其成因

　　1942年3月中旬,在"20世纪40年代初期"即将结束之时,适逢《解放日报》文艺栏满百期。主编丁玲在回顾举办文艺栏的宗旨时指出:"《文艺》占着

---

①　灼石:《二不浪夫妇》,《解放日报》1941年8月1—2日。
②　马加:《距离》,《解放日报》1941年10月14—16日。

《解放日报》的八分之一的篇幅在边区出现",是为了发表"以各种艺术形式来反映边区以及各抗日根据地的生活的作品",因此,"反映边区,各抗日根据地生活"即为其重要"任务"之一,它也"始终在此种根据中进行工作"①。作为该栏的重要作者之一,刘白羽肯定它有"新的气息""已是一股清新的泉流",认为在完成"反映边区"这个"任务"方面,这一百期虽然"还只是一个开端,却是一个很好的很丰富的初步"②。《解放日报》文艺栏自1941年9月16日问世至一百期时尚不足半年,但它对于"反映边区"的重视及其所取得的"很好的很丰富的"成绩,实为20世纪40年代初期解放区文学边区纪事的一个生动的缩影,从中,可以管窥此期解放区文学"反映边区"的一般情况。当时,有人在为延安"欢乐的诗"的出现辩护时,就指出:"边区是一个新的现实,而且是民主自由的这一点上。这里的经济政治是新型的,这里的人是不同的;因而,生活的基调、律动都呈现了前所未有的姿态"③。从上文的梳理、分析中可以看出,解放区文学确实以其对边区"新型"的"经济政治"和"不同"的"人"的描写,为"反映边区"、反映当时"最主要的现实"写下了浓墨重彩的一笔。

　　20世纪40年代初期解放区文学的边区纪事,突出地显现了此期解放区文学的现实性品格。解放区文学是在战争硝烟中诞生的。特定的战争环境必然会对解放区文学提出新的要求,要求文学为战争服务。而解放区文学要实现这种为战争服务的功利性,就必须首先建构其自身的现实性品格;如果没有这种现实性品格,其功利作用便无从谈起、更无从发挥。这里所说的"现实性",是指一种执着于现实、服务于现实的精神品格;要使文学具有这种精神品格,作家自己则"不可能再成为个人生活的作家,不可能再把个人的'灵感'作为创作的原则,而是要面对现实"④、立足于现实、热烈地拥抱现实,成为如

---

① 丁玲:《编者的话》,《解放日报》1942年3月12日。
② 刘白羽:《新的气息》,《解放日报》1942年3月11日。
③ 肖梦:《旁观者言——关于〈欢乐的诗和斗争的诗〉》,《文艺月报》第14期,1942年4月。
④ 艾思奇:《抗战文艺的动向》,《文艺战线》创刊号,1939年2月。

普列汉诺夫所说的"自己的时代、自己的社会"的"器官和表达者"①。边区纪事作品的出现,正是解放区作家"面对现实"、拥抱现实的结果。他们赋予这类作品以现实性品格,有其逻辑上的必然性。这种必然性主要是通过以下多种因素的综合作用体现出来的:

首先,是主流意识形态的要求。此期,主流意识形态高度重视文艺与现实的关系,要求"正视现实的问题"②。一方面,它强调文艺要"反映现实"③、要求把包括民众及将士在抗战中的英勇斗争、日寇汉奸等的阴谋诡计在内的民族战争中的一切现实生活都反映出来④;另一方面,又要求文艺"努力揭露抗战中的许多现实的真理",告诉人们"什么是中国人民在战斗中应该循取的光明的道路,什么是应该清除的对于中国民族有害的毒物"⑤,从而使文艺具有其教育意义。

其次,是理论界(及报刊界)的倡导。对于主流意识形态的要求,解放区理论界从不同角度作出了积极的回应。艾思奇提出"文艺界的任务"就是要"把抗战的各方面的现实活动,生动而具体地反映出来"⑥。周扬也高度评价抗战以来文学和生活的广泛而紧密的"结合"⑦,要求作家抛弃"一切无益的幻想"去"正视生活"⑧。与艾思奇、周扬所取这样的正面提倡的角度不同,有些论者还通过对某些创作现象的批评表达了与前者相同或相似的见解。如冯牧批评某些诗人反映现实的面较为狭窄,"还有着太多的生活的现实没有触

---

① [俄]普列汉诺夫:《无产阶级运动和资产阶级艺术》,《普列汉诺夫哲学著作选集》第5卷,三联书店1984年,第211页。

② 社论《奖励自由研究》,《解放日报》1941年6月7日。

③ 《陕甘宁边区文化协会第一次代表大会宣言》,《新中华报》1940年1月20日。

④ 《总政治部 中央文委关于部队文艺工作的指示》,《八路军军政杂志》第3卷第2期,1941年2月。

⑤ 社论《努力开展文艺运动》,《解放日报》1941年8月3日。

⑥ 艾思奇:《纪念八一》,《大众文艺》第1卷第5期,1940年8月。

⑦ 周扬:《抗战以来创作的成果和倾向(上)》,《中国文艺》创刊号,1941年2月。

⑧ 周扬:《文学与生活漫谈》,《解放日报》1941年7月17—19日。

到诗人的笔尖"①。与理论界相呼应,延安报刊界也积极鼓吹文学要反映现实。在创刊号上,《大众文艺》就提出两个"希望":一是"希望前方的情形以后在本刊多多地反映出来",二是希望"生活在这个抗日民主模范区的作家们多多努力"创作出更多的反映"边区的各方面生活"的作品②。后来,它又再次提出,希望多写"陕甘宁边区的生活"和"这个大战(指百团大战)"③。

其三,是作家自己的认知。主流意识形态的要求和理论界(及报刊界)的倡导对于"反映边区"文学现象的形成是重要的,但是,它们毕竟还是促使这一现象发生的外因;作为这一现象发生之内因的,则是作家自己对于有关"现实"问题的认知。在他们当中,有不少人明确发表过自己的艺术主张。这里,不妨以上文所述及的、创作了"反映边区"作品的作家丁玲、荒煤、周立波、欧阳山等为例作出简要说明。此期,丁玲高度关注文学的"真实性"问题,并就此发表了比较系统的意见。她批评光讲"主题""典型"而"脱离了现实"的现象,要求注意艺术的真实性,指出:艺术本质之提高由其是否正确地反映现实而决定④。她主张作品"不能脱离现实生活"⑤,反对作家在方法上"舍本求末""斤斤的求其合乎理论的范围",要求作家"沉潜理智的去思考他所最熟悉的事"并将它"表现"出来⑥。丁玲的这些意见在解放区作家中是比较有代表性的,其他作家则从不同层面作了一些展开和补充。荒煤以自己率领鲁艺文艺工作团在前方工作的经历,"证实了文艺创作与生活的不可分割性",提出要"与生活结合"以达到"真实而深刻地反映现实"之目的⑦;周立波通过谈论阿Q形象的塑造,阐述了艺术家要"反映时代"就必须"躺在时代的胸怀,真实

---

① 冯牧:《欢乐的诗和斗争的诗——对于我们诗的创作的几种现象的感想》,《文艺月报》第11期,1941年11月。

② 《编后记》,《大众文艺》创刊号,1940年4月。

③ 《编排之后》,《大众文艺》第2卷第1期,1940年10月。

④ 丁玲:《真》,《大众文艺》创刊号,1940年4月。

⑤ 丁玲:《作家与大众》,《大众文艺》第1卷第2期,1940年5月。

⑥ 丁玲:《什么样的问题在文艺小组中》,《中国文艺》创刊号,1941年2月。

⑦ 荒煤:《鲁艺文艺工作团在前方》,《大众文艺》第1卷第4期,1940年6月。

的亲切的感觉了他的脉搏"①;欧阳山则针对某些人学习了理论后写不出作品的现象,指出:不能硬想把理论化成"事实",而必须"对现实细心观察","把现实了解得(观察和研究得)很透彻"②。从丁玲等人的如此认知中,我们可以看出,主流意识形态及理论界、报刊界在文艺与现实关系方面的要求和倡导,对于解放区作家产生了积极的影响,并已化为其内在认知。在这些外因和内因的共同作用下,解放区作家必然会积极地"反映现实"(包括"反映边区"),从而使边区纪事作品具有鲜明的现实性品格。

总之,20世纪40年代初期的解放区文学的边区纪事对陕甘宁边区生活作出了比较全面的书写。在政治生活层面,它描写了边区政府与人民的亲密关系和边区实行的民主政治、民主改革。同时,它主要通过揭示大生产运动的意义、描绘大生产运动的情景、呈现大生产运动的成效,对边区的经济生活也作出了表现。对于在边区火热的政治、经济生活中涌现出来的普通民众和基层干部中的先进人物,它又分别通过表现其思想觉悟和实干精神、揭示其强烈的责任意识和公而忘私的品质作出了热烈的歌颂。解放区文学的边区纪事,作为既成的文学现象,是一种历史的实然,但它的发生也具有逻辑上的必然性,是主流意识形态的要求、理论界的倡导与作家的自我认知等因素综合作用的结果。它突出地显现了此期解放区文学的现实性品格。

---

① 立波:《谈阿Q》,《中国文艺》创刊号,1941年2月。
② 欧阳山:《马列主义和文艺创作——文艺思想性和形象性漫谈之一》,《解放日报》1941年5月19日。

第九章　20世纪40年代初期解放区
文学的"反顽"主题

20世纪40年代初期,解放区作家的生活与创作发生了较大的变化。此期,国民党顽固派接连发动两次反共高潮、加强了对中共领导下各解放区的封锁。正是因为这种封锁加深了解放区作家对国民党顽固派本性的认识,他们展开了对国民党顽固派的揭露和批判,用丁玲的话说,就是"针对着国民党统治区重庆"打出了"子弹"。虽然此举曾遭致"你们的子弹打得太远,不知别人读到没有"的议论①,却也旗帜鲜明地表明了他们对于国民党顽固派的态度。国民党顽固派是当时国民党中"一面尚在主张团结抗日,一面又执行摧残进步势力的极端反动政策"的"大资产阶级抗日派",它"站在支配其党的政策的地位"②;"对付一切又抗日又反共的顽固派",中共的政策是"又强调团结又强调斗争"③。因此,在解放区的语境中,所谓"反顽",所指即为对国民党顽固派所执行的"摧残进步势力的极端反动政策"展开"斗争"。以往,人们大多把丁玲倡导杂文的动机仅仅看作是为了开展解放区内部的自我批评,但事实

---

① 丁玲:《延安文艺座谈会的前前后后》,《丁玲全集》第10卷,河北人民出版社2001年版,第277页。

② 毛泽东:《目前抗日统一战线中的策略问题》,《毛泽东选集》第2卷,人民出版社1991年版,第748、750页。

③ 毛泽东:《目前时局与党的政策》,《毛泽东文集》第2卷,人民出版社1993年版,第291页。

上,她首先却是要以此来揭露那个在国民党顽固派统治下"贪污腐化,黑暗,压迫屠杀进步分子,人民连保卫自己的抗战的自由都没有"的"时代",从而"在批评中建立更巩固的统一"。丁玲把这种对于国民党顽固派统治的"批评"(即"反顽")视作是"我们的责任"①,在解放区作家中是有较大代表性的。解放区许多作家以文学为武器,以自己对"反顽"主题的表现对时代和现实予以了有力的干预。这从一个特定的角度显现出了解放区文学的现实性品格。

第一节　揭露顽固派的军事摩擦

20世纪40年代初期,解放区文学的"反顽"主题首先表现在对国民党顽固派制造的军事摩擦的揭露中。在1939年12月到1940年3月的第一次反共高潮中,国民党顽固派在多地不断制造事端、挑起军事冲突。1940年11月《大众文艺》第2卷第2期同时刊出的两首诗歌,对此作出了书写和控诉。其中,陈冰的《突围》是以国民党顽固派进攻陕甘宁边区为背景的。1939年12月,国民党胡宗南部大举进犯,占领了陕甘宁边区宁县、淳化等五县。正是在这一过程中,驻扎在陕西黄陵县店头镇的我军王营长部遭到了"顽固分子"的包围和攻击。诗中写道,顽固分子的"枪炮声交织成/雷鸣雷闪/像,/疯狂的野兽发出/绝望的咆哮;/枪弹/炮弹/急雨也似的/向店头/无情的射来"。诗歌在描写顽固分子向我军疯狂进攻的同时,愤怒地控诉这些用"人民血汗换来的/枪炮"来"屠杀人民"的顽固分子是"人民的蟊贼/时代的叛徒"。面对顽固分子的进攻,经历了十年内战洗礼的王营长显得非常机智、也非常沉着。他先是命令各连"向镇外的山麓散开",接着在枪声渐稀时又命令各连集合向东面的山头冲锋,从敌人的三团和四团的中间地带冲了出去,还引起敌人的误打,使之死伤了七八百人。这也预示了顽固分子军事进攻必将彻底失败的

---

① 丁玲:《我们需要杂文》,《解放日报》1941年10月23日。

命运。

李雷的《控诉——纪念故友李玉波同志》是一首以晋西事变为背景的诗歌。在第一次反共高潮中,山西的阎锡山也扮演了一个重要的角色,在他的导演下,于1939年12月酿成了进攻共产党领导的抗日武装、摧毁多个县的抗日民主政权的晋西事变。李玉波是抗日民主政权蒲县县长,在事变中被捕,后遭杀害。诗歌的作者李雷与李玉波是情谊深厚的故友,他们俩曾一起踏过黄浦江的潮痕、又相聚在汾水的柳岸,所以,当故友牺牲的消息传来后,作者既缅怀其"在那地带领导民众/坚决地和敌人斗争"的业绩,更是饱含血泪地控诉了顽固分子的罪行。顽固分子与敌人"配合进攻",敌人从村庄前边来时,李玉波带领民众向村后退,却因此钻入了顽固分子的"阴谋和永劫的罗网",最后,"本无罪"的他竟"死在罪恶的民族叛贼之手"。

上述陈冰和李雷的两首诗歌揭露和控诉的是在第一次反共高潮中国民党顽固派在陕甘宁边区和山西制造的摩擦。在这两首诗歌于1940年11月刊出时,国民党顽固派的第二次反共高潮又在酝酿之中,并以1941年1月皖南事变的发生达到顶点。对于这一事变,延安剧坛很快作出了反映。是年4月,鲁艺实验剧团演出了《公事》(姚时晓编剧,张庚导演)、《剿匪》和《白占元》(均由王震之编剧,水华导演)等三个反映皖南事变的独幕剧。其中,《公事》"写皖南事变后一个村长被反共军强迫去干违愿的公事"①。《白占元》则是水华到延安后排的第一部戏,"写一个国民党的军官在接近我们的地区,看到群众对皖南事变的态度,内心受到谴责"②。这些剧作的演出,在延安产生了较大的反响。延安剧坛从1940年初开始上演了《日出》《雷雨》《钦差大臣》等一系列中外名剧;直到那时,"大戏热"仍在持续之中,而且热度不减。在这一大背景下,有人对反映皖南事变的《公事》和《剿匪》(以及反映边区民主生活的《选举》)作出了很高的评价,认为它们较之那些中外名剧具有"更迫近现实,

①　艾克恩:《延安文艺运动纪盛》,文化艺术出版社1987年版,第244页。
②　水华语,舒晓鸣:《水华访谈录》,《北京电影学院学报》1999年第3期。

更反映现实、更警惕观众、教育观众,坚定观众底斗争意志和增高观众底斗争情绪”之意义①。

以小说文体对皖南事变作出反映的是奚如 1941 年 9 月创作的《在晚霞里》②。小说以叙述者“我”(“老奚”)与一个从外面来的朋友(“老高”)谈天的方式,写了“我们”在“一次事变”中经历一个星期的战斗后“全部覆灭”“许多亲切的伙伴的生命被毁灭”的悲惨的“失败”。对于本来“悄悄地工作在一个困难的环境里”的老高已有传言,说他“已经在一次事变里牺牲了”。老高活着回到延安,完全是一个意外。用他的话说,“我是极其偶然活出来的一个”。事变发生后,山下已经被包围,老高只得藏在山上。到第四天,搜山开始。从整个气度看“无疑地是一个吃喝玩乐,昏天黑地的家伙”的刘排长发现了老高。但这个“川军”出身的刘排长是“很讲朋友”的,在从老高身上拿到很大的一笔款子后,说:“你救了我底穷,我就得救你底命!”后来,他果然信守诺言,先是把他们的臂章别在老高的臂袖上带老高下了山,后来又弄来路条、“回敬”了盘缠,使老高得以回到延安。老高这一“在万死一生的绝境里,一个敌人救出了我”的经历,确实“像一篇传奇的故事”,但这一传奇性中又蕴有很强的悲剧意味。如果老高没有随身带钱,如果刘排长不贪财或贪财而不“讲朋友”,那老高的命运也就可能全然不同。虽然小说没有明写这一“事变”就是皖南事变,但是,在特定的时代语境中,并通过篇中对江南方言的运用(如用江南方言“打飞机”喻指“发洋财”)和篇末所写“我”对南国的遥望,读者自然不难从这一隐晦的描写中引发出应有的联想。在奚如作成这篇小说两个月后,林亚森发表杂文《“无壁之窑”集》③,对上述表现皖南事变的剧作和小说中的“反顽”书写作出了接续和延展,揭露了国民党顽固派在皖南事变后停发军饷、封锁边区经济的行径。

① 程中:《所望于延安剧坛的》,《解放日报》1942 年 4 月 22 日。
② 奚如:《在晚霞里》,《谷雨》第 4 期,1942 年 4 月。
③ 林亚森:《“无壁之窑”集》,《解放日报》1941 年 11 月 13 日。

综上,解放区作家以诗歌、戏剧和小说等多种文体对国民党顽固派在两次反共高潮中制造的摩擦作出了描写和控诉。与此同时,还有一些作者以议论性的杂文对其制造反共摩擦的实质作出了比较直接的、也比较深刻的揭露。许立群的《周瑜的死》①所谈为《三国演义》中"周瑜的被气死"。其中虽然也通过周瑜与诸葛亮冲突的分析涉及一般性的代际特点,认为青年"就胸襟的开阔来说,便常不如年纪较长的人",但是,在对周瑜具体行为的评说中,却也以春秋笔法隐射了国民党顽固派。文章深刻地指出,周瑜的要害在于"完全离开统一战线的立场想残杀友军","不愿舍小异而就大同,他不管大敌当前——曹操还在'横槊赋诗',他一心只想闹意气,只想杀诸葛亮",因而是"气由自取"。在这里,可以说,作者所批评的这个"周瑜"简直就成了国民党顽固派的化身。默涵的《奴才哲学》②从莫里哀所塑造的奴仆形象谈起,认为他们所奉行的"奴才哲学"概括起来便是:"只要保留着吃饭的家伙,阳世也就够有趣了。"作者由此发挥联想、作出推论,指出这种"奴才哲学"也就是"那些背朝外敌,而把胸膛对着我们的顽固专家们的哲学",他们"'只要保留着吃饭的家伙',便是损害民族利益,亦在所不计"。不难看出,这两篇杂文从分析中国古代文学和外国文学中的经典人物入手,由远及近,以形象的笔法和辛辣的讥刺深刻地揭露了国民党顽固派在大敌当前之时罔顾民族利益大搞摩擦、背朝外敌、残杀友军的行径。

出于进一步揭露现实中的国民党顽固派残暴本性的需要,有的作者还在创作中回顾了十年内战时期国民党"血洗"的历史。这方面的代表作有焕南(谢觉哉)的杂文《想到"血洗"》③和何其芳的长诗《革命,向旧世界进军》④。前者先写民国十七八年"我"在报上看到了某将军"血洗"的文告,稍后又在报

---

① 许立群:《周瑜的死》,《中国青年》第 3 卷第 3 期,1941 年 1 月。
② 默涵:《奴才哲学》,《解放日报》1941 年 11 月 21 日。
③ 焕南:《想到"血洗"》,《中国文化》第 2 卷第 5 期,1941 年 1 月。
④ 何其芳:《革命,向旧世界进军》,《解放日报》1941 年 5 月 25 日。

上看到他公布的"血洗"成绩,"说只'洗得'两万七八千人";后写民国二十一年秋九月"我"被俘后"亲眼看见的血洗情况":屋子烧了,屋地掘了,一片死寂,忽然有一未完全断气者从草丛中发出呻吟,还在挣扎求救……这样,现场所见也就印证了报上所载之不虚。后者是一首长诗,其中第二部分回顾了那一时期"中国的革命"的"残酷性"。1927 年,轰轰烈烈的"革命被袭击了":"那些活了的街道,/那些群众大会,/那些呼喊,/那些奔跑!/那些游行示威的工人群众!/那些农民暴动",遭到了残酷的"屠杀,镇压"。诗人由此发出了悲怆的吟叹:"多少尸首!/多少血!/多少被毁坏了的优秀的青年男女!/多少监狱!"显然,袭击了革命、对革命者进行"血洗"的就是国民党。历史是现实的镜子。这些作者之所以要回溯过往,其意即在说明国民党顽固派的残暴绝非偶然,而是渊源有自、本性使然。

第二节 抨击顽固派的政治独裁

此期解放区文学在揭露国民党顽固派制造的军事摩擦的同时,还抨击了国民党顽固派政治上的独裁。这是解放区文学"反顽"主题的一个重要组成部分。国民党顽固派政治上的独裁最重要的表现是搞法西斯主义的一党专政。1939 年 9 月,毛泽东在同美国记者斯诺谈话时就一针见血地指出:抗战以来,"依旧是国民党一党专政"①。但是,为了蛊惑民众,国民党顽固派却玩弄起了"宪政"的骗局。对这一骗局,解放区作家作出了无情的拆解,并深刻地揭露了其专制独裁的本质。1939 年 11 月,国民党五届六中全会通过《定期召集国民大会并限期办竣选举案》,决定于次年 6 月底前结束国民大会代表的选举,于 11 月 12 日召开国民大会。由此,全国各地掀起了抗日民主宪政运动,各解放区也成立了各界宪政促进会。1940 年 2 月 20 日,在延安各界宪政

---

① 毛泽东:《同美国记者斯诺的谈话》,《毛泽东文集》第 2 卷,人民出版社 1993 年版,第242 页。

促进会成立大会上的演说中,毛泽东强调宪政就是"民主的政治",新民主主义的宪政"就是几个革命阶级联合起来对于汉奸反动派的专政",同时也尖锐地揭露了国民党顽固派是"在挂宪政的羊头,卖一党专政的狗肉"①。

就在这一抗日民主宪政运动中,解放区作家发出了自己的声音,对毛泽东演说中的主要观点作出了积极的呼应。林木的杂文《拆字先生的"时代精神"》②对那些"躲在宪政的招牌下面,来反对真正为广大民众所要求的民主宪政的人们"(即国民党顽固派)所玩的宪政把戏作出拆解,指出他们"是窃取宪政的名目,来阉割宪政的实质";其方法正承袭了拆字先生的那一套——"只要在字面上拆来拆去,就可以神出鬼没的吹他一大套,不必找事实的根据"。作者揭露那些人将"宪政"先说作是"宪法之治",然后从中又拆出两个字,就是"法治";而所谓"法治",则是"要人民守法律,守规矩""服从法律之治"。顽固派就是这样偷梁换柱,一方面,利用宪政的好名目,在字面上把它拆来拆去,拆成了一副奴隶的枷锁;另一方面,全国人民之要求宪政,也就成了一种作茧自缚,"只是为了要把自己脖子上的锁链束缚得紧一点","不自觉地甘愿来受它的桎梏"。文章以此辛辣地嘲讽了顽固派借"宪政"之名反对自由民主、实行专制独裁这种挂羊头卖狗肉的把戏。顽固派玩弄的"宪政"是本来就不想实行的一场骗局,所以,到 1940 年 9 月又宣布因交通原因国民大会之召集日期另行决定。在热闹一时的宪政运动收场以后不久,焕南在《科举与选举》③中又辛辣地讽刺了 1940 年 12 月国民政府颁行的《县参议员及乡镇民代表候选人考试暂行条例》,指出这是统治阶级"迷惑着科举的遗骸",用偷天换日的手段把科举纳在选举里面,其目的是要取消人民所要的民主选举,而使自己稳坐龙廷、继续其独裁统治。

---

①　毛泽东:《新民主主义的宪政》,《毛泽东选集》第 2 卷,人民出版社 1991 年版,第 732、733、736 页。

②　林木:《拆字先生的"时代精神"》,《中国文化》第 1 卷第 2 期,1940 年 4 月。

③　焕南:《科举与选举》,《中国文化》第 2 卷第 5 期,1941 年 1 月。

由于国民党顽固派大搞一党专政、实行独裁政治，就必然会导致政治上的腐败。这主要表现在：一方面，贪官污吏骄奢淫逸；另一方面，人民则食不果腹、"怨愤已达极点"[①]。何其芳的长诗《革命，向旧世界进军》第四部分是从这两个方面的对比中来描画重庆的"乌烟瘴气"的："虽然在重庆，/一天饿死五千人，/而阔人们却喝着飞机从香港运来的自来水，/他们的狗吃着一百块钱一顿的大餐"。与何其芳稍有不同，其他一些作家在揭露其政治上的腐败时则有所侧重。如默涵的《"基督教的道德"与"人民的道德"》[②]、焕南的《"丢人"的是你们》[③]和羊耳的《"鸡犬升天"》[④]等三篇杂文重点揭露的是贪官污吏的奢靡。默涵从欧战急遽变化、巴黎禁止跳舞之事谈起，借题发挥，讽刺了国内那些显官绅士"即使脚下是火山，他们也还要跳，一直跳到最后灭亡为止"；焕南抨击了"那些骄奢淫逸，发国难财在租界或者外国营安乐窝的先生"，他们中有的用飞机从新疆载来哈密瓜，有的从香港载来鲜蟹甚至厨师；羊耳也揭露了国民党大员从南京退却时用飞机带狗的行径。杨永直的《救救知识分子——"天蓝的生活"的破灭》[⑤]和方紫的《名戏剧家之自杀》[⑥]这两篇杂文则将目光聚焦于国统区人民的不幸生活，写其中的"悲惨"的知识分子在"现实的更残酷的压迫"下破灭了自己的"天蓝生活的梦"，甚至像洪深这样的著名剧作家也被迫走上了自杀的绝路。

国民党顽固派的独裁不但导致了政治上的腐败，而且还导致了政治上的黑暗。周文的小说《我的一段故事》[⑦]是以国统区兵役问题为题材的，具体描写了其政治上的失信于民。小说以第一人称写成，"我"是市政府的书记，在

---

① 毛泽东：《向国民党的十点要求》，《毛泽东选集》第 2 卷，人民出版社 1991 年版，第 724 页。
② 默涵：《"基督教的道德"与"人民的道德"》，《中国文化》第 1 卷第 3 期，1940 年 5 月。
③ 焕南：《"丢人"的是你们》，《解放日报》1941 年 9 月 25 日。
④ 羊耳：《"鸡犬升天"》，《解放日报》1942 年 2 月 3 日。
⑤ 杨永直：《救救知识分子——"天蓝的生活"的破灭》，《中国青年》第 3 卷第 3 期，1941 年 1 月。
⑥ 方紫：《名戏剧家之自杀》，《新中华报》1941 年 3 月 6 日。
⑦ 周文：《我的一段故事》，《大众文艺》第 1 卷第 2 期，1940 年 5 月。

兵役科做抄写工作。市长发布了关于抗战征兵问题的告民众书,称:"只要当兵,连过去的债务都可以免,就是犯过大案的都不追究,而且还有优待"。这构成了小说中故事发生的背景。当时,其表兄王鸿顺逃到了"我"的住处,是因为他保了在一起命案中被无辜牵连的李老二,而李老二一出来就逃跑了,县政府就差人来拿他,他不得已也只有出逃。当"我"把市长告民众书的要点告诉他时,他主动向"我"提出想去当兵,因为他觉得"去打国战,总比吃官司好些"。"我"所在兵役科的黄科长也欢迎其表兄去当兵。但是,当"我"把表兄带到科长办公室时,黄科长却拿着市长的"交黄科长密查办理"的批示抓了表兄。"我"以市长告民众书来为表兄据理力争时,黄科长却以"市长说的,公事公办"为由,对之断然拒绝。"我"为了洗清自己"出卖朋友"的"污点"冒险释放表兄,但最后表兄仍然被抓、"我"也被市长"着即革职"。小说中的表兄王鸿顺并没有犯过大案,他只是出于正义感为一个无辜的"案犯"作了保,而"案犯"却逃跑了。他真诚地相信市长告民众书中的承诺,想以自己当兵的行动使自己的"小过"得到"不追究"的结果,但这一希望最后还是落了空。从他一波三折的遭遇中,可以看出市长告民众书中的许诺对于民众是一种彻头彻尾的欺骗。他被抓时的"冷峻"的、"愤怒"的眼光虽然是对着"我"的,但归根结底却是对着那个言而无信、失信于民的政府及其爪牙——市长和黄科长等人的。

当然,国民党顽固派政治上的黑暗还突出地表现在其为了维护独裁政治而实行的特务统治方面。国民党特务统治是一种政治制度,它的实施必须依仗特务人员。虽然在特务人员中有人可能还良心未泯,但是,特务制度最终却使这样的"人"变成了"兽"。为了保全自己,他们必须就范于在这一制度,并在这一制度的安排下去为非作歹。罗烽的小说《追逐》①中的那个特务"他"所接受的任务是"秘密监视"著名画家宗时。对他来说,这是"违背心愿的行动"。从这个角度看,他也是一个不乏善良之人。但是,此时摆在他面前的,

---

①　罗烽:《追逐》,《谷雨》第 2—3 期合刊,1942 年 1 月。

只有两种选择:要么"让他保全一个天才(指宗时——引者),毁灭自己",要么"让他保全自己,毁灭一个天才"。最后,为了保全自己,他执行了命令,逮捕了画家,从而成了特务制度的帮凶和打手。与《追逐》中的"他"相似,戈壁舟的《一个朋友》①中的特务杜平也有善良之心。小说以第一人称写成,其中的叙述者"我"是他幼时好友。小说以此视角较为充分地写出了作为一个朋友的杜平如何从物质到精神关心体贴"我",即使"我"表露了向往革命的心迹后,他也没有卖友求荣、拿"我"去邀功请赏。但是,作为特务制度的鹰隼,他不但在日常生活中无恶不作,如常常吃白食、坑蒙拐骗、调戏女生等,更是残害进步青年,以致双手沾满了鲜血。杜平这样一个原本也重情仗义、人性尚存之人,在面向除"我"之外的整个世界时,却显现出了作为一个特务的极为可怕的兽性。这使作为朋友的"我"对他也感到厌恶和惧怕:"每次他都给我带来一种不安的厌恶,我怕他,讨厌他"。

罪恶的特务制度倚靠着这群野兽对社会实行特务统治,摧残和戕害了无数的生命。《追逐》中的"他"是第一次接受"任务"的新特务,但在短短的时日里,他却"发觉无数的有才能而进步的人们,在'最后命运'中失去自由,甚至失去生命"。罗烽通过对这个新特务如此"发觉"的描写,从整个"面"上揭露了特务统治造成的恶果。而萧涵的小说《不幸的遭遇》②则通过描写一个十六岁的女学生俞琛的失踪,从一个"点"上控诉了特务制度的无耻与残忍。俞琛年轻单纯,"世界,在她的心里,像是盖着一层白雪",显得"那样天真,那样自然"和"近于无知的纯洁"。她"很喜欢音乐,也喜欢文学"。她从重庆来到了八路军西安办事处,要去延安投奔她的哥哥,并满怀憧憬地准备到延安后"先上女大,再上鲁艺"。在启程赴延安的前一天,她在从重庆来西安的途中认识的那个"朋友"高翔云(实际是特务)给她来信,说他被监禁在家里、要她在走之前去看他。无耻的特务利用俞琛的纯真诱捕了她,使她有去无回、下落

① 戈壁舟:《一个朋友》,《解放日报》1941年11月28日、12月1日。
② 萧涵:《不幸的遭遇》,《解放日报》1942年1月20—22日。

不明。从俞琛这朵含苞未放的花蕾的毁灭中，人们是更能够看出特务统治的邪恶和卑鄙的。

第三节　批判顽固派的文化专制

为了维护政治上的独裁，国民党顽固派极力实行文化上的专制。这也理所当然地成了 20 世纪 40 年代初期解放区文学所批判的对象。因此，国民党顽固派文化专制，也成了解放区文学"反顽"主题又一重要组成部分。国民党顽固派的文化专制最重要的表现是钳制言论。武汉失守前后，国民党顽固派开始强化文化统制政策，于 1938 年 8 月宣布了战时图书杂志审查办法和标准；1939 年 5 月，国民党军事委员会拟定《战时新闻检查办法》；1940 年 5 月 16 日，国民党第五届中常会又通过了《修正战时图书杂志原稿审查办法》。这些条令的出笼统制了全国出版物，压制了报刊舆论，褫夺了人民的言论和出版权利，导致人民"言论不自由"①。由于解放区作家其身份是作家，笃信言论自由是他们的天性。所以，在"中国的进步文化已临到了空前的危机"之时，诗人艾青在《我的希望》②一文中正面要求国民党政府保护抗日的文化人、"给予人民言论自由的权利"。其他许多作家虽然没有像艾青这样作出直接的表达，却也从这种爱自由的天性出发，采用整体概括和个案呈现相结合的方法，揭露了在整个国统区由于顽固派钳制言论造成了万马齐喑的局面，写出了国统区文化界正在"遭遇着疯狂的压制与摧残"③的残酷现实，从而从一个侧面表露出了他们实现言论自由的强烈诉求。

对于国统区"言论不自由"之一般状况的揭露，解放区作家所采用的是整

---

① 毛泽东：《向国民党的十点要求》，《毛泽东选集》第 2 卷，人民出版社 1991 年版，第 722 页。

② 艾青：《我的希望》，《解放日报》1942 年 1 月 1 日。

③ 社论《抗议对大后方文化界的摧残压迫》，《新中华报》1941 年 3 月 27 日。

体概括的方法。崇基(艾思奇)在杂文《自由亡国论》①中起首便指出这样的整体性的事实:"出版言论自由,在大后方是愈来愈被限制得厉害了"。由于顽固派采取禁书毁报、迫害进步文化工作者等手段②,导致大后方文化园地一片荒芜寂寞、"只见到狐鼠横行,只听到狗声汪汪"③。与这些杂文直接议论现实的写法不同,田家英的杂文《奴才见解》《从侯方域说起》④是从中国历史谈起的,但它们也借古鉴今,将批判的矛头指向了现实。前者所议为秦政权"统治立摧"之事,认为其因即在贾谊所言的"仁义不施"上。而对于"仁义不施"的表现,作者则作出了这样的展开:"防制异己,压迫文化,束缚思想,箝制舆论"。这显然是在借议论历史来讥刺现实了。后者从明清之交的历史人物侯方域所作《与李其书》中关于"统制言论的问题"的意见谈起,指出:近一两年来,国内言论的道路愈来愈险窄,"不准写、不准看的明法暗规很多很多,坚持抗战进步的文字被删削到不知所云";"不稳当的言论早已或是逼死,或是困难发行",所剩下的成了顽固派的"独家专卖"。

当然,由于文学也是一个重要的言论场域,所以,有些作家因身份所系,便借谈论文学问题呈现了在顽固派文化专制下国统区言论不自由的一般状况。默涵的杂文《假如莫利哀复活》⑤从对莫利哀创作的分析入手,指出莫利哀的讽刺至今不死、生命力犹在,但是,如果他复活,却一定再也写不出喜剧来,其主要原因是政府不允许,所以,其结果他只能装糊涂或者重新死去。作者将讽刺的矛头指向了国民党顽固派,说明其言论统制必将扼杀文学创作的活力。大弦的杂文《"新的文学运动"》⑥对沈从文在《战国策》上发表的《新的文学运动与新的文学观》一文作出了深入的解读,指出其中所流露的反政治化反商

---

① 崇基:《自由亡国论》,《中国文化》第 2 卷第 4 期,1940 年 12 月。
② 尚吟:《"古已有之"》,《解放日报》1942 年 3 月 5 日。
③ 羊耳:《梁实秋的"投名状"》,《解放日报》1942 年 1 月 21 日。
④ 田家英:《奴才见解》《从侯方域说起》,《解放日报》1941 年 12 月 8 日、1942 年 1 月 8 日。
⑤ 默涵:《假如莫利哀复活》,《解放日报》1941 年 11 月 14 日。
⑥ 大弦:《"新的文学运动"》,《谷雨》第 2、3 期合刊,1942 年 1 月。

品化的倾向"正是一年多以来文化专制所促成的",因而,它表达了"广大中间人对文化文学自由的迫切要求"。文章在为"文化文学"争自由的同时,有力地抨击了顽固派的文化专制。

在以整体概括方法揭露整个国统区文化界在"压制与摧残"下一般状况的同时,还有个别作家以个案呈现的方式对某特定事件予以了集中的关注。默涵的杂文《可怕的居心》①是为在香港失陷后留居香港的进步文化人辩诬而作的。国民党中央创办的《中央周刊》第4卷第19期上发表了一篇题为《香港的燕雀》的短文,攻击原在大后方的"左倾文人"为躲敌机轰炸与有些达官贵人、巨商大贾一样"飞到香港,在那里享受糜烂生活",作"造谣的宣传",并幸灾乐祸地说太平洋战争"炮声一响,炸弹临头,享乐的迷梦和造谣的宣传,同时都粉碎了"。针对这种恶毒的诬蔑,作者作出了有力的驳斥,指出:这些进步文化人之所以去香港,是他们在当局摧残下"不能见容"于大后方的结果;而他们之所以落得如此结果,是因为他们以言获罪,是因为他们笃信言论自由、表达了他们"拥护抗战,反对分裂,还要一点点起码的民主"的政治态度。

解放区作家在真实描画国民党顽固派钳制言论的现状与恶果的同时,还深入地分析了其钳制言论的动因。他们洞见了顽固派钳制言论与政治上实行独裁的深刻联系,指出:之所以在国统区"清议不存、鬼论塞道",是因为"有人恋着自己的权势";这些人要实行独裁、"防止民翻身",既"需要设备格杀异端的绞架,维持秩序的监狱,也需要颠倒是非的言论";这就导致了"对付'分歧错综思想'"与"防止异己的政治"的"同时存在"(田家英《从侯方域说起》)。很明显,它们的关联就在于:要"防止异己的政治"(即实行独裁),就必须"对付'分歧错综思想'"(即钳制言论);而"对付'分歧错综思想'",其目的也正是为了"防止异己的政治"。

国民党顽固派文化上的专制除了表现在钳制言论外,还表现在掀起了守

---

① 默涵:《可怕的居心》,《解放日报》1942年3月2日。

旧、倒退的复古逆流。他们以"提高民族意识"为幌子,一方面,排斥新事物、新思想,另一方面,则大力提倡封建伦理道德,主张尊孔读经、保存"国粹"。为此,他们采取了一系列行动,如:将儒家经典中的"四维""八德"的内容编成"国定教科书",通令全国中小学采用;成立中国孔学总会;著书立说,积极提倡孔子学说……顽固派在思想文化上的倒行逆施,引起了解放区党政领导的高度关注。1940 年 9 月 5 日,毛泽东在给范文澜的信中指出:"目前大地主大资产阶级的复古反动十分猖獗","思想斗争的第一任务就是反对这种反动";由此出发,他高度赞扬范文澜关于中国经学简史的讲演提纲是头一次"用马克思主义清算经学"①。次年 5 月,陕甘宁边区政府主席林伯渠在解释新的施政纲领中的文化问题时,特别强调边区"必须奖励自由研究,推行新文字"等,其所针对的也正是在国统区"顽固派施行文化统治政策,奖励复古"②的现状。

与解放区党政领导的相关论述相呼应,解放区作家在控诉国民党顽固派文化上的专制时,除重点抨击其钳制言论外,对在其推波助澜下形成的复古逆流也作出了尖锐的批判。唐乔的杂文《释"尊孔新义"》③以绵密的逻辑和犀利的语言对顽固派倡导的尊孔思潮的实质和危害作出了鞭辟入里的剖析。文章首先指出,所谓"新义"是指将孔子作为"伟大的标准道德人"来尊崇,这是"善于保存'国粹'的能手"使用的"手腕"和玩弄的"新花样"而已,与过往"孔子不断地被人抬出来当做'万世师表'"并没有什么区别,其实质"还是复古的一套"。这些"尊孔的先生们"鼓吹"复古"、以图"使旧的死尸始终支配人间",其危害在于:"一方面使活人自己的生活倒退,另一方面对活人的敌人尽以一臂之助,一句话,使活的民族和死人同化或走向死路"。唐乔对尊孔思潮危害的如此剖析,与半年多后茅盾所作分析完全一致。于此,我们亦可见出其

① 毛泽东:《关于经学问题给范文澜的信》,《毛泽东文集》第 2 卷,人民出版社 1993 年版,第 296 页。

② 艾克恩:《延安文艺运动纪盛》,文化艺术出版社 1987 年版,第 250 页。

③ 唐乔:《释"尊孔新义"》,《中国文化》第 2 卷第 4 期,1940 年 12 月。

剖析的深刻。针对"复古"这种在国内文化教育界出现的"违反时代要求的倾向",当时在香港的茅盾一针见血地指出,这是"今天抗建文化中一个严重的问题"。他明确提出"为国家民族前途计,必须反对此种居心叵测的'复古'倾向",其因在于:中国要坚持抗战并完成建国就必须力求进步,而"倒退的'复古'乃是自取灭亡"①;这与唐乔所言"尊孔"将"使活的民族和死人同化或走向死路"是完全相通的。

　　综上所述,20 世纪 40 年代初期解放区文学的"反顽"主题,包含了揭露国民党顽固派制造的军事上的摩擦,抨击其政治上的独裁和文化上的专制等重要内容。解放区文学对于这一主题的表现不但真实反映了特定时期某一方面的现实生活,而且对之作出了有力的干预,显现出了文学作为一种武器的力量。与 20 世纪 40 年代初期解放区文学的边区纪事一样,同期解放区文学的"反顽"主题的表现,突出地显现了此期文学的现实性品格。如前所述,当时确因"演大戏"和"关门提高"等导致极少数人在一定范围内发生了"脱离现实(实际)"的问题。解放区文学在边区纪事和"反顽"主题中所共同表现出来的这种现实性品格,客观上对于同期存在的"脱离现实(实际)"的倾向,起到了很强的纠偏作用。1942 年 5 月以后,后期解放区文学对前期文学(包括 20 世纪 40 年代初期文学)的资源作出了甄别和选择,纠正了局部性的"脱离现实(实际)"的问题,继承和发展了在前期文学中所具有的、在 20 世纪 40 年代初期边区纪事和"反顽"主题中也有鲜明表现的现实性品格,明确提出戏剧(文学)要"为战争、生产及教育服务"②,要求文艺"更多更好地反映人民解放战争,反映土地改革,反映生产建设"③。由此可见,在文学和现实的关系方面,解放区文学前后期也具有很强的关联性。

---

① 茅盾:《论今日国内的复古倾向》,《华商报》1941 年 7 月 3 日。
② 《中央文委确定剧运方针为战争生产教育服务》,《解放日报》1943 年 3 月 27 日。
③ 《我们的希望(代发刊词)》,《华北文艺》创刊号,1948 年 12 月。

第十章　后期解放区文学的
英模书写

　　自后期解放区文学阶段开始,解放区作家就展开了对劳动英雄和模范工作者(简称"英模")的书写。而后,陕甘宁边区两次英模大会——"劳动英雄及模范工作者代表大会"(1943 年 11 月 26 日揭幕)和"劳动英雄与模范工作者大会"(1944 年 12 月 22 日揭幕)的召开,更是直接引发了解放区英模书写高潮的出现。在两次大会中间,重庆《新民报》主笔赵超构作为"中外记者西北参观团"的成员于 1944 年 6、7 月间访问延安。他发现:在延安,"小说虽然荒凉,报告与速写一类的作品却相当丰富。过去写小说的作家,现在多在这一方面写作。这些报告文学的内容,都是歌颂边区人民各方面的英雄人物,或者褒扬边区建设事迹的"①。赵超构所提到的这些"歌颂""褒扬"的报告与速写之大量出现,是解放区作家积极追求、有意为之的结果。此前一年多,原以小说创作见长的丁玲在接受记者采访时就曾表示:"如果有作家连续写二十篇边区农村的通讯,我们要选他做文艺界的劳动英雄"②。在这里,丁玲所表露出的以"通讯"形式去书写农村新人新貌之审美崇尚,实也代表了解放区许多作家的共同倾向。"报告与速写"(或曰"通讯""特写""报告文学"等)是后期

---

　　① 赵超构:《延安一月》,上海书店 1992 年版,第 129 页。
　　② 《延安作家纷纷下乡实行党的文艺政策》,《解放日报》1943 年 3 月 15 日。

解放区文学作英模书写时最常用的文体。除此之外,用来书写英模的文体还有与"报告与速写"一样同具有非虚构写作性质的秧歌剧、诗歌、歌曲、鼓词、电影剧本等。英模书写是后期解放区文学阶段最为突出的文学现象之一。这一文学现象的出现,有其历史的必然;同时,它也较为全面深入地揭示了英模的特质,并表现出了相当丰富的意蕴。

第一节　英模书写与英模运动

作为一种非虚构写作,后期解放区文学的英模书写是在解放区"劳动英雄和模范工作者运动"(简称"英模运动")的背景中发生的,是对英模运动的直接反映。虽然陕甘宁边区政府对生产模范较早就进行了奖励与宣传,但是,英模运动作为一个运动,则是在大生产运动掀起后才得以蓬勃开展的。1941年前后,由于日寇的疯狂进攻,国民党顽固派的封锁和陕北、华北等地严重自然灾害的发生,解放区财政经济发生巨大困难。为了战胜困难,毛泽东在1940年12月所作的一个指示中要求各根据地认真地精细地组织经济建设,以达到"自给自足"和"长期支持根据地"①的目的;两年后,在陕甘宁边区高级干部会议上,他代表中共中央更是明确提出了"发展经济,保障供给"这一"经济工作和财政工作的总方针"②。在中共中央号召下,以陕甘宁边区为中心,各解放区开展了轰轰烈烈的大生产运动。生产的发展,促进了劳动英雄的涌现;而发挥好劳动英雄的示范作用,则又能够进一步促进生产的发展。因此之故,英模运动在解放区得到了广泛的开展。这一运动的内容和做法是:政府把劳动英雄当作典型"在群众里宣传推广",以此来"组织群众生产运动";这样,英模运动就成了"发展生产和各项建设工作的一种新的组织形式和工作

---

① 毛泽东:《论政策》,《毛泽东选集》第2卷,人民出版社1991年版,第768页。
② 毛泽东:《抗日时期的经济问题和财政问题》,《毛泽东选集》第3卷,人民出版社1991年版,第891页。

方法",有力地促进了"生产的发展及其他各项工作的进步"①。

后期解放区文学英模书写的对象,大体上就是英模运动中发现的"典型"。英模运动是一场大规模的群众性运动。在陕甘宁边区,从边区到县、乡、村以及机关,在这不同层级和序列中"发现"了众多的英模。在最高的"边区"层级上,就产生了许多英模。单是到延安来参加两次英模大会的英模代表,就各有 180 位和 476 位。再看机关。在第一次英模大会以后的一年中,"一万二千人的中直各单位,共选举了特等、甲等与乙等劳动英雄与模范工作者一千一百人,差不多达到了百分之十"②。由于英模辈出、数量甚巨,解放区作家自然无法对其一一作出书写,但是,从写成的作品来看,他们仍然顾及到了英模的涵盖面。他们发表的数以百计的英模书写作品,几乎涉及英模运动中出现的各种典型,因而具有了广泛的代表性。例如,在《解放日报》发表的报告和速写中,刘漠冰的《罗专员和打盐队》(1943 年 10 月 6 日)是写打盐英雄的,纪叶的《模范炊事员周良臣》(1943 年 11 月 13 日)是写模范炊事员的,萧三的《警卫英雄李树槐》(1944 年 12 月 28 日)是写警卫英雄的。到 1945 年,《解放日报》又陆续刊出了冯牧写部队拥政爱民模范的《徐怀义改造丑家川》(1 月 6 日)、吴伯箫写植树英雄的《"火焰山"上种树》(1 月 9 日)、陈学昭写模范护士的《记模范护士黄义生》(1 月 13 日)、鲍侃写模范保姆的《模范保姆郭如平》(1 月 14 日)、艾青写烧水工人的《金炉不断千年火》(1 月 15 日)、杨朔写烧炭英雄的《张德胜》(1 月 16 日)、张铁夫等写自卫英雄的《自卫英雄任喜招》(1 月 17 日)和何薇写模范医生的《安泽模范中医李克让》(2 月 11 日),等等。

后期解放区文学的英模书写在广泛涵盖各个领域、各个行业英模的同时,还突出重点,以更多的篇章对英模运动中出现的最有代表性的英模——工业

---

① 刘景范:《更加推广劳动英雄和模范工作者的运动》,《解放日报》1945 年 1 月 25 日。
② 李富春:《关于劳动英雄模范工作者问题》,《解放日报》1945 年 1 月 9 日。

英雄赵占魁、农业英雄吴满有和部队英雄张治国作出了极其详尽的、互文式的叙写。在英模运动的星河中,他们三人是最为夺目的明星。在 1943 年第一次英模大会上,他们均被评为"特等劳动英雄"。在 1944 年第二次英模大会上,在林伯渠、朱德等领导讲话以后,共有四人作为"劳动英雄代表"发言、"表示衷心地接受各负责同志抑制自满的号召"①,他们三人均在其中。1945 年 4月,毛泽东在中共"七大"所作口头政治报告中特别提到他们三人是边区"工农兵"的代表,对"文化人"来说,他们分别是"工人的韩荆州""农人的韩荆州"和"军人的韩荆州"②。所有这些,都可以看出他们在英模运动中他人无以取代的地位和影响。

　　作为在英模运动中出现的工业、农业和军队系统最负盛名的英雄,他们成了许多作家的聚焦点,得到了持续的关注和书写。这里以对吴满有的书写为例对此略作说明。对于吴满有,后期解放区文学在前期文学书写的基础上③仍然以多种形式作了反复的书写。其中,在《解放日报》发表的作品以特写与诗歌(及歌词)为多。前者主要有:柯蓝的《吴满有的故事》(1942 年 8 月 30日)、《吴满有和他的庄里人》(1943 年 2 月 10 日),莫艾的《劳动的果实——吴满有的秋庄稼》(1942 年 11 月 3 日),孔厥的《吴满有故事》(1943 年 9 月14—17 日)、《南泥湾好风光》(1944 年 4 月 14 日),赵文节(闻捷)的《吴满有在乡备荒大会上》(1945 年 6 月 28 日)等。后者主要有:艾青的《吴满有》(1943 年 3 月 9 日)、《欢迎三位劳动英雄》(1943 年 3 月 17 日),安之平的《我

---

　　①　《边区群英大会开幕,林主席致开幕词号召抑制自满力求进步》,《解放日报》1944 年 12月 23 日。

　　②　毛泽东:《在中国共产党第七次全国代表大会上的口头政治报告》,中共中央党史研究室等编:《中国共产党第七次全国代表大会档案文献选编》,中共党史出版社 2015 年版,第 228 页。

　　③　在延安文艺座谈会会前的 1942 年 4 月 30 日和会中的 5 月 5 日,莫艾就在《解放日报》上发表了《模范英雄吴满有是怎样发现的》和《忘不了革命好处的人——记模范劳动英雄吴满有》等作品,并产生了较大影响。5 月 23 日,朱德在延安文艺座谈会最后一次会议的发言中,盛赞莫艾对于吴满有的宣传报道之社会价值不下于 20 万担救国公粮,相当于 1941 年陕甘宁边区征收公粮的总数。见田方等:《延安记者》,陕西人民教育出版社 1993 年版,第 476—477 页。

想吴满有》(1943 年 4 月 21 日)，贺敬之的《吴满有挑战》《生产大竞赛》(1943年 11 月 5 日)。此外，于光远自编自导了秧歌剧《吴满有》；陈波儿、伊明创作了电影文学剧本《吴满有翻身》，并由延安电影摄影厂开始筹拍(《解放日报》1946 年 7 月 26 日还刊发过《吴满有将上银幕》的消息)；在陕甘宁边区之外的其他解放区还有关于吴满有的鼓词问世。

总之，后期解放区文学的英模书写，作为此期出现的一种最为突出的文学现象，其发生发展有其历史的必然。可以这样说，是开展大生产运动的需要引发了大规模的英模运动；而英模运动作为一种现实生活又进而促进了作为现实生活之反映的英模书写的出现。纵览后期解放区文学的英模书写，它既广泛涵盖了英模中的各种典型，又突出了其中的重点人物，从而在点面结合中对英模的特质作出了较为全面也较为深入的揭示。

第二节 "对己""对公"和"对人"： 英模书写的三个层面

在轰轰烈烈的大生产运动中蓬勃发展起来的英模运动及其所发现和推出的英模，为后期解放区文学英模书写提供了背景和对象。而后期解放区文学通过对英模的书写，也为英模运动的进一步开展提供了助力。后期解放区文学的英模书写对英模特质的揭示，主要是从以下三个方面进行的：

首先是英模们辛勤劳作、取得突出业绩。这是英模之所以成为英模的基本条件，也是英模书写的基础和起点。1942 年 9 月 7 日，张铁夫、穆青发表特写，较早地对后来被视为"中国式的斯达汉诺夫"的工人劳动英雄赵占魁作出了书写。在他们的笔下，边区农具厂的赵占魁是"中国艰苦奋斗的产业工人的典型""天下数第一的好人"，其特点首先是他的苦干和巧干。他"把工作看成第一"，在来到边区的三年多时间里，他做到了"一贯的不懈怠"。每天，他天不明就起床，晚上最后一个回家。作为翻砂股股长，他承担了最艰苦也是最难干的工作——在酷热中,他"唯一的穿着棉衣""站在离炉子顶近""工作最忙而出汗最多"。在"实干"的同时,他还积极革新技术,以"巧干"提高了生产的质量。在他领导下,翻砂股的工作有了很大的进步:"比如才一开始时,每次只能倒成八分之四,由于他的努力,现在每次可倒成八分之七了"①,效率几乎比从前提高了一倍。

在第一次英模大会上与赵占魁同被评为特等劳动英雄的中央党校生产科副科长黄立德是中直管理局树立的第一个"机关生产英雄"。他以自己过硬的种菜技术,领导种菜队种菜,满足了师生的吃菜需要,他也因此获得了"种菜的圣人"之美誉。为了歌颂他的贡献,贺敬之、张鲁合作创作了一首歌曲。歌词首先对"老黄"种菜的辛劳和不易作了如此状写:"选好地哟下好种,除去那野草好扎根,/翻地呵灌水呵……/老实干哟肯吃苦,不为个人享幸福,/节省呵努力呵,他更把工作放前头……"接着,又以"洋芋肥哟白菜鲜,葫芦南瓜一大片,/萝卜呵茄子呵,一眼望不到边"②等词句铺陈了菜园丰收的情景,以此显现了"老黄"的不凡业绩。马杏儿是1943年2月受到陕甘宁边区政府嘉奖的"边区妇女劳动英雄",是秧歌剧《兄妹开荒》中的"妹"的原型。这年秋天,陈学昭写了一篇访问记,对马杏儿的辛勤劳作与突出成绩作出了记述:她"整个春夏都是十分忙碌的,挖地,播种,铲草,披星戴月地上地去劳动,黑夜了才回来"。辛勤的劳动结出了丰硕的成果。当年,她和家人一起不但比上年多种了20垧地,而且糜子、谷子、苞谷等长势喜人、丰收在望③。

其次是英模们忠诚担当、拥护党和政府。《解放日报》社论在号召开展"吴满有运动"时曾经指出:"吴满有不但是种庄稼的模范,并且还是一个模范的公民。"④其实,吴满有所表现出的双重"模范"性,不仅属于他个人,也属于

---

① 张铁夫、穆青:《人们在谈说着赵占魁》,《解放日报》1942年9月7日。
② 贺敬之词、张鲁曲:《种菜圣人黄立德歌》,《解放日报》1943年3月7日。
③ 陈学昭:《访马杏儿》,《解放日报》1943年10月5日。
④ 社论《开展吴满有运动》,《解放日报》1943年1月11日。

整个英模群体。在第二次英模大会上，廖鲁言在代表"机关学校组"作"典型综合报告"时就强调："对革命无限忠诚，不计较个人利益"，是英模们共同具有的最重要的"品质"①。这也就是说，英模之为英模，不仅仅在于他们在"对己"的层面上能够精通业务、积极工作并取得突出业绩，更重要的还在于他们在"对公"的层面上能够积极响应党和政府的号召，正确处理好公私关系，忠实履行好"公民"职责，为抗战、为"革命"贡献出自己的力量。作英模书写的作者们正是从这样的认识出发，在写出英模们作为"劳动的模范"一面的同时，还突出地呈现了他们作为"模范的公民"的一面。申长林与赵占魁、黄立德等一样，也是在第一次英模大会上评出的特等劳动英雄，荒煤曾以他为主人公创作了长篇特写《模范党员申长林同志》。该文共有八个部分，其第六部分的标题即为"他和'公家'血肉相关的分不开来"。它以主人公与"公家"的关系为核心，详细地记述了从 1939 年至 1942 年他所承担的这"四年的负担"。他个人负担的公粮和公盐分别占到全村的 57% 强和 47%。对此，他从没埋怨过"什么重咧，多咧"；相反，他倒是表示："不怕公家要的多，只要咱生产多，能把公家、革命维持住了，也就把咱维持住了。"申长林将"咱"与"公家、革命"紧密地联系在一起，把二者看作是一种"血肉相关"的、"很亲切的分不开"的关系，"处处为革命，为公家着想"②。这是他"对党忠诚"的最突出的表现，同时也代表了英模们的共同品格。

与申长林一样，吴满有和在第一次英模大会上被评为"甲等劳动英雄"的郭凤英在处理个人与"公家"的关系时同样表现出了敢于担当、乐于奉献的精神。柯蓝在《吴满有的故事》一文中以翔实的材料展现了吴满有作为"模范的公民"的一面。首先，在认识上，吴满有明白了这样一个道理：他自己能够发家致富、挣了"这份家当"、做到吃穿不愁，这一切"都是革命给我的"。其次，在行动上，他秉持着"我有我就多交些"的信念，对于秋收后缴十四石公粮，他

---

① 《群英会机关学校组报告机关劳动英雄品质》，《解放日报》1945 年 1 月 8 日。
② 荒煤：《模范党员申长林同志》，《解放日报》1943 年 3 月 16 日。

说"不重";"给公家缴救国款子,他出的最多"。尤为感人的是他还表现出了克己奉公的品格。一次,他和指导员到十几里路外买完粮食后已过了午饭时间,他提出赶回去吃米饭,而指导员却买了蒸馍硬塞给他。为此,他毫不客气地批评指导员"手里一有钱就糟蹋",说"这年头要节省呀!老百姓省下钱来给公家!"郭凤英是柳青长篇特写《一个女英雄》中的主人公。在寡居后悠长的 11 年时间里,她放脚下地,以自己的辛勤劳动创业养家,拉扯大两个孩子。她不仅做到自给自足,还卖了余粮。尽管她还没有像吴满有那样富有,但这位"历年的劳动使她的背脊弯曲着"的女英雄对"公家"仍然表现出了同样可贵甚至更加感人的担当奉献精神。她自以为上一年度她应出一斗四升公粮,但"村人和公家无论如何拒绝接受";无奈之下,她硬是"自动出了四十五斤公草"①。

再次,是英模们以身作则、发挥示范作用。英模们既然是"劳动的模范"和"公民的模范",自然具有其模范带头作用;也就是说,在"对人"的层面上,他们还做到了激励和推动别人前进。例如,在地方上,吴满有和马丕恩就分别在积极生产和移民运动方面起到了这样的作用。吴满有号召"大家多生产",希望 1943 年"劳动英雄愈来愈多"②。他有个愿景:"全边区的老百姓都是劳动英雄,全边区的老百姓都丰衣足食,公家也不困难";至于在"我吴满有劳动英雄的庄里",他的"计划"则是:要带领大家积极生产,要做到"一个二流子也没有咧!"③如果说在这里柯蓝只是书写了吴满有如何带领"庄里人"劳动致富这一"心里的计划"的话,那么,一个多月后,田方同样发表在《解放日报》上的一篇特写则写出了刚刚被边区政府嘉奖为"边区劳动英雄"的马丕恩(马杏儿的父亲)在现实中业已产生的巨大影响。马丕恩原是米脂县人,1941 年带着马杏儿等移民到延安三十里铺边区农场种地。经过一年的辛勤劳作,他们

---

① 柳青:《一个女英雄》,《解放日报》1943 年 5 月 8—9 日。
② 艾青:《吴满有》,《解放日报》1943 年 3 月 9 日。
③ 柯蓝:《吴满有和他的庄里人》,《解放日报》1943 年 2 月 10 日。

"由赤贫之难民,一跃而为自耕农,皆称为努力生产改善生活之模范"①。文章写道,在和风吹拂、杨柳着绿之时,马不恩回到米脂故里。在短暂的三天时间里,他马不停蹄、广泛发动,"和乡亲们谈下南路到延安的好事情",给他们"播下了一颗心灵上的种子:'到延安去过好日子!'"响应他的"召唤",村里有四人即随他去了延安;而他走后当地政府也"在他的画像前"举行移民运动大会,他的巨幅画像还在继续召唤乡亲们"到延安、到南路去过好日子"②。

在军队系统,在大生产运动中也涌现出许多劳动英雄,李位和张治国即是其中的代表。他们不但在大生产运动中创造了不凡的业绩、自己也因此做了"劳动英雄""模范军人",而且以他们的示范作用带动了他们所在的集体。佃农出身的李位是"三营全营的模范班长"。在某团开展的开荒大竞赛中,李位曾以一天开荒 3.67 亩的"伟绩"夺冠;不但如此,他还"积极努力,以身作则",在他的带领下,全班开荒取得了"平均总在一亩以上"的成绩,该班也因此"成了全连的模范班"③。张治国是"挖甘草的模范",他第一次就挖了 30 斤,以后每天挖 108 斤。在他的带领下,挖甘草 20 万斤的任务只用了十几天就完成过半。他自己"是这样盘算的:用自己的模范来影响别人,推动别人";而结果也是他"不单自己做模范,还推动别人做模范,在生产中,他创造了一个模范班,一个模范排;到了一班,他又号召大家争取模范班"。④

由上述分析可见,后期解放区文学从"对己""对公"和"对人"三个层面展开了对英模们的书写,并从这三个方面显示了他们的特质。其中,"对己"层面上的"辛勤劳作、取得突出业绩",写的是他们的实绩;"对人"层面上的

---

① 《陕甘宁边区政府关于嘉奖马不恩为边区劳动英雄马杏儿为边区妇女劳动英雄的命令》,陕西省档案馆等编:《陕甘宁边区政府文件选编》第 7 辑,档案出版社 1988 年版,第 70 页。

② 田方:《马不恩在召唤》,《解放日报》1943 年 3 月 17 日。

③ 师田手:《李位和其他五个劳动英雄》,《解放日报》1943 年 4 月 19 日。

④ 分别见联防军政治部宣传队集体创作、荒草和果刚执笔:秧歌剧《张治国》,延安印工合作社 1944 年版;周民英:《张治国的故事》,《解放日报》1943 年 9 月 9—10 日;禾乃英(林默涵):《模范的革命军人张治国》,《解放日报》1944 年 2 月 13 日。

"以身作则、发挥示范作用",写的是他们的影响;而"对公"层面上的"忠诚担当、拥护党和政府"则揭示了他们的灵魂。在三者的关系上,揭示他们的灵魂是书写的核心和重点,状写他们的实绩和影响是为揭示其灵魂服务的。这种书写关系的形成,寄托了作家们对政治功利性的考量,从而使英模书写本身具有了比较丰富的意蕴。

第三节　"自我教育"与"教育群众": 英模书写的双重意义

后期解放区文学的英模书写对于书写者自己及现实生活具有双重意义。首先,从"向内"维度(即对于作家自己所具意义方面)来看,为了书写英模,作家们开始"走向工农兵";在英模书写的过程中,作家们自己也"受了很好的教育"。较早从这个维度来肯定英模书写之意义的,是毛泽东。对于丁玲1944年6月发表的书写边区特等劳动模范田保霖组织群众发展经济的特写《田保霖》,毛泽东以不同方式多次予以肯定和表扬,其着眼点就在于他从该作的创作中看到丁玲"到工农兵当中去了"①。在第二次英模大会结束后不久,萧三指出:作家当时采访、书写英模的行为,使作家自己"真正受了很好的教育,首先是接近了群众,工农兵群众中的英雄、代表,了解了他们的工作、事迹、生活"②。两年多后,周扬在评述包括"英模会上文艺工作者写的英雄传"在内的"真人真事"创作时,也特别指出这是"'文艺座谈会'以后文艺创作上的一个新现象,是文艺工作者走向工农兵,工农兵走向文艺的良好捷径"③。对于政治领袖和评论界的这些意见,作英模书写的解放区作家们也是非常认可的。

---

① 丁玲:《毛主席给我们的一封信》,《丁玲全集》第10卷,河北人民出版社2001年版,第285页。

② 萧三:《第一步——从参加边区参议会及劳模大会归来》,《解放日报》1945年2月20日。

③ 周扬:《谈文艺问题》,《晋察冀日报》增刊第7期,1947年5月10日。

以《解放日报》记者的身份在第二次英模大会上采访过多位英模并发表过多篇作品的陈学昭,在共和国成立前夕,以抑制不住的兴奋这样谈及自己在英模书写过程中的收获:"这是第一次——座谈会以后——我去和劳动人民的代表接触,听着他们谈他们英勇的事迹,给我兴奋,也给我教育,并且使我觉得还能拿起笔来,为他们写,为他们记录,是多么光荣的事情!"[①]在共和国成立之初,丁玲也确认在写过《田保霖》等几篇"短文"(特写)后,由于走向了工农兵,她自己的思想感情得到了改造,她"对人物对生活都有了浓厚的感情"[②]。陈学昭和丁玲所表现出来对英模书写意义的如此认知,在作英模书写的作家们中间是很有其代表性的。

确实,在作英模书写的过程中,作家们在行动上"走向工农兵",在结果上也"受了很好的教育",并使自己的思想感情发生了变化。这是因为他们如果不"走向工农兵",他们对"工农兵"中的杰出代表(英模)便无从作出书写;而一旦"走向工农兵",必然会使他们加深对英模们卓绝才干和高尚品格的了解,也必然会使他们的内心受到触动进而发生某些变化。这样,对于作家们来说,英模书写的过程事实上就成了一种具有鲜明阶级功利色彩的"自我教育""自我改造"的过程。这是后期解放区文学英模书写意蕴的一个方面。但是,必须指出的是:这只是其中的一个方面,而不是唯一的方面。后期解放区文学的英模书写还有一个非常重要的价值向度,这就是"向外"维度上(即对于现实生活所具意义方面)的"教育群众"。1945年1月10日,毛泽东在第二次英模大会上发表讲话,他指出英模有"三个作用",其第一个作用便是"带头作用";所谓"引起了大家向你们(指英模——引者)学习"[③],其中隐含的意思即为:"你们"对"大家"(群众)是具有教育引导作用的。不但如此,毛泽东

---

① 陈学昭:《关于写作思想的转变——听了毛主席在延安文艺座谈会上的讲话以后》,《人民日报》1949年7月6日。

② 丁玲:《〈陕北风光〉校后感》,《丁玲全集》第9卷,河北人民出版社2001年版,第52页。

③ 毛泽东:《必须学会做经济工作》,《毛泽东选集》第3卷,人民出版社1991年版,第1014页。

在此之前还多次阐述了"组织群众和教育群众"①的重要任务,强调要"给人民以东西",要"提高他们的政治觉悟与文化程度"②。后期解放区文学的英模书写在热烈歌颂英模的同时,客观上也承载起了"教育群众"这一具有显著政治功利性的重要使命,并以此对现实生活作出了积极的参与。对于这一价值维度,我们通过对相关历史背景的梳理可以得到比较深入的认知。

前面说过,大生产运动与"英模运动"的掀起,是为了生产自救、战胜外部封锁。这里需要补充的是,运动的掀起在一定程度上也与解决内部矛盾的迫切需要有关。1941 年前后,为了缓解财政困难,陕甘宁边区政府采取了一系列措施,但同时也使边区农民、工人的负担有所增加。在农村,边区征收"救国公粮",1940 年为 9 万石、1941 年为 20 万石,与 1937 年的 1 万石相比,增幅巨大。③ 在农民的公粮负担迅猛增加之时,边区政府还于 1941 年 3 月发行了总额为 500 万元的建设救国公债。虽然政府明确了"必须坚持自愿原则""反对带有强迫命令的任何方式",但因数额很大,为了完成任务,许多地区大都采用了摊派的方法;而在一些"民众"看来,"公债是派款""不相信会还"④。负担的增加,使一些农民产生了抱怨的情绪。对此,毛泽东在中共"七大"所作口头政治报告中也用"有些老百姓不高兴""哇哇地叫"来形容,承认"那时确实征公粮太多""负担很重"⑤。与农村情况相似,边区公营工厂在有关工时和工资标准估价方式上作了一些调整,也引起了一些工人的不满。1942 年

---

① 毛泽东:《报纸是指导工作教育群众的武器》,中共中央文献研究室等编:《毛泽东新闻工作文选》,新华出版社 1983 年版,第 113 页。

② 毛泽东:《经济问题与财政问题》,《毛泽东文集》第 2 卷,人民出版社 1993 年版,第 467 页。

③ 《陕甘宁边区历年公粮负担表》,陕甘宁边区财政经济史编写组等编:《抗日战争时期陕甘宁边区财政经济史料摘编》第 6 编,陕西人民出版社 1981 年版,第 152 页。

④ 《陕甘宁边区政府指示信》《关中分区公债工作总结》,陕甘宁边区财政经济史编写组等编:《抗日战争时期陕甘宁边区财政经济史料摘编》第 6 编,陕西人民出版社 1981 年版,第 416、420、421 页。

⑤ 毛泽东:《在中国共产党第七次全国代表大会上的口头政治报告》,中共中央党史研究室等编:《中国共产党第七次全国代表大会档案文献选编》,中央党史出版社 2015 年版,第 228 页。

5 月,边区总工会对 1940 年 11 月通过的《陕甘宁边区战时工厂集体合同暂时准则》作出修订,出台了《陕甘宁边区战时公营工厂集体合同暂时准则》。其修改的内容有:工人每天劳动时间,从 8 小时延长至 10 小时;在工人工资标准的估价上,将原来的"由工务科长及技师、工会生产委员、工会组织委员、工会主任等组织之"的"估价委员会"估定改为由厂方直接决定。① 新政策的出台,使一些工人和工会领导人产生了抵触情绪。

边区政府为调节供需关系、缓解财政困难在农村和工厂实行的相关政策,引发了内部矛盾。随着大生产运动的开展,原本紧张的供需关系得到了调整、已有的内部矛盾也得到了缓解。但是,要使内部矛盾得到彻底的解决,还必须以有效的手段来"教育群众"、提高群众的觉悟。而当时最有效的手段之一,就是发现英模、宣传英模,以英模的模范事迹(尤其是英模"对公"的态度)来引导和教育群众。在现实层面上,以某个英模为榜样、开展以其冠名的运动,均有其"教育群众"的具体指向。例如,军队系统开展了多个"运动",其中影响较大的是"张治国运动"。这一运动的内容虽然发生过由最初的"挖甘草"到后来的"练兵""开荒"之演变,但其过程和方法一般都是以其"最先响应上级的号召,以身作则突破困难",创造新的纪录,并"不断的培养新的英雄,争取落后分子,带领着群众前进"②。与军队系统开展的这类运动相比,以"赵占魁运动"和"吴满有运动"为代表的在工厂、农村中开展的各类"运动"有其相似之处,这表现在它们也均有一般意义上的以"先进"教育"落后"、带动"落后"之意。但是,由于边区内部矛盾主要集中在工厂、农村,因而,后者与前者相比在"教育群众"问题上则附着了更为明显的政治功利色彩。以"赵占魁运动"为例。这一运动的目的就是要教育工人、提高工人的政治觉悟。1942 年

---

① 《陕甘宁边区战时工厂集体合同暂时准则》《陕甘宁边区战时公营工厂集体合同暂时准则》,陕西省总工会工运史研究室选编:《陕甘宁边区工人运动史料选编(上)》,工人出版社 1988 年版,第 499、596 页。

② 陕甘宁边区财政经济史编写组等编:《抗日战争时期陕甘宁边区财政经济史料摘编》第 8 编,陕西人民出版社 1981 年版,第 753 页。

10月，边区总工会在一个通知中说得明白：这一运动以"学习赵占魁之勤苦劳作始终如一的精神，及其新的劳动态度"相号召，是"一个深入的思想教育工作，借以克服少数工人中经济主义、平均主义、不安心工作等现象，以达到提高工人政治觉悟"之"目的"①。次年4月，边区总工会主任高长久号召"继续开展赵占魁运动"，再次强调运动的"总目的是推动生产教育工人，使工人认识到在新民主主义政权下应该有正确的劳动态度，反对经济主义和行会思想"②。

在审美层面上，与"英模运动"相伴随的后期解放区文学的英模书写，以非虚构写作的方式对现实生活中"英模运动"作出了真实反映，因而，同样鲜明地表现出了"教育群众"的意义指向；特别是在对工厂、农村中英模人物的书写中，更是突出地表达出其政治功利性的诉求。如前所述，后期解放区文学是从"对己""对公"和"对人"三个层面展开对英模们的书写的，其中，在"对公"层面上的"忠诚担当、拥护党和政府"是他们的灵魂，也是书写的核心和重点。为什么英模书写要置重于此，就是因为要在这一方面更加充分地发挥英模的示范作用，引导群众向英模学习、克服落后思想，以收到"教育群众"之效。在农村，上文所提及的作家们对申长林、吴满有、郭凤英等英模"不忘革命好处"、积极缴纳公粮公盐公草和救国款子等事迹的书写，在意义蕴含上，既是对英模奉献精神的礼赞，也未尝不是对抱怨负担过重的农民的批评和教育——当然批评和教育中又饱含着期望，就是期望他们以英模为榜样、提高觉悟、乐于承担"公家"的负担。

在工厂，英模代表人物赵占魁克己奉公、大公无私的主人翁劳动态度，在《解放日报》记者张铁夫、穆青所作长篇特写中也得到了深入的揭示。赵占魁说过："工厂是党办的，我是党员，工厂也就是我的！"在他眼里，"整天为自己的事跟别人发生问题，那是耻辱"。他把自己的一切献给了"党"、献给了"革

---

① 《陕甘宁边区总工会关于开展赵占魁运动的通知》，《解放日报》1942年10月12日。
② 高长久：《继续开展赵占魁运动》，《解放日报》1943年4月8日。

命",时时刻刻以一个共产党员的立场积极工作着,而从不"为自己的事费心"①。他在工作中所显现出来的这种劳动态度,是主流意识形态所倡导的"我们新民主主义地区公营工厂工人所应有的新的劳动态度"②,对那些有"经济主义和行会思想"的工人起到了警醒和教育的作用。与赵占魁一样,丁玲笔下的边区特等劳动英雄、难民纺织厂的袁光华也具有这种"新的劳动态度"。作为"厂内最忠实最正确的同志",他是在边区开展的赵占魁运动中才"被全部人所了解,所肯定"的。在本质上,他与赵占魁一样都表现出了对"革命"和"党"的事业的无限忠诚。在管理难民纺织厂时,他始终能够从"工厂是革命的,是咱们党的,一定要把它办好"这一观念出发,能够做到"党叫我做什么,我就做什么"。而在表现方式上,与赵占魁相比,他则更显现出了其斗争的主动性。"在保卫工厂的意念坚持下",他敢于与工人中的"只肯工作八小时,学习、开会、娱乐都要估工时"等落后的思想和行为进行"坚忍的斗争"③。可以说,在现实生活中,袁光华就以自己的实际行动履行了"教育群众"的职责。丁玲通过对袁光华"新的劳动态度"和"坚忍的斗争"精神的双重书写,强烈地表现出了"教育群众"的政治功利性诉求。

综上,后期解放区文学的英模书写,是在大生产运动和英模运动中发生、发展的。在书写对象的选择上,相关作品既广泛涵盖了英模中的各种典型,又突出了其中的重点人物,因而,在整体上呈现出点面结合的特点。它们对英模们的具体书写从"对己""对公""对人"三个层面展开,分别呈现出了他们的"实绩""灵魂"和"影响"。其意义在于:一方面,在"向内"的维度上,英模书写既促使作家在行动上"走向工农兵",又在结果上使作家自己"受了很好的教育",改造了自己的思想感情;另一方面,在"向外"的维度上,它客观上也承载起了"教育群众"的重要使命,并以此对现实生活作出了积极的参与。它以

---

① 张铁夫、穆青:《赵占魁同志》,《解放日报》1942 年 9 月 13—14 日。
② 社论《向模范工人赵占魁学习》,《解放日报》1942 年 9 月 11 日。
③ 丁玲:《袁光华——陕甘宁边区特等劳动英雄》,《解放日报》1945 年 1 月 12 日。

对英模灵魂的揭示为核心,其意就在于凸显英模在"对公"层面上的示范作用,引导群众更多地在这一方面向英模学习、克服落后思想、忠实履行好自己的"公民"之责。作为此期最为突出的文学现象之一,它所包孕的"自我教育"与"教育群众"这双重意蕴是作家们追求文学之"用"的表现和结果,显现出了后期解放区文学的现实性品格和功利性特征。前后期解放区文学价值观之间有着很大的关联性,它们均是以追求"功利主义"为目的的。后期解放区文学英模书写中所蕴含的这种现实功利性,从一个方面显现出了后期解放区文学与前期文学的关联。当然,这一时期英模书写所包孕的双重意蕴均具有很鲜明的阶级政治之色彩,因而它们所表现出来的功利主义是一种"阶级的功利主义"。这也从一个方面显现出后期解放区文学的"功利主义"置重于"为阶级"的一般特点。

第十一章 抗战后期解放区文学
中的难民叙事

　　抗战时期,在解放区,"移民"和"难民"曾被合称为"移难民"。其实,二者还是有区别的。1946年6月,陕甘宁边区政府民政厅在一篇报告中对抗战以来迁入陕甘宁边区的"移难民"的来源作出过这样的分析:"抗战以后从敌占区逃来边区的移难民甚多,而因国民党地区人民受到天灾人祸、压榨,不能生活逃来边区者亦属不少,还有近两万移民由绥德分区迁移南下者。"①本章指称的"难民"是其中的前两类,即抗战全面爆发以后在战争或自然灾害等因素的影响下被迫离开家园、从敌占区或"国民党地区"(又称"国民党统治地区",简称"国统区")流落到解放区的人;而不包括后一类,即解放区内部(如"绥德分区")为了改善生活而自愿迁移的人。后来,在从敌占区和国统区逃来解放区的难民中,也有许多在解放区定居下来、成了移民的一部分。本章所论的"难民"亦含这些后来转化为移民的难民。难民工作是解放区的一项重要工作,解放区对此向来重视。《解放日报》1943年2月发表的一篇通讯曾写道:"边区政府对于移民政策,向极注意。……据建设厅厅长高自立同志告记

---

　　① 陕甘宁边区政府民政厅:《陕甘宁边区社会救济事业概述》,1946年6月;陕甘宁边区财政经济史编写组等编:《抗日战争时期陕甘宁边区财政经济史料摘编》第9编,陕西人民出版社1981年版,第399页。

者:政府为鼓励移民发展生产起见,在最近数年中,曾连续公布若干法令,规定救济移民生活与发展移民的各种具体办法。"①由于解放区优待移难民政策的吸引、也由于"外边"(主要是国统区)天灾人祸频仍,难民纷纷涌入解放区。从 1942 年 5 月到 1945 年 8 月,在抗战后期的这数年里,"因为党、政特别号召安置移难民,同时对于移难民的帮助也更有计划,更加注意","移难民的发展,就比过去更快了"②。对于同期解放区迅速发展的难民工作,后期解放区文学予以了积极的关注。解放区文艺工作者纷纷以难民为叙事对象,创作出了大量的难民叙事作品,从而使难民叙事成了抗战后期解放区文学叙事的热点之一。本章拟从内容层面对抗战后期解放区文学中的难民叙事展开分析,并借此来管窥后期解放区文学的某些重要特征。

第一节　从"外边"到"这里"

在地理空间上,难民均经历了一个从解放区之外("外边")到解放区("这里")的迁移流动的过程。解放区文学在叙述他们流向解放区的原因和动机时,着意凸显了解放区对于他们的吸引之力和他们对于解放区的向往之心。为了说明他们来到"这里"并非偶然,而是出于其有意的抉择,解放区难民叙事作品一再叙写了"指路"情节。大型秦腔现代戏《血泪仇》(马健翎编剧,1943 年)第八场即为"指路"。在河南难民王仁厚一家走投无路时,国统区的一个为人忠厚的老农民——老冯为其去边区指路,说"那里粮也轻,款也少,老百姓日子过得好"。在解放区此类作品中,还有一种情况,就是作为当事人的难民对于相关"传言"的"听信"。这是与"指路"情节有着相同的叙事

---

① 《贯彻优待移民政策,三年以内免缴公粮》,《解放日报》1943 年 2 月 12 日。
② 中共中央西北局调查研究室:《边区的移民工作》,1944 年;陕甘宁边区财政经济史编写组等编:《抗日战争时期陕甘宁边区财政经济史料摘编》第 2 编,陕西人民出版社 1981 年版,第 489 页。

功能的。如张世端的报告文学《杨四牛和他的互助组》①中的杨四牛"原在敌占区",1942年大旱,他带着一家老小逃荒到了解放区,也是因为他"听说南边新四军的地面日子好过"。从表面看来,不管是在与"指路人"还是与"传言"的关系上,难民们似乎都处在被影响、被引导的被动位置上。其实不然。不管是"指路人"还是"传言",均只是作为客观的影响源存在的。作为接受者,难民们愿意信从、乐于接受其影响,说到底还是出于他们的主观需要和有意抉择。

抱着对于沦陷区、国统区的失望和对于解放区的希望,难民们到了解放区。"这里"的一切与他们先前所在的"外边"的一切是如此不同,他们强烈的对比心理因此便油然而生了。张铁夫、穆青合作的特写《赵占魁同志》②是此期较早出现的难民叙事作品。其中的同名主人公从西安来延安后,强烈地感受到了"外边"和"这里"的不同以及在其间工作性质的不同。他说:"在外边积极工作是为了吃饭……在这里就不同了,在这里工作是为了党,为了革命啊!"他所表现出来的这种将"外边"与"这里"作比较的心理,在来到解放区的难民中是具有普遍性的。

忠实于难民们的这种真实的心理感受,解放区文学在作难民叙事时,主要以难民视角从物质和制度两个层面展开了对于"外边"(主要是国统区)和"这里"的比较。在这方面,延安平剧研究院的张一然于1943年创作的平剧《上天堂》是一个具有代表性的作品。剧作中结为亲家的张姓和王姓两家本都在国统区榆林横山县。张家女儿嫁给王家后随王家逃难去了边区并定居下来,张家则留在了故土。剧作以张妈到边区看望女儿和亲家为基本情节线索,通过以难民身份在边区定居的王母、女儿等人和张妈的对白,对国统区和解放区作出了极其鲜明的对比。王母对两地的比较主要从物质层面展开:在老家时,

---

① 张世端:《杨四牛和他的互助组》,《拂晓报》1945年3月24日。
② 张铁夫、穆青:《赵占魁同志》,《解放日报》1942年9月13—14日。

是"吃这顿没那顿，罐里、瓶里、盆里、碗里，经常没粮食啦"；现在，她则"夸豪富"般地说，这里"满处都是粮食"。而女儿称"咱们边区可真跟那个鬼地方不同，真是两个世界"，她的这一判断则更多是她从制度层面的比较中得出的。当张妈揭露在横山那里"官家逼粮又派草"、"衙门里的人"只知"要钱"时，女儿则夸赞"这里"的"咱这政府，没有一点儿不是为穷人打算的"。正是经过物质和制度层面的双重比照，张妈表示："到如今才知边区好，才知道边区是天堂"。于是，她怀着"出地狱要上天堂"的热切希望，表示"铁了心"要"逃难到这里来"。从张妈起初感到"穷家难舍"到后来决意逃离故地的心理变化中，我们是可以看出"外边"和"这里"如"地狱"和"天堂"一样的巨大区别的。《上天堂》的叙事路向和从物质、制度两个层面展开对"外边"和"这里"两个世界比较的思路，在解放区难民叙事作品中是具有典型意义的。不管是《血泪仇》中的王仁厚、秧歌剧《边区军民》(陕甘宁边区保安处秧歌队编剧，1944年)中的难民一家，还是报告文学《难民劳动英雄陈长安》[1]中的陈长安、吴伯箫的特写《徐义凯新村》[2]中的徐义凯等，作为从国统区流入解放区的难民，他们起初无一不是在国统区受到剥削和压迫而一贫如洗、难以为生；来到解放区后，他们又无一例外地得到了民主政府的救济和帮助，从而过上了富足幸福的生活。

　　当然，对于《上天堂》中的比较思路，有些作品还作出了强化和深化的表现。如秧歌剧《史圪塔坦白》(留政秧歌队集体创作，1944年)和《陈家福回家》(陕甘宁边区保安处秧歌队集体创作，1944年)这两个作品以更加个性化的构思强化了"外边"和"这里"在制度层面上的比较。史圪塔本是一个从河南逃来边区的工人。他是一个难民，但在反动势力威胁下又被迫接受了破坏边区的任务。他之所以选择主动坦白，是因为他看到了边区政治清明、边区政府受到人民拥戴。陈家福是一个业已在边区定居的工人，为把家眷从河南老

---

① 　《难民劳动英雄陈长安》，《解放日报》1944年1月5日。
② 　吴伯箫：《徐义凯新村》，《解放日报》1944年12月30日。

家接来而出边区,途中竟被国民党军队抢了盘缠抓了丁。几个月后,惨遭迫害
的他又伺机跑回了边区。这一跌宕起伏的经历使他强化了对"外边"和"这
里"不同性质的认知。"乌云盖顶星不明/果然是蒋管区地暗天昏"与"晴朗朗
的太阳照当头/边区的天地多自由"——他的这两段极具对比性的唱词,很形
象也很深刻地传达出了他的这种认知。如果说上述这两个作品从制度层面对
《上天堂》中的比较思路作出了强化表现的话,那么,秧歌剧《选举去》(石毅编
剧,1943 年)则使这一思路得到了进一步的深化。剧作写村公所召开大会"选
劳动家"时,从国统区逃到边区来讨饭的、饱经沧桑的张婆想到她老家那里
"保长都是联保上派的,联保主任都是县上委的",因而对于"你们这儿当官
的,都是由老百姓自己挑选"的制度不胜欣羡,以至于真诚地发出了"你们真
有福气"的感慨。剧作就这样以国统区的专制反衬了边区政府的"讲民主",
从而深化了二者的对比。

为了进一步展开"外边"与"这里"的对比,解放区难民叙事作品除采用难
民视角外,有时还让叙事者自己或作品中其他人物发出画龙点睛般的议论。
荒煤的散文《给进攻者以打击》①写于国民党顽固派掀起第三次反共高潮之
际。文中以夹叙夹议的杂文化笔法写到"从你们(指抗战阵营里的'反革
命'——引者)那里逃来的河南难民"命运的巨大变化:在他们的家乡,树皮都
吃光了,而"你们的军队"却"依然向人民索取白面,催粮要款";这"千万个谁
都不管的难民,来到了边区,我们'管'了他们","借给他们粮食、农具,鼓励他
们开荒",他们因此摆脱了困厄。文章虽然是以此为论据之一来回击"你们"
"取消共产党,取消边区"的"妄想"的,但"我"作为难民命运的叙述者和评论
者所作的如此议论却也在难民问题上对"你们"(即"外边")与"我们"(即"这
里")作出了强烈的对比。为了表达对于"外边"与"这里"的对比性认知,解
放区难民叙事作品有时还通过作品中人物之口作出了直接的揭示。平剧《难

---

① 荒煤:《给进攻者以打击》,《解放日报》1943 年 7 月 18 日。

民曲》(李纶编剧,1943 年)中的河南难民崔老头历尽艰辛逃难到边区后,得到了边区政府、八路军和老乡们的帮助。当他感叹自己到了"边区好地方"时,边区的王乡长又将国统区与边区作出了这样的尖锐的对比:"国统区的人民受灾殃";而在"咱边区",因为"共产党毛主席领导的好","咱们"都过上了"好日子"。秧歌剧《夫妻逃难》(张水华等人编剧,1943 年)中有一首由贺敬之作词的插曲——《两个世界》。曲中写道:"咱边区一年赶过一年美",而"国民党地区"则"人人受苦害"。当剧中人物李老汉在剧中唱出这首歌曲时,剧作的主题也就向观众和盘托出了。

第二节　在生产活动中

难民从"外边"来到"这里",得到了"这里"的政府、军队、人民的关心、帮助。他们中很多选择留在"这里",成了"这里"的人。这样,他们的身份便由初来时的"难民"变成了"移民"。在"这里"定居下来的"难民"中,包含了工人、小手工业者和农民等多个群体。对于他们,解放区文学中的难民叙事作出了分类书写,突出了他们在生产活动中的辛勤劳作及取得的丰硕成果。

张铁夫、穆青的特写《人们在谈说着赵占魁》①和他们此后数天发表的《赵占魁同志》所叙对象是难民中的工人。前者通过对人们"谈说"的记录,较早地对以难民身份来到边区、后来成为"中国式的斯达汉诺夫"的工人赵占魁作出了书写。在他人眼里,赵占魁是"中国艰苦奋斗的产业工人的典型""去哪里也难找下"的"天下数第一的好人",其重要特点之一便是他的积极劳作、奉献自我。在酷热的翻砂股的工场,他是"那个唯一的穿着棉衣的,那个站在离炉子顶近的,那个工作最忙而出汗最多的"。支部在他 1941 年的鉴定表上,对他的特点也作出了这样的描述:"有艰苦耐劳的优良作风,与勤于劳动的习

---

① 张铁夫、穆青:《人们在谈说着赵占魁》,《解放日报》1942 年 9 月 7 日。

惯";"对工作有责任心和耐性"。后者则以第三人称叙事方式叙述了他"总是把工作看成第一"、三年多如一日地"积极地工作着"的感人事迹,尤其突出了在他领导和示范下翻砂股工作的巨大进步:与两年以前相比,现在"铁水炼得更清了,心子和模型制造得更精确了",因而工作效率由以往的"只能成三四个,而现在竟能成七个了"。在这两篇作品发表一年多以后,《解放日报》于1944年3月26日又刊出了《边区工人的旗帜赵占魁》一文。这篇特写也突出地呈现了其辛勤劳作取得的成果,如:最初一斤焦炭只能化一斤铁,经过他的研究和改进,后来就化到二斤半了……

与赵占魁的工人身份不同,欧阳山的报告文学《活在新社会里》①中的主人公邹老婆儿是一个熟谙纺纱技艺,有自己的一技之长的小手工业者。她带着儿孙从国统区渭南蒲城县"讨吃讨到边区",于1941年10月到靖边新城区五乡定居下来。在她到来之前,全乡乃至全区"都没有一个妇女会耍玩车子的"。1943年区上决定发展妇纺,她义不容辞地承担起指导和推广妇纺的任务。到1944年2—3月,她"已经在五乡六七个庄子上教会三十五个纺妇了"。而后区里又决定扩大妇纺规模,从3月时的二百人到年底要"发展到四百人,或者五百人"。这都需要她"到各处宣传,一户一户地教"。她不顾年迈、不辞辛劳,翻山越岭地到处"热心教人纺纱",表现出了那种宁愿"自己吃一点苦"的奉献自我的精神。在她的努力下,靖边新城区的妇纺事业不但实现了从无到有的突破,而且在规模上得到了不断的扩张。她这样一个叫化子出身的难民到边区后成了"一个对人类有点贡献的人物",为边区妇纺事业的发展贡献了自己的力量。

当然,在抗战后期解放区文学的难民叙事中,较之上述工人、小手工业者等,作为难民之主体的农民得到了更多的表现。关中分区是陕甘宁边区的南大门,跟国统区毗连。因地理位置特殊、荒地较多,它成了边区难民定居最多

---

① 欧阳山:《活在新社会里》,《解放日报》1944年6月30日。

的地区。1943 年,边区共有移难民三万余人,其中在该分区定居者接近一半①。解放区文学中的难民叙事对于逃来此地的农民予以了较多的关注。秧歌剧《劳动英雄胡文贵翻身》(八一剧团集体创作,1944 年)中的同名主人公是 1942 年 11 月从湖北老家逃难到该分区淳耀县的。剧作写他经过 1943 年一年的辛勤劳动,就摆脱了贫困、做到了有吃有穿有余粮,其本人还被评为关中分区难民劳动英雄、出席了边区劳动英雄代表大会。剧作演出后对农民观众产生了较大激励作用。据当时报载,胡文贵的老乡难民宁旦金看剧后便"自动要求给他重作计划,要开荒二十八亩,打粮十石"②。醒华的通讯《怎样使难民们安居乐业》③和吴伯箫的特写《徐义凯新村》所写对象则均为在该分区赤水县定居的。前者写王向富、屈小凤夫妇于 1942 年年底"赤手空拳由河北逃来",1943 年正月里被安置以后,"便夜以继日的开起荒来"。一年的辛勤劳作换来了丰衣足食的生活。除去归还所借粮食和自己吃去的以外,他们还剩粮食十四石四斗。这"足够全家老少七口人吃用一年"。后者开头就对"徐义凯新村底故事"作出了这样的概括性叙述:"从荆棘里开路,叫荒山上长庄稼,在漫无人烟的旷野聚人家成村落,村落又发展繁荣,人人过饱暖生活"。接着,它具体描写了以徐义凯为代表的来自国统区商洛山阳县的五个受苦人"受不了外边高利贷和苛捐杂税的剥削",于 1940 年腊八"各人扛了一把镢头"到赤水谋生创业的经过。次年,他们在县政府帮助下筚路蓝缕、开荒种地,当年就获得了丰收。之后,他们接来了家眷、引来了乡里、发展了生产。短短几年里,他们以自己的辛勤劳作在荒野上建成了"人多到五十二口,地开到三四百亩,牛九犋,鸡一百二十只"的,"呈现一种热闹哄哄的气象"的"徐义凯新村"。

① 《边府农业统计表(1940—1943)》,1944 年;陕甘宁边区财政经济史编写组等编:《抗日战争时期陕甘宁边区财政经济史料摘编》第 9 编,陕西人民出版社 1981 年版,第 645 页。
② 高仰云:《八一剧团的转变和收获》,《解放日报》1944 年 5 月 24 日。
③ 醒华:《怎样使难民们安居乐业》,《群众》第 9 卷第 1 期,1944 年 1 月。

解放区文学中的难民叙事在较多关注陕甘宁边区关中分区难民生产活动的同时,还叙写了定居于边区其他地区的难民辛勤劳动、艰苦创业的事迹。其中最著名的作品是报告文学《难民劳动英雄陈长安》。陈长安是河南尉氏县人,因"老家里活不得"被迫外出逃荒,靠一路讨饭于1943年年初来到边区,在延属分区的鄜县定居下来。作品集中书写了他"一年劳动翻了身"的故事。在县长的鼓励和村干部的帮助下,他刚被安置下来就"发誓好好干"。二月初雪刚融化之时,他就下手开荒,先后开出了28亩地,种上了糜子、谷子、玉米、荞麦和白菜、萝卜和南瓜等。为了开荒和"务庄稼",他含辛茹苦,"天不明就起床,天晚得黑洞洞才从地里回家"。此外,他还以参加变工队、帮人割麦和做月工等,挣得不少钱粮。一年的辛勤劳作换来了丰收的果实。单是收获的粮食,"把从春天到收秋时借人家的粮统统还过,余粮还够老小五口人吃到第二年八月"。因为他"挖地多,打粮多,赚钱多,吃苦耐劳",10月里,他与关中分区的胡文贵一样被选为"难民劳动英雄",稍后到延安参加了边区劳动英雄代表大会。

综上,解放区文学中的难民叙事对于工人、小手工业者、农民等各类难民在生产活动中的表现及其成果作出了相当翔实的描写。以此为基础,它还进而对他们积极参加生产活动的动因作出了比较深入的揭示。如前所述,难民们对于"外边"和"这里"作出过鲜明对比,这种对比必然会引发他们对"这里"的感激之情。在现实世界里,一个移难民曾经发抒过这样的感慨:"真是出门三步远,另是一层天!边区政府和人民给移难民的好处,我们是一辈子不会忘记的。"①正是在这种感情的作用下,这些难民进而产生了回馈解放区的心理。对此,相关作品作出了真切的揭示。董速的特写《她们在秋天的丰收里》②中写到,年仅十六岁的主人公刘翠兰"眼睛有些湿润"地说道:"没八路军,我哪有今日!八路军救了我!我必得好好工作,才对得起"。这段非常朴

① 关中通讯《两千户难民移到关中》,《解放日报》1943年4月18日。
② 董速:《她们在秋天的丰收里》,《解放日报》1943年11月19日。

素的话语传达出了她的这种回馈心理,呈现出了她"尽着自己的能力,争做一个劳动英雄"的心理动机。

在难民中,刘翠兰的身份和经历都是相当特殊的。她九岁时做了童养媳,因不堪家庭虐待,十三岁时逃难到了边区,进鞋厂当了工人。虽然如此,她所表现出的这种回馈心理在难民中却是有代表性的。可以说,难民们之所以会积极生产,除满足自我生存的基本需要之外,更重要的是为了报答解放区对于他们的救助和关爱。石明德和冯云鹏在整个边区是享有盛名的。他们之所以能够成为边区特等劳动英雄,也都与这种心理有关。石明德是1941年春从国统区渭南富平县逃难来到边区淳耀县白塬村的。他不但自己"搞了两年就过了好光景",而且在他领导下"全村七十二户人家,凡能参加劳动的都组织起来了"①。因为成绩突出、影响巨大,他成了许多作品竞相书写的对象。关中八一剧团团长王维之所编秦腔《石明德》所反映的是"以石明德为中心的白源(塬)村组织起来的先进事迹",1944年在淳耀县各地演出,反响强烈②;当时有一首名为《石明德》的淳耀民歌也唱道:"白塬有个石明德,领导生产很积极……你的生产很积极,号召向你来学习"③。那么,这样一个难民何以在短短的时间里成为劳动英雄的呢? 在一篇以"自述"形式作成的特写中,石明德回忆了在国统区抓丁受训时食不果腹和被铁丝捆缚的"痛苦",又叙说了自己到边区后如何种地、如何把"所有的这个行政村的人畜劳动力,我统统把他组织起来了"的经过④。不难看出,他之所以如此努力,是因为他对边区充满感激,非得以好好生产和工作来回馈不可。

与石明德相比,冯云鹏早一年逃难来到边区。他回馈边区的心理不但表

---

①　《高岗同志在西北局招待劳动英雄大会上的讲话》,《解放日报》1943年12月11日。

②　王维之:《在边区的创作生涯》,咸阳市政协文史资料委员会编:《烽火文艺劲旅:陕甘宁边区关中八一剧团回忆纪实》,陕西人民出版社2001年版,第231页。

③　鲁迅文艺学院搜集:《陕北民歌》,刘锡诚主编:《中国新文艺大系[1937—1949]·民间文学集》,中国文联出版公司1996年版,第695、696页。

④　劳动英雄石明德讲、鲁直记:《模范的白源村》,《解放日报》1943年12月8日。

现在他自己"好劳动、好生产"①,更表现在作为移民委员对难民的积极安置上。1944年初,《解放日报》发表了一篇京韵大鼓,歌唱了这位扬名边区的"移民英雄"安置难民的事迹:"冯云鹏舍己救人,他把难民安;今年安下一百七十四户,十里荒山变成良田。"②同年,他的这一事迹还被时任关中地委宣传部部长的张剑颖编成秦腔《冯云鹏》,在关中地区巡演,产生了较大影响③。冯云鹏自己也作了一首《移民歌》,较为具体地写出了他自己响应政府号召"寻下窑洞安难民"后为了达到"要使难民把身翻,／为的丰衣又足食"之目的又如何"领导难民"开荒、播种、赶场、锄田、秋收的全过程④。作为一个曾经的难民,冯云鹏以"安置移民"和"领导难民"生产这种特殊的方式和事功回馈了边区。

第三节　"阶级的功利主义"

综上所述,建构出解放区与国统区的对比关系,反映难民在解放区生产活动中的重要作用,构成了抗战后期解放区文学中难民叙事的两大主题内容。在一般情况下,文学对难民题材的观照和表现本可以有多重视角(包括人道的视角、社会的视角等)。而解放区文学中的难民叙事在这一题材中开掘、提炼出这样的主题内容,说明它所采用的不是一般的人道的、社会的视角,而是阶级—政治的视角。这从一个方面突出地呈现了后期解放区文学为现实政治服务、追求"阶级的功利主义"的现实性品格。

难民叙事中对解放区与国统区对比关系的建构,具有其鲜明的"阶级的功利主义"色彩。它通过形象的描写,表现了"阶级斗争的主题"、回答了谁是

---

① 见彦涵插图、曹国兴刻《冯云鹏怎样安置移难民》(木刻连环画)所配文字说明,《解放日报》1944年1月10日。

② 朱军:《新群英会》(京韵大鼓),《解放日报》1944年1月17日。

③ 鲁侠:《著名剧作家张剑颖》,咸阳市政协文史资料委员会编:《烽火文艺劲旅:陕甘宁边区关中八一剧团回忆纪实》,陕西人民出版社2001年版,第208页。

④ 冯云鹏:《移民歌》,《新华日报》1944年6月25日。

"领导中国前进"的政治力量这一重大政治问题。解放区文学中的难民叙事
在解放区与国统区之间着意建构起这种对比关系就是在这一背景中发生的,
同时,它也成了后期解放区文学追求"阶级的功利主义"的重要表现。"国统
区"在抗战时期又称"友区"。例如,毛泽东 1942 年 12 月在陕甘宁边区高级
干部会议所作报告《经济问题与财政问题》中引用了"靖边同志"的一段话,其
中就使用了"友区"这一称谓①。前述秧歌剧《选举去》也交代张婆是从"友
区"逃到边区讨饭来的。"友区"这一称谓,意味着在抗日斗争中解放区与国
统区本应是一种"友"的关系。虽然前期解放区文学对于国统区的负面现象
也予以了揭露,总的来看,其目的主要是为了共同的民族利益,主要是为了促
其改正、助其进步。但是,从后期解放区文学阶段开始以后,在解放区文学对
国统区的揭露和抨击中,对于阶级利益的追求远远超过对于民族利益的追求
而成为主要的目的。(详见第二章、第九章)这在抗战后期的难民叙事中有着
突出的表现。《难民曲》中的人物崔老头所唱"越思越想越恨反动派,/来边区
才真是到了家乡",便是对这一"阶级斗争的主题"的很好概括。它形象地说
明了"领导中国前进的是革命的根据地,不是任何落后倒退的地方"②。

　　与上述以解放区与国统区的对比从阶级—政治层面来直接呈现"阶级的
功利主义"的作品有所不同,那些着重描写难民在生产活动中的表现及其重
要作用的作品,其对"阶级的功利主义"的追求主要是通过对难民生产活动的
描写予以间接显现的。如前所述,这类作品揭示了难民积极生产的动因主
要在于其对于解放区的回馈心理。这一内容的表现实际上从一个特定的角度
对解放区与国统区的对比关系作出了补充和强化,所以,它也具有了一定的直

---

　　①　原文为:"据靖边同志说:'只要解决地权问题,农民是容易号召的。如我们修十处水
地,除原有农民二百余户外,新号召来的有百余户,其中有从友区来的三十多户。'"见陕甘宁边
区财政经济史编写组等编:《抗日战争时期陕甘宁边区财政经济史料摘编》第 2 编,陕西人民出
版社 1981 年版,第 705 页。
　　②　毛泽东:《在延安文艺座谈会上的讲话》,《毛泽东选集》第 3 卷,人民出版社 1991 年版,
第 877 页。

接呈现"阶级的功利主义"的政治意味。除此之外,这类作品中的"阶级的功利主义"都是包蕴在对难民生产活动的描写之中的。因此,也可以说,这类作品主要是以经济的方式表达出了阶级—政治的内容。

抗战后期解放区文学中的难民叙事作品对于难民在解放区生产活动中辛勤劳作、发挥重要作用的书写,是对于现实经济生活的真实反映,因而是一种非虚构性质的写作。在解放区,难民确实是"一支生产劳动军"。一般说来,他们的"劳动力是很强的","他们一来就安置在有荒地的地区,从事垦荒耕种"①。从结果上看,抗战全面爆发以后"边区共扩大了两百四十多万亩耕地,其中有两百万亩是靠移、难民的力量开荒增加的";这也就是说,边区约80%的开荒业绩是由他们取得的。毫无疑问,移难民的加入,"增加了整个边区的劳动力,大大地促进了边区经济建设的发展"②。陕甘宁边区政府主席林伯渠于1944年年初在总结一年来的工作时特地提到移难民能够"发挥其强大劳动力。如去年关中分区的新来移难民,每一劳动力开荒七亩九分"③。正因为难民在解放区经济建设中具有如此重要的意义,所以,陕甘宁边区政府曾发出通令,要求留住难民、防止"难民有来而复去之情形发生"④;《解放日报》社论在表扬移民英雄冯云鹏时也提出要"巩固难民"⑤。对照这样的史实,可以说,抗战后期解放区文学中的难民叙事作品对于难民作用的书写,确实从一个方面真实地反映了解放区的经济生活。

但是,需要进一步指出的是,这类难民叙事作品在这样的经济生活的写实

---

① 吴永力:《一支生产劳动军在延安——延安县的移难民》,《解放日报》1943年2月22日。

② 《大量移民》,《解放日报》1943年2月22日。

③ 《边区政府一年来工作总结——林主席在边区政府委员会第四次会议上的报告》(1944年1月6日),陕西省档案馆等编:《陕甘宁边区政府文件选编》第8辑,陕西人民教育出版社2015年版,第82页。

④ 《陕甘宁边区政府关于安置难民的通令》(1942年12月2日),陕西省档案馆等编:《陕甘宁边区政府文件选编》第6辑,陕西人民教育出版社2015年版,第245页。

⑤ 社论《边区劳动英雄代表大会给我们指出了什么?》,《解放日报》1943年12月16日。

中却也内含了阶级—政治的内容。从一般的意义上来说,经济生活与政治生活是人类不同的生活内容。而在当时的解放区,二者之间的关系却甚为密切;甚至可以说,经济问题径直就是政治问题。从20世纪40年代初开始,解放区财政经济出现巨大困难。当时,日本侵略者对解放区发动了疯狂的进攻,陕北和华北等地发生了严重的自然灾害。与此同时,国民党顽固派趁火打劫,于1940年和1941年搞了"两次反共磨擦","用停发经费和经济封锁来对待我们,企图把我们困死","我们曾经弄到几乎没有衣穿,没有油吃,没有纸,没有菜,战士没有鞋袜,工作人员在冬天没有被盖"①;到1943年,他们又发动了第三次反共高潮,"派遣四五十万军队包围边区,实行军事封锁和经济封锁,必欲置边区人民和八路军后方留守机关于死地而后快"②。为了战胜外部封锁和经济困难,毛泽东早在1940年12月就指示各根据地要组织好经济建设以实现"自给自足"和"长期支持根据地"③的目的;两年后,他更是明确提出了"我们的经济工作和财政工作的总方针"即是"发展经济,保障供给"。在此背景下,以陕甘宁边区为中心,各解放区掀起了轰轰烈烈的大生产运动。从一般的意义上说,大生产运动在性质上只是一种经济活动,但是,在这一特定语境里,它的意义却超越了经济自身,而直抵政治层面。其原因就在于它涉及解放区能否存在、"那些笑我们会要'塌台'的人们的嘴巴"能否"被我们封住"④的重大政治问题。抗战后期解放区文学中的难民叙事对于难民生产活动的书写是在这一大背景下作出的。它从一个方面对这一重大政治问题作出了回答,因而获得了阶级—政治层面的意义。

---

① 毛泽东:《抗日时期的经济问题和财政问题》,《毛泽东选集》第3卷,人民出版社1991年版,第892页。

② 毛泽东:《评国民党十一中全会和三届二次国民参政会》,《毛泽东选集》第3卷,人民出版社1991年版,第919页。

③ 毛泽东:《论政策》,《毛泽东选集》第2卷,人民出版社1991年版,第768页。

④ 毛泽东:《抗日时期的经济问题和财政问题》,《毛泽东选集》第3卷,人民出版社1991年版,第891、896页。

第十二章　新编历史剧《三打祝家庄》的现实意蕴

　　新编历史剧《三打祝家庄》是解放区"旧剧改革"运动中出现的一部代表作。该剧根据古典小说《水浒传》的内容改编,由延安平剧研究院集体创作,任桂林、魏晨旭、李纶执笔。剧本的编写始于 1944 年 7 月,至次年 1 月封笔,2 月下旬在延安中央党校首演。该剧问世不久,其于"平剧革命"的意义就得到了毛泽东的肯定。1945 年 3 月,毛泽东在给任桂林的信中写道:"我看了你们的戏,觉得很好,很有教育意义。继《逼上梁山》之后,此剧创造成功,巩固了平剧革命的道路。"①1947 年 12 月,转战陕北途中的毛泽东向晋绥平剧院演出队发表讲话时,以"过去在延安改造了"的"两个戏"——《逼上梁山》和《三打祝家庄》为例,提出了"平剧革命"的步骤和路径:"平剧的形式目前我们不忙改,只挑出若干需要修改的戏,首先从内容着手改造"②。将毛泽东的这两段有关《三打祝家庄》的评论综合起来,可以看出,他之所以肯定该剧,主要在于它通过对"内容"的改造而具有了"教育意义"。这是它获得"标示了京剧向新

---

① 转引自任桂林:《〈三打祝家庄〉创作回忆》,《戏剧报》1962 年第 5 期。

② 毛泽东:《改造旧艺术　创造新艺术》,《毛泽东文集》第 4 卷,人民出版社 1996 年版,第 326 页。

的历史剧发展的方向"①之地位、成为"平剧革命"乃至整个"旧剧改革"中经典之作的最重要原因。该剧作为一部历史题材作品而具有"教育意义",主要是因为它遵循有关意识形态的要求,将现实认知寄寓于历史之中、借历史题材的书写表现了现实的需求,从而使之具有了丰富的现实意蕴。本章旨在对这部地位甚高、影响甚大的剧作的现实意蕴作出系统考察,并以此来管窥整个解放区文学的现实性品格。

第一节　宣传阶级斗争理论和唯物史观

《三打祝家庄》并非是编剧们的一种自发性、自主性的创作。据他们回忆,"创作《三打祝家庄》剧本"是毛泽东"交付平剧院的第一件工作",其创作的依据便是他的《矛盾论》对《水浒传》中这一故事的"评论"②。因为剧本的创作类似于"命题作文",在对相关素材无法另作选择的情况下,他们仍然表现出很强的"为现实"而写的"目的"意识。李纶在当时发表的创作谈中就指出,"写历史剧不是超脱于现实斗争之外,单纯的为了如实地重现古代社会",它必须"能对现实斗争有作用"③。后来,任桂林在回忆该剧创作经过时也认为:"不能为历史而历史,不能毫无目的地去写历史剧,总要有一个为什么写的出发点"④。为了使历史题材的创作具有现实意义、并使之能够发挥密切地服务于现实斗争的作用,他们在特定题材与现实的相似性与相关性(即任桂林所说的"和当时的现实生活有着某些可联想到的方面")上作出了较为深入的体悟和较为自觉的建构,并将自己对现实的有关认知融入到特定历史题材

---

①　周扬:《新的人民的文艺》,中华全国文学艺术工作者代表大会宣传处编:《中华全国文学艺术工作者代表大会纪念文集》,新华书店1950年版,第88页。

②　任桂林、魏晨旭、李纶:《忆刘芝明同志领导编演〈三打祝家庄〉》,《中国戏剧》1979年第8期。

③　李纶:《谈历史剧的创作》,《解放日报》1945年10月2日。

④　任桂林:《〈三打祝家庄〉创作回忆》,《戏剧报》1962年第5期。

的表现中去,从而在以古寓今的同时实现了借古喻今的目的。这样,经过新编的《三打祝家庄》就具有了较为丰富的现实意蕴。

根据编剧们的说明,编写此剧的一个比较直接的目的,是要为解放敌占城市提供可供借鉴的案例。这与他们将"三打祝家庄"视作"是少有的战争策略上的胜利"①有关。当时,持续七年的全面抗战已到大反攻的前夜,装备落后的人民军队如何去攻城略地、解放被日寇占领的城市,已经摆上了重要的议事日程。而以各个击破、里应外合等策略取胜的"三打祝家庄"的事例,正好成为一个在"战争策略"上可以参考的案例。有关剧本现实意蕴中"策略教育"方面的内容,因其比较显豁且在第四章中有所涉及,故本章不再详述。

应该看到,以剧作进行解放敌占城市的策略教育,是《三打祝家庄》密切地服务于现实斗争的重要方面,但不是其唯一方面。有一种观点认为,"《三打祝家庄》跟《逼上梁山》不同。《逼上梁山》的主题是阶级斗争",而《三打祝家庄》则是"描写梁山农民起义军攻打城市战争中的策略斗争"。这一观点是中央党校领导在指导剧本创作时提出的②,稍后,它也得到了评论者的呼应,认为剧作的主题是"展开了梁山的斗争策略的发展与运用"③。这就把"策略教育"这一重要方面当作剧本的唯一方面了。事实上,在剧作现实意蕴的结构中,对阶级斗争理论和唯物史观的宣传是底色,而"策略教育"则是缀在这一底色上的花朵。编剧们对于以新编历史剧来表现阶级斗争本就有深刻认识。从1943年年底起,延安平剧研究院宣传队下乡演出70天。从群众对"剧中所表演的生活"之反应中,他们就意识到以后在"创作新的历史剧时,应该首先着重于历代人民的阶级斗争与民族斗争等等真实生活"④。由于有了这样一种自觉的意识,所以,在创作该剧时,他们对宋代人民的阶级斗争作出表

① 任桂林:《从"三打祝家庄"的创作谈到平剧改造问题》,《解放日报》1945年9月8日。
② 转引自魏晨旭:《"巩固了平剧革命的道路"——〈三打祝家庄〉的创作是在毛主席指示下进行的》,《人民戏剧》1978年第12期。
③ 金灿然:《论〈三打祝家庄〉》,《解放日报》1945年3月29日。
④ 李纶:《平剧院下乡的经验》,《解放日报》1944年4月11日。

现,正属一种逻辑的必然。根据李纶所述,他们在动笔前首先确定了一个观点:"梁山与祝家庄的斗争应该是一个阶级的斗争。在这个斗争里面应该表现出群众的力量"①。这样,剧作中的"梁山"与"祝家庄"就分别成了农民阶级和封建统治者的代表,二者的斗争也就成了宋代阶级斗争的反映。作为"当时农民起义的一支主力和革命根据地"的"梁山"攻打"祝家庄",其性质自然也就成了"革命的农民武装怎样击破反革命坚强堡垒"②。

除赋予梁山的"三打祝家庄"以鲜明的阶级斗争性质外,剧作还突出地呈现了祝家庄内部"庄主"与"穷人"这两大阶级之间的对立。在第一幕第九场中,祝家佃户钟离老人向石秀讲述了只因"自己欠了四斗租粮"导致妻子被庄主逼死、儿子钟离群被庄主"拉去打仗"的苦难和不幸。在老人看来,庄主"专与梁山好汉作对",只是为了他们自己"保护家产,做大官,发大财",而"害苦"了"我们这些穷人"。剧作以类似这样的一些描写,在揭露庄主残忍、横暴、自私本质的同时,极其清楚地显现出了"他们"(庄主)与"我们"(穷人)之间的阶级分野以及不可调和的阶级矛盾。1945年7月,来延安商谈国是的黄炎培观看此剧后,对剧中这些"特别添上"的"新资料"产生了深刻的印象。在日记中,他这样记下了他的观后感:剧中,"祝太公家一群司账、门公……对主人一味献媚,对佃户欺压骄横,无所不为,弄得佃户怒气冲天。宋江一大群男女打进祝家庄,就得这一群农民助力";由此,他感觉到此剧成了"一种利器"③,即一种鼓吹阶级斗争的锐利武器。

总之,剧作通过揭示梁山与祝家庄之间阶级斗争的性质以及祝家庄内部的阶级对立,对阶级斗争理论进行了积极的鼓吹。这极大地改变了《水浒传》原有的思想性质,并进而颠覆了《水浒传》的英雄史观。《水浒传》所强调的本是梁山"好汉集团"的性质,这样,在具体斗争的描写中,它就必然会强调英雄

---

① 李纶:《谈历史剧的创作》,《解放日报》1945年10月2日。
② 参见《〈三打祝家庄〉开始公演很有政策教育意义》,《解放日报》1945年3月1日。
③ 转引自陈晋:《文人毛泽东》,上海人民出版社1997年版,第252页。

好汉个人的作用而忽视群众的力量。为了纠正《水浒传》英雄史观的弊病、宣传人民创造历史的唯物史观,剧作首先淡化了个人的地位和作用。它用来构造全剧的核心是梁山与祝家庄的斗争(即"三打"),而不是主要人物。小说中原本比较重要的人物(如宋江、石秀、孙立、乐和等)在剧作中也都成了某个阶级的代表,在很大程度上被抹去了"好汉"的性质。其次,根据毛泽东"要写好祝家庄的群众力量"①的指示,剧作者们对群众的作用作出了较为充分的揭示,并为此在剧作中创设了《水浒传》中原本没有的群众形象。上文提到的钟离老人之子钟离群就是其中较为突出的一个,剧作对群众斗争和群众场面的描写也主要是围绕他展开的。他最初出现在第一幕第三场。在修盘陀路时,他向其他庄客讲述其母被祝家逼死之事。为此,他被祝彪抓来审问、险些挨打。到第三幕第十二场,他和其他庄客被祝家赶进庄里,陷入了"无有衣来无有饭,啼饥号寒实可怜"的困境。在第二十场和第二十二场乐和智取寨门、梁山好汉杀进庄里时,他鼓动其他庄客"就此反了",对梁山好汉予以了积极的配合。最后,在庄客拿着灯笼火把热烈欢送梁山好汉班师之时,他参加了队伍也一同去了梁山……

当然,因为对阶级斗争理论和唯物史观的理解过于机械和片面,唯恐突出个人及其个性而遭到诟病,剧作在人物设置和刻画上也出现了一些问题:一是没有创造出鲜明完整的主人公形象。作为一个"大戏",全剧共三幕四十二场,其中没有一个贯穿全剧的主人公,而是每幕各有一个中心人物,他们依次是石秀、宋江、乐和。这样的人物设置方法,导致了剧作结构的松散和向心力的缺失。二是没有充分揭示出人物的个性化性格。不但剧中诸如"四庄客""众百姓""车夫""挑夫"等无名人物面影不清晰,就是在50余个有名有姓的人物中,"除石秀、祝太公、乐和、顾大嫂、李妈、祝家大少奶奶等人略具性格

----

① 魏晨旭:《"巩固了平剧革命的道路"——〈三打祝家庄〉的创作是在毛主席指示下进行的》,《人民戏剧》1978年第12期。

外,其他有的人物还是模糊的"①。出现这一情况的主要原因在于:编剧们在创作时大多是把人物作为阶级的共性化符号来理解和表现的。这样,人物就成了演绎阶级性的工具。而人物一旦成为"工具",其自身个性化性格的揭示与刻画自然也就显得无足轻重甚至多余。剧作在人物设置和刻画上存在的这两个问题,对于艺术表达来说,自然是明显的缺陷。但是,正是这些问题的存在,倒是从一个方面显现出编剧们宣传阶级斗争理论和唯物史观的自觉和急切——只是他们在宣传时没有能够把相关理论作出充分艺术化的表现罢了。

第二节　弘扬调查研究的整风精神

《三打祝家庄》创作之时,延安整风运动正在进行之中,并已进入到最后一个阶段——总结历史经验阶段。于是,整风运动既成了剧作创作的重要时代背景,而对于整风精神的积极响应和弘扬也成了剧作重要的现实意蕴。众所周知,"反对主观主义以整顿学风"是毛泽东 1942 年 2 月在《整顿党的作风》的演说中提出来的延安整风的中心内容。早在全党整风的准备阶段,毛泽东就在 1941 年 5 月所作《改造我们的学习》的报告中,深刻地阐述了党的实事求是的思想路线,尖锐地批判了主观主义的作风。而要做到实事求是、克服主观主义,就必须注重调查研究。为此,中共中央采取一系列措施,在全党兴起了调查研究之风。同年 7 月,成立了以毛泽东为主任的中央调查研究局;8 月,发布《中共中央关于调查研究的决定》,重申了"没有调查就没有发言权这一真理",要求全党"力戒空疏,力戒肤浅,扫除主观主义作风,采取具体办法,加强对于历史,对于环境,对于国内外、省内外、县内外具体情况的调查与研究"②。在全党普遍整风阶段,参加整风的干部学习文件后,还于 1942 年

---

① 金灿然:《论〈三打祝家庄〉》,《解放日报》1945 年 3 月 30 日。

② 《中共中央关于调查研究的决定》,中共中央文献研究室等编:《建党以来重要文献选编(一九二一——九四九)》第 18 册,中央文献出版社 2011 年版,第 530、531 页。

6—7月间参加了由中央组织的考试。考试题目是经过毛泽东修改过的,其中,有一题即是:"你接到中央关于调查研究的决定后,怎样根据它来检查并改造或准备改造你的工作?"①中央对调查研究的高度重视,由此可见一斑。

"调查研究",作为一种科学的工作方法和思想方法,是中央在整风运动中所大力倡导的,是标示着整风精神的核心话语之一。对此,作为整风运动的亲历者,编剧们是有深切体会和深刻认识的。任桂林说过:"当时正是在整风学习的过程中,反对主观主义,提倡调查研究;反对粗枝大叶、华而不实,提倡对不同矛盾的解决采取不同方法的实事求是的态度。这些思想对我们创作很有影响"②。由于业已经受过并且继续经受着整风运动的洗礼和教育,他们在编剧时便自觉将自己所接受的整风运动重视调查研究的思想融入其中,并通过剧中相关人物和场面的描写表现了出来。

《水浒传》以及根据《水浒传》改编的京剧传统剧目《石秀探庄》(一名《探庄射灯》),均有宋江为了攻打祝家庄、分遣石秀和杨林刺探军情之情节。这一情节本身即蕴有重视调查研究之意。毛泽东早在1937年8月所作《矛盾论》中就对此作过分析,强调过宋江"后来改变方法,从调查情形入手"对于改变整个战局、并最终"打了胜仗"的意义③。因此,即使是简单地袭用这一情节,也能收到借古喻今之效。从大的框架来看,剧作《三打祝家庄》第一幕采用了这一基本情节,但是,它却不是简单的袭用,而是一种创造性的化用。这主要表现在:为了强化"调查研究"这一主题、弘扬整风运动所倡导的调查研究的精神,它通过对原作的改造和生发,大大充实了相关内容和细节,并对之作出了更充分、更细致的表现和刻画。这突出地表现在以下两个方面:

首先,以石秀和杨林的鲜明对比,有力地表现了务实作风之重要性。剧中的杨林是一个空疏、肤浅的"主观主义者"形象,是"粗枝大叶、华而不实"作风

① 李蓉:《中共七大轶事》,人民出版社2009年版,第86—87页。
② 任桂林:《〈三打祝家庄〉创作回忆》,《戏剧报》1962年第5期。
③ 毛泽东:《矛盾论》,《毛泽东选集》第1卷,人民出版社1991年版,第313页。

的代表。他自以为是、粗心大意,将自己打扮成"降魔法师",置石秀"大路之上敌人恐有埋伏"的忠言于不顾,"手摇串铃,傲然而去",执意走大路进庄,因而误入歧途。在此情况下,他竟与虎谋皮,要"祝家心腹、流氓头子"祝小三为他指明道路,终被其拿下。石秀所预料的"杨林哥哥没分晓,粗心大意做事太不高。倘若稍有疏失,误事陷笼牢",成了事实。

与夸夸其谈、浮而不实的杨林形成鲜明对比的是扮作樵哥的石秀。他谨慎务实、机敏过人,以自己的才智和勇敢圆满地完成了"打探"的任务。在去往祝家庄的路上,他根据自己"本庄来往之人,俱走小路"的观察,遂沿小路到了庄前,在机智地应对祝小三后进了庄门。之后,他想方设法取得了钟离老人的同情和信任,并在老人的帮助下,探明了从庄里到山下二十余里盘陀路"但见白杨树时,向右转弯,便是活路"的走法,并辗转获得了祝家庄截杀梁山好汉时以"红灯为号,白雁翎为记"的重要情报。在宋江不等回报便冒然进兵而在盘陀路中被困时,石秀从喝醉的祝小三处偷得雁翎,急速赶去,领梁山好汉见白杨右转,左突右冲而出了险境。而当敌军以红灯为号截杀梁山好汉时,又是凭着石秀获得的情报,由梁山将领花荣将红灯射落,造成了敌军的慌乱。总之,梁山好汉之走出困境,均依仗石秀细致务实的调查研究工作。这正如后来宋江对石秀所言:"此番得能杀出重围,皆贤弟探庄之功也"。

其次,以宋江的深刻反省,形象地说明了"不明情况"之危害性。宋江对祝家庄用兵,虽也有调查研究、否则便没有派出杨林和石秀探庄之举,但是,在欧鹏探得"杨林哥哥被擒,石秀贤弟下落不明"时,出于义气和激愤,便听信李逵"祝家庄紧闭寨门,定是怯战。就该马上进兵"的建议,在没有得到回报的情况下,贸然率领"众家贤弟"去攻打祝家庄。在第一幕第十场中,在梁山好汉被困盘陀路中时,他就反省此次梁山"损兵折将"都因"是我宋江一时大意,不明地理,冒然进兵"。到第二幕第三场,在得知"我营三百丧性命,二百弟兄被贼擒"时,他又再次将此归因于"这是我用兵不谨慎,不明情况贸然进兵"。宋江从"一打祝家庄"中吸取教训,认识到了深入细致的调查研究对于正确决策的重要性,因而在李逵急于"二次攻庄把功成"时,他明确表示:"再不可贸然进兵了。"对于"不明情况"之危害性和调查研究之重要性的认识,后来还不仅属于宋江个人,它也成了许多梁山好汉的共识。如林冲、花荣等也都更加明白了"知己知彼百战百胜""不明情况不可进兵"的道理。梁山好汉在血的教训中痛切地发现了"不明情况"的危害性,这从反面显现出了深入细致的调查研究之重要意义。

总之,剧作通过对《水浒传》以及京剧《石秀探庄》原有素材的改写与生发,在对原有情节的创造性的化用中,积极弘扬了调查研究的精神。它与《水浒传》以及京剧《石秀探庄》中相关情节显示出来的意义指向和毛泽东在《矛盾论》中的相关分析,均有其相通之处,因为它们倡导的都是同一种科学的工作方法。但是,剧作对这一精神的倡导,却又有着为《水浒传》甚至是《矛盾论》所不具有的特定的时代色彩。在当时整风运动的历史语境中,"调查研究"被视作是"扫除主观主义作风"之利器,具有了超乎一般方法论之上的意识形态方面的价值和意义;因而,倡导"调查研究",既是对于整风运动的响应,也是整风运动本身的成果。正因为倡导"调查研究"被寄予了这些重要的意识形态的内涵,所以,剧作才会对《水浒传》以及京剧《石秀探庄》中的"探庄"作出这样的创造性的化用。

第三节 历史题材的表现与现实性
品格的强化

综上所述,除为解放敌占城市提供"策略教育"外,《三打祝家庄》还宣传了阶级斗争理论和唯物史观,弘扬了整风运动所倡导的调查研究的精神。它也因此拥有了从"内容"("民族斗争"与"阶级斗争")到"方法论"("调查研究")方面的相当丰富的现实意蕴。剧作承载起这些能够发挥教育功能的现实意蕴,是编剧者积极贯彻有关意识形态要求的结果。1942 年 5 月,毛泽东在《讲话》中提出"必须继承一切优秀的文学艺术遗产,批判地吸收其中一切有益的东西"的重要观点①。同年 10 月,在延安平剧研究院成立之时,他又以"推陈出新"的题词为之指明了进行平剧改革的方向。1943 年 3 月,中央文委更是具体而明确提出了"为战争生产教育服务"的剧运方针,延安平剧研究院对此迅速响应,"决定坚决无条件的执行中央文委的指示",并将"创造直接间接能为战争、生产、教育服务的新的历史剧本"作为"今后该院工作方向"之一②。在创作《三打祝家庄》之前,负责该剧编演组织工作的中央党校教务处主任兼延安平剧研究院院长刘芝明也要求编剧们"要为当前的政治需要服务"③。编剧们将这些要求贯彻于整个创作过程,使这部历史剧的内容具有了相当鲜明的现实针对性,并因此颇为充分地发挥了现实"教育"功能。据《解放日报》当时的报道,一般观众观看以后"心中激起了一种强烈的学习政策的愿望";直接指导过该剧创作的中央党校副校长彭真也肯定:剧作的演出,"证明了平剧可以很好地为新民主主义政治服务,即为人民服务,特别是第三幕,对于我们抗日战争中收复敌占区城市的斗争是有作用的"④。后来,扮演过剧中人物扈太公的演员薛恩厚也回忆说:"《三打祝家庄》这出戏给人的教育意义是很大的。其中,尤其以能具体而形象地表现了'调查研究'、'各个击破'、'里应外合'及地下斗争的情景……就更给人以极大的启发和教育,特别是抗日战争进入反攻阶段的时候,对革命干部进行策略教育来说,尤有其特殊的教育意义"⑤。

　　《三打祝家庄》以历史题材承载现实意蕴,从而使历史剧服务于现实,这

①　毛泽东:《在延安文艺座谈会上的讲话》,《毛泽东选集》第 3 卷,人民出版社 1991 年版,第 860 页。

②　《执行中央文委决定平剧院确定今后方向(审查修改旧剧本创作新剧本坚决为战争生产教育服务)》,《解放日报》1943 年 4 月 25 日。

③　任桂林、魏晨旭、李纶:《忆刘芝明同志领导编演〈三打祝家庄〉》,《中国戏剧》1979 年第 8 期。

④　《〈三打祝家庄〉开始公演很有政策教育意义》,《解放日报》1945 年 3 月 1 日。

⑤　薛恩厚:《〈三打祝家庄〉创作的两点体会》,《北京文艺》1962 年第 5 期。

突出地反映了前后期解放区文学对现实性品格的一贯追求。虽然《逼上梁山》作为"旧剧革命的划时期的开端"①也有很大影响,但是,其最初的创作过程却"带有相当程度的自发性质";而《三打祝家庄》则与之不同,它自始至终都是在"有组织的领导下自觉创造出来的"②。正因如此,《三打祝家庄》较之《逼上梁山》以其"创造"时的高度"自觉"(包括服务现实方面的"自觉")就更能呈现出解放区文学的现实性品格来。

自然,解放区文学现实性品格主要是通过从社会现实生活中直接汲取创作材料、通过对社会现实生活的直接反映来体现的。在前期解放区文学阶段,许多作家创作出了大量的反映现实生活、服务于现实斗争的作品。例如,柯仲平1938年所作的叙事长诗《边区自卫军》就"敏锐而虔敬地"承担起了它"对崭新现实应负的任务:努力去把握,认识这现实底本质;并制作比现实更完整,更深刻,更真实的艺术品,以反映这现实,推动这现实"③。对于冀晋豫解放区1939—1940年创作的近30种"小型作品",李伯钊总结说,其"题材的摄取,都是敌后现实斗争的片段,和民众的生活反映","作品的主题,差不多都合乎现实的需要,部分地解答了社会所提出的一些重要的课题"④。到20世纪40年代初期,解放区文学也仍然沿袭了此前的题材取向。例如,其边区纪事和"反顽"主题的表现,也均是从现实生活中取材,并以此为现实服务。(详见第八章、第九章)

解放区文学进入后期阶段后,在对文学与现实生活关系的理解上,它与前期文学是一致的。在后期文学阶段,文艺工作组织者先是号召"写出我们对抗战的歌颂,写出我们对敌人的仇恨",以此"把根据地所有一切人们燃烧着

---

① 毛泽东:《看了〈逼上梁山〉以后写给延安平剧院的信》,见杨绍萱:《中国戏曲发展史略与旧剧革命的方向》,《人民戏剧》创刊号,1950年4月。

② 魏晨旭:《〈三打祝家庄〉巨大的历史成就及其严重缺陷》,《中国京剧》2002年第6期。

③ 张振亚:《读〈边区自卫军〉》,《文艺战线》第1卷第3号,1939年4月。

④ 李伯钊:《敌后文艺运动概况》,《中国文化》第3卷第2、3期合刊,1941年8月。

的抗战的心,燃烧得更猛烈些"①;后来又将"必须更多更好地反映人民解放战争,反映土地改革,反映生产建设"作为"今后的文艺工作任务"②提了出来。在创作者中,赵树理、丁玲、阮章竞等作家在"深入民众""深入生活"的过程中,以有意获取和实践获取的方式摄取现实题材进行创作,充分发挥了文艺的革命功利作用。与此同时,在群众文艺运动中涌现出来的、以《穷人乐》为代表的一些作品则更是以"真人演真事"的方法,"真实地反映了边区群众翻身的过程"③。(详见第十六章)据周扬统计、分析,在入选《中国人民文艺丛书》的 177 篇作品中,"写历史题材"的只有 7 篇,而且它们所写的还"主要是陕北土地革命时期故事";其他 170 篇作品所写则均是现实题材。在现实题材中,"写抗日战争、人民解放战争(包括群众的各种形式的对敌斗争)与人民军队(军队作风、军民关系)"的最多,有 101 篇;"写农村土地斗争及其他各种反封建斗争"的次之,有 41 篇。根据这组统计数据,周扬得出了结论:在解放区文学创作中,"压倒一切的主题"和题材是反映现实生活中"民族的、阶级的斗争与劳动生产"的④。

从上述分析中可以看出,前后期解放区文学均重视对现实生活的直接反映;通过现实题材的摄取与表现去为现实服务,这是前后期解放区文学获得现实性品格的主要渠道。但是,它却不是唯一的渠道。周恩来说过,"演现代剧可以表现时代精神,演历史剧也可以表现时代精神"⑤。作为现实题材的补充和拓展,前后期解放区文学以历史题材的采撷和表现同样显示出了其现实性品格。这样,以现实题材为主、以历史题材为辅来铸造现实性品格,就成了前

---

① 《论"根据地文社"的建立(社论)》,《抗战日报》1943 年 10 月 27 日。

② 《我们的希望(代发刊词)》,《华北文艺》创刊号,1948 年 12 月。

③ 《中共中央晋察冀分局关于阜平高街村剧团创作的〈穷人乐〉的决定》,《晋察冀日报》1945 年 2 月 25 日。

④ 周扬:《新的人民的文艺》,中华全国文学艺术工作者代表大会宣传处编:《中华全国文学艺术工作者代表大会纪念文集》,新华书店 1950 年版,第 70、71 页。

⑤ 周恩来:《对在京的话剧、歌剧、儿童剧作者的讲话》,《周恩来论文艺》,人民出版社 1979 年版,第 112 页。

后期解放区文学的共同追求、共同特性。这也是前后期解放区文学关联性在题材取向上的具体体现。与现实题材的创作相比，此类历史题材的创作虽然书写对象不同，但为现实服务的目的却是一致的。具体来说，就是相关创作者根据现实需要去选择与现实有较高关联度的历史题材，并通过主体精神对历史题材的投射和渗透，从而使历史题材的表现具有了为现实服务的意义。解放区这类历史题材的创作主要集中在以平剧为代表的旧剧领域。据金紫光回忆，在前期解放区文学阶段出现了许多利用旧形式为抗战服务的做法，在"演出抗战的现实题材剧"的同时，还演出了"历史上的抗敌英雄故事剧"①。任均也提到，从 1940 年年初开始，延安"演出了一些新编或改编的历史剧"，其中有《梁红玉》《陆文龙》《岳母刺字》等②。（详见第二十章）而到后期解放区文学阶段，在旧剧改革中，这种借历史题材的改编以彰显"现实性"的做法发展到了更加自觉、更加成熟的阶段。《逼上梁山》与《三打祝家庄》的出现，就是这一阶段到来的重要标志。

在解放区文学的整体格局中，以历史题材的创作来为现实服务，是解放区文学现实性品格得到进一步强化的重要表现。这里不妨将解放区与国统区历史剧创作的背景作一简要对比。抗战全面爆发初期，解放区和国统区都上演过以历史上抗击外族侵略的民族英雄为主人公的历史剧。这一阶段，二者的目的是一致的，都是为了以此来激发民众的民族自豪感、并激励他们投身到神圣的抗战当中去。但是，到抗战中后期，二者的情况却发生了很大的变化。在国统区，随着政治环境的恶化和戏剧检查制度的强化，现实题材的表现受到了很大的限制，于是，进步戏剧界只得回到历史中去撷取题材来借古鉴今或以古讽今。可以这样说，国统区历史剧的兴盛很大程度上是在环境的逼迫下发生的、是不得不为的结果，它们本身虽然也具有其现实性，但是，却是现实题材受限后的替代品，因而，从总体上来看，它们的兴盛倒是整个国统区文学现实性

---

① 金紫光：《在延安编演〈逼上梁山〉的经验》，《戏剧论丛》1958 年第 2 辑。

② 任均：《回忆毛主席和周副主席对京剧改革的关怀和鼓励》，《戏曲艺术》1980 年第 1 期。

被"窄化"的表现。与国统区不同,解放区历史剧的产生是解放区戏剧界主动作为的结果,它们并不是现实题材的替代品,而是现实题材的延伸和补充,因而是整个解放区文学现实性品格得到强化的重要表现。当时,解放区戏剧创作之所以除现实题材外还需要摄取历史题材,是因为解放区仍然有许多观众对传统旧剧(主要是平剧)有着强烈的审美喜好。对此,延安平剧研究院成立之初就有清晰认识。它指出:"直到今天,广大群众对平剧的要求,非常强烈,革命干部,对平剧的兴趣,尤为浓厚。这证明平剧是有着深厚的群众基础,为广大群众所喜见乐闻的,有中国气派的民族的艺术表现形式。"①为了对这些"广大群众"和"革命干部"进行有针对性的教育,解放区戏剧界自然需要利用平剧这一为他们所喜见乐闻的艺术表现形式,并在创作时充分尊重平剧自身的特点。在刘芝明看来,平剧的重要特点之一是"演过去的历史的现实",这是他们之所以对平剧发生浓厚的兴趣并进而"爱好"平剧的原因之一,因此,"要利用旧平剧为革命服务,在目前就只有从历史剧开始"②。这样,以历史题材寓托现实意蕴创作出新编的历史剧,其直接目的就是使之能够为那些有特殊审美喜好的观众所接受,进而发挥其现实"教育"作用;但是,若将之置于整个解放区文学格局中来观察,这类历史剧的产生却也促使解放区文学拓展了服务现实的题材领域,强化了其现实性品格。

---

① 延安平剧研究院:《致全国文艺界书》,《延安平剧研究院成立特刊》,1942 年 10 月 10 日。

② 刘芝明:《从〈逼上梁山〉的出版谈平剧改造问题》,《解放日报》1945 年 2 月 26—27 日。

第十三章　后期解放区文学中的
国民性批判

　　1949 年 7 月,在第一次文代会上,周扬在论及后期解放区文学"新的主题,新的人物"时,使用了"新的国民性"这一概念。与鲁迅所鞭挞过的作为"一种落后精神状态"的"国民性"相对,这一"新的国民性"是挣脱了"精神枷锁"、发展了民族"优良品性"的结果,是"人民身上"所负载的"新的光明"的体现。在他看来,后期解放区文学的重要成就即在于:它"反映着与推进着新的国民性的成长的过程",这也是它作为"新的人民的文艺不同于过去一切文艺的特点"①。确实,"人民"在战争与生产中做出了"伟大贡献"、呈现出了新的精神面貌,因而,后期解放区文学在表现他们时着意揭示其"新的国民性"特质,正是自然不过的事情。但是,这并不是说,揭示其"新的国民性"特质就是后期解放区文学表现"人民"的唯一视角和唯一内容。事实上,与前期解放区文学一样,后期解放区文学同时还继承了"五四"启蒙传统,仍然一以贯之

---

　　①　周扬:《新的人民的文艺》,中华全国文学艺术工作者代表大会宣传处编:《中华全国文学艺术工作者代表大会纪念文集》,新华书店 1950 年版,第 75、76 页。按:早在抗战初期,周扬就乐观地发现"中国农民"在战争环境中的迅速变化:"昨天还是落后的,今天变成了进步的;昨天还是愚蒙的,今后变成了觉醒的;昨天还是消极的,今天变成了积极的",因此,他称"中国农民"是"觉醒了的阿 Q"(见周扬:《新的现实与文学上的新的任务》,《解放》第 42 期,1938 年 6 月)。不难看出,"新的国民性"与抗战初期提出的"觉醒了的阿 Q"具有一脉相承的关系。

地鞭挞了其"国民性"中"落后"的一面,从而在新的历史时空中书写出了国民性批判的新篇章。在以往的相关研究中,有学者在述及整个"解放区的文学创作"时,曾经感叹"对'国民性'主题的批判性的呐喊"等内容在其间付诸阙如,"再也无法找到文字的印痕"①。稍后,有学者对此观点作出了一定范围内的反拨,正确地指出:在前期解放区文学阶段,多数作家"仍然延续着'启蒙'的角色和意识""'启蒙'话语仍然支配着延安一些主要小说作者的思维方式",但是,却也同样认为:到后期解放区文学阶段,"没有人再在小说中触及'启蒙',前期延安小说这样一个重要关切化于无形"②。事实上,在后期解放区文学中,这种"文字的印痕"既有迹可循,作为前期文学"一个重要关切"的"启蒙"也未"化于无形"。为了还原历史本真、客观认识后期解放区文学的复杂构成,本章以相关文本为基础,对其中国民性批判问题作出进一步的探讨。

第一节　批判等级意识和迷信观念

数千年来,"有贵贱,有大小,有上下……一级一级的制驭着"③的封建等级制度不但铸就了中国传统社会的超稳定结构,而且窒碍了国人自我意识和自主人格的发生。虽然"五四"启蒙运动对封建等级制度和维护这一制度的儒家学说发起过猛烈的攻击,但是,等级意识作为一种思想意识此时还残留在解放区许多农民的脑海之中。④ 在解放区农村中,存在着"干部"与"群众"两个群体。这本来缘于正常的社会分工,并无"贵贱""大小""上下"之别。但是,解放区作家却发现:在这两个群体中,不但有些"干部"自以为高于"群

---

① 刘中树等主编:《中国现代文学思潮史》,华中师范大学出版社 2009 年版,第 15 页。

② 李洁非等:《解读延安——文学、知识分子和文化》,当代中国出版社 2010 年版,第 224、235 页。

③ 鲁迅:《灯下漫笔》,《鲁迅全集》第 1 卷,人民文学出版社 1981 年版,第 215 页。

④ 在解放区,"农民"是"人民"的主体,解放区文学后期借以展开国民性批判的基本载体也是其中的落后农民,因此,本章的相关论述即聚焦于解放区文学后期所塑造的落后农民形象。

众",而且有些"群众"也自以为低于"干部"。毫无疑问,是等级意识导致了他们这种错误的自我认知。以赵树理、洪林、丁玲等为代表的解放区作家对此作出了生动的描写,对其中所包蕴的等级意识作出了深刻的批判。

在小说《李有才板话》中,赵树理较早刻画出了一个蜕化变质的农村干部形象——陈小元。他原是"老槐树底下"的小字辈中的穷人,但是,自从当了村武委会主任后,在地主阎恒元的拉拢腐蚀下,很快就变了质:他"不生产、不劳动","割柴派民兵,担水派民兵,自己架起胳膊当主任"。五年之后,赵树理在小说《邪不压正》中又塑造出了一个"在运动中提拔起来"的、"往不正确的路上去"的"村级新干部"①——小昌。他曾经当过长工,在与地主的斗争中一度也相当积极,但是,在当上农会主任后,却也很快"变坏"。其斑斑劣迹,正如工作团的组长在整党会上当面批评他时所说:"为了给自己的孩子订婚,在党内党外布置斗争,打击自己的同志,又利用流氓威胁人家女方,抢了自己同志的恋爱对象,这完全学的是地主的套子,哪里像个党员办的事?"与小昌一样,洪林的小说《洗去"金豆子"上的灰尘》(后更名为《莫忘本》)中的主人公朱元清也是一个长工出身的村干部。自打当了村长,他这颗"金豆子"也很快蒙上了"灰尘",变得贪婪而又专横。土改时,他以村政的名义多留了十二三亩地,"夺了好多穷兄弟们的饭碗";他让农会会员收完这些地上长出的谷子后,竟理直气壮地占为己有。不但如此,他还为所欲为,认为"老百姓天生奴隶性,不带点压迫就办不成事",俨然一副土霸王嘴脸。对于向他提意见的军属姚大娘,他不屑一顾,甚至还狂妄地宣称:"全中国数着个毛泽东,全县数着个高县长,这张家庄一溜十拉个庄子,还不就数着我朱元清!"为什么这些人一"提拔"成干部就趾高气扬、横行乡里? 主要原因就在于他们自以为当了"干部"就高人一等的等级意识在作祟。

如果说陈小元这些"干部"错误的自我认知导致了他们自我膨胀的话,那

---

① 赵树理:《关于〈邪不压正〉》,《人民日报》1950 年 1 月 15 日。

么,"群众"错误的自我认知则导致了他们的自我矮化。《李有才板话》中的老秦就是这样一个人物。县农会主席老杨的饭派到他家后,他借盐借面给老杨做了汤面条;在打谷场上,其他人围着老杨问长问短,只有他仍是毕恭毕敬站着、不敢随便说话。他之所以对老杨如此恭敬有加,是因为在他眼里老杨是"衙门来的人",其等级是高于自己的。除此之外,这部作品与丁玲的长篇小说《太阳照在桑干河上》还都写到一些农民"认不得事",没有"明了自己是主人",认为减租减息成果和土改成果不是依靠自己斗争得来的,而是别人"给"的。前者中的老秦以为押在地主那里的地能够退回全依仗了老杨这样的"干部",所以,他把他们视作"救命恩人"来磕头谢恩。后者中的郭全把分到几棵果树,也看作"全是你们(指工作组的干部——引者)给咱的";侯清槐也认为,"地"是有人随"毛主席的口令""给咱们送"来的。在老秦、郭全和侯清槐这些普通"群众"的思维方式中,蕴含着"我"("咱们")、"你们"的对举模式以及"你们送给咱"的被赐予心理。他们把"干部"看作是高于自己、主宰了自我命运的力量,这种错误认知自然正源于其自以为低于"干部"的等级意识。

在现实生活中,那些具有等级意识、心甘情愿地将自我命运交由他者掌握的农民,当其遇到不可认知之物或面对不可预知的未来时,在他们的心理世界中,必然会将自我命运交给另一个他者(即神灵天命)去支配,从而导致迷信观念的发生。正是因为二者之间有着如此的逻辑关联,所以,后期解放区文学在批判等级意识的同时,还展开了对农民迷信观念的批判。据解放区作家分析,农民的迷信观念包含着神灵认同("是'报应不爽',是'举头三尺有神灵'")和天命认同("是'听天由命,安分守己',是'万事由命不由人'")这两个方面,因此,为了"从阴阳先生、巫神法师手里夺取群众"①、解放群众思想,他们也从这两个方面展开了对农民迷信观念的批判。

所谓"神灵认同",是认为神灵对人有支配力量而对之持畏惧和遵循状

---

① 王春:《继续向封建文化夺取阵地》,《北方杂志》创刊号,1946 年 6 月。

态。周扬指出:赵树理"不但歌颂了农民的积极的前进的方面,而且批判了农民的消极的落后的方面"①。他在小说《小二黑结婚》中对"农民的消极的落后的方面"的批判,主要就集中在他们对神灵的认同方面。他以讽刺的笔调刻画了刘家峧的"两个神仙"的形象:二诸葛"抬脚动手都要论一论阴阳八卦,看一看黄道黑道";三仙姑则"每月初一十五都要顶着红布摇摇摆摆装扮天神"。其实,在解放区,相信神灵的迷信观念不但在落后农民的脑子里根深蒂固,在农村先进人物那里也有残余。高生亮是欧阳山的长篇小说《高干大》着力塑造的一个由农民成长为共产党员的正面典型,但是,作者在第二十一章"青蛇的故事"中仍然相对集中地暴露了他思想里存在着的"迷信的残余",写出了他"对于鬼神却不能彻底否定"的一面。他相信神灵,说那条青蛇"三个月以前,我不叫别人伤它;三个月以后,它就不叫别的东西伤我",因此,是它"救了咱们的性命"。他对自己编出的这个荒诞不经的"故事"笃信不疑,而且还通过几个干部"在全区全县的老百姓当中传播"开来,产生了较大的负面影响。

解放区作家对二诸葛、三仙姑等落后群众和高生亮这样的农村先进分子展开如此描写,说明他们业已意识到"神灵认同"观念在解放区作为"封建遗迹"之"广大"和"在某些领域……暂时还占着优势"②之状态。对于这一状态及其危害性,他们还以"卫生"和"生产"为重点题材"领域"展开了具体描写。"卫生问题"曾被毛泽东视作"边区群众生活中一个极严重的问题",他们"没有旁的方法战胜疾病、死亡的威胁,只有相信神仙"③。正是因为认识到了"卫生问题"与"相信神仙"之间的内在关联,所以,解放区作家对"神灵认同"观念的批判常常依托了"卫生"方面的题材。这方面的代表作有李季的陕北说书

---

① 周扬:《论赵树理的创作》,《解放日报》1946 年 8 月 26 日。
② 罗迈(李维汉):《开展大规模的群众文教运动》,《解放日报》1944 年 11 月 20 日。
③ 毛泽东:《关于陕甘宁边区的文化教育问题》,《毛泽东文集》第 3 卷,人民出版社 1996 年版,第 119 页。

《卜掌村演义》和葛洛的小说《卫生组长》。前者叙述的是定边县卜掌村中医崔岳瑞"从一九三四年起,和迷信整整地斗争了十年,终于战胜了迷信"的故事,其主旨即在揭露和破除"有些人在旧社会里,中毒太深,还是信神信鬼"的迷信观念。后者以"我"对卫生组长"老乔"访问为线索,具体展示了北岽村这个"很落后的村子"不讲卫生和"什么时候得了病,就请神官马脚来治"的陋习,同时还通过人物对话间接写出了在另一个村子里发生的一个年轻婆姨患病后因家人"请来巫神糊弄"而致死的惨剧。此外,解放区作家还以"生产"为题材,揭露了农民"神灵认同"观念的愚昧及危害。例如,李季在小说《老阴阳怒打"虫郎爷"》中写道,主人公赵阴阳天天烧香念经,"肚子里净是些神神鬼鬼"。虫灾发生后,他认为,蝗虫是上天虫郎爷所管,只要修上一道表章求求虫郎爷,三天之内,虫灾便能退净。但是,他用尽"办法"、并"诚心诚意"地跪了几天,蝗虫仍然没退。这充分说明,他的"神灵认同"观念是无效的;它不但无效,而且事实上妨碍了生产、成了科学战胜蝗灾的巨大障碍。

在批判农民的"神灵认同"观念的同时,解放区作家还批判了他们的"天命认同"观念(即宿命论)。由于在现实世界中这种观念在老一辈农民那里有着更为突出的表现,所以,解放区作家在审美世界中所塑造的这类形象也以老一辈农民为主。他们中较有代表性的是:西戎等人的剧作《王德锁减租》中的王德锁,马健翎的剧作《穷人恨》中的安老婆,《太阳照在桑干河上》中的侯忠全和李之祥,周立波的长篇小说《暴风骤雨》中的老孙头等。解放区作家通过对这一系列老一辈农民形象的塑造,深刻地揭示了其"天命认同"观念的内涵与危害性。首先,在这些农民看来,一切都是由人无法控制、不可抗拒的命运决定的。如李之祥自认"穷就穷一点,都是前生注定的";老孙头也以为一切均是天书定下,自己穷了大半辈子,是因为自己"命里招穷"。就像穷人的"穷"是命中注定的一样,富贵之人的"富贵"也是天定的。王德锁对妻子说过,"当财主的什时候也是有权有势";安老婆也认为,不管怎样改朝换代,世事总是人家有钱人的。其次,他们既然相信"死生有命,富贵在天",就必然会逆来顺受、随遇而安。信奉"极端迷信的宿命论的教义"的侯忠全说过:"守着你那奴才命吧,没吃的把裤带系系紧。"抱着这种处世哲学并且"对命运已经投降"的他自然就"把一切的被苛待都宽恕了"。作家通过对其如此作为的描写,突出地呈示了"天命认同"观念对农民的恶劣影响,形象地说明了这种观念是农民走向解放道路的巨大心障:因为他们只要笃信天命、任由命运摆布,就不可能再产生任何改变自我命运的积极要求,更不可能有任何改变自我命运的实际行动。

第二节　揭示"遵从习惯"的守旧思想

等级意识、迷信观念是为那些没有自主人格、不觉悟的农民所具有的。解放区作家对这些思想意识的批判,其目的在于激发他们确立自主人格、以主人公的姿态积极参加到改变自我命运的现实斗争中去。与此同时,出于同样的目的,解放区作家还揭示了农民的守旧思想。这是对于前者的拓展和深化。具有这种思想的农民所"守"之"旧",即是先前的"老规矩"。从某种意义上来说,上文所指出的附着在他们身上的等级意识和迷信观念,其实也是"老规矩"中的重要内容。对于二者之间的这种关系,申均之在小说《他第一次的笑》中有着很好的揭示。作品写道,主人公于长贵据以行事的是他以为"谁也不能改"的"老辈传下的老规矩",而"老规矩"中的重要内容之一就是对"命"的信服。因此,可以说,解放区作家对等级意识和迷信观念的批判,其实也涉及对农民守旧思想的批判。但是,与等级意识和迷信观念相比,守旧思想的外延要显得更为宽泛;凡是固守传统、拒绝变革、表现出"向后看"姿势的思想,均具有其"守旧"特征。

早在19世纪末,美国人阿瑟·史密斯就指出:中国人有着"因循守旧的本能",这种本能表现在对"习惯"的"遵从"中;而"在遵从习惯的无以数计的人中,没有人会问其起源和原因。他们的任务就是遵守,他们也就只管遵守"，致使"中国的风俗习惯从形成至今一成不变"①。斗转星移，数十年过去了，在当时解放区的农民中，却仍然有人表现出这种"因循守旧的本能"。对此，赵树理后来曾作过这样的总结：在土改之前，一般农民"对地主阶级的压迫、剥削尽管有极其浓厚的反抗思想"，但是，对"由地主阶级安排"或"受地主阶级思想支配"的"文化、制度、风俗、习惯，又多是习以为常的，有的甚而是拥护的"②。为了推动农民参加到变革现实的实践中去，解放区作家通过对其"遵从习惯"的描写，展开了对他们守旧思想的批判。

解放区作家对农民"遵从习惯"的描写和对农民守旧思想的批判，其题材主要集中在婚姻习俗和家庭矛盾方面。在表现农村婚姻习俗方面，柳青的小说《喜事》和西戎的小说《受苦的日子算完结了》（后更名为《活出来了》）是代表作。两篇作品均以第一人称写成。前者中的叙述者"我"是一个回故乡过年的知识者。作品写了"我"的族弟、外号"傻子"的招财儿的两次婚变。靠着买卖婚姻的习俗，他娶了第一个婆姨。在第一个婆姨成为"公家人"与他离婚之后，其父秉仁叔叔又按老例替他娶了第二个婆姨，甚至迎娶的仪式也沿袭了旧俗，但是，新娘却拒绝与之同房，在遭公公痛打后逃走。旧式婚姻习俗就这样同时毁掉了男女双方的幸福。叙述者冷静审视了这一"喜事"背后的悲剧，揭示出这场婚姻悲剧的最重要的根因是故乡人对陈旧习俗的遵从。与前者中的"我"仅仅作为故事的叙述者的身份不同，后者中的"我"是作品中的主人公。作品以"我"的自述的方式控诉了乡村社会中流传既久的残酷的童养媳习俗。作品中的"我"是个"六岁上没有了妈，十一岁上死了爹"的苦命人，"到了十四岁上，当了小媳妇"。从那以后，她"当了半辈子奴隶"，不但整天像坐牢一样被囚在家里，而且遭受了无数次的"剋打"。直到村妇救会成立，她受苦的日子才算完结，"才算活出来了"。作品借主人公之口直斥童养媳习俗为

---

① ［美］阿瑟·史密斯：《中国人的性情》，晓敏译，中国法制出版社 2015 年版，第 104、101 页。
② 赵树理：《随〈下乡集〉寄给农村读者》，《文汇报》1963 年 6 月 2 日。

223

"埋人坑",从一个方面揭露了"旧制度、旧风俗、旧传统"对人的"束缚"①和"遵从习惯"的守旧思想对"人"的戕害。

解放区作家所描写的家庭矛盾涉及家庭关系的多个方面。例如,路的小说《袁凤》所表现的是父女矛盾。未出阁的袁凤被选为村妇女会的委员后,因为"东开会,西上课的",不但遭到了思想保守的奶奶、母亲、门亲族长和未来的公公的责难。在此情况下,本来鼓励袁凤参加社会活动的父亲向旧习惯、旧思想妥协,对袁凤实施了打骂。不过,相较而言,在解放区作家对诸种家庭矛盾的表现中,更为突出的是夫妻矛盾和婆媳矛盾。在他们笔下,夫妻矛盾一般都是因为所谓"世道坏,规矩败""女人不服家教管"(阮章竞的叙事长诗《漳河水》中思想顽固不化的张老嫂之语)而起。在解放区妇女解放思潮的影响下,妻子们走出家门,积极参加到社会活动中去。对此,思想守旧的丈夫们则视为离经叛道,并进而以"老规矩"("老规程")对她们进行"管教"。于是,夫妻矛盾便激化了。在白夜的小说《黑牡丹》中,出嫁还不到二十天的主人公钱兰英因参加妇女抗日救国会的"玩花船"表演,被斥为"败坏门风"。丈夫文玉对她施以拳脚,禁止她再去参加表演。古今的一篇小说名为《新规矩》,但重点却落在了对丈夫泥守"老规矩"的描写上。"受苦人"出身的九儿因父母"喜欢做生意的有钱",把自己嫁给了邹祝三。婚后不久,九儿抱着"人活着总得有个事"的朴素理念,想参加妇女生产小组、上识字班,而丈夫却只想让她在家"炒菜"和"做个针线"。最后,因九儿违逆了他的意志、上了半日校,丈夫竟出手动粗、"在夜里打她,拧她"。显然,丈夫如此的所作所为,所依凭的就是与"边区的新规矩"相对的"老规矩"。与此相似,《漳河水》中的二老怪想去管教"不服他指挥"去"热热火火闹互助"的妻子苓苓,其想法和"勇气"也是来自于这种"老规程"。在他看来,不但男女之间不平等(所谓"猪不离圈狗不

---

① 西戎:《关于〈喜事〉的写作答友人》,《西戎文集》第 5 卷,山西人民出版社 2001 年版,第 2382 页。

离院,/母鸡不离破篮片。/……自由平等永不成")是"老规程",就是"寻根棍,找条绳,/半夜打老婆"也是"老规程"。总之,上述这些作品通过描写因丈夫管教妻子而激化的夫妻矛盾,批判了他们的"猫捉老鼠狗看门,/锅台炉边才是女人营生"(二老怪之语)之类的"封建的老习惯"和"大男人的思想"。

与对夫妻矛盾的描写相似,解放区作家对婆媳矛盾的表现也同样具有揭露"老规矩"之思想意义。在农村社会的婆媳矛盾中,由于传统等级制度和意识的影响,婆婆的地位是高于媳妇的。因此,与丈夫管教妻子一样,婆婆管教媳妇也成了理所当然的"老规矩"。赵树理在小说《孟祥英翻身》中对当时解放区还在流传的这种"老规矩"作出了这样的概括性描写:"婆媳们的老规矩是当媳妇时候挨打受骂,一当了婆婆就得会打骂媳妇,不然的话,就不像个婆婆派头"。孟祥英的婆婆之所以在管教孟祥英时显得那样理直气壮、敢于声称就是在媳妇"放风"问题上"也得由我放由我收",就是因为"老规矩"给了她底气。赵树理通过描写婆媳关系上的这种"和前清光绪年间差不多"的"风俗"("老规矩"),揭露了这种"旧势力""压迫"人的性质和农民们的保守品格。

但是,与对夫妻矛盾的描写相比,解放区作家对婆媳矛盾的表现还有着更为丰富的文化内蕴。在传统农村社会中,婆婆与媳妇之间,既有压迫与被压迫的一面,又有传承与被传承的一面。在婆婆看来,媳妇除延续香火外,还承担着延续传统习惯的责任;媳妇只有忠实履行这一责任,亦即只有"守"住这个"旧",才是合格的、孝顺的媳妇。这样的认识,正是老一辈妇女守旧思想最深刻的体现。赵树理在小说《传家宝》中通过对婆婆李成娘和媳妇金桂之间婆媳矛盾的描写,对婆婆的这种守旧思想进行了揭露。作品中的婆婆"有三件宝:一把纺车,一个针线筐和这口黑箱子",她"只想拿她的三件宝贝往下传"。这是她大半生含辛茹苦、勤俭持家的证明,也是她思想狭隘守旧的象征。但是,被村里选为劳动英雄和妇联会主席的媳妇却"觉着那里边没大出息,接受下来也过不成日子"。从那以后,两人意见不合、龃龉不断。婆婆依照旧的习惯和旧的生活方式,在儿子面前责怪媳妇一冬天没有"拈过一下针""纺过一寸线"、埋怨她"衣裳鞋子都不做,到集上买着穿",其中流露出来的是远远落后于时代的守旧思想和价值观念。对此,赵树理以喜剧笔法作出了温婉的讽喻。

第三节　剖析自私心理和看客心态

等级意识、迷信观念与守旧思想这些国民性病症的存在,导致了那些落后农民自主人格的缺失,导致了他们对过往(习惯)的遵从、对现状的妥协。他们并不相信靠自己的力量能够改变自己的命运,甚至也根本无意于此。作为小生产者,他们既不能追乎其大,势必就会计较其小。他们所计较的是一己私利,其中所表现出来的是一种狭隘的自私心理。丁玲在《太阳照在桑干河上》第十七节中饶有深意地写了一段人物语言:"农民么,农民本来就落后,他们除了一点眼前的利益以外,就不会感到什么兴趣"。这段话是文采为他自己开了一个超长的动员会作辩解的,但丁玲却也同时借此巧妙地传达了自己对落后农民自私自利特点的认知。可以说,这在一定程度上也代表着一些解放区作家的认知。

综合来看,解放区作家对农民自私心理的描写和批判,大体围绕以下两个方面展开:首先,是他们的背公向私。韦君宜的小说《群众》被作者自己视作"青年知识分子在党的教育下""诚心诚意接受思想改造"的成果。作品通过描写民运部里新来的小墨等三个女青年知识分子在借宿时与房东夫妇的冲突,对知识分子脱离实际、喜好幻想、眼高手低等弊病虽然也作出了反省和否定,但是,在主干部分却以小墨等人的视角相当充分地揭露了房东夫妇的自私心理。当她们进了机关里找定的这对夫妇的窑洞后,男人"怕不放心",硬要小媳妇留下照看"新打下的粮颗子"。当时,在男人向总务科长解释屋子要人照看时,小墨就当面大声指出他是"自私自利观念"在作怪。小媳妇被她们撵

走后,因怕遭男人责打,午夜时又却折了回来。房东夫妇"自私自利观念"之
重,于此清晰可见。与这对房东夫妇一样,由冀中火线剧社集体创作、胡丹沸
执笔的独幕剧《把眼光放远一点》刻画的一对夫妇——老二与老二妻也表现
出了"农民的自私与眼光短小"①。在鬼子从炮楼下来"扫荡"之时,他们抱着
"坚壁一点是一点"的想法来坚壁自己的"衣裳,粮食,铺的盖的,大大小小,碗
碗盆盆";又因为爱子心切,他们写信让参加了八路军的儿子开小差、回来"过
安生日子"。之后数年,柳青在长篇小说《种谷记》中也刻画出了王克俭这样
一个利己主义者的形象。作为村主任,他却以一己私利为上,坚持"儿要自
养,谷要自种",反对组成变工队集体种谷。

　　当然,应该看到,房东夫妇要留下人来照看屋子和粮食、老二夫妇"舍不
得钱财,舍不得儿女"、王克俭坚持个人单干,从其个人角度来看,似也有一定
的合理性。这是因为他们如此之举均带有一点"自保其身"的意味,所要追求
和维护的似乎也是正当的个人利益,并没有以损人来利己。但是,他们却因如
此"向私"的行为无一例外地导致了对"公义"的背离。具体而言,房东夫妇事
实上干扰了小墨等人"为公"的工作;老二夫妇为了"眼前的那么一点儿利"而
"把革命放在一边"(老大语),忘掉了老大妻所说的"不打走鬼子哪儿有安生
日子过"的道理;王克俭则为了自己"能种好谷",在变工问题上违背了党的变
工互助的号召。

　　其次,是他们的唯利是图。与前述房东夫妇等人追求和维护正当的个人
利益不同,还有一些农民(包括民兵、村干部等)却表现出了对不当之利的追
逐,显现出了其唯利是图的本性。对此,马烽、西戎在长篇小说《吕梁英雄传》
中以生动的情节和细节作出了描写。作品第三十回写民兵张有义和康有富在
战斗刚结束时因争夺战利品起了纠纷。他们违反缴获归公的规定,"扯着一
件黄呢大衣"互不相让,以致最后"把大衣扯成两半"。共产党员康明理批评

————————
①　周扬:《〈把眼光放远一点〉序言》,《解放日报》1944 年 9 月 5 日。

他们是"发洋财思想"在作祟。第三十一回还写到部分民兵对"全民爆炸"消极抵制,原因竟是他们有"怕群众学会埋雷,不给他们帮耕土地"的"怪思想"。少数民兵身上的这两种"思想"显然都是贪图不当之利的具体表现。与在武装斗争中某些民兵一样,在土地改革运动中,许多农民也都表现出了这种思想。《太阳照在桑干河上》第五十三节写道,村里很多人心里都在盘算着"多分地,分好地"。第五十四节径以"自私"为题,对村干部以权谋私的情态作了描写和批判。干部们以"俨然全村之主"的姿态,常来评地委员会,要求"替他们找块好地";为了要块好地,村支部组织委员赵全功与钱文虎发生争执、几乎拳脚相加。

将这种唯利是图之本性发展到极致,而且其性质也显得更为恶劣的是某些农民(村干部)的损人利己、以权谋私。对此,素有"问题意识"的赵树理在《邪不压正》中作出了深入的描写。小说写道,下河村数十个干部和积极分子按照区里要求来"挤封建和帮助没有翻透身的人继续翻身"时,有人在会上就公开主张不能"光叫填窟窿"、自己要"再分点"。农会主任小昌也不顾元孩的反对,决定"公私兼顾",说:"要是怕果实少分不过来,咱们大家想想还能不能找出几个封建尾巴来?"这一意见竟"有许多人赞成"。最后,他们硬是将聚财等十多家本应受政策保护的中农当成"封建尾巴"切掉,就是为了让那些参加斗争的人多分"果实"。作者通过这一描写,深入地揭示了农民中的那些唯利是图者物质上的掠夺性和公序上的破坏性。

那些落后农民既以一己之利为中心,那么,在对待他人时则必然表现出一种缺乏关心和爱的看客心态。1934年2月,鲁迅在一篇杂文中写道:"假使有一个人,在路旁吐一口唾沫,自己蹲下去,看着,不久准可以围满一堆人"①。鲁迅所揭露的中国国民性中的这种空虚无聊的看客心态,在解放区作家的笔下再次得到了揭示。韦君宜在小说《群众》中以讽刺的笔触描写了这样的情

---

① 鲁迅:《一思而行》,《鲁迅全集》第5卷,人民文学出版社1981年版,第474页。

景:总务科长一大声招呼,"立刻从这空荡荡山坡的不知道什么神秘洞穴里,钻出来了一大群老老小小。一眼看去,孩子们仿佛全长得一样,圆头扁头,红裤绿裤,活像年画上的画面";等小墨她们一进屋,"门外那一群年画上的老老小小已经一拥都跟进来,看不清有多少"。在这里,这一大群"老老小小"都是鲁迅所说的"戏剧的看客"①。他们之"钻出来"和"跟进来",倒不是出于他们的热情和热心,而是因为他们的空虚和无聊。但是,不要以为他们这些"看客"仅仅是"看客"。一旦他们在"看"时还以自己陈旧落伍的价值标准去评价他者、贬斥他者,他们也就从空虚无聊的"围观者"一跃成了冷漠残忍的"围猎者"。章南舍在小说《王维德结婚》中写马洪乡妇救会长、在马家已寡居三年的刘兰英爱上了劳动英雄王维德。结婚之前,刘兰英去马家辞行。她一进庄子,庄里的人竟像"黄蜂一样的围了上来"。随后,人群一路尾随她走进院子、又走到屋里。此时,他们对她还只是好奇,把她看成是"一个稀奇的宝贝"。但是,紧接着,他们"有的说,有的骂,有的劝解,有的嘲笑,一会儿低声的交谈,一会儿又哄然大笑了起来"。他们以自己陈旧的伦理道德观念对刘兰英进行围猎,肆意剥夺寡妇再嫁的权利,从而显现出了其专横冷酷的面目。与刘兰英一样,菡子小说《纠纷》中的来顺妈与马烽小说《金宝娘》中的金宝娘也是被看客围猎的对象。前者在丈夫死后与长工刘二相好怀上身子,自此,她"只要一露面"就遭到了人们的"指指戳戳":他们或者指责她"作孽",或者幸灾乐祸、说她"吃苦"是咎由自取。后者为生活所迫曾卖淫为生,她因此被视为"下贱女人",以至于"活得还不如条狗",甚至还动过"寻死"的心;就是她那无辜的孩子也因她受了罪,"出去街上,人人欺侮",也成了人们围猎的目标。解放区作家以这些命运多舛的妇女为表现对象,在表同情于她们的不幸的同时,满含义愤地揭露了看客心态中的冷漠、冷酷乃至残酷的心理因素。

---

① 鲁迅:《娜拉走后怎样》,《鲁迅全集》第1卷,人民文学出版社1981年版,第163页。

第四节　国民性批判与"教育人民"

通过上述分析,我们可以看到,后期解放区文学着重通过揭露落后农民的等级意识、迷信观念、守旧思想、自私心理和看客心态等精神弱点,对附着在他们身上的"国民性"中"落后"的一面展开了批判。在刻画落后农民形象、批判落后的国民性时,这些作品大多运用了艺术辩证法,常常同时塑造出了具有如周扬所说"新的国民性"特质的进步农民形象,如《把眼光放远一点》中的一心要"把抗日工作做好"的老大一家、《邪不压正》中的公道正派的元孩,等等。他们是落后农民的对比性因素,也是帮助、教育落后农民的力量。除人物设置上的这一特点外,这些作品还大多写出了落后农民的转变,为他们安排了类似于"大团圆"的结局,诸如朱元清"决心改过"、三仙姑悄悄拆去香案、赵阴阳也扯碎了虫郎爷的牌位,等等。作品在人物设置和结局方面的如此安排,确实在一定程度上表露出了作家的乐观情绪,但是,它们却并没有因此从根本上遮掩和损减这些作品国民性批判的思想意义。就其对于国民性批判本身而言,它们并没有粉饰生活、回避矛盾,而是正视现实、聚焦问题,以对农民思想状况的真实描写形象地说明了"教育人民"的重要性和必要性。

这些作品能够寓载这种"教育人民"的思想价值不是偶然的,而是此期解放区作家自觉追求、有意作为的结果。以活跃在晋冀鲁豫边区的作家为例。他们对于"教育人民"不但有着很强的自觉意识,而且有着强烈的责任担当。《冀南日报》社长莫循对于"根据地的一般群众"思想状况作过一个基本判断,就是他们"在思想上无可讳言的封建思想仍占统治地位",因此,他认为,"开展启蒙运动的中心关键"是"要注意改造其认识"[1];太行文联秘书长张秀中

---

[1]　莫循:《开展启蒙运动的一个关键》,《华北文化》第9期,1943年3月。

也提出："以启蒙教育大众"是"一九四三年的文艺运动"的重要任务①。从这些论述和认识中,我们可以看出解放区作家对于"群众"一般思想状态的把握以及他们对于"启蒙"使命的担当。他们正是从这样的自觉意识和强烈使命感出发,在文学创作中展开了对国民性的批判,从而使相关作品呈现出了"教育人民"的思想性质和价值。

在后期解放区文学阶段,解放区作家通过对附着在农民身上落后的国民性的批判,担负起了"教育人民"的历史重任。这是在新的历史条件下对"五四"启蒙传统的继承和弘扬。"五四"启蒙运动以"民主""科学"为思想武器,展开了对封建思想的激烈批判。在现实生活中深受封建政治经济制度压迫剥削的广大民众,在观念层面却又成了封建传统思想和伦理秩序的维护者。面对这一状况,以鲁迅为代表的"五四"启蒙者强烈意识到了"思想革命"的重要性,认识到了要建立新文化就必须对民众进行启蒙和拯救,于是,他们以"立人"为目的,将改变"愚弱的国民"的精神视为"我们的第一要著"②,肩负起了对民众进行启蒙的历史责任。在启蒙文学的创作中,他们所使用的一种重要方法便是"揭出病苦,引起疗救的注意"③;而所谓"揭出病苦",也就是展现民众的精神痼疾、揭露民众的国民性弱点。对于"五四"启蒙主义的思想传统和文学传统,解放区作家在创作中予以了继承。例如,赵树理在前期解放区文学阶段就倡导过"新启蒙运动",提出要"改造群众的旧的意识,使他们能够接受新的世界观"④。在后期解放区文学阶段开始以后,他的这一启蒙意识不但存留了下来,而且得到了进一步的伸张。他以"拯救"那些"沉陷"在"贫穷和愚昧的深窟中"的"同伴们出苦海"为使命,提出对于"落后的人们"要"哀矜勿

---

①　张秀中:《一年来本区文艺运动的回顾与前瞻》,《华北文化》第 2 卷第 3 期,1943 年 3 月。

②　鲁迅:《呐喊·自序》,《鲁迅全集》第 1 卷,人民文学出版社 1981 年版,第 417 页。

③　鲁迅:《我怎么做起小说来》,《鲁迅全集》第 4 卷,人民文学出版社 1981 年版,第 512 页。

④　吉提(赵树理等):《通俗化"引论"》,《抗战生活》革新第 2 卷第 1 期,1941 年 9 月。

喜",要诱导他们"走向文明"①。他的这种态度,确实"与鲁迅五四时期对待农民的态度很难说有什么区别"②。正是在这种态度的作用下,他继承以鲁迅为代表的"五四"启蒙文学的传统,创作出了前文述及的《小二黑结婚》《李有才板话》《孟祥英翻身》《邪不压正》《传家宝》等具有批判国民性内容的作品,表现出了以"揭出病苦"的方式来"改造群众的旧的意识"的意向和追求。

　　需要进一步指出的是,解放区作家对国民性的批判既是对"五四"启蒙传统的传承和弘扬,也是对当时主流意识形态相关要求的响应和贯彻。在对这一时期"救亡"与"启蒙"关系的认识上,以往可能更多关注了"救亡压倒启蒙"的一面,而相对忽视了"救亡"与"启蒙"的相互促进关系。因为始终处在战争环境中,在解放区确实存在着"救亡压倒启蒙""启蒙运动和自由理想"遭到"挤压"③的情况。但是,这并不是说"救亡"与"启蒙"就是对立的。在战争中,作为"救亡"主力军的广大群众只有经历过现代启蒙、"解放个性"、建立自我意识,才真正能够担负起"救亡"的重任;因此,在这一意义上,"启蒙"是"救亡"的先导。正是因为意识到了"启蒙"的这种作用,毛泽东那时对属于"启蒙"思想范畴的"个性""民主的、独立的意识"等作过多次倡导。1944 年 8 月31 日,他在一封信中强调:"被束缚的个性如不得解放,就没有民主主义,也没有社会主义。"④次年 4 月 24 日,在中共"七大"所作口头政治报告中,他又指出:"中国如果没有独立就没有个性,民族解放就是解放个性,政治上要这样做,经济上要这样做,文化上也要这样做。广大群众没有清楚的、觉醒的、民主的、独立的意识,是不会被尊敬的。"⑤这就是说,要使广大群众真正发挥出"救

① 王甲土(赵树理):《平凡的残忍》,《华北文化》第 2 卷第 3 期,1943 年 3 月。
② 李国华:《农民说理的世界:赵树理小说的形式与政治》,上海书店出版社 2016 年版,第 16 页。
③ 李泽厚:《启蒙与救亡的双重变奏》,《中国现代思想史论》,东方出版社 1987 年版,第 25、41 页。
④ 毛泽东:《给秦邦宪的信》,《毛泽东文集》第 3 卷,人民出版社 1996 年版,第 208 页。
⑤ 毛泽东:《在中国共产党第七次全国代表大会上的口头政治报告》,中共中央党史研究室等编:《中国共产党第七次全国代表大会档案文献选编》,中国党史出版社 2015 年版,第 228 页。

亡"主力军的作用、最终达到实现"民族解放"、建成"民主主义"和"社会主义"之"救亡"的目的,就必须实现其个性的解放、使之获得"清楚的、觉醒的、民主的、独立的意识";而要做到这一点,他们就必须作为包括"所谓扫除文盲,所谓普及教育,所谓大众文艺,所谓国民卫生"在内的"现阶段中国文化运动的主要对象"①来接受启蒙教育。

　　从"启蒙"促进"救亡"这一前提出发,主流意识形态必然主张:为了"救亡"而借助"启蒙",使"启蒙"为"救亡"服务;并进而主张:为了"启蒙"再借助文学,使文学为"启蒙"所用。1942 年 5 月,毛泽东发表了开启后期解放区文学阶段的《讲话》,指明了"我们的文学艺术都是为人民大众的,首先是为工农兵的"方向。对于这一方向,人们一般将它理解为"表现工农兵群众",并将"工农兵"作为"人类世界历史的创造者"去"歌颂"。这样的理解虽然有其文本依据,但显然还不够全面。作为一个"无产阶级的革命的功利主义者",毛泽东极其重视文艺的教育作用。在"引言"部分,他就强调文艺应该发挥"团结人民、教育人民"的作用,并对"人民"的"缺点"和"落后的思想"作出了具体分析,指出"我们应该长期地耐心地教育他们",要求"我们所写的东西"能够使他们"去掉落后的东西,发扬革命的东西"。到"结论"部分,他更是明确提出工农兵"迫切要求一个普遍的启蒙运动"②。可以这样说,在《讲话》中,"教育人民"("教育工农兵群众")是与"表现与歌颂人民"相并列的一条重要的思想线索,是文艺应该具有的一项重要的思想功能之所在。毛泽东对文学"教育人民"作用的强调,表现出了以文学为手段进行"启蒙"、使文学服务于"启蒙"的思路。

　　从那以后直到后期解放区文学结束,主流意识形态对于"人民"思想状况的判断、对包括文学在内的文化教育工作之"教育人民"功能的伸张,与《讲

---

① 毛泽东:《论联合政府》,《毛泽东选集》第 3 卷,人民出版社 1991 年版,第 1078 页。

② 毛泽东:《在延安文艺座谈会上的讲话》,《毛泽东选集》第 3 卷,人民出版社 1991 年版,第 863、856、973、864、848、849、862、872 页。

话》精神完全是一脉相承的。1944年10月,毛泽东在陕甘宁边区文教工作会议上的讲演中指出:"解放区已有人民的新文化,但是还有广大的封建遗迹。在一百五十万人口的陕甘宁边区内,还有一百多万文盲,两千个巫神,迷信思想还在影响广大的群众。"①直到新中国成立前夕的1949年1月,时任陕甘宁边区教育厅副厅长的江隆基在分析陕甘宁边区教育的现状时还指出:"从农民的文教生活的广大领域去看,则文化教育上的封建残余仍然存在着,其具体表现为文盲与半文盲的数量至今还相当惊人,封建迷信思想仍需努力克服"②。正是因为"人民"思想中"封建遗迹""封建残余"的存在,主流意识形态一再重申要"教育群众"③;"群众教育工作"因此也成了广大新老解放区的一项重要工作,许多解放区颁布了有关"(群众)教育工作"的方案、方针和指示等,对"教导人民识字明理""提高人民大众的觉悟和文化"提出了明确的要求④。正是在这样的思想背景下,作为解放区"文化教育工作"的重要一翼,后期解放区文学积极响应主流意识形态的号召,以其对国民性的批判发挥了其"教育人民"的"启蒙"作用;这样的"启蒙"有助于动员人民起而"救亡",所以,它客观上促进了"救亡"。当然,后期解放区文学也因这一历史机缘,得以将"五四"启蒙传统延续至整个20世纪40年代。

综上,后期解放区文学的国民性批判,主要通过揭露落后农民的等级意识、迷信观念、守旧思想、自私心理和看客心态等精神痼疾展开。开展对国民性的批判,是此期解放区作家自觉追求、有意作为的结果。它继承和弘扬了

---

① 毛泽东:《文化工作中的统一战线》,《毛泽东选集》第3卷,人民出版社1991年版,第1011页。

② 江隆基:《边区教育的回顾与前瞻》,《边区教育通讯》第3卷第3期,1949年1月。

③ 如晋冀鲁豫边区政府主席杨秀峰提出:"我们文化工作要注意发现问题,从思想上去启发群众,教育群众"。见《文化工作要配合群众运动——在文联扩大执委会讲话》,《华北文化》第2卷第3期,1943年3月。《解放日报》1946年1月9日发表社论《努力发动解放区群众》,号召各地要"启发群众的斗争情绪,提高群众的觉悟程度"。

④ 如在老解放区,1946年2月12日,苏皖边区政府教育厅颁发《苏皖边区政府教育工作方案(草案)》;1946年9月,山东省政府颁发《山东省群众教育工作纲要方针》。在新解放区,1948年10月10日,《东北行政委员会关于教育工作的指示》发布。

"五四"启蒙传统,也响应和贯彻了当时主流意识形态所提出的"教育人民"的要求,表现出了以"我们所写的东西"使他们"去掉落后的东西"的努力。因为这一批判在思想领域展开,它首先表现出了"启蒙"的思想价值。但是,在后期解放区文学中,以批判形式出现的"启蒙"主要是手段,其最终目的还在于促进"救亡"。因此,这一批判以其对于"救亡"的促进作用,又取得了超越思想领域的政治的和社会的价值。

最后需要补充的是,在国民性批判问题上,前后期解放区文学存在着很强的关联性。关于前期中的"国民性批判"问题,许多学者此前就其表现、成因与意义等作了具体深入的研究,在此不赘。虽然"启蒙"在解放区文学前后期有着不同的境况,到后期遭到了战争更大的"挤压",但是,因为"启蒙"在后期仍然具有促进"救亡"的作用,所以,它在特定范围内仍然得到了主流意识形态的认同。在这样的思想背景中,后期解放区文学以其对国民性的批判,继续发挥出了"教育人民"的"启蒙"功能。解放区文学前后期的关联性,在"启蒙"和"国民性批判"问题上,同样得到了显现。

第十四章　后期解放区文学对减租减息时期农民"变天思想"的批判

　　抗战全面爆发之初,为了改善农民生活、动员农民积极参战,中共中央确定了减租减息的土地政策。1942 年初,鉴于这一政策"在许多根据地内还没有普遍的认真的彻底的实行",中共中央"在详细研究各地经验之后,特将我党土地政策作一总结的决定"①,对实施这一政策的执行方法作出了更加明确、更加具体的规定。从那开始到 1946 年 5 月 4 日《关于清算减租及土地问题的指示》颁布,在这四年多时间里,各解放区普遍开展了减租减息运动。对于这一运动的开展情况和农民在这一运动中的表现,后期解放区文学予以了积极的关注。它在讴歌农民觉醒与崛起的同时,也以鲜明的启蒙精神对农民的"变天思想"展开了批判。自然,农民的"变天思想"不仅仅表现在减租减息运动中。在 1946 年 5 月以后开展的土地改革运动时期,他们的这一思想有了更为突出的表现。对此,解放区的很多作品作出了批判,甚至还出现了像丁玲的长篇小说《太阳照在桑干河上》这样的以批判"变天思想"为"中心思想"②的作品。对于这些批判土地改革运动中农民"变天思想"的作品,学界的研究

---

　　① 《中共中央关于抗日根据地土地政策的决定》,《解放日报》1942 年 2 月 6 日。
　　② 丁玲:《生活、思想与人物》,《丁玲全集》第 7 卷,河北人民出版社 2001 年版,第 436 页。

早已展开,并取得了较多的成果。但是,与此形成鲜明对照的是,有关后期解放区文学对减租减息时农民这一思想的批判,学界迄今仍然没有引起应有的关注,也没有形成专门性的研究成果。事实上,它不但对其后土地改革运动时期农民"变天思想"的批判具有开先河的意义,而且还具有其自身的不可忽视的思想价值。

第一节　对减租减息运动中农民
"变天思想"的批判

"变天思想"是现代汉语中新出现的一个短语,意谓在"革命"与"反动"的两种力量的对峙与博弈中,以为"革命"形势可能逆转,后者可能占据上风。[①] 它萌生于现代跌宕起伏的政治军事斗争的环境之中,早在大革命失败时即已出现,是政治立场"不坚定"、对于革命"缺乏信心"的表现。1947 年 8月,新华社为庆祝人民解放军建军二十周年发表社论,就指出:人民解放军是在"'变天思想'的高潮中"产生出来的,而且"在成立以后,还是要受'变天思想'的继续袭击";而具有"变天思想"的人,则是"不坚定的人们"——他们"经常缺乏信心,经常迷失方向,经常被暂时的片面的和表面的现象所恐吓,经常被自己的错误所欺骗和奴役"[②]。

解放区减租减息运动是在复杂激烈的政治军事斗争的背景下展开的。作为具有抗日统一战线性质的土地政策,减租减息本具有双重目的:首先是要扶助作为抗日与生产之基本力量的农民、保障他们的权利;除此之外,也要求在

---

① 如新中国成立初期出版的工具书对这一短语作出了如下解释:"以为革命形势可能逆转的不正确的心思",见北京师范大学中国大辞典编纂处编:《学习辞典》,天下出版社 1951 年版,第 567 页;"以为革命形势可能逆转,反动势力仍然会抬头,这种反动思想,叫作变天思想",见陈北鸥:《人民学习辞典》,广益书局 1952 年版,第 437 页。
② 《人民解放军二十周年》,中央档案馆编:《中共中央文件选集》第 16 册,中共中央党校出版社 1992 年版,第 778、779、780 页。

实行减租减息之后又须实行交租交息、以联合地主阶级一致抗日。但是,在一些不法地主看来,共产党、八路军在解放区领导开展的减租减息运动是对自己利益的侵害。因此,为了保全自己利益,他们常常寄希望于与八路军相对的其他军事力量(如原先的国民党地方军队——"旧军"、中央军乃至日军)能够"上来"。与此相关,在农民阵营里,因担心八路军"不会久站"而国民党军队或日军会卷土重来、不法地主会反攻倒算,也有少数不觉悟的农民丧失了信心、迷失了方向。这样,作为"被自己的错误所欺骗和奴役"的结果,"变天思想"便在他们那里发生了。作为解放区现实生活的一面镜子,后期解放区文学对少数农民在减租减息时期滋生的"变天思想"作出了较为深刻的批判。在开展批判时,从时间维度上看,后期解放区文学采用了两种方式:一种是在运动进行过程中作及时剖示的"事中书写",另一种则是在运动结束之后作深层反思的"事后书写"。两种方式的综合使用,使这一批判既有了强烈的现实感、又有了厚重的历史感。

在批判农民"变天思想"方面,在晋绥边区,由西戎等人于 1944 年创作的七场眉户剧《王德锁减租》是较早出现的一部有影响的力作,曾获边区"七七七"文艺创作剧本甲等奖。这是一部以"事中书写"方式写成的作品。关于它的价值,冯牧在当时所作的一篇评论中指出:"它是为配合当地的减租运动而写成的",认为它通过刻画"活生生的有性格的人物",对"减租运动的重要及其解决的道路"作出了"说明",因而"有着重大的政治意义"①。至于剧本是如何"说明"减租运动之"解决的道路"的,冯牧并未作出具体论述。根据剧本的情节安排和人物刻画,可以说,剧本所要"说明"的"解决的道路"之关键是必须克服农民自己的"变天思想"。

剧本的这一思想主要是通过塑造"老实胆小,忠坚勤恳"的主人公王德锁形象表现出来的。作为贫农,王德锁对让"这几年的世事一天一天好""受苦

---

① 冯牧:《敌后文艺运动的新收获——读晋绥边区"七七七"文艺奖金获奖作品》,《解放日报》1945 年 5 月 6 日。

人一个个翻起身来"的共产党、八路军充满感激。但是,对于由其主导的给贫苦农民带来重大利好的减租运动,他却顾虑重重、不愿参加,坚持"咱家的租子"不减。个中原因就在于其头脑中"变天思想"在作怪。在第三场中,不法地主赵卜喜传出"从南面回来"的人带来的"旧军要上来"的消息,他自己也因此决意抗住不减租、"单等那世事再有个变";在第四场中,城里也有人造谣"说八路军要走啦,旧军要上来了"。正是这些关于"八路军不会久站"的传言,使王德锁产生了"如今的世事天天在变,/变得好变很坏不保险"的深切忧虑,深恐"恢复了以前局面"。因此,他认为妻子要减租的想法是"只顾眼跟前"的短视之举,而予以坚决反对,让她"再莫要多言"。后来,王德锁在翻身农民张保元、丁丑等人帮助下提高了思想认识。他参加了减租大会,既减了租又赎了地,以至于使妻子发出了"老天爷睁开眼啦"的感慨。① 剧本对王德锁的转变只作了侧面描写,并没有交代他打破"变天思想"、提高思想觉悟的内在动因与过程。从艺术表现上看,这自然是一个欠缺,是作者为了配合减租运动的宣传在艺术上付出的代价。但是,剧作能够对农民"变天思想"的表现及其危害性作出具体的呈示和深刻的揭露,指出"变天思想"是阻碍减租运动开展和农民自我翻身的心障,不但具有其积极的思想意义,而且在某种意义上也开启了后期解放区文学批判农民"变天思想"的潮流。

在《王德锁减租》推出两年多以后,在减租减息运动业已结束的情况下,在山东解放区,申均之、王希坚在回溯减租减息运动时期的斗争生活时也先后展开了对那一时期农民"变天思想"的批判。由于拉开了一定的时间距离,两位作者以"事后书写"方式写成的小说对农民的这一思想作出了较之《王德锁减租》更有深度的反思和批判。在申均之的短篇小说《他第一次的笑》中,主人公于长贵既是一个老实人、又是一个"老顽固"。在迫不得已的情况下,他参加了和地主算账减租的大会。虽然他深受地主的压迫,可是,在会上,他

_____

① 西戎、孙千、常功、卢梦:《王德锁减租》,胡可主编:《中国解放区文学书系·戏剧编》第1卷,重庆出版社1992年版,第361—426页。

"像一块死木头"一样,一言不发。在女儿上台诉苦之后,他现场训斥女儿,仍坚持"你减租,你减你的,我可不能减!"小说所写于长贵和女儿的冲突,与《王德锁减租》中王德锁和妻子的矛盾有异曲同工之妙。于长贵之所以如此,是担心"到明天八路一走,地主一抽地"、一家人落得个"饿死"的结果。但是,他的家人全然不顾他的疑虑,他们联合起来参加减租斗争,把地主家退的租子扛了回来。此时,他还觉得地主不会善罢甘休。他深信:"总会有一天,地主从这批'造反'的嘴巴下,重逼去了粮食,从这批'造反'的手里,抽去了土地。"①作品以这样的描写,深刻地揭示了于长贵不愿参加减租斗争的原因在于其内心深处的"变天思想"。与《王德锁减租》相比,这篇小说的深度在于:它没有轻易让作为老一代农民代表的主人公完成其思想的"转变",而是写出了他对"'总会有一天'的事儿"的深信不疑和"变天思想"的冥顽不化——至于"五十年来他第一次的笑",那是一年以后在"土地回家"时他才发出的。

在山东新华书店1947年出版的长篇章回体小说《地覆天翻记》中,王希坚延续了《他第一次的笑》的思想线索,并且作出生发,进而描写了有"变天思想"的农民在减租斗争中分得粮食后的作为。小说以新开辟的鲁南革命根据地莲花汪为背景,围绕着增资减租、反扫荡等重大事件,深刻地剖示了农民思想的复杂性,对老一代农民的代表——李老大的"变天思想"展开了尖锐的批判。作品第四回"臭于分粮露马脚,大钮黉夜走河西"对李老大作了相对集中的描写。他秉承"冤家宜解不宜结"的古训,慑于臭于(原先的地主账房、后混进抗日基层政权当了村长兼农会会长)之淫威,竟"趁着晚上没人"时领着两个儿子将白天减租分得的并且用臭于家的口袋装着扛回去的粮食,又偷偷送回了臭于家。不但如此,由于工作组刘同志白天说要撤掉臭于的职位让他的大儿子大钮担任,他觉得儿子"在家还是不妙,不如出门躲躲",于是,又送他们到河西躲避风头去了。他的这些所作所为,说到底,就是怕"以后出事"(也

---

① 申均之:《他第一次的笑》,《胶东大众》第44期,1946年10月。

就是怕"变天");而如果真的"以后出了事",他则凭着自己的这些举动,"可以少担点干系"。小说的深刻性在于:它形象地说明了农民即使在不得已情况下勉强参加了减租斗争,但是,在其根深蒂固的"变天思想"的驱使下,他们最终也会送回减租所得的粮食、葬送减租的成果。

第二节 对减租减息时期其他生活中农民"变天思想"的批判

以上这些作品对农民"变天思想"的批判,是通过直接描写减租减息运动本身来展开的。这是后期解放区文学批判此期农民"变天思想"的载体之一。除此之外,后期解放区文学对农民这一思想的批判,还借助了此期与减租减息密切相关的其他社会生活题材和日常生活题材。这是批判农民"变天思想"之题材领域得到拓展的重要表现。在减租减息运动展开过程中,解放区还进行了"回地""倒地"的斗争;它们是这一时期与减租减息密切相关的重要的乡村社会生活。在这些与"土地"相关的斗争生活中,有些农民同样表现出了"变天思想";相关作品在描写这些题材时,也同样展开了对这一思想的批判。

"回地"是减息斗争的延伸。当初,地主放高利贷诱使债户指地作保,如期满债户还不了债,即下债户所押之地。在减租减息运动中,农民组织了"回地委员会",要求地主回出土地、债户则要"收回押地"。在晋冀鲁豫边区,木风于 1946 年 5 月所作的一篇小说径以"回地"为题,以"事中书写"的方式,展开了对这一社会生活的描写,对农民的"变天思想"作出了比较深入的揭露和批判。才兴、才顺兄弟所在的东义村是八路军刚解放的村子。在"八路军来了,叫咱们穷人翻身"的背景下,弟弟才顺上了冬学、受了教育。他首先想到的是自家"丢得是实在冤枉"的二亩坟地。起因是那年使了地主张清茂的五百块钱,不到两年张清茂便把他家坟地"硬给下了"。才顺动员哥哥才兴一起去诉苦、去回地,却遭到了才兴和娘的反对。才兴虽然也觉得应该报仇、应该回地,但是,他担心八路军不能"在咱这长住下去"、而中央军"说不定什么时候一翘腿就会打过来的";娘也听人家说"八路军就是住不长""只估三个月"。才兴和娘的"变天思想"感染了才顺,使才顺也变得畏葸不前。村农会主席史大厚"看透了才顺的病根",并有针对性地做了工作,才顺决定去诉苦算账。这时,才兴又道出了他的忧虑:"以后……中央军……要是过来了呢?"才顺不听劝说去上冬学、并扬言在冬学一定要提出算账;才兴怕才顺惹事,甚至还跟着进了冬学。① 总之,小说以其对才兴(以及娘)"变天思想"顽固性的揭示和对才顺思想波折的表现,在后期解放区文学对"变天思想"的批判中写下了比较厚重的一笔。

与各解放区普遍开展的"回地"斗争的范围不同,"倒地"主要是在河南解放区这一特定区域中开展的。所谓"倒地"即用原价回赎土地。而所要回赎的土地,又特指 1942 年 5 月至次年年底河南农民在国民党统治时期因灾荒、穷困等原因低价出卖或抵押给富户的土地。1944 年,八路军豫西抗日先遣支队在挺进豫西后,提出并实施了"倒地运动"。这一运动的开展,使失地农民以原先的低价重新获得了土地,因而深得许多农民拥护。但是,要真正做好这一工作,也同样必须打破一些农民的"变天思想"。万力在小说《县政府门前》中以纪实的笔触和"事后书写"的方式,通过对在登封县抗日民主政府门前发生的几个片段的延展性描写,表达了自己对这一问题的深入思索。作品中写到,对于"倒地","反动的地主"作为既得利益者,是坚决反对的。他们不但雷霆大怒、面目"凶恶"地恐吓威胁胆敢前来倒地的农民,而且扬言"八路军总不能老在这里一辈子",深信"总有一天,天还是要变的!"尽管当地农民有"倒地"的积极性,以至于在县政府门前天天挤满了人来要求县长给他们"倒地",但是,反动地主的嚣张气焰和"变天思想"也使不少"穷苦的人们""失掉信心"、产生了"真能倒回来了吗?"的疑惑。面对这一情况,年轻的宁县长深深

---

① 木风:《回地》,《文艺杂志》第 1 卷第 4 期,1946 年 6 月。

感到:农民的"变天思想"是妨碍他们行动的心魔,要"叫群众自己行动起来,要造成一个轰轰烈烈的群众运动",首先必须"打破群众的怕变天思想";而要做到这一点,就必须大力宣传八路军"有信心有力量在这里建立根据地",使农民真正相信"八路军就在这里住一辈子,就像这棵树一样,要在这里扎根,生长"。作品最后写道:"从民主政府手里,许多的人家,又重获得了他们自己原有的土地"。① "倒地运动"这一成果的取得,是以打破农民"变天思想"为前提的。从这一意义上说,"倒地运动"的开展,其实也是农民在内心上克服"变天思想"的结果。

在对农民"变天思想"作出呈示和剖析时,与上述描写与减租减息密切相关的"倒地""回地"等乡村社会生活的作品不同,赵树理的小说《邪不压正》则涉及"减租清债"时期的乡村日常生活(婚姻生活)。为了实现"写出当地土改全部过程中的各种经验教训,使土改中的干部和群众读了知所趋避"之目的,赵树理确定了以"不正确的干部和流氓"为小说描写的重点②。而所有这一切的展开,均是以下河村中农聚财之女软英的婚约为线索的。尽管这一线索并不是小说的主要部分,但是,在它展开的过程中,作者却也有意识地对农民的"变天思想"作出了描写和揭露。在小说中,作为这一思想之载体的人物是聚财。对于聚财之"有变天思想",不管是他人还是其本人均是意识到了的。小说第四部分写道:在1947年腊月二十四日召开的整党会上,小昌批评小宝"跟个有变天思想的人接近";聚财听后,也懂得所谓"有变天思想的人"指的就是自己。聚财的"变天思想"主要是在处理女儿婚约问题时表现出来的。事情的起因是1943年中秋节软英与地主刘锡元之子刘忠订婚。小说以"事后书写"的方式,从这一乡村日常生活落笔,以"太欺人呀!"为第一部分的标题凸显了这一婚约的强迫性和不平等性。小说第二部分以"看看再说!"为题,通过描写聚财在有关婚约存废问题上的态度,较为集中地揭露了他的"变

---

① 万力:《县政府门前》,《晋察冀日报》1946年7月14日。
② 赵树理:《关于〈邪不压正〉》,《人民日报》1950年1月15日。

天思想"。软英与刘忠订婚不久的九月初,八路军就解放了下河村,实行了减租清债,并组织了斗争地主刘家的大会。当时,只要聚财在会上把刘家强迫婚姻问题提出来,就能够"废"了婚约。但他以为"事情还不知道怎么变化"、以后不知"是谁的天下",因此强按住不让提,致使这一婚约"存"了下来。个中原因,聚财在与二姨的谈话中说得明白:

> 唉!年轻人光看得见眼睫毛上那点事! 一来就不容易弄断,二来弄断了还不知道是福是害! 日本才退走四个月,还没有退够二十里,谁能保不再来? 你这会惹了刘忠,到那时候刘忠还饶你? ……他们年轻人,遇事不前后想,找出麻烦来就没戏唱了! ……①

聚财的这番话透露出了他对刘忠与"日本"关系的认知,即:"日本"事实上成了不法地主的后台和靠山,不法地主依恃"日本"会睚眦必报、横行乡里。聚财之所以想"看看再说"、不敢轻易把那场婚约"弄断"(即"废"了婚约),而要给自己留下后路,说到底,是怕"变天":怕八路军和民主政权不能生根,怕日本人"再来",刘忠狗仗人势地进行报复。赵树理就是这样,以一纸婚约之"小"开掘出了一个"大"的问题,颇为集中、也颇为深入地揭露了农民在减租减息运动背景下所滋生的"变天思想"的具体内涵与形成机理。

第三节 "变天思想"批判中的政治功利与思想价值

综上,后期解放区文学既通过对减租减息运动本身的描写,又通过对与减租减息运动密切相关的其他社会生活题材和日常生活题材的表现,展开了对农民"变天思想"的批判。这一批判是具有鲜明的政治功利性的。其直接的政治目的就是:使农民普遍建立起对共产党、八路军的信心,有效地推动减租

---

① 赵树理:《邪不压正》,《人民日报》1948 年 10 月 13、16、19、22 日。

减息运动的深入开展。对于"变天思想"批判中所寓载的这一政治目的,此期解放区意识形态部门作出过明确的说明。1943年10月,《新华日报》(太行版)刊发一篇社论,指出:"不弄清群众对于时事问题的认识,不彻底打破变天思想,减租运动就不能进行彻底"①,明确揭示了"打破变天思想"是彻底进行"减租运动"的必要条件。1946年1月,在《解放日报》发表的一篇社论中,也强调要推动控诉清算、减租减息等运动的开展,就必须"耐心地克服群众中的各种疑虑,启发群众的斗争情绪,提高群众的觉悟程度"②。正因为对农民"变天思想"的批判承载了如此重要的政治功利,所以,晋冀鲁豫边区政府戎子和副主席将"在时事教育方面,基本上打破了'变天'思想"作为1943年以来"民众教育"工作中最重要的"成绩",向边区第一届参议会太行区会议作了报告③;胶东农救总会在总结昌潍一带新解放区的群众运动时,也突出了"在群众教育上"如何"打破变天思想,使群众敢于斗争"④的"经验"。可以这样说,后期解放区文学对此期农民"变天思想"的批判,是对解放区意识形态部门相关要求的热切回应,是对现实生活中重大急迫的社会问题的积极跟进。它以此参与到了现实生活的建构之中,显现出了较强的政治功利性。

当然,我们说后期解放区文学对此期农民"变天思想"的批判蕴含着政治功利性,并不意味着这一批判没有其思想价值。恰恰相反,这一批判之政治功利性的实现,正是以其中所包蕴的思想价值作为基础的。这是因为后期解放区文学在推动减租减息这一政治问题的解决时所采用的并不是一种政治视角,而是一种思想文化视角。对于这一特点,解放区文艺界是有自觉认识的。例如,林火(韩冰野)对"农村思想阵地"的复杂性作出了分析,意识到"破坏分

① 社论《检查减租工作,深入时事教育》,《新华日报》(太行版)1943年10月27日。
② 社论《努力发动解放区群众》,《解放日报》1946年1月9日。
③ 戎子和:《太行区三年来的建设与发展——在晋冀鲁豫边区第一届参议会太行区会议上的报告》(1945年3月),邓辰西编:《财政经济建设》,山西人民出版社1987年版,第296页。
④ 《昌潍平原上新解放区发动群众的几点经验》,《大众日报》1946年3月12日。

子变天思想"等已经"侵蚀到我们的农村"①。张柏园认为"变天思想在群众
中存在"的原因在于"群众缺乏社会进化的思想",并强调指出:"今后的文化
工作,必须向群众解释会进化问题,这样才能从根本上打破各种形式的变天思
想"②。他们的如此言说,代表了解放区文艺界对这一时期"农村思想"状况
和如何打破农民"变天思想"的理性认知。不难看出,他们的这些认知均是从
思想文化的层面作出的。而上述那些作家在创作中也是从这一认知出发,试
图以思想文化的视角去解决政治问题、并借此获取其政治功利性的。

    总之,后期解放区文学对此期农民"变天思想"的批判首先是在思想层面
展开的,因而,思想价值是其最基本的价值所在。其思想价值就在于:这一批
判高擎起了思想启蒙的旗帜,贯彻了"以启蒙教育大众"的精神。后期解放区
文学在刻画那些具有"变天思想"的农民时,既写出了他们性格、思想的复杂
性,也在一定程度上表现出了同情之理解。他们一般都有较丰富的阅历和人
生经验,为人朴实、本分,甚至还相当精明。用《王德锁减租》中不法地主赵卜
喜恭维王德锁的话说,就是:"还是老实人做事看得远"。作为社会弱势群体,
在政治军事斗争异常复杂激烈的时代背景下,他们深感自我命运之无法把握,
因而,为了自身安全,他们预留出后路和退路,以免时局有变而殃及自己。这
里显现出来的是一种弱者的自保意识。这种意识作为现实的一种真实反映,
也未尝没有其发生的理由和一定的合理性。

    尽管后期解放区文学在刻画那些具有"变天思想"的农民形象时对他们
这一思想的发生表现出了一定程度上的同情之理解,但是,这毕竟不是主要
的、是有限度的。作为愚昧落后的封建思想在新的历史时空中的一种变体,
"变天思想"理所当然地成了后期解放区文学重点批判的对象之一。后期解
放区文学对这一思想的批判,主要是从以下三个方面展开的:首先,在农民的

---

① 林火:《深入实际了解群众配合现实斗争》,《华北文化》第 9 期,1943 年 3 月。
② 秉圭:《文联扩大执委会发言记要》,《华北文化》第 9 期,1943 年 3 月。

"变天思想"里,寓有一种极度自私的小农观念。持有这种思想的农民,均是以一己之利为中心的。例如,李老大把粮食还回去,是为了自己以后少担干系;聚财要使婚约"存"下来,是为了免得自己一家惹上"麻烦"……其实,他们未必不知道粮食之重要和"废"了婚约之意义。但是,二者相权取其轻。他们最终都是以有利无害或趋福避害为选择的。在这样的选择里,显露了他们极度自私的本性。其次,在农民的"变天思想"里,包蕴着浓重的宿命倾向。如于长贵据以行事的是他以为"谁也不能改"的"老辈传下的老规矩",而"老规矩"中的重要内容便是对"命"的信服。小说劈头写道:"于家给'命'这个字眼祸害了三辈子";而于长贵便是于家被宿命论祸害的第三辈。王德锁对妻子说过,"当财主的什时候也是有权有势……生下个穷命,就不用想那些好活的事。"这说明,他也相信"穷命"是先天注定的,"穷"与"富"是不可改的。在他们心目中,即使穷人在外力作用下骤然由"穷"变"富",但"穷命"不可改、最终还会再"变"回去的。再次,在结果上,农民的"变天思想"事实上导致了对不合理现实的维护,因而显现出了其保守品格。那些农民从自己的一己私利出发,并在宿命论的驱动下,必然会安于命运、满足于现状,而不可能再产生改变命运和现状的强烈要求。鲁迅曾经指出:"中国人向来就没有争到过'人'的价格,至多不过是奴隶";中国的几千年历史便是"想做奴隶而不得的时代"和"暂时做稳了奴隶的时代"的"循环"①。这些农民所追求的就是这种"暂时做稳了奴隶"的资格;作为"暂时做稳了奴隶"的一伙,他们又进而成了维护这一"暂时做稳了奴隶的时代"的保守性力量。所谓"不彻底打破变天思想,减租运动就不能进行彻底"的剀切之论,正是在这一意义上提出来的。

　　后期解放区文学从以上三个方面展开的对农民"变天思想"的批判,表现出了极其鲜明的启蒙主义的思想色彩。这一贯彻了启蒙主义精神的思想批判,是在解放区后期新的启蒙思潮兴起的背景中发生的。例如,在晋冀鲁豫边

---

① 　鲁迅:《灯下漫笔》,《鲁迅全集》第 1 卷,人民文学出版社 1981 年版,第 212、213 页。

区 1943 年 3 月召开的文联扩大执委会上，太行文联负责人徐懋庸在报告中就提出"要在太行根据地掀起一个'以新民主主义的民主思想为中心的'、'真正群众性的、大众化的'、'新文化的启蒙运动'"①。后期解放区文学此期对农民"变天思想"的批判，与这一启蒙思潮密切相关，同时也成了这一思潮的重要表现。它深刻地揭示了农民的"变天思想"如果得不到改造，不但具体行动层面上的减租减息运动不能成为其自觉的运动，而且抽象意义层面上的"社会进化"（社会进步）也无以实现。后期解放区文学以对减租减息时期农民"变天思想"的批判，显现出了开展"新文化的启蒙运动"的重要性，并为对土地改革运动时期农民"变天思想"的批判开了先河、提供了启示。在后期解放区文学中，对农民"变天思想"的批判与对国民性的批判一起，承担起了具有"启蒙"性质的"教育群众"的任务。这说明，在后期解放区文学阶段，"启蒙"主题虽较解放区前期有所淡化，却未消失。因此，在"启蒙"问题上，解放区文学前后期的关联性同样也有显现。

---

① 徐懋庸：《回忆录（六）》，《新文学史料》1981 年第 3 期。

第十五章　前期解放区文学中知识
分子的自我批判

在前期解放区文学中,许多作家对"知识分子"的批判已然展开。因为批判主体的自身身份是知识分子,所以,这种批判在性质上就成了一种知识分子的自我批判。有关后期解放区文学中知识分子批判、改造的问题,已引起了学界广泛的关注和深入的探究,但是,对于前期解放区文学中知识分子的自我批判,迄今却鲜有系统的探讨。为了还原历史真实,也为了深入理解解放区文学前后期的内部关联,本章以前期解放区文学中的相关作品为考察对象、以其中所着意呈现的知识分子与民众的对比关系为基本视角,对这一问题作出集中的梳理和分析。

第一节　知识分子与农民、干部的对比

知识分子与民众的关系,一向是中国现代文学界乃至整个政治界、思想文化界所关注的重要问题之一。抗战全面爆发以后,动员民众起来为抗战努力工作,成为一个非常急迫的现实问题。因此,知识分子必须"走进现在的广大的民众中间"以发挥其作用,也成了那个时代的主流认知。1939 年 5 月,毛泽东就知识分子问题先后发表两篇文章,肯定"在中国的民主革命运动中,知识分子是首先觉悟的成分",热切希望他们"到工农民众中去,变为工农民众的

宣传者和组织者"①,以此切实承担起"把占全国人口百分之九十的工农大众,动员起来,组织起来"②的责任。这代表了当时解放区主流政治界、思想文化界对知识分子地位和作用的认识。解放区其他一些代表性人物所持观点与毛泽东的论断是一致的。在知识分子中的"文艺人"(作家)与"民众"的关系上,艾思奇强调前者是后者的"教育"者。虽然他也要求前者向后者"学习",要"学习他们的生活,思想,以及言谈",但是,在他看来,"学习"只是"文艺人""拿民众自己的东西来加以精制"的手段,其最终目的还在"还给民众""教育民众"③。在此之前,丁玲也认为各种文艺团体之所以要"群众化",其根因在于"是要使群众在我们的影响和领导之下,组织起来,走向抗战的路"④;在总结西战团在山西前线五个月的演出活动时,她更明确地指出,对于"我们的观众"("不是兵士就是工农"),"我们的目的只在如何去教育他们,鼓舞他们"⑤。

在当时的历史语境中,所谓"民众"主要包括农民和主要由农民武装起来的士兵。对于知识分子与这两种民众的关系,周扬以新文学演变历程为背景、以知识分子中的"文艺人"为例,分别作出了具体的论述。其基本观点为:知识分子承担着"改造"民众与鼓舞民众的重任,其履行职能的重要途径和方法是"深入现实"、深入民众。他看到,随着抗战的爆发,新文艺的中心从大都市迁移到了广大农村和小市镇。环境上的这一巨大变化,促使"文艺人和广大民众,特别是农民进一步地接触了";文艺人需要"向现实更深入",一方面是为了"直接向现实生活去找原料",另一方面也是为了"改造"环境和"大众"、使新文艺承担起"向大众方面改造"的重任⑥。有感于"发扬民族的积极精神

---

① 毛泽东:《五四运动》,《毛泽东选集》第2卷,人民出版社1991年版,第560页。

② 毛泽东:《青年运动的方向》,《毛泽东选集》第2卷,人民出版社1991年版,第565页。

③ 艾思奇:《旧形式运用的基本原则》,《文艺战线》第1卷第3号,1939年4月。

④ 丁玲:《适合群众与取媚群众》(作于1938年夏),《丁玲全集》第7卷,河北人民出版社2001年版,第23页。

⑤ 丁玲:《本团抵陕后的公演》(作于1938年夏),《丁玲全集》第7卷,河北人民出版社2001年版,第105页。

⑥ 周扬:《对旧形式利用在文学上的一个看法》,《中国文化》创刊号,1940年2月。

的作品"之"可怜的稀少",周扬还要求"文艺人"打破自己"生活的限制性",号召他们"到前线去""和战争结合",以"吸取不尽的丰富材料"来展示"中国现实的积极面,中华民族力量的储藏量",借此"坚定读者的胜利信心"①。周扬鼓吹"发动和组织作家到前线去",是艾思奇号召"文艺人""走进现在的广大的民众中间"的一种具体形式,其目的最终也在通过对于日渐增长的民族抗战力量的透视来鼓舞民众的信心。

　　作家们对主流政治界、思想文化界"走进民众"的号召作出了积极的响应。他们中的一些人以平视的角度,一方面挖掘并展示了民众中所蕴藏着的积极力量,以此来激发民众的抗战热情,另一方面则承担起了"教育民众"的责任,对他们身上所遗留的精神痼疾进行了剖析。例如,对于其中的"士兵",他们是既有赞赏也有剖析的。何为的小说《大地的脉息》②和马加的小说《过梁》③分别刻画了一个新四军战士和一个八路军通讯员的形象,通过揭示他们"总要为人民大众做些有益的事情"的情操和"肯对自己的工作负责"、不怕牺牲的精神,勾画出了中国抗战的脊梁、呈现出了抗战必胜的希望。而吴奚如的散文《运输员》④和丘东平的长篇小说《茅山下》⑤所取角度则与上述作品有所不同,它们揭露了军队内部的矛盾和官兵身上的缺陷。前者通过对一个老红军出身的八路军士兵与青年学生争坐三等车厢的描写,对其头脑中潜藏着的"农民底平等观念"进行了剖析;后者通过对新四军某部那个工农出身的参谋长郭元龙复杂性格的塑造,批判了他的游击习气和对知识分子的偏见。上述这些作家以这种"赞赏"与"剖析"兼具的态度较好地履行了自己对于民众的职责,他们的作品也较好地发挥了教育民众的作用。当时,徐懋庸在总结抗战四年来华北敌后文艺界的成绩时对此作出了肯定。他指出,文艺"在群众当

---

① 周扬:《我们的态度》,《文艺战线》创刊号,1939 年 2 月。

② 何为:《大地的脉息》(作于 1940 年 6 月),《奔流文艺丛刊》第 1 辑《决》,1941 年 1 月。

③ 马加:《过梁》(作于 1941 年 7 月),《文阵新辑》之一《去国》,1943 年 11 月。

④ 吴奚如:《运输员》,《七月》第 2 集第 5 期,1938 年 3 月。

⑤ 丘东平:《茅山下》(作于 1941 年 7 月),大连大众书店 1945 年版。

中,在军队里发生了宣传与教育的作用……改造了军队与民众的思想"①。

但是,在"走进民众"的过程中,却也同时发生了这样的现象:在不少作家那里,原本作为手段的"向民众学习"却成了目的,原本应该作为目的的"教育民众"却演变成了知识分子的自我教育和自我批判。一般说来,当作家以上述这样的平视角度对民众进行客观书写时,其内容和基调不论是"赞赏"还是"剖析",作家作为主体还是保有其独立性的。而当其书写视角由平视变为仰视时,作家(知识分子)自己即已与民众形成了对照;这样,民众的形象越是高大,作家(知识分子)作为其反衬必然变得越是卑微。邵子南的叙事诗《骡夫》②较为典型地演示了这种视角的变化。

诗歌叙说"一个诗人坐在山坡上和我讲"的"晋察冀边区政府的一个饲养员的故事"。故事中的那个骡夫,是一个六十多岁的单身汉。在作者笔下,这个"一辈子流着热汗的农民",却表现出了一种"辉煌的性格"。他自愿为政府当了骡夫,骡子也交给了公家,并且亲自喂养;在救国献金时,他把他靠"辛勤工作"积攒下来的钱全部交了出来;他说:"我没有家,/死也要死在大家这里。"本来,歌颂这样舍己为公的品质,也未必一定导致作者主体性的缺失。但是,作者在整体运思中却设计出了一个巨大的反转。诗歌起首写道,一个诗人"向我叙述一个故事";最后,它以"这样的人(指骡夫——引者)的性格,/才真是诗篇的主人,/——诗人向我又这样说"结束全篇。"诗篇的主人"本是那个"诗人"。但在那个"诗人"心中,被叙说的骡夫凭着如此"辉煌"的性格,顿时就反转成了叙说者。对于那个"诗人"的如此表述,作者作出了没有任何异议的认同,这是与其初听这一故事时的心情密切相关的。在诗后所附"说明"中,作者写道:"那时我们的思想水平低得很,对农民还没有一个明确的看法,一听之下,很感动,所以尽量按着原来的样儿写,想保存那样的一个骡夫的面

---

① 徐懋庸:《我对于华北敌后文艺工作的意见》,《华北文艺》第 5 期,1941 年 9 月。

② 邵子南:《骡夫》(作于 1939 年 9 月),阮章竞主编《中国解放区文学书系·诗歌编》第 1 卷,重庆出版社 1992 年版,第 644—648 页。

貌"。正是这种"感动"的心情,导致了对仰视角度的使用,并进而导致了作者(包括那个诗人)主体性的缺失。

　　当然,诗歌《骡夫》所表现出来的主要还在于作家心态以及描写视角的变化。但是,作家们一旦使用了这种仰视角度,那么在具体描写时就必然会进而对知识分子与民众作出切实的比较,并表现出鲜明的褒贬扬抑的情感态度。构建出这种对比关系,是前期解放区文学中知识分子进行自我批判的最重要的方式。从这种对比关系的构建中,我们也最能看出知识分子自我批判的深度和力度。在前期解放区文学中,用以与知识分子作比的民众,有"农民"和"干部"。1938 年冬,沙汀作《贺龙将军印象记》,记述了他在前往冀中之前对贺龙的采访。在接受采访时,贺龙坦言自己就是农民,"到了今天我的生活还没有和农民脱离",表示自己"不赞成一般人看待农民的偏见"。沙汀从他身上也看到了"农民的优良成份:朴实,亲切,并且热烈地爱好着劳作"。如果说沙汀此时尚因未及深入"农民",所以对"农民"的如此认识还更多地停留在观念层面的话,那么,稍后与他一起到过冀中前线的何其芳则痛切地感受到了自己与"农民"的差异。1945 年何其芳在回忆当年到前线后的情况时,发自内心地慨叹过自己"在前方是一个没有用处的人"①。其所谓"没有用处",其一便是在与当地"老百姓们"的比较中表现出来的。他的散文《老百姓和军队》写八路军一个主力团奋力打破敌人围攻,取得了胜利,自己因为手臂摔伤,没到那个团去慰问。他意识到,即使自己去慰问,也只能"用一些空话";而老百姓们则用大车载着猪、羊、毛巾去慰劳。由此,他深深感到,"倒是老百姓们的慰劳对战士们更有用一些"②。这样,在与"老百姓们"(农民)的比照中,他那种自愧不如之感便油然而生了。

　　与何其芳的这篇散文相似,黄既的小说《老实人》③也设计出了这种对比

---

　　①　何其芳:《〈星火集〉后记一》(作于 1945 年 1 月),《何其芳文集》第 2 卷,人民文学出版社 1982 年版,第 268 页。

　　②　何其芳:《老百姓和军队》(作于 1939 年 9 月),《何其芳文集》第 2 卷,人民文学出版社 1982 年版,第 208 页。

　　③　黄既:《老实人》,《解放日报》1941 年 7 月 28 日。

式的结构,对比的双方是行伍出身的"干部"——管理员谢宝山和知识分子出身的"我"。谢宝山文化不高,言语不多,但他却埋头苦干,任劳任怨。对于到炭窑去烧炭的工作,"每个人都蹙眉头"。而他一到冬天,就带领着一部分人去做烧炭、运炭的工作。烧炭时工作没有完,其他人一个个都走掉了,"剩下的工作,就只有自己来做"。对此,他既不会发脾气,也不会难过。为了找运炭的运输工具,雪天里,他一早出发,跑了一天,以致冻坏了身体。对于谢宝山的所作所为,"我"时刻以知识分子的眼光予以了关注和打量。"我"一再探究过谢宝山的"原动力",是不是"为了什么名誉心或是领袖欲"、是不是"为了生活的舒适"?但是,"我"最终对此一一作出了否定,这也意味着"我"同时否定了自己的知识分子的价值观、那种"从旧圈子带来的成见"。小说以这种对比结构具体呈现了"我"与谢宝山在价值观上的巨大差异,在展示"民众"形象之高大的同时刻意显露出了知识分子的狭小。

第二节　知识分子与士兵的对比

当然,在前期解放区文学中,用以与知识分子作对比的,最重要的还是"士兵"。在当时的战争环境中,由于"士兵"处在战争的第一线、能够直接发挥消灭敌人的特殊作用,所以,更受到了许多作家的追捧——他们中间有不少人甚至还萌发过从军的愿望。从 1937 年 12 月底开始,周立波作为战地记者,曾赴华北抗日前线。他强烈感受到"一个多月的战地生活,使我变成了一个不同的人",因此,他兴奋地写信告诉周扬:"我打算正式参加部队去。……我将抛弃了纸笔,去做一名游击队员。我无所顾虑,也无所怯惧"①。与周立波一样,何其芳也有较强的"士兵"情结。从冀中返回延安以后,"当我因为碰上了工作中的困难而烦恼,/当我因为疲乏而感到生活是平凡而且单调",他就

---

① 周立波:《战地日记》,《周立波选集》第 5 卷,湖南人民出版社 1983 年版,第 209、213—214 页。

把自己当作"一个兵士，／一个简简单单的兵士"，把自己的工作比作是兵士"在攻打着一座城堡""在黑夜里放哨"①。

对于"士兵"的推崇以及对于自我知识分子身份的不满，外化到文学创作中，就必然会引发"士兵"与知识分子的鲜明对比。这方面值得关注的小说有丁玲的《入伍》②和雷加的《帽子》③。在总体构思上，他们将"士兵"与知识分子置于瞬息万变的战时环境中，以二者之间的矛盾冲突为主线，分别对二者的行为与性格进行描写，并使之形成了强烈的对比。关于《入伍》的立意，丁玲后来做过这样的说明：它"是写知识分子到我们部队参加革命的。但那篇小说是讽刺这种知识分子的。这种知识分子不可爱，部队里面农民出身的红小鬼才是好的，我们应该向那个红小鬼学习"④。小说调用多种艺术手段，塑造出了"徐清"这样一个否定性的知识分子形象。在徐清等三个被称为"新闻记"的知识分子登场亮相之时，作者就以红小鬼杨明才为视点揭示了他们作为"另外一种人"的喜标新立异、好夸夸其谈的群体性特征。为了自己能有"更大的前途"，徐清主动要求到团部去，杨明才奉命担任护送工作。途中，他们与鬼子不期而遇。此时，徐清惊慌失措，而杨明才则以自己的机智勇敢将徐清带了出去。显然，徐清从外形、行动到内在心理的另类性、异质性，均来自于"知识分子"与"士兵"的对照。客观地说来，将作为不同社会群体的"知识分子"与"士兵"相对比，他们是既各有其优势、也各有其不足的。究竟孰优孰劣，或者准确一点说，他们哪一方面优哪一方面劣，还要看比较者自己所取的比较角度和价值立场。作者将徐清和红小鬼杨明才作对比描写，在情感态度上一味贬抑前者、褒扬后者。这恰恰说明，作这一对照的作者不是站在"知识分子"那一边，而是站在"农民"和"红小鬼"这一边的⑤。丁玲自称《入伍》是

① 何其芳：《我把我当作一个兵士》，《解放日报》1941年12月8日。
② 丁玲：《入伍》，《中国文化》第1卷第3期，1940年5月。
③ 雷加：《帽子》（作于1940年12月），香港《时代文学》第3期，1941年8月。
④ 丁玲：《读生活这本大书》，《丁玲全集》第8卷，河北人民出版社2001年版，第464页。
⑤ 参见拙作《丁玲与〈讲话〉的精神关联》，《文艺争鸣》2011年第7期。

"看到一些人"以后才写出来的。这指的应该是在人物塑造上采用了鲁迅式的"杂取种种人,合成一个"①的创作方法,而《入伍》中的故事则是她自己想象出来的,因为对照她的生平,她自己并没有过类似徐清这样的经历。她在看到一些知识分子后合成"徐清"这样一种性格,足可以见出此时她对知识分子理性上的认知;在设定人物的如此性格后,她又通过想象构思出这样的情节,也足可以见出其对知识分子情感上的厌恶和不屑。

在丁玲的《入伍》发表半年多以后,雷加在延安创作了《帽子》。与《入伍》的虚构情节不同,《帽子》的情节是有所本的。那就是丁玲本人在西战团活动期间的一段经历。丁玲在1937年冬所作散文《冀村之夜》②中,对此有所记述;丁玲本人在她的窑洞里也向雷加讲述过"她的前线的生活"和这个"故事"。因此,雷加称"这篇小说是丁玲传记的一部分,是丁玲生活中一个真实的事件"。但是,事实上,小说对这个故事本身进行了颠覆性的修改和生发。《冀村之夜》所写为1937年10月西战团从太谷县向东赴和顺县的途中与溃兵遭遇的经过,着重描写"我"如何以"统一战线原则"平息了风波;其中,那个负责找住所的"管理员"只是一个极其次要的人物,丁玲对之只作了一句话("本是一个老革命,长征过来的")的介绍,既没有对之展开任何具体描写,更没有涉及这个"管理员"与"工作人员"(知识分子)的矛盾冲突。

但是,到《帽子》中,主要人物和主要事件都发生了巨大的变化。那个"管理员"一跃成为小说的主人公,而主要事件则转为"管理员"与团里的知识分子的冲突。用雷加自己的话说,小说是"以这个管理员长征干部武刚一条线贯穿下来的。我喜爱武刚这个人物。无疑地我在创作中发展了他。……武刚同知识分子之间的矛盾也被我强化了,甚至由隔阂引起了猜疑"③。小说中的武刚是四方面军的老战士,三十上下年纪,担任了一个戏剧团体的管理科长。

①　鲁迅:《〈出关〉的"关"》,《鲁迅全集》第6卷,人民文学出版社1981年版,第519页。
②　丁玲:《冀村之夜》,香港《文艺阵地》第2卷第7期,1939年1月。
③　雷加:《延安世纪行》,作家出版社2007年版,第251、254、256页。

他办事干练,工作认真,讲究纪律和原则,在全体大会上甚至敢于公开批评主任"生活腐化",显得"固执和冷淡"。这个被"我们"称为"土包子"的武刚与"爱生活,爱自由"的"我们"(知识分子)不可避免地发生了冲突。"我们"对他"怀着了难言的成见",以至于有人提出不能把他留在团里,有人还怀疑他藏"五大洲的帽子"(即"红军帽")的小包有他不可告人的目的。在主任孤身前去处理"逃兵"事件的危急关头,团里其他人无计可施、按兵不动,只有他不顾个人安危,化装成老百姓,主动地跟在主任后面前往,表现出了他的"英勇忠诚"。事件平息之后,他赢得了全团人的"敬爱";至于那顶"帽子",最后也成了他对"革命的忠诚"的见证。

几年之后,雷加对一个来源于生活的真实故事作出如此颠覆性的重写,是意味深长的。不难看出,小说中的"武刚"与《冀村之夜》中一言带过的那个"管理员"相比,除了"老革命"的身份外,其他都是生发出来的;因此,基本上可以说,他是作者心造出来的另一个人物。作者之所以要"发展"出这样一个理想化的、为自己所"喜爱"的人物,其主要动机是要以之为镜子照出为自己所不喜爱的"知识分子"的缺陷。他以想象的方式,刻意彰显并强化"士兵"与"知识分子"之间的矛盾,并以前者对后者的征服与后者对前者的尊崇为结局,其意显然在于在歌颂"士兵"的同时对自己所属的知识分子阶层进行辛辣的自我批判和自我否定。

总之,将"知识分子"与"民众"(主要包括"农民""干部"和"士兵")作出比较,借此"对那个时代人共同认定的知识分子惯有的诸如脆弱、胆怯、夸夸其谈、华而不实等,竭尽挖苦之能事"①,对作家们自己所属的"知识分子"群体进行批判,是上述这些作品共同的结构特点和价值取向。这已然蕴含了知识分子必须进行改造的诉求。这种诉求在李述的散文《愉快的心情》②中得到了非常明晰的表达。文中写道,冬天太阳初升时,"我"和"一个同样是小资产

---

① 许志英等主编:《中国现代文学主潮(下)》,福建教育出版社 2001 年版,第 123 页。
② 李述:《愉快的心情》,《解放日报》1941 年 12 月 15 日。

阶级出身的同志"所谈论的一个重要话题就是"知识分子的改造的问题"。在他就此"滔滔的陈述着他的意见"时,太阳融化了坚冰,"水流开来,把土地润湿了"。散文以这种寓情于景、以景托情的笔法,喻示了"知识分子改造"的必要性及其光明前景。

那么,知识分子如何进行自我改造呢? 对此,李述的散文没有作出展开。倒是丁玲与何其芳在早些时候就给出了明确的答案,那就是:要"克服自己"、铲除"个人主义"思想。早在 1937 年冬天,丁玲就借对一名西战团成员的回忆,提出了要"在集体中受磨炼,克服自己"的"小资产阶级意识"的命题①。三年以后,何其芳对这一命题作了更为"有理"也更为有力的展开。他首先承认,"现在我们说到知识分子,往往带着一种不好的意味";"我听见过一个知识分子的同志说:'我真讨厌知识分子'"。在他看来,知识分子之所以令人"讨厌",是因为他们在观念上受到了欧洲资本主义时期的思想的"不好的影响",最重要的就是"个人主义"和"儿童似的自我中心主义"②。因此,他的结论自然便是:知识分子要去掉"不好的意味",就必须铲除这种"个人主义"的思想。

对于知识分子如何去"克服自己"、铲除"个人主义"思想,晋驼在小说《结合》③中作出了形象的展示。小说运用第一人称视角,着重描写了"我"与"老姜"的冲突。"我"原是一个中学生,在抗战全面爆发后到了延安,"抗大"毕业后又去了前方。他有理想、有热情,但又好高骛远、不切实际:"当连队文化教员呢,我害怕罗嗦;当排长呢,大炮一响我浑身发软;当民运干事呢,整天动员民伕,搞粮食",又觉得"浪费了我的'材料'"。另一个重要人物"老姜"原名李民,在故乡东北做过十年的小学教师,是"一个地方上的老党员"。五年前,

---

① 丁玲:《忆天山》(作于 1937 年冬),《丁玲全集》第 7 卷,河北人民出版社 2001 年版,第 87 页。

② 何其芳:《论"土地之盐"》(作于 1940 年 10 月),《中国青年》第 3 卷第 4 期,1941 年 2 月。

③ 晋驼:《结合》,《八路军军政杂志》第 3 卷第 10 期,1941 年 10 月。

为避日本宪兵的追捕逃到关内,参加了革命,当了旅部教育科的副科长,"担负起全旅教育工作的领导责任",是"全旅威信最高的一个新干部"。因为对别人要求严格,得了一个"老姜"的外号。他工作勤勤恳恳,不嫌琐杂,"整天唠唠叨叨的像个老太婆"。在经历过一系列冲突之后,"我"终于意识到,他们之间的差别在于:"他为了他设想着的未来,努力作目前的点滴工作;我却是为幻想而幻想未来的。他所忽略的,是他现在的个人生活;我所忽略的,却是现在的工作";"我"也终于从"老姜"的教诲中明白了要"让自己的'尾巴'一天一天地缩短"的道理,表示"要从他那儿取得我所缺少的东西"。

《结合》表层写的是两种性格的冲突,但骨子里却是两种价值观的冲突。小说中的"我"与"老姜",其实都是知识分子。区别在于:"老姜"克服了"个人主义"思想,而"我"则还保留着这种思想"病根"。正如当年的评论者所指出的那样,"我""留恋着过去,幻想着未来,忽略了现在"的人生态度,"基本上是个人主义的思想";"作者显然是观察了若干小资产阶级知识分子,把他们的共同缺点综合起来,表现在这个'我'上"①。小说以"我"的转变说明知识分子是可以改造的,"个人主义"思想是可以克服的;更以"老姜"的形象说明知识分子是能够改造的,"个人主义"思想是能够克服的。十多年前的"老姜",是现在的"我";只要勇于改造自己,"我"也就能够变成现在的"老姜"。小说题名"结合",应该寓托着这种借改造以自新的乐观内涵。

第三节　自我批判中的价值立场

综上所述,在前期解放区文学中,不少作家通过对知识分子与民众的比较,对自己所属的知识分子群体进行了批判,表达了知识分子必须进行自我改

---

① 荃麟等编:《文学作品选读(上册)》,生活·读书·新知联合发行所 1949 年版,第 68、67 页。

造的精神诉求。应该指出的是,这种自我批判、自我改造思潮的出现,不是在
外力干预下发生的,而是知识分子主动作为的结果。抗战全面爆发以后,为了
吸引更多知识分子参加到抗战建国中来并发挥其作用,中共中央对知识分子
采取了非常优容的政策。1939 年 12 月,毛泽东在为中共中央起草的一份决
定中,强调"对于知识分子的正确的政策,是革命胜利的重要条件之一",因而
"必须善于吸收知识分子";他在提出知识分子要"工农群众化"的同时,也号
召"工农干部"要"知识分子化"①,对知识分子不含丝毫轻视、贬低之意。
1940 年 1 月,在陕甘宁边区文化协会第一次代表大会的主报告中,洛甫强调
指出:"看重青年知识分子,爱护青年知识分子,争取大多数青年知识分子参
加到新文化运动中来,参加到抗战建国中来,是今天所有新文化运动者的最严
重的任务";对于他们,应采取"积极帮助与同情"的方针。② 随后,中央宣传
部、中央文委就"正确地处理文化人与文化人团体的问题"作出十三条指示,
其中第一条就是:"应当重视文化人,纠正党内一部分同志轻视、厌恶、猜疑文
化人的落后心理"③;总政治部、中央文委也联合发出指示,要求"对部队外来
的知识分子、文艺工作者,以及文艺工作的实习考察团体,必须以极热忱的、虚
心的态度去对待他们"④。各解放区对中央的指示精神予以了积极的贯彻落
实。如晋西北在评述本地区的新文化运动时,对在一部分人中间尚存在着的
"轻视、猜疑文化人的落后心理"和文化工作中的"实利主义的观点"提出了批
评,并就改善"文化人的生活需要"提出了明确要求⑤。在这种优容知识分子
政策的导引下,知识分子在军队和社会上均享有较高的地位和声誉。刘白羽

---

① 毛泽东:《大量吸收知识分子》,《毛泽东选集》第 2 卷,人民出版社 1991 年版,第 620、
618、619—620 页。
② 洛甫:《抗战以来中华民族的新文化运动与今后任务》,《解放》第 103 期,1940 年 4 月。
③ 《中央宣传部　中央文化工作委员会关于各抗日民主根据地文化人与文化人团体的指
示》,《共产党人》第 12 期,1940 年 12 月。
④ 《总政治部　中央文委关于部队文艺工作的指示》,《八路军军政杂志》第 3 卷第 2 期,
1941 年 2 月。
⑤ 常芝青:《一年来的晋西北新文化运动》,《抗战日报》1941 年 1 月 4 日。

在前线时就感觉到,"在八路军中间,一贯的,对于做文化工作的人们,是非常看得起的,有一点敬意的"。① 新四军政治部主任邓子恢在谈到华中地区的文化工作时,也表达了对"文化干部"的敬意和"希望中央派些文学艺术家来"的要求②。就是对自我知识分子身份相当不满的何其芳也听到一个与工人有过接触的同志说过,"工人同志们并不轻视知识分子,并不像知识分子那样轻视知识分子"③。

从上述材料中可以看出,从延安到其他各解放区,政治界、思想文化界对于知识分子作用、地位的主流认知是积极的、肯定的;知识分子在军队和社会上是比较受人敬重的。因此,在前期解放区文学中,对知识分子缺陷的如上的省察、发掘和批判,不是一种外力作用的结果,而是由知识分子自主掀起与展开的。1946 年,英国作家乔治·奥威尔撰写了《对文学的阻碍》一文。文章秉持"思想自由"之原则,分析了"危害个人自由的最凶恶的敌人",指出:"对知识界尊严的直接而有意识的打击,来自于知识分子自己"④。从全面抗战前期中国解放区知识分子批判的主体构成来看,情况确实也是如此。他们以自我批判的方式来"直接而有意识"地打击知识分子的尊严,显在的原因在于:他们自己作为知识分子从感性层面到理性层面对于知识分子缺点都有着较为深切的认识。史轮是西战团的一个年轻成员,他从感性层面对通讯股的那些所谓"作家""总有点别致"的做派曾经作出过这样的描写:"他们不但在衣帽上,床铺上表露特殊的作风,就是在言论、行动上也老是异乎'常人'";他们说话不着边际,行动自由散漫,列队前进时步伐中总是发出不和谐的"怪音"。作为西战团的主任,丁玲从通讯股成员围着篝火跳舞的情形中也看出了"知识

---

① 刘白羽:《彭雪枫》,原载《八路军七将领》,上海杂志公司 1938 年;见黄钢主编:《中国解放区文学书系·报告文学编》第 1 卷,重庆出版社 1992 年版,第 63 页。

② 波人:《邓主任印象记》,《拂晓报》1941 年 6 月 15 日;见黄钢主编:《中国解放区文学书系·报告文学编》第 2 卷,重庆出版社 1992 年版,第 912,913 页。

③ 何其芳:《论"土地之盐"》(写于 1940 年 10 月),《中国青年》第 3 卷第 4 期,1941 年 2 月。

④ [英]乔治·奥威尔:《政治与文学》,李存捧译,译林出版社 2011 年版,第 406 页。

分子的易感性和找刺激,求一时狂欢以忘记他暂时的烦闷"的特性,她认为,一个坚强的革命家绝不至于这样发泄"私人的感情"①。何其芳在《论"土地之盐"》中则进一步运用阶级分析理论对知识分子的缺点作出了比较深入的理性分析,对史轮和史轮笔下的丁玲对知识分子缺点的感性认识作出了深化。他指出:"知识分子是一个特殊的,没有独立性的阶层,是一个摇摆于旧的营垒与新的营垒之间的阶层,是一个在某些关头显得软弱无能,容易迷失,甚至于可耻的阶层"。

从一般的意义上来说,知识分子作为社会上的一个群体,与其他社会群体一样,既具有自己的优势,也必然有着自己的不足;这些不足,用康德的话说,就是"自己所加之于自己的不成熟状态"。而既然存在着不足,自然也就可以成为"理性"批判的对象。这不仅是合理的,也是必要的。这是因为知识分子只有"公开运用自己理性"②来进行自我启蒙、来践行严格的自我批判,才能摒弃应该摒弃的、坚守应该坚守的、弘扬应该弘扬的,也才能借此"脱离"不成熟状态、保持知识分子的应有品格。在这意义上,践行自我批判本身其实也是对知识分子理想品格的一种期待和建构。

前期解放区文学中知识分子的自我批判,确实在一定程度上也反映了他们建构知识分子理想品格的努力。从形式上来看,他们的自我批判是承续了五四启蒙主义的自我启蒙传统的。作为五四启蒙主义者的杰出代表,鲁迅以锐利的文化批评、社会批评和蕴藉深厚的小说,深刻挖掘传统文化病根、激烈抨击各种社会乱象,以此来启蒙民众;但同时,他仍然没有忘却"改造自己"的任务,并将此视作"改造社会,改造世界"的前提③。在杂文集《坟》出版时,他在后记中坦言:"我的确时时解剖别人,然而更多的是更无情面地解剖我自

---

① 史轮:《丁玲同志》(作于 1938 年 5 月),西北战地服务团集体创作:《西线生活》,三联书店 2014 年版,第 172—173、180 页。
② [德]康德:《历史理性批判文集》,何兆武译,商务印书馆 1990 年版,第 22、24 页。
③ 鲁迅:《恨恨而死》,《鲁迅全集》第 1 卷,人民文学出版社 1981 年版,第 360 页。

己"①。鲁迅对"改造自己""解剖我自己"的强调，代表了五四许多启蒙作家共同的精神追求。在五四"自剖文学"中，许多作家在描写自我欲望的同时，对自我缺陷也进行了重点的暴露。在这种负面的"自剖"（自我批判）中，五四启蒙作家各自流露出来的是对如何成为一个理想的、健全的启蒙主义者的正面思考。前期解放区文学中进行自我批判的作家继承了五四启蒙文学的这种"自剖"传统，在他们严苛的自剖中也同样是寄托着自己对知识分子理想品格的设计和追求的。从动机上看，他们以严苛的自我批判来建构理想品格的努力，是富有超越现实功利的理想主义色彩的。不管他们建构出的作为理想品格模本到底是什么，他们不满足于自我"不成熟状态"，意欲通过自我批判去建构理想品格，这种探索本身总是值得肯定的。

但是，不得不承认，这种相似仅仅是形式上的。而在最根本的价值立场上，前期解放区文学中进行自我批判的作家则迥别于五四启蒙作家。其主要原因就在于前者的基本价值取向是崇仰"民众"、贬抑知识分子，并把与知识分子形成对比关系且处在另一极上的"民众"视为自己所要追蹑的人格典范和行为楷模，其中所显现出来的是一种非启蒙主义的立场；而后者则是从知识分子自身立场出发，高擎着的是启蒙主义的思想旗帜。这里不妨以丁玲的《入伍》和叶圣陶1925年年初发表的《潘先生在难中》为例作一简单比较。如上所述，前者通过徐清与红小鬼的对比，将重心落在了"讽刺知识分子"和赞美"农民出身的红小鬼"上面。需要进一步指出的是，丁玲对知识分子的讽刺不是从知识分子自身立场出发的，而是从"人民的立场"出发的，小说因此在性质上也就成了一篇"从人民的立场看文化人的作品"②。后者虽然对同样具有知识分子身份的潘先生也进行了辛辣的嘲讽，对其卑怯、苟安的奴性人格也作出了深刻的揭露，其嘲讽、揭露的力度甚至超过了前者，但是，从性质上来看，

---

① 鲁迅：《写在〈坟〉后面》，《鲁迅全集》第1卷，人民文学出版社1981年版，第284页。
② ［日］尾坂德司：《丁玲三、四十年代的文学活动》，孙瑞珍、王中忱编：《丁玲研究在国外》，湖南人民出版社1985年版，第235页。

小说显示出来的恰恰是对知识分子独立人格和自由精神的吁求。叶圣陶隐含在小说深处的这种价值立场,其性质无疑是启蒙主义的。

第四节　自我批判与实用理性

在前期解放区文学中,作为知识分子的作家在掘发自身缺点时所显现出来的价值立场与五四启蒙作家全然不同。这种价值立场的偏移之所以发生,主要源于他们所奉行的实用理性;或者说,是因为实用理性的潜在作用,才引发了他们对自身缺点的如此认知和价值立场的如此偏移。李泽厚认为,"中国的思维乃至中国文化都与实用的东西联系得比较密切……实用理性以儒家为主体,其他各家也是。"①这些知识分子受实用理性的浸淫很深,重视经世致用,强调一切价值都要在为现实服务("用")的过程中实现。正是在这里,他们又表现出了极端推崇现实功利的倾向。这种倾向无疑是与理想主义相抵触的。换句话说,他们践行自我批判,在动机上,表现出了建构知识分子理想品格的努力,因而具有超越现实功利的理想主义色彩;但是,在结果上,他们却在实用理性的作用下又将之导向了对现实功利的追求。这不可避免地形成了一个巨大的悖论。自然,在当时的战争环境中最大的"用",便是用"武器"打击敌人、消灭敌人。莎寨在小说《红五月的补充教材》②中写到指导员鼓励战士武必贵学习文化,其着眼点便是这样的"用"。他说:"同志,枪固然能直接去打敌人,笔也一样能打敌人。"辛冷的报告《钢笔的故事》③中的那个小勤务员同样也将文化的象征——"笔"武器化了,认为"在八路军里钢笔跟枪一样重要的!……笔和枪一样都是我们的武器"。对于指导员和小勤务员所强调的

①　李泽厚:《中国思想史杂谈》,《走我自己的路》,三联书店 1986 年版,第 210 页。
②　莎寨:《红五月的补充教材》,《文艺突击》第 1 卷第 4 期,1939 年 2 月。
③　此为《冀中一日》中的一篇,见黄钢主编:《中国解放区文学书系·报告文学编》第 2 卷,重庆出版社 1992 年版,第 1223 页。

"用"（"打敌人"和作"武器"），这些作者自己显然也是完全认可的。

与莎寨、辛冷一样，在前期解放区文学中发起自我批判的其他知识分子也都是以"打敌人"（以及直接间接地为"打敌人"服务）这样的"用"作为其臧否人物的价值标准的。在他们看来，凡是能够切实发挥这样的"用"的人物，均值得肯定和赞美。何其芳的《夜歌（六）》①讴歌前方的兵士，是因为他们有"用"——他们像大禹和墨翟一样地"坚持地为人民做事"，"不是空口谈说着未来，/而是在为它受苦，/为它斗争"。而前文所述及的那些描写并赞美与知识分子形成鲜明对比之"农民""干部"和"士兵"形象的其他篇什，其着眼点也在他们的有"用"。相反，凡是不能有效地发挥这种"用"的，则均为空疏无用之辈，是必须加以否定和批判的。而"百无一用"的"书生"（知识分子）恰恰就成了这种空疏无用之辈中的代表。在他们眼中，知识分子虽有文化，但往往志大才疏、华而不实，缺乏担当精神，不能像"农民""干部"和"士兵"那样切实有"用"。于是，这样的"知识分子"自然就成了这些知识分子作家嘲弄和批判的对象。

解放区的知识分子奉行实用理性，所继承的是一种"以儒家为主体"的古老传统，同时也是一种现代的传统。这种现代的传统就是五四时期出现的，与启蒙主义相对的、重物质上可见之"用"的实用理性。如上所述，解放区的知识分子践行自我批判，在动机上，继承的是五四启蒙主义；而在自我批判展开的过程中，他们却又利用了这种注重实用的现代传统的思想资源。1918年11月，蔡元培发表了题为《劳工神圣》的演说。当时，他对"劳工"作出了这样的界定："凡是用自己的劳力作成有益他人的事业，不管他用的是体力、是脑力，都是劳工"。但是，在稍后掀起的"劳工神圣"的热潮中，"五四"领袖们对"劳工"一词却作出了狭义的理解，所指仅为"作手足劳动的人"，而将脑力劳动者排除在外。陈独秀指出，"只有做工的人最有用最贵重"，"若是没做工的人，

---

① 何其芳:《夜歌（六）》（作于1940年12月），《诗文学》丛刊第2辑,1945年5月。

我们便没有衣、食、住和交通,我们便不能生存。如此,人类社会,岂不是要倒塌吗?"[1]李大钊也认为:"凡是劳作的人,都是高尚的,都是神圣的,都比你们这些吃人血不作人事的绅士、贤人、政客们强得多"[2];他称"那不劳而食的知识阶级,应该与那些资本家一样受排斥的"[3]。他们在反省劳心与劳力、知识分子与体力劳动者的关系时,以物质上的可见之"用"为标准,在充分肯定体力劳动和体力劳动者价值的同时,对脑力劳动的结果(知识)和从事脑力劳动的主体(知识分子)作出了决然的否定;这样,"神圣"的就只能是体力劳动者,作为脑力劳动者的知识分子则不但与"神圣"无缘,甚至还因其"不劳而食"而成了被"排斥"的对象。

在"五四"倡言"劳工神圣"的高潮过去以后,这种重物质上可见之"用"的思潮在 20 世纪 30 年代的思想文化界仍然衍生不息、不绝如缕。叶圣陶的那部被茅盾誉为做了"'扛鼎'似的工作"[4]的长篇小说《倪焕之》与 20 世纪 20 年代中期发表的《潘先生在难中》相较,其价值立场已然发生了从启蒙主义到注重实用的重大嬗变。小说通过对主人公倪焕之心理活动的描写,赞赏了"青衣短服的朋友,以及散在田野间的农人"的"伟大",同时,以"而我,算得什么"的慨叹及其最后凄然而终的结局,呈现了"我"以及自己所属的群体——"读饱了书的人"的"不中用"和不足道。不难看出,这部在 20 世纪 30 年代较早出现的长篇小说,在知识分子与体力劳动者关系的认知上仍然沿袭了"五四"领袖们的观点。

1937 年抗战全面爆发以后,救亡图存成了最为切迫的时代任务。传统的实用理性借此更有了大行其道的空间。在思考有"用"于时代之路径时,对于以何种方式来发挥自己的作用,在解放区的知识分子中出现了歧见。其中,一

---

[1] 陈独秀:《劳动者的觉悟》,《新青年》第 7 卷第 6 号,1920 年 5 月。
[2] 李大钊:《低级劳动者》,《新生活》第 22 期,1920 年 1 月。
[3] 李大钊:《"少年中国"的"少年运动"》,《少年中国》第 1 卷第 3 期,1919 年 9 月。
[4] 茅盾:《读〈倪焕之〉》,合订本《文学周报》第 8 卷,1929 年 7 月。

部分更看重自己对于民众的组织、教育作用,认为启蒙对于抗战有其独特的价值。这种认识其实与主流政治界、思想文化界的认知也是相吻合的。而另一部分则在"深入民众"的过程中,发现真正对抗战有"用"的不是知识分子而是民众。与那些有"用"的"民众"相比,他们痛切地感到了知识分子的志大才疏、空疏无用,于是一种自惭形秽的心理便油然而生——他们为自己不能直接从事救亡工作、"不能拿起武器和兵士们站在一起射击敌人"而"惭愧"不已①。于是,在实用理性的作用下,他们的自我批判就不能不导致在知识分子与民众关系上抑此扬彼倾向的出现。应该看到,在民族危亡关头,他们对传统实用理性的继承,是表现出巨大的爱国热忱的;但是,他们似乎又在不经意间忽视了知识分子所应履行的社会职能以及履职方式上的特殊性,并进而造成了对"知识分子的尊严"的打击。这导致了前期解放区文学中知识分子自我批判现象的发生和蔓延。

总之,前期解放区文学中知识分子的自我批判,从传统的实用理性出发,主要以"民众"为参照,大体涉及知识分子群体的性格、心理、价值取向及其思想根源等,较早提出了"知识分子改造"的重要命题。它在一定程度上客观地呈现出了知识分子的弱点和不足,也表现出了建构知识分子理想品格的主观努力,但由于在自我批判展开的过程中单一地以可见之"用"为标准进行取舍,所以,在结果上,又导致了批判者知识分子价值立场的偏移,并进而导致了对知识分子群体的过苛的指责以及对其社会作用和社会职能的不应有的否定。

1942年5月,随着延安文艺座谈会的召开,前期解放区文学结束,后期文学开始。从那以后,在外力作用下,"改造"成了知识分子的重要使命。前期文学中的"自我批判",由此演变成了"批判"。后期文学中虽然也有"自我批判",却是在"批判"的整体氛围中发生的,因而本质上也是一种"批判"。对于

---

① 何其芳:《一个平常的故事》(写于1940年5月),《中国青年》第2卷第10期,1940年8月。

作家而言,在前后期解放区文学中,在知识分子批判问题上虽有方式上的主动与被动之别,但是,在内容上却是一脉相承的。尤其是前期文学中对知识分子的"尾巴"和"个人主义"思想的揭露和批判,更成了后期文学批判和改造知识分子的重点。后期文学中,外力对知识分子的规训有其特定的政治背景和现实因素,但是,前期文学中的"自我批判"事实上也为之提供了历史的关联和线索。

第十六章 "外来的同志"与 《穷人乐》的创生

　　1944 年 10 月,晋察冀边区阜平县高街村剧团开始演出《穷人乐》。该剧随即受到关注,并得到很高评价。次年 2 月 25 日,中共中央晋察冀分局将之作为"发展群众文艺运动,组织群众的文化生活"的"方向"(即所谓"《穷人乐》方向")①予以推广。一般以为,这一"方向"最重要的特征是群众在文艺上的自我组织与自我创造。杨思仲介绍该剧时以"一部群众自己的创作"作为标题②;邓拓在 1945 年 12 月所作的一篇文章中说它"是一个人民自己创造的艺术作品"③;张庚也把它看作是"群众创作的典型",而职业剧作者只是"纯粹以记录者的资格"参加的④。与同时期解放区许多作品相比,该剧的创作确实呈现出很鲜明的特点,群众在编演过程中确实发挥了很重要的作用,但

---

① 《中共中央晋察冀分局关于阜平高街村剧团创作的〈穷人乐〉的决定》,《晋察冀日报》1945 年 2 月 25 日。

② 杨思仲:《一部群众自己的创作——介绍阜平高街村剧团的〈穷人乐〉》,《解放日报》1945 年 7 月 30 日。

③ 邓拓:《沿着鲁迅的方向前进!》,《邓拓文集》第 1 卷,北京出版社 1986 年版,第 393 页。

④ 张庚:《把职业剧作者的创作和群众的创作结合起来》,《人民戏剧》新 1 卷第 5 期,1949 年 6 月。

是,这并不等于说,"外来的同志"①在此过程中就无关紧要、无足轻重。事实上,在该剧的创生过程中,他们是一支主导性力量。如果没有他们的创意、构思与组织、指导,该剧不但不能以现在这样的面貌出现,甚至连有没有这样一部作品也都会成为一个问题。但是,长期以来,"外来的同志"在该剧创生过程中的作用并没有得到客观的评价。这一现象的出现,有其深厚的思想文化背景。

第一节　"外来的同志"与《穷人乐》的创意、构思

《穷人乐》的整个创生过程,是在"外来的同志"主导下展开的。在一部作品的创生过程中,其最初的创意不但触发了它的发生,而且往往决定了它的创作方向与特色。对于《穷人乐》来说,其最重要的创意即在反映本村群众斗争生活这一题材领域。对于这一创意,《中共中央晋察冀分局关于阜平高街村剧团创作的〈穷人乐〉的决定》曾有所涉及。它指出:该剧之所以能够成为"我们发展边区文艺运动的新方向",是因为它"表现本村群众斗争生活,歌颂自己爱戴的劳动英雄陈福全,为本村群众服务";因此,"沿着这个方向",各个乡村、部队、工厂、机关、学校均应"根据本单位的实际情况开展本单位的文艺运动"。这就是说,《穷人乐》之所以成为"方向",最重要的就是它所表现出来的这种反映"本单位的实际情况"之题材取向;至于在方法上,该剧采用"真人演真事",也是由反映"本单位的实际情况"这一题材取向衍生而来。《穷人乐》

---

① "外来的同志"(又称"帮助排戏的同志"),源自《晋察冀日报》1945年2月25日社论《沿着〈穷人乐〉的方向发展群众文艺运动》。本章运用这一概念来指称当时《穷人乐》编演过程中发挥过作用的"外来"者(非高街村的现住居民),具体指晋察冀军区抗敌剧社的专业文艺工作者张非、汪洋等和区青年部干部李又章(又作"李有章")。李又章虽本为高街村人,但在之前已从该村调区青年部工作,他在《穷人乐》编演过程中所表现出来的审美取向及作用等与张非等人相似。

这一有关题材取向方面的创意,对于这部作品的创作至关重要。而这一创意,正是由"外来的同志"提出的。

1944年10月中旬,晋察冀军区抗敌剧社汪洋、张非等人"下乡",第一次来到了高街村,区青年部干部李又章随行;其任务是指导、帮助高街村剧团为配合区召开的宣教会议准备晚会节目。刚到高街村,他们了解了高街村剧团相关情况,意识到这样一个纯粹的农民剧团"没有旧艺术形式的传统习气,容易接受新的东西,有坚强的领导,团员政治认识很好,有许多工作经验",当时就决定"应尽量发动他们自己搞,演出他们自己的事"①。由此可见,在进入具体创作过程之前,是这些"外来的同志"最早提出了这种"演出他们自己的事"(即"表现本村群众斗争生活")的创作思路。正是从这种创意出发,在剧作酝酿阶段,张非又确定了"最好是演本村的事,演大生产,或者演一个英雄的事"的题材取向。虽然"穷人乐"的名称及其内容方面的构想("从前挨饿受冻,现在有吃有喝")是由滩委会副主任兼村剧团指导周福德提出的,但他遵循的显然是张非提出的"演本村的事"的创意和思路。可以这样说,周福德是在张非他们的这一创意的启发引导下才提出"穷人乐"的构想的。张非他们的创意引领了周福德构想的方向,而周福德所构想的内容则是对这一创意的具体化。周福德提出这一建议后还不太自信,便再三征求剧社和区干部的意见;同时,对于自己编戏自己演戏,他也显得信心不足。在此情况下,又是张非他们对他的提议予以了积极的"鼓励"和肯定。张非他们之所以能够"大胆地接受鼓励这些意见",一方面,自然是它们代表了"广大群众要求"②,另一方面,则是因为它们与张非他们有关题材取向方面的创意相吻合。因此,当周福德的这一

---

① 张非、汪洋:《〈穷人乐〉的创作及其演出》,张非:《偏套集——张非诗文辑录》,三乐堂编印,2008年版,第3页。该文是1945年1月所作的有关《穷人乐》编演情况的总结,当时没有发表,后来按原貌收入了该著,因而,确实是一份"难得的历史文献"(胡可语)。见文末所附《张非给胡可同志的信及胡可同志的回信(附一)》,同书,第32—33页。

② 张非、汪洋:《〈穷人乐〉的创作及其演出》,张非:《偏套集——张非诗文辑录》,第4、5页。

构想进入创作过程之日,也正是张非他们的创意得以外化之时。

　　当然,高街村的生活和斗争是一条奔腾不息的河流。一部作品的艺术表现空间总是有限的,它往往只能截取其中的一段或者撷取其中的几个浪花来加以表现,而没有可能做到大小无遗、悉数包罗。因此,当进入创作过程后,还必须在反映高街村生活和斗争这个大的题材领域中作出选择和聚焦。而如何对于题材作出选择和聚焦,则必须服务于作品主题表达的需要。或者也可以说,是主题表达的需要,决定了题材选择和聚焦的方向。必须强调的是,在《穷人乐》的题材选择和主题提炼这一大关节目上,"外来的同志"又发挥了核心作用。最初提出"穷人乐"构想的周福德所设想的是"把抗战前与现在对照一下就行了,不用写抗战后的过程了,事太多太多,闹不了"。他的这一设想是与当时陕甘宁边区刚编成不久的大型秦腔现代戏《血泪仇》(马健翎编剧)相似的,其立意主要在于新旧社会的前后对比。(参见第二章)

　　但是,张非却将周福德设想的这一前后对比的基本框架作出了重大调整。他在为该剧编撰提纲时主要撷取了大生产运动方面的题材,重点表现了"组织起来"的主题。也因为如此,在结构上,该剧不再偏重于纵向的对比,而主要是对"组织起来"这一横截面的展现。张非对于主题、题材(以及结构)的如此设计,既源于生活,更是他自己精心思考的结果。到高街村的第二天,他向合作社主任兼剧团团长陈付全(即陈福全)搜集了合作社如何组织群众生产、解决群众困难以及陈付全本人的生活和生产方面的材料。在听取陈付全对于生产情况的介绍以后,张非形成了一个鲜明的印象:"那就是今年的生产运动证实了毛主席'组织起来'的伟大思想。因而我想'穷人'真的'乐'还是由于今年的大生产运动。这戏应该反映证实毛主席'组织起来'这个伟大的思想"①。显然,他的这一印象,是在他"深入生活"、接触陈付全的过程中形成的,但也融入了自己对于生活的独立感受和深入思索。正是从这样一种印象、

---

① 张非、汪洋:《〈穷人乐〉的创作及其演出》,张非:《偏套集——张非诗文辑录》,第6页。

感受和思索出发,他在选择题材、提炼主题(以及安排结构)时并没有接受周福德"把抗战前与现在对照一下"的建议,而是将该剧的重点置放于对作为"穷人乐"之因的"组织起来"与大生产运动的揭示和表现方面。在当时的情况下,"组织起来"是通过合作社的形式展开的,而高街合作社又有许多创造,合作社主任陈付全威信很高、有可能当选英雄。在厘清了"组织起来"与大生产运动展开的逻辑线索后,他搜集、研读了高街合作社的总结性材料,深入了解陈付全的事迹。在拟制提纲时,他则通过对于陈付全的重点刻画(他自称"对于陈付全的创造更特别重视")和高街合作社一般工作的展现,揭示了使"穷人"得以"乐"起来的大生产运动的价值和意义。他承认这是他本人自觉的追求:"我企图表现'组织起来',甚至于我在后来写通讯时还把《穷人乐》叫做《高街合作社》下面一个小注'又名穷人乐'";正因为自己的"主观见解使全剧偏重于对于大生产的描写",所以,"对于'苦'与'乐'的对比就想的少了"①。虽然后来这一艺术构想在外力的干预下作出过调整、增加了"'苦'与'乐'的对比"的戏份,但是,从最后定型的十四场《穷人乐》记录本的场次和篇幅中,也能直观地看出其表现重点仍然在"组织起来"与大生产运动方面。全剧中真正写抗战前"穷人苦"的只有第一场"加租增佃,卖儿卖女",而其余十三场都是写抗战后生活的。在这十三场中,有八场(从第七场"贷粮救灾,组织起来"到第十四场"穷人乐")是直接表现"组织起来"与大生产运动的。撇开其中表现发动群众的过程性场次(从第二场到第六场)不计,那么,写"穷人苦"的与写"组织起来"的场次之比为1:8;从篇幅上看,二者之比则接近1:6(分别为8页和46页)②。这充分说明,不管是开始还是到最终定型,张非在该剧有关题材、主题以及结构的总体构思中始终发挥了核心作用。

---

① 张非、汪洋:《〈穷人乐〉的创作及其演出》,张非:《偏套集——张非诗文辑录》,第7、15页。

② 晋察冀阜平高街剧团集体创作:《穷人乐》,张非、汪洋记录,韬奋书店1945年版。

第二节 "外来的同志"与两个
"过程"的结合

除"真人演真事",作为"方向"的《穷人乐》的另一个重要特点是"把创作过程和演出过程相结合"①。对于"创作过程和演出过程相结合"这一提法的内涵,《晋察冀日报》的一篇社论曾经作出过这样的阐释:排戏之前没有完整的剧本,也没有台词和动作,而只有"简单的提纲"以及"事件和人物的提要";在进入排戏阶段时,因为采用了"真人演真事"的方法,每个演员凭着自己"对剧中人物和事件无比的熟悉",去发挥自己的创造才能,对之进行"新的添加和补充",从而把一个简单的提纲变成具有丰富内容的剧作。这也就是说,演出过程同时也就成了创作过程的延展,成了对创作的补充;借助于演出,创作才得以最后完成。那么,到底是谁将"创作过程和演出过程"结合起来的呢?社论认为:把这两个"过程"结合起来的主体是"还不能自己用笔写出自己的生活"的"劳动人民",在这里指的就是"高街村剧团"②。总的看来,《晋察冀日报》的这篇社论对于《穷人乐》创生中两个"过程"相结合内涵的描述虽有简单化之处(如忽视了"演员"发挥创造才能的前提条件等),还算基本正确;而对于将两个"过程"结合起来的主体的认定则与事实不符。在《穷人乐》创生时,真正在两个"过程"结合方面发挥核心作用的不是"高街村剧团",而是"外来的同志"。这可从以下两个方面来看:

首先,两个"过程"结合起来的构想是"外来的同志"最初提出的。作为"外来的同志"中最重要的一员,张非在材料搜集与创作过程尚未开始之时就萌发了这样的设想:"只要能把提纲结构起来就行了,台词由李又章同志写,

---

① 《中共中央晋察冀分局关于阜平高街村剧团创作的〈穷人乐〉的决定》,《晋察冀日报》1945 年 2 月 25 日。

② 社论《沿着〈穷人乐〉的方向发展群众文艺运动》,《晋察冀日报》1945 年 2 月 25 日。

细节在排戏时由群众加,要简单明了"。在第一次到高街向陈付全等干部以及儿童拨工组长、妇女做鞋组长搜集过材料之后,张非便按计划拟出了十二场戏的提纲。原来设想由李又章写出台词的,但因为他有病又加时间紧迫,台词竟也无从写出。此时,又是张非提出采用类似"幕表戏"的做法,"把角色一分配,把故事一说,台词由每个同志自己想……排起来之前对一两遍",以此作为应急之举。对于张非的这一提议,作为"外来的同志"中比较重要的一员,李又章也作出了积极的呼应,也表示"同意这样搞"①。这样,"外来的同志"对于创作该剧的构想就从最初的有提纲、有台词到后来演变为只有提纲、没有台词。这从本质上决定了在《穷人乐》的创生过程只能是以演出补创作,或者说,在创生该剧时自然必须走"把创作过程和演出过程相结合"的路子。从这个意义上说,是"外来的同志"对于创生该剧的设想导致了两个"过程"的结合。

其次,两个"过程"结合的构想是"外来的同志"通过有效的组织而付诸实施的。"外来的同志"不但是两个"过程"结合的设计者,更是两个"过程"结合的主要实行者。从内容到形式,从台词创作、场面设计到表现方法的使用等,"外来的同志"自己在"演出过程"中仍然多有创造,他们以此对提纲("创作过程")作出了补充和完善。例如,最后一场"穷人乐"有一段喜庆的"丰收舞"。其中有老汉的一段快板,介绍高街村大生产取得的丰硕成果和群众由此过上的美好生活。这段快板(台词)是张非根据群众心目中有关"乐的标准"创作的。在老汉说快板时,张非为了营造庆祝丰年的氛围还作出了这样的场面设计:用五六个儿童,捧着当年最大的农产品上场,同时再扭起欢快的秧歌。此外,在"儿童拨工组"和"战斗与生产结合"这两场中,张非还提出运用象征的表现方法。在前者中,他让儿童各人找了一根高粱秸搁在肩膀上,作挑土的样子过场;在后者里,则连高粱秸这样的道具也弃置不用,而让群众以

<hr>

① 张非、汪洋:《〈穷人乐〉的创作及其演出》,张非:《偏套集——张非诗文辑录》,第10页。

徒手的动作表现出从"收割"到"扬场"的劳动过程。

在两个"过程"结合的实践中,他们除了自己积极创造外还发挥了极其重要的组织作用。他们所发挥的这种组织作用,其意义是更在其创造作用之上的。在按提纲开始给高街村剧团排戏之时,张非首先向村剧团的演员们说戏,谈了"提纲与为什么要编这个戏的意思"①。这说明,张非的角色已由此前承担编写提纲任务的编剧变成了导演。当然,在具体排演过程中,由于该剧只有框架式的提纲,这就给群众留下了很大的创造空间。他们不但在台词和细节方面多有补充,而且还创造出了相当重要的表演方法。例如,"真人演真事"作为一种表演方法,就是他们在演出中探索出来的。剧中重要人物陈付全原本由村剧团的齐宗荣饰演,但因饰演者不了解陈付全该说什么,又因陈付全在戏里特别重要,所以,"大家伙的意见是叫陈亲自上台",在此情况下,陈付全便"亲自参加排演"。这就在晋察冀边区群众剧运中开创了"亲自上台演自己的事"之先例②。

群众的创造对于该剧中两个"过程"的结合是重要的,但这也不等于说"外来的同志"在其间就无所作为。一方面,群众的这些创造本是在其所设计的框架中发生的、也是他们所期待的;另一方面,对于群众的这些创造,他们同时也是重要的评价者。事实上,"如果说群众在表演中能有所创造,其前提在于指导者排演实践中对'群众'的创造性把握"③。论者所言的这种"创造性把握",就主要表现在他们从自己的审美标准出发以"肯定"和"提醒"之法对之作出了审美评价。例如,张非对"真人演真事"这种表演方法作出充分肯定,认为它"最熟悉、最自然、最动人",为"文艺与工农兵结合打开了一条捷径"。显然,他之所以对此作出肯定,是源于群众的这一创造与其现实主义的

---

① 张非、汪洋:《〈穷人乐〉的创作及其演出》,张非:《偏套集——张非诗文辑录》,第 10 页。
② 张非、汪洋:《〈穷人乐〉的创作及其演出》,张非:《偏套集——张非诗文辑录》,第 11 页。
③ 程凯:《"群众创造"的经验与问题——以〈穷人乐〉方向"为案例》,罗岗、孙晓忠主编:《重返"人民文艺"》,上海人民出版社 2019 年版,第 150 页。

审美要求相符。尤其值得关注的是,他也正是从他自己的审美标准出发,在排演该剧时对群众一再作出了"提醒"。与"肯定"相比,这种"提醒"在该剧两个"过程"结合方面是发挥了更大作用的。

张非"提醒"群众,其主要目的是为了使其产生设身处地、身临其境的"情景感"。有论者指出,"《穷人乐》方向"蕴含的创作方法,其意义之一在于"以诉诸实际生活的经验、情感和细节的'实感'来克服概念化"①。应该说,在引导群众尊重这种生活的"实感"、还原生活的真实性和丰富性方面,作为导演的张非发挥了非常重要的作用。后来,在出演该剧的群众中产生了一句术语"不要忘记生活",就是群众在他的一再"提醒"下创造出来的。张非对参演群众的"提醒",主要有两类:一是启发。例如,在排演"民主大选举"一场时,他"不性急,多启发,多谈",触发群众谈起那时候给他们印象最深的、最感动他们的场景来。"老太太都起了小姑娘的名字"这一细节,就是群众在他的启发下谈出来的②。又如在排演到地头休息时,群众"谁也不动,等着说话"。又是在张非的启发下,台上的群众回到了实际情景中去,每人都"想起闹一种动作"③,他们像在实际生活中一样,有的修锄、有的吸烟、有的擦汗。在张非的启发下,经过群众的回忆所创造出的这些场景确实呈现出了像生活本身一样的真实性和丰富性。二是矫正。最初,群众并不了解戏剧与现实的关系,不知道演戏就是如实地反映自己的生活,因此这就必须"把群众引入自己的生活",启发他们去"表现生活"④。在开排青黄不接时节的生活时,群众本应回到设定的情景,显出"春天肚子饿没有力气,说话动作都应该没有劲"的样子,但是,他们却没有勾起对当时情景的回忆并将之再现出来,而是无任何"情景

---

① 路杨:《劳者如何"歌其事"——论解放区群众文艺的生产机制》,《文学评论》2020年第3期。

② 侯金镜:《在帮助〈穷人乐〉排演中教育了我们自己》(1947年4月作),高歌辑:《导演经验》,西北新华书店1949年版,第122页。

③ 张非、汪洋:《〈穷人乐〉的创作及其演出》,张非:《偏套集——张非诗文辑录》,第12页。

④ 张非、汪洋:《〈穷人乐〉的创作及其演出》,张非:《偏套集——张非诗文辑录》,第14页。

感"地、"很愉快地说着合作社如何好,如何解决困难的话"。面对着这种失去了艺术真实性和真切感的表演,张非强烈地意识到必须引导他们"从过去生活的实际出发"。于是,他很耐心地向群众解释、提醒他们注意,矫正了他们不合适的表演,从而使他们进入特定情景、产生了"情景感"。又如,在排演"锄苗"时,群众一开始在台上拥挤着、横成一排从左侧锄到右侧。这与干活时的实际情景也大相径庭。张非此时又对他们作出"提醒",最后,他们用上了比较真实的"雁别翅"的队形。张非对群众多次"提醒",唤回了群众对特定情景的记忆和感知,使该剧所再现的生活获得了真实性。

总之,在"把创作过程和演出过程相结合"这一特点形成的过程中,"外来的同志"既是设计者,又是主要的实行者。在排演阶段,他们(主要是张非)在继续发挥自己的创造作用的同时,更是以自己的导演身份发挥了重要的组织、指导作用。他们从自己的审美意识出发,以"肯定"和"提醒"之法,对群众在该剧中的表演和"创造"作出了自己的审美评价。可以说,以演出补创作的过程,也同样是由他们主导的。有论者曾经指出:该剧是"在知识分子与农村群众发挥各自的知识经验及生产生活经验的基础上相互合作的结果",是二者"经验互助"的产物①。但是,必须作出补充的是,在以演出补创作的过程中,这两种"经验"之间并不是一种平行的关系。群众在演出时到底应该以什么样的来自于其"生产生活经验"的台词、细节、动作等对提纲作出补充和丰富,说到底,还必须由拥有"知识经验"的"外来的同志"来判断和择用,还必须服务于他们对于现实主义真实性和丰富性的审美追求。因此,真正"把创作过程和演出过程相结合"的主体力量还是张非这样的"外来的同志"。

---

① 张自春:《经验互助与群众创作:〈穷人乐〉方向与解放区—新中国的群众文艺运动》,《文学评论》2018 年第 2 期。

第三节 《穷人乐》创生过程中的
两个"问题"

《穷人乐》的创生不是一蹴而就的。因为各种"问题",它曾作过多次修改。这里所说的"问题",既有第一次排演中出现的,又有在后来修改中新产生的。归结起来,最重要的"问题"有两个:一是"删掉喇嘛逼租"一场;二是"提高"中的"形式主义"问题。《晋察冀日报》社论曾经指出:"外来的同志"在帮助《穷人乐》的创作过程中"曾发生过不少缺点,甚至发生过某些错误",而他们的"缺点"和"错误"就主要集中在这两个"问题"上。社论还将他们在这些"问题"上的看法与"群众的意见"并列,称二者代表了两种不同的艺术思想,因而,《穷人乐》创作和演出过程也就成了"两种艺术思想的斗争过程"①。如此看来,"外来的同志"在这两个"问题"上所产生的影响是消极的,《穷人乐》最终的成就也似乎是在克服"外来的同志"这种消极影响的基础上取得的。这一论断是与事实不相符合的。为了还原历史真相、也为了更加深入地考察"外来的同志"和《穷人乐》创生的关系,我们还有必要对这两个"问题"作出集中探讨。

先看"删掉喇嘛逼租"一场问题。这是说"外来的同志"把"喇嘛逼租"一场戏简化成了一段由老佃农马如龙说的快板,这段快板只是对"喇嘛逼租"的内容作了概括性的叙述。对于这一问题,可以从以下两个方面来看:首先,这一"简化"是势所使然。它是作为编剧的张非根据具体情势所作的正常的艺术处理。有关抗战前高街村群众"受喇嘛剥削"的情形,张非第一次到高街村搜集材料时听周福德、陈付全、吕福才等人谈起过。但是,他们所言大都是一般过程性的材料,"关于当时的心情变化,有没有斗争等具体事件谈得很

① 社论《沿着〈穷人乐〉的方向发展群众文艺运动》,《晋察冀日报》1945 年 2 月 25 日。

少……材料停留在枝节问题上,不能再深入下去"①。对于这一情况,抗敌剧社副社长侯金镜在一篇作于1947年的文章中也有叙述:当时剧社同志搜集材料时,合作英雄陈富全(即陈付全)、村干部周福结(即周福德)还有区干部李有章(即李又章)等谈到喇嘛剥削的情形,但缺乏"具体细节"。侯金镜文中所言提供材料的人员与张非一文中稍有不同,但基本意思相似。该文还进一步交代了他们不能提供更多"具体细节"的原因:"当时周作小生意,陈当长工,李年纪小"②,所以,他们所知不多。众所周知,叙事类作品的创作是既需要"骨骼"(情节),又需要"血肉"(细节)的。因为缺乏"具体事件"与细节难以作出具体的描写,又因该剧五天后就要演出,张非无暇就此去向其他人搜集相关材料,于是,他"心里就起了要不要这场戏的念头"③。虽然如此,在拟制提纲时,他仍将第一场的结构组织好了,准备征求一下意见。不过,他自己内心深处还是倾向于不要这一场戏。于是,他对"喇嘛逼租"作出了侧面表现,其方法就是让"马如龙"这样一个虚构的人物对这一内容作出概要的叙述。最后,他拿出来向李又章、周福德等征求意见的就是这一方案,也获得了他们的同意。应该认为,张非对于"喇嘛逼租"所作的这种艺术处理是从当时的实际情况出发的,是合理的、也是适当的。因为唯有如此,才能有效地避免因想象、虚构等造成的失真现象的发生。这显现出了张非相当严谨的现实主义态度。

其次,这一"简化"也为"集中"所需。如前所述,经过深入生活和独立思考,在为该剧拟制提纲时,张非即有意以"生产"方面题材来重点表现"组织起来"的主题。在表现抗战前"穷人苦"的生活与抗战后的"穷人乐"的生活方面,他本意即在以后者为重点。对此,他有过这样的表述:前者固然可以使后

① 张非、汪洋:《〈穷人乐〉的创作及其演出》,张非:《偏套集——张非诗文辑录》,第5—6页。
② 侯金镜:《在帮助〈穷人乐〉排演中教育了我们自己》(1947年4月作),高歌辑:《导演经验》,第106页。
③ 张非、汪洋:《〈穷人乐〉的创作及其演出》,张非:《偏套集——张非诗文辑录》,第6页。

者"更有根据更有力量",但是,要是单有前者而没有后者("抗战后的过程")
则"更不好"①。有关"喇嘛逼租"内容(即"穷人苦"),由于具体材料的缺乏无
法铺衍成一场戏,倒也使他可以通过适当的艺术处理去重点表现他原本就想
重点表现的题材和主题。这样,对于"喇嘛逼租"的简化,事实上使该剧"组织
起来"主题的表现显得比较集中,在一定程度上规避了更多散漫现象的发生,
同时,由于压缩了时间跨度,也可以使该剧形式更显完整,使村剧团表演难度
降低。因此,单从主题的表现上来看,如果不以为周福德提出的新旧社会前后
对比("把抗战前与现在对照一下")之思路,其意义和价值就一定高于张非在
"简化"中所凸显的"组织起来"的主题的话,那么,就应该承认张非所作这一
"简化"是更有利于主题的集中传达的。1944 年 12 月 23 日,在边区第二届群
英大会期间,已完成长篇小说《腹地》创作的作家王林观看了高街村剧团演出
的、最后修改定型的十四场《穷人乐》。在次日的日记中,他评述了《穷人乐》
的缺点,其中第一条便是:"因为是历史的叙述,时间过长,事件过多,难免要
走马观花地写一下即过,每个事件的具体斗争、复杂过程便不能很深刻地表现
出来。"②应该说,王林的这一评价是切中肯綮的。这也从一个方面说明张非
当初对"喇嘛逼租"作出简化处理是有必要的,对于规避艺术表现上的松散和
肤浅是有益的。

再看"提高"中的"形式主义"问题。1944 年 11 月 20 日,"外来的同志"
第二次来到高街村,对《穷人乐》作出了第一次修改,加上了"加租增佃,卖儿
卖女"(即"喇嘛逼租")这一场。之后,第三次来时,又根据中共晋察冀分局宣
传部部长胡锡奎的指示作了第二次修改,加上了"中央军南退,八路军北上""减
租参军""军民合作拉荒滩""民主大选举""反扫荡"等,反映了抗战以后如何
发动群众以及群众翻身的过程。内容和场次的增加,向演员提出了必须"提

---

① 张非、汪洋:《〈穷人乐〉的创作及其演出》,张非:《偏套集——张非诗文辑录》,第
6—7 页。
② 王林:《王林文集》第 5 卷,《抗战日记》,解放军出版社 2009 年版,第 304 页。

高一步"的要求。由于村剧团演出时没有固定的台词和固定的位置,既破坏了"整个戏的感情和效果",也"破坏了舞台画面的构图",所以,张非在后来排演时提出演员"要按剧本排演","要用布景演出,不许乱走"等①。所谓"提高"中的"形式主义"问题,主要指的就是张非在排戏上提出的这些要求。《晋察冀日报》社论对张非的要求及其导致的后果作出了这样的描述:"在第三次排戏时,他们曾按专业剧社的一套排戏方法,要村剧团同志按照写成的剧本排,结果,演员话也不会说了,农民的动作没有了,甚至跟着撇起京腔来了"②。半年多前,周扬对于在延安参加春节秧歌表演的工农兵群众的表现有过这样的叙写:"他们需要的是更艺术些。他们中间,有些根本不懂什么是艺术上的规矩,他们是真正自由自在地在创作,但当那些规矩套上他身上的时候,他们反而给束缚住手足了,唱也唱不好了,动作也乱了。"③延安新秧歌运动中发生过的这一现象,如今在晋察冀边区《穷人乐》的排演中又出现了。

那么,张非所提出的有关"提高"的要求,其性质到底是不是"形式主义"的呢? 这既要看它们所欲克服的舞台上的"乱象"是否真的存在,又要看它们是否真正做到了有的放矢。二者的答案无疑都是肯定的。第一次演出时,许多演员在认识上还存在着"闹红火""玩一玩"的观念,对于如何更真实地表现生活认识不足,因此,不愿化妆者有之,不清楚舞台位置者有之,在台上笑场、忘词者亦有之……④这是张非在对首场演出的相关情景作纪实性描写时提及的。与此可参照互证的是《晋察冀日报》1944 年 12 月 3 日刊发的两篇消息,它们从不同角度反映出了演出中的"乱象"。其中,一篇未署名的消息写道:对于第一、二次演出,群众在技巧上提了好多意见:如锄苗时太乱,群众说:"那不把苗锄瞎了吗?"打蝗时,走得太乱,群众又说:"那不把苗踩坏了吗?"⑤

---

① 张非、汪洋:《〈穷人乐〉的创作及其演出》,张非:《偏套集——张非诗文辑录》,第 21 页。
② 社论《沿着〈穷人乐〉的方向发展群众文艺运动》,《晋察冀日报》1945 年 2 月 25 日。
③ 周扬:《表现新的群众的时代——看了春节秧歌以后》,《解放日报》1944 年 3 月 21 日。
④ 张非、汪洋:《〈穷人乐〉的创作及其演出》,张非:《偏套集——张非诗文辑录》,第 15 页。
⑤ 《群众艺术的新创作 高街剧团演出〈穷人乐〉》,《晋察冀日报》1944 年 12 月 3 日。

另一篇署名的消息也报道说:加上"喇嘛剥削"那一场的《穷人乐》在区英雄会上演出后,召开了剧团成员和村干部的联席会。他们检讨"纪律和制度还有缺点";最后,"又提了个意见,要提高技术,《穷人乐》虽然不坏,可是人太多、场太乱,踢里塌拉的"①。综合上述材料可见,在《穷人乐》最初几次的演出中确实存在着混乱的现象②,这不仅仅是张非个人的感觉,也为演员、观众(包括村干部)所公认。而这些"乱象"之所以会发生,直接原因就是演员既没有按照剧本排演、又缺乏舞台感,因此,张非提出要按剧本排演、注意舞台位置,是有的放矢、切中问题要害的。因此,从这两方面来看,把它们视为"形式主义"应该是缺乏基本依据的。当然,我们也不能因为张非提出的这些要求在实践中没有收到应有的效果而把它们认作是"形式主义",这不是它们自己流于形式,而是有关人员尚需提高接受能力,用王林的话说,是"基本群众和干部的艺术水平尚需提高"③。

综上,《穷人乐》的整个创生过程是由"外来的同志"主导的。在未进入具体创作过程之前,他们就萌发了"演出他们自己的事"的创意。正是在这一创意的引导和启发下,当地群众才提出了"穷人乐"的构想。在酝酿构思阶段,在选择题材、提炼主题(以及安排结构)时,他们改变了当地群众提出的新旧社会对比的主题思路,而将重点置放于对作为"穷人乐"之因的"组织起来"与大生产运动的揭示和表现方面。在"把创作过程和演出过程相结合"问题上,他们不但提出了要将二者结合起来的构想,而且有效地付之于行动。在排演阶段,他们在继续发挥自己的创造作用的同时,更是以导演的身份发挥了重要的组织、指导作用;他们从自己的审美意识出发,以"肯定"和"提醒"之法,对

---

① 侯金镜:《三专区文艺座谈会奖励〈穷人乐〉的演出》,《晋察冀日报》1944 年 12 月 3 日。

② 农村剧团的这种混乱现象在数年后还存在着。太行文艺工作团艺委会主任高介云在描述林县农村剧团存在的问题时指出:在"技术问题"上,"不会化装,布景不好,不会唱歌,表情……"。他据此得出结论:"农村剧团需要具体的帮助"。见高介云:《农村剧团需要具体的帮助》,《文艺报》第 1 卷第 3 期,1949 年 10 月。

③ 王林:《王林文集》第 5 卷,《抗战日记》,解放军出版社 2009 年版,第 305 页。

群众在该剧中的表演和"创造"作出审美评价,并在此基础上最后作出择用。因此,以演出补创作的过程,也同样是由其主导的。

但是,自该剧问世以来,"外来的同志"在其创生过程中的这些作用并没有得到客观的评价。在许多人看来,他们只是"帮助"者,所起的只是"辅助作用";而他们在这一过程中出现的"问题"与流露出来的"看法",则被视为与"群众的意见"相对立的"艺术思想"①。作为汪洋、张非所在的抗敌剧社的社长,丁里在 1944 年除夕所作的一篇文章中也称:"高街'穷人乐',它完完全全是群众集体创作",而删去"喇嘛逼租"那一场则"真是一件值得记取的教训"②。尤其值得关注的是,"外来的同志"也诚挚地接受了这些评价。如对于简化"喇嘛逼租"问题,在三专区文艺座谈会上受到批评后,李有章作出深刻反省,认为是"缺乏群众观点的表现"③。对于"提高"中的"形式主义"问题,张非检讨自己"差一点走错了路",是"思想上形式主义的倾向随时作怪"的结果④。

对于"外来的同志"与《穷人乐》创生过程的这些评价,是在后期解放区文学阶段特定的思想文化背景中发生的。如第十五章所述,在前期解放区文学中,一些解放区作家自觉地对自己所属的知识分子阶层作出了严肃的反省、审视,提出了知识分子必须改造的重要命题。1942 年 5 月,后期解放区文学阶段开始以后,改造知识分子的思想感情,不再像前期一样仅仅是解放区一部分知识分子的倡议,而成了对于知识分子的一种普遍性要求;为了落实这一要求,知识分子思想感情的改造更得到了"下乡"(亦即"参加前方或后方的群众实际斗争"⑤)这一重要的制度化安排。1943 年 4 月 24 日,在晋察冀,中共北

①　社论《沿着〈穷人乐〉的方向发展群众文艺运动》,《晋察冀日报》1945 年 2 月 25 日。

②　丁里:《向高街〈穷人乐〉的方向前进》,刘佳等编:《抗敌剧社实录》,军事译文出版社 1987 年版,第 166 页。

③　侯金镜:《三专区文艺座谈会奖励〈穷人乐〉的演出》,《晋察冀日报》1944 年 12 月 3 日。

④　张非、汪洋:《〈穷人乐〉的创作及其演出》,张非:《偏套集——张非诗文辑录》,第 22、24 页。

⑤　《实现文艺运动的新方向,中央文委召开党的文艺工作者会议》,《解放日报》1943 年 3 月 13 日。

岳区党委召开党的文艺工作者会议。胡锡奎在报告中对"怎样下乡"作了专门论述,号召文艺工作者"长期深入群众进行工作"①。晋察冀军区抗敌剧社的汪洋、张非等文艺工作者正是在这样的背景中下乡来到高街村的。就在他们下乡之前,该剧社"进行了一次文艺整风,重点检查了文艺工作者的特殊自大、轻视工农兵群众、脱离实际斗争的倾向"②。因此,汪洋、张非这些"外来的同志"一开始就是"抱着向群众学习,实际整风改造自己的精神来进行我们的工作"的③。在《穷人乐》创生的过程中,他们凭借着自己的专业优势在该剧的创意、构思与组织等方面发挥核心作用,但是,在当时的语境里,他们的这一作用不易得到凸显;不但如此,在与群众合作的过程中,一旦出现分歧,他们的见解与做法也易遭到质疑。对于此类评价,他们没有丝毫抵触,而是心悦诚服地予以接受。这一现象是在特定的思想文化背景中发生的,它显现出了知识分子思想感情改造的自觉和深入。在知识分子改造问题上,相对于前期而言,这是一种发展,而这种发展自然是以对前期的承续作为前提的。因此,从《穷人乐》创生过程及其相关评价中,亦可管窥在知识分子思想感情改造问题上解放区文学前后期的关联性。

---

① 《加强文艺工作整风运动为克服艺术至上主义的倾向而斗争》,《晋察冀日报》1943 年 5 月 21 日。

② 杜烽:《〈李国瑞〉写作前后》,中国人民解放军文艺史料编辑部编:《中国人民解放军文艺史料选编 抗日战争时期》第 2 册,解放军出版社 1988 年版,第 170 页。

③ 张非、汪洋:《〈穷人乐〉的创作及其演出》,张非:《偏套集——张非诗文辑录》,第 2 页。

第十七章　前期解放区文学中的
“普及和提高”问题

——以“小形式”“旧形式”“民族形式”的讨论为中心

　　1942 年 5 月，毛泽东发表《讲话》，“如何为群众”是其中重点论述的问题之一；而“普及和提高”的关系，则是其论述这个问题的立足点①。《讲话》有关“普及和提高”的思想，在由《讲话》开启的后期解放区文学中得到了积极的响应和贯彻。在理论认知上，“提高与普及的关系”与“什么叫作‘大众化’”“如何表现新的群众的时代”一样，被视作是《讲话》中“解决了革命文艺的基本原则，基本方针”的“三个根本问题”之一，是“马克思主义方法论在文艺理论上的最杰出的应用”②；在艺术实践上，它作为“毛泽东同志所指出的正确的道路”③的重要组成部分而为文艺界所遵循。《讲话》有关“普及和提高”的思想对于此后解放区文学的影响是巨大的，但是，这并不等于说有关“普及和提

---

　　①　在《讲话》发表后不久，在中央学习组会议上的报告中，毛泽东再次强调：“向工农大众普及，再从向他们普及中间来提高”的问题还没有解决，并把这看作是“关于文艺工作者方面”的一个“严重”问题。毛泽东：《文艺工作者要同工农兵相结合》，《毛泽东文集》第 2 卷，人民出版社1993 年版，第 427、426 页。

　　②　周扬：《马克思主义与文艺——〈马克思主义与文艺〉序言》，《解放日报》1944 年4 月 8 日。

　　③　社论《从春节宣传看文艺的新方向》，《解放日报》1943 年 4 月 25 日。

高"问题的探讨就始于《讲话》。事实上，随着文艺大众化、通俗化运动的开展，前期解放区文学始终关注着这一问题，并就此展开了积极的讨论。为了还原历史的本真，本章以其间开展的有关"小形式""旧形式"和"民族形式"等三种"形式"的讨论为中心，对前期解放区文学中的"普及和提高"问题作一检视与分析。从中可以发现，前期解放区文学对于"普及和提高"问题展开了比较全面深入的讨论，从中得出的某些认知与《讲话》中的相关论述还有着较强的相关性。二者之间的这种关系，从一个特定的角度显现出了解放区文学前后期的关联性。

第一节　在"小形式"的讨论中

抗战全面爆发以后，"迅速地并普遍地动员大众"参加抗战，成为"一切文化活动"的重要任务。这一任务对于文化活动提出了新的要求，"需要它充分的大众化，充分的通俗化"①。因此之故，中华全国文艺界抗敌协会的机关刊物《抗战文艺》在发刊之时便宣称："我们要把整个的文艺运动，作为文艺的大众化的运动，使文艺的影响突破过去的狭窄的知识分子的圈子，深入于广大的抗战大众中去！"②文艺大众化、通俗化，是为动员大众抗战所急需的。这在国统区是如此，在解放区同样也是如此。当时，各解放区民众的文化水准普遍很低。在此情况下，文艺要发挥其宣传动员的作用，自然必须做到大众化、通俗化。早在抗战之初，在中华全国文艺界抗敌协会成立、《抗战文艺》发刊之前，李初梨就在中共中央机关刊物上发表文章，提出要"更广泛地深入地进行通俗化大众化的工作"，并将其视为抗战发生以后"文化运动中总的任务"之一③。

正是为了完成这"总的任务"，解放区掀起了文艺大众化、通俗化运动。

---

① 郭沫若：《抗战与文化》，《自由中国》第 3 期，1938 年 6 月。
② 《〈抗战文艺〉发刊词》，《抗战文艺》第 1 卷第 1 期，1938 年 5 月。
③ 李初梨：《十年来新文化运动的检讨》，《解放》第 24 期，1937 年 11 月。

这一运动贯穿于整个前期解放区文学阶段，又以 1939 年年初为界，分为两个时期。在第一个时期的近两年时间里，文艺大众化、通俗化运动的开展，主要导致了创作中"小形式的作品"的出现和对"旧形式"的利用；它们是这一时期文艺大众化、通俗化的重要成果，也是这一时期文艺大众化、通俗化的重要标志。

"小形式的作品"的出现，是"普及"的结果。所谓"小形式"是 20 世纪 30 年代左翼文学兴盛期间即已使用的一个文学概念，指的是"在迅速地反映社会事变一点上有非常积极的意义的"①"非常有用的""单纯的，明快的，朴素的"艺术形式，"如 Sketches，简短的报告，政治诗，群众朗读剧等"②。关于抗战时期"小形式的作品"的特点及影响，周扬当时曾指出，它们大体是以抗战救亡的事实为题材、采用"比短篇小说更小的形式"而散见在各种报章刊物上的"战时随笔，前线通讯，报告文学，墙头小说，街头剧等等"；它们在当时"取得了最优越的几乎是独霸的地位"③。例如，在抗战全面爆发后，晋察冀边区在"走向大众化通俗化"方面作出过持续的努力，通过组织包括"街头诗""朗诵诗""墙头小说""小故事"等在内的一系列"特种的文艺运动"、推出了许多"小形式的作品"，演出过不少短小精悍、"较受欢迎"的"小形式剧"④。抗战初期"小形式的作品"的兴起，在内容的传达上是为了快速地反映抗战、宣传抗战，在结果上是为了便于大众接受。因此，不妨说，创作这样的作品，其出发点就是为了"普及"；而这类作品的创作在当时蔚为风气、几乎独霸文坛，则说明在当时整个解放区确实是做到"普及第一"的。周扬认为，这些"通俗的小形式的作品"是"当前的急需"。从他对于这类作品出现的必然性及其作用的阐释中，我们也可以看出他对"普及"本身的充分肯定。

---

① 周扬：《典型与个性》，《文学》第 6 卷第 4 期，1936 年 4 月。
② 周扬：《关于文学大众化》，《北斗》第 2 卷第 3、4 期合刊，1932 年 7 月。
③ 周扬：《抗战时期的文学》，《自由中国》创刊号，1938 年 4 月。
④ 何洛：《四年来华北抗日根据地底文艺运动概观》，《文化纵队》第 2 卷第 1 期，1941 年 7 月。

在"小形式的作品"兴盛之时,解放区各界既对这些用于"普及"的"小形式的作品"作出了肯定,同时,也期待着文学创作"质的提高"和"伟大的作品"的出现。1938 年 5 月中旬,毛泽东到鲁艺作了一次讲话,其中说道:"我们要有大树,也要有豆芽菜。没有豆芽菜,怎么能有大树呢? ……创作像厨子做菜一样,有的人佐料放得好,菜就好吃"①。在这里,"豆芽菜"所譬喻的应该是"小形式的作品"("普及"的东西),"大树"譬喻的应该是"大作品"("提高"的东西)。尽管他的基本倾向是强调前者的价值,指出前者是后者的基础(所谓"没有豆芽菜,怎么能有大树呢?"),但是,他毕竟没有把前者视为创作的全部,没有否定后者本身。至于他所说的"佐料放得好,菜就好吃",则可能还包含着这样的意味:即"精致"(或曰"提高")的作品,其审美价值会更高(即所谓"好吃")。

总之,在有关"小形式"和"大作品"("普及和提高")的关系问题上,毛泽东在鲁艺的这一讲话主要强调了前者,但对后者及其审美价值也予以了正视和认可。而同时期许多评论者在肯定前者的基础上,还进而从正面对后者发出了热切的召唤。周扬强调:为了新文学本身的发展,"通俗文艺一时一刻都不能和艺术的质的提高,文学中正确思想的指导地位离开"②。这种对于"艺术的质的提高"的吁求,可以说代表了许多评论者的共同态度。针对"小形式"的不足,他们从"艺术的质的提高"角度各自提出了与"小形式"相对的一些概念。周扬所提出的概念是"伟大的作品",在他看来,这是将来文学努力的方向。他虽然也看到当时向作家要求关于抗战的"伟大的作品"还为时尚早,也不赞成作家脱离实际、关起门来去创造这类作品,但是,他也反对那种认为在将来的新人中自然会产生这类作品的自发论观点。他强调指出:"对于

---

① 何其芳:《毛泽东之歌》,《何其芳文集》第 3 卷,人民文学出版社 1983 年版,第 47 — 48 页。

② 周扬:《抗战时期的文学》,《自由中国》创刊号,1938 年 4 月。

将来伟大的作品,每个文学工作者也都负有艰辛的孕育与小心翼翼的催生的责任"①。这就是说,作家在当时应该用大众化的小型作品去迅速反映抗战现实、从而使小形式充分发挥其"普及"作用,但也不能以此为满足,还必须同时为将来的"提高"做准备、尽责任。艾思奇提出的概念是"较大较整然的作品"。与周扬将"伟大的作品"寄之于将来不同,创造出这种"较大较整然的作品"是艾思奇对解放区文学的一种现实要求。他之所以提出这一要求,是因为他看到"采取小形式"虽属"应该",但是,不管是在反映"空前大变动"方面还是满足大众的需要方面,"小形式"又都是"不够的"②。因此,从"提高"的角度着眼,他期望解放区文学在"小形式"之外还要有相对宏大整饬的创作出现。

与周扬、艾思奇的身份不同,柯仲平当时是"一个做普及工作的文艺团体"③——民众剧团的负责人,一向重视"普及"工作;后来在延安文艺座谈会"分组议论"时,曾"激昂慷慨大讲'普及',把'提高'当对立面"④。但是,在对"普及和提高"关系的理解上,他那时却也曾与周扬、艾思奇持有相同或相似的见解。在战争环境中,他以"游击战""运动战""阵地战"这三种不同的作战方式来比喻三类不同风格的作品,对当时解放区的创作状况作出了分析。他看到,当时兴盛的、"站在主要的地位上"的是"以游击战的作风出现"的街头诗、独幕剧、通讯、短篇报告文学等(即周扬等人所说的"小形式");而"运动战似的作风"(即能够抓住当时某一个中心问题、"将比较复杂的关系展览在大众的面前"的比较高级的作品,类似于艾思奇所说的"较大较整然的作品"),才刚刚开始;而"以阵地战为主"的"大作品"(类似于周扬所说的"伟大

---

① 周扬:《新的现实与文学上的新的任务》,《解放》第 41 期,1938 年 6 月。
② 艾思奇:《抗战文艺的动向》,《文艺战线》创刊号,1939 年 2 月。
③ 何其芳:《毛泽东之歌》,《何其芳文集》第 3 卷,人民文学出版社 1983 年版,第 60 页。
④ 公木:《540 天的延安生活——军直政治文艺室活动纪实》,汤洛等主编:《延安诗人》,陕西人民教育出版社 1992 年版,第 20 页。

的作品")则尚未出现。因此,他希望使属于非正规作战的"游击战"(亦即"普及"的作品)与属于正规作战的"运动战""阵地战"(亦即"提高"的作品)这"三种作风配合起来";并经过一定时期的努力,使"运动战"取代"游击战"而"到主要的地位上去"①。从这里,我们可以看出柯仲平对于"提高"的殷切期望。

第二节　在"旧形式"的讨论中

与"小形式的作品"的出现一样,对"旧形式"的利用与"普及"也有紧密的联系;或者说,正是因为"普及"的需要才导致了对"旧形式"的利用。"所谓旧形式一般地是指旧形式的民间形式,如旧白话小说,唱本,民歌,民谣,以及地方戏,连环画等等"。在抗战高于一切的时代,为了宣传、动员广大民众投身抗战并取得切实的效果,就必须采用符合广大民众的水平和爱好的这些"旧形式"。在这种情况下,在实践层面,利用"旧形式"表现抗日"新内容"(即所谓"旧瓶装新酒"),成为解放区文坛一种相当普遍的创作现象;在理论层面,"文艺大众化,旧形式利用的问题"也"成了抗战期文艺上的重要问题"②,受到解放区各界的关注和重视。他们对"旧形式"利用的讨论,也涉及"普及和提高"问题。在"普及和提高"的维度上,他们的相关观点可以概括为以下三个方面:

首先,应该充分利用"旧形式"。在特殊的战争环境下,文学成了战斗的武器和工具,承担起了宣传民众、动员民众的历史使命。能否有效地完成时代赋予的这一重任,成了衡量文学价值的重要尺度。1937 年 8 月,在西战团开赴山西前夕,毛泽东作出了"宣传要大众化,新瓶新酒也好,旧瓶新酒也好,都

---

① 柯仲平:《持久战的文艺工作》,《文艺突击》创刊号,1938 年 10 月。
② 周扬:《我们的态度》,《文艺战线》创刊号,1939 年 2 月。

应该短小精悍,适合战争环境,为老百姓所喜欢"①的指示。这就是说,用来装"新酒"的是"新瓶"还是"旧瓶"(即到底用什么形式)并不重要,重要的是要"有用",即能够对"战争"和"老百姓"发生作用。在当时的解放区,一方面,如前所述,民众的文化水准(以及接受水平)很低;另一方面,新文学尚没有深入民间,它和民众二者之间处在相当隔膜的状态,其"新形式"也远没有为民众所喜闻乐见。在这种背景下,更能为广大民众所接受、因而对于他们更能发挥认识和教育功能的显然不是"新瓶",而是"旧瓶"。这正如艾思奇所说,"要能真正走进民众中间去,必须它自己也是民众的东西,也就是说它能和民众的生活习惯打成一片。旧形式,一般地说,正是民众的形式。民众的文艺生活,一直到现在都是旧形式的东西";因此,只有利用好"旧形式"这一"民众的形式",文学才能实现"走进现在的广大的民众中间"之"目的"②。

　　总之,利用"旧形式"不是为了复旧,也不是为了一味迎合民众,而是为了"普及",为了在"普及"的同时更好地发挥文学的教育功能、提高民众抗战的政治觉悟。正是为了这一目的的实现,解放区文艺工作者在论证了利用"旧形式"之必要性的同时,对利用"旧形式"问题一再作出了倡导。例如,1938 年 2 月,白苓撰文指出:在"抗战高于一切的今天","为着普遍地宣传到民间,为着深入到民间起很大的效果",要"尽量利用旧形式新内容的东西","不但民歌小调都采用,连旧戏有时也宜选用。这正是目前所需要的手段"③;两个月以后,徐懋庸又从"旧形式比较能够深入民众的场合"的前提出发,提出"我们应该使我们的艺术工作的内容,多多通过民间的旧形式"④……这是他们对利用"旧形式"的呼请,其实同时也是对文学"普及"功能的强调。

---

　　① 丁玲:《延安文艺座谈会的前前后后》,《丁玲全集》第 10 卷,河北人民出版社 2001 年版,第 264 页。

　　② 艾思奇:《旧形式运用的基本原则》,《文艺战线》第 1 卷第 3 号,1939 年 4 月。

　　③ 白苓:《关于戏剧的旧形式与新内容》,《新中华报》1938 年 2 月 10 日。

　　④ 徐懋庸:《民间艺术形式的采用》,《新中华报》1938 年 4 月 20 日。

其次,应该甄别和改造"旧形式"。尽管意识到为了"普及",为了抗战宣传与动员而需要大量地利用为广大民众所熟悉的"旧形式",但是,解放区文艺工作者对于"旧形式"的复杂性以及由旧时代所加于它的缺点仍然表现出了应有的警觉。少川很有识见地指出:"不是任何旧形式都可采取",因此,必须对"旧形式"作出甄别,对于其中那些不能够"装新内容"的、"不合理、要不得的旧形式"要予以"扬弃",对于其中那些能够承载"新内容"的"旧形式"则要进行"改造"①。对于如何"改造"旧形式,许多解放区文艺工作者也作出了探讨。艾思奇认为在改造和发展"旧形式"方面"必然要走的道路",是不能仅仅停留在形式的层面、单纯作"死硬的模仿",而要深入到精神层面、去把握"中国自己传统的精神和手法"②。周扬虽然也看到"旧形式"具有"为大众所接近"的特点以及它所含有且能发展的艺术的成分,但是,他却也意识到了"它的能被利用的限度",因此,提出"在利用它的时候一刻也不要忘了用批判的态度来审查和考验它,把它加以改造"。在他看来,"改造"的路径在于:"要以新内容来发展旧形式,从旧形式中不断的创造新的形式出来"。其设定如此路径的理论基点即是:"形式的问题,不能离开内容来处理。努力于文艺的普及,同时也要注意到它的提高"③。在这一语境中,利用"旧形式"是所谓"普及",以新内容来改造"旧形式"、并使之发展为新形式是所谓"提高"。这就不但说明了新旧形式之间的具体关系,而且更揭示出了"普及和提高"之间的一般关系。

再次,不能将"旧形式"定于一尊。周扬对"普及和提高"关系的真知灼见,不但表现在他主张在采用"旧形式"的同时应进行改造、发展方面,更体现在他为那些"不为大众所理解的作品"伸张"存在的权利"方面。1939年2月,在由其主编的《文艺战线》的创刊号上,在带有"发刊词"性质的《我们的态度》一文中,周扬从知识分子在社会上和抗战中具有极大作用的前提出发,指

---

① 少川:《我对延安话剧界的一点意见》,《新中华报》1938年2月10日。
② 艾思奇:《抗战文艺的动向》,《文艺战线》创刊号,1939年2月。
③ 周扬:《我们的态度》,《文艺战线》创刊号,1939年2月。

出那些"不为大众所理解"、却能为"知识分子的读者"所接受的具有"技术的高度"的新文学作品仍然有其存在的必要。一年之后,他在另一篇文章中更是对那些作品"单纯不大众化的缺点"作出了具体分析,指出:诸如"长篇的体裁,复杂性格心理的描写,琐细情节的描绘"等虽然"不容易为大众所接受",在艺术上却不成为缺点;它们不但不是缺点,而且往往是构成大艺术作品所必需的;这类"所谓高级的现在的新文艺"仍然可"以知识分子学生为主要对象,但同时并不放弃争取广大群众"。在"旧形式利用"几成共识、利用"旧形式"的小型创作极其风行之时,周扬反对将"旧形式"定于一尊,而竭力主张作为"高级的艺术"的"新文艺"与当时"还只能是较低的艺术"的"利用旧形式"的作品并存,认为"这两个方面不但不互相排斥,正互相补充,互相渗透,互相发展,一直到艺术与大众之最后的完全的结合"①。这是周扬根据解放区文学不同的接受对象作出的关于两种文学形态并存的设计,表露出了其"普及和提高"相统一的思想,对于那种将"普及第一"变成"普及唯一"的倾向是一种有力的反拨和有益的匡正。

第三节　在"民族形式"的讨论中

从 1939 年年初开始,解放区的文艺大众化、通俗化运动在之前有关"小形式"和"旧形式"的讨论和实践的基础上继续向前发展,进入到了前期解放区文学阶段的第二个时期。在这一时期中,文艺大众化、通俗化运动则聚焦于有关"民族形式"的讨论,"民族形式"因此也成了"现阶段文艺园地上的中心问题"②。1938 年 10 月,毛泽东在中共六届六中全会上的报告中强调:"洋八股必须废止,空洞抽象的调头必须少唱,教条主义必须休息,而代之以新鲜活泼

---

① 周扬:《对旧形式利用在文学上的一个看法》,《中国文化》创刊号,1940 年 2 月。
② 臧云远之语,曾克、秀沅记录,秀沅整理:《文艺的民族形式问题座谈会》,《文学月报》第1 卷第 5 期,1940 年 6 月。

的、为中国老百姓所喜闻乐见的中国作风和中国气派",并提出要把"国际主义的内容和民族形式"紧密地结合起来①(一年多以后,他在陕甘宁边区文化协会第一次代表大会上的讲演中又提出了"中国文化应有自己的形式,这就是民族形式。民族的形式,新民主主义的内容——这就是我们今天的新文化"②)。这引发了解放区文艺界对"民族形式"问题的讨论。

"民族形式"问题的提出,是文艺大众化问题在抗战新形势下的发展。抗战进入相持阶段后,为了支持持久抗战、将"民族革命"进行到底,如何进一步强化大众的民族意识和民族自信心,成了一个亟须正视和解决的问题。在这种情况下,"民族形式"就成了达此目的的重要形式和手段。冯雪峰在1940年所作的一篇文章中就指出:"在我们这里,所提出的民族形式,是我们民族革命的内容所要求,是为了表现这种战斗的内容而在觅求着这种形式";正因如此,"我们所提的民族形式,是大众形式的意思",是"大众形式,用了民族形式的名义而提出"的③。由于"民族形式"的核心问题就是文艺大众化问题,所以在解放区"民族形式"的讨论中,必然会与讨论"小形式""旧形式"时一样涉及"普及和提高"问题。从"普及和提高"维度上看,在有关"民族形式"的讨论中与之相关的主要是以下两个主要问题:

首先,是"新"与"旧"的关系问题,即"民族形式"与"旧形式"关系问题。在论者们看来,它们之间的关系主要在于:第一,创造"民族形式",应该利用"旧形式"。"旧形式"经历过漫长的发展演变过程,业已为大众所习见;其中,有些还得到了大众的喜爱。它是创造"民族形式"的重要资源。缘此,陈伯达指出:"新形式不能是从'无'产生出来,而是从旧形式的扬弃中产生出来",所以,要创造"新鲜活泼的、为中国老百姓所喜闻乐见"的"新形式"("民族形

　　①　毛泽东:《中国共产党在民族战争中的地位》,《毛泽东选集》第2卷,人民出版社1991年版,第534页。

　　②　毛泽东:《新民主主义论》,《毛泽东选集》第2卷,人民出版社1991年版,第707页。

　　③　冯雪峰:《民族性与民族形式》,收入论文集《过来的时代》,新知书店1946年版;见《冯雪峰论文集》上,人民文学出版社1981年版,第163页。

式"），"就不能拨开广大老百姓年代久远所习惯的民族形式"（"旧形式"），不能"把新形式的创造从旧形式简单地截开"①。萧三在探讨如何创造新形式时得出了与陈伯达相当一致的结论。他认为，新形式脱胎于"历史的和民间的形式"②;而他所说的"历史的和民间的形式"其实就是"旧形式"。光未然也认为，创造新形式必须利用"旧形式"，如果没有"对旧形式的广泛的发掘，精密的淘炼，批判的接受……这一连串的过程而侈谈民族形式，也是得不出任何正确的具体的结论的"③。

第二，创造"民族形式"，必须对"旧形式"进行改造。针对"旧形式一定可以发展成为民族形式"的说法，刘备耕提出质疑，强调要使旧形式发展成为民族形式，就必须对之加以改造，"就要克服它自己的不现实性和非科学性"④。自然，在这场"民族形式"问题的讨论中提出的在利用"旧形式"的同时要对之进行改造的问题，在此前开展的关于"旧形式"利用的讨论中也曾涉及，并且也有类似的表述（见上文）。但是，二者之间还是有差别的。较之后者，前者始终紧紧围绕"民族形式"问题而展开、因而指向显得更加集中;同时，前者对"旧形式"的改造提出的要求也显得更为严格。有论者不同意"只有通过它们（指'旧形式'——引者）才能'创造民族形式'"⑤的说法，认为"创造文艺民族形式的大道"主要是"向现实学习，把握现实的脉搏，向大众学习活生生的表现现实的方法"⑥。他们认为创造"民族形式"的主要渠道不在"旧形式"，但又没有全然否定"旧形式"的作用。那么，"旧形式"怎样才能在"创造民族形式"方面显现出其不可忽视的价值呢？那就是在经过改造的"旧形式"具有堪

---

① 陈伯达:《关于文艺的民族形式问题杂记》,《新中华报》1939年2月16日。
② 萧三:《论诗歌的民族形式》,《文艺突击》新1卷第2期,1939年6月。
③ 光未然:《文艺的民族形式问题》,《文学月报》第1卷第6期,1940年6月。
④ 刘备耕:《民族形式,现实生活》,《华北文艺》第1卷第3期,1941年7月。
⑤ 王实味:《文艺民族形式问题上的旧错误与新偏向》,《中国文化》第2卷第6期,1941年5月。
⑥ 流焚:《谈谈文艺的民族形式》,《华北文艺》创刊号,1941年5月。

与中国新文学和世界文学构成互补关系的优长、能够恰当地表现现实的时候。不难看出,这实际上是对"旧形式"的改造("提高")提出了更高的要求。

其次,是"深"与"广"的问题。"深"与"广"是一组相对的概念。在当时的语境中,人们所使用的"深",大体对应的意义范畴是"提高""深刻""艺术性"等;而"广"则大体与"普及""通俗""社会性"等对应。概括起来,在民族形式的讨论中,论者们主要表现出了这样的认知:第一,在民族形式建构的过程中,"深"与"广"是不可或缺的。文学作品要建构起自己的民族形式,是以做到"新鲜活泼"、为中国老百姓所喜闻乐见为先决条件的。这涉及的自然是一个"广"的问题。为此,何其芳表示,"我们谁也不会反对新文学更大众化"。对于"更大众化",他不但不反对,还主张那些进步作家不但要在当时多写一些通俗的同时多少有点艺术性的作品来宣传鼓动大众去参加抗战,而且要永远站在大众的立场上写出大众能欣赏的作品。"民族形式"的建构是以"广"为前提的,但是,这并不意味着就不需要"深"。何其芳虽然主张进步作家要写作"通俗"作品,但他也明确表示不反对"作者们继续写更高级的东西",因为它们为"小市民阶层的知识分子"所需要,它们对知识分子的影响可以通过知识分子而"更间接地及于大众"①。何其芳对"深"的主张是从"民族形式"如何满足"知识分子"的需要出发的,与前述周扬《我们的态度》一文为那些"不为大众所理解的作品"伸张"存在的权利"时所取的视点基本相同。与何其芳一样,柯仲平也主张"深"的意义和价值,但他的论述则取了另外的角度。他认为,"通俗"(即"广")并非大众化、民族化的全部,"深"是民族形式本身的应有之义,是不可能"要求每一点都能被群众立刻了解"的。从内容决定形式的原理出发,他指出:抗战"产生了强大的、非常丰富的新内容",它要求作家创造那适合于表现它的新形式,因此,"说到今天的中国的民族形式,那是更高级、更进步、更复杂的"②。这样,"深"也就成了所要建构的"民族形式"

---

① 何其芳:《论文学上的民族形式》,《文艺战线》第 1 卷第 5 号,1939 年 11 月。
② 柯仲平:《论文艺上的中国民族形式》,《文艺战线》第 1 卷第 5 号,1939 年 11 月。

的重要方面。

第二,在民族形式建构的过程中,"深"与"广"是相辅相成的。以群曾经指出:"文学上的深和广是相辅相成的两种工作,这两种工作是不相矛盾而可以求得统一的"。这代表了人们在"民族形式"问题的讨论中形成的对于"深"与"广"关系的共识。但是,在如何使"深"与"广"相辅相成、使二者"求得统一"的路径上,当时是存在歧见的。一种意见以群为代表,认为二者不是"统一于一篇作品中或一个作家身上,而是统一于整个文学运动中。如果要一篇作品一方面是最深刻,同时又是最通俗,那在今日底中国是不能兑现的"①。他所说的"统一于整个文学运动",是说文艺工作者应该有分工,其中,有的人去努力于艺术水准的提高,有的人则从事大众化、通俗化的启蒙工作。另一种意见以潘梓年、臧云远、蒋弼为代表,认为在"深与广,即其通俗性与艺术性"是可以"统一在一个作品内"的。潘梓年认为,不能把"深"与"广"对立起来,"不能说最好的文艺作品一定不能通俗"②。臧云远也指出一篇作品包含着"深"与"广"统一起来的可能性,它"如果真有高深的现实主义的艺术性,读者定会在当时和后代是最多最广的"③。对于如何使"深"与"广"在一篇作品中取得"统一"的问题,时为《华北文艺》主编的蒋弼作了补充和延伸。他认为,"解决这一问题"的关键是要依恃"文艺的民族形式"的创造,因为它"应该是既能普及,又能提高的一种东西";而具体的方法则是在一篇作品的创作中"在采用所谓低级手法的时候,不要满足于低级形式,局限于低级形式,而须大胆地努力于艺术性的提高"④。以上两种意见虽然各执一词、针锋相对,但

---

① 以群的发言,见曾克、秀沉记录,秀沉整理:《文艺的民族形式问题座谈会》,《文学月报》第1卷第5期,1940年6月。
② 《新文艺民族形式问题座谈会上潘梓年同志的发言》,《新华日报》1940年7月4—5日。
③ 臧云远的发言,见曾克、秀沉记录:《民族形式座谈笔记》,《新华日报》1940年7月4日。
④ 蒋弼:《关于文艺的民族形式》,《华北文艺》创刊号,1941年5月。

是,它们的提出都有着同一个前提,即"深"与"广"的关系是统一的、是相辅相成的。他们对如何求得"深"与"广"统一的讨论,不但在具体路径上作出了有益的、富有启发性的探讨,而且又从不同角度强化了对"深"与"广"(即"普及和提高")统一关系的认知。

第四节　前期"普及和提高"的
讨论与后期的关联

综上所述,解放区开展的有关"小形式""旧形式"和"民族形式"等三种"形式"的讨论,涉及文学上的"普及和提高"问题,显现出了重视普及以及"普及和提高"相统一的倾向。这代表了前期解放区文学对于这一问题的一般认知。在前期解放区文艺大众化、通俗化运动进入第二个阶段以后,不少论者对文学上的"普及和提高"问题发表了更加明晰的、带有总结性的意见。1940 年7 月,在晋察冀边区剧协第二次代表大会上的报告中,沙可夫在述及"戏剧运动问题"时明确提出"普遍(及)与提高是一个问题的两方面",并对此论述道:"不但要普遍(及),要大众化,建立大众能接受与把握的东西,还应该把原有的水平提高";"主要的工作是普遍(及),也不放弃提高工作,如不提高,则无法普遍(及),没有理论的提高,则不能大众化,为大众所接受"①。同年底,周文也指出:"大众化"有两个侧面:一个侧面是"通俗化",其"任务是在普及","另一个侧面是提高";二者既不可互相"代替",也不能"分家"②。次年 8 月,李伯钊在谈及敌后"剧运实践中的几个重要问题"时,把"普及与提高问题"作为首要问题提了出来,并概括介绍了敌后戏剧工作者的看法,"认为剧运的普

---

① 沙可夫:《新文化问题(在晋察冀剧协第二次代表大会上报告提纲的一部)》,原载 1940年 7 月《晋察冀边区剧协二次代表大会文选》,刘运辉等主编:《沙可夫诗文选》,文化艺术出版社1990 年版,第 61 页。

② 周文:《文化大众化实践当中的意见》,《中国文化》第 2 卷第 3、4 期,1940 年 11、12 月。

及和提高并不矛盾,二者是统一的,可以同时进行的两方面"①。不难看出,沙可夫等人发表的如此意见,是与三种"形式"讨论中所形成的相关倾向相一致的。这显现出了这一倾向在整个前期解放区文学有关"普及和提高"问题上的代表性。

当然,以三种"形式"的讨论为代表的前期解放区文学之所以会关注"普及和提高"问题并对之作出比较全面深入的探讨,是以此期解放区在文化层面上展开的相关讨论作为背景的。在前期解放区文学阶段,整个文化层面上的"普及和提高"问题受到了广泛的关注。在陕甘宁边区文化协会第一次代表大会上,中共领导人洛甫和毛泽东在所作报告和讲演中均明确地提出了"普及和提高"问题。在阐释中华民族新文化之"大众的"内容和性质时,洛甫指出其特点在于"主张文化为大众所有,主张文化普及于大众而又提高大众"②;毛泽东也要求"把教育革命干部的知识和教育革命大众的知识在程度上互相区别又互相联结起来,把提高和普及互相区别又互相联结起来"③。后来,中共中央机关报发表社论指出:"普及和提高两个工作,在我们总是联结着的",因此,不能"把科学艺术活动拘限在启蒙与应用的范围",还要"重视在科学艺术本身上的建树"④。中共领导人和中共中央机关报有关"普及和提高"的论述得到了各地军政部门的响应。例如,一二九师政委邓小平借用《新华日报》华北版社论中的两句话("既少作高深的研究,又未深入群众底层")来批评该师"文化工作缺点",要求"把普及与深造结合起来"⑤。陕甘宁边区政府政务会议通过边区文化工作委员会工作纲领,其中第四条即为:"普及和

---

① 李伯钊:《敌后文艺运动概况》,《中国文化》第 3 卷第 2、3 期合刊,1941 年 8 月。
② 洛甫:《抗战以来中华民族的新文化运动与今后任务》,《解放》第 103 期,1940 年 4 月。
③ 毛泽东:《新民主主义论》,《毛泽东选集》第 2 卷,人民出版社 1991 年版,第 708 页。
④ 社论《欢迎科学艺术人才》,《解放日报》1941 年 6 月 10 日。
⑤ 邓小平:《一二九师文化工作的方针任务及其努力方向》,《抗日战场》第 26 期,1941 年 6 月。

提高的工作同时并进,使其相生相长,相辅相依"①。根据上述材料,我们可以看到,在前期解放区文学阶段,在整个文化层面上,从中共领导人到各解放区业已关注"普及和提高"问题。这对作为解放区文化的一个重要分支的前期解放区文学既产生了影响、又提供了启示;而前期解放区文学对于"普及和提高"问题的探讨,也反过来丰富了前期解放区在整个文化层面上对"普及和提高"问题的认知。

总之,对于"普及和提高"问题,前期解放区文学在相当宏阔的文化背景中作出了比较全面深入的探讨。在这一探讨中表现出来的某些认知,与《讲话》中的论述具有较强的相关性。自然,《讲话》对这一问题的论述与前期解放区文学对这一问题的探讨是有显著区别的。例如,前期解放区文学中所言之"提高",虽有时也有"提高"接受主体之义,而其主要的指向则是未必"有普及做基础"的艺术性本身的"提高"(即所谓"艺术的质的提高")。而《讲话》对"提高"的论述则与之不同。它一方面着眼于"提高"与"普及"的内在关联,指出"我们的提高,是在普及基础上的提高",另一方面从"阶级的功利主义"出发,强调"提高"是"从工农兵群众的基础上去提高""沿着工农兵自己前进的方向去提高,沿着无产阶级前进的方向去提高"。为了保证这一方向的实现,它又进而对文艺工作者"学习工农兵"提出了明确的要求②。又如,在方式上,前期解放区文艺工作者对这一问题的探讨,基本上是一种个人化的行为。相关人员发表的往往是个人的意见,这些意见并没有(也不可能)成为规范现实行动的政策和律令。而《讲话》提出的问题(包括"普及和提高"问题在内),正如《讲话》结尾处所说,所涉及的是"我们文艺运动中的一些根本方向问题"③,因而是解放区文艺工作者必须遵循的。特别是到次年11月,中共中

---

① 《边府文委工作纲领》,《解放日报》1942年3月13日。

② 毛泽东:《在延安文艺座谈会上的讲话》,《毛泽东选集》第3卷,人民出版社1991年版,第862、859、860页。

③ 毛泽东:《在延安文艺座谈会上的讲话》,《毛泽东选集》第3卷,人民出版社1991年版,第877页。

央宣传部颁布了"决定",明确指出:《讲话》"规定了党对于现阶段中国文艺运动的基本方针"①。作为解放区文学必须遵循的"方向"和必须贯彻的"方针",《讲话》的相关精神(包括"普及和提高"问题在内)对于后期解放区文学的建构产生了重大影响。

尽管《讲话》对"普及和提高"问题的论述与前期解放区文学对这一问题的探讨具有显著的区别,但是,二者之间仍然存在着较强的相关性。显而易见的是,"普及和提高"的问题早在前期解放区文学中就提了出来。因此,对于前期解放区文学而言,《讲话》对这一问题的论述并非"另起炉灶"而是一种"接着说"。这表现出了前后期解放区文学对这一问题关注的一贯性和持续性。在基本观念层面,《讲话》的相关精神与前期解放区文学的相关论述也有着相通的一面。例如,《讲话》要求"普及和提高"相结合、强调"在目前条件下,普及工作的任务更为迫切"。而在三种"形式"的讨论中,如前所述,它们也都表现出了重视普及以及"普及和提高"相统一的倾向。自然,《讲话》的相关论述是有现实针对性的,其所针对的正是前期解放区文学中发生的问题。它指出在当时必须普及第一,所针对的是"有些同志,在过去,是相当地或是严重地轻视了和忽视了普及,他们不适当地太强调了提高"这一现象②。这一现象在前期解放区文学中确实存在,"演大戏"问题便是其突出的表现之一。但是,应该看到,相对而言,前期解放区文学是一种多元化的文学。因此,不但这些问题只存在于前期解放区文学的一定时间和一定范围之内,并没有成为全局性的问题,而且对于它们当时就有解放区文艺工作者提出了批评。1941年8月,张庚就指出剧运中严重地存在着"提高中脱离大众的危险"③;次年初,沙可夫又明确提出"要克服'演大戏'的倾向",而"应以更大力量给戏剧深

---

① 《关于执行党的文艺政策的决定》,《解放日报》1943年11月8日。
② 毛泽东:《在延安文艺座谈会上的讲话》,《毛泽东选集》第3卷,人民出版社1991年版,第862、859页。
③ 张庚:《剧运的一些成绩和几个问题》,《中国文化》第3卷第2、3期合刊,1941年8月。

入群众的工作,给产生大量反映边区斗争与生活的大众化的剧本"①。不难看出,张庚、沙可夫所持守的仍然是"普及第一"的价值取向。所以,我们不能因为《讲话》对"普及和提高"问题的论述有其针对性而忽略同期解放区文艺工作者所发出的要重视普及的另一种声音,也不能以此来否定《讲话》的相关论述与前期解放区文学相通之处的存在。在"普及和提高"问题上,《讲话》以全面总结前期解放区文学中的相关讨论和实践为基础,从主流意识形态的现实需要出发,剔除了其中不合时宜的部分(如"演大戏"倾向),但同时也从中择取某些要素(如重视普及)予以固化、强调与发展。这就造成了《讲话》的相关论述与前期解放区文学对"普及和提高"问题的探讨之间的相通性。二者之间这种相通性的存在,从一个特定的角度显现出了解放区文学前后期的关联性。

---

① 沙可夫:《回顾一九四一年展望一九四二年边区文艺》,《晋察冀日报》1942 年 1 月 7 日。

第十八章　前期解放区小说中的
"新英雄传奇"倾向

　　"新英雄传奇"是解放区小说中的一个比较重要的类型。最初对此类小说作出这一命名的黄修己先生在《中国现代文学简史》第二十章"新的天地新的风格"中,在分析了赵树理、孙犁的小说和《太阳照在桑干河上》《暴风骤雨》等作品之后对"新英雄传奇"出现的原因及其代表作柯蓝的《洋铁桶的故事》等作出了论述。这意味着,在命名者看来,"采用了章回体的形式"将"抗日军民的对敌斗争"和"英雄传奇的传统联系了起来"的"新英雄传奇"发生于后期解放区文学阶段。① 命名者对于此类小说出现时间的判断得到了学界的公认。在其作出这一判断二十年后,有论者指出,它"是在 20 世纪 40 年代中期抗日战争的烽火中诞生的",是解放区作家学习、贯彻毛泽东《讲话》的精神,"积极实践工农兵文学思潮的创作方向和创作主张的重要文学成果"②;近四十年后,还有人回应这一判断,认为:作为"'革命叙事'的派生物","新英雄传奇"的诞生是在延安文艺座谈会以后,是"新的文艺政策""催生"的结果③。

---

① 黄修己:《中国现代文学简史》,中国青年出版社 1984 年版,第 436 页。
② 吴道毅:《新英雄传奇历史生成论》,《中南民族大学学报》2004 年第 1 期。
③ 马海娟、冉思尧:《从〈新儿女英雄传〉看延安时期"新英雄传奇"小说的生产》,《延安大学学报》2021 年第 2 期。

自然,章回体形式的"新英雄传奇"是在后期解放区文学中出现的,但是,它也不是突如其来,而是渊源有自,其渊源就是前期解放区小说。从文学自身的发展来看,前期解放区许多小说显现出了与后来"新英雄传奇"一脉相通的特征;这说明,在前期解放区小说中,"新英雄传奇"倾向已然出现。本章以一手材料为依据,从精神品格和艺术形式两个方面对前期解放区小说中的"新英雄传奇"倾向作出考察,这不但有助于从一个方面切实地把握前期解放区文学的某些特征,而且以此为视点可以管窥解放区文学前后期的关联性。

第一节　具有理想化色彩的精神品格

在精神品格上,前期解放区小说中的"新英雄传奇"倾向主要表现在:通过勇敢、机智的英雄人物的塑造,弘扬革命英雄主义的精神、彰显战胜敌人的坚定信念,并以此来激励民众、为抗日救亡服务。1939 年年初,周扬曾撰文倡导一种"表现抗战的现实主义",指出:"它并不拘于外表的写实的手法,而同时也可以包含浪漫的描写"。他强调在"写实"的同时还要以"浪漫的描写"来抒写"火一般的民族解放的热情",表达"最后胜利的信念",从而使作品具有"英雄主义和诗的成分"①。周扬所主张的通过"浪漫的描写"来表现的这些"生动的内容",正构成了"新英雄传奇"倾向的核心内涵。这一倾向极大地影响了英雄人物的塑造,或者说,在英雄人物的塑造中,这一倾向也真正得到了突出的表现。在具有"新英雄传奇"倾向的小说中,其所塑造的英雄人物是类型化的,其性格也是单一化的。因此,从审美的角度来看,与那些性格丰满、内涵丰富的圆形人物相比,这些扁平化人物的审美价值自然显得要稍逊一等。但是,因为这些单一化的人物性格为当时抗日救亡情势所急需,所以,能给当时的接受者以深刻的印象和强烈的震撼,从而发挥其砭顽起懦的作用。

---

① 周扬:《我们的态度》,《文艺战线》创刊号,1939 年 2 月。

由于处在激烈的民族战争的环境中,相关作品对于英雄人物的塑造首先突出了他们在对敌斗争中的勇敢。赵克的《钢铁故事》共由三则小故事组成,其中前两则记述了英雄人物向敌人发起进攻的故事。在攻打彭城皇协军团部时,参加过长征、已经六次挂彩的二营六连连长宁纪书率全连健儿负责正面攻击。在激烈的战斗中,他又挂了彩,"血沿着草绿色的军服滴在地上"。但是,他"虽负伤亦坚决不下火线"。他的勇敢极大地激励了战士们的斗志,他们发出了"比钢铁还坚强的声音",向炮楼发起了最后的冲锋。与宁连长一样,十二连三排排长李清文率二十余人攻打敌人炮楼时也"极为勇敢"。冒着敌人机关枪的疯狂扫射,他把手榴弹一颗一颗地向炮楼掷去,它们准确地从那四四方方的小洞里钻了进去。向炮楼逼近时,他"真走得迅速,似乎子弹都得给他闪出一条道儿"。最后,架梯攻打炮楼,敌人的手榴弹接连落下,他"弯下腰把冒着烟的炸弹从四四方方的小洞口一齐送到炮楼里去",自己则毫发无损、显得神勇无比。[1]

英雄人物的勇敢表现在他们力克顽敌的攻坚战中,也表现在以少胜多的遭遇战中。雷加的《一支三八式》和荒煤的《塔》所写均为抗日士兵与强敌不期而遇,他们不管敌众我寡、与敌人展开了殊死搏斗。前者中的"故事也许是偶然的,但是它却表扬了一个军人的性格","高扬了中国军人自发的忠勇精神"[2]。故事起因是一个排在撤退时,带着一支最新型的三八式枪的六班长没有退下来。战士曹清林自告奋勇,只身再次爬上那个山头,找到了阵亡的六班长,也找到了那支枪。但就在这时,他与敌人遭遇了。他孤身与敌人英勇战斗,用手榴弹炸死了六个,用这支枪打死了五个。他给敌人以很大的杀伤,在无意中以一人之力阻击了敌人,掩护了右翼兄弟连队的撤退。他英勇牺牲时,手榴弹的丝绳还"残留在他的右食指上",并"狠狠地陷进了肉里"[3]。后者写一个年仅21岁的八路军侦察员受命到镇上侦察敌情,与敌人四个骑兵狭路相

---

① 赵克:《钢铁故事》,《大众文艺》第 1 卷第 2 期,1940 年 5 月。
② 罗荪:《抗战三年来的创作活动》,《中苏文化》抗战三周年纪念特刊,1940 年 7 月。
③ 雷加:《一支三八式》,《文艺战线》第 1 卷第 5 号,1939 年 11 月。

逢。他爬上了镇上西北角的塔向敌人射击,弹尽后,又"用尽了他全身的力量,抱着敌人从那几十尺的塔上滚了下去",与敌人同归于尽。①

　　此外,还有不少作家将关注和赞许的目光投向了新战士、小战士们,通过对他们深入虎穴抢夺战利品的描写,既凸显了他们的勇敢,又显现出了在抗日队伍里勇敢者后继有人。在梅行所写"一个人和两支枪"的故事中,其貌不扬的新战士杨成兴身上多处中弹,还"摇摇摆摆的"将两支崭新的三八式步枪背到部队驻地,因失血过多,第二天英勇牺牲。② 梅行以如此结果写出了新战士的勇敢和牺牲精神,而没有交代其夺枪的过程。对此,黄钢的《倔强人》则有所弥补。作品所要表现的主题是"我们共产党底队伍根本就是倔强的,什么都不怕——而又能战胜一切",因此,其中所用"倔强"一词实有"坚强""勇敢"之义。故事写五连通讯员和司号员"年纪不大,胆量倒不小",冒着弹雨"去抢胜利品",结果,他们抢到了一匹马,马身上还驮着手枪、望远镜等。故事对于整个过程有较完整的交代。在战斗尚未结束时,他们就不听劝阻、跑下山去。那时,敌人躲在苞谷地里疯狂射击。面对那些像蝗虫一样的子弹,为了从敌人那里有所收获,他们不顾一切地向着苞谷地"冲上前"去。③

　　由于当时的抗日斗争还处在敌强我弱的态势中,所以,要战胜强大的敌人,不但需要勇敢,也需要智谋。缘此之故,不少小说一再描写了英雄人物的机智。梅行和林伊乐各有一篇与"水"有关的故事。前者的小标题即名为"水葬",写一个八路军便衣队员出长治城后到村子里找水喝,恰遇七八个日本兵洗澡,便向池子里扔了手榴弹,为之安排了一场喜剧般的"水葬"。④ 后者写马家村妇救秘书刘桂英奉命率两个小组长到袁家庄开展工作。在路过由日本兵驻扎的苏店时,她们遭到一个日本兵的尾随。最后,她们设计让日本兵放下

---

①　荒煤:《塔》,《大众文艺》第1卷第4期,1940年7月。
②　梅行:《故事三则》,《大众文艺》第1卷第3期,1940年6月。
③　黄钢:《倔强人》,《大众文艺》第1卷第4期,1940年7月。
④　梅行:《故事三则》,《大众文艺》第1卷第3期,1940年6月。

枪,并合力将他投进了麻池。① 在与敌人遭遇时,抗日军民凭着智慧消灭了敌人;而在与敌人作战时,他们也如吴伯箫所作《青菜贩子》中的总队长所言做到了"以智取坚"。作品写一支游击队的指战员化装成青菜贩子一早进额穆城侦察敌情,在他们发出信号后,埋伏在五里外的旷野中的队伍迅速赶到,里应外合消灭了敌人。② 赵克《钢铁故事》中的第三则故事写一营一连派出两人利用黑夜袭击赵店。他们的"武器很简便",每人只带了四颗手榴弹。他们向着距赵店一里半路的敌军堡垒,把手榴弹甩了出去,引起了赵店的和黎城附近七里店的"异国兵"的恐惧和混乱,以至于"把空山当作枪炮的靶子"胡乱射击。他们以自己的智谋愚弄了敌人,也极大地消耗了敌人。

综上,对于英雄人物勇敢、机智这种类型化性格的塑造,突出地显现了这些小说的"新英雄传奇"的倾向。它们将这种类型化性格从英雄人物的性格系统中抽取出来予以"浪漫的描写"和单一化的呈现,使之成为黑格尔所说的"某种孤立的性格特征的寓言式的抽象品"③,其意就在于以此来提振民族自信、彰显必胜信念。它们向接受者强烈地表达了这样一个信息:我们民族有了这些智勇双全的英雄,一切敌人最后必然会被战胜的。为了强化这一乐观的格调,不少小说在凸显英雄们的勇敢机智品格的同时,作为对比,还一再有意状写了敌人的外强中干、不堪一击。以上所述及的作品大多表现出了这一倾向,这里不妨以严文井的小说为例再作一些集中分析。他的《一群曾是战士的人们》据称是"后方残废病院的一个写实"④,是作者在后方采访伤病员时所得。其中第一则故事写八路军一二〇师的一连人"在汽车路傍依着的一座山上埋伏",袭击鬼子的汽车辎重部队。我军占有地势之利,人数也应该略多于敌人(我军一连人有一百多人,敌人则至少有八九十人)。最后的结果是:

---

① 林伊乐:《麻池》,《大众文艺》第 2 卷第 1 期,1940 年 10 月。
② 吴伯箫:《青菜贩子》,《大众文艺》第 1 卷第 6 期,1940 年 9 月。
③ [德]黑格尔:《美学》第 1 卷,朱光潜译,商务印书馆 1979 年版,第 303 页。
④ 《编后记》,《文艺突击》第 1 卷第 3 期,1938 年 11 月。

"得着七十多个不会做声了的皇军,三十多辆车同汽油",敌人只有七辆车逃走。而我军只"牺牲了五个,伤了十一个",甚至"这数目"他们还"以为是多了一点"。应该说,这样的叙写显然是带有极大地藐视敌人、看轻敌人战斗力之"浪漫"色彩的。更具有夸张意味的是第三则故事,写四百个日本骑兵在追击中国队伍时又被中国队伍追击。我军两个连、共两百多人"悄悄尾随"日本骑兵,不要说在兵种上是步兵对骑兵、没有任何优势可言,就是在人数上也只有敌人的一半多。在尾随的五天当中,他们只吃过六次饭,而敌人嘴上却沾满了油。所有这些,都表明敌人在客观条件上是占着上风的。但是,他们占领山头向敌人发起攻击,仅三小时就解决了战斗。其结果是:敌"四百人冲走了一百多,其余的都在黑夜里长眠了";而"在袭击者这面"只有四十几个负伤。在讲述过这两个故事后不久,严文井又在《儿子与父亲》中对敌人的不中用、不经打也作出了相似的描写,同时还写出了敌人的意志脆弱以至束手就擒、当了俘虏。小说的主要情节是父亲廖长贵为惨死在日本人刺刀下的儿子廖文运复仇、拿棒子打死了一个日本俘虏。在交代俘虏的来历时,作者特地以张闾长之口叙述了这样的背景和战果:"前七八天,日本人骑了马来,在前面五花沟里给咱们×××师打了个败仗,一两千人,稀里哗啦的一下打死了大半,捉到了不少。"①而被廖长贵打死的那个日本俘虏就是头天上午被老百姓抓到的两个俘虏中的一个。

那么,严文井这些小说的真实性到底如何呢? 这须将它们的叙述与抗战初期敌我双方的真实情况作一对照分析。据时任国民党将领陈诚随从秘书的郭大风后来回忆,"当时日军战斗力甚强。前线兵力部署,敌我对比悬殊,几乎是十比一。即当面日军如果是一个连,我方则必需配备一个团防守;如为一个师,我方则必须以一个集团军对待,而且常吃败仗。"②那时,日本士兵的武

① 严文井:《儿子与父亲》,《文艺战线》第 1 卷第 2 号,1939 年 3 月。
② 郭大风:《我的上司陈诚》,政协武汉市委员会文史学习委员会编:《武汉文史资料文库》第 7 辑"历史人物",武汉出版社 1999 年版,第 238 页。

士道精神很强,所以,抓日本俘虏也颇为不易。"在著名的平型关战役中,八路军消灭了几百日本士兵却未能俘获一人。林彪曾想捉个日本俘虏到太原游行的愿望也没有实现。"①直到 1937 年 11 月 4 日,八路军才在广阳地区由一一五师第三四三旅参谋长陈士榘俘获了第一个日本俘虏。与抗战初期的这些真实情况相对照,应该认为,严文井的这几个作品所作的如此叙述是具有较大的传奇性的。"传奇对我们显示了一种理想","总是关心着愿望和满足"②。为了表达战胜敌人的"愿望"、激发人们的斗志,严文井与其他相关作家一方面凸显了英雄们的勇敢机智,一方面又写出了敌人的无能无用,并使二者形成了鲜明对比,从而流露出了一种乐观的格调,具有一种很强的理想化色彩。这是前期解放区小说中"新英雄传奇"倾向在精神品格上的重要表现。

第二节　回归民族叙事传统的艺术形式

前期解放区小说中的"新英雄传奇"倾向,表现出了以"浪漫的描写"为抗日救亡服务的精神品格;而在艺术形式上,其最大特点则是回归民族叙事传统。抗战全面爆发以后,为了宣传、动员广大民众,解放区掀起了通俗化、大众化的文学思潮。在如何使小说通俗化、大众化问题上,较早作出探索的是 1937 年冬抵达延安的欧阳凡海。次年初,他以继承民族叙事传统为前提、以"说书与谈故事的两个旧形式"为"现成的基础"和"良好的历史遗产"③,提出了"小说朗读"这一重要的概念,认为这在当时"是将抗战的具体形象,用艺术方法传达到文盲及半文盲大众中去的良好武器"。"小说朗读"的要义是让听众听懂,因此,就必须对作为"蓝本"的小说作出调整,即"将小说中的文句加

---

① 王华:《毛泽东的俘虏思想研究》,中央文献出版社 2014 年版,第 146 页。
② [英]吉利恩·比尔:《传奇》,邹孜彦等译,昆仑出版社 1993 年版,第 15、19 页。
③ 后来,王实味在论及"在运用的实践中"发现、发展"旧形式"问题时,也认为:个别旧格式经发展改进可能变为新文艺的一种样式,如"平话说书也可以转化为小说朗读"。见王实味:《文艺民族形式问题上的旧错误与新偏向》,《中国文化》第 2 卷第 6 期,1941 年 5 月。

以语言化(即口语化——引者)……小说的结构,有不适于用语言好好传达的时候,也不妨加以修改"①。他对于语言口语化的强调,对于包括具有"新英雄传奇"倾向的小说在内的所有解放区小说的创作都有积极的启示作用。它一方面推动了"小说朗读"在延安的"试验"和"实践"②,另一方面也推动解放区作家去创作适合朗读的口语化的小说。但是,由于他强调"朗读小说"要"以小说为唯一的蓝本",所以,他对于"说书与谈故事"的继承也主要限于语言(口语化)方面。

　　真正比较全面地继承了民族叙事传统的是胡考。在欧阳凡海倡导"小说朗读"数月后,胡考进而提出要创作"讲演文学"。他提出"讲演文学"的动机与欧阳凡海倡导"小说朗读"大体相似,也是为了更好地发挥文学的宣传作用。他认为戏剧虽然在抗战宣传上发挥了很大效用,但是有时还受服装、道具等条件的制约;而如果"能提倡一种说书的形式,那在宣传上,当更为便宜,更易实行了"。但是,在内涵上,他提出的"讲演文学"却与"小说朗读"并不完全一致。他说他的《陈二石头》是"为讲而写的一篇故事的脚本,——或'讲的小说'",而"与目今的小说朗读却有出入,可供朗读的小说,往往还是'看的小说'"。从源头上看,胡考倡导的"讲演文学"接通了宋代的"话本"传统。"话本"在宋代出现是与作为商业化娱乐活动的说书业的发展相关联的,所谓"话本"即是为说书人提供的说书的脚本。胡考说"讲演文学"是"为讲而写的一篇故事的脚本",这正显示出了他对于宋代"话本"传统的自觉继承。不但如此,在他的"想象"中,《陈二石头》这样的"讲演文学"的演出场景为:"当以穿长袍,戴瓜皮帽,手执白纸扇一把,桌子一张上按惊堂木"。这简直就与旧说书的场面毫无二致了。

　　胡考倡导"讲演文学",是"想用行动来解答文艺大众化的一个尝试"。他

---

① 欧阳凡海:《关于小说朗读》,《七月》第2集第8期,1938年2月。

② 欧阳凡海:《五年来的文艺理论》(作于1942年2月12日),《学习生活》第3卷第3期,1942年8月。

试图以此探讨两个主要的问题:一是"语文一致的问题",即"我们如何把方块字写成口头语。使大众明白";二是"利用旧形式的问题",即"我们将怎样利用说书的形式去做宣传的工作"①。这样,他对于"讲演文学"的倡导和探讨,在"语文一致"(口语化)方面呼应了欧阳凡海,但在"利用说书的形式"方面则对之实现了超越,可以看作是对小说"大众化"的一种切实的推进。此后,他的这一主张在解放区还不断地得到应和与伸张。1940年7月,《大众文艺》第1卷第4期编发了"十四个故事",其目的之一是"提出一种短小的新形式的运用的实验"②。两个月后,该刊开设"'九·一八'九周年纪念特辑",发表了多个"东北抗日联军和东北同胞们英勇抗战的故事",以此来"提倡小故事的形式,因为它能够很精彩的,文字也很经济的写出许多动人的东西来"③。之后又一月,该刊又发表了一篇"部分地利用了'说书'的形式写抗战的内容"的作品④。积极致力于文艺大众化的大众读物社社长周文对于《边区群众报》上所发表的"故事"的接受情况作出过分析,认为"群众对于报纸最欢迎这样的东西,而他们最爱读和爱听的是英雄故事"。因此,他也希望在发展"大众文艺"时多创作这样的故事和多改编"在群众当中流传的民间故事"⑤。

总之,在前期解放区通俗化、大众化文学思潮的作用下,创作者对于小说通俗化、大众化的路径和方法作出了有益的探索。这有效地指导了前期解放区小说的创作。在当时追求通俗化、大众化的特定情况下,由于将小说作者与读者的关系变成了"说"与"听"的关系,所以,具有"新英雄传奇"倾向的前期解放区小说首先在语言上做到了"口语化"。这也是"朗读小说"与"讲演文学"倡导者所共同要求和期待的。胡考认为,"把方块字写成口头语,是桩相

---

① 胡考:"写在陈二石头之前"(1938年11月作于延安),见《陈二石头》,《文艺战线》第1卷第2号,1939年3月。

② 《编后记》,《大众文艺》第1卷第4期,1940年7月。

③ 《编者的几句话》,《大众文艺》第1卷第6期,1940年9月。

④ 《编排之后》,《大众文艺》第2卷第1期,1940年10月。

⑤ 周文:《文艺大众化实践当中的意见》,《中国文化》第2卷第3期,1940年11月。

当重要的事情";为了能够让粗通文墨的老百姓能够看懂,他的《陈二石头》没有用"基础""印象""概念"之类的"新文字",而纯"用普通口头语写出"。比如,文中写陈二石头目睹徐州火车站被炸后有这么一段话:"陈二石头起先是傻子不怕鬼,自从他亲眼看见了这一次乱炸,他一听见飞机,就害怕啦,他把这些话讲给家里的听"。在这段话里,他沿用了"傻子不怕鬼"这样的民间习语,又用口语"家里的"来指称妻子;同时,还在"听见飞机"后省略了"轰鸣声"(或"轰炸声")之类的主词,在形容词"害怕"后用了比"了"更为口语化的语气助词"啦"。所有这些,使这段话具有了极其鲜明的口语化色彩。又如秋远的《三颗金牙》第一段写道:"王排长,低个子,大眼睛,叽呱呱的湖南口音,带着十几个战士搜索附近的山坡,不,在他们只是出来散散步。"[1]这段文字多用短语,枝蔓较少,节奏较快,具有着口语的简劲;叙述者在描述人物行为时有意使用"不"来自我否定,又显现出了口语化的幽默和诙谐。

"口语化"是具有"新英雄传奇"倾向的前期解放区小说在艺术形式上的基本特征。这一特征的形成源自作者对于自己与读者之间"说"与"听"关系的认知;而也正因为这一认知的作用,相关小说还同时具有了"故事化"的重要特征。如前所述,这类小说接通的是民族叙事传统中的宋代话本。宋代话本小说是为"说话"而作的,而"说话"就是说故事。为了吸引听众,必须讲究故事脉络的完整清晰和情节的曲折生动。此期,由于通俗化、大众化文学思潮影响巨大,一些并非具有"新英雄传奇"倾向的小说也采用了"说故事"的方法和程式,对故事的来龙去脉作出了清晰的叙述。如严文井的小说《一家人》起始便开宗明义:"这篇故事谈一点琐碎事,谈到一个家";小说中间以传统的"花开两朵,各表一枝"法作了提示:"现在要讲到……";最后,写大儿子萧世范与父亲萧仁友坐船去汉口,"船一震,靠凳船了,到了汉口,故事就在这里停止"[2]。在这种情况下,具有"新英雄传奇"倾向的小说则更是遵循"说故事"

　① 秋远:《三颗金牙》,《大众文艺》第1卷第4期,1940年7月。
　② 严文井:《一家人》,《文艺战线》第1卷第6号,1940年2月。

的要求,对故事的整个过程作出了非常清晰、完整的说明和交代。在这方面,杨明的《马夫庚辛》和高阳的《子弹壳的故事》是比较有代表性的。前者从年纪大、心眼多的马夫庚辛在一次战斗中被敌人活捉,以表面的顺从给日本兵喂马说起,接着,述说了他在得到敌人的信任后以喂青麦秆胀死了三匹大洋马,最后,交代他在第七天下半夜逃走。① 后者先写日本指导官派满洲兵去打游击队,给他们每人五十粒子弹,回来每人一定要缴回五十粒子弹壳;随后,交代满洲兵"在山这边的土里埋进一些子弹,在山那边的土里掘出一些子弹壳"去交差,最后,则又叙说了因游击队用日本人的子弹来打日本人使日本指导官"想不通了"的结果。② 杨明和高阳的这两篇小说篇幅不长,但都很清晰地描述了事件的经过,形成了完整而闭合的故事链条。

具有"新英雄传奇"倾向的小说其"故事化"特征除了表现在讲究故事脉络的完整清晰外,更表现在对曲折生动情节的追求上。这类小说采用纵向的线性结构形式,将英雄人物的传奇经历与其勇敢、机智之举熔铸成了曲折有致、引人入胜的情节。胡考的《陈二石头》中的主人公住在徐州近郊,靠种菜卖菜为生。在日军轰炸徐州、妻女双亡后,他外出逃难,途中耳闻目睹了日寇的种种暴行。到大柳庄后,在抗日志士柳光的教育和激励下,他参加了游击队。后来,他"在徐州府一带打日本,非常有种……就是有一次打进济南城去,陈二石头也有份儿的"。原本一个老实本分的菜农,在抗日烽火中竟成了一个战功显赫、英名远扬的"游击队的首领"。他的这一经历是充满传奇性的,小说把它编织成了有机的情节,使情节的发展也显得波澜起伏、扣人心弦。

与《陈二石头》状写主人公相对完整的人生经历不同,荒煤的《支那傻子》③和夏阳的《"白脸狼"的故事》④等小说其情节的生动性主要是通过描写

---

①　杨明:《马夫庚辛》,《大众文艺》第 1 卷第 4 期,1940 年 7 月。
②　高阳:《子弹壳的故事》,《大众文艺》第 1 卷第 6 期,1940 年 9 月。
③　荒煤:《支那傻子》,《文艺战线》第 1 卷第 5 号,1939 年 11 月。
④　夏阳:《"白脸狼"的故事》,《大众文艺》第 2 卷第 1 期,1940 年 10 月。

人物的勇敢、机智之举而获得的。前者中的主人公张红狗是一个参军不到一年的 17 岁的号兵。他和队上的几个同伴相约要跟着败退的敌人进城去遛一趟。他"用少年的好胜心和一种农民气质的有些愚昧的大胆和勇敢",果然完成了"这个奇特冒险的行为"。他一人跟着进了城后发扬大无畏的精神,以一把冲锋号和四颗手榴弹与敌人周旋、搏击,在杀死不少敌人后自己也英勇牺牲。张红狗的所有举止都是由其勇敢的品格派生出来的,时有出人意料之处。特别是其化装成日本兵"一步也不停地紧跟着敌人败退的队伍走"之举,在评论者看来,"即使对于我们本国的(倘使是愚蠢的)绅士"也是显得"离奇得不近人情"的①。后者中的主角是冀东一个姓吉的工人领袖——"白脸狼"。他发动唐山矿抗日起义,组织了游击队,与日本人和皇协军展开斗争。他以自己的勇敢和智慧带着八个游击队员闯入戏院硬是抓走了两个日本特务机关的"首长"。后来,商会会长和日本官商议要抽"治安费",他又单身闯入虎穴,最后的结果是:不但治安费免收,商会会长还被罚一万块钱,作了冀东游击队的抗日经费。张红狗和"白脸狼"们凭着自己的勇敢和机智作出了许多"离奇"的行动,它们作为小说的基本内容也造就了情节的离奇与生动。

第三节 前期"新英雄传奇"倾向的
发生及与后期的关联

总之,前期解放区小说中的"新英雄传奇"倾向,在精神品格上,通过对勇敢、机智的英雄人物的塑造,彰显了必胜的信念、形成了乐观的格调;在艺术形式上,则回归民族叙事传统,表现出口语化、故事化的特点。如前所述,前期解放区文学的价值观是以民族利益为中心,倡导文学要服务于民族解放、抗战救亡之大业。这是解放区文艺工作者顺应救亡图存的时代要求、响应时代召唤

---

① 欧阳山:《抗战以来的中国小说》,《中国文化》第 3 卷第 2、3 期合刊,1941 年 8 月。

的结果。（详见第一章）在这种价值观的作用下，解放区出现了通俗化、大众化的文学思潮。李初梨在抗战初期就提出要"更广泛地深入地进行通俗化大众化的工作"，并将其视为"文化运动中总的任务"之一①。为了开展"通俗化大众化的工作"，人们提出了利用旧形式的问题，其原因在于："旧形式，一般地说，正是民众的形式"，所以，只有利用旧形式，才能使文学"真正走进民众中间去"②，才能在"普遍地宣传到民间"方面"起很大的效果"③。具有"新英雄传奇"倾向的小说正是在这一通俗化、大众化文学思潮的推动下出现的，其本身也是文学通俗化、大众化的重要成果。

前期解放区小说中的"新英雄传奇"倾向是在前期解放区文学这种整体性的价值追求和形式自觉中形成的。它的发生不是偶然的，而是有其自身的逻辑理路的。从文学内部来看，它为后期"新英雄传奇"开了先河；后期"新英雄传奇"则是对它的传承与发展。文学史家曾经对 1944 年以后陆续出现的《洋铁桶的故事》《吕梁英雄传》和《新儿女英雄传》等"新英雄传奇"的特点作出了这样的概括：它们"同样是描绘农民（民间）英雄，同样充满英雄主义、浪漫主义情怀与气氛，同样大量采用传奇性的情节……并同样充分发挥民间口语叙述与描写的生动、活泼、通俗、传神的特长却赋予了革命的新思想、新内容与新色彩"④。从上文的分析中可以看出，这些特点在具有"新英雄传奇"倾向的前期小说中也是明显存在的。因此，可以说，后期解放区文学中的"新英雄传奇"对于前期小说中的"新英雄传奇"倾向是有明显继承关系的。

其实，后期解放区文学中的"新英雄传奇"对于具有"新英雄传奇"倾向的前期小说的继承关系不但表现在前者继承了后者这些一般的特点，就是对于后者的缺点也有所承袭和延续。具有"新英雄传奇"倾向的前期小说有两个

---

① 李初梨：《十年来新文化运动的检讨》，《解放》第 24 期，1937 年 11 月。
② 艾思奇：《旧形式运用的基本原则》，《文艺战线》第 1 卷第 3 号，1939 年 4 月。
③ 白苓：《关于戏剧的旧形式与新内容》，《新中华报》1938 年 2 月 10 日。
④ 钱理群等：《中国现代文学三十年》，北京大学出版社 1998 年版，第 552 页。

比较明显的缺点,在当时就遭到了解放区理论界和批评界的质疑。其一是重故事、轻人物的现象。在茅盾看来,抗战全面爆发之初出现的大多数作品"把抗战中的英勇壮烈的故事作为题材,而且企图从这些故事的本身说明了时代的伟大",结果却"不自觉地弄成了注重写'事'而不注重写'人'的现象"①。应该说,这一现象在具有"新英雄传奇"倾向的前期小说中是一直存在的。1941年7月,在前期解放区文学结束前不到一年,周扬一针见血地指出了"到过前方的同志"编制出来的"令人难以置信的超人间的英勇故事"的缺点:作者"尽量地使情节新奇,再添上一些枝枝叶叶,使它显得丰茂一点",但以这种方法编制出来的故事"常常离真正意义上的作品还很远"。原因在于"你注意写故事,却没有注意写人;你的人物是没有血肉的";而"文学作品到底不只是说书,讲故事;它必须写人,写性格,写个性"②。其二是真实性的缺失。碧野的《乌兰不浪的夜祭》是一篇传奇性很强、具有鲜明的"新英雄传奇"倾向的小说。它以内蒙古乌兰察布盟为背景,叙述了飞红巾复仇与恋爱的故事。小说于1941年在重庆《文学月报》第3卷第2—3期发表后,遭到解放区评论界的严厉批评。舒群指出,小说采用"英雄美人"的传奇模式,所塑造出来的主要人物是用旧模子做出来的"金童""玉女",是"扎彩铺匠人特为蒙古人制成的货品",在人物塑造上失去了真实性③。江华认为它"用主观的,破碎不全的,肤浅的概念设定了圈子,而用各种稀奇的题材拼凑成为'吸引人的故事'",并以"凑合的,不合理的异域情调"和"'英雄、美人'的传奇式的题材"来"有意地迎合某些读者低级的好奇的趣味",因而失去了生活的真实和艺术的真实④。

　　具有"新英雄传奇"倾向的前期小说这两个比较明显的缺点,在后期的

---

　　① 茅盾:《八月的感想——抗战文艺一年的回顾》,《文艺阵地》第1卷第9期,1938年8月。

　　② 周扬:《文学与生活漫谈》,《解放日报》1941年7月17—19日。

　　③ 舒群:《从一篇小说想起的——一个读者的笔记》,《解放日报》1942年2月4—5日。

　　④ 江华:《创作上的一种倾向》,《解放日报》1942年2月11日。

"新英雄传奇"中同样有所显露。马烽、西戎承认在创作《吕梁英雄传》时首先考虑的是表现"生动的斗争故事",而"在人物性格的刻画上"等方面都"未下功夫去思索研究,以致产生了很多漏洞和缺陷"①。由于小说"未能恰如其分地刻画人物的音声笑貌",这给茅盾留下了"人物描写粗疏"的印象②。即使是在后期"新英雄传奇"中艺术成就相对较高的孔厥、袁静所作《新儿女英雄传》也同样存在着这种重故事轻人物的问题。竹可羽当时就指出:"当作者努力去追求这个故事的曲折的时候,作者没有足够的注意深入地去表现英雄们的性格和成长过程"③。至于生活和艺术真实性不强的问题,也是后期"新英雄传奇"中相当普遍地存在着的。如柯蓝的《洋铁桶的故事》中常有一些夸张得失去真实的描写。如第三段写游击队为了复仇到城里去,结果以地雷和手榴弹炸死了好几百鬼子。小说中诸如此类的情节有"人为编造的痕迹,有些内容明显失真",这说明作者在"对传奇情节与生活真实关系的度的把握"上有"失控"之处④。

从以上的分析中可以看到,后期的"新英雄传奇"不但继承了具有"新英雄传奇"倾向的前期小说的一般特点,而且对后者的缺点也作出了承袭和延续。这说明前者在精神品格和艺术形式上对后者的继承是相当全面的。这从一个方面非常生动地显现出了解放区文学前后期的关联性。但是,后期的"新英雄传奇"对于前期小说中的"新英雄传奇"倾向又是有发展的。这主要表现在文体上。简言之,具有"新英雄传奇"倾向的前期小说所采用的是短篇小说这样的"小形式"。在前期解放区文学阶段,因为反映现实的切迫需要和作家余裕的缺乏,使"以抗战救亡的事实为题材的小形式的作品取得了最优越的几乎是独霸的地位";周扬指出,"这类的作品形式为目前文学的潮流所

---

① 马烽、西戎:《〈吕梁英雄传〉后记》,《吕梁英雄传》,作家出版社1963年版,第409页。
② 茅盾:《关于〈吕梁英雄传〉》,《中华论坛》第2卷第1期,1946年9月。
③ 竹可羽:《评〈新儿女英雄传〉》,《人民文学》第1卷第2期,1949年12月。
④ 倪婷婷:《战争与新英雄传奇——对延安战争文学的再探讨》,《江苏社会科学》1997年第5期。

在,为抗战环境之所需要,为抗战时期文学的正当发展的方向"①,因此,"我们现在所要求于作家的就是用这种大众化的小型作品敏速地去反映当前息息变化的实际情况,而不是离开实际,关起门来去创造甚么'伟大的作品'"②。具有"新英雄传奇"倾向的前期小说对于这样的"小形式"的采用,正是在这一背景下发生的。但是,人们也看到,由于"小形式"容量小、分量轻,用它来反映时代和社会的"空前大变动"是"不够的",所以,还期望作家们在"小形式"之外要创作出"较大较整然的作品"来③。(参见第十七章)当然,要创作出这样的"大形式"的作品,必须具备一定的条件。对于这一条件,周扬作出过这样的说明:"作家在自己所参加了一个时期的战争生活中储蓄了相当丰富的经验之后,暂时地离开战争,或摆脱一下自己在战争中所担负的别的工作,去找一个多少可以从容写作的时间和地点,把已获得的经验用正常的文艺形式艺术的组织起来。"④到了后期,像柯蓝、马烽、西戎、孔厥、袁静等作家渐渐具备了这样的条件。于是,他们在形式上便将前期具有"新英雄传奇"倾向的"小形式"发展成了中、长篇章回体小说这样的"大形式"。这也从一个方面反映了当时整个解放区小说"由短篇小说向中、长篇小说发展的必然趋势"⑤。

从短篇小说的"小形式"到中、长篇章回体小说的"大形式",这显现出了后期的"新英雄传奇"对具有"新英雄传奇"倾向的前期小说的发展。但是,需要指出的是,这一发展并非是另起炉灶,而是朝着前期小说所显现的回归民族叙事传统之方向继续行进的结果,其变化的轨迹正如在民族叙事传统中由宋代话本发展到元明清时期的长篇章回体英雄传奇一样。宋代的"说话"有四家,其中的"小说"指与烟粉、灵怪、传奇、说公案等相关的相对短小的故事。

---

① 周扬:《抗战时期的文学》,《自由中国》创刊号,1938年4月。
② 周扬:《新的现实与文学上的新的任务》,《解放》第42期,1938年6月。
③ 艾思奇:《抗战文艺的动向》,《文艺战线》创刊号,1939年2月。
④ 周扬:《我们的态度》,《文艺战线》创刊号,1939年2月。
⑤ 刘增杰等:《中国解放区文学史》,河南大学出版社1988年版,第172页。

而从元末明初《水浒传》产生、到明清形成高潮的英雄传奇,其源头正是"说话"中的"小说"①。从比喻的意义上来说,具有"新英雄传奇"倾向的前期解放区小说类似于宋代"说话"中的"小说",而后期解放区的"新英雄传奇"则犹如元明以后出现的英雄传奇。二者的关系是:前者是后者的源头,而后者则是对前者的发展。

---

① 齐裕焜:《中国古代小说演变史》,人民文学出版社 2015 年版,第 230 页。

第十九章　前期解放区文学中的
"艺人改造"

1943 年 3 月,中央文委确定了为战争、生产、教育服务的剧运方针。为了落实这一方针、改进剧团工作,西北局宣传部、文委于次月作出指示,要求"对于有艺术素养的旧艺人应予优待,但必须使得他们的艺术能为边区服务"①。其中所言的"应予优待",涉及"团结"的问题;而要使"旧艺人"能"为边区服务",则又隐含了须对之加以"改造"的意味。这是 1942 年 5 月解放区文学进入后期阶段之后在有关"团结与改造旧艺人"问题上出现较早的、但又稍显模糊的一种表达。对之作出更为明晰的表达,并且对该项工作的开展起到更大组织和推动作用的是 1944 年 10—11 月在延安召开的陕甘宁边区文化教育大会。10 月 30 日,毛泽东在会上发表讲演,指出:"我们的任务是联合一切可用的旧知识分子、旧艺人、旧医生,而帮助、感化和改造他们。为了改造,先要团结。"②11 月 12 日,周扬在作大会总结报告时,对毛泽东的这一指示作出响应,强调"改造旧戏,团结与改造旧艺人"是边区文艺发展过程中应当注意的

---

① 《西北局宣传部、文委关于各地剧团工作的指示》,中央档案馆等编:《中共中央西北局文件汇集　一九四三年(一)》(内部资料),1994 年版,第 152 页。
② 毛泽东:《文化工作中的统一战线》,《毛泽东选集》第 3 卷,人民出版社 1991 年版,第 1012 页。

一个重要问题①。最后,大会形成决议,明确规定:"对一切旧艺术、旧艺人,一般地都必须采取改造的方针"②。大会召开之后,作为陕甘宁边区文教运动中的一项重要工作,"旧艺人改造"很快在边区全面展开。稍后,这一工作在空间上由边区扩展到了其他解放区,在时间上则一直持续至 1949 年 7 月后期解放区文学结束,甚至延续到了当代。

一般以为,"改造旧艺人"与"改革旧剧"有很高的关联度(用周扬的话说,就是"要改革旧剧,必须团结与改造旧艺人"③)。由于学界向来把"旧剧改革"视作后期解放区文学的重要成绩之一,于是,便连带着把"改造旧艺人"的工作及其所取得的成绩亦归之于后期④,而有意无意地忽视了前期解放区文学中的"改造旧艺人"问题。确实,以组织化、行政化的手段将之作为一个地区重要的文教任务作出统一的部署、布置,是从陕甘宁边区文化教育大会开始的。这正如周而复 1947 年 8 月所言,大会之后,"民间艺人的改造,被提到议事日程上来了"⑤。但是,这并不是说,"艺人改造"是直到此期才开展的。事实上,在前期解放区文学阶段,"艺人改造"业已展开,并取得了相当显著的成效。本章对前期解放区文学中的"艺人改造"情况作出梳理与分析,并进而由艺人改造这一特定视点管窥解放区文学前后期的关联性。

---

① 《文教会上周扬同志总结报告,开展群众新文艺运动》,《解放日报》1944 年 11 月 21 日。

② 《关于发展群众艺术的决议》,《解放日报》1945 年 1 月 12 日。

③ 周扬:《新的人民的文艺》,中华全国文学艺术工作者代表大会宣传处编:《中华全国文学艺术工作者代表大会纪念文集》,新华书店 1950 年版,第 88 页。

④ 如沙可夫 1949 年 7 月在第一次文代会的发言中称:在华北各解放区中,在"民间艺人和民间艺术的改造"方面"规模较大,范围较广,工作较深入较有系统"的是冀鲁豫,其相关工作始自"一九四六年秋天",到那时"有三年的历史"。见沙可夫:《华北农村戏剧运动和民间艺术改造工作》,中华全国文学艺术工作者代表大会宣传处编:《中华全国文学艺术工作者代表大会纪念文集》,新华书店 1950 年版,第 355、356 页。

⑤ 周而复:《刘巧团圆·后记》,见韩起祥著《刘巧团圆》,海洋书屋 1947 年版,第 142 页。

第一节　艺人改造的发生及
艺人的自我改造

　　前期解放区文学中的艺人改造问题,是由"利用旧形式"引发的。中日战争全面爆发以后,抗战成了时代的中心任务。"七七事变"发生的当月,毛泽东就明确提出文艺要服从于抗战,要求"新闻纸、出版事业、电影、戏剧、文艺,一切使合于国防的利益"①。解放区文艺工作者在服务抗战的过程中,对于"旧形式"给予了极大关注。例如,作为解放区较早成立的一个文艺团体,西战团从 1937 年 8 月组建到 9 月下旬出发之前在延安作"工作的准备"时,就"有一个总的方向,即大众化,尽量利用旧的形式";他们设立杂技组,"专门学习、表演一些为大众所喜欢的形式",如大鼓、快板等②。后来,该团在山西运城举行了公演。徐懋庸在观看后指出:"他们的最好的收获……要算民间的艺术形式之采集,并配合了新内容而加以应用";并从他们的实践中,进而得出了这样的结论:"在用旧形式比较能够深入民众的场合,我们应该使我们的艺术工作的内容,多多通过民间的旧形式"③。

　　对于利用"旧形式",徐懋庸作出了积极的倡导。这也代表了解放区理论界的一般看法。其间,他所使用的"民间的旧形式"这一概念,还涉及"旧形式"与"民间形式"的关系问题。对此,我们需要作出必要的辨析。"旧形式"与"民间形式"是属种关系,即"民间形式"是"旧形式"中的一个部分。对于二者之间的这一关系,在"民族形式"的讨论中,茅盾也作出过论述。他把"旧形式"也分成了两类:一是"民间形式",二是"民间形式以外的我国固有的文

---

　　① 毛泽东:《反对日本进攻的方针、办法和前途》,《毛泽东选集》第 2 卷,人民出版社 1991 年版,第 348 页。
　　② 丁玲:《工作的准备》,《丁玲全集》第 5 卷,河北人民出版社 2001 年版,第 54—55 页。
　　③ 徐懋庸:《民间艺术形式的采用》,《新中华报》1938 年 4 月 20 日。

艺形式"(或曰"其他旧形式")①。作为"旧形式"的重要组成部分,"民间形式"在前期解放区文学中得到了比"其他旧形式"更广泛的运用。这一情况的出现,与解放区大多数民众的文化水平和接受能力密切相关。以陕甘宁边区为例。那里曾"是一个最落后的区域",尽管抗战以来,"文化生活上有了长足的进步",但"识字人数"也仅有百分之十②。在这样的情况下,以"说"和"唱"为基本手段、主要诉诸听觉及视觉的"民间形式"(主要包括民间戏剧和曲艺)在解放区就有了最广泛的民众基础,并为民众所喜闻乐见。但是,需要看到的是,民众所"'习闻常见'的对象并不是民间文艺的本身,而实在是民间文艺的演出"。患有"文盲症"的民众即使在接受通俗的民间形式的文艺时,也"全靠有各种的艺人为其媒介"。正因如此,郭沫若得出了这样的结论:"民间文艺的被利用,还是以民间艺人的被利用为其主要的契机"③。于此,我们可以看出"民间艺人"与"民间文艺"之间的密切关系;对于不识字的广大民众来说,民间艺人事实上就成了"民间文艺"的载体,成了其接受"民间文艺"时必不可少的媒介。

在"利用旧形式"的同时,前期解放区还进而提出了"改造旧形式"的任务。用艾思奇的话来概括,就是:"不绝对否定旧形式,然而也不能投降旧形式"④。早在1938年3月,他就撰文批评"民众中间"在年节时所作的那种"男女调情之类的空洞无意义的舞蹈的表演",要求文化工作者"走到他们中间去给以指导,教育,改善一些低级的东西"⑤。稍后,《新中华报》刊发的一则消息也指出,"一个立待改进的问题"是"民众所唱"的"不能配合时代的情歌"和他们所观看的"足以麻木大众的旧戏"⑥。可能正是因为当时在民间流行的

---

① 茅盾:《旧形式·民间形式·与民族形式》,《中国文化》第2卷第1期,1940年9月。
② 社论《为扫除三万文盲而斗争》,《新中华报》1939年4月19日。
③ 郭沫若:《"民族形式"商兑》,重庆《大公报》1940年6月9—10日。
④ 艾思奇:《旧形式运用的基本原则》,《文艺战线》第1卷第3号,1939年4月。
⑤ 艾思奇:《谈谈边区的文化》,《新中华报》1938年3月5日。
⑥ 《边区民众娱乐改进会成立经过》,《新中华报》1938年5月25日。

"旧形式"中存在着如此之多的负面因素,解放区各界一再强调要改造"旧形式"。陕甘宁边区民众娱乐改进会于 1938 年 5 月成立之时就宣称:"利用民间流行的旧形式,创造抗战的民族大众文学艺术"不是什么"投降旧艺术形式",而是一种有"改进"意义的工作①;1939 年 2 月,周扬撰文指出:要估量"旧形式"能被利用的限度,"在利用它的时候一刻也不要忘了用批判的态度来审查和考验它,把它加以改造"②;1940 年 5 月 14 日,贺龙在晋西文化界救亡联合会的代表大会闭幕式发表讲话时,也强调对于"旧形式"不能全盘搬来,而要加以改造③。

因为以"民间文艺"为重要组成部分的"旧形式"必须加以改造,又因为民间艺人与"民间文艺"存在着如此密切的关系,所以,要真正地、全面地开展"改造旧形式"的工作,完成"改造旧形式"的任务,就必须"改造旧艺人"。这是一种逻辑上的必然。遵循着这一逻辑思路,前期解放区开始了"改造旧艺人"的工作。在前期的艺人改造中,有一种情形出现较早,这就是少数民间艺人积极主动的自我改造。晋冀鲁豫边区的上党落子著名艺人王聪文、陕甘宁边区的"社火头"刘志仁等是这类民间艺人的代表。他们自我改造的行动,在某种程度上表现出了"民间形式"自我进化的要求。在历史的长河中,"民间形式"有其相对稳定的一面;如果没有这一面,则其无以成为传统。但是,"民间形式"也有发展变化的一面,否则,它作为一种传统也无法绵延并有效地作用于当下。艾思奇当时就指出:"旧形式并不仅仅是旧的,而且也有许多地方是很发展,很确当的"④。后来,有学者在阐述"传统文艺的现代转换"时也认为,"每个时代的曲艺改造,总会'自然'地加入新元素";就"说书"而言,古往

---

① 《陕甘宁边区民众娱乐改进会宣言》,《新中华报》1938 年 5 月 25 日。
② 周扬:《我们的态度》,《文艺战线》创刊号,1939 年 2 月。
③ 萧三:《贺龙将军》(作于 1940 年 7 月),《人物与纪念》,三联书店 2014 年版,第 55 页。
④ 艾思奇:《旧形式运用的基本原则》,《文艺战线》第 1 卷第 3 号,1939 年 4 月。

今来,它的内容总是处在变化中,"说书人喜欢说古,更喜欢道今"①。在"民间形式"的这一"发展""改造"的过程中,民间艺人发挥了重要的作用。作为"民间形式"的创作者和演绎者,他们担负起了继承并革新传统的责任。

早在抗战全面爆发前一年,曾自领上党落子戏班的王聪文就向阎锡山呈献"改革戏剧计划书",倡议组织山西旧艺人,使其戒掉毒瘾;同时,审查戏目,禁演丧风败俗、宣传迷信的旧戏,未果。抗战全面爆发后的第二年冬季,他就"改革戏剧和改造旧艺人"又主动上书山西省第五行政督察专员专署,得到戎子和专员的批准。牺盟中心区随即聘任其为"旧戏视察员",他对搜集到的一百多种旧戏剧本进行审查,禁演了"迷信、淫荡、皇帝、有毒素的戏"。同时,他开始编演新戏,在一个月里就编出了五本②。据当时同在中心区工作、任第五专署民宣科科长,后来成为著名作家的赵树理回忆,在 1939 年 7 月日军占领长治之前,"王聪文即领着程联考的落子剧团在中山头演出《大战平型关》",认为这个反映抗战新内容的戏"从性质来说是个新事物"③。

王聪文最初改造上党落子,是一种主动的、自觉的行为。刘志仁对于"社火"(秧歌)的改造,其情况也与此相似。他于 1937 年编演新秧歌时,其出发点即在自主改造:要唱出"实情"、说出"自己心里要说的话"。例如,他亲自领导演出的第一首新秧歌《张九才造反》所写是当地群众亲身经历的事实,群众对于张九才等压迫者的仇恨和痛恶"都在新秧歌里替他们唱出来了"。与此同时,他对于旧内容的秧歌没有"采取一脚踢开的态度,而是改造、利用、逐渐以新的代替"。在形式上,他改变了关中一带旧社火中将"秧歌"("唱的")和"跑故事"("舞的")相分离的做法,而把二者有机结合起来,使之成为秧歌剧

① 孙晓忠:《改造说书人——1944 年延安乡村文化的当代意义》,《文学评论》2008 年第 3 期。
② 王礼易:《一等模范戏剧工作者王聪文》,太行区模范文教工作者大会编印:《文教大会纪念特刊》,1945 年 4 月。
③ 赵树理:《回忆历史 认识自己》,《赵树理文集》第 4 卷,工人出版社 1980 年版,第 1837 页。

（当时叫作"新故事"）。1939年，他以这种方法编出了第一个秧歌剧《捉汉奸》，演出后受到了群众热烈的拥护①。他此期从内容和形式层面对于秧歌的改造，是在没有更多外在影响下作出的。他的尝试和努力体现出了秧歌这一"民间形式"自我进化的诉求。

需要指出的是，王聪文、刘志仁等人对上党落子、秧歌这些"民间形式"的改造，其意义是不仅仅局限于"民间形式"本身的。一般来说，拜师学艺是民间艺人成长的基本方式，他们大多需要"从老一代艺人的体化实践和口耳相传示范中"，通过自己的耳濡目染去获得艺术知识技能②。其实，在这过程中，他们不但习得了相关的知识技能，还受到了蕴含其中的传统思想观念的浸润。民间艺人的这种成长方式虽有利于技艺的传承及艺术流派的形成，但也往往易使之在观念上形成陈陈相因、唯师命和传统是从的保守倾向。例如，直到解放区后期陕北说书艺人韩起祥在陕甘宁边区文协说书组的引导下改造陕北说书时，延长县的著名老艺人杨生福还从传统观念出发，以"陕北说书是咱老祖宗留下来的"为由，责备韩起祥"胡乱改革，把它弄得四不象（像）了"③。因此，作为以此种方式成长起来的民间艺人，王聪文、刘志仁等人如果没有思想观念上的革新，是没有可能萌发出改造"民间形式"的意愿、也无法实现对"民间形式"的改造的。思想观念是行为的先导，行为是思想观念的外化。这正如美国著名作家、思想家爱默生所说，个人的举止和行为"源于人体组织和意志"，"是思想支配着手脚的运动，控制着整个身体的行为"④。所以，从他们改造"民间形式"的行为中，我们可以反观他们对传统思想观念的革新及其新的思想因素的生成。从这个意义上说，他们对于"民间形式"的改造，既体现了"民间形式"自我进化的要求，也成了其自我改造、自我革新的重要标志。

---

① 马可、清宇：《刘志仁和南仓社火》，《解放日报》1944年10月24日。
② 何明等：《中国西部民族文化通志·艺术卷》，云南人民出版社2018年版，第289页。
③ 胡孟祥：《韩起祥评传》，中国民间文艺出版社1989年版，第121页。
④ ［美］爱默生：《我所理解的生活》，陈静译，江苏凤凰文艺出版社2018年版，第156页。

他们对于抗战时代的要求有着及时的感知,在艺术实践中,他们以强烈的责任感将这种感知化为创作的题材和主题,有的(如刘志仁)在改造"民间形式"内容的基础上还进而对其形式层面作出了改造。不妨说,"民间形式"的改造正是这类艺人进行自我改造的表现与结果。

第二节　提高觉悟:艺人改造的路径之一

当然,在民间艺人中,能够像王聪文、刘志仁这样自觉进行自我改造的毕竟是少数。对于绝大多数民间艺人来说,由于"民间形式"的局限和他们"艺道"的局限,"便不免形成一种偏向"[①],因而,他们很难主动地作出自我改造。对于"民间旧有的形式"的局限性,周扬曾经作出过分析,指出:它是"反映旧生活"的,"里面仍然包含有封建的毒素",因而,"带有时代所加于它的缺点和限制性"[②]。作为"民间形式"的载体和媒介,民间艺人在对这些"民间形式"作说唱表演时,就不能不浸润其间、受到"封建的毒素"和其他"缺点"的深刻影响,从而形成自己具有巨大历史惰性的"偏向"。

民间艺人这些"偏向"的存在,使前期解放区各界认识到了"改造旧艺人"的重要性。如前所述,在抗战全面爆发之初提出的"改造旧形式"的任务,即已内含了对于"改造旧艺人"重要性的认识。此后,随着解放区相关实践的展开和思考的深入,这一认识得到了进一步的强化。其最重要的标志便是"团结与改造民间艺人"这一重要观念的提出。1941 年 8 月,从晋冀鲁豫边区返回延安不久的李伯钊在总结"敌后剧运"时,明确提出了这一观念。她指出:作为"戏剧实践中几个重要问题"之一,它于 1940 年夏天在敌后抗日民主根据地就被提到了议事日程;经过一年的努力,已出现"团结改造民间艺人最模范的例子",从中,作者意识到"旧形式新内容经过民间艺人来利用,来改革,

---

① 郭沫若:《"民族形式"商兑》,重庆《大公报》1940 年 6 月 9—10 日。
② 周扬:《对旧形式利用在文学上的一个看法》,《文艺战线》第 1 卷第 6 号,1940 年 2 月。

来创造,是会有更多的便利条件的"①。稍后,晋冀鲁豫边区在总结 1940 年以来的文化运动时,从反面检讨了以往对"民间艺人、国画家团结得不够""团结旧剧人……做得异常不够",并将"团结与改造旧艺人,在政治上提高他们"作为"今后应有的努力"的目标②。二者一肯定、一检讨,虽然所持视点不同,但对于"团结与改造民间艺人"重要性的认识却是完全一致的。

在"改造旧艺人"问题上,前期解放区各界是知行互动、知行一致的。它既是一个在认识上不断深化的过程,更是一个在实践上不断展开的过程。尽管晋冀鲁豫边区把这项工作提到议事日程来予以积极推进是在 1940 年夏,但是,在各解放区(包括晋冀鲁豫边区)对于民间艺人的改造工作却在抗战全面爆发以后不久就陆续展开了。解放区前期改造民间艺人,其最重要的路径是提高民间艺人的政治觉悟。中国共产党及其领导下的各级组织和团体高度重视对于民间艺人政治方面的教育和指导,并以此作为提高其政治觉悟的重要手段。其采用的方式有以下两种:

一是对民间艺人作群体性的集中教育。1938 年春,在晋察冀边区,山西牺牲救国同盟会公道团五台中心区开办了旧剧训练班。开办该班的主要目的是"研究旧剧改革,对旧剧人进行政治训练"③,以强化其民族意识、提高其政治觉悟。1939 年 6 月,在中国共产党领导下,陕甘宁边区庆环分区第一个戏剧专业组织——庆环农村剧校成立。剧校成立之初,因为学员成分复杂、政治觉悟不高,根据分区指示,剧校进行了为期三个月的冬训,对学员进行集中教育。在冬训中,"专署干部给他们讲述抗日救国大义和'学新人唱新戏'的道理,与他们谈心聊天拉家常,处处以最诚恳的态度感动他们",使旧艺人们"感

① 李伯钊:《敌后文艺运动概况》,《中国文化》第 3 卷第 2、3 期合刊,1941 年 8 月。

② 《晋冀豫边区一年来文化运动总结》(1941 年),山西省档案馆编:《太行党史资料汇编》第 4 卷,山西人民出版社 2000 年版,第 768、782、778 页。

③ 中国戏曲志编辑委员会编:《中国戏曲志·山西卷》,中国 ISBN 中心出版社 2000 年版,第 38 页。

到'公家对咱们这么好,咱们也该争口气!'"①除这种短期的集体培训之外,剧校还开设了政治课,以课程的方式持续地对学员作政治上的集中教育。此外,分区区委书记马文瑞、专员马锡武、宣传部部长彭飞等也经常到剧校作报告②。"公家"晓之以理、动之以情的政治思想工作收到了良好的成效。学员们提高了政治觉悟,取得了显著的进步。1940 年 8 月,庆环分区改名陇东分区,剧校随机关迁至庆阳,改名陇东剧团。1941 年 10 月 4 日,《解放日报》刊发石毅的《旧剧人的改造——介绍陇东剧团》一文,对陇东剧团如何将"旧剧人"改造成"新剧人"的做法、经验作出了比较全面的总结和介绍。

二是对民间艺人作更具针对性的个别指导。晋察冀边区的西河大鼓艺人王尊三,晋冀鲁豫边区的上党梆子艺人段二苗(段二淼)、河南坠子艺人沈冠英及苏皖边区的苏北大鼓艺人潘长发等,是艺人中的代表人物。其政治觉悟的提高和改造的实现,是与党领导下的各级组织和团体对他们所作的针对性更强的个别帮助、指导紧密相关的。王尊三,1892 年出生,抗战全面爆发之前,已闯荡江湖多年并享有艺名。抗战全面爆发后不久,河北唐县抗日民主政权下属的民众教育馆组织了一个由数名艺人参加的曲艺队,在他们开始作抗日宣传之前,对他们作了短期训练。作为曲艺队一员的王尊三此时接受的也是一种群体性的政治教育。稍后,其他艺人纷纷退出曲艺队,王尊三自己则成了民众教育馆的干部,由此,他开始接受到了来自党政部门的个别指导和帮助。在抗日民主政权的教育和鼓励下,他编了《台儿庄大捷》《减租减息》等鼓词。之后,他又编出了影响更大的鼓词《大战平型关》《保卫大武汉》等。前者是当时驻地在五台山的晋察冀边区政府邀请他去编鼓词的结果,他所依据的主要是邀请方所提供的八路军——五师政治部的一则报道材料。后者是他回到唐县以后编出的。据他的同事贾泉河回忆,"在编写《保卫大武汉》鼓词时,

---

① 吕律:《戏苑奇葩——庆阳戏剧艺术风采》,新华出版社 2003 年版,第 67 页。
② 中国戏曲志编辑委员会编:《中国戏曲志·甘肃卷》,中国 ISBN 中心出版社 1995 年版,第 470 页。

除了参考报纸登载的材料外,县委宣传部王知行还把党的指示精神讲给他,并给了他一些宣传材料"①。可以这样说,王尊三在解放区前期编出那些有较大影响的鼓词、并成为一名出色的宣传抗日的艺人,都是与党政部门对他个性化的指导、帮助分不开的,是他在党政部门教育引导下提高政治觉悟的结果。也正是因为其政治觉悟的提高,他于 1939 年 7 月加入了中国共产党。

段二苗 1898 年出生,是出道甚早、享有盛誉的上党梆子演员,1935 年在太原演出曾获赠"誉满并门"锦旗。抗战全面爆发后,他不为日寇唱戏,隐居在老家。1944 年他参加太行胜利剧团,虽然主要是因为赵树理的启发,但是,此前王聪文多次对他做过个别引导工作,对他也多有触动。如前所述,王聪文曾是一个积极主动地进行自我改造的民间艺人。稍后,他很快接受了抗日民主政权的领导。1939 年 5 月,他发起成立抗战剧团(后改名太南演剧队、胜利剧团)并任团长,其工作便是在抗日民主政权领导下开展的。他思想不断进步、政治觉悟不断提高,并于 1941 年冬加入中国共产党。在积极追求进步的过程中,作为抗日文艺团体的负责人,他还带动、影响了段二苗这样的艺人的改造。根据其自述,他对于段二苗先后做过三次工作。第一次是 1939 年冬抗战剧团更名为太南演剧队时,为了"团结旧艺人",他特地给旧艺人中"名声很大"的段二苗写信,以民族大义劝其出山,信中写道:"有钱出钱,有力出力,咱唱戏的,就该有戏出戏",但段二苗没有回信。第二次是 1941 年五四文代大会期间,他与应专署之邀参会的段二苗面谈,谈到了在新旧社会中艺人的不同地位,使段二苗很受感动,表示"愿意在自己村里搞"。第三次是该年冬天备战中,他去段家住了七天,又劝段二苗"应该参加抗战宣传工作"②。王聪文对于段二苗所作多次引导,使段二苗所受触动越来越大,为赵树理最终说服其参加胜利剧团打下了基础。

---

① 贾泉河口述、任仁采写:《文苑新录·泉河往事》,新华出版社 2009 年版,第 41 页。
② 王礼易:《一等模范戏剧工作者王聪文》,太行区模范文教工作者大会编印:《文教大会纪念特刊》,1945 年 4 月。

与王尊三、段二苗相比,1906 年出生的沈冠英其转变的经历更为曲折。1947 年 2 月,《平原文艺》第 1 卷第 2 期刊发了介绍沈冠英的文章。同期的《编后记》这样写道:"沈冠英,佃户出身,学到了一手旧艺人的本事,三次下过山西,由唱'反共坠子',到参加抗日工作,到成为优秀的共产党员,真是一段曲折、长久的经历,艰苦的转变,可算是一个旧艺人的典范"。应该说,其中所言沈冠英这一"艰苦的转变",在前期就已发生了,而其政治觉悟的提高和转变的发生,与各级组织和领导的个别指导密不可分。抗战全面爆发之前,他在太原说坠子时,编说过"反共的一些坠子"。抗战全面爆发后,决死队的孟队长晓之以民族大义,请他作抗日宣传;1940 年前后,水东地委邀请他组织剧团、编演抗战剧本,并对他进行政治教育,使他明白了"革命救国的大道理"。在组织和领导的帮助、引导下,他思想进步,对革命事业建立了信心。1941 年,八路军濮阳办事处成立鸭绿江剧社,他担任了副队长。为了"唤起群众参加抗战",在困难的情况下,他继续"坚持宣传",由此,他成长为"一个优秀的共产党员"①。

此外,在苏北,1940 年,淮海区抗日民主政权建立了泗沭县。在抗日民主政府的引导下,1890 年出生、绰号"潘大鼓"的著名苏北大鼓艺人潘长发编出了《反扫荡》《苏德战争》《地主与农民》《妇女解放》等剧本,以通俗易懂的语言对国内外的重要事件作出了及时的反映,受到了群众的欢迎②。由于积极响应政府号召、不断追求政治进步,与王尊三、沈冠英一样,他后来也加入了中国共产党。

---

① 罗伦(王亚平):《艺人沈冠英小传》,《平原文艺》第 1 卷第 2 期,1947 年 2 月。
② 中国曲艺志全国编辑委员会编:《中国曲艺志·江苏卷》,中国 ISBN 中心出版社 1996 年版,第 772 页。

第三节　改造恶习:艺人改造的路径之二

解放区前期改造民间艺人的路径,除了提高他们的政治觉悟之外,比较重要的就是改造他们的恶习。民间艺人一般为穷人出身、原本处在社会底层,靠卖艺为生,也是生活中的弱者和不幸者,但是,在浪迹江湖的过程中,由于旧社会的旧制度和坏风气的影响,他们却也大多程度不等地在肉体和精神上沾染了各种恶习。因此,要改造民间艺人,就必须改造他们的这些恶习。解放区前期对于民间艺人恶习的改造,主要从以下两个方面展开:

首先,改造他们腐化堕落的生活。当时,各地成立了许多群众剧团。在这些群众剧团中,有不少是以旧戏班("子弟班")为基础发展而来的①。这就不可避免地将旧习气带到了新剧团中。例如,晋冀鲁豫边区的襄垣农村剧团是1938 年由旧戏班子"富乐意"改成的,1947 年改为太行人民剧团、成了"飘扬在太行人民心目中的农村剧团的旗帜",但是,在改成剧团之初,却也保留了"旧戏班子的整套作风,旧社会给予他们的腐化、堕落、抽烟、嫖、赌等恶习",它们"一点也没有去掉"②。襄垣农村剧团建团之初所表现出的这些"旧戏班子"的恶习在民间艺人中是较为普遍地存在着的。如陕甘宁边区的眉户剧著名艺人李卜于 1940 年在鄜县加入民众剧团时,已抽了几十年大烟。上文述及的沈冠英抗战之前在太原说坠子时就跟着师兄去问柳寻花……

对于民间艺人染上的这些生活恶习,中国共产党领导下的各级组织和团体视不同对象分别采用了强制性与感召式这两种方法进行了有效改造。以戒大烟为例,襄垣县政府对农村剧团的整顿、改造采用的是强制性方法。县政府派出干部到剧团建立了党支部,作为剧团的战斗堡垒,承担起了改造旧艺人的重任,并以戒大烟为切入口和突破口开始了对旧艺人的改造。戒大烟在目标

①　《晋察冀边区剧协号召广泛建立群众剧团》,《抗敌报》1940 年 3 月 1 日。
②　泽然:《农村剧团的旗帜——记太行人民剧团的成长》,《人民日报》1947 年 3 月 4 日。

上和手段上是强制性的。支部书记以剧团指导员的身份,组织大家议论吸食大烟的危害,使之意识到戒大烟的重要性和必要性;接着,又讨论戒烟办法,"每人订出计划,互相监视,又选出领导人检查",到 1941 年秋后,已经基本戒绝①。1940 年 7 月,庆环农村剧校向陕甘宁边区教育厅报告成立一年来的工作时,也特地提到在克服学员"不好的习气"方面取得的成绩,其中最重要的是在去冬三个月训练时间里让占总数四分之一的"染吃烟嗜好"的学员全都戒了烟②,这也应该是采取强制性措施的结果。

在戒大烟问题上,襄垣农村剧团和庆环农村剧校采用了强制性的方法。与此不同,对于一些著名的老艺人,民众剧团和晋绥边区的七月剧团所用方法则主要是感召式的。对李卜的改造,不但是民众剧团"利用旧艺人,改造旧艺人"的"开始"③,也是陕甘宁边区乃至整个解放区前期艺人改造中的重要事件。李卜 1890 年出生,加入民众剧团时年已半百。刚入剧团时,他还吸食着自己带来的大烟,但到第二年,他却把烟戒了。关于其戒烟的过程,丁玲和周而复都作过描述。前者写道:民众剧团团长柯仲平知道李卜吸食大烟,但"不愿伤他的自尊心,装作不知道,只从旁劝说,别的人也给他暗示。他觉得大家都是好人,只有自己不争气,有这种坏毛病,一狠心,难受了几天,也就熬过去了"④。后者则云:李卜"听到人家说他不易改造,他下了决心,戒了大烟,抛弃旧的一套,接受新社会的思想"⑤。二者的描述虽然不尽一致,但有一点则是相同的。这就是:在李卜戒烟问题上,民众剧团并没有采取强制措施,而是以

---

① 毓明、叶枫:《襄垣农村剧团的改造》,太行区模范文教工作者大会编印:《文教大会纪念特刊》,1945 年 4 月。

② 《庆环分区农村剧校成立一年来的工作报告》(1940 年 7 月),乔楠编著:《甘肃革命文化史料选萃》,甘肃文化出版社 2000 年版,第 443—444 页。

③ 柯仲平:《毛主席教我们成立民众剧团》,政协陕西省委员会文史和学习委员会编:《陕西抗战史料选编》,三秦出版社 2015 年版,第 960 页。

④ 丁玲:《民间艺人李卜》,《解放日报》1944 年 10 月 30 日。

⑤ 周而复:《人民文化的时代——陕甘宁边区文教运动的成果》,《群众》第 10 卷第 3、4 期合刊,1945 年 3 月。

感召和启发的方式使剧团成员"尊之为师"的李卜自己激发出了上进之心，最后，是他凭着自己的毅力改掉了这一"坏毛病"。对于1940年4月并入的原决死四纵队前线剧社晋剧队的染上吸烟嗜好的几位老艺人，七月剧社采用了与民众剧团改造李卜相似的方法。剧社领导认真执行了晋西区党委宣传部部长张稼夫的"不要嫌弃"他们，"对他们要团结，耐心教育，逐步改造"的指示，不但使他们戒了烟，而且充分发挥了他们的作用，使他们为党的文艺事业做出了自己的贡献①。

其次，改造他们自由散漫的作风。襄垣农村剧团成立之初，还存留着旧戏班子的恶劣作风："唱戏时，横吃烂喝，欠了账不给人家，甚至悄悄溜走。……在路上随便拿群众的东西"，"向群众要盘缠"。他们这种自由散漫的戏痞作风，导致了剧团与当地群众关系的紧张。剧团党支部高度重视成员的作风问题，强化了对他们的教育：一方面，指出他们这种作风的性质是"顽固军队的恶习，是旧戏班子的恶习"；另一方面，引导他们向严格遵守群众纪律、"不拿老百姓一针一线"的八路军学习，使他们意识到遵守群众纪律的重要性。在加强思想教育的同时，剧团还选出了生活队长，"负责号房子，检查群众纪律"②。在1941年年初返回延安前，李伯钊在那里所看到的情景是这样的：这个"将旧戏子或大烟鬼组织在一块"的剧团，其成员在"行动时也学着排队走"，"虽然还有许多地方看着不顺眼，散漫得很，比较过去，确改了一大半"，这"确是不少的进步"③。经过教育和改造，艺人们转变了作风，群众观念和纪律意识得到了强化，因而受到了群众的欢迎。

人是环境、制度的产物。民间艺人之所以会沾染上如此的恶习，在较大程度上与旧有的制度有关。因此，要根除民间艺人的恶习，就必须对旧有的

---

① 张朴、李象耕：《七月剧社的创建者和领导者张稼夫》，《晋绥边区七月剧社回忆录》（内部资料），1989年版，第45页。

② 毓明、叶枫：《襄垣农村剧团的改造》，太行区模范文教工作者大会编印：《文教大会纪念特刊》，1945年4月。

③ 李伯钊：《敌后文艺运动概况》，《中国文化》第3卷第2、3期合刊，1941年8月。

制度作出改革。在将旧戏班改编为农村剧团的过程中,在抗日民主政权的主导下,"逐渐改革旧戏班的恶习,用民主方式,取消他们旧有的制度,什么'掌庄'呀!'师傅'呀!'戏房'呀!把他们组织得更加适合于抗战和进步的要求"①。作为一个由旧戏班改编而成的剧团,襄垣农村剧团就实现了这样的制度变革。

在与襄垣毗连的武乡县,也活跃着两个重要的文艺团体:一个是1938年10月成立的武乡盲人宣传队,另一个是1939年9月成立的武乡光明剧团。它们在改革旧制度方面也作出了努力。武乡盲人宣传队是一个由盲人组成的文艺团体,在解放区前期享有较高的知名度。1940年9月,晋东南文化界第二次代表大会的报告在述及"戏剧运动"和"改造旧剧"时,特地提到"在武乡有盲人宣传队"②。前文述及的被李伯钊称为"团结改造民间艺人最模范的例子",指的就是这个盲人宣传队。这个文艺团体的闻名,是与其制度层面的改造密切相关的。在旧社会里,盲人们有自己的封建组织——"皇会"。每年三月三,全县盲人开大会,烧香、敬神,产生"会主"、收新徒弟。1940年5月,该队从制度层面进行整顿,地委宣传部和八路军总部均派人与会。这次会议"彻底打破三皇会的组织系统,制定了新的规章制度,明确提出三不准:(1)不准算卦;(2)不准调戏妇女;(3)不准说旧书、坏书"③。次年,"富农出身的李保三活动恢复'皇会'。但是在三月三石门开会这天,他没有得到'会主',而且被人们给斗争了一顿"④,从而使制度改革的成果得到了巩固。

---

① 李伯钊:《敌后文艺运动概况》,《中国文化》第3卷第2、3期合刊,1941年8月。

② 《抗战三年来的晋东南文化运动——晋东南文化界第二次代表大会上的报告提纲》,原载晋东南文联编印:《文代二次大会文选》(1940年9月);见山西文学艺术工作者联合会编:《山西文艺史料》第1辑"晋东南抗日根据地部分",山西人民出版社1959年版,第24页。

③ 王怀德编:《山西曲艺史料》,春风文艺出版社1983年版,第166页。

④ 华含、林沫:《武乡盲人宣传队》,荒煤编:《农村新文艺运动的开展》,上海杂志公司1949年版,第153页。

与襄垣农村剧团一样,武乡光明剧团也是由原鸣凤班、庆阳班等旧戏班为基础改编而成。剧团成立之时,曾任一区区长的王宣恒在代表县政府讲话时,就从制度层面对剧团和旧戏班作出区别,称剧团是县政府下设的一个抗日救国团体,"没有供戏东家,也没有剥削,不唱烧香敬神戏"。剧团采取民主管理制度,领导成员由民主选举产生;在经济上,与抗战前的"罗圈班"一样①,废除班主剥削,成员实行按股分红;在组织上,"在团部分设总务科、生活科、宣传科、导演科,具体管理剧团的行政、生产、宣教和演出事宜"②。剧团以此相当全面地对旧戏班的旧制度和旧体制作出了全面的改造。这种制度层面的改造助推了艺人的改造,并为艺人改造的展开和深入提供了有力的制度保障。

综上所述,前期解放区文学中的艺人改造,源自"利用和改造旧形式"的需要。要改造作为"旧形式"中重要组成部分的"民间形式",就必须对作为"民间形式"的载体和媒介的旧艺人进行改造。遵循着这样的逻辑思路,前期解放区各界高度重视并积极开展了艺人改造的工作。除了像王聪文、刘志仁这样的少数艺人最初通过改造"民间形式"作出积极主动的自我改造外,其他艺人的改造工作则在中共领导下的各级组织和团体的主导下展开。一方面,它们以群体性的集中教育或更具针对性的个别指导等方式,提高其政治觉悟;另一方面,则通过改造他们腐化堕落的生活、自由散漫的作风(以及旧有的制度),来祛除其所沾染的各种恶习。经过这样的改造,艺人们提高了政治觉悟,强化了为抗战服务的意识;同时,其作风也有不同程度的改变,受到了群众的欢迎。解放区前期对作为"民间形式"的载体和媒介的旧艺人的改造,有效地促进了"民间形式"去更好地为抗战服务。例如,李卜经过改造以后"对民

---

① 韩恩德:《我所了解的光明剧团》,《山西文史资料》编辑部编:《山西文史资料全编》第8卷(第85—96辑),1999年版,第1123页。

② 赵艳霞:《太行抗日根据地的艺人改造——以武乡、襄垣剧团为例》,《唐山师范学院学报》2017年第4期。

众剧团贡献很大",在那里,他不但"传授了他的一生的艺术精华"①,而且探索出了一条以眉户剧这一"民间形式"表现抗战现实题材的路子。正是由于他在曲调方面的悉心指导和帮助,马健翎才创作出了眉户现代戏《桃花村》《俩亲家》和影响更大的《十二把镰刀》,从而使作为"民间形式"之一的地方剧种眉户剧在服务抗战中发挥了更大的作用。

在解放区文学从1942年5月进入后期阶段后,特别是到陕甘宁边区文化教育大会后,艺人改造作为整个后期解放区一项重要的文教工作,在各个层面上一再得到了强调。1945年3月,陇东剧团副团长范景宇在一个座谈会的发言中提出当时该团的一个重要问题便是"组织团员学习,改造旧艺人的思想"②。1947年7月,中共冀鲁豫区党委宣传部就"改造民间艺人、旧艺人"等问题作出指示,要求加强"对民间艺人旧艺人"的"团结改造"工作③。各个层面在认识上高度重视艺人改造工作的同时,还在行动上予以了积极的落实,并取得了很大的成绩。对于"经过文艺座谈会以后"(即解放区后期)旧艺人改造所开展的工作和所取得的成绩,周扬1949年7月在第一次文代会的报告中分别予以了肯定。在谈到"工农兵群众的文艺活动"时,他认为,"各解放区都做了许多改造民间艺术与民间艺人的工作";在述及"旧剧的改革"时,他又指出:在新的人民政权下,旧艺人的社会地位大大提高;在毛泽东文艺思想指导下,新旧艺人已经"结成了统一战线"④。总之,在后期解放区文学阶段,在主流意识形态的强力介入和统一要求、统一部署下,解放区的艺人改造全面展开、并向纵深处推进,取得了比前期文学阶段更为丰硕的成果,在很大程度上

---

① 侯唯动:《柯仲平领导边区民众剧团》,《新文学史料》1983年第1期。

② 《陇东各剧团开座谈会 今后要创作新作品 克服一般化和浮浅的现象》,《解放日报》1945年3月22日。

③ 《中共冀鲁豫区党委宣传部关于改造民间艺人、旧艺人和民间艺术、旧剧的一封信》,中国曲艺志全国编辑委员会编:《中国曲艺志·河南卷》,中国ISBN中心出版社1995年版,第674页。

④ 周扬:《新的人民的文艺》,中华全国文学艺术工作者代表大会宣传处编:《中华全国文学艺术工作者代表大会纪念文集》,新华书店1950年版,第85、88页。

改变了前期文学阶段存在的改造不够普遍、不够深入和不够平衡的现象。解放区文学前后期阶段在艺人改造方面是有明显差别的,但是,二者之间也是有密切联系的。事实上,后期的艺人改造是在前期的基础上展开的。前期解放区所提出的"团结与改造民间艺人"的重要观念,所设定的从政治上、生活上、作风上改造艺人的路径以及所采用的集中教育与个别指导的方式等,不但为后期提供了有益的启示,而且大都为之所继承和沿用。因此,我们可以说,前期解放区的艺人改造是后期的前奏和先导,后期的艺人改造则是对前期的承续和发展。解放区文学前后期的关联性,我们从艺人改造中亦可窥其一斑。

第二十章　前期解放区文学中的平剧改革

　　1942年5月,解放区文学进入后期阶段。在当时及以后,人们在讨论后期解放区戏剧活动时所关注的重点,除"新秧歌运动"外,就是"旧剧改革"。1944年6月,蓬飞在介绍延安演出的戏剧时说:对"旧剧"的"改造工作,我们已经开始",并已出现了像《逼上梁山》这样的"用正确的历史观点表现历史故事"的"新平剧"(平剧即京剧),它"使一向以封建统治者的观点表演历史故事的平剧变得面目一新"①。数年之后,在标志着后期解放区文学结束的第一次文代会上,周扬和张庚对解放区后期"旧剧改革"又分别作出了总结。前者在有关后期解放区文学的综合性报告中特别列出"旧剧的改革"一节,认为此期出现的新编历史剧《逼上梁山》《三打祝家庄》等剧本"标示了京剧向新的历史剧发展的方向"②;后者在有关解放区戏剧的专题发言中也将"改造旧剧"视作是后期解放区戏剧活动中与"创造新秧歌"一样具有标志性的事件,称二者是"殊途同归的,其目的,也是要从此走向新形式,走向表现新的生活内容,或对旧时代的新的看法"③。上述如此的介绍、总结,显现出了人们对"旧剧改

---

　　① 蓬飞:《半年来延安演出的戏剧杂谈》,《解放日报》1944年6月7日。
　　② 周扬:《新的人民的文艺》,中华全国文学艺术工作者代表大会宣传处编:《中华全国文学艺术工作者代表大会纪念文集》,新华书店1950年版,第87、88页。
　　③ 张庚:《解放区的戏剧》,中华全国文学艺术工作者代表大会宣传处编:《中华全国文学艺术工作者代表大会纪念文集》,新华书店1950年版,第195页。

革"与"后期解放区文学"这二者之间关系的体认,即:"旧剧改革"是在后期解放区文学阶段展开并取得重要成就的,因此,"旧剧改革"是后期解放区文学的一项重要活动,也是后期解放区文学的一张亮丽的名片。确实,在整个后期解放区文学阶段,"旧剧改革"得到了高度重视、并取得了重要的标志性成果。但是,这并不等于说,"旧剧改革"即始于后期解放区文学阶段,在此之前解放区就没有开展过改革旧剧的实践。事实上,在前期解放区文学阶段,解放区文艺工作者一直进行着改革旧剧的探索,并取得了比较显著的成绩。他们的这种探索不但与后期的"旧剧改革"有共同方向,而且为后期的"旧剧改革"打下了基础、做好了准备。鉴于"各种旧剧中,又以平剧流行最广,影响最大"[1]之事实,本章通过考察前期解放区文学中的平剧改革活动来窥测此期的"旧剧改革"问题,并以此为特定视角对解放区文学前后期的关联性作出分析。

第一节　初期的"平剧活报剧"及 "泛活报化"倾向

旧剧是中华民族重要的艺术遗产,在广大群众中有着深厚的基础。到抗战时期,"旧剧作在民间的影响仍是很旺盛"[2]。因此,为了"用一切的力量为抗战而服务"[3],运用旧剧(特别是其中最有代表性和影响力的平剧)来进行抗战宣传和动员,成了时代的一种必然要求。中共领导人审时度势、及时向解放区文艺工作者提出要利用平剧,就反映了这一时代要求。1937 年 8—9 月,在西战团出征之前,毛泽东对团长丁玲作出指示:"宣传上要作到群众喜闻乐见,要大众化。现在很多人谈旧瓶新酒,我看新瓶新酒、旧瓶新酒都可以,只要

---

① 《有计划有步骤地进行旧剧改革工作》,《人民日报》(华北版)1948 年 11 月 23 日。
② 李伯钊:《敌后文艺运动概况》,《中国文化》第 3 卷第 2、3 期合刊,1941 年 8 月。
③ 《陕甘宁边区文化界救亡协会成立宣言》,《新华日报》1938 年 1 月 15 日。

对抗战有利。"①次年4月,他在陕甘宁边区工人代表大会组织的晚会上观看了平剧《升官图》等戏后,更是明确提出对于平剧这些"群众喜欢的形式,我们应该搞";并要求以这些形式来表现"新的革命的内容"②。另一位中共领导人洛甫在1937年9月10日召开的中央政治局常委扩大会议上也强调宣传教育工作"要中国化";在两个多月后举行的陕甘宁特区文化协会成立大会上,他又指出"今天文化界的任务:第一要适应抗战,第二要大众化、中国化"③。他虽然没有像毛泽东后来那样具体点出利用平剧的问题,但他对"中国化"的强调显然也是包括利用平剧在内的。解放区文艺工作者积极响应中共领导人的号召,以"接受并改革祖先遗留给我们的产业"(即"遗产"——引者)的态度④,开始利用平剧来表现"新的革命的内容",编创出了许多反映抗日斗争的现代戏;作为"久被统治阶层所掌握的封建艺术"的平剧,由此卷入抗战"斗争浪潮","成为一支宣传革命的锐利武器"⑤。在漫长的演变过程中,传统平剧确定了内容范畴,所取题材基本是中国历史故事,主旨大多是宣传忠孝节义之类的传统观念。因此,这类表现"新的革命的内容"的现代戏,极大地突破了传统平剧的内容范畴;它们的出现,即是从内容层面对传统平剧进行大改革的结果。

据目前掌握的材料,在解放区最早利用平剧形式作抗日宣传、同时也是最早在内容上对平剧进行改革的是西战团和西战团二团。1938年1月31日,大年初一,在八路军总部驻地——山西洪洞县马牧村举办的联欢会上,西战团演出了平剧现代戏《三打雁门关》。该剧所叙内容为贺龙、萧克两位师长率兵在雁门关与日酋坂垣大战、打得其弃甲而逃的真实的抗日故事,而化妆、唱做、

---

① 陈明:《西北战地服务团第一年纪实》,《新文学史料》1982年第2期。
② 钟敬之等主编:《延安文艺丛书·文艺史料卷》,湖南文艺出版社1987年版,第501页。
③ 张培森主编:《张闻天年谱》上卷,中共党史出版社2000年版,第493、524页。
④ 王震之:《鲁艺实验剧团的使命和工作》,《鲁艺实验剧团成立纪念会刊》,1938年8月。
⑤ 王镇武:《漫谈游击战中的平剧活动》,《延安平剧研究院成立特刊》,1942年10月。

插科、打诨等纯为平剧的旧形式。这个"旧形式新内容的旧剧"演出后,"意外地得到了观众的爱好"①。这使该团成员意识到,只要改革了内容,"旧式的艺术方式"也能"做唤起大众的工具"②。大体与此同时,在西战团开赴前线以后于 1937 年 11 月成立的西战团二团,在延安也开始了利用平剧的艺术实践。据该团成员张东川回忆,"这个团在延安首先利用旧剧形式为当时政治服务,就是说运用平剧形式表现抗日战争的斗争生活",一共演出过三个剧目。其中,《清明节》表现游击队利用清明上坟之机打击日本兵的故事,《教子参军》写一个饱经风霜的母亲教导自己的儿子参加了八路军;而《逃难图》则重在揭露日本侵略者给中国人民造成的巨大灾难③。

　　西战团和西战团二团通过在前线和延安编演这些平剧现代戏,共同揭开了解放区平剧改革的序幕,因而在前期解放区平剧改革中具有重要的里程碑的意义。其中,《三打雁门关》创造出了一种"平剧活报剧"④的模式,其基本特点是以简单的情节和简要的人物刻画对抗日斗争中的重要事件作出真实的、迅疾的反映。而二团所演出的虚构的《清明节》等剧目,则开启了前期解放区平剧创作"泛活报化"的潮流。在此之后,在各解放区出现过不少与《清明节》类似的具有"泛活报"特征的作品。如 1939 年春分别在冀中和山东出现的《大报仇》和《小放牛》就是这样。前者由陈乔编剧、冀中军区火线剧社演

---

　　①　戈矛:《我们的戏剧与杂耍》(作于 1938 年 3 月 14 日),西北战地服务团集体创作:《西线生活》,三联书店 2014 年版,第 24 页。

　　②　任天马、袁勃:《西线上的一个盛会》,《群众》第 1 卷第 9 期,1938 年 2 月。

　　③　张东川:《延安平剧活动轶事追忆》,延安平剧活动史料征集组编:《延安平剧改革创业史料》,文津出版社 1989 年版,第 241 页。

　　④　本章在这里借用了李纶提出的"平剧活报剧"这一概念而赋予其新的内涵。李纶在回忆延安平剧活动时,称 1938 年底王地子编演的、讽刺某些同志不愿离开延安赴各抗日根据地工作的《学不够》是"平剧活报剧"。见李纶:《回忆延安平剧活动情况》,文化部党史资料征集工作领导小组、延安平剧活动史料征集组编:《延安平剧活动史料集》(内部资料)第 1 集,1985 年版,第 254 页。文学史家也认为,当时一些"反映八路军打胜仗的新编平剧,虽未套用某一旧剧目,但情节过于简单,多半是采用平剧武场加以表现,带有活报剧性质"。见陈白尘等主编:《中国现代戏剧史稿》,中国戏剧出版社 1989 年版,第 730 页。

出,写父母在女儿遭日本鬼子强暴后拿起菜刀和擀面杖追杀日本鬼子、为女儿报仇的故事。后者由胶东国防剧团的虞棘等人在传统节目《小放牛》的基础上作了改编,将原来的牧童和村姑的对唱调情"改为宣传抗战,携手参军"①。虽然此类剧本所写人物、事件并非是生活中所实有,但是,它们却也能以简明的刻画来迅速传达时代精神,因而也表现出了鲜明的应时性特点、具有了"泛活报化"的倾向。

当然,与具有"泛活报化"倾向的虚构型剧作相比,此期"平剧活报剧"的影响更大、也更能彰显此期平剧现代戏在内容改革方面的特点。在《三打雁门关》之后,各地文艺工作者纷纷以"平剧活报剧"这一形式对抗战斗争迅速作出了呈现。在延安,鲁艺旧剧研究班于 1939 年 3 月演出了平剧《夜袭飞机场》。剧作反映了八路军一二九师七六九团官兵毁伤日机、炸毁阳明堡机场的战斗事迹。编者陶德康为这一重大胜利所鼓舞,参照有关侦察机场的报道创作了这个小戏。作品通过对八路军侦察排长和酒保形象的塑造,讴歌了军民的抗日热情和昂扬斗志。在延安之外,独一旅光复剧团集体创作了《陈庄战斗》。这是晋察冀"边区最早的抗日京剧"②。1939 年 9 月下旬,日军进犯河北灵寿县陈庄,我八路军指战员奋起抵抗,击毙日军旅团长。在庆祝胜利的大会上,光复剧团演出了该剧。当时,"来自延安的电影艺术家袁牧之同志和西战团的曾平同志观看了演出,给予好评"③。在豫皖苏,1939 年冬天,徐海东从延安到新四军任职、路过新四军游击支队驻地时,根据支队司令员彭雪枫的要求,拂晓剧团集体赶编出平剧《徐大将军反"扫荡"》,在欢迎晚会上作了

① 左平:《胶东国防剧团史料》,山东省文化厅史志办公室、烟台市文化局编志办公室编:《山东省文化艺术志资料汇编》第 9 辑(烟台市《文化志》资料专辑),1985 年版,第 206 页。

② 河北省地方志编纂委员会编:《河北省志》第 79 卷"文化志 文化艺术",方志出版社2001 年版,第 60 页。

③ 集体座谈,石磊、王一之执笔:《"光复剧团"大事纪实》,中国人民解放军文艺史料编辑部编:《中国人民解放军文艺史料选编 抗日战争时期 第二册》,解放军出版社 1988 年版,第407 页。

演出。剧作突出了徐海东骁勇善战的特点和威震敌胆的气势。徐海东观看了演出,称赞游击支队文艺"人才真多""'彭家班'名不虚传"①。在山东,1940年年初,国防剧团虞棘等人创作了《战发城》,对八路军攻打顽固投降派赵保原部的一个据点——发城的战斗作出了迅疾的反映②。

在晋冀鲁豫,"平剧活报剧"的创作取得了更显著的成绩。其代表作是1940年编演的《小白龙》和《横岭战斗》。前者由徐蓟昌编剧,由八路军一二九师三八六旅野火剧社首演于太岳根据地。该剧根据东北义勇军指挥员白乙化(又名小龙)真实故事编写。抗战时期,主人公小白龙率领军民在山区坚持斗争,重创日军。日军为了消灭这支抗日武装,派出代表与之谈判,亦欲趁机察看地形、刺探机密,以图收买不成后以武力解决。小白龙识破其阴谋,并将计就计、诱敌深入,终于歼灭了来犯之敌。此剧通过反映智勇双全的抗日将领的英勇事迹,激发了民众的爱国热情,获得了解放区军民的热烈欢迎和高度评价。1940年7月24日,在鲁艺所作报告中,朱德总司令把"演出过《小白龙》一类戏剧"视为在"提出大众化和通俗化这个口号之前"华北地区在大众化和通俗化方面取得的重要"成绩"作了专门的论述③。1941年4月20日,在部队文艺工作会议上,八路军野战政治部副部长王东明也肯定《小白龙》"对于旧剧作了某些改造与利用,而且收到了相当好的效果","博得了好评";稍后,在一二九师全师宣传队竞赛演出中,该剧还获得了优秀奖④。后者由裴东篱等编剧,由抗日军政大学总校文工团首演于山西黎城县。该剧以彭德怀副总司令亲自指挥的关家垴战斗为背景,以该校师生亲自参加的横岭战斗为题材,

---

① 张方和:《彭雪枫与拂晓剧团》,上海市新四军历史丛刊社编:《岁月如歌——新四军暨华中抗日根据地文艺团体》,上海市新四军历史丛刊社2002年版,第300、301页。

② 左平:《胶东国防剧团史料》,山东省文化厅史志办公室、烟台市文化局编志办公室编:《山东省文化艺术志资料汇编》第9辑(烟台市《文化志》资料专辑),第207页。

③ 朱德:《三年来华北宣传战中的艺术工作》,《延安文艺丛书》编委会编:《延安文艺丛书》第1卷《文艺理论卷》,湖南人民出版社1984年版,第106页。

④ 刘备耕:《太行山的戏》,《山西文史资料》1993年第3辑。

表现了八路军战士冒着敌人的枪林弹雨坚守阵地、英勇阻击并最终消灭敌人的大无畏精神。此外,在《小白龙》和《横岭战斗》之前,裴东篱还于1939年年初编出了《平型关》,这是晋冀鲁豫较早出现的一个平剧现代戏。之后,在1941年夏冀南地区举办的文艺汇演大会上,冀南行署宣传队演出了平剧现代戏《大义参天》,及时宣传了冀南抗日英雄郭企之的英勇事迹①。

第二节　初期对经典平剧的"套用"

在解放区平剧现代戏创作中,"平剧活报剧"的出现和"泛活报化"倾向的形成,是在内容层面大力改革传统平剧的表现和结果。与表现的"新的内容"相应,解放区文艺工作者对传统平剧的服装、化妆、道具等作了较大的改革,而一般的表演程式和框架结构等则大抵采用了旧制("旧瓶")。当时,正在访问八路军总部的《抗战》三日刊特约通讯员舒湮,在现场观看了《三打雁门关》的演出。在稍后所作的一篇散文中,他对演出情景作了这样的描述:剧中贺龙与萧克两员大将"穿灰布军服"(即八路军军服),而他们"起霸登场"和"朱总司令升帐",采用的均是传统的亮相和登式(如"朱德出场"时"腮巴上挂着一幅黑布当胡须")。见此情景,在台下作为观众的"朱德将军自己也忍不住地笑了"②。这一演出场景典型地说明了此期平剧改革在形式层面大体处在"旧瓶装新酒"阶段。对此,著名平剧演员任均后来也有过类似的回忆。她说:"早期,在没有改变旧的艺术形式时,延安的现代戏是纯粹的'旧瓶装新酒'"③。

当然,在"旧瓶装新酒"的实践中,最为典型的、也最具整体性意义的做法是对经典平剧的"套用",即对经典平剧中的人物关系、情节框架乃至唱腔道

① 河北省地方志编纂委员会编:《河北省志·文化志》,方志出版社2001年版,第61页。
② 舒湮:《西行的向往》(原载于《延安行》,1939年),王巨才主编:《延安文艺档案·延安文学》第33册《延安文学作品·散文》,太白文艺出版社2015年版,第145、146页。
③ 任均:《我学话剧演京剧的经历》,任文主编:《永远的鲁艺》上册,陕西师范大学出版总社有限公司2014年版,第110页。

白等稍加改造而运用之。在这方面,出现较早、最具代表性的是平剧现代戏《松花江上》。该剧由鲁艺戏剧系副主任王震之编剧,1938 年 7 月,在延安纪念抗战一周年的戏剧节上公演。剧作表现的是抗日的现实内容,而其形式则在很大程度上套用了经典平剧《打渔杀家》。《打渔杀家》写老英雄萧恩不堪恶霸丁自燮的迫害,携女儿萧桂英黑夜过江,闯入丁府、杀其全家。《松花江上》仿照这一情节,表现了以赵瑞和女儿赵桂英为代表的松花江上的渔民抗日反霸的斗争。在人物设置方面,除主要人物外,该剧次要人物与《打渔杀家》中的也大抵对应。如东北抗日联军领导干部张恩、孔武,与李俊、倪荣相对;渔霸丁二爷,相当于丁自燮。因此,该剧"从整体艺术结构,从情节的具体安排,从人物和唱腔的安排来看都可以说是经过翻版的现代戏的《打渔杀家》"①。该剧与话剧《流寇队长》、歌剧《农村曲》被称为"三大剧本",在延安"连续公演了半个月,观众达四万余人,轰动了全边区"。对于这个"在形式上灵活地接受了旧剧传统而加以某些扬弃"的剧作,鲁艺负责人沙可夫当时给予了很高的评价,指出它"在利用旧形式这个对于目前抗战文艺大众化的绝对重要问题上留下了不可磨灭的功绩,甚至于可以说,起了模范的作用"②。王一达后来也回忆说,该剧的演出影响甚大。在他看来,西战团二团最早在延安"演了一些现代戏,但还谈不上轰动";真正在延安剧坛为平剧"打响第一炮"的就是鲁艺的这个剧作③。该剧这种具有整体性意义的"旧瓶装新酒"的创作方式,在一段时间内确实"起了模范的作用",引领了延安和其他各解放区的平剧创作。

在延安,从 1938 年 12 月起,由鲁艺旧剧研究班演出了多部平剧现代戏,它们在形式上大多采用了《松花江上》那种"旧瓶装新酒"的模式。《刘家村》

① 任葆琦主编:《戏剧改革发展史》上册,中央文献出版社 2016 年版,第 107 页。
② 可夫:《延安在文艺上的进步》,《解放》第 47 期,1938 年 8 月。
③ 王一达:《毛主席给〈三打祝家庄〉也有一封信》,张军锋编:《延安文艺座谈会的台前幕后》上册,陕西师范大学出版社总社有限公司 2014 年版,第 216 页。

（1938 年 12 月公演），由罗合如参照以宋江杀死私通张文远的小妾阎惜姣为核心情节的传统剧目《乌龙院》编成，写一个官吏在八路军侦察员的劝导下觉醒，在杀死与敌伪走狗有染的情妇后投奔抗日根据地。前述由陶德康编写的《夜袭飞机场》（1939 年 3 月公演），其核心情节仿照的是杨小楼代表作《落马湖》中的酒馆问路。由李纶编写的《赵家镇》（1939 年 5 月公演）描写一位八路军战士利用日本兵贪恋女色之特点，假扮为一青年女子，将其引入房中活擒。其基本情节与传统剧目《清风寨》（一称《娶李逵》）中燕青、李逵假冒张家小姐姐弟混上山去、大闹清风寨相类似。在晋察冀，1938 年秋，由王明山编写、七分区前进剧社演出的《新空城计》，套用平剧传统剧目《空城计》的框架，演绎了日本侵略军从藁城出发进攻无极失败的故事；次年初，由陈乔编剧的《大报仇》，借用了取材于《施公案》的传统京剧剧目《叭蜡庙》（一称《八腊庙》）的结构。① 在山东，1939 年春天，胶东国防剧团的左平为了表达"宣传抗战发动参军的内容"，说明"救国救民救自己才是正道"的道理，也套用了"旧戏班里做为垫戏唱的"，以"讽刺挖苦叫花子"为主要内容的传统独角戏《花子拾金》②。

　　总之，解放区文艺工作者们在利用平剧的最初实践中，从内容和形式两个方面对传统平剧作出了全面的改革。首先，他们顺应时代的要求，运用平剧表现了"新的革命的内容"。他们或以真实的人物和事件为基础编创出"平剧活报剧"，或通过虚构的人物和事件来迅速传达时代精神、使之呈现出"泛活报化"的倾向。全新表现内容的注入，促成了传统平剧的巨大变革。凭着这样的内容表达，这两类剧作就像"活的报纸"一样，具有了很强的时效性。借此，他们对民众所关注的重大时事（抗日斗争等）作出了迅疾的反映；同时，也比较充分地发挥了平剧的宣传鼓动作用。其次，在形式层面，他们也有所创新。

---

　　① 参见白玮主编：《中国革命根据地音乐创作美学研究》，西南师范大学出版社 2015 年版，第 252 页。

　　② 左平：《胶东国防剧团史料》，山东省文化厅史志办公室、烟台市文化局编志办公室编：《山东省文化艺术志资料汇编》第 9 辑（烟台市《文化志》资料专辑），第 206—207 页。

如前所述,在此期出现的平剧现代戏中,服装、化妆、道具方面已然有所革新,在此不赘。就是在唱念做打和套用经典剧目情节结构等方面的"旧瓶装新酒"之举,其对"旧瓶"的利用又何尝不含新的质素? 田汉曾指出:"新的思想内容真能与旧有的形式糅合混合,是会使那形式起质的变化的。"①这就是说,当新内容能够通过选择的旧形式得到恰当的表现、亦即二者能够达到有机"糅合"时,被利用的旧形式因为其对新内容的有效传达而起了"质的变化";它由此获得了新的生命,而不再是原先的纯粹的"旧"的形式了。如《松花江上》对《打渔杀家》形式的化用即是如此。

当然,在利用平剧的最初实践中,解放区文艺工作者们对传统平剧所作的改革也有其不足之处。在内容上,对时效性和宣传效果的单一化追求,既导致了在反映生活方面的简单肤浅,又导致了重事轻人现象的发生。许多剧作所关注的重点是具有新闻性的事件本身,因此,一方面,因其追求"快"而导致了"浅",另一方面,本应成为剧作焦点的人物则大多成了演绎事件过程的工具,致使剧中许多人物面目苍白、性格单一,而流于类型化、平面化,缺失了丰富的人性内涵。这样,就不可避免地影响了"新的内容"的表现效果。在形式上,许多作品在以"旧瓶装新酒"时还未能使"旧瓶"和"新酒"达到有机的"糅合"。比较典型的作品是 1938 年秋西战团在延安编演的《白山黑水》(集体创作、裴东篱执笔)。稍后,张庚在其著名的论文《话剧民族化与旧剧现代化》中,以相当严重的口吻指出该剧是在"改革旧剧形式"方面"闹笑话"的"例子"②。该剧所写为东北抗日联军斗争事迹,传达的也是抗战时代的主旋律。晚年丁玲将这一"失败的探索与创新"归因于内容,认为"我们都太着重于京剧形式上的改革,忽略了剧本的内容,游击队没有写好"。但实际上,其"失败"的原因主要倒不在内容方面而在形式方面,更准确地说,是形式未能做到与内容有机地"糅合"。虽然创作者们在形式上有所创新,如"周巍峙、李劫夫

---

① 田汉:《剧艺大众化的道路》,上海《周报》第 38 期,1946 年 5 月。
② 张庚:《话剧民族化与旧剧现代化》,《理论与现实》第 1 卷第 3 期,1939 年 6 月。

在音乐唱腔上,乐器使用上探索改革","美术家胡考设计服装"①,因而,该剧被认为是延安"对京剧的服装、化妆、音乐唱腔等方面进行改革"方面的"最早的大胆尝试"②,但是,作为一门综合艺术,在服装、化装、台词、表演等方面如何取得和谐性和统一性上,该剧还存在着比较突出的问题。如:剧中抗联女政委戴着绿色头巾还打着蝴蝶结,在大段唱腔开始之前还有"待我政治工作一番便了"之类的说白;戏中,作为道具的步枪没有用来射击而是用来武打……所有这些不伦不类之处,均不同程度地损害了剧作的真实感,引起了观众的质疑。至于"旧瓶装新酒"中最具有代表性的"套用",从积极的角度来看,一方面由于新的内容的注入使之具有了创新的因素,另一方面,也由于观众对于经典平剧的剧情相对熟悉,因而,当新的内容套用经典平剧来表现时,也往往因其"熟悉"的"陌生"而更易为具有期待视野的观众所接受。尽管如此,"套用"毕竟是在特定情况下采取的权宜之计。它不但难以从根本上规避"套用"所致的情节牵强附会、削足适履等弊端,而且从主体角度来看实际上也是审美创造力不足的表现。解放区平剧创作要实现进一步的发展,就必须在内容与形式的有机统一中去继续改革、继续开拓。

第三节 新的改革:"创造格式"

为了克服在利用平剧的最初实践中发生的这些问题,解放区文艺工作者开始了新的改革和探索。在这一方面,他们的实践是先于理论的。在理论认知上,在"旧瓶装新酒"的"套用"模式相当盛行之时,丁玲就于 1938 年 12 月较早地提出了"创造一些格式,不硬套现有之剧本"③的观点。而在丁玲明确

---

① 丁玲:《延安文艺座谈会的前前后后》,《丁玲全集》第 10 卷,河北人民出版社 2001 年版,第 266 页。

② 艾克恩编著:《延安文艺史》上卷,河北教育出版社 2009 年版,第 50 页。

③ 丁玲:《略谈改良平剧》,《文艺阵地》第 2 卷第 4 期,1938 年 12 月。

地提出这一观点之前,解放区文艺工作者已然开始了"创造格式"的实践。这里所说的"创造格式",既包括在形式上不再套用经典平剧,也包括在内容上一方面打破"活报"模式、克服重事轻人现象,另一方面则向历史题材延展、对历史作出新的诠释。1938 年 8 月 27 日,由王震之担任团长的鲁艺实验剧团成立,在延安中央礼堂演出了平剧现代戏《松林恨》。该剧由王震之、阿甲编剧,由钟敬之设计背景,演员有阿甲、张东川、薄平等。剧本描写一个中国老人的女儿被日本兵抢走,老人心急如焚又无可如何。想到女儿的境遇,漫步走到松林深处的老人悲痛不已,欲上吊自尽。此时,一游击队指挥员策马赶到,把他救下。在弄清事情原委后,指挥员立即去解救了他的女儿。《松林恨》是"延安不以传统戏为模子而自己创作的第一出京剧现代戏",被视作是延安平剧的"一大进步"①。该剧几乎与《松花江上》出现在同一时期(仅比后者晚出了一个多月)。多才多艺的王震之以《松花江上》较早开启了"套用"模式后不久,又与阿甲合作以《松林恨》开辟了为平剧现代戏"创造格式"的道路。尽管从艺术表现本身来看《松林恨》也存在着一些不足,如情节过于巧合、戏剧冲突的解决也显得相当简单等,但是,其"创造格式"的努力却给其他解放区文艺工作者以启示,并在不久的将来在现代戏的创作中结出了比较丰盈的果实。

　　沿着《松林恨》的路径,解放区文艺工作者继续其"创造格式"的实践,编演出了大量的现代戏。例如,在豫皖苏,拂晓剧团遵照彭雪枫的指示,从 1940 年起,"组织力量编演了现代京剧《送军粮》、《刺寇》、《傻小子打游击》等,对鼓舞抗日军民的斗志起了积极的作用"②。在山东胶东地区,单是国防剧团虞棘、左平等人就在 1940 — 1941 年间创作出了抨击民族投降主义的《骂汪反顽》,揭露敌伪压榨沦陷区人民的《半升米》,揭露国民党反动派压榨人民的

----

① 　王一达:《延安鲁艺与京剧改革——纪念延安鲁艺成立 60 周年》,《王一达文集》,中国戏剧出版社 2004 年版,第 222 页。

② 　北京艺术研究所等编著:《中国京剧史》(中卷·上),中国戏剧出版社 2005 年版,第 968 页。

《人间地狱》，揭露皖南事变阴谋的《望江南》，以动员参军为内容的《刘金福从军》等①。综合各地创作情况，在此类"创造格式"的现代戏中，成就较高、较有代表性的是：1939 年 9 月鲁艺旧剧研究班在延安公演的《钱守常》（阿甲编剧），同年 11 月华北联合大学文工团（以下简称"联大文工团"）在晋察冀公演的《救国公粮》（王久晨编剧）和 1940 年 10 月抗日军政大学总校文工团在晋冀鲁豫公演的《荡家恨》（史若虚、江涛编剧）。

首先，这三部剧作的编创者们都比较充分地发挥了艺术想象力，营造出了相当完整、复杂的情节，突破了早期与同期"平剧活报剧"的"活报"模式以及虚构型剧作中的"泛活报化"倾向。自然，这些作品均寓托着鲜明而强烈的政治功利性。其中，《钱守常》是宣传爱国抗日的，而《救国公粮》和《荡家恨》的政治宣传目的则更加具体。前者是为了配合征收救国公粮，后者是要教育群众在敌人来时应该坚壁清野。尽管如此，编创者们还是将政治功利性寓托到曲折的事件之中，通过对情节的精心编织，使之得到了艺术化的表达。如《救国公粮》没有将征收公粮的主题标语化、口号化，而是把它置于曲折、完整的情节之中，使之自然而然地表露出来。剧作写道：在哥哥参军走后，嫂子积极支前，但老婆婆却怀揣私心、不愿交公粮，婆媳之间因此产生冲突。不久，家里的粮食全被日寇抢走，老婆婆为了护粮而受伤。后来，八路军赶跑了日寇，为他们夺回了粮食。老婆婆在事实的教育下提高了思想觉悟，主动交了公粮。剧作将根据地内一家人围绕交公粮所起的矛盾冲突置于敌我紧张对峙的背景下作出了具体生动的描写，而没有表现出浮光掠影的"活报化"倾向。这样的情节安排确实是"包涵了相当成份的创造性"的②。该剧的演出受到观众的热烈欢迎，军分区领导也称赞"这种剧作是抗战宣传的一个方向"③。

---

① 丛鹤丹：《战争时期的胶东文化工作》，常连霆主编：《山东党史资料文库》第 20 卷，山东人民出版社 2015 年版，第 249 页。

② 张非：《忆丁里同志在华北联大和联大文工团的一些片段（1939.7—1942.12）》，晋察冀文艺研究会编：《文艺战士话当年（八）》（内部资料），第 193 页。

③ 张立和：《吴江平传》，中国戏剧出版社 2005 年版，第 60 页。

其次,这三部剧作令人信服地揭示了主人公的心路历程,相当细腻地塑造出了具有鲜明性格特点的人物形象。《钱守常》《荡家恨》对主人公思想演变轨迹作出了动态的、有层次的描画,使主人公形象的塑造显得相当充实、丰满。钱守常和山西某村村民王二之妻,他们虽然身份不同,一为开明士绅、另一为农村妇女,但是,他们的思想性格却有相似之处,也都经历了一个变化的过程。最初,他们对日本侵略者凶残本性认识不足,后来在残酷事实的教育下才幡然醒悟。具体说来,前者原幻想日寇入侵时自己只要安分守己、当好顺民就行,但是,当故土陷于敌人之手时,他却落得个家破人亡的下场。此时,他开始反省自己不该有顺民思想;后又经游击队长开导,终于参加了游击队、走上了抗日的道路。后者在日本鬼子扫荡之时,受神婆鬼话蛊惑,不听丈夫劝告,一意孤行,守在家中,没有坚壁清野;最终,敌人进村,她横祸加身,不但倾家荡产,而且身遭玷污,为此,她追悔莫及。两个剧作在动荡的时势和激烈的矛盾冲突中对主人公作出了深入的刻画,凸显了人物的性格,在较大程度上克服了重事轻人的"活报"与"泛活报化"倾向。

再次,在形式上,这三部剧作自创"格式",在演绎故事、塑造人物时没有机械地套用任何经典剧目的框架结构,而是灵活地运用平剧的程式,较好地化解了旧形式与新内容之间的矛盾。它们取之于旧形式的主要是平剧西皮、二黄的唱腔,而服装、化妆、语言(台词与唱词)等其他形式因素则服从于情节、人物等内容因素表现的需要进行了新的改造。其结果正如阿甲自己在评论《钱守常》时所说的那样,"突破了'旧瓶装新酒'的机械方式,使形式和内容比较协调了"①。《荡家恨》在运用平剧程式的同时,还适当使用了话剧的表现手法,丰富了平剧现代戏的表现手段。这些剧作在形式上的创新,获得了各方的认同,产生了较大的社会影响。如《钱守常》不但得到鲁艺领导的赞赏、获得了鲁艺颁发的奖金,而且其路数还进而得到了毛泽东的肯定。据回忆,阿甲

---

① 阿甲:《延安京剧活动追忆》,《人民日报》1987 年 5 月 20 日。

演出了该剧以后，"到毛主席那里向他报告。主席表示赞成"①。关于《救国公粮》，后来成为著名歌唱家的王昆曾饱含感情地向饰演剧中老婆婆的主演吴江平说，当年，"看到过《救国公粮》的演出，这是一出给我启发和感染最深的戏"②。后来成为剧作家的王昌言对于《荡家恨》也有过与王昆类似的回忆。当时，还是少年的他多次观看了《荡家恨》和话剧《雷雨》。他"看后对名剧《雷雨》，竟没有《荡家恨》印象深。……过去从未接触过京剧，通过看《荡家恨》，也爱上了京剧"③。由此，我们大体可以看出这些剧作的社会影响力和艺术感染力。

在通过"创造格式"、不断推出比较成熟的现代戏的同时或稍后，随着时代条件的变化，解放区文艺工作者还以平剧形式涉及历史题材，开始了新编历史剧的创作。后来成为新编历史剧《三打祝家庄》主创者之一的任桂林在1942年10月延安平剧研究院成立之时，曾经撰文分析了新编历史剧（他称之为"新历史剧本"）在抗战相持阶段出现的原因。他指出："近一二年来抗战到相持阶段，国内政局则并不使人乐观，人们的情绪也都不那样高涨，故深感旧形式新内容的做法太不合谐，要求着新的历史剧本，用科学的历史观处理真实的历史生活，给现实以经验教训"④。新编历史剧在此期大量出现，是时代因素和观众审美需要使然，同时，也标志着平剧改革的深入。如前所述，在平剧的发展过程中形成了大量的经典剧目，它们基本取材于古代生活。也可以说，平剧这一旧形式原本擅长表现的就是这种"历史生活"。因此，为了求得平剧创作在内容与形式之间的"和谐"，解放区文艺工作者作出了双重努力：一方面，在平剧现代戏的创作中，更多地致力于形式的改革，尽力以创新的形式去

---

① 符挺军、符丐君：《父亲阿甲在延安》，《名人传记》2010年第3期。

② 张立和：《吴江平传》，中国戏剧出版社2005年版，第60页。

③ 王昌言：《多一点艺术性》，《王昌言剧作选》，花山文艺出版社1994年版，第101页。

④ 任桂林：《从平剧演变史谈到平剧在延安》，《延安平剧研究院成立特刊》，1942年10月10日。

传达新的内容；另一方面，在新编历史剧的创作中，由于平剧旧形式与"历史生活"这一内容适配性很高，所以，他们更多聚力于内容的提炼方面，勉力以"科学的历史观"（历史唯物主义）对历史材料作出新的阐释和说明，并以此来揭示历史的"真实"。有论者对解放区文艺工作者新编历史剧创作的意义作出了很高评价，指出：因为京剧艺术在表现古代社会生活方面的优势，所以，代表延安平剧改革的成就的不是"现代戏"，而是"新编传统戏"①。笔者以为，是否可以代表解放区平剧改革的成就，并不取决于题材本身的性质（即是现实题材还是历史题材）；但是，在现实题材创作有了长足的发展而历史题材创作相对滞后的情况下，经过人们的努力，历史题材的创作有所进步甚至后来居上，那确实是能够标示平剧创作整体性的繁盛和平剧改革整体性的深入的。

从1940年开始，以该年4月专门"从事旧剧之研究与改革工作"（鲁艺"艺字第七号"通告）的鲁艺平剧团的成立为重要标志，解放区文艺工作者在学习、整理、排演传统平剧的同时，掀起了新编历史剧创作的热潮。到1942年5月为止，解放区出现了大量的新编历史剧。它们的内容大体以倡导爱国主义精神、宣传唯物史观为主。据当事人回忆，在延安，"第一个自己创作的新编历史剧"是1940年夏鲁艺第三期戏剧系学生作为结业演出剧目之一的《吴三桂》，该剧"对如何以历史唯物主义观点创作和排演新编历史剧做了初步的探索"②。在晋察冀，联大文工团的王久晨在现代戏《救国公粮》之后于1940年又创编了《陆文龙》，该剧曾"受到成仿吾校长表扬，并获剧本创作奖"③；火线剧社和抗敌剧社也分别集体创作了《岳云》和《史可法》（郑红羽执笔）。在

① 王培元：《抗战时期的延安鲁艺》，广西师范大学出版社1999年版，第265页。
② 王一达、李宗白：《京剧发展史上的重要里程碑——延安和其他解放区京剧改革研讨会综述》，徽班进京200周年纪念委员会办公室学术评论组编：《争取京剧艺术的新繁荣——纪念徽班进京二百周年振兴京剧学术讨论会文集》，中国戏剧出版社1992年版，第750页。
③ 丁帆：《群星闪耀的集体——忆华北联大文工团》，中国人民大学高等教育研究室、中国人民大学校史编写组编：《血与火的洗礼：从陕北公学到华北大学回忆录》（内部资料）第2卷，1997年版，第53页。

晋冀鲁豫,野火剧社编演了歌颂抗倭英雄的《戚继光》;抗日军政大学总校文工团集体创作了《亡宋鉴》(史若虚执笔),以民族英雄岳飞在风波亭被害为基本题材,借古讽今、借古"鉴"今,揭露了国民党顽固派发动"皖南事变"、破坏抗战大业的恶行。在山东,前线剧团的高洁也将传统岳飞戏《岳母刺字》《朱仙镇》《风波亭》串联起来并作了改编,取名为《汪精卫的祖宗》①……在各解放区出现的众多新编历史剧中,比较有代表性的是同作于 1941 年的两部作品。它们是鲁艺平剧研究团在延安公演的《宋江》(阿甲、李纶、石畅编剧)和一二〇师战斗平剧社在晋绥公演的《嵩山星火》(张一然编剧)。

《宋江》一剧,改编自传统水浒戏《乌龙院》《闹江州》《浔阳楼》等。在描写宋江逼上梁山的过程中,该剧以唯物史观对个中原因作出了新的阐释,强调是人民群众推动宋江走向了起义的道路,被认为是"延安京剧舞台上出现的以历史唯物主义观点进行改编的第一个优秀传统剧目"②。与《宋江》在题材上有所依傍不同,《嵩山星火》纯然是一个新编的历史剧。它以历史唯物主义的观点阐释历史,对明朝河南嵩山地区残酷激烈的阶级斗争图景作出了真实描写,深刻揭露了以登封县孙知县为代表的反动政权仗势横行、横征暴敛的丑恶行径,热切歌颂了以徐广义为代表的猎户们奋起抗暴的斗争精神。剧作最后写百姓齐心协力攻破登封县城、取得抗暴斗争胜利,形象地说明了人民群众的斗争是推动历史发展的动力。总之,这两个剧本虽然材料来源不同,但是,二者却表现出了相同的思路和立意。它们均以科学的历史观(唯物史观)对历史材料(古代社会生活和历史人物等)作出了全新的评价,凸显了人民在创造历史中的重大作用。

综上,在前期解放区文学阶段,解放区文艺工作者一直以自觉的意识从事着平剧改革的实践。抗战全面爆发后,为了抗日宣传,他们即开始了对平剧的

---

① 高洁:《脚步》,中共山东省委宣传部文艺处编:《春华秋实》,山东文艺出版社 1992 年版,第 343 页。

② 任葆琦主编:《戏剧改革发展史》上册,中央文献出版社 2016 年版,第 124 页。

"利用"。在利用平剧的最初实践中,他们创作了许多现代戏,以"平剧活报剧"和具有"泛活报化"倾向的虚构型剧作承载"新的革命的内容",以此实现了对传统平剧内容范畴的大突破和大改革。与表现这些"新的革命的内容"相应,他们对传统平剧的外在形式(如服装、化妆、道具等)作了改革;其所采用的表演程式和框架结构等虽大抵采用原先的方法(所谓"旧瓶装新酒"),但"旧瓶"因为装了"新酒"也取得了一定的新因子。当然,此期对传统平剧所作的改革,也存在着内容与形式不够和谐统一等问题。为了克服这些问题,还在这类现代戏方兴未艾之时,他们又开始了"创造格式"的新探索。这是解放区前期平剧改革进一步深化的重要表现。在现代题材的创作中,他们打破"活报"模式、克服重事轻人现象,进一步巩固了内容改革的成果;在此基础上,以更大的努力进行了形式上的改革,较好地化解了旧形式与新内容之间的矛盾。在历史题材的创作中,他们则重在以唯物史观去重新诠释历史,恢复了历史的真实面目,实现了内容上的革新。

　　总之,前期解放区的平剧创作,不管是在内容上还是在形式上,都始终表现出一种改革的精神,并且显现出了一种不断深化的趋势。在第一次文代会期间,阿甲曾撰文指出:鲁艺旧剧研究班和平剧团时期的平剧剧本创作及舞台表演"一开始即以改革的姿态和群众见面"[1]。其实,在此之前出现的解放区平剧创演也都表现出了这种"姿态"。这种贯穿整个前期的平剧改革的精神和前期平剧改革产生的成果,对后期解放区平剧改革产生了直接的影响;而后期平剧改革是在前期的基础上展开的,对前期自然也有所传承和发扬。即以后期出现的"旧剧改革"中最重要的作品——被视作是"旧剧革命的划时代的开端"[2]的《逼上梁山》和"巩固了平剧改革的道路"[3]的《三打祝家庄》而言,

---

　　[1]　阿甲:《华北平剧研究院十年来》,《文艺报》第 11 期,1949 年 7 月 14 日。

　　[2]　毛泽东:《致杨绍萱、齐燕铭(一九四四年一月九日)》,中共中央文献研究室编:《毛泽东书信选集》,中央文献出版社 2003 年版,第 199 页。

　　[3]　毛泽东语,转引自任桂林:《〈三打祝家庄〉创作回忆》,《戏剧报》1962 年第 5 期。

它们与前期出现的《宋江》《嵩山星火》在"新编历史"的精神上、在以唯物史观评价历史的方法上完全是一致的,并没有任何本质的区别。(参见第十二章)任均也曾指出:后期解放区出现的这两部代表性作品的"成功演出",是以抗战爆发后在"京剧改革"方面长期的"探索、尝试和实践"为基础的,是后者为之"做好了准备,铺平了道路"①。因此,从这一意义上说,前期解放区文学中的平剧改革是后期平剧改革的先导,后期平剧改革则是对它的承续。前后期解放区平剧改革之间这种一脉相通、一脉相传的关系,从一个特定方面具体显现了解放区文学前后期的关联性。

---

① 任均:《回忆毛主席和周副主席对京剧改革的关怀和鼓励》,文化部党史资料征集工作领导小组延安平剧活动史料征集组编:《延安平剧活动史料集》(内部资料)第 1 集,第 301 页。

第二十一章　前期解放区文学中的
秘歌活动

　　1943 年元旦前后，以鲁艺宣传队演出秧歌剧《兄妹开荒》等为标志，以延安为中心的解放区掀起了"新秧歌运动"。这场运动甫一发生，就被视为践行毛泽东《讲话》精神、"开始向着新的方向转变"①的重大成果而受到肯定。而与此形成鲜明对照的是：从那以后，前期解放区文学中的秧歌活动则始终没有得到符合实际的评价。1946 年，在新秧歌运动方兴未艾之时，这场运动的重要组织者、鲁艺戏剧系主任张庚就指出：在整风运动之前，对于秧歌，由于"文化工作者不去注意""做戏剧工作的人自己也没有认真去研究"，"所以也就没有造成一个运动"②；整整半个世纪过去后，当这场运动早已成为历史时，当年的鲁艺学生、后留校任教的李焕之也认为，那时，陕北民间的秧歌舞和秧歌调"还没有被人们普遍地重视，也没有人去提倡它，只是偶然在什么庆祝活动的群众场合上出现一下，那时还只是旧式的传统秧歌，从内容到表演形式都没有多大改变"③。从前期解放区文学中未形成一个"新秧歌运动"的事实而言，这些说法均有依据，但这并不等于说所有的文化工作者对秧歌都不"注意"、

---

① 社论《从春节宣传看文艺的新方向》，《解放日报》1943 年 4 月 25 日。
② 张庚：《谈秧歌运动的概况》，《群众》第 11 卷第 9 期，1946 年 6 月。
③ 李焕之：《回忆在延安时的新秧歌运动》，《文史精华》1996 年第 2 期。

都没"重视",也并不意味着他们的实践只是沿袭了"旧式的传统秧歌"。为了还原历史本真,本章从理论和实践两个方面对前期解放区文学中的秧歌活动作一比较系统的梳理和分析,并就前期秧歌与后期秧歌的关系作初步的探讨。

第一节　前期有关秧歌的理论探讨

秧歌是一种历史悠久、主要在北方地区流行的民间艺术,大体可分为有一定故事情节的、"只唱不扭"的台上秧歌戏(陕北称"小场秧歌")和"很少情节穿插,只扭而不唱"的台下秧歌舞(陕北称"大场秧歌")①;因流传地域不同,在北方又形成了陕北、河北、山东、东北等多个大的分支。从抗战开始,作为一种在北方极具群众性和代表性的民间艺术形式,传统的秧歌(包括秧歌戏和秧歌舞)进入了解放区文艺工作者的视野。古元夫人蒋玉衡(1941年考入鲁艺音乐系学习)后来回忆说,在1942年以前,有些鲁艺人"不知道扭秧歌,也没见过打腰鼓,也看不起这些东西"②。因民间艺术形式繁复众多,所以说有些鲁艺人当时不知道秧歌,可能是事实,但却不能因此而一叶障目。事实上,当时北方各解放区早已开始关注秧歌。1939年9月,由周扬主编的延安《文艺战线》第1卷第4号以整整一页的篇幅刊发了鲁艺美术系学生秦兆阳所作木刻《陕北秧歌舞》,以粗犷的风格再现了陕北秧歌刚健有力的舞姿。

木刻《陕北秧歌舞》的刊发,是一个具有象征意味的举动。它所昭示的是前期解放区重视和利用秧歌的态度。当然,在现实层面更具切实意义的,是前期解放区各界对之在理论上较为深入的探讨和在实践上较为普遍的利用。在理论上,前期解放区对秧歌的探索主要从秧歌之"用"和秧歌"如何为我所用"

---

① 参见康濯:《秧歌舞——零碎想起的一些意见》,《晋察冀日报》1941年5月7日;中国戏曲志编辑委员会编:《中国戏曲志·陕西卷》,中国ISBN中心1995年版,第123页。

② 蒋玉衡:《老百姓说鲁艺术家扭的是新秧歌》,王海平等主编:《回想延安:1942》,江苏文艺出版社2002年版,第277页。

这两个层面展开。其中较早对秧歌予以关注的是陕甘宁边区。作为政治领袖,毛泽东对包括秧歌在内的各种民间艺术形式相当重视,其原因在于它们能够承载"宣传民众""改造群众思想"这一政治之"用"。据丁玲回忆,1937 年 8月,以她为主任的西战团在开赴山西前夕,毛泽东为之作出了"宣传要大众化,新瓶新酒也好,旧瓶新酒也好,都应该短小精悍,适合战争环境,为老百姓所喜欢"的指示。该团在做工作上的准备时贯彻了这一指示,除排演话剧、大鼓、相声等外,还赶排出了秧歌《打倒日本升平舞》。毛泽东观看过汇报演出后,对他们以秧歌等"旧瓶"来装"新酒"的探索予了肯定,说:"节目可以,就这样搞下去。"①次年 5 月,毛泽东到新成立的鲁艺发表演讲。在这次讲话中,他虽然没有像观看西战团汇报演出后那样直接地赞扬秧歌这一形式,但从他对无产阶级的文学艺术工作者"到革命斗争中去""到人民生活中去"的要求中,从他对文艺工作者要"学习民间的东西,演戏要像陕北人"的期望中,从他对"下里巴人"的欣赏中②,我们仍然可以看出他利用好民间艺术形式的希冀。自然,他所说的"民间的东西"不仅仅限于秧歌,但显然也是包含秧歌在内的。

在陕甘宁边区之外,华北各解放区也同样重视、倡导秧歌,其着眼点也是其所具有的政治之"用"。1939 年春节前夕,晋冀鲁豫边区要求利用春节,以秧歌形式开展"鼓动组织动员工作"③,以取得特殊的宣传效果。1941 年 3月,其下属的太岳区强调指出:"文化娱乐工作"是"宣传教育群众,提高群众文化政治水平的重要工具"④;为了给乡村的"文化娱乐工作"提供材料,该报于 4 月 27 日刊出了沁源秧歌剧《药彦明打鬼》。山东解放区也高度重视戏剧的宣传功能,提出要以"大众化通俗化的形式"(包括秧歌在内)来"普遍开展

---

①　丁玲:《延安文艺座谈会的前前后后》,《丁玲全集》第 10 卷,河北人民出版社 2001 年版,第 264 页。

②　参见何其芳:《毛泽东同志对鲁艺师生的讲话》,《新文化史料》1987 年第 2 期。

③　《怎样过旧历新年》,《新华日报》(华北版)1939 年 2 月 13 日。

④　《开展群众的文化娱乐工作》,《太岳日报》1941 年 3 月 27 日。

宣传工作和戏剧工作",从而"使戏剧工作成为群众工作、农村工作"①。在晋察冀边区,较早从政治之"用"的角度倡导秧歌的是艾牧。1939年8月,他呼吁"子弟班"(即旧戏班)要将地方上"像阜平、平山的秧歌,像四弦,像落子"这样的民间艺术"好好利用起来",以此来进行"政治动员"②。1940年2月,边区各界抗敌后援会号召在庆祝春节期间要实行高尚的文化娱乐,其中包括"各种旧戏剧、唱秧歌、堂会、高跷玩意等",其目的是在"一切为了抗日"的旗帜下,"振奋群众的精神"③。从1941年3月开始,边区围绕秧歌舞问题展开了大讨论。讨论的结果,"除个别例外,大家一致认为秧歌舞决不是'不值一文',更不是'有害无益',而是边区群众艺术活动重要表现之一"④。

总之,在抗战最初的四五年间,从陕甘宁边区到华北各解放区,秧歌与大鼓、小调、相声等其他流行于北方的民间艺术一样,均已受到了关注。解放区党政领导和文艺工作者关注秧歌,积极倡导秧歌,是因为他们认识到这种为北方民众喜闻乐见的民间艺术能够发挥宣传、动员、改造民众的政治功能。当然,他们同时也意识到,秧歌作为一种流行了千百年的民间艺术,不管是在内容上还是在形式上都不可避免地带有封建的毒素和低俗的趣味。因此,如何改造旧秧歌,使秧歌"为我所用""为抗战服务",便成了文艺工作者必须正视的问题。较早从理论上提出改造旧秧歌这一重要命题的也是陕甘宁边区。1937年8月,毛泽东观看西战团演出的秧歌《打倒日本升平舞》后,对编演者们提出了"在艺术上还要加工提高"⑤的要求。对于旧秧歌为何需要"加工提高"(即改造),艾思奇在1938年3月发表的一篇文章中给出了最初的答案。

---

① 《急待开展的山东新文化运动——1940年8月16日杨希文在联合大会上的报告提纲》,山东省文化厅《文化艺术志》编辑办公室1984年编印:《山东省文化艺术志资料汇编》(内部资料)第1辑,第7、21页。

② 艾牧:《边区的子弟班团结起来》,《抗敌报》副刊1939年8月20日。

③ 《边区各界抗敌后援会号召在庆祝春节期间要实行高尚的文化娱乐》,《抗敌报》1940年2月10日。

④ 沙可夫:《回顾一九四一年展望一九四二年边区文艺》,《晋察冀日报》1942年1月7日。

⑤ 陈明:《西北战地服务团第一年纪实》,《新文学史料》1982年第2期。

他尖锐地指出:"民众中间还保存着许多地方特色的,然而为俗流低级的趣味所腐蚀了的文化生活,在年节的关头还在做着男女调情之类的空洞无意义的舞蹈的表演。"①边区尚在流传着的这种处于自在状态的"男女调情之类的空洞无意义的舞蹈"(即旧式秧歌),在内容上游离于抗战之外、在格调上低俗不堪。这是必须加以改造的重要原因。

艾思奇在指出必须改造旧秧歌的原因的同时,实际上也隐含了如何改造的思路。这一隐含的思路,在华北各解放区的相关讨论中得到了明确的揭示和充分的展开。概括起来主要有两个方面:首先,必须从内容入手,祛除封建毒素,植入"新的内容",突出抗战主题,使之由"空洞无意义"变为实在有意义。1938 年 11 月,晋察冀边区海燕社负责人鲁萍就"街头剧"问题发表专文。他把当时"农村中所流行的一些秧歌,高跷,抬杠和社火"等都视作"过去的街头剧",认为其内容是"与当时的腐败的社会意识形态相紧密联系着的,他在今天民族革命战争的进步的意识形态上讲,是落后的反动的⋯⋯从而他在今天已经丧失了教育底意义"②,因此,必须对之进行彻底的批判改造。次年,晋察冀边区在提出"动员旧剧参战的口号"时,也特别强调:要动员像秧歌、山西梆子、梆子腔等旧剧参战,使之成为"抗战宣传的一个新的武器",则必须予以其"新的内容",剔除其中原含有的"封建的毒素"③。在晋冀鲁豫边区,1941 年 8 月,李伯钊也著文指出,在包括"秧歌"在内的旧剧中"包含的毒素很多","大部分的剧作是宣传封建、迷信、愚昧、淫荡的思想",这样,便严重地在敌后的文艺工作者面前提出了改造旧剧内容的问题④。

其次,必须改变其"男女调情之类"的"俗流低级"的形式和格调。在晋察冀边区,鲁萍较早就从形式层面批判旧秧歌。在《谈谈街头剧》一文中,他一

---

①　艾思奇:《谈谈边区的文化》,《新中华报》1938 年 3 月 5 日。

②　鲁萍:《谈谈街头剧》,《抗敌报·海燕》副刊 1938 年 11 月 11、15、23、30 日。本章所引《谈谈街头剧》均出于此。

③　凌云:《晋察冀边区文化工作的过去与现在》,《西线》第 8 期,1939 年 6 月。

④　李伯钊:《敌后文艺运动概况》,《中国文化》第 3 卷第 2、3 期合刊,1941 年 8 月。

针见血地指出包括旧秧歌在内的"过去的街头剧"在格调上是低俗的,"是迎合社会底低级趣味底尾巴主义的"。因此,对于这类旧剧的接受,必须以"批判"为前提。两年多以后,在晋察冀边区开展的秧歌舞大讨论中,时任晋察冀抗联宣传部部长的冯宿海从形式层面对旧秧歌提出了尖锐的批评。在对秧歌舞的舞、歌、乐作出描绘后,他这样写道:"这种舞,这种歌,这种乐,偶尔扭扭,唱唱,吹吹,间或还可聊解人颐,但也是只能给人以肉麻之感,丝毫没有半点战斗的气息"。最后,他得出的结论是:"'秧歌舞'必须改造,必须发展",使之"真成为一种革命武器",在形式上则"必须走上歌舞剧的道路,而且还必须是街头化"①。虽然冯宿海的观点在当时就遭到了质疑,后来更遭到了政治上的批评,认为他提出的"改造'秧歌'的意见,不免是空架的,脱离群众的,脱离实际的"②,也虽然其行文本身过于尖锐乃至带有某种意气,但是,其目的却还在通过"改造"使秧歌舞得到提高和发展;特别是他对当时盛极一时的旧秧歌舞形式的批评,对于提高秧歌舞的艺术格调、纠正其低俗媚众之气还是极有价值的。

综上所述,前期北方各解放区在理论层面上业已展开对秧歌的研究和探讨。一方面,作为一种受众颇多的民间艺术,秧歌在抗日宣传中能够发挥重要作用,因此,应该大力提倡;另一方面,作为一种历史悠久的民间艺术,秧歌从内容到形式都不可避免地附着了许多旧的元素,因此必须进行全面改造。在这种认识的引导下,北方各解放区在实践上对秧歌进行了较为普遍的利用。

第二节　前期利用秧歌的实践活动

北方各解放区化知为行、利用秧歌的实践活动肇始于抗战初期,并一直延续到1942年延安文艺座谈会召开前夕。其中,最简单的"利用",是将秧歌作

---

① 冯宿海:《关于"秧歌舞"种种》,《晋察冀日报》1941年3月15日。
② 沙可夫:《晋察冀新文艺运动发展的道路》,《解放日报》1944年7月24日。

为吸引民众的一种手段。如抗大一分校文工团 1939 年 7 月在太行山区宣传时,曾经"三五成群,敲着锣鼓,扭着秧歌,唱着歌曲,穿大街,走小巷"以"召集群众出来看戏"①。而最重要的"利用",则是以秧歌形式编演出作品进行抗日宣传。这些作品,从主体来划分,共有两类:一是由知识分子创作的,二是由农民自己编演的。其中,影响更大、并占据主流地位的是前者。在陕甘宁边区,最早由知识分子创作出来的是《打倒日本升平舞》。这个由西战团借鉴流行于东北及冀鲁豫的秧歌舞创编而成的秧歌,在内容上,表达了全国人民团结起来打倒日本帝国主义的主题。关于其形式和演出效果,丁玲在 1937 年所作的一篇文章中作了这样的描述:它歌舞结合,"用了几种很简单的舞姿,一边扭动一边唱,配以山歌民谣锣鼓唢呐,时作队形之变化";在延安试演时曾引起轰动,"引得满城男女沿街呼啸,跟随不散"②。此后,从陕西到山西、再从山西到陕西,该团在多地作了演出。此剧的创演,因此也被誉为"利用民间喜闻乐见的旧形式而赋与革命内容改革尝试的第一步"③。

在陕甘宁边区专业文艺团体中,在运用秧歌形式方面与西战团积极呼应、并产生更大影响的是柯仲平、马健翎领导的民众剧团。1938 年 8 月,柯仲平曾指出:包括秧歌在内的各种民间形式在边区各县广泛流行,但是,民间艺人却得不到宣传抗战内容的曲子。因此,他希望创作出"新内容的秦腔、道情、歌谣、秧歌等",并把它们带给民间艺人④。响应柯仲平的倡议,马健翎于当年创作出了以晋察冀边区抗日救亡运动为背景,以讴歌民众觉醒和抗日热情为主题的秧歌剧《查路条》。1940 年 10 月,他又创作出了以生产和军民团结为

　　① 胡荫波、史屏、柳成行:《抗日战争时期活跃在敌后的一支文艺轻骑队——忆抗大一分校文工团》,山东省文化厅史志办公室 1985 年编印:《山东省文化艺术志资料汇编》(内部资料)第 3 辑,第 50 页。

　　② 丁玲:《工作的准备》,《丁玲全集》第 5 卷,河北人民出版社 2001 年版,第 55 页。

　　③ 苏一平等主编:《延安文艺丛书·秧歌剧卷》"前言",湖南文艺出版社 1987 年版,第 2 页。

　　④ 柯仲平:《文化下乡去的一个实际问题》,《新中华报》1938 年 8 月 20 日。

主题的秧歌剧《十二把镰刀》。这两个剧本的演出,均赢得了观众的喜爱,产生了广泛的影响。在新秧歌运动掀起之后前期解放区文学中的秧歌活动普遍受到漠视的情况下,张庚也不得不承认民众剧团的秧歌实践,认为在整风以前,它"在学习民间这方面是一直在努力的"①。

除西战团和民众剧团外,在陕甘宁边区关注过秧歌的还有鲁艺。由于多种因素的作用,对于鲁艺早期对秧歌的运用,学界后来大多采取了避而不谈的态度,似乎在 1942 年之前鲁艺从来就没有将秧歌摄入过自己的视野、从来就没有过运用秧歌的实践。其实不然。1939 年 7 月,艾思奇在总结抗战开始以来延安文艺运动对"旧形式的运用和改造"时,特别说道:"鲁艺曾改造了京戏秧歌舞,采用了中国的木刻画,改造了门神。"②由于史料的缺失,我们无从知晓鲁艺是如何具体地"改造秧歌舞"的,但鲁艺利用和改造秧歌本身却应是不争的事实。对此,1939 年年初入学的鲁艺戏剧系第三届学员王一达后来也曾有过这样的回忆:在实际只有三个月的学习期限中,该届学员"既从事话剧,又从事歌剧和京剧;还参加音乐、舞蹈以及秧歌等等活动",其中,"大部分同学参加过秧歌舞"③。

陕甘宁边区对秧歌的重视和利用,很快在华北各解放区产生了广泛的影响。1941 年 5 月,时在晋察冀边区的康濯就指出"'秧歌舞'这个名字,我想是西战团、或联大从后方带过来的","自从联大文工团把秧歌舞搬上舞台……各地相继而起,也把秧歌舞形式先后搬上舞台"④。陕甘宁边区在利用秧歌方面对华北各解放区产生影响,大体有以下几种途径:第一,派出文艺团体到华北各地进行秧歌演出。最初,西战团在山西多地演出了《打倒日本升平舞》;联大文工团随华北联合大学迁到晋察冀边区后不久,演出了"秧歌舞活报剧"

---

① 张庚:《谈秧歌运动的概况》,《群众》第 11 卷第 9 期,1946 年 6 月。
② 艾思奇:《两年来延安的文艺运动》,《群众》第 3 卷第 8、9 期合刊,1939 年 7 月。
③ 王一达:《结合实践　一专多能——忆延安鲁艺第三届戏剧系》,《王一达文集》,中国戏剧出版社 2004 年版,第 172 页。
④ 康濯:《秧歌舞——零碎想起的一些意见》,《晋察冀日报》1941 年 5 月 7 日。

《参加八路军》(崔嵬编剧)①;同年底,抗大一分校文工团经长途跋涉抵达山东解放区的沂蒙山后,也经常到集市街头、广场去表演小调歌剧、秧歌剧等②。所有这些,都为华北各地的文艺工作者在利用秧歌方面提供了启示。第二,为华北各地培训从事艺术活动(包括秧歌活动)的骨干。1940年5月,西战团在晋察冀边区的唐县、完县开办了两个乡村艺术干部训练班,训练内容之一便是教这批"来自乡村"、又要回到乡村去的战士扭秧歌舞。到下乡实习时,这批干部已经能够向农民"教秧歌舞"③。在晋绥边区,七月剧社和战斗剧社先后赴延安学习,延安有关方面为之作了一年多的培训。1941年11月,前者在离开延安前就排出了秧歌剧《十二把镰刀》,并作了汇报演出④。后者也于1942年3月归来后旋即演出了此剧,晋西文联文化队文艺小组为此还组织了座谈,称赞其"巧妙地套用了民间形式所固有的场面、动作、曲调,十分和谐地表演了边区老百姓的现实生活"⑤。第三,输出秧歌剧本。从现有的材料看,延安和陕甘宁边区当时向华北各地输出的秧歌剧本,除《十二把镰刀》外,还有《查路条》等。1941年8—9月,八路军一二九师新一旅宣传队在山西黎城县赶排出了一批节目,并于10月在河北涉县召开的全师运动大会上作了演出,其中就有《查路条》⑥。

　　在陕甘宁边区的示范和带动下,华北各解放区积极组织部署,引领文艺工

---

①　刘佳等:《抗战剧社实录》,军事译文出版社1987年版,第56页。

②　王杰:《忆抗大一分校文工团》,山东省文化厅《文化艺术志》编辑办公室1984年编印:《山东省文化艺术志资料汇编》(内部资料)第2辑,第10、11页。

③　叶频:《在晋察冀群众中播下艺术的种子——记西战团第一期乡村艺术干部训练班》,1940年8月作,原载《西战团在晋察冀两周年》;见河北省文化厅文化志编辑办公室:《晋察冀晋冀鲁豫乡村文艺运动史料》(冀新出版字〔1991〕年028号),1991年版,第33、36页。

④　《战地红花七月开》编委会编:《战地红花七月开:七月剧社历史纪实》,成都出版社1993年版,第51页。

⑤　《谈〈十二把镰刀〉与〈治病〉的演出(座谈会记录)》,《抗战日报·文艺之页》副刊1942年3月28日。

⑥　余戈:《八路军一二九师新一旅宣传队纪事》,梁小岑编:《太行太岳边区文艺史料选编(河南部分)》(内部资料),2000年版,第91页。

作者大力开展秧歌的创作和演出活动,各地的秧歌活动由此进入了自主发展时期。1940年是华北各解放区广泛开展秧歌活动的重要年份。晋绥边区对包括秧歌在内的"小形式"艺术活动"有过号召与计划"①。七月剧社积极响应号召,在这一年反顽固派的斗争中,"唱着《反对顽固派》的大秧歌活跃在晋绥边区"②。在晋冀鲁豫边区,鲁西北文救会于1940年成立后,加强对农村文化活动的领导,在农村建立文化组织,"每逢节日或开会前都开展歌唱和跳秧歌舞等活动"③。晋察冀边区在这一年成立了剧协,号召广泛开展包括秧歌剧在内的戏剧演出,而且"演得愈多愈好"④。在山东解放区,八路军山东纵队的国防剧团也在这一年"搞起秧歌队来,全团总动员,男女老少一齐上街头扭秧歌"⑤。

由于华北各解放区的高度重视和有效组织,秧歌的创作和演出取得了不菲的成绩。从1939年到1940年,"在一年的过程中,冀晋豫新编了《泥澄口大战》的秧歌"。此剧由一二九师三八五旅宣传队集体创作并演出,后来还"在旧戏班中盛行过"。观看演出后,"观众极感动,连看不厌日夜连台"⑥。从1940年元旦前后开始,晋察冀边区的秧歌活动蓬勃开展。在对秧歌活动的助推中,出力最多、成绩最大的是联大文工团。该团随迁至晋察冀边区后很快完成了属地化的过程,成了晋察冀边区知识分子创演秧歌的最重要的力量。刚抵晋察冀边区不久,除上文述及的《参加八路军》外,该团为了配合反"扫荡"斗争、反妥协投降斗争和迎接新年,还分别编写出了《反扫荡秧歌舞》(邢野编

---

① 周文:《晋绥文艺工作概况简述——西北代表团晋绥部分文艺工作发言》,中华全国文学艺术工作者代表大会宣传处编:《中华全国文学艺术工作者代表大会纪念文集》,新华书店1950年版,第313页。

② 亚马:《关于晋绥边区文化文艺运动若干问题》,王一民等编:《山西革命根据地文艺运动回忆录》,北岳文艺出版社1988年版,第7页。

③ 晋冀鲁豫边区革命文化史料征集协作组:《晋冀鲁豫边区文艺史》,山东文化音像出版社1999年版,第126页。

④ 《晋察冀边区剧协致函村剧团号召抗战新年戏剧工作》,《抗敌报》1940年12月18日。

⑤ 虞棘:《烽火十年——忆胶东部队国防剧团》,《胶东风云录》,山东人民出版社2014年版,第368—369页。

⑥ 李伯钊:《敌后文艺运动概况》,《中国文化》第3卷第2、3期合刊,1941年8月。

剧)、《反妥协投降歌活报》(集体创作、丁里执导)和《新年秧歌舞》(邢野、郭维编剧)等。1941 年 2 月,为了配合即将开始的春耕生产,该团的丁里又以秧歌舞剧的形式编创了《春耕快板剧》,并亲自参加了演出。此外,晋察冀军区的抗敌剧社也于 1941 年创作了《军民一家》(袁颖贺、车毅编剧)、《破击战》(集体创作)等。此后,邢野还创作了《两个英雄》,洛丁也创作了《要拥军》等。①

　　在前期解放区秧歌的创演活动中,知识分子发挥了重要的作用。与此同时,土生土长的农民也积极参与,共同推进了解放区秧歌活动的开展。在陕甘宁边区,最著名的是甘肃新宁县的刘志仁与南仓社火。1937 年,刘志仁创作出第一首新秧歌《张九才造反》。从那开始到 1942 年前,他新编出了许多秧歌作品。主要有:《新阶段》《自卫军训练》《新小放牛》《救国公粮》《放脚》《新十绣》《生产运动》等。1941 年,他领导的南仓社火演出过这些秧歌以后,"附近的行世村、张皮家、杜家湾等十七个村子曾请他们闹秧歌,直至二月初五后始得歇手"②,在当地产生了很大的影响,带动了邻村秧歌活动的开展。在 1944 年 11 月召开的边区文教大会上,刘志仁"从 1937 年闹新秧歌直到现在"的艺术实践得到了认可,他本人也被称为"新秧歌运动的模范和英雄"③。

　　在陕甘宁边区之外,华北各解放区也出现了群众性的秧歌活动。例如,在晋察冀,为庆祝 1940 年三八节,平山县上万妇女召开大会,几十个村的妇女秧歌队举行了一两千人的大表演,到后来的"四四""五四"也出现了同样的盛况。到了七八月间,为了庆祝"第一次选自己的议员""同时欢呼拥护晋察冀共产党颁布的施政纲领和庆祝八路军百团大战胜利","更是村村歌舞戏剧狂欢一两个月"。从那以后,各村"固定地形成"了自己的剧团和秧歌队④。在

---

① 参见王剑清等主编:《晋察冀文艺史》,中国文联出版公司 1989 年版,第 456 页。
② 朱平:《"社火头"刘志仁》,《解放日报》1944 年 6 月 25 日。
③ 《文教会上周扬同志总结报告,开展群众新文艺运动》,《解放日报》1944 年 11 月 21 日。
④ 参见康濯:《新的世纪(冀西农民戏剧活动史话之一)》,《文艺报》第 2 期,1949 年 5 月。

群众性的秧歌活动中,也涌现出了一批像南仓社火一样的模范农村剧团。晋冀鲁豫边区的襄垣农村剧团就是其中的一个。该剧团是一个以演襄武秧歌为主的农村戏班。自 1938 年春成立后,该团以自己熟悉的民间形式开展抗日宣传,陆续编演了一批深受群众欢迎的秧歌剧目,其中,于 1940 年演出了《换脑筋》《劝荣花》等。1943 年 12 月 18 日,八路军副总司令彭德怀曾亲自为他们题词,称其为"抗日农村剧团的模范"[①]。

第三节 前期秧歌对旧秧歌的改造及
与后期秧歌的关系

在 1942 年延安文艺座谈会前,北方各解放区对秧歌这一民间艺术在理论上进行了较为深入的探讨,并化知为行、积极部署,在实践上作出了较为普遍的利用,促进了前期解放区秧歌活动的开展。在某些地区,甚至还出现了相当兴盛的局面。例如,在晋察冀,秧歌舞"一开始就被踊跃的拉向抗日情势下而被置于对于群众特别重要,发展进步很是使人惊奇的地位"[②]。秧歌的快速发展在"政治斗争的浪潮里"产生了巨大的影响,"在群众文艺运动上尤其起着极大的作用",是其他艺术活动无可"匹敌"的[③]。尽管在秧歌的利用上,北方各解放区之间是不平衡的,也尽管在同一个区域内秧歌活动也存在着起起落落的现象,但是,秧歌在北方各解放区得到了较为普遍的运用却是不争的事实,而绝不是某些文学史家所说的,只有"个别戏剧工作者"才"注意利用这种旧形式来表现新内容"[④]的。

这一时期秧歌之所以被重视和被利用,是解放区功利化、大众化文学思潮

---

① 参见晋冀鲁豫边区革命文化史料征集协作组:《晋冀鲁豫边区文艺史》,山东文化音像出版社 1999 年版,第 43 页。

② 康濯:《秧歌舞——零碎想起的一些意见》,《晋察冀日报》1941 年 5 月 7 日。

③ 丁里:《秧歌舞简论》,《五十年代》第 1 卷第 2 期,1941 年 6 月。

④ 唐弢等主编:《中国现代文学史》第 3 卷,人民文学出版社 1980 年版,第 209 页。

驱动的结果。抗战全面爆发以后,宣传和动员民众投身抗战,成了时代的中心任务。正是在这一背景下,文艺的认识和教育功能被极大地强化,"宣传抗战"成了"现在我们的艺术工作"的"唯一"的"内容"①。文艺要履行好自己的职责,就必须充分利用具有广泛群众基础的旧形式。当时,各解放区民众文化水准普遍很低。如在陕甘宁边区成立之初,"平均起来,全边区识字的人仅占全人数百分之一,小学只有一百二十处,社会教育则绝无仅有"②。面对如此水准的接受对象,文艺要发挥其宣传作用,首先必须做到通俗化、大众化。正是顺应着这样的逻辑思路,李初梨早在抗战全面爆发之初就提出要"更广泛地深入地进行通俗化大众化的工作",并将其视为当时"文化运动中总的任务"之一③。在追求文艺通俗化、大众化的过程中,各种旧形式和民间形式自然也受到了关注和重视。作为一种在北方广为流传的民间艺术,较之其他旧形式和民间形式,秧歌在北方有着更为广泛的接受基础。例如,在陕北地区,从清代开始到1942年,村村社社都有秧歌队,男女老幼,一齐参加。村社之间相互比赛,极为红火,称为"闹秧歌"。在晋绥边区,也"早就有闹秧歌的传统,也有闹秧歌的组织"④。民众对秧歌的这种广泛而强烈的喜好,给艺术工作者以极深的印象。因此,为了进行抗日宣传、并"为着普遍地宣传到民间,为着深入到民间起很大的效果"⑤而利用秧歌这一民间艺术,对于那些有着强烈责任感和功利心的知识分子和农民自己来说,也就成了一种必然的选择。

当然,以秧歌形式进行宣传,对于这种民间艺术是一种"利用",但"利用"本身却又怎能不引向"改造"? 显而易见的是,在内容层面,当秧歌被植入新的表现对象和主题后,这些用以抗战宣传的秧歌就已经与旧秧歌不同。1944

---

① 徐懋庸:《民间艺术形式的采用》,《新中华报》1938 年 4 月 20 日。

② 社论《为扫除三万文盲而斗争》,《新中华报》1939 年 4 月 19 日。

③ 李初梨:《十年来新文化运动的检讨》,《解放》第 24 期,1937 年 11 月。

④ 鲁石:《一个民间剧社的成长——记临县任家沟剧团》,《抗战日报》1945 年 1 月 23 日。

⑤ 白苓:《关于戏剧的旧形式与新内容》,《新中华报》1938 年 2 月 10 日。

年 3 月,周扬曾对这年春节期间演出的 56 个秧歌剧的主题作过定量的统计,并得出这样的结论:"这些节目都是新的内容,反映了边区的实际生活,反映了生产和战斗。"①由于相关材料不够完备,我们无法对前期解放区秧歌作出像周扬那样的定量分析,但根据现有材料,我们仍然可以说周扬对 1944 年春节秧歌内容方面的定性判断同样可以用来描述前期解放区秧歌。可以说,"生产"和"战斗"同样是前期解放区秧歌的两大基本主题。其中,表现"生产"主题的代表作有《春耕快板剧》《十二把镰刀》《生产运动》等;表现"战斗"主题的则更多,如《打倒日本升平舞》《查路条》《反扫荡秧歌舞》《泥澄口大战》《破击战》等。前期解放区秧歌对这两大主题的集中表现,决定了它与旧秧歌有了本质上的差异。与旧秧歌相比,这一时期盛行的秧歌(如《泥澄口大战》等),其"题材的摄取,都是敌后现实斗争的片段和民众的生活反映"②。解放区理论界在秧歌内容方面要祛除封建毒素、植入"新的内容",突出抗战主题的吁求,在创演秧歌的实践中得到了落实。

全新内容的植入,本身就是对旧秧歌的改造。而一旦"新的内容"植入之后,也必然会冲击并突破旧秧歌的形式。前期解放区秧歌的创作者们顺应着表现"新的内容"需要,在以"旧瓶装新酒"的同时对传统秧歌形式这一"旧瓶"进行了改造。其方法主要有两种:一是"减"。产生于民间的旧秧歌"多半是一男一女对扭,内容多少总带些男女调情的意味"③,色情成分较多。对此,前期解放区秧歌的创演者通过植入新的内容,并通过调整人物的设置(由一男一女两人改为多人)予以了减除。如较早出现的《打倒日本升平舞》以多人歌舞的表演形式表达了抗日救亡的主题,而"旧有的一些低级调情的表现"则"全部摒弃"④。二是"加",即丰富旧秧歌的表现手段。在陕甘宁边区,被称

---

① 周扬:《表现新的群众的时代——看了春节秧歌以后》,《解放日报》1944 年 3 月 21 日。
② 李伯钊:《敌后文艺运动概况》,《中国文化》第 3 卷第 2、3 期合刊,1941 年 8 月。
③ 张庚:《回忆〈讲话〉前后"鲁艺"的戏剧活动》,《戏剧报》1962 年 5 月号。
④ 陈明:《西北战地服务团第一年纪实》,《新文学史料》1982 年第 2 期。

为"群众艺术家"的刘志仁"在艺术上是有创造的"。他对旧秧歌的表现手段进行了全面改造:在"剧"的方面,"他把秧歌与故事结合成为秧歌剧"①,改变了传统秧歌中将秧歌(唱)和故事(舞)分离的方式;在"歌"的方面,他将旧秧歌中的一人独唱发展为个唱与合唱的共时结合,"不独一个人唱,而且让许多娃娃一齐扭花,一齐唱歌";另外,在"舞"的方面,他还吸收了专业艺术团体中的表演技巧②。在晋察冀边区,由知识分子创作的秧歌剧《参加八路军》和《春耕快板剧》,则将剧与歌、舞、快板等融汇一体,在保留传统秧歌韵味的同时,又丰富了秧歌表现的方法、增强了秧歌在人物刻画和氛围渲染等方面的表现力。通过这样的减法和加法,解放区理论界在秧歌形式方面要改变其"俗流低级"的形式和格调的吁求,在创演秧歌的实践中也已见其成效。

总之,前期解放区秧歌通过植入"新的内容"和改造旧秧歌"俗流低级"的旧形式,具有了与旧秧歌不同的性质和形态,从而铸就了其"新"秧歌的基本特征。总的来说,它与1942年以后出现的新秧歌是一致的。在现代文学史中,"新秧歌"业已成为一个特定概念,指称新秧歌运动中出现的以《兄妹开荒》《夫妻识字》等为代表的作品。但是,如果着眼于其内在的"质"的规定性(即其在内容、形式上与旧秧歌不同的区别性特征),那么所谓的新秧歌事实上早在解放区前期就出现了。我们作出这样的判断,所依据的是"何以为'新'"的客观标准,即只要在内容上表现了"生产和战斗"的主题以服务于抗战、在形式上又以"减""加"之法对旧秧歌进行了有效改造的,就是新秧歌。在以往对前期解放区秧歌的定性评价中,有一种观点较有代表性,认为前期秧歌"在形式上未经多少改造,有的还保留了某些旧'秧歌'中所含的封建毒

---

① 《文教会上周扬同志总结报告,开展群众新文艺运动》,《解放日报》1944年11月21日。
② 参见赵法发:《一个农民、革命文艺与乡村社会——论刘志仁与南仓社火》,《中国延安干部学院学报》2012年第5期。

素"①。这种观点是值得商榷的。由于解放区地域广大、情况复杂，前期某些秧歌中可能也含有一些封建毒素，但这并没有构成前期秧歌的主流；相反，如前所述，这些毒素恰恰是前期秧歌活动中要大力摒弃的。至于形式上的改造，它本来就是一个无止境地探索和创新的过程，而不可能一蹴而就。比如，在人物的设置上，在新秧歌运动中最初出现的鲁艺的《拥军花鼓》不是也还有被视为"丑化劳动人民"的丑角吗？但它也并没有因此被视为旧秧歌而被剔出"新秧歌"之列。因此，对于前期解放区秧歌，我们也不能用后来新秧歌运动中出现的典型范本之形式规范去苛求。

学界以往对前期解放区秧歌如此的定性评价，影响到对解放区秧歌活动前后期关系的认知。为了凸显以新秧歌运动为代表的后期秧歌作为"毛主席文艺思想的产儿"②的地位及其在贯彻《讲话》精神方面的标志性意义，它将前后期解放区秧歌活动作出了人为的切割，从而使后期新秧歌运动的发生变成了一个与前期秧歌活动几乎没有任何历史关联性的孤立事件，似乎只有新秧歌运动才产生了新秧歌。但是，事实却远非如此。我们不能将是否形成"运动"作为判断新旧秧歌的标准。在前期阶段，作为民间艺术中的一种，秧歌要发展成为一枝独秀的艺术样式，是没有可能的。当时，在功利化、大众化文学思潮的驱动下，在利用民间形式开展抗日宣传方面形成了相当一致的意见。但是，因为中国的民间艺术种类极其繁多，所以，具体该利用哪些艺术形式则很难达成共识。秧歌因其在北方广泛流传而引起关注，但说到底，它也不过是众多民间艺术中的一种，因而很难天然地在"利用"上被定于一尊。这就从根本上决定了前期解放区对秧歌的利用无法形成一个"运动"。

到延安文艺座谈会以后，对秧歌的利用形成了新秧歌运动。这是秧歌在

---

① 沙可夫：《晋察冀新文艺运动发展的道路》，《解放日报》1944 年 7 月 24 日。
② 张庚：《秧歌剧选·后记》，人民文学出版社 1977 年版，第 508 页。

继续其宣传任务之外被附着上其他意识形态功能的结果。1943 年元旦前后
鲁艺宣传队演出一批秧歌剧目后，得到了中共高层领导的肯定。毛泽东说，
"这还像个为工农兵服务的样子"①。如前所述，新秧歌运动中出现的这类作
品，在内容和形式上其实是与前期秧歌一脉相承的。但是，因为秧歌这一艺术
形式在此时被赋予了"向着新的方向转变"的意义，又因为践行这一"新的方
向"同时联系着更深层次上的知识分子思想感情改造问题，所以，为了显示
"为工农兵服务"的决心和自我改造的成果，创演秧歌便成了许多知识分子在
艺术形式方面的首选。于是，在鲁艺的最初尝试得到肯定之后，在延安随即出
现了群起仿效的现象（甚至像艾青这样的著名诗人也作为中央党校秧歌队副
队长投身到秧歌的热潮之中）；到 1944 年春节，新秧歌也便成了延安文艺活动
中的"中心节目，甚至是唯一节目"②。此后，这一现象更是从延安发散到了其
他解放区（如晋绥边区到 1944 年下半年，"机关、学校、部队、工厂、农村，到处
是秧歌剧"③），又从各老解放区进而发散到了各新解放区。其他意识形态功
能的附着，使后期秧歌在众多民间艺术样式中脱颖而出、力压群芳，以一枝独
秀之势而呈一时之盛。秧歌由此成了一种巨大能指，成了一种超越该形式自
身的意识形态符号。但是，撇开其所附着的其他意识形态功能不论，而单就其
本身而言，我们可以说，后期秧歌在"新的内容"的植入和形式的改造方面与
前期秧歌其实是一致的。前期秧歌为后期秧歌开了先河，后期秧歌则是对它
的承续。二者以相似的精神质素和审美品格，构成了一个不可分割的艺术实
践整体。前后期解放区秧歌之间的这种关系，从一个特定方面具体显现了解
放区文学前后期的关联性。

---

① 艾克恩编：《延安文艺运动纪盛》，文化艺术出版社 1987 年版，第 419 页。
② 周扬：《表现新的群众的时代——看了春节秧歌以后》，《解放日报》1944 年 3 月 21 日。
③ 华纯等：《晋绥剧运之前瞻》，《抗战日报》1944 年 11 月 28 日。

第二十二章　后期解放区文学中"小形式"的评价问题

在后期解放区文学中,主流意识形态以及理论界、创作界对于文学中的"小形式"问题予以极大的关注,并以多种方式作出了评价。由于"小形式"有着自己特定的表现范围与目的追求,所以,它不是一种单一文体意义上的艺术形式,而是一种有意味的形式,关涉到文学与现实、文学与接受等许多重要范畴。缘此之故,后期解放区对于"小形式"的评价既关乎对于形式问题本身的认知,也折射出评价者借此所欲传达的"意味"。这对后期解放区文学风貌的形成产生了重要影响。本章以一手材料为依据对后期解放区文学中"小形式"的评价问题作出系统考察,并借此对后期解放区文学的某些重要特性作出把握。

第一节　主流意识形态对"小形式"的倡导

在前期解放区文学阶段,主流意识形态强调为达到"为民族"的功利目的,要"更广泛地深入地进行通俗化大众化的工作"①。这虽然也可以导向对于"小形式"的肯定,但是,主流意识形态那时并没有对"小形式"作出明确的

---

① 李初梨:《十年来新文化运动的检讨》,《解放》第 24 期,1937 年 11 月。

制度化的引领和安排。在抗战全面爆发之初,"以抗战救亡的事实为题材的小形式的作品"一度大量出现,甚至"取得了最优越的几乎是独霸的地位"①,这是创作界为了发挥文学"组织民众"的作用而自主"寻求方向"的结果,在很大程度上是他们"在现实的逼迫下"的"自动运用"②。但是,这种以作家个人认知为基础的"自动运用"状况也会随着作家个人认知的变化而变化。从1940年年初开始到前期解放区文学结束,因为形势的巨变,"延安文化人中暴露出许多严重问题","脱离工作脱离实际"③。在此情况下,不少作家对文学的认知也发生了变化,从而在"小形式"的评价和运用上出现较大起落。在后期解放区文学阶段,这种情况则发生了根本的变化。其主要原因则在于:在"小形式"的评价问题上,主流意识形态发挥了主导的作用。这主要表现在以下两个方面。

首先,是主流意识形态的相关要求最初引发了理论界对"小形式"的关注和重视。1942年5月,毛泽东在划时代的《讲话》中对"普及和提高"问题作出了重点论述。他强调指出:在当时条件下,广大人民群众的"第一步需要还不是'锦上添花',而是'雪中送炭'",因此,"普及工作的任务更为迫切。轻视和忽视普及工作的态度是错误的"④。根据主流意识形态的这一精神,解放区理论界对前期文学中存在的问题作出了反思和检讨。其核心问题之一,便是有利于"普及工作"的"小形式"在1940年年初以来未能得到应有的重视与应用。这开启了后期解放区文学对于"小形式"的评价。

周扬检讨鲁艺的教育没有"从客观实际出发",从而导致"技术学习上的教条主义",指出其重要表现即为"离开反映当前生活和斗争,离开应用",发

---

① 周扬:《抗战时期的文学》,《自由中国》创刊号,1938年4月。
② 张庚:《话剧民族化与旧剧现代化》,《理论与现实》第1卷第3期,1939年10月。
③ 《关于延安对文化人的工作的经验介绍》(1943年4月22日),中央档案馆编:《陕甘宁边区抗日民主根据地·文献卷》(下),中共党史资料出版社1990年版,第449页。
④ 毛泽东:《在延安文艺座谈会上的讲话》,《毛泽东选集》第3卷,人民出版社1991年版,第862页。

生了"轻视小形式,一心想写长篇中篇,写大合唱,演大戏的现象"①。张庚在回顾陕甘宁边区的戏剧运动时,围绕"小形式"与"老百姓"的关系作出概要说明,指出:最初由八路军带来的"多半是活报、舞蹈等小形式",曾为老百姓所接受;但是,"大戏"风行之后,原先的那些"小形式"得不到重视,老百姓能看懂的剧本就大大减少了②。延安平剧研究院在检讨过去的平剧工作时,也认识到对于作为平剧中附属部分的"比较更接近群众易于注入新内容"的"小形式戏剧"注意不够,更没有对之展开"研究和改造利用"③。不难看出,这些反思和检讨是在主流意识形态的要求和启发下作出的,是对于主流意识形态关于普及工作的响应。它们从形式问题出发又兼及内容问题,从一个方面表露出了对"小形式"这样的认识和评价:"小形式"是反映现实生活、服务于政治经济军事斗争任务的重要工具,是为群众服务、向群众普及、宣传群众并能为群众接受的有效形式,因此,必须大力提倡。

其次,主流意识形态更以以下两种制度化的手段直接地对于有意味的"小形式"作出了倡导。

(一)建立文艺导向。这大体采用了两种方式:其一是间接的,即以党报发表署名文章的方式。解放战争全面爆发以后,中共中央机关报发表过陈涌的文章,题目即是《提倡小形式》。文章指出:"小形式在现时是适合适宜的",而且"显得特别重要";因此,像"对联、标语、小型秧歌剧、小型活报、杂耍、小曲、小本说书、大鼓、街头诗画、街头壁画、洋片、皮影、墙头小说、短篇小说等等,以及一切可以利用或可以试验创造的小形式",都可以大大地提倡④。文章虽为个人署名,但也间接显现出党报的态度。其二是直接的,即以党报发表

---

① 周扬:《艺术教育的改造问题——鲁艺学风总结报告之理论部分:对鲁艺教育的一个检讨与自我批评》,《解放日报》1942年9月9日。

② 张庚:《论边区剧运和戏剧的技术教育》,《解放日报》1942年9月11—12日。

③ 《执行中央文委决定平剧院确定今后方向(审查修改旧剧本创作新剧本坚决为战争生产教育服务)》,《解放日报》1943年4月25日。

④ 陈涌:《提倡小形式》,《解放日报》1946年12月5日。

社论、公布党的决定或领导人发表讲话的方式。中共中央晋察冀分局机关报曾发表社论,要求学习高街村剧团发动群众进行集体创造的方法,但在形式层面则应"多多创造像《高街做鞋组》那样的小形式,用的时间少,角色少,容易搞,也容易配合本单位的中心工作"①。两年多以后,更是由中共晋察冀中央局颁布决定,要求"乡艺活动"在形式上"应大量发展小型活动,演小戏及进行其它各种艺术小形式(如说书,洋片,歌咏,快板,壁画,街头诗等)的活动"②。时任中共晋察冀中央局宣传部长的周扬在文艺座谈会上也发表讲话,要求"乡艺活动"在创作上"多采用小形式"③。

　　(二)实行文艺奖励。1944年2月,由中共中央晋绥分局负责人林枫、吕正操等任委员的晋绥边区"七七七"文艺奖金评判委员会成立,并开始征文。同年9月18日,《抗战日报》公布了获奖作品名单。这些作品"在形式上、技术上,大都能够普及,为群众所喜闻乐见,且多样化:如戏剧有话剧、山西梆子、眉户、道情、秧歌,及新型歌剧;散文有小说、通俗故事、报告、速写、童话"等④。不难看出,其中不少种类属于"小形式"。此后不久,陕甘宁边区绥德分区地委宣传部于1945年年初发出评选文艺创作奖金的指示,并于同年6月22日召开颁奖大会。为了促进"小形式"的创作,此次评奖特别设立"小形式和杂耍类"奖项。在213件应征作品中,"经评定结果,计戏剧类得奖廿四名,小形式和杂耍类得奖十九名,美术类得奖八名"⑤。从单独奖项及获奖数量的设定上看,绥德分区比晋绥边区在奖掖"小形式"方面跨出了更大的一步。与地方上一样,军队系统对"小形式"创作也予以了奖励。1947年12月23日,冀热辽军区颁发决定对采用小歌剧形式的《归队立功》进行嘉奖,给作者李劫夫、

---

① 社论《沿着〈穷人乐〉的方向发展群众文艺运动》,《晋察冀日报》1945年2月25日。
② 《中共晋察冀中央局开展乡村文艺运动的决定》,《晋察冀日报》增刊第7期,1947年5月10日。
③ 周扬:《谈文艺问题》,《晋察冀日报》增刊第7期,1947年5月10日。
④ 社论《"七七七"文艺奖金公布以后》,《抗战日报》1944年9月20日。
⑤ 《绥德分区地委宣传部发出文艺创作奖金》,《解放日报》1945年7月18日。

管桦和九纵宣传队计大功,并号召部队文艺工作者深入下层,"以写人民的英雄模范为第一主题,及时的以小形式反映出来"①。

第二节　创作界对"小形式"的推崇

主流意识形态及理论界对于"小形式"的肯定和倡导,得到了解放区创作界的积极回应。他们强调"小形式""有用",认为它能够有效地为现实政治斗争服务,能够成为宣传教育群众的工具和武器。从平剧艺术的特殊性出发,阿甲提出一般的平剧要"服务于政治"在技术上是有条件的,但是,"小形式"却是"例外"②;也就是说,"小形式"可以做到在技术上无条件地为政治服务。柯仲平也认为,对于"文化程度还很低"的群众来说,戏剧是"最主要的教育武器";此外,其他小形式"对广大群众也能起直接教育的作用"③。正因为"小形式"如此"有用",所以,他们顺理成章地提出要用好各种"小形式"。例如,李纶提出在"今后的平剧工作"中,为了"反映边区的某些生活情形,宣传一定的经济政治的任务",首先应该"利用平剧中的某些小形式剧,如《打花鼓》、《小放牛》等编写新剧本"④;林山意识到"说书"这一"小形式"在农村具有其"普遍性和深入性",因而提出要对之加以改造,使之"可以作为宣传教育"的有效手段⑤。

主流意识形态及理论界对于"小形式"的大力倡导不但在解放区创作界引起回应,更进一步强化了他们对"小形式"的审美喜好。刘燕瑾本是出生于

---

① 管桦:《大风高歌壮士曲——关于歌剧〈归队立功〉》"附录一"《冀热辽军区首长嘉奖〈归队立功〉的通令》,晋察冀文艺研究会编:《文艺战士话当年(八)》(内部资料),第55、56页。

② 阿甲:《关于平剧的接受遗产与服务政治问题》,《解放日报》1943年4月18日。

③ 柯仲平:《把我们的文艺工作提高一步》(1949年5月15日),赵金主编:《柯仲平文集》第3卷"文论卷",云南人民出版社2002年版,第163页。

④ 李纶:《关于演平剧的一个问题》,《解放日报》1943年4月11日。

⑤ 林山:《改造说书》,《解放日报》1945年8月5日。

北京城里的知识分子,当时为冀中军区火线剧社的演员。她在1946年11月20日日记中对自己的这种审美喜好作出了非常真实的呈示。当时,延安的秧歌剧《夫妻识字》和声誉鹊起、好评如潮的歌剧《白毛女》均已传到了冀中。那天,她在河间县果子洼观看了《夫妻识字》的演出后,觉得比前两天看过的《白毛女》还好。由此,她意识到,"一些小形式街头表演"深受群众欢迎,其效果"不一定比演几个大戏小",所以,她决心"更大胆更勇敢的走自己的路","应该向这种东西(指'小形式'——引者)发展"①。刘燕瑾日记所表现出来的这种崇尚"小形式"的审美喜好,在解放区创作界不是个别的,而是具有相当普遍性的。

正是在这种审美喜好的作用下,解放区创作界在理性认知上较之前期更加看重"小形式",在实践上也积极投入到了"小形式"的创作之中。在解放区前期,孔厥是以小说创作知名的;到解放区后期,他在"为群众服务"时则又尝试了其他各种形式,有意识地"写了不少新闻通讯,和小形式的文艺作品"②。与孔厥相似,本长于抒情诗创作并写出《十月》《我走在早晨的大路上》等抒情名篇的贺敬之此时在形式上也发生转向,着重去创作歌词(如《翻身道情》《南泥湾》)和秧歌剧(如《夫妻逃难》《瞎子算命》)等"小形式"了。正是在孔厥、贺敬之这些作者的共同努力下,后期文学中的"小形式"在前期的基础上得到了更大的发展。这可以从以下两个不同维度来看。

先从"块"上来看。例如,在晋绥边区,此前对于"群众戏剧、秧歌及群众性的小形式艺术活动"虽作过"号召与计划",也获得了"自然的发展",但是,却"没有得到文艺工作者重要的帮助与指导"。而到这一时期,由于有文艺工作者的积极参与,边区创作出大量的"群众性的各种小形式文艺作品",包括

---

① 刘燕瑾:《火线剧社女兵日记》,人民文学出版社2016年版,第301页。
② 孔厥:《下乡和创作》,《文艺生活》海外版第17期,1949年8月。

"诗歌、小说、速写、报告、小剧本"以及"各种鼓词、歌谣、快板、街头诗等"①，它们成为边区最重要的文学成果。这是后期解放区文学结束之时，周文在第一次文代会上总结晋绥文艺工作时所说的。而在后期文学展开的过程中，绥德分区机关报《抗战日报》早就于1945年7月发表社论，概括当时创作的四大特点，其中之一便是"小形式的大量发展"②。晋绥边区和绥德分区是整个解放区的缩影。从这两个地区后期"小形式"创作的兴盛中，我们可以管窥整个解放区"小形式"创作的一般情况。

再从"条"上来看。以戏剧为例。当时，戏剧中的各种"小形式"得到了长足的发展。在延安，1943年元旦前后，以鲁艺宣传队演出秧歌剧《兄妹开荒》等为标志，掀起了"新秧歌运动"。这一运动的开展，使作为"小形式"的秧歌从延安扩大到了其他各解放区，后来，又从各老解放区进而散播到各新解放区。秧歌由此成为后期解放区最有特色、最有影响的"小形式"。在旧剧改革方面，延安平剧研究院的创作人员早在1943年4月就准备创作"小形式的现代剧本"③；到10月，该院又发动了一次全院性的创作活动，在几天时间里，就创作出了17个反映现实生活（包括河南难民生活、防奸运动、移民、生产和保卫边区等）的作品④，其中不少是"小形式"。在远离延安的其他各解放区，乡村文艺活动蓬勃展开，创演了大量的"小形式"剧作。例如，在晋察冀，较大的村庄几乎都有的村剧团在解放区后期开始之时即"用地方语演出，所演的全是像秧歌戏一类地方流行的小形式"⑤。两年多以后，晋察冀的村剧团发展到600多个。从阳历新年到旧历元宵，他们"活跃在各个山沟小道，活跃在沟墙

---

① 周文：《晋绥文艺工作概况简述——西北代表团晋绥部分文艺工作发言》，中华全国文学艺术工作者代表大会宣传处编：《中华全国文学艺术工作者代表大会纪念文集》，新华书店1950年版，第313、317页。
② 艾克恩：《延安文艺运动纪盛》，文化艺术出版社1987年版，第613—614页。
③ 《执行中央文委决定平剧院确定今后方向（审查修改旧剧本创作新剧本坚决为战争生产教育服务）》，《解放日报》1943年4月25日。
④ 北京艺术研究所等编著：《中国京剧史（中卷·上）》，中国戏剧出版社2005年版，第941页。
⑤ 杨朔：《敌后文化运动简报》，《解放日报》1942年11月25日。

边,炮楼下",所演出的是"充分的利用旧形式与小形式"的剧作①。解放区创作界以不懈的努力,推动"小形式"的创作,促进了"小形式"的大发展。这一创作现象的出现,自然也显现出了它们的作者对"小形式"的积极认可和正面评价。

第三节　各界对"小形式"局限性的警醒

在后期解放区文学阶段,在主流意识形态的主导下,解放区理论界和创作界以其理性认知和创作实践,表现出对"小形式"的积极认可和大力推崇。他们之所以如此,是因为他们意识到"小形式"既能对现实生活作出迅速反映,又能为群众所接受,这就便于文学的普及与"工具性"的发挥,使之更好为现实斗争服务。因此,可以说,他们对于"小形式"的推崇和倡导,从一个特定角度显现出后期解放区文学追求功利性的价值观。但是,这只是问题的一个方面。另一方面,他们也没有因此而唯"小形式"是举;相反,他们对"小形式"的局限性仍然表现出了应有的警醒。在他们看来,"小形式"的局限性主要表现在以下两个方面。

首先,是难以表现深刻的思想。与前期一样,他们自然也看到了"小形式"容量较小的问题。但更值得关注的是,他们在此基础上还进而指出它表现生活的深度不够。1947年9月,之前在延安创作过秧歌剧《夫妻识字》、也担任过歌剧《白毛女》作曲之一的马可到了东北,正"陷入写大剧的苦境中骑虎难下",深感写起"大剧本"来比"写小剧""吃力";他写写停停,自忖"如果是写小剧,或者写像蹦蹦之类的小形式作品,也许五六篇东西都可完成了"。但是,为了"较深刻地反映一些问题",他还是迎难而上,选择"创作大剧

---

① 　白瑛:《晋察冀乡村文艺运动点滴》,《解放日报》1945年6月7日。

本"①。从马可的如此认知和选择中,我们可以直观地感受到,采用秧歌这样的"小剧"形式是很难像"大剧本"那样达到对现实的深刻反映的。对于"小形式"的这一不足,解放区理论界也以理性的方式作出过评价。对于1943年春节鲁艺演出的秧歌剧代表作《兄妹开荒》,由艾思奇执笔的《解放日报》社论指出,它"是比较简单的作品,表现还不够深刻"②。看了1944年春节秧歌之后,周扬虽然肯定它在"表现新的群众的时代"方面取得很大的成绩,但还是很客观地指出:作为"一种小形式的戏剧","它所能处理的主题的范围和深度是有限制的"③。对于1945春节鲁艺演出的秧歌,冯牧也指出其"或多或少地忽略了内容上的重量","剧中的过分的趣味(以及由此所引起的笑声)或多或少地淹没了剧中的思想性和政治内容"④。总之,在评论者看来,"小形式"由于本身之"小",既限制了它表现生活的广度,又限制了它表现生活的深度。这是形式反作用于内容的必然结果。

其次,是艺术上缺乏更大的创造性。以秧歌而言,大多缺乏艺术上的创造力和表现力,缘此,"在艺术质量上",它们"已经稍稍落后于群众的期望"。比之于解放区前期,此期的评论以更加细致的分析对秧歌这样的"小形式"之艺术局限性作出更加具体的揭示。例如,它们的取材和表现模式雷同,出现了冯牧所说的"正在萌芽的公式主义的倾向"。许多秧歌以改造二流子、改造巫神和军民关系等为题材和主题,不但表现的内容相似,而且表现的方式也大体相同。如表现改造二流子的,所用模式大体是"一个二流子,在乡长的长篇大论的规劝下,转变了,而且很快地成了劳动英雄"⑤。在人物塑造上,它们大多未能创造出"带典型性而又有个性特征的人物",那种有自己的语言和情感、在

---

① 马可:1947年9月21日、11月14日日记,《马可选集》第8卷"日记卷 下",人民音乐出版社2017年版,第437、473页。

② 社论《从春节宣传看文艺的新方向》,《解放日报》1943年4月25日。

③ 周扬:《表现新的群众的时代——看了春节秧歌以后》,《解放日报》1944年3月21日。

④ 冯牧:《对秧歌形式的一个看法》,《解放日报》1945年3月4日。

⑤ 冯牧:《对秧歌形式的一个看法》,《解放日报》1945年3月4日。

演员创造后能够生动地出现在观众面前、"使人看了永不能忘记"的"很成功的角色"。这是周扬所指出的秧歌"艺术性""不够"①的重要表现之一。在结构上,它们常常容易表现出"两个偏向":或者"将新生活尽量塞进旧手法的模子里",从而导致"为结构而牺牲现实";或者为"表现现实"而"罗列了一串现象",从而导致剧作的"毫无结构"②。在表现方法上,大多处在模拟旧民间形式的阶段,创造性不强。

正是由于透彻地意识到"小形式"的这些局限性,解放区理论界此期始终对"大形式"保持应有的关注。1942 年 12 月,在后期解放文学阶段开始不久,晋察冀边区文协在总结 1942 年的工作时就提出要注意"大形式作品"的问题,认为这一年"在领导上的特点,是强调文学的各种形式的平衡发展",其中包含了"大形式创作与小形式创作"之间的平衡发展,其提出的基本观点为"一般是侧重小形式,但大形式也注意"③。在"大作品"的追求遭到"关门提高"的批评之后不久,在"小形式"几乎独步之时,该会不但认为"小形式"并非解放区文学形式的全部,而且提出对"大形式"还要加以"注意"。无疑,这一见解是很有胆识也很有远见的。在后期解放区文学即将结束之时,在东北新解放区,《东北日报》曾五次发出"请写短一点"的呼吁。对此,有论者于 1949 年 3 月从内容决定形式的原理出发,对"大形式"存在的必要性和合法性予以了伸张。他明确反对"机械地将时间性和永久性对立,小形式和大形式对立"的做法和观点,指出一篇作品到底是采用"小形式"还是"大形式",取决于所要表现的内容,"内容少固然不能拼命拉长,内容多也不必不顾一切地压缩"。由此,他得出了结论:"大小形式,不妨各有千秋"④。显然,这一结论为以"写长一点"为特征的"大形式"之存在提供了依据和支持。

---

① 周扬:《表现新的群众的时代——看了春节秧歌以后》,《解放日报》1944 年 3 月 21 日。
② 张庚:《鲁艺工作团对于秧歌的一些经验》,《解放日报》1944 年 5 月 15 日。
③ 《边区文协总结一年工作》,《解放日报》1943 年 1 月 4 日。
④ 胥树人:《关于文艺上的经验主义》,《文学战线》第 2 卷第 1 期,1949 年 3 月。

总之,解放区理论界此期对"大形式"予以了一以贯之的关注。与前期一样,此期关注"大形式"是认为在"小形式"之外还要有"大形式",其目的和动机是要以"大形式"来弥补"小形式"的不足。不妨说,这种关注是以对"小形式"不足的认知为前提的,因而,它同样也是对"小形式"不足的一种变相的评价。

第四节　在"大形式"创作繁荣的背后

解放区理论界对于"小形式"局限性的认知和对"大形式"的"注意",其影响很快及于创作界。此期,随着周扬在前期解放区文学阶段所期望的产生"分量较重一点的作品"条件的具备①,创作界积极开展各种"大形式"的创作,取得了相当突出的成果,其中,不少还成为整个解放区文学的代表性成果。如小说中有长篇《李家庄的变迁》《太阳照在桑干河上》《暴风骤雨》,诗歌中有长篇叙事诗《王贵与李香香》《漳河水》。在戏剧方面,则出现了大型秦腔现代戏《血泪仇》、新编历史剧《逼上梁山》《三打祝家庄》、多幕话剧《同志,你走错了路》和大型民族新歌剧《白毛女》《王秀鸾》《赤叶河》《刘胡兰》等。那么,为什么后期会有这么多作家纷纷选择"大形式",从而使"大形式"的创作形成如此繁荣的局面呢? 为探究这一问题,我们不妨将眼光转向《白毛女》。从《白毛女》文体形式的富有意味的演变中,我们或许可以找到这一问题的答案。

《白毛女》的创作在文体形式的选择上经历了一个变化的过程。对于这个变化的发生,周扬起了主导作用。最初,从晋察冀归来的邵子南,以戏曲形式写出剧本初稿。马可与张鲁在为其开头的十多场戏谱曲时,与以往处理秧

---

① 周扬所说的这个条件就是:"作家在自己所参加了一个时期的战争生活中储蓄了相当丰富的经验之后,暂时地离开战争,或摆脱一下自己在战争中所担负的别的工作,去找一个多少可以从容写作的时间和地点,把已获得的经验用正常的文艺形式艺术的组织起来"。见周扬:《我们的态度》,《文艺战线》创刊号,1939 年 2 月。

歌剧一样,也配之以现成的秦腔与眉户曲调。这样,从文字到音乐,剧本就几乎成了秧歌剧这种"小形式"的堆积和放大。1944 年 10 月第一幕试排,审看人员观看后普遍认为它形式陈旧,周扬则更是明确提出剧本在形式上必须改弦更张,"创作革命的民族新歌剧"。这样,他就在"中国新歌剧史上第一次提出有别于中国传统戏曲和走西洋歌剧路子的中国新歌剧观念,为新歌剧《白毛女》创作指明了方向"①。后来,贺敬之、丁毅执笔创作《白毛女》时,就是根据他的这一指导意见,采用了歌剧这一"大形式"。那么,曾经为新秧歌运动积极鼓吹的周扬为什么在《白毛女》的文体形式问题上会发表如此意见呢?这主要是因为他强烈地意识到"大形式"有着更大的艺术表现空间和更大的艺术创造空间。作为一种"小形式",秧歌的艺术表现空间逼仄;在实践过程中,也常常暴露出缺乏创造性的问题。因此,在文体形式上,只是停留在秧歌这样的"小形式"层面显然是不够的。在他看来,秧歌虽然可以成为"在大型民族新歌剧到话剧的建立上"的"一个重要的基础和重要的推动力量"②,但毕竟不是它们本身。而作为"大形式"的大型民族新歌剧与话剧则不但可以表现较大容量的生活,而且蕴含着较大的艺术创造空间。他在审看第一幕时强调说:"我们必须创造能够反映新的时代、新的人民群众的思想感情精神面貌的新艺术,而不是单纯模仿或搬用旧有的东西。"③他在这里所说的"新艺术",实际上指的就是与已然兴盛的秧歌不同的艺术品种,是歌剧这样的"大形式"。稍后展开的创作活动也充分说明:歌剧这种"大形式"不但为深刻地表现"旧社会把人变成鬼,新社会把鬼变成人"这样的宏大主题提供了条件,而且它给主创人员所带来的巨大挑战也激发了其艺术创造的活力。在创作中,虽然主创人员也利用了"过去搞'秧歌剧'一点经验",但是,"一个大的歌

---

① 贾克:《也谈歌剧〈白毛女〉的创作》,《新文化史料》1996 年第 6 期。
② 周扬:《表现新的群众的时代——看了春节秧歌以后》,《解放日报》1944 年 3 月 21 日。
③ 丁毅:《歌剧〈白毛女〉二三事》,《新文化史料》1995 年第 2 期。

剧"毕竟"不比小秧歌那么容易对付,做着做着,问题就一个一个地出现了"①。显然,这些"问题"也不是凭着以往"创作小型秧歌剧的经验"所能"全部解决"的。面对这样的困难和挑战,他们以勇于创造的精神,"吃力地摸索着、尝试着",终于创作出了这部"表现我们新的人民的生活的歌剧"②。从以上对《白毛女》文体形式的演变及其原因的分析中,我们大体上可以看出,解放区后期文学中"大形式"创作的兴盛主要是由作家们追求反映现实的广度、深度和艺术创造的强度所致。

需要强调的是,后期解放区文学中"大形式"的创作是继承并光大了"小形式"的关注现实、"迅速地反映社会事变"的文学精神的。这与解放区前期对"伟大的作品"的追求明显不同。在解放区前期,不少人意识到"小形式"作品容量小、分量轻,大多艺术性不足,公式化现象突出,因此,他们旗帜鲜明地指出:抗战文艺的形式不能"以小形式为标准",不能"以小形式为满足"③,认为每个文学工作者对于"伟大的作品""都负有艰辛的孕育与小心翼翼的催生的责任"④。当时,民族斗争异常激烈的环境对于这类"伟大的作品"的创作产生了极大的限制作用。于是,在戏剧界,人们便将对"伟大的作品"的追求衍化成了"演大戏"的实践,"演大戏"由此也成了解放区前期追求"大作品"的标志性事件。从1940年元旦公演曹禺的《日出》开始至1942年年初,在延安,工余剧人协会、延安青年艺术剧院、鲁艺实验剧团等相关团体共演出了20余部"大戏"⑤。应该看到,以"演大戏"的方式"向伟大作家和优秀作家"学习⑥,

---

① 张庚:《关于〈白毛女〉歌剧的创作》,《东北日报》1946年8月22日。

② 贺敬之:《〈白毛女〉的创作与演出》,延安鲁迅文艺学院集体创作:《白毛女》,新华书店1950年版,第210页。

③ 艾思奇:《抗战文艺的动向》,《文艺战线》创刊号,1939年2月。

④ 周扬:《新的现实与文学上的新的任务》,《解放》第41期,1938年6月。

⑤ 参见王地之整理:《延安演出剧目(一九三八——一九四五)》,《中国话剧运动五十年史料集》第3辑,中国戏剧出版社1963年版,第214—216页。

⑥ 晋察冀边区第二届艺术节筹委会:《晋察冀边区第二届艺术节宣传大纲》,《晋察冀日报》1941年6月25日。

确也是提高戏剧艺术性的重要方法之一,甚至可以说其目的也是为创造反映现实的"伟大的作品"服务,但是,由于所演出的这些洋戏和国内名剧本身毕竟大多是与抗战现实无涉的,再加上当时还出现了那种既不顾主客观条件,也不顾观众身份的"为演大剧而演大剧"的现象①,所以,"演大戏"(亦即对"大作品"的追求)就成了周扬所说的"离开反映当前生活和斗争"的重要表现。(详见第三章)但是,后期解放区文学中"大形式"的创作不但在艺术上取得了突出的成就,而且在文学精神上却也无一例外地保持了与现实生活的密切联系。可以说,后期在解放区文学阶段,"大形式"与"小形式"在文学精神上不但是一致的,而且以"小形式"无以相比的反映现实的广度、深度使之得以更好地凸显。

总之,在后期解放区文学阶段,在理念上,解放区理论界对"大形式"保持了应有的关注和重视;在实践上,解放区创作界也积极开展"大形式"的创作,推出了许多思想性和艺术性兼具的"大形式"作品。在"大形式"创作繁荣的背后,所流露出来的是对于"小形式"在内容表达和艺术创造方面的局限性的认识,因此,"大形式"创作的繁荣也间接地表现出了其对"小形式"不足的认知和评价。

综上,在后期解放区文学阶段,"小形式"问题得到了持续的关注。如前所述,后期解放区文学的价值观是以追求功利性为目的的,其功利性主要是以阶级利益为中心,通过阶级—政治倾向性表现出来的。(详见第二章)从文学服务于阶级斗争的功利价值观出发,在主流意识形态的主导下,解放区理论界和创作界必然会充分肯定和积极创作"小形式"。在这一阶段开始之初,一方面,在文学与现实的关系上,要求文学创作既能迅速反映现实生活,又能向群众普及;另一方面,从文学自身发展上来看,也要求在文学创作中立即纠正前期文学中一度出现以"演大戏"为代表的"轻视小形式"的倾向。"小形式"的

---

① 江布:《剧运二三问题》,《谷雨》第 4 期,1942 年 4 月。

评价问题是在这样的背景下发生的,它理所当然地得到了积极的肯定和大力的提倡。这一评价一直持续到后期解放区文学结束。此间,"小形式"创作蓬勃发展、成绩卓著。这一结果也显现了后期解放区文学对它的正面评价。但是,就在这一阶段开始之后不久,他们也认识到了"小形式"的局限性;与此同时,他们注意到了作为"小形式"之参照的"大形式"的价值、意义,并对于"大形式"作品发出了召唤。在此情况下,"大形式"作品开始出现,而且越到后来出现得越多。对"大形式"本身的如此认知和"大形式"作品的不断涌现,从一个方面也显现了对"小形式"不足的认知。但是,他们认识到了"小形式"的不足,其意却也不在鼓吹"艺术至上",使文学脱离现实,而主要在于通过艺术性的提高来更好地发挥文学对于现实的功利作用。其内在逻辑就是:为了更好地发挥文学的工具性,就必须强化文学的艺术性;只有具备较强的艺术性,才能使文学的工具性更好地发挥出来。事实上,在解放区后期出现的以《白毛女》为代表的各类"大作品"("大形式")中,没有一部是躲进象牙之塔、脱离现实斗争的唯美之作。它们以对宏大题材的富于创造性的深度表现,对现实生活发挥了较之"小形式"更大的工具性作用。因此,在性质上,如果说"小形式"是一种"普及",那么,"大形式"则是一种"提高",而且是"在普及基础上的提高"①。这是因为它在强化艺术性时并没有偏离"小形式"追求功利性和工具性的方向。此外,他们对于"小形式"既有肯定又有批评的价值立场,也表现出在形式问题上以"小形式"和"大形式"的互补来营造解放区创作生态的思考和努力。无疑,这对于后期解放区文学形式上的多元并存和整体质量的提高是极为有益的。

最后,需要补充说明的是,前期解放区文学也曾关注过"小形式"问题。全面抗战之初,为了宣传抗战,出现了"小形式的作品"兴盛一时的局面。解放区各界既对这些用于"普及"的"小形式"作出了肯定,同时,也指出"小形

---

① 毛泽东:《在延安文艺座谈会上的讲话》,《毛泽东选集》第 3 卷,人民出版社 1991 年版,第 862 页。

式"创作所具有的局限性从而期待着文学创作"质的提高"和"伟大的作品"的出现。(详见第十七章)因此,后期解放区文学对于"小形式"的评价在基本的方面是与前期一致的,这从一个特定角度表现出了解放区文学前后期的关联。但是,与前期相比,后期对"小形式"优长与局限性的认知则显得更加深入;尤其重要的是,后期对"大形式"与艺术性的追求,并没有像前期那样导致与现实的疏离,而是促进了其服务现实斗争作用的发挥。从这个角度看,后期解放区文学对"小形式"的评价,反映出了对文学工具性与艺术性辩证关系的深刻认知;其对于"小形式"既有肯定又有批评的价值立场不但强化了后期解放区文学的现实精神,而且促进了后期解放区文学艺术品格的提高。

第二十三章　歌剧《王秀鸾》中的
民间元素

　　1945 年春,在《白毛女》于延安演出之时,由傅铎编剧的歌剧《王秀鸾》也由冀中军区火线剧社在冀中饶阳县首演。之后,它从冀中地区走向晋察冀边区,又由晋察冀边区走向其他老解放区、并进而走向新解放区,从而与《白毛女》《刘胡兰》《赤叶河》一样成为解放区的"四大名剧"之一;同时,它还被多个地方剧种移植、被改编为通俗小说和连环画等,产生了较大的社会影响。该剧之所以能够得到广泛传播,是群众热烈欢迎的结果。1946 年 6 月 3 日,作家孙犁在河间县观看了火线剧社劳军演出的《王秀鸾》。尽管他以为该剧"为群众热烈爱好,普遍在农村演出,已为众所周知",但是,他在演出过程中亲眼目睹了楼下挤挤插插的观众"一直那么注意地观看,一直焦渴地等待次一幕的开场"[①]的情景,还是为他们的热情所感动。《王秀鸾》走进城市时,也受到市民的热烈欢迎。例如,在天津演出时,中纺三厂工人最初只有 6 人前去观看;而他们将自己的观感与同事分享后,次日即去了 24 人,第三日则进而增至 42 人[②]。那

　　[①]　孙犁:《看过〈王秀鸾〉》,《孙犁文集》第 5 卷,百花文艺出版社 2013 年版,第 357、379 页。

　　[②]　李志民:《工人看了王秀鸾》,荒煤等:《天津解放以来文艺工作经验介绍》,天津人民艺术出版社 1949 年版,第 22 页。

么,《王秀鸾》为什么会在农村和城市受到广大群众欢迎,并为他们所接受? 其重要的原因之一在于它具有较为丰富的民间元素:它在内容上表现了民间伦理,在形式上则运用了民间形式。广大群众本就生活在民间,他们与从民间生长起来的民间伦理与民间形式本来就有极为密切的关系。他们是民间伦理与民间形式的创造者,而民间伦理与民间形式对于他们也具有天然的亲和力,自然能够为他们所接受和欣赏。以往的相关研究大多注意到了该剧广受群众欢迎、并进而"在推动大生产运动、鼓励和激发广大妇女的劳动热情"①等方面发挥了积极作用,但对于它为什么会受到群众欢迎,并能发挥这些作用的内在机理则关注不够。有鉴于此,本章从内容层面和艺术传达层面对《王秀鸾》中的民间元素作出具体分析。

第一节　《王秀鸾》中的民间伦理

所谓"民间伦理",是与"国家伦理"相对应的价值观念系统。作为一种"小传统",它类似于别林斯基所说的"日常的、家常的、平凡的"哲学②,是千百年来民众在日常生产生活过程中自发产生、并经过长期积淀而形成的行为方式和伦理规范。它既根植于民众的生产生活、联系着民众基本的生存需求,也支配着民众的日常行为,形成较为稳定的有约束力的行为模式。由于在民间世界中,日常生活具有极其重要的意义、维持个体存在具有至高无上的地位,所以,"从价值追求的指向性目标来看,民间伦理追求的是'生活'"。这就决定了民间伦理是一种既直接反映生活需要,又为生活服务的"生活伦理",具有鲜明的追求现实功利的实用性特征③。

---

① 傅铎:《〈王秀鸾〉后记》,石明辉等编:"中国当代文学研究资料丛书"《傅铎研究专集》,解放军文艺出版社1986年版,第49页。

② [俄]别林斯基:《别林斯基论文学》,梁真译,新文艺出版社1958年版,第230页。

③ 贺宾:《民间伦理研究》,河北人民出版社2018年版,第118、119、128页。

该剧第十一场"脸无光"中,有一段合唱"团圆曲":"全家人又团圆,老的少的都喜欢。全家团结来生产,以后的光景不困难。"①这一曲是全剧的点睛之笔,托出了该剧"生产"和"团结"的双重主题。在生产主题展开的过程中,《王秀鸾》表现了这种崇尚日常生活的民间生活伦理准则。对于这一伦理准则,剧中用"过日子"这一朴实无华的短语作出了简练的概括和表达。自然,要"过日子",就意味着必须生产、必须劳动。因此,这一短语不但显现了在民间世界的日常生活中维持个体生存的价值与意义,而且隐含了如何去维持个体生存的方式与途径。

对于"过日子"这一民间生活伦理准则,剧作主要是通过主人公王秀鸾的转变表现出来的。在第一场"家破"中,在丈夫张大春眼里,王秀鸾是一个"净开会,不下地"因而"一辈子没出息"的女人。在她开会回家之时,他不但以言相讥、拾起笤帚向她投去,还进而以离婚相威胁。可以看出,在与她的激烈冲突中,他所秉持的正是"过日子"的民间生活伦理。在某种意义上,他成了这一民间生活伦理的化身。正是他的责打让她开始醒悟过来,"让她开始了解妇女们只有参加生产才能得到别人尊重的真理"②。在第一场中,王秀鸾在挨打受骂时就已认识到"不参加生产男人瞧不起"。这一认识引起了妇救会主任树芬的共鸣。她也看到:在婆家受气之所以成了"普遍的现象",是因为妇女过去没有很好地参加生产。应该说,王秀鸾此情此景中所唱"王秀鸾好难过,丈夫的言语没讲错,妇女要是不生产,一辈子是个吃菜货",是其发自肺腑的心声。在第二场"老婆逃荒"中,她又向村干部倾诉,她之所以拿定主意去下地做活,"满心眼里过日子",其首要原因就在于:丈夫在家的时候嫌她开会耽误生产,因此,她要争口气,要做出个样来让他看看。直到第十一场"脸无光"中,她在纺线时还向树芬等人检讨自己早些时候不知道过日子,不知道做

---

① 有关剧作的引文均见傅铎:《王秀鸾》,胡可主编:《中国解放区文学书系·戏剧编》第2卷,重庆出版社1992年版,第660—720页。

② 周巍峙:《〈王秀鸾〉观后感》,《天津画报》第6期,1949年3月。

活,是大春的教育让她意识到了做活过日子的意义。由此可见,王秀鸾在思想意识上的这一转变,是民间生活伦理以张大春为媒介对之进行教育、引导的结果。

在民间生活伦理的影响下,王秀鸾完成了其思想意识上的转变;而这一转变随即在其行动中表现出来。她也因此成了这一伦理准则的忠实践行者。在第十一场中,对于王秀鸾的下地劳作过程,村干部张四保向刚回家的张店臣作出了这样的概括性描述:她"下地,拉耠子,锄地,浇园,担土,担粪……没黑天没白天的拿着人当牲口用"。此外,在下地劳作前后的春天和冬天,她还"开展副业来纺棉"。因此,在第八场"重逢"里,曾经以"过日子"的民间生活伦理对其进行责打的张大春,由衷地称赞她"进步大,又有本事又会过日子"。那么,她为什么能够"咬紧牙关挣扎着坚持下来"①,从而取得如此之大的进步呢? 这是因为她确信"为人不受苦中苦,哪里来的甜上甜"。这里的"苦"指的是生产之苦,而"甜"则显然指的是日子之甜。对她而言,要过甜日子,就必须在生产中受苦;而在生产中受苦,就是为了过甜日子。这就是她此时所信奉的民间伦理准则。有文学史家曾经批评《王秀鸾》"过于强调了'发家致富'的思想"②。事实上,过甜日子(或曰"发家致富")正是作品所要表现的重点所在,也是王秀鸾努力生产的目的所在,因而,并不存在"过于强调"、过度表现的问题。王秀鸾正是从她所信奉的民间伦理准则出发,意识到了为了生存"再不能退,退就是死路",于是,以"一种旧式农妇自救的热情"走了一条"自力更生的路"③。有人曾经将王秀鸾与白毛女相比,认为"白毛女的解放,大半是靠着外来的社会的努力",而她"能够翻身……主要的却是靠她自己"④。显然,是崇尚"过日子"的民间生活伦理给了她开展"自救",并靠自己"翻身"的勇气

---

① 张学新:《人民的英雄·人民的艺术——〈王秀鸾〉观后感》,《天津日报》1949 年 3 月 20 日。

② 刘绶松:《中国新文学史初稿(下卷)》,作家出版社 1957 年版,第 184 页。

③ 魏金枝:《评〈王秀鸾〉》,《文汇报》1950 年 7 月 6 日。

④ 王大虎:《评歌剧〈王秀鸾〉》,重庆《新民报晚刊》"新影剧"新 26 期,1950 年 3 月。

和力量。

当然,王秀鸾的转变也是在大生产运动期间"上级号召妇女们参加生产"的大背景中发生的。因此,她参加生产,也可以看作是响应上级号召的结果。应该看到,民间生活伦理与代表"国家伦理"的"上级的号召"对她的影响是共在的,它们的目标也是一致的,即都要推动其参加生产。但是,二者的影响却是有主次之分的。如果没有"上级的号召",她在丈夫灌注的民间生活伦理的激发下也会投身到生产中去。而如果仅有"上级的号召"却没有民间生活伦理激发下的自省和觉悟,她也未必能够有此行动。剧中好吃懒做的张老婆就是明证。正因为剧作重点揭示的是民间生活伦理(而不是"上级的号召")对王秀鸾的影响,所以,它曾遭到孙犁的批评。他指出:剧作"联系政策并不够","我们的政策精神,还没有在剧本里突突跳跃,耀眼鲜明,还没有成为作品的主宰"①。应该承认,孙犁的眼光是敏锐的。由于他当时相当看重作品对于"政治的实际意义"、因而在对该剧的批评中不可避免地表现出了某种倾向性,但是,他的这一批评本身倒也客观地揭示了剧中成为王秀鸾转变之因的主要不是"政策"。这一事实说明:在表现生产主题时,作者并没有为了宣传政策成为国家伦理的传声筒,而是立足于民间生活伦理,并通过援用民间生活伦理对国家伦理作出了呼应。这样,在剧作中,国家伦理因为对于民间生活伦理的援用在民间获得了更大的亲和力,而民间生活伦理以其对国家伦理的呼应也获得了更大的时代的和社会的价值。

剧作对于"过日子"这一民间生活伦理准则的表现,所借助的主要是王秀鸾形象的塑造。但是,为了增加表现的厚度、同时为了营构王秀鸾转变的环境,它还写出了一批次要人物对于这一准则的认知。在这批人物中,张大春是重要的一个,因上文已有所涉及,在此不论。这里再以张大春之父张店臣和村干部张四保为例略作说明。先看张店臣。在第一场中,作为一个手艺人,他在

---

① 孙犁:《看过〈王秀鸾〉》,《孙犁文集》第 5 卷,百花文艺出版社 2013 年版,第 359、360 页。

返回张家口之前就叮咛家人要"勤劳动,多做工",要他们在家里"过好日子";到第十一场回家时,他训斥张老婆既馋且懒、"不过日子",要她看看王秀鸾是怎么过日子的。再看张四保。在第二场"老婆逃荒"中,他先是以"你们娘俩,他们娘俩,一块过日子"力劝张老婆不要去张家口,后又安慰和鼓励王秀鸾去"吃饭做活""安家过日子";到第十一场,他又以鲜明的情感倾向向张店臣禀明张老婆的只顾吃玩和王秀鸾在家吃苦受罪并最后赢得丰衣足食的实情。毫无疑问,在张店臣、张四保那里,"过日子"这一民间生活伦理也已深入其骨髓,成了其自觉奉行的基本行为规范和臧否人物的价值标准。

总之,《王秀鸾》在对生产主题的揭示中,以民间生活伦理表现了"过日子"问题;而在表现团结的主题(即"好好过日子"问题)时,它则运用了民间家庭伦理。民间伦理是一种典型的家庭伦理,从价值内容来看,它"大多与'家'的生存、发展有直接或间接联系"①。长期以来,以小家庭为基础的小农经济是中国典型的经济形态,为了维持这种经济形态,就必须调节好家庭内部关系、稳定家庭秩序。因此之故,"'家'的生存、发展"在价值内容上就成了民间伦理的核心,维持"'家'的生存、发展"成了民间伦理的基本精神。在这种伦理精神的作用下,形成了在家庭内部关系的处理中讲求"以和为贵"、提倡忍让包容的伦理准则。在家庭问题的表现中,《王秀鸾》彰显了这一民间伦理精神和伦理准则。

剧作一开场,即将回张家口谋生的张店臣即叮嘱家人"以后一家子要和和气气""好好过日子"。剧作一开始就凸显了这种"以和为贵"的家庭伦理,但是,第一场后来的发展却与他的愿望相违。就在他启程后不久,张大春气得离家出走,王秀鸾和儿子也被张老婆赶出家门,家庭由此四分五裂,落得了一个"家破"的结果。从那开始,王秀鸾一方面为了"过日子"而辛勤劳作,另一方面,则为了恢复和维持家庭的团结和谐(也就是为了"好好过日子")而

---

① 贺宾:《民间伦理研究》,河北人民出版社 2018 年版,第 120 页。

忍辱负重、委曲求全。这突出地表现在她对婆媳关系的处理中。剧中，张老婆起先把王秀鸾母子赶出家门，接着又"没留一粒米，柴无留一根"地一走了之。而王秀鸾却能以忍让包容之心，行以德报怨之事。在第二场"老婆逃荒"中，她在娘家纺了一春天的线，赚了钱让儿子送给婆婆买粮食，还让儿子带来她自己蒸的馒头，指望的是"婆媳和睦好度日"。第八场，她与大春"重逢"，又让他给爹爹写信，让婆婆她们回来。第十一场是表现家庭团结问题的高潮，也是揭示王秀鸾家庭伦理精神最重要的部分。她不但劝刚刚了解实情的张店臣"别和我娘生气……以后咱们和和气气的过日子吧"，而且在张店臣欲将张老婆赶走时还双膝跪下、为张老婆求情。这不但感动了张店臣，称赞她又孝顺又仁义，而且赢得了张老婆的敬服。

对于王秀鸾以德报怨、孝顺公婆的行为及其所包含的道德因素，以往曾有较多的说明和阐释。王秀鸾的最早扮演者、火线剧社演员刘燕瑾在创造王秀鸾的舞台形象时就体会到，她有着"善良的品德和宽阔的胸怀"，其"动作核心"便是"爱丈夫，孝顺公婆，具备那种特别勤劳善良和贤惠的本色"[1]。魏金枝也认为，她表现出了"一种委屈求全的中国的旧精神"[2]。那么，她为什么会以如此"宽阔的胸怀"去"委屈求全"、以德报怨？显在的原因就是为了家庭和睦，用她的话说，就是："咱们一家子和和气气的过日子，你也乐，我也乐，欢天喜地的比什么都好。"不难看出，在她向这一目标努力的过程中，充分显现出了"以和为贵"、忍让包容的伦理精神。也可以说，正是为了彰显这样的伦理精神，作者才塑造出了在家庭矛盾中如此忍辱负重、顾全大局的王秀鸾的"完美"形象。应该承认，包蕴着如此道德因素和伦理精神的王秀鸾形象，在激励民众团结起来共克时艰方面是有积极意义的。但同时，我们也必须看到，剧作赋予王秀鸾形象的这种道德上的"完美"性，是来自于民间伦理规范及评价标

---

① 刘燕瑾：《我怎样学习和表演王秀鸾的》，《火线剧社女兵日记》，人民文学出版社 2016 年版，第 377、376 页。

② 魏金枝：《评〈王秀鸾〉》，《文汇报》1950 年 7 月 6 日。

准。由于作者对于民间伦理的规范及标准本身没有作出应有的审视,而忽略了其中的负面因素,也使得王秀鸾身上"旧精神"的痕迹过重;这样,在她那里既缺失了为现代女性所不可或缺的现代自主人格,又未能充分呈现出解放区新型妇女的精神风采。

第二节　《王秀鸾》中的民间形式

在内容层面上,《王秀鸾》在内容层面依照民间生活伦理和家庭伦理的相关准则,表现了生产和团结的主题。孙犁曾经称赞《王秀鸾》"比《白毛女》好,内容好"①;他所说的"内容好",大体就在这双重主题的表现方面。而在艺术传达层面,剧作也有意识地运用了民间形式。这使剧作中浸润了民间伦理的内容得到了较好的表现,使剧作的内容与形式得到了统一。作为一部歌剧,其音乐创作也从民间音乐中汲取过丰富的营养。对此,本章不作展开。这里着重探讨的是作为一剧之本的剧本对于民间形式的运用。这主要集中在以下三个方面:

首先,剧作采用了"劳者歌其事"的叙事方法。众所周知,文学起源于劳动,它适应劳动生产的需要并且产生于劳动生产的过程之中,因此,劳动生产理所当然地成了文学反映的直接对象。我国最早的一部诗歌总集《诗经》"国风"中收录的如《周南·芣苢》《豳风·七月》等民歌就真实再现了生产劳动的情景和过程。东汉何休在《春秋公羊传解诂·宣公十五年》中说:"男女有所怨恨,相从而歌。饥者歌其食,劳者歌其事。"有学者认为,这基本上概括了"先汉民间歌诗的创作特点"②。其实,这不仅仅是先汉民间歌诗的特点,同样也是汉代乐府民歌的特点。对此,《汉书·艺文志》也作出过这样的概括:"自孝武立乐府而采歌谣,于是有代赵之讴,秦楚之风。皆感于哀乐,缘事而发"。

---

① 王端阳等编:《王林日记辑录之一:我与孙犁四十年》,北岳文艺出版社 2019 年版,第 16 页。
② 刘旭青:《汉代歌诗研究》,武汉出版社 2008 年版,第 87 页。

所谓"感于哀乐,缘事而发",几与"饥者歌其食,劳者歌其事"同义,说明民歌是民众从内心的真实情感出发、对包括劳动生产在内的生活内容的反映。先秦两汉民歌形成的这种叙事方法,经过长期的积淀,成了文学中的一种重要的民间形式。

傅铎在创作《王秀鸾》时自觉地继承和采用了这种叙事方法。他在回顾剧作的创作、说到为什么要采用歌剧的形式时,指出其重要的原因在于:他要写的"劳动场面较多",他要以此来"表现劳动的艰辛,劳动的愉快,抒发人物内心情感"①。这说明他在最初的构思阶段即已有了采用这种"缘事而发""劳者歌其事"之叙事方法的自觉。从最后成文的剧本来看,他确实以一种直陈其事的思路和方法铺叙了整个劳动过程,真实地再现了充满艰辛和欢乐的劳动场景。剧有三场均是表现劳动本身的。其中,第三场以王秀鸾母子挑着粪担开场,状写了其担粪、撒粪和拉秸子的情景;第五场以王秀鸾母子背着辘轳拿着锨上场,写他们锄田、浇园,而王秀鸾则因疲劳而晕倒在井池里;第七场"秋收"又以王秀鸾母子背着担子拿着镰开场,再现了割谷、绑谷、担谷的场面。剧本以"劳者歌其事"的叙事方法直接铺陈和展现了整个的劳动过程,在诗化劳动、呈现劳动之场面美的同时,也传达出了普通民众的心声,表现出了他们通过劳动过上丰衣足食生活的热切期望,因而引起了他们的强烈共鸣。例如,工人观众看后即表示,"《王秀鸾》我们看得真有劲,真好过,处处都是劳动的心情"②。对于剧作的这种叙事方法与叙事效果,孙犁和张学新都给予了很高的评价。前者指出,剧作中所写王秀鸾母子的田园劳作构成了"一幅完整的农民历史画",再现了农民的生活、悲苦和愉快;"它和观众的生活息息相通",并以此"吸引了观众",因而,它即代表了"剧本的成就"③。后者也认为,

---

① 傅铎:《歌剧〈王秀鸾〉的回顾》,李刚主编:《中国歌剧艺术文集》第2集,海潮出版社2002年版,第546页。

② 李志民:《工人看了王秀鸾》,荒煤等:《天津解放以来文艺工作经验介绍》,天津人民艺术出版社1949年版,第22页。

③ 孙犁:《看过〈王秀鸾〉》,《孙犁文集》第5卷,百花文艺出版社2013年版,第359页。

剧中那些拉犁、锄地、收割、浇园的劳动场面"特别引人入胜"，它们"给观众以无限的生命力，衷心的感觉到劳动的愉快和伟大"①。

其次，剧作营构了"大团圆"的结局。"大团圆"结局是一种重要的民间形式。钟敬文曾经指出，"大团圆（善良的人获得胜利）"是"世界上许多民族的民间故事"都采用的艺术形式②。民间文学中的"大团圆"结局体现了民间文学的劝善教化的功能，它以此反映了民众对于美好生活的向往和追求，同时也表达了他们对于一切真善美的人和事必将最终赢得胜利的确信。在《王秀鸾》的创作中，傅铎汲取了民间文学中的"大团圆"思想，以"先苦后甜""先破后圆"的情节模式最后推出了"大团圆"的结局。与其所表现的生产和团结的主题相一致，剧本也设置了与之相关的两条平行线索。先从第一条有关物质生活的"生产"线索上来看。最初，张老婆走时，搞得家徒四壁。后来，王秀鸾母子以他们的勤苦劳作迎来了丰收。在第八场中，秋收之后的张家屋内"大囤里流小囤里满"（大心语）。到第十一场中，张四保又向张店臣提到家里新添了纺车、绵羊和小叫驴。总之，在物质生活上，从春天到秋冬，张家经历了从一贫如洗到丰衣足食的巨变。再从有关精神生活的"团结"线索上来看。第一场即名为"家破"，写整个家庭分崩离析，家里只剩下张老婆和巧玲；第二场中，王秀鸾携子归来种地时，张老婆和巧玲又已离家而去。在经历过最初的"家破"之后，到后来终于也迎来了转机。第八场中，参加了八路军的张大春回家探视；从第十一场开始，一家六口终于不但喜获团圆，而且相互之间冰释了前嫌。第十三场"欢送"是剧作的最后一场，对剧中有关生产和团结的两条平行线索做了有力的收束。王秀鸾被选为区劳动英雄，是她勤苦"生产"的结果；而全家一起与村里的其他群众来欢送她到县里开会，则也显现出了其家庭

---

① 张学新：《人民的英雄·人民的艺术——〈王秀鸾〉观后感》，《天津日报》1949 年 3 月 20 日。

② 钟敬文：《〈中国民间故事〉英译本序》，杨哲编：《钟敬文生平、思想及著作》，河北教育出版社 1991 年版，第 318 页。

的"团结"和融洽。《王秀鸾》就是这样,以先抑后扬、前后对比的方法,在物质生活与精神生活双重层面,突出了最终结局的大圆满、大和谐、大欢喜。

"大团圆"作为一种重要的民间形式,对中国古代叙事类作品的创作产生过较大影响。如"本来起于民间,起于农民和小市民之间"的小说是以"故事"来吸引读者的,而这些故事大概总是"以大团圆终场"①。对于"大团圆"模式,"五四"以后的新文化界曾予以猛烈的抨击。例如,胡适就将它视作中国文学缺乏悲剧观念的表现,称这类写"美满的团圆"的文学是"说谎的文学"②。应该认为,"五四"以来对于包括民间文学在内的整个中国文学中的"大团圆"模式的批判,在弘扬现实主义传统、促使作家正视现实中的悲剧惨剧方面,是有积极意义的。但是,具体到一部作品,那还需要看"大团圆"是不是其情节合理发展的结果,还需要看它是不是有助于作家创作意图与作品社会功能的实现。从这个角度看,《王秀鸾》对于"大团圆"这一民间形式的运用应该说是比较成功的、是利大于弊的。一方面,"大团圆"是情节合乎逻辑的发展,用孙犁的话说,这一"尾巴是以前血肉的身体上生长出来"的③;另一方面,它也给了解放区民众以信心和希望,对于鼓舞他们加强团结、克服困难起到了积极的作用。

再次,剧作设计了幽默风趣的喜剧人物。在中外民间文化中,均存在着"审丑"这一类型文化。巴赫金曾经指出:"是骗子、小丑、傻瓜开始了欧洲现代小说的摇篮时期,并且把自己的小帽和玩物丢在了摇篮的襁褓里。"④在他看来,以"骗子、小丑、傻瓜"为载体的审丑文化,正是以"非正统"的民间文化为基础的。在我国民间文化中,历来也有以夸张的方法创造出来的喜剧人物形象;"在民间文学(民间传说、民间故事、民歌、笑话等)中",也"常常看到各

---

① 朱自清:《论百读不厌》,《朱自清散文》,浙江文艺出版社 2019 年版,第 167 页。
② 胡适:《文学进化观念与戏剧改良》,《新青年》第 5 卷第 4 号,1918 年 10 月。
③ 孙犁:《看过〈王秀鸾〉》,《孙犁文集》第 5 卷,百花文艺出版社 2013 年版,第 359 页。
④ [苏]巴赫金:《长篇小说的话语》,《巴赫金全集》第 3 卷,白春仁等译,河北教育出版社 1998 年版,第 197 页。

种幽默风趣或讽刺性的喜剧人物"①。在民间文化和民间文学的影响下,中国传统戏曲也创造出了这样的喜剧人物,形成了"生旦净丑"四大行当中的"丑"这样一个重要类型;这一类型既可以表现邪僻的反面人物,也可以表现幽默机智的正面人物。

在《王秀鸾》的创作中,傅铎采用了这一民间形式,塑造了"一个助人为乐,生活风趣,热心肠的三秃子"形象。这个形象是作者为了强化喜剧效果而"虚构"出来的②,与中国传统戏曲中的"丑"相类似。三秃子生性善良乐观、谋生有道且乐于助人。作为一个纯然的正面人物形象,他的喜剧性源自于幽默风趣的个性。对于他的这一个性,剧作主要从以下两个方面予以了表现:一是写他对自我生理缺陷的调侃。根据剧本提示,他才二十四五岁却已秃头。在第八场中,他感叹要寻媳妇还是要寻王秀鸾这样的,树芬故意气他,说他秃着个脑袋一辈子也寻不上王秀鸾这样的媳妇。此时,他摘下帽子、并拍着自己的脑袋说:"秃怎么样,又种庄稼又作买卖,他留着小平头的还不准有这两下子呢。"在这样的自我调侃中,显示出了他的自信乃至自豪。显然,这是很有幽默风趣的喜剧色彩的。二是写他对他者的评价和戏谑。剧中与他发生过戏剧冲突的均是女性,因此,他评价和戏谑的对象也均是女性。在评价张老婆、王秀鸾的行为时,他引用了民间的充满机趣的熟语、歇后语。起初,他向张老婆讨账,她不肯还账,他以"勤赊勤还,再赊不难"的熟语说动她还了十元;接着,他又用歇后语和她开玩笑说,"你真是花生不叫花生,'南豆'(即'难斗'——引者)",以此批评她的不好对付。对于王秀鸾,当他得知她的一块高粱地已经浇了两水时,他有感于三村两村也找不出她这样的勤劳人来,用了歇后语"白屎壳郎——没对"来表扬她。三秃子的贫嘴和机敏不但表现在他善

---

① 郭汉城:《衡量、改编传统喜剧剧目》,《郭汉城文集》第 1 册,中国戏剧出版社 2004 年版,第 57 页。

② 傅铎:《歌剧〈王秀鸾〉的回顾》,李刚主编:《中国歌剧艺术文集》第 2 集,海潮出版社 2002 年版,第 545—546 页。

用熟语、歇后语对相关女性人物形象作出精准而诙谐的评价,更表现在他以男性的性别视野对女性的打趣和戏谑上。在第三场中,王秀鸾和树芬、大心三个女性在前面拉耧耕地,在后面扶耧子的三秃子在歌唱她们力量之大时,偏有意用了一句歌词"赛过一头老公牛"来形容她们。在第八场中,他故意不说是张大春回来,而以替八路军找房子为由要王秀鸾不要搬走而与之同住,名曰"军民合作"。他的此种打趣,自然遭到王秀鸾的嗔怪。张大春归来后,他劝未婚的树芬和大心离开,但同时却对她们谈到"将来你们的男人"的话题上。自然,他的这种戏谑之言也遭她们嗔喝而被打断。他与王秀鸾等女性的打趣和戏谑,显现出了民间生活中的一种生动而健康的情趣。《王秀鸾》对于三秃子这个喜剧人物的设计和塑造,是学习和借鉴民间形式的结果。借助于这一以"笑谑"为主要审美特征的形式,剧作一方面"变事物为亲昵交往的对象"①,使剧中原本由生产和团结主题所营造的庄重严肃的氛围变得轻松;另一方面,作为对民众艰辛生活的一个调节,也给了他们生活的情趣和微笑着面对生活的信心、力量。

综上,歌剧《王秀鸾》中具有较为丰富的民间元素。在内容层面上,《王秀鸾》在对"生产"和"团结"双重主题的表现中,运用了为群众所熟习的民间伦理。一方面,在表现生产主题时,剧作围绕着"过日子"问题,展开了对主人公王秀鸾转变过程的描写及对次要人物的塑造,显现出了崇尚日常生活和个体生存的生活伦理;另一方面,在表现团结主题时,又围绕"好好过日子"问题,主要通过描写王秀鸾对于婆媳关系的处理,昭示了讲求"以和为贵"、提倡忍让包容的家庭伦理准则。在艺术传达层面上,剧作也借鉴了为群众所喜闻乐见的民间形式。它以"劳者歌其事"的叙事方法,真实地再现了充满艰辛和欢乐的劳动场景;以"先苦后甜""先破后圆"的情节模式,营构了"大团圆"的结局;又以幽默风趣人物的设计和刻画,强化了喜剧效果。《王秀鸾》以群众喜

---

① [苏]巴赫金:《史诗与小说——长篇小说研究方法论》,《巴赫金全集》第3卷,白春仁等译,河北教育出版社1998年版,第526页。

闻乐见的民间形式传达了为他们所熟习的民间伦理。这不但使之在内容与形式上达成了统一,而且增强了其对于广大群众的吸引力、有力地促进了其社会作用的发挥。总之,文学创作要充分发挥社会功能,就必须贴近群众、必须顾及群众的思想生活实际与审美爱好,这是善于运用民间元素并因此受到群众热烈欢迎的《王秀鸾》给人们提供的有益启示。

　　抗战全面爆发以后,为了拯救民族危机,民族主义思潮空前高涨,民族文化传统得到了高度的重视和积极的弘扬。在危机迫近的 1935 年底,傅斯年就对中华民族一体性予以了强调,指出:"我们中华民族,说一种话,写一种字,据同一种文化,行同一种伦理,俨然是一个家族……'中华民族是整个的'一句话,是历史的事实,更是现在的事实。"①而危机到来之时,"'民族至上''国家至上'的口号""为全中国人民所接受所实行";在抗战四年中,"忠孝施于国家民族,仁爱施于同胞,信义施于友邦,和平施于人类","民族传统的忠孝仁爱信义和平"这些"最高的道德标准"得到了"大大发扬"②。在弘扬民族传统的伦理道德的同时,解放区各界对于民族民间形式也予以了高度的关注。为了适应群众的接受水平和审美情趣以充分发挥文学的宣传鼓动作用,民间形式作为旧形式的重要组成部分得到了积极的倡导。这在"旧形式""民族形式"的讨论中有突出的表现。(详见第十七章)在这样的文化背景下,前期解放区文学中出现了不少通过民间形式表现传统伦理道德内容的作品。后期解放区文学开始以后,解放区作家在前期民族化探索的基础上,继续弘扬民族文化传统,并在民族化的道路上作出了新的开拓,创作出了在内容和形式的结合上更加和谐统一、更为群众欢迎的作品。歌剧《王秀鸾》就是其中的一个代表。由此可见,前期解放区文学是后期解放区文学的先导,后期解放区文学是前期解放区文学的继承和深化。在文学民族化的问题上,解放区文学前后期也有很强的关联性。

---

① 傅斯年:《中华民族是整个的》,《大公报》1935 年 12 月 1 日。
② 周恩来:《民族至上与国家至上》,《新华日报》1941 年 6 月 15、22 日。

第二十四章　前期解放区文学中的
工人业余创作

——以《文艺突击》《大众文艺》所刊作品为例

　　1949 年 7 月,周扬在第一次文代会所作报告中称:"毛主席一九四二年
《在延安文艺座谈会上的讲话》以来,最近七八年间解放区文艺"(亦即后期解
放区文学)是"真正新的人民的文艺",其中一个重要的"方面"就是"工农兵
群众的文艺活动"——工农兵群众"积极地参加了文艺活动,并表现出了惊人
的创造能力";人们"对群众创作采取轻视或不关心"的"错误"的态度,"在文
艺座谈会以后有了基本的改变"①。周扬对于后期解放区文学中"群众创作"
作出的如此描述和评价,是以前期解放区文学为对比参照的。这也就是说,在
前期解放区文学阶段,由于"对群众创作采取轻视或不关心的态度",致使群
众参加文艺活动的热情没有激发出来,其"创造能力"也没有表现出来。但实
际情形却并非如此。事实上,解放区前期对群众创作相当重视,群众创作也取
得了比较显著的成绩。为了探究历史真相,本章以《文艺突击》《大众文艺》所

---

　　①　周扬:《新的人民的文艺》,中华全国文学艺术工作者代表大会宣传处编:《中华全国文
学艺术工作者代表大会纪念文集》,新华书店 1950 年版,第 70、79、86 页。

刊作品为例①,对前期解放区文学中的工人业余创作作出考察,借此管窥前期解放区文学中群众创作的一般状况,并以群众创作为特定视点探索解放区文学前后期的关联性。

第一节　重点描写生产劳动

《文艺突击》《大众文艺》持续关注工人业余创作,先后刊出了十余篇工人创作的作品。这些作品所表现的内容是比较丰富的,它们涉及前方和后方的多方面生活。田起的《七个》②刻画了山西抗日前线八路军的战斗生活。作品写活跃在吕梁山区的一支八路军游击队派出的一个先遣班与敌人遭遇时不怕牺牲、英勇战斗的故事。该班共七人,其任务是"打前站"、为部队做后勤和侦察工作。七人途中与敌人相遇,六人壮烈牺牲。在撤离的路上,剩下的唯一一个幸存者李仁遇到要他们"快打转"的传令者,始知"部队半途打转了"。作品不但以"战地的夜色,显得十分的凄凉"渲染了牺牲的悲壮,更写出了李仁作为一名八路军战士的顽强的斗争精神与博大的人道情怀。他不顾自己势单力薄与敌人顽强战斗,在以手榴弹炸倒敌人后又补上了刺刀,而对敌人的那匹受伤的马则"凝视半晌",终于"不忍下手"。

---

① 之所以在解放区同期众多刊物中择取这两个期刊,是因为它们具有较大的代表性。1938 年 10 月创刊的《文艺突击》是延安最早出现的一个文学刊物,由陕甘宁边区文化界救亡协会(简称"文协")文艺突击社编辑,《新中华报》所刊消息称它为"延安文艺的拓荒者""抗战文艺的突击队"(见钟敬之等主编:《延安文艺丛书》第 16 卷《文艺史料卷》,湖南文艺出版社 1983 年版,第 675 页)。该刊于 1939 年 6 月停刊后,又于 1940 年 4 月更名为《大众文艺》,由中华全国文艺界抗敌协会延安分会(简称"文抗")出版,至 1940 年 12 月停刊。这两个文学期刊不但在特殊的战争环境中存续时间较长,而且引起过广泛的关注、产生了较大的影响。《文艺突击》问世时,毛泽东亲自题写刊名。1939 年 5 月,"革新号"推出,毛泽东又为之题词:"发展抗战文艺,振奋军民,争取最后胜利",对之寄予厚望。该刊也以"是延安,边区以及延安中心所能达到的地区的一切文学艺术工作的镜子"自期(见《文艺界的精神总动员——代革新号创刊词》),在解放区文艺界具有较强的影响力。

② 田起:《七个》,《文艺突击》第 1 卷第 4 期,1939 年 2 月。

与《七个》所状写的前方战事不同,雷弓的《勤务员陈小牛》①和柳风的《妻的条件》②所描写的是后方现实生活题材。其中,前者"提示了一个有力的主题""具体地反映了延安工作大检查中的现实生活"③。1938 年 12 月,为了适应抗战新阶段的要求、促进各项工作的改进,中共中央号召各地根据六中全会精神对工作进行大检查;中央书记处稍后也发出通知,要求在这次大检查工作中对工作人员中成绩突出者予以奖励,以提高其积极性与责任心。该文即以此为背景描写了勤务员陈小牛的进步。开始时,他对于同伴张成龙在检查工作运动中获奖满怀嫉妒之情。后来在指导员的教育和同伴们的影响下,他以"努力工作! 努力学习! 团结友爱!"这一"好汉子"标准要求自己,与张成龙成了好朋友,又在好友朱裕生病时替他担起挑水的任务,最后,他因工作出色也光荣受奖。后者则着意表现了解放区新的社会风尚。作品写妻子因丈夫"在家里打人,骂人,抽洋烟不改",而执意与之离婚;拿了离婚证后,她却又表示:若丈夫"去打日本,我就等你!"于此,我们可以看出解放区妇女地位的提高和妇女价值观的转变。

工人业余创作虽然涉及多方面的生活,但也有其表现的重点,这就是工人自己的生活与感受。在对工人自我生活与感受的书写中,占据突出位置的是他们对生产劳动的描写。这批工人作者均具有强烈的爱国热情。他们中有人曾经亲眼目睹了日寇的暴行和国人奋起反抗的壮举。例如,刘亚洛在散文《八月十四日》④中就记述了"八一三"事变发生的次日"我"在上海街头的所见所闻与所感。战事爆发后,"我"从学校里出来赶往杨树浦去,因为那里的工厂还在开工,那里有吴和林"以及同他俩一样命运的工友"。从北四川路到外滩再到南市,"我"一路上听到了"日本赤佬在外虹桥杀人"的消息,更看到

---

① 雷弓:《勤务员陈小牛》,《文艺突击》新 1 卷第 2 期,1939 年 6 月。
② 柳风:《妻的条件》,《大众文艺》第 1 卷第 1 期,1940 年 4 月。
③ 《编后记》,《文艺突击》新 1 卷第 2 期,1939 年 6 月。
④ 刘亚洛:《八月十四日》,《文艺突击》第 1 卷第 3 期,1940 年 6 月。

了"上海燃起了争自由的烽火,熊熊地狂燃",要去"烧毁这东亚的疯狗";从中,"我"强烈地意识到"被欺凌与被压迫的民族终于醒了"。也正是出于这样一种爱国热情,《文艺突击》同期发表的赵鹤的诗歌《给职工大队的兄弟姊妹们》宣示了工人们在救亡事业中的责任担当:"在广州、武汉相继失陷后的今天",为了"把日本强盗赶出祖国,/把独立自由幸福的新中国实现","我们工人阶级"要勇于挑起这更重的"担子"。

那么,"我们工人阶级"如何切实担当起"坚持抗战"这一历史重担呢? 当然,其最基本的方式就是"加紧生产"。因为只有"加紧生产"、开展生产运动,才能"使我们的生活条件能够与战争条件相配合、相一致以求得抗战前途更顺利的发展"①。许多工人业余作者不约而同地展开对生产劳动的描写,其意也正在这里。这样,他们对生产劳动的描写在继承"劳者歌其事"的现实主义文学传统的同时,又打上了鲜明的时代烙印。刘亚洛的报告《让我也来签个名吧》②写的是工厂迁移到某村之后工人的生活,主要是工人互助扫除文盲的活动。自然,扫盲并不是孤立之举。其最终目的还在使工人提高政治、文化水准和技术水准,以更好地完成其作为"国防建设的先锋"的"制造千支万支枪,送给前线的英雄"的任务。

对于该篇报告提到的"制造"(即"生产")的过程,之后出现的其他多篇作品作出了具体的描写。1939 年 5 月,《文艺突击》新 1 卷第 1 期同时刊出了刘亚洛的《一三〇只油桶的计划是怎样突破的》和程海洲的《印刷厂的生产突击》都是直接描写生产劳动的。1939 年 2 月初,中共中央在延安召开生产动员大会。李富春代表中共中央作了动员报告,阐述了生产运动的意义、目的、计划及实现的办法,并分配了生产任务。会上,毛泽东也号召"一面工作,一面学习,一面生产"。这次大会为边区大生产运动发挥了重大的动员作用。这两篇报告所写之事都是在这一背景下发生的。前者写为了完成三月份制造

---

① 李富春:《加紧生产,坚持抗战》,《解放》第 65 期,1939 年 2 月。
② 刘亚洛:《让我也来签个名吧》,《文艺突击》创刊号,1938 年 10 月。

130 只油桶的生产计划,丙组同志在技术协理员舍林同志和组长赵玉习同志的带领下,通过合理分工(分为剪铁皮、卷边、装、焊锡等多道工种)、优化流程和展开竞赛,最后"超过计划百分之九二"。后者写印刷厂一百多工人为了"响应中共中央这一个有着历史意义的伟大的生产运动的号召",进行"生产突击"。由于采取了延长劳动时间("每天多作工一小时")、提高劳动速度、展开劳动竞赛等措施,生产上取得了"很多惊人的成绩","三月和四月份的生产量,比三月份以前各部门都要增加百分之三十至四十"。

在上述两篇以成人视角写就的报告发表的次月,《文艺突击》新 1 卷第 2 期刊出了侯金保所作的《我和菜油机的生活》。对于这篇仅有数百字的"童工报告"(见该期目录中介绍),《编后记》作了特别的推荐:"作者是一个机器厂的十四岁的童工,文章是由工业展览会的墙报上检下来的,他写得亲切,生动,使我们觉得将来在广大的群众中间,一定会有更为生动的真实的作品出现的"。这篇作品之所以受到编辑部的如此重视,主要在于它以孩童的视角和拟人化的写法对生产运动作出了"亲切,生动"而又"真实"的表现。在"我"的眼中,菜油机是"我的伙伴""是一个又淘气又可爱的小家伙"。"我"之所以"爱惜它像爱惜我自己一样",给它油吃、给它水喝、还给它洗澡,是为了它"能够多出点力",这正如"我"对它所讲的那样:"为着打日本,应该加义务工,努力生产"。不难看出,这篇作品所传达的有关生产运动的内容与上述刘亚洛和程海洲的两篇报告是相似的,但角度则显得相当独特、相当别致。

第二节　对比新旧社会生活

在工人业余作者对工人自我生活与感受的书写中,除了对生产劳动的描写外,对比新旧社会的生活也占有重要的一席之地。这些工人作者大多是从异地来到延安的,他们经历了两个不同地域,同时也是经历了两个不同的社会和时代。他们对于两个不同地域的两种不同生活的感受是如此强烈,因此,在形诸笔端时,就使之形成了极其强烈的对比。赵鹤将自己所作的长达 120 余行的诗歌命名为《两个九月》①,即表露出了这样一种强烈的对比意识。长诗是有感而发之作。据赵鹤后来回忆,那年九月,他得了重病,工厂的同志们无微不至地关心他,"真是比亲兄弟还亲";由此,他联想起两年前的九月,自己在上海得了重病,身上烧得像火盆,但却无家可归。因此,"我激动,我要说,我要喊,一首小诗《两个九月》脱口而出了"②。对于自己在上海、延安这两个不同地域的生活,赵鹤在诗中不但予以了真实的状写,而且予以了鲜明的情感评价。诗歌共有四章。其中前两章写"二年前的九月"在上海时的艰辛生活。那时,"我"处在"失业,/饥饿,/寒冷"的威胁下,后来虽然找到了工作,但"一天十四小时,/一月八块钱",辛苦之极;不但如此,而且还有"一只失业的魔手""随时都跟在你的背后"。后两章写"今年的九月"在延安的幸福生活:"八小时的工作,/一点不要你多做","工作后,/读书、上课、开会、唱戏、打球……/什么都自由"。诗歌最后写道:"这时候/我不止怀念着那陷落了的上海。/因为/我是生活在民主政府的滋润下,/而且工作在抗战的模范区了!"长诗以此作结,进一步突出了对比的立意。周而复在向外界介绍延安的文艺创作时特地提及此诗"简直是一篇很完整的作品",称赵鹤这样一个工人业余作者"和一般写作的人比较起来并不十分逊色"③。

与《两个九月》一样,后出的黄华的《路》④、刘亚洛的《小伙伴》⑤和雷弓的《"越老越进步"》⑥,均贯穿了对比的思路。这三篇作品对比新旧社会生活的立意是相同的,但是,在建构对比关系的方法上则稍有差异。大致说来,

---

① 赵鹤:《两个九月》,《文艺突击》创刊号,1938 年 10 月。
② 张彦平编:《延安中央印刷厂编年纪事》,陕西人民出版社 1988 年版,第 36 页。
③ 周而复:《延安的文艺》,《文艺阵地》第 2 卷第 9 期,1939 年 2 月。
④ 黄华:《路》,《文艺突击》第 1 卷第 2 期,1938 年 11 月。
⑤ 刘亚洛:《小伙伴》,《大众文艺》创刊号,1940 年 4 月。
⑥ 雷弓:《"越老越进步"》,《大众文艺》第 1 卷第 3 期,1940 年 6 月。

《路》与《"越老越进步"》采用的是《两个九月》一样的路数,所对比的是主人公前后的不同生活。前者是以第一人称写成的真实的"生活记录"(见该期"目录"中的说明)。由于主人公的生活在抗战以后发生了巨变,这样,其抗战前后的生活就形成了极其鲜明的对比。他原本生长在华北一个很穷的家庭,六岁起给地主放牛。在母亲暴病而亡、小妹被送到婆家后,他被地主赶了出来,来到了外祖父家。外祖父送他去敦文堂印刷局当学徒,他又受到师傅的打骂剥削。抗战开始,八路军来了。他终于从敦文堂印刷局这个"地狱"中逃出,"离开过去充满厌倦的生活",而"跳到为求民族独立自由平等幸福、人类解放而斗争的队伍中来""走上了一条光明的道路"。

后者中的主人公是铜模班班长贝明福,他与《路》中的"我"一样也有过曲折的经历。他1939年初春到边区,之前在上海、汉口、西安等都市做过工。之所以他年近半百时还选择来到边区,重要原因之一是因为"听说边区是工人的老家,对待工人特别好"。在年底的工作大会上,他被评为"模范的学习老将"、领到了写有"越老越进步"五个大字的红旗。他获奖时的讲话刻意将"这儿"与"外面"作出了这样的对比:"这儿没有人吃人的事情,谁跟谁都是亲兄弟……工厂要我们的不是血汗而是要我们学习!但是在外面工厂,你即使看一看报纸就得滚蛋!……这儿实在是——是工人自己的老家!"这真实地传达出了一名饱经风霜的老工人对于新旧社会的认知与感受。作品还写出了贝明福个人的变化过程。最初,由于不适应新的环境、新的生活,他"留恋着过去"、不愿去开会上课;后来,在环境的熏陶和同事们的帮助下,他"学会许多新东西","像重新投了个胎"。这事实上也显示出了新社会改造人、推动人进步的力量。

与《路》《"越老越进步"》中纵向的历时性对比不同,《小伙伴》对生活在此地与异地的两群人作出了横向的共时性对比。该篇有一个副标题"青工生活的两色画"。"青工"是指未成年的工人,"两色画"指的就是两种不同地域的生活情景。作品重点描写机工班的七个青工在"中国的另一个地区"(指延安)幸福地生活、学习、工作的情景。延安生活工作的环境使这批"投在抗日烽火里的孩子,在斗争中成长的孩子"得到了极大的发展,他们不但在后方生产中"不断的创造着模范的例子",而且到前线去修理武器,直接为抗战出力。作者因此发出由衷的感叹:"他们站起来了,歌唱着,有着像志丹河一样的年青和美丽。"在重点描写延安青工的生活时,为了形成"两色"的对比,作者还宕开一笔去状写了在上海、青岛等都市里的青工痛苦生活的面影。那里的青工"给投到生活的泥沼里去",备受"凌辱"和"糟蹋"。无疑,他们的痛苦生活有力地反衬了延安青工生活的幸福。

综上,《文艺突击》《大众文艺》刊发的工人业余创作的作品,真实地刻画出了现实生活的面影,真诚地传达了工人的感受。自然,在艺术表现上,这些作品还有诸多不足。它们大多显得比较粗糙直露、有的甚至还"较差"①,还缺乏艺术上的精细与蕴藉;它们大多只是流水账式地叙述了事件的过程,而未能塑造出性格丰满、具有典型性的人物形象,未能以细腻生动的细节描写去开掘人物的心理内涵、去揭示复杂的人性——类似《七个》中李仁对那匹受伤的马"不忍下手"补刀那样的描写在这类作品中几乎是绝无仅有。尽管如此,它们却以真实、质朴的风格,在以工人视角描写生产劳动题材、对比新旧社会生活方面,留下了同时代其他作者创作不可覆盖的"工人"印记。

第三节　思想上重视:工人业余
创作兴盛成因之一

《文艺突击》《大众文艺》在前期解放区文艺界是具有较高地位和较强影响力的。工人业余创作的作品在这样的期刊上陆续发表且达十余篇之多,从中,我们可以看出前期解放区文学中工人业余创作之兴盛的。那么,工人业余

---

① 如《文艺突击》1939 年 5 月新 1 卷第 1 期的《编后记》指出:程海洲的通讯《印刷厂的生产突击》"较差"。

创作在当时为何能兴盛起来呢？这有主客观的双重因素。解放区工人随着政治、经济地位的提高，必然会要求提高自己在文化上的地位，从而使自己在文化上的才华充分展现出来。这正如赵鹤所说："现在，我们工人在这里，已充分地得到了自由，已从被压迫中解放出来。并且，在今天的抗战上，我们已成为一支最主要的部队了。我们应该尽量地发挥我们自己的能力和天才"①；他在这里所说的"我们自己的能力和天才"，自然也涵盖了写作方面。但是，要使工人的这种主观要求变为现实，则也需要具备一定的客观条件。其中最重要的是要有供其发挥和展示"自己的能力和天才"的舞台。是解放区文化界在思想上对工人业余创作的高度重视，为之搭建了这样的舞台。《文艺突击》《大众文艺》是文协、文抗主办的刊物，它们对于工人业余创作的态度在解放区文化界是有代表性的。因此，要深入考察解放区文化界对工人业余创作的态度，《文艺突击》和《大众文艺》是很好的窗口。它们之所以先后发表了这么多篇工人业余创作的作品，自然是源于编者们的重视和推崇。没有这样的重视和推崇，在解放区地位如此之高、影响之大的期刊要发表这么多的工人业余创作的作品，是不可思议的。编者们对工人创作的重视和推崇，大体表现在以下两个方面：

一是开设相关栏目。栏目中持续时间较长的是"工厂文艺"。《大众文艺》创刊号的《编后记》这样特别地宣示了该刊的主张："本刊愿意尽量提拔新作家新人，尤其是工农大众及学生青年"。"工厂文艺"等栏目的开设，正是贯彻从"工农大众"中"提拔新作家新人"主张的重要举措。《文艺突击》从创刊号到第1卷第4期，均设"工厂文艺"栏目，其中前3期每期发文各2篇，第4期发文1篇，在每篇正文题目前标注出了该字样。之后，作为此栏目之变通的有"工厂报告"和"工厂通讯"（《文艺突击》新1卷第1期刊出的刘亚洛《一三○只油桶的计划是怎样突破的》和程海洲的《印刷厂的生产突击》，在目录与

① 参见张现：《印刷厂文艺小组成立了》，《文艺突击》第1卷第2期，1938年11月。

正文题目前分别标有这两种字样）、"童工报告"（《文艺突击》新 1 卷第 2 期刊出的侯金保的《我和菜油机的生活》，在目录中有该字样）等。有的虽然没有这样的标注，但也对作者的身份特别作了说明。如《大众文艺》创刊号的《编后记》中写道："《小伙伴》的作者刘亚洛，《妻的条件》的作者柳风便都是工厂文艺小组的组员，这也可见边区文艺深入工厂的成绩"，以此说明这两篇作品出于"工厂文艺小组的组员"之手，在性质上亦属于"工厂文艺"。

　　二是积极鼓励与倡导。相关栏目的开设，已然显现出了编者们高度重视"工厂文艺"的态度。与此同时，他们还通过编发《编后记》和相关文章对工人业余创作予以了积极的肯定和提倡。在多篇《编后记》中，他们从不同角度对工人业余创作作出了阐述和鼓励，涉及工人创作的价值、前景等。在他们看来，"工厂文艺"是"这时代中间斗争的真实反映"（《文艺突击》创刊号），因而具有重要的认识价值。像《勤务员陈小牛》反映了延安工作大检查这一重要事件（《文艺突击》新 1 卷第 2 期）；而从《小伙伴》和《妻的条件》作者的描写里也"看得出边区生活之一般——而这是国内外许多先进进步的人士所极愿意知道的"（《大众文艺》创刊号）。关于工人作者的创作水准，他们虽然看到了其参差不齐的一面，如刘亚洛的水平较高，"已昭示出中国工人作者的能力并不弱"，而程海洲所作通讯则较差，但是，对于工人创作的前景，他们则充满信心，认为只要工人作者"热烈的努力""只要同志们不厌不倦的给他们以鼓励，指示和帮助"，则"一定会飞速的进步"，最后"成功的希望很大"（《文艺突击》新 1 卷第 1 期）；他们乐观地期待"将来在广大的群众中间，一定会有更为生动的真实的作品出现的"（《文艺突击》新 1 卷第 2 期）。

　　除在《编后记》中直接对工人业余创作予以鼓励之外，编者们还通过编发倡导工人业余创作（以及与之相关的鼓吹"大众文艺运动"和"培养大众作家"）的文章，间接地表达他们的态度。1938 年 11 月，林山在《文艺突击》第 1 卷第 3 期发表《谈谈延安的文艺活动——提供一些材料和一点小小的意见》一文，在延安较早提出了"提拔与培养大众作家"的命题，指出这对于中国的大众文艺运动具有"决定的作用";同时,他还高度评价延安依靠一部分进步的工人使文艺的种子"在工厂中生了根",认为这"在中国的文艺运动上,可以说是新的一页"。半年之后,1939 年 5 月,《文艺突击》新 1 卷第 1 期发表《从大众中培养新作者》(署名"山"),对林山一文作出了积极的呼应。文章指出,要克服文艺大众化方面存在的弱点,必须双管齐下,除作家要努力参加实际生活、认识和了解大众外,还要"培养大众作家,从工厂、部队、农村中提拔、教育,培养出大批新的文艺干部"。文章认为,"这是很重要的",甚至"对文艺大众化,(同时也就是对抗战文艺运动),有着决定的意义"。文章还对《文艺突击》上发表的几篇"工厂文艺"作品和同期刘亚洛的报告作出了较高的评价,认为它们是"大众文艺的萌芽",表现出了"一种新的气息",因而,"都是值得注意的"。此后近一年,1940 年 4 月,萧三(署名"小山")在《大众文艺》创刊号又发表了《谈延安——边区的"文艺小组"》。文章主要谈的是"文艺小组",但也涉及工人业余创作的评价问题。它指出,在陕甘宁边区这个先进的、模范的抗日民主根据地,"文艺更加普遍与深入的表现"是除了"文章下乡""文章入伍"之外,还发生了"文章入工厂"的现象;"工厂工人的情绪比较热烈,他们挤出时间来学习、创作",取得了较好的"成绩"。在萧三看来,这甚至成了"延安——边区"较之国内其他地区重要的区别性特征,因而"值得特别表扬"。不难看出,两个刊物所刊载的林山、萧三等人的文章有关工人业余创作等方面的观点是与《编后记》一脉相通的,它们与《编后记》对工人业余创作的倡导事实上构成了一种呼应关系。因此,编者们通过刊发这些文章,从另一个角度表达了自己倡导工人业余创作的态度。

第四节　组织上培养:工人业余创作
兴盛成因之二

解放区文化界不但在思想上高度重视工人业余创作,而且在组织上为之培养了队伍。如果说前者为工人业余创作搭建了舞台的话,那么,后者则为工人业余创作的兴盛和可持续提供了强有力的组织保障。解放区文化界在组织上培养工人业余创作队伍,其主要举措是组织"文艺小组"并指导其开展活动。文艺小组"是根据大众对文艺普遍的爱好和要求,而在自由民主的边区所产生的一种群众的文艺运动"①,因而从性质上说,它是一种群众组织。尽管如此,从 1938 年文艺小组最初在延安出现开始,解放区文化界始终承担起了对于文艺小组的教育、指导之职。在 1941 年 9 月 30 日之前,文艺小组由文协、文抗领导;之后,文艺小组的组织工作更成为各机关学校的俱乐部自己工作的一部分,由其"负责将本机关学校对文艺有兴趣的人组织到小组中来"②。

　　在《文艺突击》《大众文艺》存续期间,以文协、文抗为代表的解放区文化界推动了文艺小组的成立,指导了文艺小组的活动,并以此种组织化的手段加强了对工人业余创作力量的培养。当时有一篇报道这样写道:在延安,"由'文协'推动的文艺小组,在工厂里、印刷机旁、总工会……不停的活动着"③。文艺小组是在文协、文抗推动下成立的,文协、文抗也一开始就其如何开展活动提出了指导意见。这可从解放社印刷工厂文艺小组成立之初的情况中窥其一斑。作为"工厂文艺"栏目中的一篇,张现的通讯《印刷厂文艺小组成立了》(《文艺突击》第 1 卷第 2 期,1938 年 11 月)记述了是年 9 月 5 日该厂文艺小组成立情况。文协副主任柯仲平到会讲话,强调工人"是文化运动的基础"、工人的作品"是能影响许多群众的",并要求"大家在劳动后克服疲劳努力去写作及读书"。会议规定"每人至少每月一篇东西,不论好坏,到期(每月二十五号)交卷"。柯仲平对这一计划还予以追踪,在该月月底发表的文章中写道:该厂文艺小组"决定每月、每人至少写出一篇稿来,现在已有好几位同志

---

　　① 延安文抗分会文艺小组工作委员会编:《文艺小组工作提纲及其组织条例》(1941 年 10 月 1 日),《文艺月报》第 12 期,1941 年 12 月。

　　② 《中央文委关于组织文艺小组对延安各机关学校的通知》,《文艺月报》第 10 期,1941 年 10 月。

　　③ 林茫:《我们的"文联"成立了》,《新中华报》1938 年 9 月 20 日。

交稿了"①。

文艺小组成立以后,文协、文抗采取了一系列有效的措施,对文艺小组予以切实的指导和帮助。文抗还下设专门机构——"文艺小组工作委员会",专门负责文艺小组的领导工作。萧三在《谈延安——边区的"文艺小组"》一文中较为详细地罗列了文协"帮助与领导"之举:"如请人向他们做报告(共计有过六次),派人出席他们的座谈会(解放社文艺小组曾开过两次座谈会,讨论写作方法),给他们改稿及借书给他们读……"《大众文艺》从创刊号起进一步明确了自己的办刊定位,即:"除一般大众的文艺杂志应有的任务外,还应该是对文艺小组及初学作家的一种带教育性的刊物"。为此,该期发表了"专论述文艺小组的文字,有塞克对于写歌词的基本原则的讲话,有雪韦的写作讲话",并表示:以后在"怎样读小说,写报告,作诗"等方面要"请名家写文章"予以指导,同时,"在本刊将设文艺问题问答栏,请读者常提问题来"②。稍后,为使文艺小组组员等"能有系统地了解文艺理论",文协文艺顾问委员会还"特约延安作家每两周在文化俱乐部报告一次"。这些报告包括:荒煤的《主题与典型》、雪韦的《文学的发源及其发展》、周扬的《现实主义》等③。

为了给文艺小组组员更直接的辅导以实现"质的提高",在《大众文艺》鼓励"读者常提问题来"的同时,文抗作家丁玲、萧军、艾青、雷加、罗烽等根据文抗文艺小组工作委员会的安排,从 1940 年 11 月 26 日起,举行了十二次巡回座谈会,到基层与文艺小组成员开展了面对面的交流,解答了他们提出的有关"理论""写作修养"和"小组工作"等方面的问题。"文艺小组工作委员会根据各小组的意见,按地区人数分为十二次",本"预定在两个月内完成"④,后实际延续至 1941 年 3 月 31 日。第八次巡回座谈会是 1941 年 3 月 16 日在

① 柯仲平:《完成我们的任务》,《新中华报》1938 年 9 月 30 日。
② 《编后记》,《大众文艺》创刊号,1940 年 4 月。
③ 《文协举办"文学讲座"》,《大众文艺》第 1 卷第 5 期,1940 年 8 月。
④ 雷加:《七次巡回座谈会底经过与检讨》,《文艺月报》第 4 期,1941 年 4 月。

"延安印刷厂"（即解放社印刷工厂）召开的。座谈时,一个文艺小组组员"大声地提出生活平凡呀、写不出好文章的问题"。丁玲对此回应说:"天下就没有安排一个奇奇怪怪的生活让我们过的"①。她以此引导工厂文艺小组组员在写作时要力戒猎奇的心态,要善于在平凡中发现生活的真谛。此前,参加了七次巡回座谈会的丁玲也曾有感而发,写成《什么样的问题在文艺小组中》,发表在 1941 年 2 月出版的、由《大众文艺》更名而来的《中国文艺》创刊号上②。文章针对某些组员在创作中"只在斤斤的求其合乎理论的范围"之现象,指出这种"舍本求末"的做法会导致"差不多""八股"和"公式";要避免这种现象的发生,就必须张扬作者的主体性,"沉潜理智的去思考他所最熟悉的事,最被煽动的事"。丁玲以及其他文抗作家以巡回座谈和撰文指导等方式对文艺小组组员尽到了扶植和引导之责。

　　总之,文协、文抗通过推动文艺小组成立、指导文艺小组活动,有效地培养了创作力量。萧三在《谈延安——边区的"文艺小组"》一文中指出:"提拔新的作家,新的人,新的中国的新人——文艺小组是很好的方向。"诚如斯言!在《文艺突击》《大众文艺》发表作品的近十名工人业余作者无一例外地均是工厂文艺小组的组员,他们分别来自三个文艺小组。其中,刘亚洛、侯金保来自机器厂文艺小组,雷弓来自八路军总政治部印刷工厂文艺小组,而赵鹤、张现、黄华、田起、程海洲、柳风则来自解放社印刷工厂文艺小组。据载,截至1942 年 9 月,解放社印刷工厂文艺小组成员另在《七月》《五月在延安》《边区文化》《中国工人》《大众习作》《星花》《文艺阵地》《新中华报》《解放日报》等报刊发表文章,合计共有 20 多篇③。可以说,这些工人业余作者都是文艺小组培养出来的。这样,《文艺突击》等刊物发表工人作品,也就等于发表了（工

---

① 高阳:《又五次巡回座谈会风景录》,《文艺月报》第 6 期,1941 年 6 月。

② 1941 年 3 月出版的《文艺月报》第 3 期发表了一则《消息》云:"延安中华全国文艺界抗敌协会分会出版的《大众文艺》,最近改为《中国文艺》"。

③ 樊为之主编:《文化工作史》,中央文献出版社 2016 年版,第 625 页。

厂)文艺小组组员的作品。缘此之故,1940 年 7 月,《大众文艺》第 1 卷第 4 期的《编后记》写道:"差不多,每期都发表了小组(指文艺小组——引者)的作品,从《文艺突击》到现在是一年多了,这一方面之努力,正可作为文艺小组之发展上的一种测度。"工人作者的业余创作显现出了文艺小组活动的实绩,而在文协、文抗指导下开展的文艺小组活动则为在组织上培养工人业余作者提供了重要的机制和条件。

综上,从《文艺突击》《大众文艺》所刊作品中,可以看到,前期解放区文学中的工人业余创作重点通过展开对生产劳动的描写和新旧社会生活的对比,忠实表现了工人自己的生活与感受,从而在整个前期解放区文学创作中深深地刻下了不可替代的"工人"印记。前期解放区文学中工人业余创作的兴盛,发生于解放区倡导"工农分子知识化"的思想文化背景之中,是解放区文化界在思想上高度重视,在组织上注重培养队伍的结果。1939 年 12 月,毛泽东在为中共中央起草的决定中指出:要"使工农干部的知识分子化和知识分子的工农群众化,同时实现起来"[1];1940 年 2 月,朱德在整军训令中也要求"工农分子知识化,消灭文盲"[2]。主流意识形态凝练出"工农分子知识化"这一命题是在 1940 年前后,但与之相关的民众教育方面的要求则早已提出[3],学习文化事实上也早已成了许多工农兵群众的现实行动。对此,《文艺突击》发表的多篇作品作出了描述。如赵鹤的诗歌《两个九月》(创刊号)、野藦的特写《山水人物——边区映图》(第 1 卷第 2 期)和莎寨的小说《红五月的补充教材》(第 1 卷第 4 期)就分别描写了工人在工作之余"读书、上课"、山洼里"妇女识字组在上课"和战士武必贵学文化的情景和故事。工农兵学习文化、实

---

① 毛泽东:《大量吸收知识分子》,《毛泽东选集》第 2 卷,人民出版社 1991 年版,第 619—620 页。

② 《朱德等关于整军问题的训令》,中国人民解放军历史资料丛书编审委员会编:《八路军·文献》,解放军出版社 1994 年版,第 471 页。

③ 如 1938 年 10 月,毛泽东在中共六届六中全会的政治报告中提出:要"广泛发展民众教育,组织各种补习学校、识字运动"等,强调"伟大的抗战必须有伟大的抗战教育运动与之相配合"。见毛泽东:《论新阶段》,《毛泽东同志论教育工作》,人民教育出版社 1992 年版,第 48—49 页。

现"工农分子知识化",是"从大众中培养作家"的前提和基础;而培养出"由工农出身的文人,作家,知识者"(萧三语,见《谈延安——边区的"文艺小组"》),则无疑是"工农分子知识化"的极具显示度的成果。正是在这一逻辑的作用下,解放区文化界对工人业余创作予以了积极的助推,其本身也成了推进"工农分子知识化"的重要举措。这样,主观层面上解放区工人业余作者"发挥我们自己的能力和天才"之要求的萌发,与客观层面上解放区文化界的助推相结合,使工人业余创作的兴盛成了一种必然,并使20世纪30年代初左联提出的通过"组织工农兵贫民通信员运动"等"从中产生无产阶级革命的作家及指导者"①的目标得到了有效的实现。

前期解放区文学中的工人业余创作是群众创作的一个部分,它从一个方面显示并代表了整个群众创作取得的成绩。前期解放区文学中的群众创作,并不仅仅局限在工厂,在农村、部队等也同样得到了深入的开展。以农村为例。当时,由于绝大多数农民不识字,他们自然无法像工人那样从事书面创作,便转向戏剧活动。主流意识形态对此因势利导,提出要"开展农村戏剧运动,使农民自己来演自己的戏,服务于革命战争"。这促进了前期解放区农村戏剧活动的兴盛。这正如沙可夫后来所说,"华北敌后农村的戏剧活动,即在毛主席文艺座谈会讲话以前,就已经比较广泛深入地开展了"②。在后期解放区文学开始以后,为了普及工作的需要,"发展群众艺术"在理念层面得到了更多的强调③,在实践层面也得到了更富有成效的展开和推进,出现了数量更

---

① 《中国无产阶级革命文学的新任务——一九三一年十一月中国左翼作家联盟执行委员会决议》,《文学导报》第1卷第8期,1931年11月。

② 沙可夫:《华北农村戏剧运动和民间艺术改造工作》,中华全国文学艺术工作者代表大会宣传处编:《中华全国文学艺术工作者代表大会纪念文集》,新华书店1950年版,第348—349页。

③ 例如在陕甘宁边区,于1944年11月、1946年4月先后通过了《关于发展群众艺术的决议》(《解放日报》1945年1月12日)、《关于群众文艺》(《解放日报》1946年5月25日)等决议,提出"发动和帮助群众自己动手创作""奖励群众创作"。在晋察冀边区,《晋察冀日报》于1945年2月25日发表社论《沿着〈穷人乐〉的方向发展群众文艺运动》,称从"充分发挥了群众的创造才能"的《穷人乐》中"找到了一个发展群众文艺运动的新方向和新方法";1947年4月15日,《晋察冀日报》发表中共晋察冀中央局《关于开展边区文艺创作的决定》,要求"注意培养工农兵创作"。

多、水准更高的群众创作作品。但是,我们却也不能因此而得出前期解放区文学"轻视或不关心"群众创作的结论。事实上,前期解放区文学对于群众创作是积极倡导的,群众创作本身也取得了显著的成绩。在群众创作方面,前期解放区文学为后期提供了经验,后期解放区文学则对前期作出了继承和发展。解放区文学前后期的关联性在群众创作上同样也有突出的显现。

参 考 文 献

艾克恩:《延安文艺运动纪盛》,文化艺术出版社 1987 年版。

蔡丽:《传统、政治与文学:解放区小说的叙事转型》,中国社会科学出版社 2013 年版。

丁玲:《丁玲全集》,河北人民出版社 2001 年版。

丁易:《中国现代文学史略》,作家出版社 1955 年版。

韩晓芹:《体制化的生成与现代文学的转型——延安〈解放日报〉副刊的文学生产与传播》,中国社会科学出版社 2012 年版。

何其芳:《何其芳文集》,人民文学出版社 1982—1984 年版。

《红色档案——延安时期文献档案汇编》编委会编:《红色档案——延安时期文献档案汇编》,陕西人民出版社 2014 年版。

胡玉伟:《传统的建构与延拓——解放区文学研究及其他》,中国社会科学出版社 2017 年版。

黄科安:《延安文学研究——建构新的意识形态与话语体系》,文化艺术出版社 2009 年版。

黄修己:《中国现代文学简史》,中国青年出版社 1984 年版。

惠雁冰:《延安时期的戏剧活动研究》,人民出版社 2022 年版。

江震龙:《解放区散文研究》,上海三联书店 2005 年版。

晋冀鲁豫边区革命文化史料征集协作组:《晋冀鲁豫边区文艺史》,山东文化音像出版社 1999 年版。

李国华:《农民说理的世界:赵树理小说的形式与政治》,上海书店出版社 2016 年版。

李洁非等:《解读延安——文学、知识分子和文化》,当代中国出版社 2010 年版。

李军:《解放区文艺转折的历史见证:延安〈解放日报·文艺〉研究》,齐鲁书社2008年版。

李西建:《延安文艺与20世纪马克思主义文艺理论中国化》,陕西师范大学出版总社2020年版。

林默涵总主编:《中国解放区文学书系》,重庆出版社1992年版。

刘谷编:《晋察冀革命文化艺术发展史》,中国戏剧出版社2007年版。

刘建勋:《延安文艺史论稿》,陕西人民出版社1992年版。

刘绶松:《中国新文学史初稿(下卷)》,作家出版社1957年版。

刘增杰等:《中国解放区文学史》,河南大学出版社1988年版。

刘增杰等编:《抗日战争时期延安及各抗日民主根据地文学运动资料》,山西人民出版社1983年版。

刘中树等主编:《中国现代文学思潮史》,华中师范大学出版社2009年版。

刘卓编:《"延安文艺"研究读本》,上海书店2018年版。

毛巧晖:《涵化与归化:论延安时期解放区的"民间文学"》,上海辞书出版社2006年版。

钱理群等:《中国现代文学三十年》,北京大学出版社1998年版。

任孚先等:《山东解放区文学概观》,山东人民出版社1983年版。

山西文学艺术工作者联合会编:《山西文艺史料》第1辑《晋东南抗日根据地部分》,山西人民出版社1959年版。

山西文学艺术工作者联合会编:《山西文艺史料》第2辑《晋西北抗日根据地部分》,山西人民出版社1959年版。

山西文学艺术工作者联合会编:《山西文艺史料》第3辑《晋冀鲁豫地区太行、太岳部分》,山西人民出版社1961年版。

苏春生:《中国解放区文学思潮流派论》,中国社会科学出版社2000年版。

孙红震:《解放区文学的革命伦理阐释》,河南人民出版社2014年版。

孙晓忠等编:《延安乡村建设资料》,上海大学出版社2012年版。

万国庆:《凝眸黄土地——延安文学史论》,湖北人民出版社2003年版。

王建中等:《东北解放区文学史》,辽宁大学出版社1995年版。

王剑清等主编:《晋察冀文艺史》,中国文联出版公司1989年版。

王巨才总主编:《延安文艺档案》,太白文艺出版社2015年版。

王培元:《抗战时期的延安鲁艺》,广西师范大学出版社1999年版。

王荣:《延安文学组织》,太白文艺出版社2013年版。

王维国主编:《河北南部解放区文学概观》,河北人民出版社 2002 年版。

王瑶:《中国新文学史稿(下册)》,新文艺出版社 1953 年版。

吴敏:《宝塔山下交响乐:20 世纪 40 年代前后延安的文化组织与文学社团》,武汉出版社 2011 年版。

许怀中主编:《中国解放区文学史》,海峡文艺出版社 1994 年版。

许志英等主编:《中国现代文学主潮》,福建教育出版社 2001 年版。

延安平剧活动史料征集组编:《延安平剧改革创业史料》,文津出版社 1989 年版。

《延安文艺丛书》编委会编:《延安文艺丛书》,湖南人民出版社 1984 年版。

杨琳:《回归历史的现场——延安文学传播研究》,中国社会科学出版社 2016 年版。

亦文等:《山西革命根据地文艺运动史稿》,山西人民出版社 1989 年版。

袁盛勇:《历史的召唤——延安文学的复杂化形成》,中国戏剧出版社 2007 年版。

张根柱等:《延安文学体制的生成与个性的嬗变》,中国矿业大学出版社 2008 年版。

张器友:《抗拒不了的传统——以延安文学为中心的历史性阅读》,群众出版社 2014 年版。

张文诺:《文学大众化与解放区小说研究》,中国社会科学出版社 2016 年版。

张学新等编:《晋察冀文学史料》,天津社会科学院出版社 1989 年版。

中国人民文艺丛书社编:《中国人民文艺丛书》,新华书店 1949 年版。

中国作家协会山西分会编:《山西革命根据地文艺资料》,北岳文艺出版社 1987 年版。

中华全国文学艺术工作者代表大会宣传处编:《中华全国文学艺术工作者代表大会纪念文集》,新华书店 1950 年版。

周立波:《周立波选集》,湖南人民出版社 1983 年版。

周维东:《中国共产党的文化战略与延安时期的文学生产》,花山出版社 2014 年版。

朱德发等编:《第三次国内革命战争时期解放区文艺运动资料汇编》,辽宁人民出版社 2018 年版。

朱鸿召:《延安文艺繁华录》,陕西人民出版社 2017 年版。

(说明:本著所涉及的发表在 20 世纪 40 年代报纸杂志上的大量作品和所引用的相关学术论文已在文中全部注出,此处不再列举)

后　　记

　　2015年年初,在教育部人文社会科学研究规划基金项目"'两种文学传统'视野下的丁玲文学道路研究"结项之后,我即开始着手研究解放区文学。在对相关学术史作出系统的梳理以后,我发现在前后期解放区文学关系方面学界占主导地位的是强调二者差异性的"断裂论"思路。但是,在仔细研读相关文本和史料时,我却一再真切地、强烈地感受到前后期解放区文学在许多方面存在着关联性。这引发了我关于文学"断裂"与"关联"问题的相关思考。

　　文学的发展、演化,在根本上受制于社会形态的变迁,但文学本身又具有其继承性;因此,它既是由外在社会因素引发的创新、变化的过程,又是在文学内部进行承传、择取的过程。这正如鲁迅所说,"新的阶级及其文化并非突然从天而降……所以新文化仍然有所承传,于旧文化也仍然有所择取"①;即使是在性质上差异甚巨的"新文学"与"旧文学"中间虽"有蜕变",但也"不能有截然的分界"②。客观说来,前后期解放区文学只是解放区文学的两个不同阶段,二者之间固然也有"蜕变",但是,它也只是"蜕变"而非"断裂",而且其"蜕变"的程度远远小于"旧文学"与"新文学"之间的差距,因而,前者对后者

---

　　①　鲁迅:《〈浮士德与城〉后记》,《鲁迅全集》第7卷,人民文学出版社1981年版,第355页。

　　②　鲁迅:《"感旧"以后(上)》,《鲁迅全集》第5卷,人民文学出版社1981年版,第329页。

的影响和后者对前者的承传就显得更为直接，也更为显著。

　　正是以这种关于文学"断裂"与"关联"问题的学术思考为理论基点，我在研究中力图跳出在解放区文学研究中向来注重探求前后期"截然的分界"的"断裂论"思路，从向来较少关注的解放区文学前后期关联性入手，通过对前后期解放区文学共同特质的提取、分析，来揭示二者的深层联系，并以此呈现出解放区文学的总体特征。

　　在研究过程中，我以"解放区前后期文学的关联性研究"为题申报了2018年国家社会科学基金重点项目，并成功获得立项；2023年3月，该项目以优秀等级结项。在国家社会科学项目基金的资助下，又经过数年的努力，现在终于完成了这部著作。本著中的相关篇章曾在《文学评论》《文艺研究》《中国现代文学研究丛刊》《鲁迅研究月刊》《南方文坛》《当代文坛》《江苏社会科学》《中山大学学报》《探索与争鸣》等学术刊物上发表，其中，1篇被《新华文摘》"论点摘编"栏目摘编论点，7篇被人大复印报刊资料《中国现代、当代文学研究》《文艺理论》全文复印。在相关成果获得一定的社会反响的同时，我还得到了许多专家的鼓励和指导。成书之际，根据他们提出的宝贵意见，我对全书各章作了较多的调整和修改。在此，谨向先期编发本著相关篇章的编辑、给本人热忱指导的专家和为本著的出版付出许多心血的责任编辑宰艳红老师表示衷心的感谢。

　　由于论题涉及面较广，再加上本人水平所限，本著难免有疏漏和不当之处，敬请各位同行不吝指正。

责任编辑：宰艳红
封面设计：石笑梦
版式设计：胡欣欣

图书在版编目（CIP）数据

解放区文学前后期关联性研究 ／ 秦林芳著. -- 北京 ：
人民出版社，2024. 9. -- ISBN 978 - 7 - 01 - 026745 - 6

Ⅰ. I209.9

中国国家版本馆 CIP 数据核字第 2024DP1679 号

解放区文学前后期关联性研究
JIEFANGQU WENXUE QIANHOUQI GUANLIANXING YANJIU

秦林芳　著

人 民 出 版 社 出版发行
（100706　北京市东城区隆福寺街 99 号）

中煤（北京）印务有限公司印刷　新华书店经销

2024 年 9 月第 1 版　2024 年 9 月北京第 1 次印刷
开本:710 毫米×1000 毫米 1/16　印张:27.25
字数:385 千字

ISBN 978 - 7 - 01 - 026745 - 6　定价:98.00 元

邮购地址 100706　北京市东城区隆福寺街 99 号
人民东方图书销售中心　电话 (010)65250042　65289539